Le Mythe des Bohémiens dans la littérature et les arts en Europe

Histoire des Sciences Humaines

Collection dirigée par Claude Blanckaert

Sous la direction de
Sarga Moussa

Le Mythe des Bohémiens dans la littérature et les arts en Europe

L'Harmattan

Mise en page de l'ouvrage : Élisabeth Baïsse-Macchi

Couverture : D'après une peinture de Charles Landelle, Jeune bohémien serbe, *musée des Beaux-Arts de Nantes. Photo RMN / © Gérard Blot. Infographie, Françoise Truxa, LIRE.*

5-7, rue de l'École-Polytechnique ; 75005 Paris

http://www.librairieharmattan.com
diffusion.harmattan@wanadoo.fr
harmattan1@wanadoo.fr

ISBN : 978-2-296-05279-6
EAN : 9782296052796

Issu d'un séminaire qui s'est tenu entre 2004 et 2006 dans le cadre de l'équipe XIXe du laboratoire LIRE (Littérature, Idéologies, Représentations, XVIIIe-XIXe siècles), à l'Institut des Sciences de l'Homme (Lyon), ce volume est le fruit d'une réflexion collective.

Je tiens à remercier tous les membres de mon unité de recherche qui ont bien voulu participer à ce projet, mais aussi les participants extérieurs qui, par leurs contributions et les discussions qui en sont issues, ont permis que ce travail prenne un caractère interdisciplinaire et qu'il soit ouvert sur les cultures européennes.

La réalisation matérielle de cet ouvrage a été accomplie, à Lyon, par Elisabeth Baïsse-Macchi et, pour la partie iconographique, par Françoise Truxa. Qu'elles soient toutes deux remerciées pour leur efficacité et pour leur inventivité.

Je dédie cet ouvrage à la mémoire de ma collègue et amie Bärbel Plötner-Le Lay, chercheure CNRS (UMR LIRE), décédée brutalemement en mai 2007. Ses derniers travaux sont consacrés à la figure du romancier breton Émile Souvestre, mais elle avait suivi de près l'élaboration de l'ensemble de ce projet consacré au mythe des Bohémiens.

S. M.

Bärbel Plötner-Le Lay : Portail d'entrée, Valachie (Roumanie), linogravure, 1970.

Introduction

À la mémoire de Bärbel Plötner-Le Lay

Les Bohémiens appartiennent depuis longtemps à l'arsenal des personnages exotiques de la littérature, notamment dans le domaine du roman d'aventure et du théâtre. Au XVIIIe siècle, ils incarnent un *type*, dont les traits sont plus ou moins renforcés selon les situations : le plus souvent, ils volent et ils trompent, mais ils peuvent aussi être accusés de satanisme ou de cannibalisme. Lorsqu'il fait intervenir, dans *Aline et Valcour* (1795), une troupe de Bohémiens en route pour l'Espagne et conduite par Brigandos, Sade ne fait que reprendre à son compte un certain nombre de clichés dépréciatifs sur ce peuple nomade en marge de la société et qui constitue à ses yeux un instrument tout trouvé de critique de la morale, de la religion et des « préjugés » : « Nous adorons le diable [...]. Nous nous permettons le vol et l'inceste [...]. On nous accuse d'enlever des enfants qui deviennent ensuite des victimes de la prostitution. Cela est vrai », assure le chef des Bohémiens à ses « protégées[1] ». Pourtant, le même Brigandos affirme aussi que « nous avons souvent rendu des vols faits à de pauvres gens ; nous avons racheté des prisonniers pour dettes, nous avons soulagé la veuve, secouru l'orphelin, adouci le sort de l'infortuné[2] ». Et la suite du texte montre que cette troupe vagabonde est en effet capable d'incarner le Bien. L'image sadienne des Bohémiens est donc ambivalente, indice du

1. Sade, *Aline et Valcour, ou le roman philosophique*, éd. Jean-Marie Goulemot, Paris, Librairie Générale Française, Le Livre de Poche *classique*, 1994, p. 506, 511, 514 (lettre 38).
2. *Ibid.*, p. 515. Sur cet épisode, voir ici même H. Asséo, p. 96-97.

basculement qui est en train de s'opérer, à la fin du XVIIIe siècle, dans la représentation de ce peuple.

À vrai dire, les Bohémiens étaient déjà devenus, chez certains auteurs, autre chose que de simples personnages secondaires décrits à l'aide d'un discours stéréotypé. Bien avant les célèbres chansons de Mignon, fausse Bohémienne mais vraie artiste vagabonde incarnant la pure poésie et l'amour passionné dans *Les Années d'apprentissage de Wilhelm Meister* (1796)[3], Cervantès avait écrit *La Petite Gitane* (1613), une nouvelle picaresque montrant la séduction irrésistible exercée par le monde des nomades sur un noble espagnol. Sans doute l'héroïne s'avère finalement ne pas être une Bohémienne (mais ce sera aussi le cas d'Esméralda[4]). En ce sens, le mariage final était rendu acceptable pour les lecteurs contemporains. Mais il ne faut pas sous-estimer la part de nouveauté provocatrice dans cette histoire qui fait des Gitans, ces « vagabonds » que l'Espagne du Siècle d'Or assigne à résidence et n'hésitera pas à envoyer aux galères et dans les bagnes, une contre-société libertaire. « L'attitude de la société du XVIIe siècle envers les Gitans », écrit B. Leblon, « suit une courbe parallèle à celle qui conditionne l'amour et l'érotisme. Les Gitans, incarnation de la liberté totale – celle de circuler à sa guise sur les routes, d'échapper aux lois du travail et de la productivité, mais aussi celle des mœurs et plus particulièrement de la sexualité, on l'a vu – vont être le symbole du désordre [...]. Ils représentent chez Cervantès – sous le voile de l'ironie – un idéal d'amour libre, au-dessus de toutes les contraintes et de toutes les règles, excepté celles qui servent à préserver les hommes de la jalousie[5] ». C'est de l'auteur de la *Gitanilla*, comme le montre ici même Frédéric Tinguely, qu'il faut donc faire partir ce qui deviendra, dans la littérature romantique européenne, un véritable mythe[6], lequel émerge déjà dans la seconde moitié du XVIIIe siècle, que ce soit chez Goethe, avec la figure déjà évo-

3. La figure de Mignon apparaissait déjà dans un fragment du roman goethéen commencé en 1777, *Wilhelm Meisters theatralische Sendung*. Voir l'article de Wilhelm Solms, « Goethe und die Zigeuner », dans *Goethe-Jahrbuch*, vol. 120 (année 2003), 2004, p. 271 et suiv.

4. Cette traversée de la marginalité artistique permet cependant au mythe de conserver toute son efficacité, laquelle, dans le cas de Hugo, perdure jusqu'au XXe siècle, avec les adaptations cinématographiques de *Notre-Dame de Paris*. Voir ici même la contribution de Delphine Gleizes.

5. Bernard Leblon, *Les Gitans d'Espagne*, Paris, PUF, 1985, p. 48.

6. Rétrospectivement, c'est bien à Cervantès que se référeront nombre d'auteurs du XIXe siècle (Borrow, Mérimée, Liszt...) pour ancrer le mythe bohémien dans une généalogie littéraire.

quée de Mignon, chez le Polonais Potocki, lui-même grand voyageur et romancier fasciné par les figures de l'errance (pensons aux Bohémiens qui parcourent son *Manuscrit trouvé à Saragosse*), ou encore chez un Rousseau dont le goût pour la musique italienne, mais aussi pour le nomadisme, ne pouvait que le porter à se laisser séduire par *La Zingara*, un « intermède » adapté en 1755 par Favart[7].

Ce corpus, malgré une grande abondance de matériaux textuels[8], n'a curieusement pas beaucoup été étudié jusqu'à présent, en tout cas en France[9]. Notre ouvrage, avec quelques autres[10], entend donc combler partiellement une lacune qui reproduit, consciemment ou non, la marginalisation dont les Tsiganes continuent d'être victimes sur le plan social. Nous avons notamment tenu compte de l'Angleterre, avec les ouvrages précurseurs de Borrow sur les Gitans espagnols, analysés ici même par M.-C. Schapira, et de l'Europe centrale (voir la contribution de C. Servant sur le rôle du mythe bohémien dans la constitution de l'identité nationale tchèque), ainsi que de la musique, si importante dans ce contexte, comme le montre O. Bara en étudiant la figure des Bohémiens dans les opéras français, italiens, anglais et autrichiens.

Mais qu'entend-on par l'expression « mythe des Bohémiens », que nous avons retenue pour le titre de cet ouvrage collectif ? Quelques précisions

7. Voir ici même la contribution de Jacques Berchtold, qui montre en quoi Rousseau pouvait s'identifier à la figure typiquement bohémienne du montreur d'ours.
8. Mais aussi iconographiques, des gravures de Callot à celles de Gustave Doré, en passant par de nombreux tableaux fixant certains motifs privilégiés qui fascinent les peintres voyageurs du XIXe siècle : la diseuse de bonne aventure, le campement des Bohémiens, des musiciens nomades… Voir ici même la contribution de Xavier du Crest.
9. On doit cependant citer les travaux précurseurs de François de Vaux de Foletier, dans une perspective très positiviste, et, plus importants pour nous, ceux d'Henriette Asséo, en particulier l'ouvrage richement documenté *Les Tsiganes, une destinée européenne* (Paris, Gallimard, 1994). Voir par ailleurs, en fin de volume, la bibliographie critique.
10. Il faut signaler la parution récente des actes du colloque de Clermont-Ferrand, *La Bohémienne, figure poétique de l'errance aux XVIIIe et XIXe siècles*, études réunies et présentées par Pascale Auraix-Jonchière et Gérard Loubinoux, Clermont-Ferrand, Presses de l'Université Blaise Pascal, 2005. On peut en outre indiquer deux ouvrages, en langues étrangères, consacrés partiellement à l'image des « Bohémiens » dans la littérature française du XIXe siècle : Marylin R. Brown, *Gypsies and Other Bohemians. The Myth of the Artist in Nineteenth-Century France*, Ann Arbor (Michigan), UMI Research Press, 1985 ; Karl Hölz, *Zigeuner, Wilde und Exoten. Fremdbilder in der französischen Literatur des 19. Jahrhunderts*, Berlin, Erich Schmidt Verlag, 2002.

terminologiques s'imposent. Le mot *Bohémiens* n'a plus cours, aujourd'hui, chez les spécialistes de ces populations qu'on nomme plutôt *Tsiganes*, mais qui se désignent elles-mêmes, officiellement, sous le vocable de *Roms*[11]. En outre, dès lors qu'on entre dans le détail de leur répartition géographique, on s'aperçoit qu'il existe une grande variété d'ethnies, installées depuis plus ou moins longtemps sur un territoire donné (*Manouches* en France, *Sinté* dans le Piémont, *Gitans* en Espagne...) ; celles-ci font l'objet d'appellations plus ou moins fantaisistes (lesquelles participent, en ce sens, de la construction d'une imagerie), liées à l'apparence, aux activités, aux mœurs supposées des populations en question, comme le montre de manière détaillée Marie Treps dans la contribution qui ouvre ce volume. Si l'on a malgré tout conservé le mot *Bohémiens* dans le titre de celui-ci, tout en étant conscient des connotations négatives dont il a pu faire l'objet, c'est qu'il est largement employé au XIXe siècle, et que c'est à travers lui que s'opère peu à peu le passage du rejet de la marginalité à la fascination pour le nomadisme dans la littérature et les arts en Europe.

Les Bohémiens ne sont pas originaires de Bohême, contrairement à ce que pourrait laisser penser cette homonymie, qui révèle cependant une confusion entretenue parfois par les écrivains eux-mêmes, et qui s'explique sans doute par le fait que ce peuple nomade serait arrivé en France, vers 1420, muni de lettres de protection de l'empereur germanique et roi de Bohême Sigismond de Luxembourg. Ils ne viennent pas non plus d'Égypte, comme on l'a longtemps cru[12], peut-être en se fondant sur une légende véhiculée par eux-mêmes (ils auraient été chassés de ce pays en tant que chrétiens et disaient accomplir un pèlerinage conçu comme une pénitence imposée par le pape). Ils sont en réalité originaires du nord de l'Inde, d'où ils ont émigré, sans qu'on en connaisse les raisons, pour arriver en Grèce, plus précisément en Épire, dite « Petite Égypte », au IXe siècle. L'origine indienne

11. Le mot signifie « époux » en langue romani. Il est adopté dès 1971 par l'Union Internationale Rom. Mais le terme peine à s'imposer largement. Et, quel que soit le vocable retenu, les discriminations continuent de frapper ces populations, qu'elles soient migrantes ou non, comme l'indique un rapport de la Commission des questions juridiques et des droits de l'homme du Conseil de l'Europe (« Situation juridique des Roms en Europe », Doc. 9397 révisé, 19 avril 2002 ; document consulté à la Bibliothèque de La Documentation Française).

12. Le terme « Tsiganes » (*angl.* « Gypsies », *all.* « Zigeuner », *ital.* « Zingari »...) en porte la trace étymologique. Cette origine supposée faisait croire à certains, dont Voltaire (*Essai sur les mœurs*, chap. 104), qu'ils étaient les descendants des prêtres d'Isis.

des « Bohémiens », connue du monde savant dès la fin du XVIIIe siècle[13], fut prouvée définitivement par les travaux du linguiste allemand August Friedrich Pott (*Die Zigeuner in Europa und Asien*, 1844-1845), qui établit de manière certaine la parenté entre la langue tsigane et les idiomes du nord de l'Inde. Malgré cela, c'est bien le substantif *Bohémiens* qui est le plus souvent utilisé dans la littérature, à la même époque, que ce soit pour en construire une image idéalisée, comme dans l'ouvrage que Franz Liszt leur a consacré[14] (ce serait un peuple de la nature incarnant ce que Baudelaire appellera, en référence à cet ouvrage, le « bohémianisme[15] »), ou au contraire pour peindre un tableau sombre de la misère des errants et des marginaux, comme le fait Jules Vallès dans ses écrits littéraires et journalistiques des années 1860-1870[16], ou encore pour désigner de manière métaphorique et souvent ironique, à la suite des *Scènes de la vie de bohème* (1851) de Murger, « une classe de jeunes littérateurs ou artistes parisiens, qui vivent au jour le jour du produit précaire de leur intelligence[17] ».

Ces représentations témoignent bien d'un *mythe* moderne, le terme étant entendu au sens d'un ensemble de valeurs partagées (puis mises à distance, dans la seconde moitié du XIXe siècle) par de nombreux écrivains et artistes romantiques, qui projettent sur les Bohémiens leurs propres aspirations à une vie rêvée comme d'autant plus heureuse qu'elle échapperait

13. Kant cite en exemple les Tsiganes, « dont on a prouvé l'origine *hindoue* », pour illustrer la notion de « race humaine » (« Définition du concept de race humaine », article de 1785, cité dans Emmanuel Kant, *Opuscules sur l'histoire*, éd. Philippe Raynaud, trad. Stéphanie Piobetta, Paris, GF-Flammarion, 1990, p. 142).

14. *Des Bohémiens et de leur musique en Hongrie* (1859) ; voir ma contribution dans ce volume.

15. « Glorifier le vagabondage et ce qu'on peut appeler le Bohémianisme, culte de la sensation multipliée, s'exprimant par la musique. En référer à Liszt » (Charles Baudelaire, « Mon cœur mis à nu », dans *Œuvres complètes*, éd. Claude Pichois, Paris, Gallimard, Bibl. de la Pléiade, 1975, t. I, p. 701). Baudelaire a lui-même traité ce thème, en particulier dans « Les Bohémiens en voyage » (*Les Fleurs du mal*) et dans « Les Vocations » (*Le Spleen de Paris*).

16. Voir la contribution de Corinne Saminadayar-Perrin.

17. Pierre Larousse, *Grand Dictionnaire Universel du XIXe siècle*, t. II, 2e partie, article « Bohême ». Alfred Delvau, dans son *Dictionnaire de la langue verte*, est encore plus féroce : « BOHÈME, s. m. Paresseux qui use ses manches, son temps et son esprit sur les tables des cafés littéraires et des parlottes artistiques, en croyant à l'éternité de la jeunesse, de la beauté et du crédit, et qui se réveille un matin à l'hôpital comme phtisique, ou en prison comme escroc » (Paris, Dentu, 1866). Sur Murger, voir ici même la contribution de Vincent Laisney.

à la sédentarité, donc à un cadre social contraignant. Par ailleurs, dans un siècle « utilitaire », où triomphent les valeurs bourgeoises et capitalistes, ces populations souvent migrantes, refusant tout confort matériel, mais véhiculant sous différentes formes (musique, chant, danse...) un art qui semble échapper à toute instrumentalisation par son caractère apparemment spontané[18], ne pouvaient que séduire des poètes ayant érigé l'Art en absolu comme Gautier ou Baudelaire ; quant au cliché d'une sexualité débridée et immorale initialement associé aux Bohémiens, il se transforme chez Hugo et Mérimée en un éloge romantique de l'amour-passion, illustration d'une *liberté* qui est au cœur de ce mythe.

L'origine incertaine des Bohémiens n'a pas peu contribué à leur mythification, en particulier au début du XIXe siècle, époque où l'Europe, en pleine reconstitution à la suite des guerres napoléoniennes, relance chez les écrivains et les artistes l'attrait du passé. Peuple sans archives, sans mémoire de ses ancêtres, mais dont la langue[19] témoigne d'une extraordinaire permanence à travers sa dispersion (d'où l'intérêt d'un Mérimée, passionné d'histoire, pour le vocabulaire des *Calés* dont il truffe *Carmen*[20]), et dont la pratique de la prophétie rencontre le goût des écrivains romantiques pour le messianisme, comme le montre Pierre Michel en prenant l'exemple de Lamartine, les Bohémiens avaient tout pour former une société idéale, à la fois contre-société et société originaire[21].

Pourtant, le mythe est trompeur, comme il se doit, et même à plusieurs égards. D'abord parce que l'idéalisation des Bohémiens n'est que l'envers d'une image dépréciative ancienne et bien ancrée dans les esprits, fussent-ils critiques. Ainsi La Fontaine, dans sa *Relation d'un voyage de*

18. Mais Patrick Williams montre bien comment, dans l'empire austro-hongrois, les Bohémiens, par leur musique séduisante, deviennent « les auxiliaires obligés des sergents recruteurs » (*Les Tsiganes de Hongrie et leurs musiques*, Paris et Arles, Cité de la musique / Actes Sud, 1996, p. 18).

19. Ou plutôt les différents dialectes, qui ont emprunté aux aires géographiques où ils se sont répandus : Iran, Turquie, Serbie, Roumanie, Hongrie, France, Espagne, Angleterre... Voir, pour l'histoire de ces migrations, le livre d'Angus Fraser, *The Gypsies*, Malden, MA (États-Unis) et Oxford (Grande-Bretagne), etc., Blackwell Publishing, 1992.

20. Voir ici même la contribution de Sarah Al-Matary sur « l'archéologie verbale de Prosper Mérimée ».

21. « Comme l'artiste », écrit Dominique Maingueneau à propos du Bohémien au XIXe siècle, « il est moins "originaire de tel ou tel lieu" qu'"originaire" » (*Le Discours littéraire. Paratopie et scène d'énonciation*, Paris, A. Colin, 2004, p. 79).

Paris en Limousin (1663), écrite sous forme épistolaire, dit avoir été « deux jours sans pouvoir manger » tant il éprouva d'« horreur » à la vue d'une troupe de danseuses bohémiennes[22]. Outre le rejet de cette intrusion « sauvage » perçue comme opposée aux canons de l'esthétique classique, il y a dans cette répulsion une condamnation morale implicite qui repose sur l'accusation de libertinage prononcée contre les Bohémiens, cliché que le *Dictionnaire universel* (1690) de Furetière entérine explicitement, en y ajoutant les accusations traditionnelles de vol et de superstition[23].

Au XVIIIe siècle, le discours anti-bohémien se durcit. Ennemis de la civilisation, ce peuple semble parfois aux marges de l'humanité elle-même. L'abbé Prévost écrit sans sourciller, en 1738 : « Quelque origine qu'on veuille donner à cette espèce de créatures humaines qui courent le monde et qui le trompent sous le nom d'*Égyptiens*, il paraît certain par le témoignage de toutes les nations de l'Europe, que ces vagabonds sont connus depuis fort longtemps, et que malgré la différence du langage, ils ont dans tous les pays le même caractère, la même occupation et les mêmes usages[24]. » Cette forme d'*essentialisation* conduit évidemment à la négation des différences, dans le temps et dans l'espace, au profit d'un discours stéréotypé qui constitue les Bohémiens en une altérité figée. Voltaire, une vingtaine d'années après l'abbé Prévost, n'est pas plus tendre que lui à l'égard des « Bohèmes » et « Égyptiens », qu'il considère comme une horde de prophètes vagabonds et voleurs, dont il faut évidemment combattre la superstition et les mœurs[25]. D'une manière générale, les Philosophes sont

22. Lettre de Jean de La Fontaine à sa femme, 5 septembre 1663, dans *Œuvres complètes*, Paris, Le Seuil, 1965, p. 25.

23. « *Bohémien, enne*, se dit de certains gueux errants, vagabonds et libertins qui vivent de larcins, d'adresse et de filouteries, qui surtout font profession de dire la bonne aventure au peuple crédule et superstitieux. » La définition complète de Furetière est citée et commentée par Emmanuel Filhol, « Le mot *Bohémien(s)* dans les dictionnaires français (XVIIe-XIXe siècles). À propos des formes de l'énoncé », dans *Revue internationale de lexicographie*, n° 14, 1998, p. 177-204, ici p. 180. Je remercie J.-Ph. Saint-Gérand de m'avoir signalé et procuré cette publication importante.

24. Antoine-François Prévost, *Le Pour et le Contre*, 1738, t. XV, reprint Slatkine, Genève, 1967, t. III, p. 367 ; nous modernisons l'orthographe.

25. « Ce ramas d'anciens prêtres s'est perpétué jusqu'à nos jours : telle a été la fin de l'ancienne religion d'Osiris et d'Isis, dont les noms impriment encore du respect. Cette religion, tout emblématique, et toute vénérable dans son origine, était, dès le temps de Cyrus, un mélange de superstitions ridicules. Elle devint encore plus méprisable sous les Ptolémées, et tomba dans le dernier avilissement sous les Romains : elle a fini par être

particulièrement hostiles à ce peuple qui leur apparaît comme imperméable à toute forme de progrès. Ainsi en 1755, Mallet, dans l'*Encyclopédie* de Diderot et d'Alembert, donne des « Égyptiens » la définition suivante : « Espèce de vagabonds déguisés qui [...] barbouillent leur visage et leur corps, et se font un certain jargon ; qui rôdent çà et là, et abusent le peuple sous prétexte de dire la bonne aventure et de guérir les malades, font des dupes, volent et pillent dans les campagnes. »

Le XIXe siècle, on l'a vu, constitue l'âge d'or du mythe des Bohémiens, mais cela n'empêche pas certains clichés de se perpétuer à la même époque, y compris, comme le rappelle F. de Vaux de Foletier, chez le jeune Hugo, qui parle, dans les *Odes et Ballades*, de « L'Égyptienne sacrilège[26] », ou encore chez son contemporain Béranger, dans un couplet resté célèbre (« Sorciers, bateleurs ou filous, / Reste immonde / D'un ancien monde. / Sorciers, bateleurs ou filous, / Gais Bohémiens, d'où sortez-vous[27] ? »). Cette imagerie se retrouve chez un auteur comme Francisque Michel qui, dans l'introduction à son *Histoire des races maudites de la France et de l'Espagne* (1847), assure qu'il est parfaitement naturel que « les Bohémiens, cette race sans foi ni loi, qui ne demande sa vie qu'au mensonge et au vol, aient de tout temps excité un vif sentiment de répulsion chez les populations au milieu desquelles ils vivaient[28] ». Désormais, l'image des Bohémiens se *racialise*, ce qui n'a rien d'étonnant à une époque où la notion de « race » joue un rôle de plus en plus important, non seulement en sciences

abandonnée à des troupes de voleurs. Il arrivera peut-être aux Juifs la même catastrophe... » (*Essai sur les mœurs*, éd. René Pomeau, Paris, Garnier, 1963, t. II, p. 66).

26. Dans « La Fiancée du timbalier », 6e Ballade, datée de 1825.

27. La chanson *Les Bohémiens*, qui date de 1828, est citée par François de Vaux de Foletier dans *Mille ans d'histoire des Tsiganes*, Paris, Fayard, 1970, p. 239.

28. Francisque Michel, *Histoire des races maudites de la France et de l'Espagne*, Paris, A. Franck, 1847, t. I, p. 1-2. On notera que dans cette introduction, F. Michel associe lui aussi, bien que pour d'autres raisons que Voltaire, les Juifs et les Bohémiens dans une même condamnation (« il est aisé de comprendre que les Juifs, considérés comme les descendants des meurtriers d'un Dieu, aient été des objets de haine et de mépris... », *ibid.*, p. 1). À l'inverse, les « cagots » (populations chrétiennes considérées comme des parias depuis le Moyen Âge et répandues notamment en France et en Espagne) « ne ressemblaient en rien aux races que nous venons de nommer : ils avaient un domicile fixe, ils professaient la même religion que leurs voisins, ils gagnaient leur vie en exerçant des métiers utiles et honorables » (*ibid.*, p. 2).

humaines, mais aussi en littérature[29], dans la catégorisation et la hiérarchisation des peuples étrangers, auxquels sont associées des caractéristiques intellectuelles ou psychologiques supposées[30].

Malgré l'idéalisation dont ils font l'objet chez certains écrivains et artistes, les Bohémiens continuent souvent d'apparaître comme des voleurs au XIXe siècle, en particulier dans la littérature populaire et moralisante. Dans le deuxième d'une série de cinq articles intitulés « Sur les Bohémiens », l'auteur prétend que « leur agilité à la course est telle qu'un homme à cheval peut seul les atteindre, lorsque, surpris au moment où ils commettent un vol, ils cherchent leur salut dans la fuite[31] ». Cette image est reprise dans le *Magasin pittoresque* par E. Charton, qui consacre quelques années plus tard un article à « ces hommes problématiques », dont la physionomie est « empreinte de la fourberie et de la ruse », et dont « le vol furtif et sans audace est leur habituelle ressource[32] ». Les Bohémiens, dont l'existence vagabonde est comparée à celle du « renard [rôdant] près du poulailler », apparaissent ainsi, dans le contexte d'une revue destinée à toucher un large public, comme « les retardataires de la civilisation[33] ». Cette représentation d'un peuple nomade primitif opposé sous toutes ses formes au monde civilisé perdure d'ailleurs au XXe siècle, en particulier dans la littérature populaire, – on peut citer *Rosette et les Bohémiens*, où la jeune héroïne (lointain avatar de Mignon) est emmenée par des saltimbanques d'origine italienne à travers la Suisse ; sous la coupe d'un patron cruel qui incite sa famille à pratiquer le vol, Rosette s'accroche à la Bible, son seul bien, et finit par s'enfuir pour retrouver son grand-père[34].

29. Le mot *race* n'est pas réservé, au XIXe siècle, à des formules dépréciatives. On le trouve ainsi associé simultanément, chez Liszt, aux Juifs auxquels il consacre des pages haineuses, et aux Bohémiens dont il loue la « pureté » raciale (*Des Bohémiens et de leur musique en Hongrie*, Paris, Marval, 1999, p. 24).

30. Voir Sarga Moussa (dir.), *L'Idée de « race » dans les sciences humaines et la littérature aux XVIIIe et XIXe siècles*, Paris, L'Harmattan, 2003.

31. Article signé « Ch. » (Édouard Charton), dans le *Journal de la morale chrétienne*, 1828, t. X, p. 40-41. Les quelques qualités qui sont attribuées aux Bohémiens, comme leur talent musical, servent en réalité à stigmatiser leur goût pour les « chansons licencieuses » (4e article, t. XI, p. 271).

32. *Magasin pittoresque*, 1836, t. IV, p. 188.

33. *Ibid.*, 1851, t. XIX, p. 354. Sur ce périodique, voir Marie-Laure Aurenche, *Édouard Charton et l'invention du* Magasin pittoresque *(1833-1870)*, Paris, Champion, 2002.

34. Liseli (pseud. de Louise Soillens), *Rosette et les Bohémiens* (1966), Saint-Jean-du-Gard, éditions Rose France, 2e éd. 1981.

Le mythe des Bohémiens est aussi trompeur en ce sens que l'exaltation du nomadisme repose elle-même, comme le rappelle H. Asséo, sur une vision simplificatrice, voire totalement erronée de populations dont certaines, sédentarisées depuis longtemps, font partie intégrante de telle ou telle région où elles se sont établies (par exemple en Lorraine), et qu'elles constituent donc, à ce titre, un élément parmi d'autres de la mosaïque européenne toujours en construction. L'exclusion territoriale, sociale et culturelle dont elles continuent souvent de faire l'objet en est d'autant plus injuste. Le mythe des Bohémiens a donc pour envers une marginalité douloureuse, dans la mesure même où l'État tend à considérer comme un facteur de désordre ceux qui échappent à son contrôle. Certes, il n'en a pas toujours été ainsi : les premiers témoignages de l'arrivée des Bohémiens en France, au début du XVe siècle, ne révèlent pas de rejet de la part des autorités locales, qui leur offrent au contraire protection. Mais, dès le XVIIe siècle, de nouvelles lois rendent la circulation des nomades de plus en plus difficile. Assimilés aux mendiants, vagabonds et gens « sans aveux », les Bohémiens deviennent des coupables nés, faisant l'objet d'une stigmatisation qui ira croissant de la part des élites « éclairées » du XVIIIe siècle. Alors même qu'ils exercent différents métiers dans la société d'Ancien Régime (rétameurs, chaudronniers...), ils passent pour des voleurs de poules, si ce n'est pour des voleurs d'enfants, voire pour des anthropophages, comme chez Grellmann, qui, dans un ouvrage souvent cité au XIXe siècle, parle à leur propos de « cannibales d'Europe[35] ». Leur teint de peau foncé (d'où le terme *calo*, « noir », pour désigner la langue des Gitans d'Espagne) contribue à les rendre victimes d'un racisme[36] qui ira croissant à

35. Heinrich Moritz Gottlieb Grellmann, *Histoire des Bohémiens ou Tableau des mœurs, usages et coutumes de ce peuple nomade*, trad. fr., Paris, Chaumerot, 1810, p. 58, n. 1. Pour l'auteur, la tentative de l'impératrice Marie-Thérèse de sédentariser des Bohémiens en leur attribuant des terres, en 1768, était bienvenue, mais elle n'a pas été appliquée ; c'est bien le nomadisme qui en fait des criminels : « Comme le caractère de ce peuple est formé par des exemples qu'il a devant les yeux dès sa plus tendre jeunesse, peut-on être surpris de ce qu'il compose une horde de fainéans, de voleurs, d'assassins et d'incendiaires ? Il ne faut donc pas espérer que les Bohémiens cesseront de se livrer à tous ces délits, aussi long-temps que leur éducation ne sera pas mieux soignée » (*ibid.*, p. 134). L'édition originale est parue en allemand (*Die Zigeuner. Ein historischer Versuch über Lebensart...*) en 1783.

36. Sur cette question, Grellmann s'était pourtant montré clairvoyant : « Le teint brun ou tanné des Bohémiens, avec leurs dents blanches, placées entre des lèvres vermeilles, peuvent déplaire à la vue d'un Européen, qui n'est point accoutumé à une pareille physionomie. Mais il en sera tout autrement si nous pouvons nous défaire de l'idée qu'une peau noire est un objet désagréable » (*Histoire des Bohémiens*, *op. cit.*, p. 50).

la fin du XIXe siècle[37], époque à laquelle la presse répercute et amplifie cette image diabolisée des Bohémiens, comme dans les journaux auvergnats étudiés ici même par Marc Bordigoni. Dès lors, c'est une logique *raciale* de contrôle et d'exclusion qui se met en place, en particulier lorsque la France introduit, en 1912, l'obligation pour les « nomades » de porter un « carnet anthropométrique », – obligation abolie seulement en 1969[38] !

Le mythe des Bohémiens a-t-il partie liée avec cette histoire tragique ? Si le procédé consistant à *typifier*, à *essentialiser*, à *racialiser* l'altérité bohéminenne peut se retrouver aussi bien dans la condamnation du vagadondage que dans l'exaltation de la liberté nomade, et si, même lorsqu'ils font l'objet d'un discours idéalisant, les Bohémiens se trouvent toujours, d'une façon ou d'une autre, « instrumentalisés », c'est la *fonction* de ces représentations qui doit être examinée. À cet égard, la littérature et les arts présentent, dans l'Europe du XIXe siècle, quelques constantes que les contributions de ce volumes permettent de mettre en évidence. Au-delà d'une forme d'exotisme superficiel auquel on pourrait être tenté de les réduire, les Bohémiens apparaissent, dès le début du XVIIe siècle en Espagne, avec Cervantès, puis en France, à la fin du XVIIIe siècle, mais surtout à l'époque romantique, comme un mythe européen, non limité à la figure de la danseuse ou de la diseuse de bonne aventure, et permettant différentes formes de *résistance* esthétique et idéologique au discours civilisateur dominant. Sans toujours échapper aux clichés, ce mythe congédie l'imagerie diabolisante encore courante à l'époque des Lumières, fût-ce pour montrer que les Bohémiens, comme les artistes, se nourrissent de leur propre marginalité sociale. Ce changement de statut va de pair avec des rencontres rendues possibles par la multiplication des voyages : c'est parce Liszt sillonne l'Europe qu'il peut, rentrant provisoirement en Hongrie, mettre en scène des

37. « C'est peut-être avec les Tsiganes qu'on voit le mieux l'image négative de l'errance. Victimes de leurs différences et des tares que l'on associe systématiquement à leur "race", même français, leur nationalité n'est pas reconnue et ils sont perçus, en tant que bohémiens, comme étrangers à la communauté nationale », écrit Jean-François Wagniart (*Le vagabond à la fin du XIXe siècle*, Paris, Belin, 1999, p. 35).

38. Mathieu Pernot indique que, pendant la Seconde Guerre mondiale, « environ six mille Tsiganes furent internés dans trente camps répartis sur le territoire français » (*Un Camp pour les Bohémiens. Mémoires du camp d'internement pour nomades de Saliers*, Arles, Actes Sud, 2001, p. 19). Il s'agit bien de camps d'internement, et non d'extermination. Mais combien parmi les Tsiganes français moururent de ces conditions de vie ? Rappelons par ailleurs qu'on estime à 500 000 environ le nombre de Tsiganes massacrés en Europe dans le cadre de la « solution finale » appliquée par les nazis.

« retrouvailles » avec une troupe de musiciens bohémiens qui lui rappellent ceux de son enfance, – temps de l'origine qui alimente la quête d'un ailleurs « intérieur ».

Profondément « déterritorialisant », le mythe des Bohémiens contribue à fonder notre modernité européenne tout en en questionnant les *limites*.

Sarga Moussa

I. Parcours lexicographique

Comment on nomme les Bohémiens et les Tsiganes

Marie Treps

> « On ne désigne jamais : on classe l'autre... ou on se classe soi-même... et, le plus souvent, on fait les deux choses à la fois. »
>
> Claude Lévi-Strauss, *La Pensée sauvage*, 1962.

À ceux que l'on nommait jadis Bohémiens, et que nous appelons aujourd'hui Tsiganes, toutes sortes de noms ont été – et sont encore – attribués. C'est à ces noms-là que nous allons porter attention, aux noms donnés aux Tsiganes par les non-Tsiganes. Quant aux noms ethniques utilisés par les différentes communautés tsiganes pour se désigner elles-mêmes (autonymes) ou pour désigner les autres Tsiganes (endonymes), il n'en sera pas question ici. À quelques exceptions près : quand ces noms ethniques sont récupérés par les non-Tsiganes et sont d'autorité assignés aux Tsiganes.

Loin d'être les seules désignations attribuées de l'extérieur (exonymes), *Bohémiens* et *Tsiganes* ont été retenus ici comme termes génériques. Chacun d'eux correspond à une période historique. Si le premier, depuis les travaux de François de Vaux de Foletier[1], fait l'unanimité quand il s'agit de

1. François de Vaux de Foletier, *Les Tsiganes dans l'ancienne France*, Paris, Société d'édition géographique et touristique, 1961 ; *Mille ans d'histoire des Tsiganes*, Paris, Fayard, 1970 ; *Les Bohémiens en France au 19ème siècle*, Paris, Lattès, 1981.

l'Ancien Régime, il n'en est pas de même pour le second, qui a tout de même été avalisé par les chercheurs, quand il s'agit de la période moderne.

Outre quantité de termes d'origine savante du type « Bohémiens » ou « Tsiganes », il existe en français un copieux lot de termes populaires, le plus souvent régionaux ou dialectaux, pour désigner ces populations qui ont fait leur apparition en France au XVe siècle.

Enfin, à l'époque contemporaine, sous l'égide du politique, d'autres sortes de noms sont apparus, largement diffusés par les médias.

Les appellations relevées dans des chroniques contemporaines de la première migration (XVe-XVIe siècles) sont souvent énoncées de manière distancée (« Ceux qu'on appelle Égyptiens »). En outre, certains textes laissent penser que ces appellations ont été empruntées aux arrivants : l'édit de 1539 (pris par François Ier), concerne « certains personnages inconnus qui se font appeler Bohémians ». Enfin, d'autres écrits se placent dans une position critique vis-à-vis de ces appellations importées par les arrivants étrangers ou associées à eux : « Ceux que nous nommons faussement Bohémiens ». Ces premières constatations laissent entrevoir une situation originelle ambiguë.

Les noms qui sont donnés à ces arrivants concordent avec ceux qu'ils disent être les leurs. Quoique ces prétendus autonymes semblent se confondre avec des noms ethniques (Égyptiens, Bohémiens, Éthiopiens, Nubiens), ils n'en sont pas. Ces noms répondent à une demande implicite des populations sédentaires, savoir d'où arrivaient les étrangers : d'Égypte, de Bohème... L'idée de peuple sans territoire était-elle inimaginable ? Ou inacceptable parce que menaçante ? Dans l'inconscient, peut-être. En tout cas, sous l'Ancien Régime, on ne crédite d'une origine précise que les catégories que l'on respecte. Ces « étrangers » bien vêtus, se déplaçant en riche équipage (avec chevaux et chiens) n'étaient point perçus comme des vagabonds : voilà ce que traduit cette première série de noms apparemment ethniques qu'il serait plus judicieux de qualifier de noms « géographiques ». Il faudra attendre quelques siècles et pénétrer la culture de ceux que nous appelons aujourd'hui « Tsiganes », pour prendre connaissance des véritables noms ethniques en usage chez ces populations.

D'un autre côté, les chroniqueurs établissent rapidement une distance qui traduit au mieux le doute, au pire le déni de ces appellations fondées sur les dires des étrangers. Ce qui incite à penser que les non-Tsiganes ont leur mot à dire sur la question. En fait, nous rencontrons toujours les Tsiganes dans un territoire déjà occupé par un autre avec qui il faut négocier. Cet autre, dans la mesure où il est détenteur de la force légitime, peut s'arroger le droit de nommer. C'est ce qu'il ne cessera de faire. D'où l'apparition, dans un deuxième temps, de nombreuses appellations appliquées à ces mêmes populations. Celles-là, d'une autre nature, vont s'ajouter au stock des premiers termes plus ou moins colportés par les arrivants.

Les noms « géographiques »

Revenons à ces premiers termes que nous avons qualifiés de géographiques. Ces termes génériques, confondant identité et origine territoriale supposée, soulignent la qualité d'étrangers de ces voyageurs. Ce sont, en outre, des termes globalisants.

Les premières chroniques relatant l'arrivée, au XVe siècle, dans le nord de la France, d'étrangers « venus du pays d'Égypte », témoignent de réactions étonnées, parfois émerveillées, des populations sédentaires devant ces compagnies errantes d'hommes, de femmes et d'enfants que l'apparence, le costume et la conduite désignaient alors, sans ambiguïté aucune, comme « autres ». À ces gens, on allait d'emblée attribuer toutes sortes de noms, leur manifestant ainsi grand intérêt et espérant peut-être, du même coup, dissiper le brouillard qui voilait leurs origines. Égyptiens, Sarrasins, Nubiens, Éthiopiens, Bohémiens ou encore Cigains... Ces noms s'accordent à dire que ces voyageurs venaient de loin, mais sont-ils fondés sur une réalité ?

Dès le XVIe siècle, un ou deux chroniqueurs non dépourvus de clairvoyance avaient une idée sur la question. Sans doute ces étrangers avaient-ils séjourné en Épire, région du Péloponnèse ouverte sur la mer Ionienne, surnommée « Petite Égypte » parce qu'elle fait face à la grande et en raison de sa fertilité. Si, curieusement, l'appellation « Égyptiens » suppose une origine grecque, celle de « Tsiganes » évoque l'Asie Mineure. En effet, *Cigain*, ancêtre de *Tsigane*[2], est issu d'un mot grec byzantin, *athinganos* « celui qui ne touche pas » désignant une secte de manichéens originaires de Phrygie

2. *Athinganos* est aussi à l'origine d'autres appellations en usage en Europe : *Zigeuner* en Allemagne, *Zingari* en Italie, *Zingaros* en Espagne, *Czigany*, *Cygan*... en Europe centrale.

dont les adeptes évitaient tout contact avec ceux qui ne partageaient pas leurs croyances.

D'autres appellations, en apparence fantaisistes, surgissent lors de cette première période sous la plume des chroniqueurs : « Bohémiens de Petite Égypte », « Égyptiens de la Petite Égypte », « Égyptiens de Bohème », « Tartares de Petite Égypte », « Égyptiens allemands », « Sarrazins du pays de l'Égypte »... Comme le note Patrick Williams[3], « ce que ces noms ont en commun alors, à travers la bigarrure des horizons auxquels ils renvoient, c'est d'indiquer l'extériorité ». Ne manifestent-ils pas aussi une tentative (certes maladroite) pour rendre compte de la complexité d'une situation que les autochtones ne maîtrisent pas ? On les désigne comme Bohémiens ou Égyptiens, tout en disant qu'ils ne sont pas habitants de la Bohème ou de l'Égypte. Que traduit « Bohémiens de Petite Égypte » ou « Égyptiens de Bohème », sinon, au-delà d'un certain embarras à nommer, la mobilité de ces populations, qui, à leur arrivée en France, n'ont pas l'air de vouloir s'installer et ne manifestent pas non plus l'intention de repartir d'où elles venaient ? Comme si la notion de « nation sans territoire » était, déjà, pressentie.

Qu'elles réfèrent de manière plus ou moins rigoureuse à la géographie contemporaine ou qu'elles relèvent d'une certaine fantaisie, ces appellations suscitées par les premières apparitions de Bohémiens en France révèlent le besoin d'assigner ces voyageurs à un territoire et en même temps la volonté de les reconnaître comme des étrangers remarquables, qu'on ne saurait confondre avec des vagabonds.

Les noms régionaux

À partir du XVIIe siècle, on voit apparaître une nouvelle sorte d'appellations, souvent incarnées par des vocables régionaux ou dialectaux, dont la plupart ont encore cours à la fin du XXe siècle – certains sont passés dans l'argot.

Si les premiers passages de Bohémiens sont signalés dès le XVe siècle, c'est dans les années 1840 que commence le peuplement du territoire français par les Manouches, les Roms et les Sinté piémontais. Dans les années

3. « *Or c'étaient des Tsiganes*... Utilisation des noms génériques, identification des Tsiganes et construction du récit historique dans les ouvrages de François de Vaux de Foletier », dans *Études tsiganes*, n°18-19, 2004, p. 195-210.

1860, de nombreux rapports provenant des agents de la force publique signalent la présence de Bohémiens en différents endroits de France. La visibilité des Tsiganes dans les campagnes françaises va provoquer une deuxième vague d'intense nomination.

Ces noms-là ne sont plus des noms répertoriés par les chroniqueurs (gens érudits), mais ils sont attribués par les populations sédentaires, par les gens des campagnes qui voient arriver des nomades d'allure exotique. Si les premières appellations, qui font écho à la parole des étrangers, expriment une certaine considération à leur égard, celles de la seconde période se fondent sur l'observation de populations nomades par les occupants légitimes du territoire élu par ceux-là. Elles mettent l'accent sur l'altérité de ces gens qui sont moins perçus comme étrangers que comme étranges ou suspects. La littérature témoigne de l'existence de ces noms-là, de leur variété.

Les appellations régionales témoignent de l'effet de surprise que produisirent l'apparence, le mode de vie, les activités exercées, les mœurs supposées des Tsiganes. Elles sont, plus profondément, révélatrices des fantasmes sécrétés par des populations sédentaires laborieuses, imprégnées de religion, prises dans le carcan des institutions et des lois, soudain confrontées à une altérité dérangeante[4].

En voici un inventaire qui, sans être exhaustif, illustre la variété des noms régionaux et leur mode d'attribution[5].

* *Noms liés à la qualité de nomades*

Ces termes font allusion à une mobilité observée localement. Les Tsiganes se sont inscrits dans le paysage français. On les voit revenir tous les ans et s'installer aux mêmes endroits (mobilité saisonnière) ou on les observe, seuls ou en groupe lors de petits déplacements liés aux activités économiques. Les termes employés au singulier semblent révéler une confusion entre Tsiganes et vagabonds.

4. Voir à ce sujet Marie Treps, « Les Bohémiennes de la littérature, un miroir tendu à nos fantasmes », dans *La Bohémienne, figure poétique de l'errance aux XVIII*e *et XIX*e *siècles*, études réunies et présentées par Pascale Auraix-Jonchière et Gérard Loubinoux, Presses universitaires Blaise Pascal, 2005, p. 45-63.
5. Voir en fin d'article la bibliographie correspondante.

Camillaud. Dans certaines localités du Maine-et-Loire, XXe siècle, « Tsigane ». Littéralement « chemineau ». D'après Doillon.

Camps-Volants. Surtout dans l'Est (en Lorraine francophone), depuis le début du XIXe siècle au moins (d'après Doillon). Dans la mesure où *camps-volants* est un terme militaire ancien récupéré, peut-être se réfère-t-il à une réalité ancienne : les Compagnies de Bohémiens qui, sous la conduite d'un capitaine, se mettaient au service d'un Prince, comme le montrent les gravures de Jacques Callot. Ce qui expliquerait la connotation péjorative associée à ce terme : ils sont mal vus et redoutés, bien qu'ils exercent des activités utiles à l'économie rurale (remoulage, tressage de paniers, rempaillage de chaises...).

[Encore en usage aujourd'hui, le terme est décidément péjoratif, comme en témoigne le sens figuré : « ceux qui vivent de manière précaire, ou ceux qui sont habillés n'importe comment ».]

Cigots, Cigognes. Vosges alsaciennes, « Bohémiens ». Variante argotique régionale de l'ancien *Cigain*, *Cigot* est signalé en 1847 (d'après Esnault). *Cigognes*, qui a peut-être subi l'influence de *Zigeuner*, est signalé en territoire vosgien en 1896 (d'après Esnault) et a généré en Alsace une étymologie populaire : « On appelle les Tsiganes *Cigognes* parce qu'on les voit réapparaître régulièrement, à certains moments de l'année » (relevé en Alsace dans les années 1970).

Roulant, Rouleur, Rouleux. Littéralement, « trimardeur, nomade ». Le premier est relevé dans les dialectes de l'Ouest en 1877 et dans la Creuse, avant 1950, les deux autres vers 1790 dans les dialectes de l'Ouest, tous avec le sens de « nomade » (d'après Doillon).

Trimard. Le Mans, 1946, « Bohémien se déplaçant en roulotte » (d'après Esnault).

* *Noms liés à l'habitat*

L'usage de la roulotte a accru la visibilité des Tsiganes. Pourtant, seuls deux termes témoignent de ce mode d'habitat répandu chez les Tsiganes de France aux XIXe et XXe siècles.

Baraquin. Nord de la France et Wallonie, XXe siècle, « nomade, saltimbanque » (d'après Doillon).

[Littéralement « celui qui vit dans une baraque », *baraque* signifiant « roulotte » en rouchi et en wallon.]

Roulottiers. « Bohémiens, Gens du voyage », XXe siècle (d'après Serge).

* *Noms liés à l'apparence*

Ils sont élaborés selon des critères physiques ou vestimentaires.

Calo, Calau. Vendée, Vienne, Limousin, Haute-Vienne, XXe siècle, « Tsigane et plus spécialement maquignon tsigane » (d'après Doillon).

[Le terme **kalo,** *littéralement* « homme noir », issu de la racine sanscrite *kâlâ* « noir », est un autonyme toujours en usage chez les Gitans et repris par les non-Gitans.]

Calouret, Caroulet/Carolet (par métathèse), **Calureau.** Diminutifs du précédent. Littéralement, « noiraud, basané ». Les trois premiers ont été relevés en Vendée, le dernier en Maine-et-Loire, au XXe siècle (d'après Doillon).

Coquets. Vendée, XXe siècle, « nomades, parfois Tsiganes » (d'après Doillon).

[Par allusion (ironique ?) à la mise des Tsiganes. Ou à rattacher à *coquins.*]

Noirs. Relevé à Rennes au XVIIIe siècle et en Vendée au XXe (d'après Doillon).

[Attribué d'après la peau foncée des Tsiganes ou emprunté aux Tsiganes eux-mêmes qui se nomment ainsi parfois : *noirs* est la traduction de *kalé.*]

Ricasset. Localité vendéenne, XXe siècle, « Tsigane ».

[Origine incertaine, soit du verbe *ricasser,* « ricaner, grincer des dents », soit, par aphérèse, de *aricassé,* « ridé », d'après Doillon.]

* *Noms liés aux activités exercées.*

À travers ces noms, on voit apparaître la participation des familles bohémiennes aux activités rurales (vannerie, notamment), alors qu'elle est invisible dans la presse ou les textes officiels. Ces noms évoquent aussi la marginalité des Tsiganes qui exercent des métiers étrangers au monde rural (spectacle, chine). Enfin, notons qu'il existe peu de noms pour évoquer les multiples activités aujourd'hui exercées par les Tsiganes en milieu rural (vendanges, cueillette des fruits, remoulage) ou aux abords des villes (chaudronnerie, ferraille).

Le spectacle

Baladin. 1. Dans les dialectes de l'Ouest (picard, normand, vendéen, orléanais) depuis 1545, « bohémien » (d'après Doillon).

2. Chez les banquistes « danseur, acrobate, saltimbanque qui voyage de ville en ville, de quartier en quartier pour y présenter son art », d'après Garnier. Désuet (survivant en 1968).

Bal(l)adins. 1. Autrefois, dans le bocage vendéen, « danseurs montreurs d'ours ou de singes ».

2. Depuis le début du XVIIe siècle, en Vendée, « nomades vivant en groupes de petits métiers et de rapines ».

[Du verbe *ballader* « chanter des ballades en mendiant », remontant au début du XVIIe siècle, d'après Doillon.]

Cabotin. Pays de Caux, 1807, « roulottier, saltimbanque » (d'après Doillon).

Circassien(s). 1. Jargon de la profession, attesté en 1889, « Saltimbanque, voyageur qui appartient au cirque » (d'après Doillon).

2. (au pluriel) « Gens des cirques tsiganes, en provenance d'une fictive Circassie » (d'après Doillon qui précise « sens sans doute originel »).

Comédiens. Berry, ouest de la vallée de la Loire, « bohémiens ». Attesté chez Alain-Fournier.

Rabouin(e).

1. Paris (avant 1891), Anjou, Saintonge, « Romanichel(le) ».

Appellation méprisante, peut-être donnée par les banquistes non-Tsiganes et qui traduirait ainsi leur rejet vis-à-vis des Tsiganes considérés comme « peu sérieux, arnaqueurs » (d'après Doillon).

On fait la distinction entre *Rabouins noirs*, qui voyagent encore, et *Rabouins blancs*, qui ont tendance à se sédentariser (d'après Serge). Employé par les Tsiganes eux-mêmes, le terme n'a rien de désobligeant. Et, employé dans les milieux mixtes (musiciens), *rabouin* est récupéré, par dérision, par les Tsiganes de ces mêmes milieux : *jouer comme un rabouin* « mal jouer » (entendu en Lorraine, vers 1980).

[Du fourbesque (argot italien ancien) *rabuino* « diable », attesté en 1531.]

2. Patron de baraque foraine ou de petit cirque, qui a une réputation d'arnaqueur (d'après Garnier).

La vannerie

Charpagnats. Lorraine francophone, « romanichels ».

[Littéralement « fabriquants de *charpagnes* », grands paniers d'osier servant à transporter le linge.]

Penadin, Peunadou, Peunaser, Paneraud. Saintonge, « Vannier ». [D'après le nom local du panier.]

Ralouche. 1. « Vanier, rempailleur de chaises manouche », d'après Sandry et Carrère.

2. « Personnage peu recommandable », d'après Serge.

[Mot-valise associant un terme d'origine obscure et un suffixe péjoratif fait d'après *manouche* ?]

La bonne aventure, la chine, la brocante, la ferraille, la mendicité

Bohémienne. « Diseuse de bonne aventure, voyante ». Attesté en ce sens chez Bonaventure Des Périers en 1558.

[Ici, procédé inverse : un nom désignant une femme tsigane s'applique, par extension, à toute femme exerçant « le métier de bohémienne » (autrement dit la voyance) comme on le disait sous l'Ancien Régime.

Chineur, Chinoux. « Bohémien ». Attesté à Fougères, en 1895, d'après Esnault.

[Les Tsiganes pratiquaient volontiers le petit commerce ambulant, le brocantage.]

Courou, Coureux. Vendée, Deux-Sèvres, Maine-et-Loire, XXe siècle, « Nomade ou Tsigane » (d'après Doillon).

[Littéralement, « celui qui court la campagne ».]

Galopin. Vendée, en 1978, « romanichel » (d'après Doillon).

[Désigne aussi un mendiant, un vagabond.]

Mamaillou(s). Lorraine francophone. « Revendeur de ferraille ou, par extension et au pluriel, Manouches. »

[Activité traditionnellement exercée par les Manouches dans le bassin sidérurgique lorrain.]

Meillaud. Vendée, Maine-et-Loire, « Tsigane, nomade, gueux ».

[Peut-être de *mille*, femme de gueux, attesté en 1509, d'après Doillon.]

* *Noms liés à la réputation, aux mœurs ou aux croyances supposées*

Nonchalance, paresse.

Ces termes, en affichant la marginalité irréductible des Tsiganes, qui exercent certaines activités, à leur rythme, en fonction de leurs besoins, mettent, de fait, en cause leur rapport au travail.

Boumler, parfois sous la forme abrégée **Boum.** En Moselle, « Tsigane ».

[De l'allemand familier *Bummel,* « flânerie ». Encore utilisé à la fin du XXe siècle.]

Cagnanou. Dans la Nièvre, « romanichel ». Attesté chez Cavanna, en 1977 : « Se faire chasser de son propre pays comme des cagnagnoux, si c'est pas des malheurs. »

[De la famille de *cagne, cagnard,* qui comprend de nombreux termes péjoratifs liés à la paresse.]

Cagolin. Vendée, attesté en 1964, « romanichel », d'après de La Chaussée.

[Mot-valise combinant *cagot,* terme ancien pour lépreux, et *câlin,* « paresseux » ?]

Câlin. Deux-Sèvres, attesté au XVIIe siècle, « nomade ».

[Évoque une idée de paresse : *Caleux* « fainéant », en Normandie à la même époque.]

Conduites répréhensibles

Beurdindins. Saintonge, XXe siècle, « nomades ».

[Nommés ainsi en tant que personnes bruyantes, fauteurs de désordre. Sans doute d'origine onomatopéique, d'après *Burdindin !*, exclamation traduisant un bruit de chute, d'après Doillon.]

Caraco. Midi de la France, Pyrénées, depuis le début du XIXe siècle, « Gitan ». [Du juron espagnol *carajo del Demonio !*, « sexe du diable », selon Esnault.]

Caraques. Provence, Languedoc, depuis la fin du XIXe siècle, « Gitans ».

[De même origine que le précédent et nettement péjoratif, comme en témoigne le sens figuré de *caraque*, encore vivant à Marseille, « individu douteux ».]

<u>Mœurs débridées</u>

Concubins. Vendée, XXe siècle, « Bohémiens », d'après Doillon.

[Cette appellation suppose un jugement défavorable. Mais elle reflète une réalité : les Tsiganes se sont toujours mariés à leur mode.]

Doyane. Saintonge, XXe siècle, « femme tsigane ».

[Du verbe *doyouner*, « se trémousser ». Péjoratif, comme en témoigne le sens figuré du mot : « femme de rien », d'après Doillon.]

Gourgandins. Berry, Indre, « Tsiganes » (d'après Marc Bordigoni).

[Terme existant au masculin – au XVIe siècle – et supposant l'idée de mauvaise vie.]

<u>Croyances</u>

Drouine. Île d'Elle, XXe siècle, « Sorcière ou nomade » (d'après Doillon).

Sarrasins. « Tsiganes ».

[Nom arbitraire donné aux Tsiganes à leur arrivée dans le Midi de la France en 1419, leur foi affichée (foi catholique) ne paraissait pas très ancienne, pas très bien établie. D'après de Vaux de Foletier.]

Les noms régionaux ici répertoriés ont été repérés dans toute une région, ou dans quelques localités, voire un seul village. Parmi ces nombreux termes imagés, beaucoup ont endossé une connotation péjorative. Générés par la durable présence de Tsiganes au sein des populations sédentaires, ces noms trahissent souvent une interprétation erronée de la réalité observée. Or, le passage au pluriel de certains de ces noms en fait des termes englobants. Compte tenu de la péjoration qui leur est souvent associée, ils vont peu à peu constituer un stock de termes stigmatisants dont les médias useront comme de termes génériques, contribuant ainsi à la propagation d'idées fausses et introduisant une confusion entre les Tsiganes et d'autres catégories (les gueux, les vagabonds, les marginaux). Ce qui est en complète contradiction avec la signification profonde des termes liés à l'arrivée des premiers Bohémiens.

Apparition de Tsiganes et des noms ethniques

Au XIXe siècle apparaît le terme « Tsigane » ainsi que de véritables noms ethniques.

On relève pour la première fois *Tsiganes* (avec un *s*) dans un texte français (se référant à une réalité russe) en 1826[6]. Du moins sous sa forme moderne, car le mot était présent dès le XVe siècle sous sa graphie ancienne *Cigains*, on s'en souvient. On retrouve le terme dans la deuxième moitié du XIXe siècle, sous la forme *Tziganes* (avec un *z*), appliqué aux musiciens qui se produisent aux Expositions Universelles (pavillon de la Hongrie, puis des Provinces roumaines). Puis à nouveau dans les années 1930, avec la traduction de l'ouvrage de Martin Bloch[7] : *Zigeuner* est alors traduit par *Tsiganes* (avec un *s*).

Tsigane (au pluriel) est désormais promu au statut d'ethnonyme savant. Reconnu par les linguistes, les historiens, les anthropologues (qui sont fort préoccupés par le débat sur le nom qu'il convient de donner aux Tsiganes), *Tsiganes* est utilisé pour qualifier un peuple envisagé dans sa globalité. Ce terme, qui occupe une place privilégiée, apparu « dans un contexte intellectuel de classement des hommes en races, peuples, ethnies, nationalités...[8] », n'a pas plus de légitimité que les autres.

Il est, en outre, rejeté par les Roms, les Manouches et les Gitans eux-mêmes, qui le ressentent comme vexatoire (il rappelle le génocide perpétré

6. Jacques-François Ancelot, *Six mois en Russie*, dans *Œuvres complètes*, Paris, H. Delloye-V. Lecou, 1858.
7. Martin Bloch, *Mœurs et coutumes des Tsiganes*, trad. de l'allemand, Paris, Payot, 1936.
8. Marc Bordigoni, « Réflexion sur la typographie de l'expression *gens du voyage* », dans *Études tsiganes*, n° 22, 2005, p 140-145.

par les nazis[9]). Pour cette raison, la plupart des non-Tsiganes et aussi quelques Tsiganes lui préfèrent le terme ethnique *Gitan*, ce qu'évoque le titre du film d'Émir Kusturica *Le temps des Gitans*... qui met en scène des Roms ! Même si *Gitans* (dérivé d'*Égyptiens*) est le terme générique le plus couramment utilisé dans la deuxième moitié du XXe siècle, il n'est pas souhaitable d'entériner cette pratique dans la mesure où ce terme est l'autonyme d'un groupe particulier[10], au même titre que *Rom* ou *Manouche*. *Tsigane* a, en fin de compte, l'avantage d'être dénué de cette sorte d'ambiguïté, c'est pourquoi il a été élu par les spécialistes et maintenu, par convention.

Mais, en 1971, la Romani Unia (Union Internationale Rom), lors du premier Congrès mondial tsigane, adopte le terme *Rom* pour qualifier le peuple tsigane dans son ensemble et le dote d'un drapeau : sur fond bleu (pour le ciel) et vert (pour la terre), une roue rouge (couleur de la vie), celle d'un chariot symbolisant l'errance. Ainsi les Roms ayant, eux aussi, récusé le terme *Tsiganes*, ont élu leur propre terme ethnique[11] pour désigner l'ensemble du peuple tsigane. Et voici *Rom* aujourd'hui utilisé par les médias et les institutions européennes, en tant que terme générique politiquement correct.

Cette situation confuse s'est aggravée avec l'apparition d'autres termes ethniques, d'autant que certains vont à leur tour être requis pour désigner les Tsiganes dans leur hypothétique totalité.

En France, à partir du milieu du XIXe siècle, le passage de troupes assez nombreuses de nomades venus d'Europe centrale coïncide avec l'apparition de nouvelles appellations : *Hungari* et *Romani*, notamment. Ces ethnonymes importés par les populations nouvellement arrivées vont bientôt être repris par les artistes qui observent avec intérêt ces personnages hauts en couleur. Un tableau de Denis Bonnet représente « Les Hongrois de Carpentras » (1868), Émile Zola décrit une halte de Hongrois à la porte Saint-Ouen (*Nouveaux Contes à Ninon,* 1874). Ces dénominations sont

9. La politique allemande contre les Tsiganes a été instaurée officiellement dès 1899 et menée par Alfred Dillman. Ce haut fonctionnaire de la police impériale avait rassemblé les signalements des Tsiganes allemands dans un ouvrage fameux, le *Zigeuner-Buch*.
10. Groupe fortement représenté en Espagne et, dans une moindre mesure, dans le sud de la France.
11. Le vocable *rom* signifie « être humain » ou « époux ».

également enregistrées par la police : Vidocq mentionne « Les Romanny » en 1845[12].

Ces noms ethniques toujours en usage dans les communautés (les descendants des Romani et des Hungari arrivés au milieu du XIXe siècle se disent « Rom », « Hongrois » ou « Zongrois ») vont commencer à se répandre à l'extérieur du monde tsigane, sous la pression du contexte politique. Le recensement général des vagabonds et nomades organisé en 1895 par le ministère de l'Intérieur ayant accru l'intérêt pour ces populations, vers 1896-1899, la presse commence à participer à la diffusion des nouvelles appellations, utilisant sans discernement ces ethnonymes déconnectés de leur contexte d'usage.

À partir du XIXe siècle également, des voyageurs, des missionnaires, des linguistes vont à la rencontre de populations tsiganes. Ce qui provoque l'apparition des « Tsiganes ethniques », selon l'expression de Patrick Williams. Ils s'appellent « Manouches », « Sinte », « Sinti », « Sinti piémontais », « Rom », « Rom lovera », « Rom tchurara », « Rom kalderash », « Yéniches », « Ursaria »... Ces noms ethniques diffusés par les relations de voyages et les écrits scientifiques, puis relayés par les médias – du moins pour certains d'entre eux – vont peu à peu entrer dans l'usage courant. Là, ils seront rarement utilisés à bon escient.

Aujourd'hui, en France, les plus répandus de ces noms ethniques sont *Manouches, Roms* et *Gitans*. Chacun, rappelons-le, désigne spécifiquement certains Tsiganes. Pourtant ils sont utilisés par les non-Tsiganes pour désigner n'importe quels Tsiganes. La presse fourmille d'exemples d'utilisation dévoyée de ces ethnonymes récupérés et transformés en termes génériques globalisants, souvent chargés de connotations péjoratives du fait de leur utilisation dans la relation de faits divers déplorables.

Amalgames et politiquement correct

Pendant tout le XIXe siècle et au siècle suivant, les régionalismes ont perduré. Certains sont aujourd'hui repris par les Tsiganes eux-mêmes qui, non sans humour, en font de nouveaux autonymes. Les Manouches récupèrent certains termes génériques : ils peuvent se dire Rabouins ou Voleurs de poules, ou encore Bohémiens. Derrière les deux premiers choix, on

12. Eugène-François Vidocq, *Les Chauffeurs du Nord*, Paris, Le Seuil, 1959.

devine une certaine autodérision, le second, plus romantique, laisse percer la nostalgie « du temps des chevaux ».

Au XXe siècle, une moindre présence des Tsiganes dans les campagnes – liée à la disparition de leurs activités économiques traditionnelles – et, à l'inverse, leur implantation à la périphérie des villes entraîne une relative invisibilité des populations tsiganes arrivées de longue date. À l'inverse, une nouvelle vague migratoire amène en Europe de l'Ouest des demandeurs d'asiles, des réfugiés, qui, eux, sont hautement visibles, identifiés comme différents et d'emblée perçus comme menaçants. D'où l'avènement d'une « question tsigane » se traduisant, entre autres choses, par une prise en charge médiatique accrue de la nomination des Tsiganes et coïncidant avec l'apparition de nouveaux termes géographiques, tel *Roumains* qui désigne des Roms arrivés de Roumanie dans les années 1980.

Ce terme à forte connotation ethnique est utilisé avec une intention nouvelle : suggérer l'amalgame entre ceux qui sont établis en France depuis plusieurs siècles et les étrangers arrivants de l'Est (ces derniers étant pourtant beaucoup moins nombreux que les précédents). La récupération de nouveaux termes ethniques et leur utilisation immédiate comme vocables globalisants permet le rassemblement pêle-mêle, dans un ensemble flou, des anciens migrants devenus français (certains sont là depuis le XVe siècle) et des étrangers nouvellement arrivés. Ainsi on déplace le sème « dangereux » sur des populations qui avaient trouvé une place dans la société française. Ceux-là, implantés sur le territoire français depuis des lustres, vont désormais être perçus comme étrangers indésirables.

Par ailleurs, la volonté de sédentariser les populations tsiganes – qui va de pair avec le gommage de leur altérité, le déni de leur spécificité culturelle – se concrétise par l'avènement d'un terme politiquement correct, « Gens du voyage », largement utilisé aujourd'hui dans la langue administrative et dans la presse. Voyons de plus près la genèse de cette expression globalisante qui, comme les termes régionaux, met l'accent sur un mode de vie particulier.

C'est au début du XXe siècle que se manifestent les premières velléités « d'euphémisation républicaine », selon l'heureuse expression de Marc Bordigoni[13]. Alors que, dans les débats préparatoires au vote de la loi de

13. Article cité (voir *supra*, n. 8).

1912[14], il est question de « Bohémiens », dans le texte même de la loi, la désignation retenue est « nomades ». Ainsi la connotation ethnique est gommée et avec elle, pense-t-on, la connotation péjorative. Mais dans les documents afférents à l'application de la loi (circulaires destinées aux services de gendarmerie notamment), il est question de « Nomades » (avec une majuscule) ou de « Nomades ethniques » : revoilà les « Tsiganes ethniques ». Par ailleurs, l'ambiguïté de ces derniers termes traduit une certaine contradiction des intentions. D'un côté, on souhaite gommer la spécificité des populations tsiganes, de l'autre, on cherche à les identifier comme des populations spécifiques afin de leur réserver un traitement particulier. On se souvient des panneaux « STATIONNEMENT INTERDIT AUX NOMADES ».

Avec la loi *Besson*[15] arrive l'expression « gens du voyage », dans laquelle le premier terme ne porte pas de majuscule : « il ne saurait être question de reconnaître ainsi une spécificité ethnique à une part de la population française tout en reconnaissant un mode de vie « traditionnel » qui demande des aménagements territoriaux[16] ». On peut encore voir des panneaux « EMPLACEMENT RÉSERVÉ AUX GENS DU VOYAGE ». Avec la loi *Sarkozy*[17], la législation française entérine « gens du voyage ».

Aujourd'hui, « gens du voyage » est utilisé dans la langue administrative et dans la presse, alors que « voyageurs » est utilisé oralement par les voyageurs eux-mêmes et par les travailleurs sociaux, les prêtres, les pasteurs qui les côtoient. Mais, en ce qui concerne les Tsiganes, contrairement à ce qui se passe habituellement dans la société, les usagers ne sont pas souverains.

Contrairement à « Sans domicile fixe », l'expression n'a pas de singulier. La globalisation a atteint son comble. Non seulement l'ethnicité de ceux

14. En 1895, une circulaire ministérielle avait prescrit le recensement « des nomades et Bohémiens ». Puis, les parlementaires, ayant mis à l'ordre du jour des débats la surveillance des nomades, suggérèrent l'établissement d'une pièce d'identité spéciale. La loi du 16 juillet 1912 a institué le « carnet anthropométrique des nomades ». Chacun, adulte ou enfant, était détenteur d'un carnet et avait l'obligation de le faire viser dans chaque commune. Ce document resta en vigueur jusqu'en 1969.

15. La loi *Besson* du 31 mai 1990, concernant l'habitat et le stationnement des itinérants, impose un schéma départemental d'accueil des « gens du voyage », qui se traduit par l'obligation, pour les communes de plus de 5000 habitants, d'aménager des terrains d'accueil décents.

16. Marc Bordigoni, article cité.

17. Loi n°2003-239 « Pour la sécurité intérieure », 18 mars 2004.

que nous rassemblons – bien imprudemment – sous le vocable « Tsiganes » n'est pas reconnue, leur infinie richesse ethnique n'est même pas envisagée, mais l'individu lui-même est nié. Aujourd'hui, le choix des termes appliqués en France aux Tsiganes trahit la négation du droit de citoyenneté individuelle et l'assimilation du nomadisme au vagabondage.

À la fin du voyage

Ayant fait, à grands traits, l'histoire des noms donnés aux Tsiganes, je ne peux que constater cela : « on » les nomme, depuis toujours, sans se poser de questions, mais pas n'importe comment. La désignation des Tsiganes est révélatrice des préoccupations de la société.

Au fil du temps, les stratégies de nominations évoluent, en fonction de la perception que les non-Tsiganes ont des Tsiganes, et en fonction de la place que les premiers entendent assigner aux seconds.

Dans la première période, les érudits enregistrent des désignations plus ou moins importées par les « Bohémiens », désignations apparemment liées à une appartenance territoriale originelle, traduisant en réalité, au travers de stratégies de nomination embarrassées, la reconnaissance d'une population à l'identité particulière.

On assiste ensuite à l'émergence de désignations bricolées par les populations sédentaires, désignations apparemment fondées sur une observation des populations itinérantes, où se mêlent, en réalité, des bribes de vérité et des stéréotypes traduisant l'appréhension à l'égard d'une population dont l'altérité est désormais perçue comme menaçante.

On aboutit aujourd'hui à une situation complexe, marquée par l'amalgame et la confusion, d'une part, et perturbée par l'émergence d'enjeux politiques, d'autre part. De nombreux termes coexistent, dont certains issus de la première phase *(Bohémiens)* et de la deuxième *(Caraques, Camps-volants)*. L'époque moderne voit l'avènement de *Tsiganes* et l'apparition de nouveaux termes géographiques *(Hongrois, Roumains)* et d'ethnonymes *(Roms, Manouches)*, qui sont utilisés à tort et à travers. Enfin, s'imposent des termes nouveaux, politiquement corrects, liés à l'avènement d'une « question tsigane », émis par les instances administratives et diffusés (pour ne pas dire imposés) par les médias.

Pour exister, il faut avoir un nom. Avec les Tsiganes, le problème n'est pas l'absence de noms mais au contraire la surabondance. Les Tsiganes existent, certes, mais leur présence est perturbante pour les sociétés dans lesquels ils tentent de se maintenir en préservant leur identité. Que révèle, au fond, la pléthore de noms attribués par les non-Tsiganes aux Tsiganes ? L'impossibilité à les admettre, dans le respect de leur altérité, au sein de notre société et la volonté toujours contrariée de leur *assigner* une place.

Bibliographie

Alain-Fournier, *Le Grand Meaulnes*, Paris, Fayard, 1986.

Robert Bouvier, *Le Parler marseillais*, Paris, Rivages, 1985.

François Cavanna, *Les Ritals*, Paris, La Livre de poche, 1978.

Albert Doillon, « Noms donnés aux Tsiganes en France et dans l'Europe occidentale », dans *Les Cahiers des amis du lexique français*, s.d., p. 193-202. (texte disponible à l'INALF, Nancy).

Gaston Esnault, *Dictionnaire historique des argots français*, Paris, Larousse, 1965.

Jacques Garnier, *Forains d'hier et d'aujourd'hui*, Orléans, chez l'auteur, 1968.

François De La Chaussée, *Les parlers du Centre-Ouest de la Vendée*, Paris, d'Artrey, 1966.

Géo Sandry et Marcel Carrère, *Dictionnaire de l'argot moderne*, Paris, Éd. Du Dauphin, 1953.

Serge (Maurice Féaudierre, dit), *Amar, Roi du cirque*, Paris, Éditions de Paris, 1952 ; *La grande histoire des bohémiens*, Paris, Karolus, 1963.

II. L'émergence d'une fascination

Métamorphoses du Bohémien au XVIIe siècle : de Cervantès à la scène française[1]

Frédéric Tinguely

Le 29 janvier 1664, une petite troupe de danseurs « égyptiens », quatre femmes et deux hommes, effectue une entrée remarquée dans l'appartement bas de la reine mère au Louvre. Compte tenu des pratiques répressives en vigueur à l'époque, on pourrait craindre que ces Tsiganes qui s'aventurent dans les lieux mêmes du pouvoir ne soient bientôt marqués au fer, rasés, les hommes condamnés aux galères, les femmes à l'hôpital, ces divers châtiments sanctionnant le seul fait de vagabonder en Bohémiens. On pourrait le craindre s'il ne s'agissait d'une représentation, plus précisément d'un ballet de cour soutenu par une comédie de Molière : *Le Mariage forcé*. Le ballet et la comédie seront représentés à plusieurs reprises durant l'année 1664, en particulier le 13 mai, à Versailles, au terme des fameux *Plaisirs de l'Île enchantée* qui marqueront l'inauguration festive du nouveau palais. Un livret imprimé à l'intention des spectateurs et heureusement parvenu jusqu'à nous permet de mieux cerner l'identité des six Égyptiens ou Bohémiens du Louvre : les quatre femmes sont jouées par le marquis de

1. L'auteur tient à exprimer toute sa reconnaissance au Fonds National Suisse de la recherche scientifique pour son précieux soutien au cours de la préparation et de la rédaction de cette étude.

Rassan, les sieurs Raynal, Noblet et La Pierre ; quant aux deux hommes, il s'agit du marquis de Villeroy et... du monarque en personne[2].

Alors que la répression à l'encontre des Tsiganes, amorcée de façon sporadique dès la première moitié du XVIe siècle, est en train d'acquérir une dimension systématique sous l'impulsion de Colbert, le roi se plaît manifestement à se travestir en Bohémien comme il aime à se métamorphoser en berger afin d'effectuer quelques pas de danse devant ses courtisans. D'un côté, la mise en place de l'ordre louisquatorzien repose sur un appareil juridique impitoyable à l'égard des vagabonds et oisifs de toutes sortes, les Tsiganes se voyant assimilés à cette catégorie mais faisant aussi l'objet de mesures spécifiques, notamment dans la fameuse déclaration de 1682 qui les prend pour cible avec « ceux qui leur donnent retraite[3] ». De l'autre – et à peu près simultanément –, la culture festive qui assure le prestige et le rayonnement du pouvoir concentré dans les mains du monarque fait très bon accueil à la figure haute en couleur du Bohémien musicien, danseur, pourvoyeur de tous les plaisirs. Ce succès ne se limite pas, en effet, au *Mariage forcé* : sous Louis XIV, on repère des Égyptiens dans bien d'autres ballets de cour, comme dans le *Ballet royal des plaisirs*, en 1655, où le roi incarne déjà un Bohémien, le *Ballet royal de l'impatience*, en 1661, ou encore *Les Noces de village* dansées en 1663 au château de Vincennes[4].

Ainsi, au moment même où il constitue plus que jamais un signe intolérable de nomadisme non productif, l'habit tsigane apparaît comme un magnifique costume de théâtre. Sans doute serait-il trop facile de voir dans ce phénomène un simple paradoxe, une forme de bégaiement de l'histoire, ou encore de considérer que l'univers des formes obéit dans ce cas à un rythme propre, à l'écart ou à l'abri des réalités sociales et politiques. Le fait qu'il soit ici question de fêtes de cour doit nous orienter vers une autre hypothèse, plus intéressante et plus subversive : celle d'une cohérence profonde entre les dynamiques de répression et de folklorisation, entre la marginalisation et la récupération scénique du Bohémien. Il se pourrait

2. Voir *Le Mariage forcé, ballet du Roi dansé par sa Majesté, le 29e jour de janvier 1664*, dans Molière, *Œuvres complètes*, t. I, éd. Georges Couton, Paris, Gallimard, Bibliothèque de la Pléiade, 1971, p. 709.
3. Voir sur ce point Henriette Asséo, « Marginalité et exclusion. Le traitement administratif des Bohémiens », dans *Problèmes socio-culturels en France au XVIIe siècle*, Paris, Klincksieck, 1974, p. 9-87.
4. Voir François de Vaux de Foletier, *Les Tsiganes dans l'ancienne France*, Paris, Société d'Édition Géographique et Touristique, 1961, p. 113.

bien que l'on ait ici affaire aux deux faces d'une même monnaie, aux deux versants, solidaires et complémentaires, d'une même stratégie globale de neutralisation de l'altérité culturelle.

Il est en tous les cas un fait difficilement contestable dans lequel on peut voir une forme de symptôme : alors qu'ils sont arrivés en Europe occidentale dans le premier quart du XVe siècle et qu'ils ont pendant des décennies bénéficié d'un accueil largement favorable en qualité de pèlerins ou de nobles de Petite Égypte persécutés par les Turcs, *les Tsiganes ne font leur véritable entrée en littérature qu'à partir du moment où ils sont visés par des mesures discriminatoires.* Ce constat assez troublant est globalement valable pour la France, où les Égyptiens ne font une timide apparition dans les textes littéraires qu'à l'époque des derniers Valois, sous la plume de Marot, Rabelais ou Ronsard. Il l'est de façon très précise dans le cas de l'Espagne, puisque la *Celestina* de Fernando de Rojas, parue en 1499, peut être considérée comme la première œuvre espagnole à accueillir un motif gitan, en l'occurrence celui de la diseuse de bonne aventure[5]. Or 1499, c'est précisément l'année de la pragmatique dans laquelle les Rois Catholiques, sept ans après l'expulsion des Juifs, somment les Gitans de choisir entre l'assimilation et le bannissement, ainsi que le rappelle Bernard Leblon : « Les Rois Catholiques font observer, dans le préambule de leur pragmatique, que la plupart des Gitans sont aptes au travail. Ils leur enjoignent donc d'apprendre des métiers ou de s'engager au service de maîtres qui pourront assurer leur subsistance. Ils soulignent que leur vie errante et oisive constitue un désordre et un mauvais exemple pour les autres sujets. Les Gitans qui refuseraient d'obéir à ces injonctions et de se fondre dans la masse des travailleurs sédentaires ont soixante jours pour quitter le pays. Passé ce délai, ils seront traités comme des vagabonds et on leur appliquera les mesures déjà en vigueur pour ces derniers : peine du fouet, expulsion, prison, oreilles coupées et, enfin, esclavage à vie, forme archaïque des travaux forcés[6]. »

Il n'est peut-être pas impossible de considérer cette coïncidence chronologique comme une manière d'emblème, comme une invitation à interroger la figuration littéraire du Bohémien dans les rapports complexes qu'elle

5. Voir Bernard Leblon, *Les Gitans dans la littérature espagnole*, Institut d'Études Hispaniques et Hispano-américaines, Université de Toulouse-Le Mirail, 1982, p. 118.

6. Bernard Leblon, *Les Gitans d'Espagne. Le prix de la différence*, Paris, P.U.F., 1985, p. 28.

entretient avec le contexte assez bien connu de la répression anti-tsigane au seuil de notre modernité. Or, faire ici la part de la complexité, c'est reconnaître que ces rapports ne sont jamais purement illustratifs et que le texte littéraire ne peut être traité comme un simple document reflétant en toute limpidité une réalité qui lui est extérieure. C'est rejeter aussi bien les approches décontextualisées des œuvres littéraires que le parti pris référentiel d'une certaine critique érudite, et s'efforcer de dégager dans le détail les interactions, le dialogue tantôt critique, tantôt moins problématique, qui s'instaure entre une œuvre toujours singulière et son environnement historique et culturel.

Dans les pages qui suivent, ce type d'approche sera d'abord appliqué à un texte incontournable par sa complexité comme par sa fortune considérable : *La Petite Gitane* (*La Gitanilla*) de Cervantès. On s'intéressera également aux premières adaptations théâtrales de cette nouvelle dans la littérature française du XVIIe siècle en étudiant deux tragicomédies pareillement intitulées *La Belle Égyptienne*, la première due au célèbre Alexandre Hardy, la seconde à un certain Sallebray. Ce corpus restreint servira de laboratoire : il permettra de mieux comprendre comment les représentations littéraires de l'altérité *mettent en jeu* certaines données culturelles et comment cette transposition créative se renégocie constamment au fil des réécritures.

La Petite Gitane

C'est sur ce petit chef-d'œuvre que s'ouvrent les *Nouvelles exemplaires*, qui paraissent à Madrid en 1613, deux ans avant la publication de la deuxième partie de *Don Quichotte*. Par souci de clarté, il n'est peut-être pas inutile de rappeler l'essentiel d'une intrigue riche en rebondissements. La nouvelle s'ouvre sur l'évocation d'une jeune Gitane de quinze ans qui répond au nom de Preciosa, un nom qui renvoie à la valeur, à la beauté, et n'est bien entendu chargé d'aucune connotation négative. À Madrid, les grâces et l'esprit de la Bohémienne font merveille à l'occasion des réjouissances de la Sainte-Anne, patronne de la ville. Preciosa, toujours accompagnée d'une vieille Gitane qui passe pour son aïeule, danse et chante avec ses camarades. Elle se produit dans la rue ou chez des particuliers ; elle dit la bonne aventure avec beaucoup de subtilité, si bien que l'inévitable finit par se produire : un jeune homme de bonne famille, Juan de Cárcamo, tombe éperdument amoureux d'elle et lui déclare sa flamme. Mais Preciosa modère immédiatement son ardeur et n'accepte de devenir son épouse que s'il se soumet à une période probatoire de deux ans pendant laquelle il devra mener une vie de Gitan. Juan accepte sans hésiter. Il est aussitôt contraint de changer de nom et s'appellera désormais Andrés Caballero ; son entrée dans la troupe de Preciosa s'accompagne d'une cérémonie initiatique au cours de laquelle un « éloquent vieillard[7] » expose les grands principes et les avantages de la vie tsigane. Andrés adopte ainsi les mœurs gitanes, à ceci près qu'il ne peut se résoudre à commettre des vols et achète secrètement des marchandises pour ensuite prétendre les avoir dérobées. Au fil de l'histoire, la compagnie parcourt l'Espagne : après Madrid, elle se rend en Estrémadure, puis dans la Manche et finalement dans la province de Murcie. Là, les choses se précipitent : la fille d'une aubergiste tombe amoureuse d'Andrés, qui décline ses avances en prétextant (comble de l'ironie) que les Gitans ne se marient qu'entre eux. Pour se venger, la jeune femme accuse faussement le faux Gitan de vol. Andrés est appréhendé par les forces de l'ordre et giflé par un soldat qu'il tue aussitôt afin de venger son honneur. Désormais arrêté pour meurtre, il est emmené à Murcie afin d'y être traduit devant le corregidor et très certainement pendu. Tout semble joué, mais grâce aux révélations de la vieille Gitane et à certains signes de reconnaissance, il s'avère que Preciosa est en réalité la fille du corregidor et de son épouse : c'est évidemment la vieille Bohémienne qui l'a enlevée à ses parents quinze ans plus tôt. Forte de sa nouvelle naissance, Preciosa peut se porter garante de la noblesse d'Andrés, qui est aussitôt élargi – un noble n'a pas à se laisser frapper par un soldat – et peut enfin épouser celle qu'il aime, dont le vrai nom est Constanza. En somme, la petite Gitane n'est guère plus tsigane que ne le sera son avatar hugolien : la Esmeralda[8].

Comme toutes les œuvres de Cervantès, *La Petite Gitane* a donné lieu à une immense production critique sans que l'on ait toujours posé au texte les questions les plus pertinentes. On s'est par exemple beaucoup demandé si l'auteur nous offre une vision positive ou négative des Gitans, s'il demeure prisonnier d'une gitanophobie répandue et même topique dans la littérature du Siècle d'Or ou si son génie humaniste lui permet de

7. Cervantès, *La Petite Gitane*, dans *Œuvres romanesques complètes*, t. II : *Nouvelles exemplaires, suivies de Persilès*, éd. Jean Canavaggio, Claude Allaigre et Jean-Marc Pelorson, Paris, Gallimard, Bibliothèque de la Pléiade, 2001, p. 52.

8. Rappelons que la Gitane de Cervantès a des « yeux d'émeraude » (p. 28), des *ojos de esmeraldas* auxquels la Bohémienne de *Notre-Dame de Paris* semble bien devoir son nom.

se soustraire aux préjugés de son temps. À l'appui de cette dernière thèse, on insiste volontiers sur la représentation pittoresque que Cervantès propose du monde gitan, lequel entretient dans le texte des relations étroites avec l'univers idéalisé de la littérature pastorale. Mais la critique n'évite pas toujours le piège de l'anachronisme et c'est sans doute lire *La Petite Gitane* à travers le prisme du romantisme que d'y voir une apologie de la liberté nomade. À l'opposé, une lecture plus suspicieuse, affranchie du culte des grands auteurs, met bien entendu l'accent sur le fait que Preciosa n'est pas véritablement gitane et que, d'une certaine façon, elle ne peut pas l'être dans l'esprit de Cervantès, compte tenu précisément de ses innombrables qualités. Dans cette perspective, on s'attache volontiers à rappeler qu'une autre nouvelle exemplaire, *Le Colloque des chiens* (*El Coloquio de los perros*), brosse des Gitans un portrait des plus sombres qui s'achève sur un constat dont la tolérance humaniste n'est pas des plus évidentes : « Bref, c'est là une mauvaise engeance, et bien que beaucoup de juges, et des plus sages, se soient attaqués à eux, ils ne s'amendent point pour autant[9]. » Dans le même esprit, on a beau jeu de convoquer les premières lignes de *La Petite Gitane*, où le narrateur paraît jeter les bases d'une représentation extrêmement négative :

> Il semble que gitans et gitanes ne soient venus au monde que pour être voleurs : nés de parents voleurs, élevés parmi des voleurs, ils mettent leur étude à devenir voleurs et, en définitive, finissent par être voleurs tout le temps, comme on respire : avoir envie de voler et voler sont chez eux comme des accidents inséparables dont on ne se défait qu'avec la mort[10].

L'insistante condamnation est apparemment sans appel, mais l'on relèvera qu'elle se caractérise par une double modalisation (« Il semble » ; « *comme* des accidents inséparables ») qui en atténue discrètement la portée. Au moment même où l'on s'efforce de démontrer la gitanophobie du narrateur, on peut par conséquent être amené à se demander si le passage le plus ouvertement hostile aux Gitans ne pose pas précisément problème et s'il ne résiste pas à une lecture univoque.

Le fait même que l'on puisse proposer des lectures aussi divergentes de *La Petite Gitane* témoigne d'une *ambivalence axiologique* qui deviendra

9. *Le Colloque des chiens*, dans *Œuvres romanesques complètes*, t. II, p. 487. À noter toutefois que c'est un chien qui s'exprime...
10. *La Petite Gitane*, p. 17.

bientôt une constante dans la représentation occidentale des Tsiganes et dont on tentera ici de préciser les modalités de fonctionnement ainsi que les conditions de possibilité dans la nouvelle de Cervantès. On repère dans le texte au moins deux éléments qui favorisent une certaine indécidabilité du jugement de valeur sans que celle-ci ne relève pour autant d'une simple contradiction ou incohérence.

Le premier n'est autre que l'*ambivalence identitaire* sur laquelle est construite la nouvelle. Tout l'intérêt de Preciosa, toute sa richesse sur un plan symbolique, réside bien entendu dans le fait qu'elle est en quelque sorte tsigane et « gadji » à la fois. Certes, le coup de théâtre final semble autoriser en toute logique une lecture rétrospective qui abolit la tsiganité de Preciosa et permet d'imputer l'ensemble de ses qualités à son origine noble. Mais cette seconde lecture, à travers laquelle le texte fait en partie allégeance à la doxa de l'époque, n'est jamais vraiment en mesure d'effacer les premières impressions produites par la Gitane dans l'esprit du lecteur comme dans celui de Juan de Cárcamo. Pas plus que ce dernier, nous ne sommes capables ou désireux d'oublier le moment de la première rencontre, du coup de foudre auquel restent irrémédiablement associés les charmes d'une danseuse égyptienne. À cet égard, l'attitude du corregidor envers celle qu'il reconnaît comme sa fille se révèle exemplaire et pourrait bien figurer en abyme l'une des réactions possibles du lecteur ; bien que conscient d'avoir retrouvé sa chère Constanza, le corregidor entend continuer à l'appeler de son nom de Gitane : « et ce nom de Preciosa je veux que tu le gardes, en mémoire de t'avoir perdue et retrouvée[11]. » Le renversement final ne vient pas simplement faire tomber un masque pour imposer une identité stable : de même que l'origine noble de la jeune femme pouvait transparaître en dépit de sa condition gitane, quelque chose de sa tsiganité subsiste malgré tout à la fin de l'histoire, quelque chose qu'elle conserve comme une richesse, comme ce nom de Preciosa que personne ne souhaite oublier. La révélation de la véritable origine de l'héroïne fonctionne moins sur le mode de la substitution que sur celui de la superposition. Elle ne produit pas tant un effacement qu'elle ne crée une épaisseur.

Cette reconnaissance finale efface d'autant moins l'identité gitane de Preciosa que se dessine dans l'Europe prémoderne une forte tendance à nier purement et simplement l'existence d'une ethnie ou, selon les termes

11. *Ibid.*, p. 78.

de l'époque, d'une « nation » tsigane. De la *Cosmographie* de Sébastien Münster (1544) au discours juridique français du XVIIe siècle, on constate que l'hypothèse d'une vaste association de malfaiteurs dissimulant sa véritable nature derrière le masque d'une origine égyptienne jouit d'une fortune considérable. Dans l'Espagne du Siècle d'Or, ce déni d'identité culturelle est courant, notamment chez les auteurs de réquisitoires anti-gitans comme le professeur d'Écriture sainte Sancho de Moncada ou l'alcade Juan de Quiñones. Dans son *Discurso contra los Gitanos* publié à Madrid en 1631, Quiñones brosse le tableau d'une sorte de grande confrérie picaresque : « Ainsi, cette vile canaille n'est pas autre chose qu'un groupement d'hommes et de femmes poursuivis pour divers délits ou pour dettes, des insurgés et des malfaiteurs qui, ne pouvant demeurer dans les endroits où ils sont connus, se retirent dans les maquis ou dans des lieux peu habités où ils se cachent. S'ils ont le teint hâlé, c'est à cause des intempéries et parce qu'ils sont exposés sans cesse au soleil. Boniface dit que pour paraître étrangers, venus d'autres contrées, ils se lavent le visage chaque mois avec le jus de certaines plantes qui leur noircit la peau. Cela fait croire à certains qu'ils ne sont pas espagnols, mais plutôt originaires d'un pays aussi torride que l'Afrique ou l'Égypte et cette illusion est entretenue par le langage et le costume qu'ils utilisent[12]. » On voit bien la logique perverse à l'œuvre dans un tel passage : il s'agit, pour mieux les condamner, de marquer au sceau de l'imposture toutes les manifestations de la culture gitane. Transposée sur un plan strictement social, l'altérité tsigane finit par se confondre avec celle des autres vagabonds : première assimilation qui en autorise bientôt une seconde.

Il est impossible de dire si Cervantès partage ou non cette vision des choses, mais le fait est que rien, dans *La Petite Gitane*, ne s'y oppose. Au contraire, il semble que la facilité avec laquelle Juan de Cárcamo intègre la troupe tsigane puisse parfaitement s'accorder avec un tel réductionnisme social. L'interprétation que le narrateur propose du célèbre *ceceo*, le zézaiement gitan, va d'ailleurs dans le même sens, puisqu'il affirme que ce trait phonétique est « artifice et non naturel[13] ».

Quoi qu'il en soit, l'existence même d'une telle théorie, qui consiste à poser que le Tsigane n'est ni plus ni moins que celui qui vit en Tsigane, autorise le lecteur à considérer Preciosa comme une Gitane à part entière

12. F. 6 v° ; cité et traduit par Bernard Leblon, *Les Gitans d'Espagne*, p. 38.
13. *La Petite Gitane*, p. 25.

aussi longtemps qu'elle n'a pas renoncé à la vie nomade. En somme, le détour par le discours anti-gitan officiel ou savant permet paradoxalement de disqualifier définitivement toute lecture visant à réduire l'ambivalence identitaire de l'héroïne. Preciosa a beau avoir été baptisée sous le signe de la constance, son identité est instable, fuyante, incertaine : en explorant le contraste entre son habit de Gitane et ses yeux d'émeraude, Cervantès donne l'impression de traduire en la transcendant, en la conjurant, l'angoisse d'une société qui nourrit des fantasmes de pureté et ne cesse pourtant de se découvrir bâtarde, habitée par différentes formes d'altérité (juive, morisque, gitane) dont elle ne sait jamais trop s'il convient de les expulser comme des corps étrangers ou au contraire de les réduire par assimilation[14].

Soutenue par cette incertitude identitaire, l'ambivalence axiologique de *La Petite Gitane* est également favorisée par un second élément que l'on peut analyser comme un phénomène d'ironie. Il est bien sûr impossible de *démontrer* qu'un énoncé revêt une dimension ironique, puisque celle-ci est par définition implicite, mais l'on peut en revanche s'efforcer de dégager certaines tensions susceptibles d'induire des effets de distanciation. L'un des passages les plus intrigants de la nouvelle, celui dans lequel le vieux Gitan présente au néophyte Andrés les coutumes en vigueur chez les siens, offre à cet égard un terrain d'analyse particulièrement riche. Tenant Preciosa par la main, le vieillard la confie au jeune noble en lui offrant toutefois l'occasion de préférer une autre Gitane de l'assemblée si tel est son désir :

> Celle que tu choisiras, nous te la donnerons ; mais tu dois savoir qu'une fois choisie, tu ne devras pas la laisser pour une autre, et tu ne devras pas te commettre ni te compromettre avec femme mariée ni célibataire. Nous autres, nous gardons inviolablement la loi de l'amitié : nul ne convoite le bien d'autrui, et nous vivons affranchis de l'amère pesti-

14. À noter que les événements narrés dans *La Petite Gitane* se déroulent en 1610, dans la province de Murcie pour tout ce qui concerne la fin de l'histoire. Or, c'est précisément dans les années 1609-1610 que sont expulsés environ 300 000 Morisques, descendants des Maures convertis de force au catholicisme, lesquels sont concentrés dans certaines zones rurales et tout particulièrement dans la région de Murcie. Un certain nombre de textes officiels cités par Bernard Leblon font d'ailleurs le lien entre Morisques et Gitans : soit que l'on soupçonne certains Gitans d'être en fait des Morisques, soit que l'on préconise l'expulsion des Gitans sur le mode de celle des Morisques, soit encore que l'on en vienne à regretter, après 1610, la bonne vieille altérité morisque, sédentaire et productive, pour mieux stigmatiser le vagabondage stérile des Gitans !

lence de la jalousie. Parmi nous, il y a, c'est vrai, beaucoup d'incestes, mais point d'adultère ; ou, s'il y en a, chez la femme légitime, ou quelque friponnerie chez l'amie, nous n'allons point porter plainte à la justice, c'est nous qui sommes les juges et les bourreaux de nos épouses ou amies. Nous les tuons et les enterrons par monts ou par déserts avec la même facilité que si c'était des animaux nuisibles : il n'y a ni parents pour les venger ni père qui en demande raison. Dans cette crainte ou cette peur, elles tâchent de rester chastes, et nous, comme je l'ai déjà dit, nous vivons tranquilles. Nous mettons presque tout en commun, hormis la femme ou l'amie, car nous voulons que chacune soit à celui que le sort lui a dévolu. Chez nous, la vieillesse est aussi bien cause de divorce que la mort. Si un homme est jeune, il peut, s'il le veut, quitter sa femme vieille, et en choisir une autre qui corresponde au goût de son âge. Grâce à ces lois et ces statuts, et à quelques autres règles, nous nous conservons et nous vivons heureux ; nous sommes maîtres des plaines, des champs, des forêts, des monts, des sources et des rivières. Les monts nous offrent du bois pour rien ; les arbres, des fruits ; les vignes, du raisin ; les potagers, des légumes ; les sources, de l'eau ; les rivières, des poissons ; et les garennes, du gibier ; de l'ombre les rochers ; de l'air frais les crevasses ; et les grottes, des maisons. Les rigueurs du Ciel nous sont zéphyr ; la neige, rafraîchissement ; bains la pluie ; musique le tonnerre et flambeaux les éclairs. Le sol dur est pour nous matelas de plume ; le cuir tanné de nos corps nous sert d'armure impénétrable pour nous défendre ; notre légèreté n'est point entravée par des chaînes, ni arrêtée par les ravins, ni contrariée par des murs ; notre courage ne fléchit pas sous le garrot ; mis à la question il ne faiblit pas, l'estrapade ne le noie pas, ni ne le dompte le chevalet de torture. Entre le oui et le non, nous ne faisons pas de différence si cela nous convient : nous prisons toujours plus d'être martyrs que confesseurs. C'est pour nous qu'on élève des bêtes de somme à la campagne, et que l'on coupe les bourses en ville. Nul aigle, nul rapace ne fond plus vite sur la proie qui se présente que nous fondons, nous, sur les occasions qui nous paraissent de quelque intérêt ; en définitive, nous avons bien des talents prometteurs d'heureuse issue, car en prison nous chantons, sur le chevalet de torture nous nous taisons, le jour nous travaillons, et la nuit nous volons, ou, pour mieux dire, nous empêchons que personne vive insoucieux de veiller sur l'endroit où il entrepose ses biens [...][15].

Cette superbe harangue, qui n'est pas sans évoquer celle de certains chefs indiens dans la littérature géographique sur le Nouveau Monde,

15. *La Petite Gitane*, p. 50-51.

est d'abord intéressante en ce qu'elle produit, au moins dans un premier temps ou à un premier niveau d'analyse, un puissant effet de relativisation morale. Voilà que des coutumes différentes, qui semblent s'organiser en un système cohérent, sont exposées par un personnage aux yeux de qui elles constituent la norme, le cadre de référence. On aura noté que les mœurs gitanes ne sont pas ici simplement présentées sur le mode réducteur de l'anomie ou de l'anarchie : il y a chez les Gitans davantage de liberté, mais aussi des lois, des juges, des châtiments. En dépit des nombreuses négations, le texte ne présente pas non plus cette société nomade selon un processus d'inversion systématique : si le caractère licite de l'inceste, du divorce ou du vol relève bien d'un renversement de la norme chrétienne, le respect de l'amitié et la condamnation de l'adultère se fondent en partie sur des principes moraux communs aux deux sociétés. Incontestablement, le texte accorde une certaine autonomie à une voix gitane prônant un autre modèle de vie, plus libre, plus proche de la nature et susceptible de mener au bonheur. C'est ce dispositif ressortissant à la tradition utopique qui a permis à une certaine critique de parler, à propos de cette nouvelle, de valorisation et d'idéalisation des Gitans.

On est toutefois orienté vers une interprétation bien différente aussitôt que l'on reconnaît dans cette harangue l'exercice rhétorique traditionnel que constitue l'éloge paradoxal[16], et que l'on y perçoit donc de l'ironie, non pas bien entendu dans la prise de parole du Gitan, qui n'a aucune raison de ne pas être sincère, mais plutôt dans les tensions qui minent son discours de l'intérieur et qui sont le signe d'une profonde divergence idéologique entre le narrateur et le personnage qui s'exprime. Ce qui pose ici plus précisément problème, c'est la juxtaposition de l'idéal pastoral et de la thématique picaresque. La coprésence de ces deux paradigmes renvoyant à des visions du monde difficilement compatibles produit des télescopages assez cocasses, dont la phrase suivante fournit l'un des plus beaux exemples : « C'est pour nous qu'on élève des bêtes de somme à la campagne, et que l'on coupe des bourses en ville. » On voit bien l'effet comique que produit l'évocation du parasitisme gitan dans les termes mêmes du bonheur autarcique propre à l'utopie pastorale. Ce genre de tension traverse l'ensemble

16. Voir notamment Patrick Dandrey, *L'Éloge paradoxal de Gorgias à Molière*, Paris, P.U.F., 1997. Il faut insister sur le fait que l'éloge paradoxal, s'il relève en premier lieu d'un esprit ludique, peut parfois favoriser de véritables expériences de pensée.

de la harangue et détermine la réponse d'Andrés, dans laquelle l'ironie est désormais palpable au niveau du personnage :

> le novice répondit qu'il était fort aise d'avoir connaissance de ces si louables statuts, et qu'il pensait bien faire profession en cet ordre-là, si fondé en raison et en harmonie politique ; que son seul regret était de ne pas avoir eu plus tôt connaissance de cette joyeuse vie, et qu'il renonçait sur-le-champ à la profession de chevalier et à la vaine gloire de son illustre lignage...[17]

Pour mieux comprendre le jeu auquel se livre ici Cervantès, il faut rappeler qu'il a lui-même pratiqué le genre pastoral dans sa *Galatée* (1585), une œuvre de jeunesse dont il n'a jamais été satisfait et qu'il a toujours voulu compléter ou même corriger au moyen d'une seconde partie. Cette suite n'a jamais vu le jour, mais la tendance de Cervantès à parodier la littérature la plus éthérée donne à penser qu'elle serait venue opérer la critique du modèle pastoral en le confrontant à la triste réalité quotidienne, un peu comme *Don Quichotte* met en crise les valeurs chevaleresques. On a même pu soutenir de façon tout à fait convaincante que des éléments de cette critique annoncée figurent dans *La Petite Gitane*. En d'autres termes, l'ironie cervantine consisterait ici à suggérer qu'entre l'idéal pastoral invoqué par le vieux Gitan et la réalité picaresque de la vie tsigane se creuse un abîme comparable à celui qui sépare l'idéal chevaleresque poursuivi par Don Quichotte et la dure réalité des auberges manchoises[18].

Il est tentant d'achever cette lecture de *La Petite Gitane* en convoquant la théorie du roman proposée par Marthe Robert dans son célèbre ouvrage intitulé *Roman des origines et origines du roman*[19]. Rappelons que Marthe Robert distingue deux paradigmes narratifs hérités du roman familial de l'enfance et inscrits aux fondements mêmes du genre romanesque. Il y a d'une part le récit de l'enfant trouvé, qui permet d'échapper à la réalité en se réfugiant dans un monde idéal dont on se rêve originaire : les reconnaissances du roman byzantin et l'univers utopique du roman pastoral relèvent de cette démarche. On trouve d'autre part aux origines de notre tradition romanesque ce que Marthe Robert appelle le récit du bâtard réaliste, qui

17. *Ibid.*, p. 52.
18. Pour plus de détails sur les rapports entre *La Petite Gitane* et la tradition pastorale, voir notamment Stanislav Zimic, *Las Novelas ejemplares de Cervantès*, Madrid, Siglo Veintinuo, 1996, p. 35-46.
19. Paris, Grasset, 1972.

interroge le monde de front, dans sa non coïncidence avec la perfection rêvée. La confrontation de Don Quichotte avec la réalité picaresque ou le labeur de Robinson sur son île déserte renvoient à ce second modèle.

Or il est intéressant de noter que *La Petite Gitane* se situe très exactement à l'intersection des deux paradigmes. Par le retournement final, qui transforme en partie Preciosa en fille de bonne famille, la nouvelle participe du premier. Mais la tension entre l'idéal pastoral hérité de la tradition littéraire et les vicissitudes du mode de vie gitan introduit un principe de réalité qui renvoie au second. Ce double dispositif trouve en définitive sa cohérence et sa raison d'être dans l'image ambivalente du Gitan, qu'il rend possible en générant d'un côté une incertitude identitaire, de l'autre des effets d'ironie. On peut en somme considérer que Cervantès mobilise toutes les ressources du genre romanesque qu'il est en train de contribuer à inventer afin d'assurer la complexité de sa représentation des milieux gitans. Une complexité qui pourrait bien figurer, sur un mode dédramatisant, la véritable schizophrénie qui caractérise alors la société espagnole à l'égard de cette minorité, les autorités politiques faisant preuve d'une extrême hostilité souvent contrebalancée par la sympathie et la protection de certains nobles, des milieux ecclésiastiques ou même des populations rurales.

La Petite Gitane sur la scène française

La première traduction française des *Nouvelles exemplaires*, qui paraît début 1615 à Paris, est le fruit d'une collaboration entre François de Rosset et Vital d'Audiguier. Sous la plume de Rosset, qui se charge de traduire les six premières nouvelles, *La Gitanilla* devient *La Belle Égyptienne*, un titre que reprennent les tragicomédies d'Alexandre Hardy en 1628 et de Sallebray en 1642. Ces deux pièces ne constituent de loin pas les seules réécritures de la nouvelle de Cervantès : le texte est largement imité dans toute l'Europe et, pour s'en tenir à la France, on en trouve également des échos importants dans une histoire tragique du prélat Jean-Pierre Camus, *L'Innocente Égyptienne* (1630), ainsi que dans deux comédies de Molière :

L'Étourdi (1663) et *Les Fourberies de Scapin* (1671)[20]. Les tragicomédies de Hardy et de Sallebray, qui se présentent ouvertement comme des adaptations théâtrales de la nouvelle, ont toutefois l'immense intérêt d'en reprendre très fidèlement l'intrigue principale, si bien qu'une approche comparative permet de mettre en évidence divers traitements d'un même contenu diégétique.

Au préalable, on peut sans doute s'interroger sur la motivation de ces deux auteurs lorsqu'ils entreprennent d'importer cette nouvelle sur la scène française. La mode espagnole y est sans doute pour quelque chose, mais le plus important réside dans les rares potentialités théâtrales d'une intrigue construite sur le thème des fausses apparences, du travestissement, des identités multiples[21]. On peut ainsi percevoir une adéquation profonde entre la nouvelle de Cervantès et la prédilection du théâtre baroque pour les métamorphoses, à quoi s'ajoute bien entendu la dimension festive associée à la figure de l'Égyptien : ce n'est pas un hasard si la pièce de Sallebray s'achève sur un petit ballet.

Sur le plan des représentations de l'altérité tsigane, on constate chez les deux auteurs français un souci de stabilisation, de neutralisation des ambivalences troublantes de la nouvelle cervantine. Leur travail d'adaptation consiste en somme à suivre au plus près le modèle espagnol tout en s'efforçant de le rappeler à l'ordre sur un plan idéologique. Dégageons brièvement ce mouvement commun aux deux pièces en tentant d'observer ce qu'il advient du double dispositif repéré chez Cervantès.

On observe tout d'abord que l'ambivalence identitaire de celle qui se nomme désormais Précieuse est considérablement réduite par les deux textes. La pièce de Hardy s'ouvre ainsi sur un argument (sans doute un prologue dans la version jouée) dans lequel l'auteur n'hésite pas à révéler d'entrée de jeu la véritable identité de l'héroïne : « L'Incomparable Cervantes entre ses nouvelles plus dignes de remarque et d'admiration, rapporte que Constance fille du Senechal de Seville fut en sa plus tendre jeunesse ravie

20. La fortune française des *Nouvelles exemplaires* est étudiée dans l'ouvrage classique de George Hainsworth, *Les « Novelas ejemplares » de Cervantès en France au XVIIe siècle*, Paris, Champion, 1933. Sur les adaptations dramatiques de Hardy et de Sallebray, voir respectivement les pages 80-81 et 87-89.

21. Sur la façon dont Hardy exploite cette dimension du texte cervantin, voir Bernadette Béarez Caravaggi, « Le thème des fausses apparences dans *La Belle Égyptienne* », dans *Francofonia*, 4 (Primavera 1983), p. 55-74.

par une vieille Bohemienne, qui luy apprit les secrets du métier[22]. » L'effet de surprise de la révélation finale est tout simplement sacrifié à l'autel des bienséances et de la doxa qui les soutient. Dans les deux œuvres, on repère également une insistance très nette sur l'anomalie que constitue l'existence d'une Égyptienne belle et vertueuse. Chez Hardy, par exemple, le jeune Don Jean de Carcame est le premier à s'étonner, en des termes encore très ronsardiens, que Cupidon l'ait en quelque sorte piégé en milieu tsigane :

> Tu n'as, Porte-carquois, contre un audacieus
> Voulu choisir d'objet en grandeur specieus[23] :
> Celuy qui dans les lacs de sa beauté me lie,
> D'un vulgaire passant la plus fangeuse lie,
> Du nombre indigne sort de celles qui s'en vont
> Le mensonge à la langue et l'impudence au front
> Predire sous leur art cauteleus d'imposture
> Ce qu'un peuple idiot nomme bonne avanture.
> Là mon soleil reluit à travers ces nuaus[24],
> Là, subtil oyseleur, tu cachas tes gluaus,
> Là ma sainte paroît rose entre des épines,
> Qui sur les cœurs humains exerce ses rapines,
> Qui merite un Empire ; et, rare diamant,
> Se va, dans ce fumier attaché, diffamant[25].

On n'est guère surpris de trouver dans la bouche du héros de Sallebray un écho direct de cette tirade : « Tu ne brilles pas moins pour estre dans la fange, / La terre a ses tresors, la nuit a son Soleil, / L'éclat du diamant est partout sans pareil, / La rose est toujours rose au milieu des espines[26]. » Les deux dramaturges français soulignent ainsi le caractère paradoxal de la situation initiale et, à l'encontre de notre intuition de lecteurs modernes, le titre de leurs pièces doit vraisemblablement être compris comme une forme d'oxymore. L'action va par conséquent donner à voir le rétablissement de l'ordre des choses à travers un processus d'extraction et de purification qui pourrait bien ressortir à un imaginaire de l'alchimie. Alors que Cervantès

22. Alexandre Hardy, *La Belle Égyptienne, tragicomédie,* éd. Bernadette Béarez Caravaggi, Fasano di Puglia/Paris, Schena/Nizet, 1983, p. 63.
23. De belle apparence.
24. Ces nuages.
25. *Ibid.*, v. 19-32.
26. Sallebray, *La Belle Égyptienne, tragi-comédie*, Paris, Antoine de Sommaville et Augustin Courbé, 1642, acte I, scène 5, v. 270-273 (p. 20).

favorisait l'émergence d'une identité trouble, les deux tragicomédies françaises s'attachent à opérer une manière de transmutation identitaire.

Dès lors que Précieuse est clairement distinguée et bientôt dégagée de la bourbe bohémienne, celle-ci peut être condamnée de façon beaucoup moins équivoque que ce n'était le cas chez Cervantès. On aurait pu penser que l'autonomie partielle des personnages de théâtre allait favoriser une certaine polyphonie et générer des zones de trouble ou d'incertitude idéologique. C'est exactement le contraire qui se produit : Hardy et Sallebray exercent un contrôle constant sur leurs personnages, qui se font les avocats d'une norme jamais vraiment menacée dans ses fondements. La belle Gitane elle-même n'échappe pas à la règle ; dans la pièce de Hardy, elle traite sa compagnie de « troupeau vicieus » (v. 151) et s'avoue même fatiguée de mener une vie nomade. Chez Sallebray, c'est Dom Jean/Andrés qui propose explicitement à Précieuse et à la vieille Gitane de changer de vie :

> Ouy, si quelque faveur répond à mon envie,
> Sans mener plus long-temps cette honteuse vie,
> Je vous mets toutes deux au faiste du bon-heur,
> Et je vous fay passer de l'opprobre à l'honneur[27].

Dans les deux pièces, l'abandon du mode de vie nomade constitue en somme l'horizon d'attente des protagonistes. Or si les héros tiennent des propos sévères sur les Bohémiens, on imagine quelle peut être la xénophobie qui s'exprime chez le corregidor devenu sénéchal ou plus encore dans la bouche de ceux qui procèdent à l'arrestation d'Andrés. L'alcade imaginé par Hardy peut ainsi appeler à massacrer en toute impunité les Bohémiens : « Main basse, tuez tout : mon aveu[28] suffisant / Ce meurtre general absout dés à present » (v. 1133-1134). Ces propos d'une rare violence trouvent leur écho dans ceux d'une troupe de villageois, qui parlent d'*exterminer* les Égyptiens (v. 1137), et sont repris quasiment tels quels par le prévôt chargé de l'arrestation dans la pièce de Sallebray[29]. Alors que le texte de Cervantès relevait en partie d'une satire de la justice corrompue et des excès commis par les forces de l'ordre, Hardy et Sallebray s'appliquent manifestement à rendre légitime la répression la plus féroce.

27. *Ibid.*, I, 6, v. 345-348 (p. 26-27).
28. Mon autorisation, mon aval.
29. « Allons, c'est icy prez, et s'ils font resistance, / Sans attendre ma voix, main basse, tués tout, / Du meurtre general mon pouvoir vous absout » (Sallebray, *op. cit.*, IV, 5, v. 1247-1249 [p. 100]).

Qu'en est-il dès lors du morceau de bravoure que constitue dans *La Petite Gitane* l'éloge paradoxal de la vie tsigane ? En dépit de ses ambivalences, la harangue du vieux Gitan occupe une place trop centrale dans la nouvelle de Cervantès pour ne pas être conservée dans les tragicomédies françaises. On remarque toutefois que le potentiel subversif du discours est en partie neutralisé par ce qui l'encadre, à savoir par les nombreux propos anti-bohémiens des divers personnages. À cela s'ajoute le recours à deux stratégies différentes : d'un côté Hardy opère un travail de condensation qui permet de conserver la structure globale de l'apologie tout en la circonscrivant à un espace textuel d'une quarantaine de vers seulement (v. 485-528) ; de l'autre Sallebray laisse le capitaine égyptien décliner sur une centaine de vers les avantages de la vie nomade, mais son propos est interrompu à cinq reprises par les remarques ironiques de Don Jean : « Le glorieux motif ! » (bas) ; « L'honorable milice ! ô Dieux qu'elle a de charmes ! » ; « Le royal passe-temps ! quel divertissement ! / Et que jusques icy ce métier est charmant ! » ; « Qu'on prepare mon ame à d'agreables choses » (bas) ; « Qui ne seroit ravi des ces commodités[30] ? » Le texte de Sallebray interdit à la parole bohémienne de se déployer de manière autonome ; il la maintient soigneusement sous contrôle en veillant à ce que sa dimension ironique soit sans cesse réactivée par les interventions stabilisatrices et régulatrices de Don Jean de Carcame. Une lecture rapprochée pourrait par ailleurs mettre en évidence des variations thématiques significatives par rapport au modèle cervantin, comme cette minutieuse description picaresque des techniques de vol :

> Etre prompt, avisé, hardi, subtil, adroit,
> Tirer sans qu'on le sente une bague du doit,
> Dénouër un colier, fouïller dans une poche,
> Prendre quoy que ce soit à qui que l'on approche,
> Afiner le plus fin, et le moins empéché,
> Escamoter par tout, dans le Temple, au marché,
> Relever ce qui tombe, et serrer ce qui traine,
> Tout nous duit[31], tout nous plaist, tout est bon, quoy qu'on prene,
> Des gans, une chemise, un mouchoir, un chapeau,
> Une poule, un coc-d'Inde, un mouton, une peau…[32]

30. Sallebray, *op. cit.*, II, 2, respectivement v. 496, 510, 539-540, 557 et 571.
31. Tout nous va, tout nous convient.
32. *Ibid.*, v. 523-532.

L'évocation concrète des larcins, qui n'est pas sans rappeler la célèbre *Diseuse de bonne aventure* de Georges de La Tour[33], empêche que le spectateur s'identifie au capitaine bohémien et le conduit plutôt à vérifier que sa bourse ne lui a pas été dérobée pendant qu'il faisait la queue pour entrer au théâtre... Avec des moyens différents, Hardy et Sallebray réduisent de manière considérable l'espace de jeu ouvert par l'ironie cervantine tout comme ils s'appliquent à clarifier l'identité trouble de Précieuse. Leur réécriture de *La Petite Gitane* présente une indéniable cohérence idéologique, mais il faut avouer que le prix à payer est extrêmement lourd sur un plan purement littéraire.

Au terme de ce parcours, il faut tenter de dresser un bref bilan sur les rapports que les œuvres analysées dans cette étude entretiennent avec ce que l'on sait de leurs environnements respectifs. Dans le cas de *La Petite Gitane*, il semble que le texte littéraire mette en jeu de fortes tensions importées du contexte sociopolitique : tensions entre un fantasme de pureté et le constat d'une contamination générale de la société espagnole par différentes formes d'altérité, entre des autorités politiques hostiles aux Gitans et divers secteurs de la société qui leur sont beaucoup plus favorables. Il serait cependant simpliste d'affirmer que le texte de Cervantès se contente de refléter une réalité qui lui est extérieure. On a plutôt ici affaire à une transposition, à une traduction qui opère un certain nombre de déplacements : ainsi, la figure du Gitan semble renvoyer en partie à celle du Morisque (éventuellement du Juif), ou encore les rivalités entre acteurs sociaux pro et anti-tsiganes ne sont pas évoquées telles quelles, mais transposées sur un plan énonciatif grâce au phénomène de polyphonie qui caractérise la harangue du vieux Gitan. S'ils ne permettent pas de véritablement résoudre les tensions, ces différents déplacements semblent les transcender et en opérer du même coup la *catharsis*.

Dans le cas des deux tragicomédies françaises, les phénomènes de neutralisation idéologique que l'on s'est efforcé de dégager semblent indiquer un rapport plus simple, plus immédiat, entre texte et contexte, un rapport qui pourrait bien s'expliquer par la pression politique et sociale qui s'exerce sur les œuvres dramatiques au XVIIe siècle. La comparaison avec la nouvelle de Cervantès oriente immanquablement vers ce genre de constat, mais les choses deviennent moins transparentes aussitôt qu'on adopte une

33. New York, The Metropolitan Museum of Art. On considère généralement que l'œuvre a été peinte entre 1630 et 1639, probablement vers 1632-1635.

perspective diachronique focalisée sur la France. Tout porte alors à croire que le degré de tsiganophobie des œuvres littéraires est parfois inversement proportionnel à celui de la répression effective. Tandis que le mouvement global des textes juridiques et surtout des condamnations est celui d'un durcissement progressif, les deux tragicomédies examinées témoigneraient plutôt d'une évolution inverse : la représentation des Tsiganes est sans conteste plus négative chez Hardy que chez Sallebray, dont le petit ballet, au cinquième acte, annonce bien le succès du Bohémien dans la culture festive de la seconde moitié du siècle.

Le 29 janvier 1664, dans l'appartement bas de la reine mère au Louvre, il n'est plus question d'extermination ni de meurtre général : on se contente de danser, de rire, de mêler le plaisir du jeu à celui de l'expérience esthétique. Serait-ce parce que l'on sait la machine répressive irrémédiablement lancée ?

Rousseau et la Bohémienne à marier dans le théâtre comique du XVIIIe siècle

Jacques Berchtold

> ...ce qui a réuni surtout les suffrages a été l'air de la bonne aventure et celui de la danse de l'ours. (*Mercure*, juillet 1753, compte rendu élogieux de la création de *La Zingara* le 19 juin 1753)

L'épithète « bohémien » appliqué de façon positive à Rousseau et à son mode de vie apparaît sous la plume des écrivains romantiques et notamment sous celle de George Sand. En revanche Rousseau, de son vivant, a été tourné en dérision sous la forme de l'« ours ». Mme d'Épinay affuble l'auteur ombrageux qu'elle protège de ce sobriquet affectueux (un plantigrade bourru, maladroit à s'exprimer) :

> ...elle ajouta négligemment : et vous, mon Ours, ne viendrez-vous pas aussi ? (*Confessions*, I, IX ; *OC* I, Pléiade, p. 475) ; Si je me force à parler [...] je dis une balourdise infailliblement ; si je ne dis rien, je suis [...] un Ours. (*Id.*, p. 536)

Conformément à maints autres exemples le concernant, le Genevois marginal non seulement accepte de se faire l'écho du quolibet plus ou moins amical qu'il essuie, mais il l'intériorise véritablement. Sous la plume de Jean-Jacques, les virtualités positives de l'attribut moqueur sont même portées au crédit de la figure de la victime : celles-ci une fois explicitées offrent un surcroît de légitimité à son sort de persécuté. Il ne s'agit d'abord, à en croire les *Confessions*, que d'un jeu (paronomase *Rousseau-Ours*). Mais dans *Rousseau juge de Jean-Jacques* apparaissent, à un tout autre degré d'élaboration réfléchie, les traits d'une bête sauvage, apatride, partout moquée et chassée, au caractère revêche et asocial[1].

Je propose ici d'explorer l'hypothèse selon laquelle on peut rattacher l'identification de Rousseau à l'ours aux querelles sur le théâtre et sur la musique italienne en faisant remonter son origine à la période de la *Querelle des Bouffons*. Une pièce importante jouée à Paris dans le climat musicologique très polémique est l'intermezzo *La Zingara* de Rinaldo da Capua (1750)[2]. Un ours et une Bohémienne, deux marginaux sociaux, y jouent les rôles centraux. Leurs confrontations respectives avec un marchand, porte-parole de la société sédentaire, selon des étapes successives permettant de se rapprocher progressivement du rituel du « mariage », représentent son enjeu central. Jean-Jacques Rousseau, qui a rédigé un propos introductif enthousiaste à la traduction française de cette pièce italienne, a aussi, nous le verrons, des raisons profondes pour se sentir concerné par elle.

Pour souligner le lien singulier entre la Bohémienne et l'ours apparaissant à cette occasion, je mettrai d'abord en évidence les traits conventionnels sous lesquels apparaissait jusqu'alors la figure de l'Égyptienne dans la comédie française[3].

Un riche corpus en témoigne : en France la figure de la Bohémienne appartient à part entière au répertoire de la comédie d'influence italienne

1. Le sobriquet est en effet repris (avec un dessein plus rigoureux encore que dans *Les Confessions*) dans *Rousseau juge de Jean-Jacques* : *OC* I, p. 711, 712, 716 et 762.
2. Sur les deux pièces au cœur de la polémique de la *Querelle des Bouffons*, voir Horst Weber, « Der "Serva-padrona"-topos in der Oper, oder Komik als Spiel mit musikalischen und sozialen Normen », dans *Gesinde im 18. Jahrhundert*, éd. G. Frühsorge, R. Gruenter et B. Wolff, Hambourg, Meiner, 1995, p. 407-429.
3. Voir Emmanuel Filhol, « La Bohémienne dans les dictionnaires français (XVIIIe-XIXe siècle) : discours, histoire et pratiques socioculturelles », dans *La Bohémienne, figure poétique de l'errance aux XVIIIe et XIXe siècles*, éd. Pascale Auraix-Jonchière et Gérard Loubinoux, Clermont-Ferrand, Presses universitaires Blaise Pascal, 2005, p. 21-43 ; Marie Treps, « Les Bohémiennes de la littérature, un miroir tendu à nos fantasmes », *ibid.*, p. 45-63 ; François Moureau, « Égyptiens et Égyptiennes à la cour et à la ville : la trace gitane sous Louis XIV », dans *Le Théâtre des voyages. Une scénographie de l'Âge classique*, Paris, PUPS, 2005, p. 445-452.

et cette dernière se conjugue à celle de la célèbre nouvelle de Cervantès *La petite Gitane*. *La Zingana* du Mantouan Gigio Artemio Giancarli (1545)[4] présentait une Bohémienne entreprenant de séduire un homme et parvenant à ses fins. Le chant et la danse enjôleurs appartiennent à l'arsenal apprécié par le public. Les Bohémiens n'accèdent certes ni à l'honnêteté ni à la respectabilité ; ils peuvent toutefois s'introduire dans une maison honorable à titre de serviteurs. Ils sont alors exceptionnellement socialisés et sédentarisés pour la circonstance. La convention comique préfère toutefois la ruse de la Bohémienne. Ses subterfuges obtiennent en définitive qu'une victime consente à l'amour déraisonnable représentant un déclassement social : le mariage d'amour est toujours avantageux à la Bohémienne sans origine. Entre 1610 et 1624 Giovanni Briccio décline une série de comédies de la même veine espiègle : *La Zingara, gindia con un noreino* [La Gitane, Indienne dotée d'un non-règne], *La Zingara sdegnosa* [La Gitane dédaigneuse], *La Zingara ladra* [La Gitane voleuse], *La Zingara briccona* [La Gitane coquine], *Le vanteria della Zingara* [La Vantardise de la Gitane]. La Tsigane s'impose comme le stéréotype d'un personnage féminin extérieur aux déterminations sociales inquiétantes. Si elle est vive, espiègle et éprise de liberté, elle ignore la morale sociale ou civique et se situe hors-la-loi. Un peu à l'image du rhéteur habile à propos duquel Socrate recommande qu'on le chasse hors de la Cité, car son art séducteur ne répond ni à des exigences morales ni à des critères de vérité (*Gorgias*), la parole « devineresse » des Bohémiennes, trop encline à ravir les oreilles auxquelles elle est destinée, est jugée nuisible et de fait déclarée hors-la-loi, par exemple par cette ordonnance de Louis XIV de 1682 :

> Que toutes personne se mêlant de deviner, et se disant Devins ou Devineresses, videront incessamment le Royaume après la Publication de notre présente Déclaration, à [sous] peine de punition corporelle. (*Déclaration du roi, rendue contre les Bohèmes et ceux qui leur donnent retraite*, juillet 1682, 1er point).

Au théâtre, la figure de la Bohémienne est bien plus souvent associée au métier de diseuse de bonne aventure qu'à celui de montreuse d'ours. L'association s'impose de fait entre la Bohémienne présentée sur les planches

4. Éd. Lucia Lazzerini, Padoue, Antenore, 1991. Voir L. Piasere, « De quoi riaient les Vénitiens ? Une lecture ethnologique de *La Zingana* de Giancarli, 1545 », dans *Europaea*, 1, 1998, p. 144-192.

et les types du théâtre importés d'Italie. À partir d'un canevas primitif on peut dresser un inventaire des cas de figures présentés :

1. *La bonne aventure est dispensée parmi les mariés* ; la diseuse de bonne aventure révèle à chacun une vérité correspondant à ce qu'il souhaitait secrètement entendre ; celle qui est au mari ou à la femme a pour effet de jeter la zizanie entre les deux époux[5].

2. *La bonne aventure est dispensée à un célibataire.* Celui-ci est anxieux à l'idée d'être cocu (cas du Sganarelle de Molière). La révélation concernant la levée du risque d'être cocu est attendue en vain. À la faveur de l'obnubilation occasionnée par l'attente concentrée, la bourse de la victime est volontiers soustraite.

Inspiré par la scène du jeune homme dépouillé de son bien dans le tableau caravagesque de Jean-Baptiste Le Prince du Salon de 1767, Denis Diderot raconte l'aventure similaire arrivée à sa propre mère : alors qu'il juge avec sévérité le tableau *La diseuse de bonne aventure*, il fait une digression et restitue un épisode de la vie de sa mère où celle-ci fut confrontée à la séduction de deux devineresses[6]. La mère de Diderot abandonne son jugement au moment vulnérable où sa curiosité la fait se projeter déjà dans la réalisation de ses désirs : avoir un mari aimable et des enfants char-

5. L'article « Bohémiens » de l'édition de 1759 du *Grand Dictionnaire Historique* de Louis Moréri reprend à son compte l'accusation du *Journal d'un Bourgeois de Paris* : « Ils jetaient souvent la division dans les ménages, en parlant mal à une femme de son mari, et au mari de sa femme. » (*Cf. Journal d'un Bourgeois de Paris, 1405-1449*, éd. Colette Beaune, Paris, Le Livre de poche, 1990 : « Et néanmoins leur pauvreté, en la compagnie... [celle des Bohémiennes] regardaient ès mains des gens et disaient ce qui advenu leur était ou [était] à advenir [...] et mirent contentieux en divers mariages car elles disaient [au mari] *ta femme [t'a fait] cocu* ou à la femme *ton mari t'a fait coulpe* », p. 238).

6. « Ma mère, jeune fille encore, allait à l'église ou en revenait [...]. Deux bohémiennes l'accostent, lui prennent la main, lui *prédisent* des enfants, et charmants comme vous pensez bien, un jeune mari qui l'aimera à la folie et qui n'aimera qu'elle, comme il arrive toujours ; de la fortune, il y avait une certaine ligne qui le disait et ne mentait jamais ; une vie longue et heureuse, comme l'indiquait une autre ligne aussi véridique que la première. Ma mère écoutait ces belles choses avec un plaisir infini et les croyait peut-être ; lorsque la pythonisse lui dit, Mademoiselle, approchez vos yeux ; voyez-vous bien ce petit trait ; là, celui qui coupe cet autre ?... Je le vois... Eh bien ce trait annonce... Quoi ?... Que, si vous n'y prenez garde un jour on vous volera... Ho ! pour cette prédiction, elle fut accomplie. Ma bonne mère de retour à la maison, trouva qu'on lui avait coupé ses poches » (Diderot, « *Ruines et paysages* ». *Salon de 1767*, Paris, Hermann, 1995, p. 305-306, n° 87 et pl. 27).

mants. Une telle disposition d'esprit la condamne à être la victime des Bohémiennes. Il en va de même pour l'homme confronté à la parole des Bohémiennes. C'est ce moment vulnérable que les situations mises en scène dans les comédies lyriques de la première moitié du XVIIIe siècle ne cessent d'interroger.

La victime entend prononcer par la Bohémienne les propos que, secrètement, elle était favorablement préparée à accueillir, puisqu'il s'agit précisément de ce qu'elle désirait entendre. La production de la prédiction heureuse est en réalité une entreprise de collaboration. Si la devineresse touche juste, c'est que l'auditeur intéressé était prédisposé à s'enchanter de la « musique » entendue en infléchissant le sens du message capté de façon à le faire coïncider avec l'objet de ses espérances. Lorsque le mémorialiste voyageur du *Cosmopolite* décrit son arrivée à Venise en plein Carnaval, il dresse, parmi la foule bigarrée, des portraits burlesques de différents bateleurs (apothicaires ambulants, arracheurs de dents et autres vendeurs d'indulgences) ; parmi ces charlatans, une Tsigane diseuse de bonne aventure occupe une place centrale :

> Un peu plus loin une bohémienne du pays, devineresse si jamais il en fut, applique à l'oreille du premier benêt qu'elle accroche un long tuyau, à travers lequel elle lui débite mystérieusement de profondes et vagues billevesées. Si par hasard, ce qui arrive souvent, ses prétendues découvertes semblent cadrer à quelques circonstances de la vie du pauvre idiot, alors la Sibylle s'écrie : *non e vero, signore ? Non e vero ?* et chacun applaudit à son savoir suprême[7].

3. Dans la confrontation entre le jeune homme et la diseuse de bonne aventure, la relation amoureuse est au centre du débat. *Une jeune fille apparaît et devient une protagoniste au niveau de l'intrigue même* (la Bohémienne peut rester confinée à sa seule fonction ancillaire de devineresse).

4. *La Bohémienne disant la bonne aventure à un homme célibataire devient elle-même l'amoureuse de celui-ci* (qu'elle l'ait planifié ainsi par avance ou non). L'annonce d'une relation amoureuse peut impliquer que la jeune Bohémienne soit elle-même l'objet amoureux. La tromperie et la recherche du profit qui constituaient la motivation au départ peuvent être oubliés

7. Fougeret de Montbron, *Le Cosmopolite, ou le Citoyen du monde*, Londres, 1753 [1750], p. 99 ; éd. de référence saisie par Frantext et Gallica.

lorsqu'un amour sincère et réciproque l'emporte finalement. C'est le cas de *La Bohémienne* de da Capua et Favart.

Les traits propres à *La Bohémienne* de da Capua-Favart peuvent être mieux définis : la jeune fille a un acolyte, qui est son frère. Il s'agit à certains égards d'un premier dédoublement. La jeune Bohémienne joue cependant en même temps de son image de « jeune fille à l'ours dressé » ; à ce titre le dédoublement revêt de nouveaux caractères spécifiques (une fille / son double animal). Il s'agit certes seulement d'un travestissement : l'ours est factice (le frère déguisé). La Bohémienne propose au marchand Calcante, riche célibataire endurci et déjà âgé, de lui dire la bonne aventure. Incidemment musicienne (elle chante des ariettes), elle lui apparaît comme charmante. Pour l'hameçonner elle ne joue cependant pas à l'enchanteresse, mais fait miroiter dans un premier temps à sa victime la perspective de bonnes affaires : elle lui propose d'investir dans l'achat de l'ours savant promis à rapporter gros à qui le détiendra. En misant ainsi sur une puissante libido de cupidité lucidement décelée chez Calcante et sur l'aveuglement de celui-ci quant à la véritable nature de l'ours, Nise suit un plan concerté et se sert de l'agilité à se déguiser de son frère complice en vue d'obtenir un mariage avantageux pour elle.

Seul le passage chez un diable effrayant doué de parole oraculaire (un diable grand-guignolesque de pacotille, interprété à nouveau par le frère bohémien, qui est à l'évidence ressenti comme burlesque par le spectateur) décide Calcante de changer d'avis et, en vue de rentrer dans la possession de son précieux ours cru perdu, d'épouser la Bohémienne. Peu rancunier, il reconnaîtra plus tard, alors que sa femme bohémienne l'a décillé, être tombé effectivement amoureux d'elle. On peut dire que l'aversion de Calcante pour les femmes a spectaculairement trouvé son terme au cours des rebondissements de la pièce, sans que le problème du long blocage et de l'immaturité sentimentale et sexuelle ait été le moins du monde objectivé ni affronté. Calcante n'en aura pas moins heureusement basculé dans la catégorie des hommes mariés. Constatons qu'à l'insu de Calcante, le rôle joué par le frère-ours est déterminant (à titre de catalyseur ?) pour débloquer la situation de réticence, voire de peur, devant le mariage et y mettre fin. Si la Bohémienne séduit, elle est avant tout l'instigatrice et la bénéficiaire de manigances astucieuses. Elle a magistralement orchestré le dispositif d'une scène fictive et tout se déroule selon son plan. Le scénario dans ses phases successives a été conçu par elle. Manipulant les événements elle se révèle autant protagoniste que marionnettiste.

En France on peut assigner un statut de point de départ originaire à l'œuvre significative de Molière. Dans la comédie-ballet *Le Mariage forcé* (divertissement carnavalesque royal de 1664, musique de Lully), « l'embarras », l'anxiété profonde du roturier Sganarelle quant à son avenir ouvert hante l'épisode dans lequel deux Bohémiennes apparaissent : s'il se décide pour le mariage, sera-t-il ou non cocu ? L'inquiétude impossible à lever assombrit la perspective de l'union conjugale. Comique, elle n'en est pas moins fondatrice et constitutive du sujet. Le deuxième acte du *Mariage forcé* s'achève par deux « entrées » auxquelles le « héros » burlesque de la comédie, Sganarelle, prend part : le ballet des deux Égyptiens et des quatre Égyptiennes musiciennes (3e entrée), suivi de la scène de *La bonne aventure dite à Sganarelle*, précède la 4e entrée du magicien qui fait sortir quatre démons :

> *Il prend fantaisie à Sganarelle de se faire dire sa bonne aventure, et rencontrant deux Bohémiennes, il leur demande s'il sera heureux en son mariage ; pour réponse, elles se mettent à danser en se moquant de lui, ce qui l'oblige d'aller trouver un Magicien*[8].
>
> Ah ! voici des Égyptiennes. Il faut que je me fasse dire par elles ma bonne aventure. (sc. V ; p. 38)
>
> *Deux Égyptiennes, Sganarelle. Les Égyptiennes, avec leur tambours de basque, entrent en chantant et en dansant.*
>
> *Sganarelle* : Elles sont gaillardes. Écoutez, vous autres, y a-t-il moyen de me dire ma bonne fortune ?
>
> *1ère Égyptienne* : Oui, mon bon Monsieur, nous voici deux qui te la dirons. [...] Tu as une bonne physionomie, mon bon Monsieur, une bonne physionomie.
>
> *2e Égyptienne* : Oui, bonne physionomie. Physionomie d'un homme qui sera un jour quelque chose.
>
> *1ère Égyptienne* : Tu seras marié avant qu'il soit peu, mon bon Monsieur, tu seras marié avant qu'il soit peu.
>
> *2e Égyptienne* : Tu épouseras une femme gentille ; une femme gentille.
>
> *1ère Égyptienne* : Oui, une femme qui sera chérie, et aimée de tout le monde.

8. Éd. originale 1664 ; éd. Julia Prest, University of Exeter Press, 1999, p. 5.

> *2e Égyptienne* : Une femme qui te fera beaucoup d'amis, mon bon Monsieur ; qui te fera beaucoup d'amis.
>
> *1ère Égyptienne* : Une femme qui fera venir l'abondance chez toi.
>
> *2e Égyptienne* : Une femme qui te donnera une grande réputation.
>
> *1ère Égyptienne* : Tu seras considéré par elle, mon bon Monsieur ; tu seras considéré par elle.
>
> *Sganarelle* : Voilà qui est bien ; mais dites-moi un peu, suis-je menacé d'être cocu ?
>
> *2e Égyptienne* : Cocu !
>
> *Sganarelle* : Oui.
>
> *1ère Égyptienne* : Cocu ?
>
> *Sganarelle* : Oui, si je serai menacé d'être cocu ?
>
> *Toutes deux chantent :* La, la, la, la...
>
> *Sganarelle* : Que diable, ce n'est pas là me répondre. Venez-çà. Je vous demande à toutes deux, si je serai cocu ?
>
> *2e Égyptienne* : Cocu, vous ?
>
> *Sganarelle* : Oui, si je serai cocu ?
>
> *1ère Égyptienne* : Vous, cocu ?
>
> *Sganarelle* : Oui, si je serai, ou non ?
>
> *Toutes deux* chantent : La, la, la, la...
>
> *Sganarelle* : Peste soit des Charognes [...] je crois que je n'ai que faire d'aller au Magicien, et voici qui me montre tout ce que je puis demander. (sc. VI ; éd. de 1668 ; éd. Prest, p. 39-41)

On trouvera un dédoublement analogue dans la pièce de da Capua Favart : après sa rencontre avec la Bohémienne, Calcante aggravera lui aussi son crime de curiosité superstitieuse devant l'avenir en reconnaissant comme réelle la parole du diable. « Suis-je menacé d'être cocu ? » La leçon de Molière enseigne qu'il s'agit là d'une question à laquelle nulle Bohémienne ne peut répondre : soit qu'il s'agisse d'un terrain d'anxiété privilégié où se joue l'imprévisibilité du destin ouvert de chacun..., soit qu'il soit utile de dissimuler, à qui s'apprête à se marier, l'évidence qu'aucun époux *ne saurait éviter d'être cocu*. Sous l'esquive et sous le refus de répondre et de mettre fin à l'anxiété, le rire est un palliatif de réponse qui peut être interprété soit comme une espièglerie, soit comme une sagesse. Or Sganarelle n'apprécie pas et injurie les deux Bohémiennes, dont le caquetage, provoqué en fin de scène par la répétition à huit reprises de « Cocu ? Cocu ? Cocu ?... », évoque le chant du coucou. La scène est suivie d'un air chanté, « Les Bohémiennes, sarabande : *Les rossignols, dans leurs tendres ramages...* », qui comprend deux danses baroques typiques : une sarabande et une gigue, les deux en do majeur. Ce sont les deux seuls morceaux de la pièce qui exigent une chanteuse soprano, plutôt qu'un chanteur masculin. Alors que les chanteurs à la fin du premier acte avaient prédit le cocuage de Sganarelle, la voix soprano, une Bohémienne diseuse de bonne aventure, offre un hymne en faveur de l'amour[9].

Les situations face aux Bohémiennes présentent décidément de grandes similitudes les unes avec les autres. Comme la mère de Diderot dans l'anecdote rapportée par son fils, Sganarelle est disposé à ne recevoir que du miel dans les oreilles, à n'entendre que des choses agréables. Seulement, sur sa dernière question (la plus urgente et la plus importante), aucune réponse flatteuse n'est offerte. Après l'ascension euphorique dans des représentations d'un avenir riant, la chute est brutale. La frustration entraînant du dépit, l'apostrophe se fait injurieuse : on passe du joyeux « Ah ! voici des Égyptiennes ! » (à l'ouverture de la scène), à « Peste soit des charognes ! » à sa conclusion, suivi du déplacement vers un autre interlocuteur dont est attendue la prédiction favorable.

À partir d'une situation analogue, da Capua-Favart se distinguent : dans la relation qui l'unit à la Bohémienne Nise, leur Calcante progresse non pas vers une incomplétude frustrante, mais vers le bonheur amoureux et la conclusion d'un mariage. Bien loin d'injurier la diseuse de bonne aventure, il l'aimera sincèrement lorsqu'il découvrira qu'elle était elle-même la *femme à aimer* annoncée.

Là où les connaissances humaines rationnelles ne sont d'aucune aide, la consultation des Bohémiennes présente une alternative. Molière et Lully n'essaient pas de caractériser la musique comme exotique ; en revanche, la

9. Air chanté, fin du IIIe acte, la Sarabande des Bohémiennes :
« Les rossignols, dans leurs tendres ramages, / Du doux printemps annoncent le retour ; / Tout refleurit, tout rit en ces bocages : / [...] C'est blesser la loi naturelle / De laisser passer des moments / Que l'on peut se rendre si charmants. / La saison du printemps paraît si belle, / Et nos ans sont riants tous comme elle : / Mais il faut y mêler la douceur des amours, / Et sans eux il n'est point de beaux jours. »

chorégraphie et les costumes sont typés[10] (y compris celui de Louis XIV qui interprète l'un des Égyptiens). Le ballet des Égyptiens (« *Et là-dessus arrivent deux Égyptiens et quatre Égyptiennes* ») est suivi de la scène où Sganarelle demande qu'on lui dise la bonne aventure. Lorsqu'il décide ensuite de quérir le magicien, leur dialogue est mi-chanté, mi-parlé. Cette visite constitue un épisode aggravé par rapport à la consultation des Bohémiennes. Ce qui paraît se jouer est le passage du féminin inquiétant à une figure plus effrayante encore située derrière celle-ci. On passe de l'exotisme à la magie faisant intervenir des démons qui répondent mal à l'attente de signes rassurants. La structure de ce dispositif sera reprise dans la pièce de da Capua-Favart : un dédoublement « bohémienne » (inquiétante) / « diable » (effrayant), où le second élément représente une aggravation. Par conséquent le retour auprès de la première à l'issue du face à face avec le second représente un retour rassurant. L'ensemble de ce qui est représenté relève d'un processus de maturation sexuelle où l'on apprend à franchir des étapes en vue de surmonter des peurs. *Le Mariage forcé* est régulièrement rejoué au XVIIIe siècle[11].

La chanson par laquelle la voix des Bohémiennes apporte la vérité révèle une certaine « loi naturelle », celle de l'invitation joyeuse au plaisir amoureux : la Bohémienne (certes une voix d'un masque de théâtre stylisé) invite chacun à se conformer à la nature. La Zerbinette des *Fourberies de Scapin* (1671), personnage tenu à tort pour une Égyptienne[12], énonce elle aussi en riant une forme de sagesse qu'il revient à elle seule de prononcer[13].

10. L'exotisme était signalé par les costumes ou les tambours de basque, nullement par la musique ; l'inventaire après décès de 1673 mentionne « un habit d'Égyptienne du *Mariage forcé* » ; Charles Mazouer, « *Le Mariage forcé* de Molière, Lully et Beauchamp : esthétique du ballet », dans *Dramaturgies. Langages dramatiques. Mélanges pour Jacques Schérer*, Paris, Nizet, 1986, p. 91-98 ; p. 94.

11. À la Comédie française le jeudi 16 oct. 1766. Il est d'autre part rejoué à la Cour, en conformité avec sa vocation courtisane initiale, à Versailles en 1704-1705, 1707-1710 et 1713. Après la mort de Louis XIV, en 1720, 1725, 1727, 1729, 1731-1732, 1736-1739, 1741. Durant la période où Rousseau séjourne à Paris ou à Montmorency il est régulièrement rejoué à Versailles (1742-1744, 1749-1751, 1754, 1756, 1758).

12. « La destinée a voulu que je me trouvasse parmi une bande de ces personnes qu'on appelle Égyptiens, et qui, rôdant de province en province, *se mêlent de dire la bonne fortune*, et quelquefois de beaucoup d'autres choses » (sc. 3).

13. « J'ai l'humeur enjouée et sans cesse je ris ; mais tout en riant je suis sérieuse sur de certains chapitres » (III, 1).

La Bohémienne espiègle et séductrice recouvre une vérité dissimulée où elle n'apparaît d'abord elle-même que pour mieux laisser la place, dans un second temps, à d'autres personnages dont elle présentait la face avenante, mais dont elle n'était que la doublure. Un dispositif présent dans une lettre de Mme de Sévigné annonce, lui aussi, à certains égards, celui de la fiction *La Bohémienne* de da Capua-Favart. La personnalité avenante d'une danseuse bohémienne et sa performance solitaire dissimulent aux yeux de Mme de Sévigné qui l'accueille aux Rochers, un second personnage[14]. Lorsque la supplique intéressée est formulée par la danseuse inoffensive, elle révèle le lien entre la jolie fille et l'autre vieux Bohémien inquiétant (le bénéficiaire potentiel de la demande) qui, initialement, ne pouvait pas apparaître directement au grand jour. On ne peut manquer de souligner le contraste entre la *présence féminine*, la beauté et la grâce de la jeune fille animée par la musique et dansant de façon aérienne et généreuse en vertu d'une pure gratuité artistique, et sa demande intéressée adressée en sous-main. Comme en guise de salaire pour la performance offerte, la Bohémienne prie la spectatrice séduite et conquise d'intercéder en faveur d'un patriarche de son clan : un homme à qui sa qualité de bohémien et ses crimes ont valu le régime des galères.

Héritant directement de la veine de Molière et de son *Mariage forcé*, Dancourt introduit une entrée de Bohémiens et Bohémiennes dans le jeu chanté final de son *Galant jardinier*, comédie en un acte jouée pour la première fois en 1704 avec des chants. La pièce s'achevait sur une célébration de la vie champêtre incluant le personnage pittoresque d'une Bohémienne joueuse de gobelets. La Bohémienne ne dit pas la bonne aventure ; elle est chanteuse, joueuse de trois gobelets et surtout dispensatrice de dons en espèces et d'un certain type de sagesse joyeuse qui entérine la toute-puissance de la ruse, de la fourberie et des tromperies dans les relations

14. 28 juin 1671 à Mme de Grignan : « Je m'en vais écrire à Vivonne pour un capitaine bohème afin qu'il lui relâche un peu ses fers [...]. Il y avait parmi nos bohèmes [...] une jeune fille qui danse très bien [...]. Je la pris en amitié ; elle me pria d'écrire en Provence pour son grand-père, qui est à Marseille. "Et où est-il votre grand-père ? — Il est à Marseille", d'un ton doux [...]. C'était un capitaine bohème d'un mérite singulier, de sorte que je lui promis d'écrire [afin qu'on adoucisse sa pénitence]. Je ne puis refuser cette prière au ton de la petite fille et au menuet le mieux dansé que j'aie vu depuis ceux de Mlle de Sévigné. C'est votre même air ; elle est de votre taille, elle a de belles dents et de beaux yeux », Mme de Sévigné, *Correspondance* [1646-1675], éd. Roger Duchêne, t. I, Paris, Gallimard, Bibliothèque de la Pléiade, 1972 ; no 177, p. 284 et 1115.

humaines. Pourtant, elle ne joue de mauvais tour à personne. La vivace Bohémienne n'enjoint plus de prendre des risques dans le torrent de l'existence en dépit des dangers encourus (elle le faisait chez Molière), mais, s'adressant aux fêtards, elle dresse un constat général lucide sur la folle préférence accordée par les hommes aux illusions, aux tours d'esbroufe et aux miroirs aux alouettes. La joueuse de gobelets dispense en même temps que ses cadeaux non pas une prédiction quelconque, mais une vérité sur la loi de piperie universelle, une (contre-) morale sceptique joyeusement intégrée dans le mouvement et le ton vif d'une farandole. La chiromancienne traditionnellement trompeuse est réhabilitée sous la forme d'une figure festive généreuse :

> *La Bohémienne chante* : Chacun fait ici-bas des tours de gobelets,
> Aux champs, à la Cour, à la ville, au Palais,
> À qui mieux mieux chacun s'abuse,
> Pour se fourber les mortels semblent faits,
> Il n'en est point que la feinte n'amuse.
> La vérité pour eux a moins d'attraits
> Que l'adresse et la ruse,
> Pour se fourber les mortels semblent faits ;
> Aux plus trompeurs l'usage sert d'excuse.
> Chacun fait ici-bas des tours de gobelets,
> Aux champs, à la Cour, à la ville, au Palais,
> À qui mieux mieux chacun s'abuse (sc. 23)[15].

À la netteté d'une injonction moliéresque à jouir se substitue dans son discours une exhibition de prestiges et d'offrandes flattant les sens et le désir de jouissances matérielles[16].

La Bohémienne est à nouveau étroitement associée à la liesse de la fête dans *Les Fêtes Vénitiennes*, ballet en un prologue et trois Entrées de Danchet, musique de Campra, représenté pour la première fois par l'Académie Royale de Musique le 17 juin 1710 mais régulièrement repris – et encore

15. Dans *Œuvres de théâtre de M. D'Ancourt*, t. IX, Paris, Libraires associés, 1750, p. 61 et 64-65.
16. « *La Bohémienne (Elle chante, en jouant des gobelets :)* Prenez bien garde à mes manches, / À ma baguette, à ma main ; / Disant trois fois perlin pin pin, / Ces trois boulettes blanches / Se vont changer soudain. / [C'] / Est un livre qu'on vous présente, / Le grand Art de se faire aimer. *La table sur laquelle la Bohémienne a joué des gobelets se change en une table garnie de corbeilles de fruits et de soucoupes garnies de liqueurs.* » *Ibid.*

le 16 juin 1750 soit peu avant la *Querelle des Bouffons*[17]. Dans la Première Entrée, de nombreux Bohémiens investissent la Place Saint-Marc pour orner la liesse festive. Une Bohémienne constate qu'elle et ses pairs ne cessent d'être sollicités par tous avec empressement comme diseuses de bonne aventure (« Chacun d'une ardeur non commune, / Vient nous consulter en ces lieux » ; sc. 1), puis énonce une vérité générale sur les ressorts de séduction vocale suscitant l'amour[18].

Huit ans après son *Galant Jardinier*, Dancourt met en scène une nouvelle Bohémienne dans le *Sancho gouverneur*, comédie en cinq actes (1712). Sociétaire de la maison de Molière et mari de la filleule de Molière, il recopie la pièce de Guérin de Bouscal dans laquelle l'illustre Molière avait l'habitude de remporter ses plus grands succès d'acteur en interprétant le rôle-titre. Du riche roman de Cervantès émane une figure burlesque de « dancourade », Sancho Pança, écuyer rustique incongrûment promu gouverneur de l'île de Barataria. Sa simplicité naturelle lui fait prendre au sérieux une charge que des esprits nobles et moqueurs ne lui ont en réalité prêtée que pour un canular (*Don Quichotte*, II, ch. 42-55). Or l'un des « hauts faits » de Sancho consiste à rendre la justice dans un cas épineux d'escroquerie. Le cas comique en question consiste pour une Bohémienne voleuse à porter plainte après avoir été elle-même volée en retour par sa victime ! Le procès à conduire est dès lors celui de la Bohémienne voleuse *et* plaignante (en réalité une fausse Bohémienne, interprétée devant Sancho par l'une des farceuses, Léonore, la demoiselle de compagnie de la duchesse instigatrice du canular).

> *Léonore, en Bohémienne* : Justice, Monseigneur, on m'a déshonorée, On m'a pris mon argent ! [...] Punissez ce maraud, ce coquin [...] Ce malheureux m'a pris six ducats dans ma poche. Quel triomphe pour lui, pour moi quel accident, d'avoir été volée ainsi par un manant ! (Acte III, sc. 2).
>
> Deviez-vous le reprendre ? [...] Ces ducats, par la loi qu'on garde parmi nous, En entrant dans ma poche ont cessé d'être à vous : Vous me les avez pris, vous avez fait un crime, Mon larcin ne rend pas le

17. Repris en mars 1713, juillet 1721, juin 1731, juillet 1740, juin 1750 ; et remis au Théâtre en août 1759.
18. « C'est par des amorces pareilles / Que l'Amour est souvent vainqueur ; / Quand on sait charmer les oreilles, / On est bientôt maître du cœur » (sc. 1).

vôtre légitime, Quand je vole un passant, je fais ce que je dois[19] ; mais c'est un attentat que de me voler, moi. Le délit est constant, vous en êtes coupable, Vous devez en porter la peine. Au préalable, Tout bien considéré, Monseigneur, je conclus, Qu'on me rende l'argent, et qu'on n'en parle plus (*ibid.*)[20].

En 1722 une comédie en un acte de Lesage et d'Orneval, *La Force de l'amour*, est représentée à la Foire de Saint-Laurent par les Comédiens italiens. Elle s'inscrit dans la continuité d'une tradition déjà riche de pièces qui s'étaient inspirées du succès de *La petite Gitane* de Cervantès. La pièce a pour thème la force d'un amour éprouvé pour une femme en dépit du fait qu'elle apparaisse sous l'aspect d'une Bohémienne.

Lélio : Mon cœur se rendit aux charmes de cette belle Égyptienne, qui me parut une Divinité. [...] Trève de plaisanterie. Je demeure d'accord qu'il ne convient guère d'avoir une passion si délicate pour une Égyptienne ; mais, que veux-tu ? L'amour me la fait [re]garder comme une Dame digne de mes soins (sc. 2)[21].

Il se révèle finalement que la Bohémienne n'en était pas vraiment une. Or tout se passe comme si cette révélation tardive représentait une récompense méritée au terme d'une épreuve : un noble a eu le mérite de conserver son amour pour un objet élu en dépit des préjugés sociaux (il acceptait d'encourir le risque d'un déclassement remarquable), et l'on est soulagé d'apprendre qu'il en est finalement préservé. Dans l'effusion de liesse finale de véritables Bohémiennes rappellent en jouant sur les mots que le monde entier est soumis à l'art suprême de la chiromancie dont elles seules ont la maîtrise :

19. Implicite : mon acte est conforme à ma nature profonde.

20. Dans *Les Œuvres de théâtre de M. D'Ancourt*, t. XI, Paris, Libraires associés, 1750, p. 218-220. On sait que Jean-Jacques Rousseau a explicitement exprimé sa sympathie vis-à-vis du Sancho Panza manipulé à son insu, présenté dans cette comédie. En s'y intéressant, le futur avocat de *La Zingara* avait rencontré du même coup une figuration particulièrement éloquente et représentative des stéréotypes et des préjugés généralement attachés à la figure de la Bohémienne. (Voir Jacques Berchtold, « La sottise moquée de Lazarille, de Sancho, d'Arlequin : échos redressés dans l'œuvre de Rousseau », dans *Sottise et ineptie, de la Renaissance aux Lumière*, éd. N. Jacques-Lefèvre et A.-P. Pouey-Mounou, Paris, Univ. Paris X-Nanterre [*Littérales* 34-35], 2004, p. 165-181).

21. Dans *Le Théâtre de la Foire ou l'opéra comique*, t.V, Paris, Étienne Ganeau, 1724, p. 287 et 289-290.

> *Un Égyptien* : Nous disons la bonne aventure, Et la disons pour un douzain, Trelin tin tin, trelin tin tin ;
> Mais nous prodiguons sans mesure, Toutes les faveurs du destin, Tin, tin, tin, tin,
> À qui met l'or dans notre main. [...]
> *Une Égyptienne* : Gros richards près de vos maîtresses, Vous ne soupirez pas en vain, Trelin tin tin, trelin tin tin ;
> L'art de plaire est dans vos espèces ; [...] votre destin, Tin, tin, tin, tin,
> Est sûrement dans votre main. [...]
> *Une Égyptienne* : Las de voir auprès d'une belle, Votre sort incertain, Trelin tin tin, trelin tin tin ;
> Amants, vous quittez la cruelle ; Cependant votre heureux destin, Tin, tin, tin, tin,
> Est quelquefois dans votre main (sc. 24 et dernière)[22].

En 1733 est créée *La Fausse Égyptienne*, comédie précédée d'un prologue et vaudeville de Thierry et Panard, musique de Corette, par la troupe Vienne[23]. Le 10 septembre 1746 est créé *Arlequin bohémienne* de Fuzelier et d'Orneval, parodie en trois actes de l'opéra-ballet *Les Stratagèmes de l'amour* de Roy et Destouches (composé en 1725 pour le mariage du roi)[24]. Le 17 mars 1747 est jouée au Théâtre du Faubourg Saint-Germain une pantomime anonyme, *La Bohémienne*, travestissement burlesque de la prestigieuse tragédie lyrique *Armide* de Quinault et Lully, rejouée en 1746 devant le roi. Ce travestissement fut approuvé par le censeur Crébillon. À la séductrice Armide, magicienne dans le grand genre, l'auteur infligeait une dévaluation remarquable en lui assignant le statut d'une Bohémienne. Rappelons que ce sera précisément à cause de ses critiques assassines d'*Armide* (et du grand genre français en général) et à cause de sa préférence scandaleusement affichée pour l'art italien (*La Zingara* offre précisément l'échantillon de celui-ci à cette période), que Rousseau sera pendu en effigie sept ans plus tard dans le contexte de la Querelle des Bouffons, en novembre 1753, alors qu'il est occupé à rédiger des louanges de l'intermezzo de da Capua. Le thème tsigane est décidément plus que jamais dans

22. *Ibid.*, p. 362.
23. BNF, ms. fr. 9323 et 9338.
24. *Les Stratagèmes de l'amour*, à l'origine un opéra italien composé en 1658 pour le cardinal de Médicis, avait déjà offert le canevas d'un grand succès de Riccoboni père (1716). La reprise de nouveaux *Stratagèmes de l'amour* sous la forme d'une comédie en 3 actes de Castera avait été représentée en 1739 au Théâtre italien de Paris.

l'air du temps. Une autre pièce de foire, *La Diseuse de bonne aventure*, du Parisien Pierre Laujon (un monologue en prose) s'ajoute à ce riche corpus : elle est notamment jouée lors d'une fête de la Maréchale de Luxembourg (protectrice de Rousseau), au début de la seconde moitié du siècle.

La coutume d'exécuter de tels intermezzi pendant les entractes des représentations de l' « opéra seria » s'était largement répandue en Italie au cours de la première moitié du XVIIIe siècle. Les « drames sérieux » se divisant régulièrement en trois actes, ils comportaient deux entractes de durée variable (de vingt à quarante minutes). Alors qu'il est déjà en déclin en Italie, l'intermezzo connaît une période de faveur en France dans la seconde moitié du XVIIIe siècle. Le grand intérêt suscité par ce genre subreptice (s'inscrivant dans les interstices des genres établis) devait toutefois se transformer en une querelle opposant la musique italienne à la musique française, et le style comique de Pergolèse et des Napolitains, spontané et naturel, aux conventions figées de la *tragédie lyrique* ou de « l'opéra seria » italien. La jeune musique « italienne » finit par acquérir à cette occasion, grâce au soutien de Rousseau et des Encyclopédistes qui en étaient les fervents partisans, un prestige dont elle n'avait jusqu'alors jamais joui en France. Une allusion exceptionnellement distante de Rousseau dans un texte de cette période (fin octobre - début novembre 1753), sa *Lettre d'un symphoniste*, se fait l'écho de la vogue (excessive) des intermezzi donnés par la troupe de Bambini :

> [...] le sr Bambini encouragé par le succès de *La Bohémienne* prépare un nouvel Intermède qui pourrait bien paraître encore avant son départ. Je ne puis comprendre où diable il prend tant d'Intermèdes, car nous assurions tous qu'il n'y en avait que trois ou quatre dans toute l'Italie. Je crois, pour moi, que ces maudits Intermèdes tombent du Ciel tout faits par les Anges pour nous faire danser[25].

Dans une note de sa *Lettre sur la musique française* Rousseau s'extasie par contre devant la justesse et la concordance entre musique et paroles remarquées dans les différents intermezzi « bouffons » composés par les

25. *OC* V, 280 ; Rousseau, *Lettre d'un symphoniste*, publiée fin oct. ou début nov. 1753 (à la suite de l'échec du *Paratajo* ou *L'Oiseleuse anglaise* de Jommelli, 23 sept. 1753 ; adaptée de *L'Uccellatrice*, Venise, 1750) : dans cet intermezzo prédominaient les airs descriptifs (notamment une imitation de *l'aboiement du chien* par don Narciso). Parce que la pièce « bouffonne » audacieuse tomba le 23 sept. 1753, *La Zingara* fut reprise pour la remplacer.

Italiens et remportant du succès en 1752 et 1753[26]. Pièce pionnière en son genre, *La Serva padrone*, intermezzo de Pergolèse joué à Paris (1750), reçoit un grand succès, mais nourrit plus encore une vive controverse qui donne lieu à la « Querelle des Bouffons » dès 1752[27]. *La Zingara* de Rinaldo da Capua, intermezzo en deux actes, est créé à Paris le 19 juin 1753. Il est présenté par la même compagnie des comédiens « bouffons » d'Eustachio Bambini à l'Académie Royale de Musique et suscite un enthousiasme exceptionnel[28]. Il est étroitement associé à *La Serva padrone* (le public lui réserve le même franc succès) et de façon générale au succès controversé des intermezzi joués à Paris durant la Querelle. Le thème de *La Zingara*, dont nous avons pu constater l'association traditionnelle avec le motif de la prédiction, frappe tant les esprits qu'il est immédiatement remis au goût du jour. L'événement conféra à cette figure un regain de vogue et fut source d'inspirations nouvelles. *La Bohémienne* est dans un premier temps une parodie de l'intermède italien par Moustou, en un acte, jouée sans succès le 14 juillet 1755 à l'Opéra-Comique. Dans un second temps, il s'agit de l'excellente adaptation en français de Charles-Simon Favart jouée une première fois le 22 juillet de la même année à la Comédie italienne. Mme Favart triomphait elle-même dans l'interprétation du rôle-titre de cet opéra-comique[29].

---

26. « Cet accompagnement est si bien un avec le chant, et si exactement relatif aux paroles, qu'il semble souvent déterminer le jeu et dicter à l'acteur le geste qu'il doit faire* et tel qui n'aurait pu jouer le rôle sur les paroles seules, le jouer très juste sur la musique, parce qu'elle fait bien sa fonction d'interprète.

> *On trouve des exemples fréquents dans les Intermèdes qui nous ont été donnés cette année, entre autres dans l'air *a un gusto da stordire du Maître de Musique*, dans celui de *son Padrone* de *La Femme orgueilleuse*, dans celui *vi sto ben* du *Tracollo*, dans celui *tu non pensi signora* de *La Bohémienne*, et dans presque tous ceux qui demandent du jeu » (*OC* V, p. 306 et n. 1).

Rousseau se réfère à *Il Maestro di musica* de Pergolèse et Auletta, 19 sept. 1752 ; *La Donna superba* de Barlocci (d'après Goldoni), musique de da Capua, 29 déc. 1752 (« le plus grand succès dès le premier jour », *Mercure*, janv. 1753) ; *Tracollo, medico ignorante* de Mariani et Pergolèse, 1er mai 1753 ; *La Zingara* de da Capua.

27. *La "Querelle des Bouffons" dans la vie culturelle française du* XVIII*e siècle*, éd. A. Fabiano, Paris, CNRS Éditions, 2005. Voir en particulier Dominique Quéro, « Rire et comique à l'Académie royale de musique : la querelle du "bouffon" ? », p. 57-72.

28. Il ne sera repris que plus tard par les comédiens de Bambini à Pesora, en 1755, sous le titre *Il vecchio amante e la zingara*.

29. *La Bohémienne, comédie en deux actes et en vers, mêlés d'ariettes, traduite de la Zingara, intermède italien, représentée pour la première fois par les Comédiens italiens ordinaires du Roi*

À l'occasion d'un article de musicologie qu'il rédige pour l'*Encyclopédie*, Rousseau caractérise le génie musical admirable de Rinaldo da Capua : il reconnaît à son art harmonieux simplicité, sobriété, pureté, naturel, vivacité et feu intérieur[30]. Dans *La Zingara* les airs sont en effet variés, les récitatifs et la dramaturgie vifs et efficaces d'un point de vue comique (scène de la vente de l'ours, puis celle de l'apparition des esprits). À la Bohémienne Nisa reviennent les airs les plus difficiles[31]. Elle réussit à tromper le riche marchand Calcante et à lui vendre ce qui apparaît comme un ours mais qui est en réalité son frère Tagliab*orse* déguisé (le rôle est interprété par le célèbre acteur comique Piquepoche). L'ours disparaît. Nisa console l'acheteur frustré Calcante en convoquant un puissant magicien (à nouveau son frère, sous un nouveau déguisement) qui ne s'engage à lui retrouver l'ours que s'il consent à épouser la Bohémienne. Calcante accepte. Le piège et l'imposture lui sont révélés. Il choisit de rire et de se féliciter lui-même de sa « mésaventure » apparente, car il est finalement amoureux de la Bohémienne.

Calcante progresse donc vers une ouverture à l'acceptation du mariage (et de l'autre, *essentiellement « bohémien »*, auquel il convient de s'unir) : lui qui incarne au départ les valeurs stables de la société sédentaire et de l'ordre bourgeois va très exactement *perdre l'ours en lui*, se déprendre de son côté rugueux, bourru, fermé et inaccessible. Ce processus et ce procédé d'inversion sont propres à figurer, à côté du rire aux vertus rassurantes, les angoisses précédant l'accueil d'autrui au moment de former un couple et alors qu'est encore en place un état de défiance propre au célibat. La figuration correspond à une extériorisation. La jeune fille est *flanquée de deux compléments particulièrement effrayants, le (faux) ours puis le (faux) démon*

le 22 juillet 1755, La Haye, Constapel, 1758, 48 pages ; autre édition : Paris, Duchesne, 1759, 96 pages, avec approbation et privilège du Roi.

30. « Ce que j'entends par génie n'est point ce goût bizarre et capricieux qui sème partout le baroque et le difficile, qui ne sait orner l'Harmonie qu'à force de dissonances, de contrastes et de bruit. C'est ce feu intérieur qui brûle, qui tourmente le Compositeur malgré lui, qui lui inspire incessamment des Chants nouveaux et toujours agréables ; des expressions vives, naturelles et qui vont au cœur ; une Harmonie pure, touchante, majestueuse, qui renforce et pare le chant sans l'étouffer. C'est ce divin guide qui a conduit Correlli, Vinci, Perez, *Rinaldo*, Jomelli, Durante plus savant qu'eux tous, dans le sanctuaire de l'Harmonie ; Leo, Pergolèse, Hasse, Terradéglias, Galuppi dans celui du bon goût et de l'expression » (*Dictionnaire de musique*, entrée « Compositeur » ; *OC* V, p. 719).

31. *La Zingara* est l'une des trois seules partitions de da Capua qui ait été conservée. Disponible en CD : Orchestre et chœur de la Radio-televisione della Svizzera italiana, dir. E. Lœhre, disques Nuova Era, 2001.

infernal. Calcante, successivement confronté à la « Bohémienne » Nise, à l'« ours » puis au « démon », connaît un crescendo de peurs allant s'aggravant. Grâce à l'épreuve des deux peurs factices (« pour rire ») de l'ours[32] et du diable, le célibataire découvre que son profond désir, contrairement à ce dont il avait jusqu'alors voulu se persuader, est d'épouser la jeune fille – en définitive moins effrayante que prévu[33], et de former un couple avec elle. La disparition de la peur de la « Bohémienne » et la maturation de l'attitude de Calcante sont favorisées par l'évolution positive du rapport aux deux autres peurs – et plus particulièrement à celle de l'ours (opérations d'extériorisation, de dédoublement, de déplacement).

Pour qui connaît la littérature et la scène lyrique françaises, le rôle de la « Bohémienne » présente dans l'histoire du célibat angoissé de Sganarelle (*Le Mariage forcé* de Molière) est donc à la fois repris et approfondi dans *La Zingara.* Dans l'« Avertissement » qu'il rédige au projet d'édition d'une adaptation française de *la Zingara* qu'il souhaite avec enthousiasme livrer au public parisien en été 1753, Rousseau n'exprime toutefois rien de personnel[34]. Il dénonce, au nom d'une autonomie revendiquée de la créa-

32. Voir ce trait descriptif significatif : « Cet animal est fort susceptible de colère, et même de fureur ; quoiqu'il s'apprivoise lorsqu'il est jeune, il faut toujours s'en défier, et le traiter avec circonspection [...]. On lui apprend à se tenir debout, à gesticuler, à danser, etc. » (*Encyclopédie*, XI, 1765, p. 715-716 ; art. « Ours » du chevalier de Jaucourt).

33. « Leur talent est de chanter, danser et voler » (*Encyclopédie* de Diderot et d'Alembert, art. « Bohémiens »).

34. « Nous offrons au public un Intermède du célèbre Rinaldo auquel on a été obligé de faire de grands changements pour se conformer le plus qu'il était possible au goût de la nation. Il serait impossible de dire que le sujet en est tiré d'une aventure arrivée dans une ville d'Italie, car nous n'ignorons pas que la vérité qu'on demande au théâtre, n'est pas une vérité de mœurs et de caractères. Il ne le serait pas moins de vouloir excuser la scène de l'ours, si le public la désapprouve. On lui représenterait en vain qu'il refuse de tolérer dans une bouffonnerie un spectacle moins choquant que les monstres qu'il souffre paisiblement dans plusieurs opéras sérieux, et que le déguisement d'un homme en ours sous les yeux des spectateurs, et pour ainsi dire, de concert avec eux, est une chose moins puérile que de chercher à les épouvanter par des véritables bêtes féroces mal représentées. Ces raisons que tout spectateur raisonnable et impartial saura bien se dire lui-même, ne nous concilieront point les bonnes grâces de ceux auprès desquels nos efforts mêmes pour leur agréer nous servent d'obstacles pour y réussir, de ceux qui nous font un crime d'avoir déshonoré par un simple nom d'apothicaire ce même théâtre qui ne l'a point été par les seringues de Pourceaugnac, comme si la gloire d'un théâtre pouvait dépendre du rang des personnages qu'on y représente, et qu'il fallût plus de talent pour jouer le rôle d'un prince que celui d'un bourgeois ou d'un artisan. Il n'y a que la mauvaise musique qui puisse déshonorer une Académie de musique, et nous ne craignons pas qu'on nous reproche d'avilir à cet

tion et de la vérité artistiques, l'horizon d'attente inapproprié qui voudrait que l'intrigue soit obligatoirement inspirée d'un fait divers authentique. Il demande aussi au public d'excuser la présence inhabituelle (et mal perçue) de l'ours sur scène en rappelant l'usage fréquent des monstres autrement irréels, invraisemblables et effrayants du théâtre tragique « élevé » conventionnel (on pense aux épreuves de maturation sexuelles présentées par les combats fameux des protagonistes du *Roland furieux* de l'Arioste). Rousseau prend surtout la défense du rang social inférieur de la « Bohémienne » et de son « ours » (son frère Tagliab*orse*) en rappelant la décence précédemment et heureusement conquise par le personnage, lui aussi contesté et controversé en son temps par les censeurs puristes, du Pourceaugnac de Molière (au nom *porcin*) et de ses seringues attributs.

Marginal lui-même, Jean-Jacques Rousseau trouve certainement des raisons autres que musicales et occasionnelles (l'enjeu esthétique de la polémique) pour se trouver « concerné » par la pièce « oursine » et « bohémienne ». Il y reconnaît des éléments fondamentaux représentant des transpositions de son propre statut d'intellectuel et de musicien étranger accueilli de façon ambivalente à Paris : la coïncidence de vecteurs opposés qui sont de nature à lui suggérer des « applications » à lui-même. Coïncidence entre le ferment fécond à Paris d'une musique issue « de l'étranger » *et* (au niveau de l'intrigue) figuration de la « Bohémienne » faisant intrusion dans la vie de Calcante ; supériorité de l'expressivité et du naturel de cette musique de da Capua *et* (dans l'intrigue) apports positifs de l'« ours » et de sa sœur sauvageonne, peu policés, voire acculturés et illettrés tous les deux ; image et impression mauvaises suscitées dans un premier temps dans l'esprit des honnêtes Français formés au goût classique par cette fécondation artistique « italienne » inattendue (jugée « bouffonne », rustique et insuffisamment sophistiquée) *et* (dans l'intrigue) réticence, méfiance, réflexe de rejet, effroi éprouvés et témoignés dans un premier temps par Calcante au contact de l'ambassadrice exotique de l'amour et de son compagnon oursin jugé peu ragoûtant.

égard le théâtre sur lequel nous avons l'honneur de représenter. C'est à nous à souffrir avec respect la sévérité qu'il plaît au public d'exercer envers nous, en faisant tous nos efforts pour n'avoir besoin que de la justice. Nous sentons avec douleur combien nous sommes loin de mériter ses suffrages, mais si notre plus grand crime est de chercher à lui plaire, nous n'épargnerons rien pour nous rendre encore plus coupables » (ms de la Bibliothèque de Neuchâtel transcrit dans *OC* V, p. 1428).

Nous l'avons suffisamment établi à l'intérieur du corpus restitué au fil de cette étude, l'Égyptienne au théâtre est inévitablement liée à l'activité de « diseuses de bonne aventure » qui la définit. Cette étroite association avec la prédiction fait de la Bohémienne une ambassadrice à la fois espérée et redoutée, à la fois bienvenue et chassée et, en fin de compte, une figure de la révélation de la vérité. Nul doute que le marginal genevois, devenu quasi apatride et ayant décidé de consacrer sa vie à révéler aux Français de dures vérités (n'allait-il pas s'assigner pour devise un exigeant *vitam impendere vero* ?), ne pouvait que s'identifier à cette fonction et à cette vocation que la destinée lui avait réservée. Mal entendu et mal jugé, il était certes couru d'avance qu'il allait être souvent nié dans la qualité de sa parole et traité *comme un ours*. Mais, tout autant, ne venait-il pas se présenter aux Français comme une *jeune Bohémienne* de provenance étrangère paraissant chercher à les séduire seulement par intérêt, alors qu'il/elle était en réalité authentiquement désintéressé(e) et profondément désireus(e) de les aimer, de leur apporter des vérités nécessaires à leur bonheur et de les guérir de leurs peurs ? À cet égard le portrait de la Bohémienne paraît lui aussi offrir une personnification éloquente auquel l'amoureux des Français et de la vérité pouvait reconnaître un statut de reflet de lui-même[35].

35. Dans sa *Lettre d'un ermite sur la musique française* (1753), le critique Bonneval se moque de la relation entre Rousseau théoricien et contempteur de la musique et du théâtre français et son public : il le compare à une femme coquette qui n'affirmerait son indifférence à l'égard des effets de séduction que dans l'intention de mieux séduire. Ce portrait de lui-même en jeune femme allait marquer Rousseau en cette année 1753, d'autant plus que Fréron lui donne un grand retentissement : « [On] compare [Rousseau] à une femme [...] cette femme, qui se suffit à elle-même, s'avise d'aller à la promenade ou au spectacle. » Fréron, compte rendu de la *Lettre*... de Bonneval, *Lettres sur quelques écrits de ce temps*, XII, 10 nov. 1753, p. 134. Rousseau accepte qu'une figure féminine dont les intentions de séduire sont sujettes à question puisse allégoriser sa relation au public français : « La comparaison de J.J. Rousseau avec une jolie femme me paraît tout à fait plaisante ; [On ne devrait pas] l'accuser d'avoir cherché à plaire [à autrui], à moins qu'un air de coquetterie et toutes les minauderies des femmes à prétentions n'en montrassent le dessein » (Rousseau à Fréron, 21 juillet 1753 ; *CC* 207).

Un cosmopolitisme inavouable.
Les Bohémiens dans le préromantisme européen

Henriette Asséo

« Il m'a semblé que les Bohémiens allemands, bien qu'ils comprennent parfaitement le mot *Calé*, n'aimaient point à être appelés de la sorte. Ils s'appellent entre eux *Romané tchavé*[1]. »

Prosper Mérimée

« L'on prit cette occasion pour approfondir tout ce qui avait rapport à leur conduite et à leur profession[2]. »

L'Abbé Prévost

L'article publié en 1938 par Fernand Baldensperger aurait dû ouvrir la voie aux études sur le thème des Bohémiens dans les lettres européennes[3].

1. *Carmen*, dans *Lokis et autres contes*, Paris, Julliard, 1964, p. 179-248, note de Prosper Mérimée, n. 52, p. 242.
2. Antoine François Prévost, « Aventure intéressante ou les Bohémiens », dans *Contes, Aventures et faits singuliers*, Paris, Duchesne, 1767 ; repris dans *Le Pour et le Contre*, tome XV, p. 3-24.
3. Fernand Baldensperger, « L'entrée pathétique des Tsiganes dans les Lettres occidentales », dans *Revue de Littérature comparée*, t. XVIII, 1938, p. 587-603. Il fonda en 1921 avec Paul Hazard cette revue, et en donnait le manifeste dans le premier numéro, « Littérature

Mais le maître de la littérature comparée enseignait depuis 1935 à l'Université d'Harvard et son essai n'eut pas plus de postérité que les recherches de Paul Bataillard ou des travaux linguistiques du grand indianiste Jules Bloch[4]. Pourtant, le texte qu'il consacre à l'avènement préromantique du thème pose à son véritable niveau d'intelligibilité le paradoxe apparent du bohémianisme. Le développement du mythe littéraire s'est accompagné d'une disqualification morale des familles errantes connues sous le nom de Bohémiens.

La moisson littéraire présente l'image d'un peuple immergé dans l'histoire occidentale, constitutif de son imaginaire depuis la période romantique, tandis que les Tsiganes physiques demeurent les passants indésirables des chemins et la « plaie des campagnes » :

> hôtes mystérieux qui, sous des noms divers, hantaient ses campagnes et ses faubourgs, faisaient peur aux sédentaires, inquiétaient ses autorités et inspiraient à ses petits-enfants un bizarre mélange de répulsion et d'attrait[5].

La vie bohémienne appartient donc tout autant au triptyque infamant de l'exclusion apatride qu'au cosmopolitisme bien tempéré de l'aristocratie

comparée, le Mot, et la chose », *Revue de Littérature comparée*, 1 (1921), p. 5-29. Les études contemporaines sont allemandes : Karl Hölz, *Zigeuner, Wilde und Exoten : Frembilder in der französischen Literatur des 19. Jahr-hunderts*, Berlin, Erich Schmidt, 2002. Max Peter Baumann (éd.), *Music, language, and literature of the Roma and Sinti*, Bamberg, Verlag für Wissenschaft und Bildung, Intercultural Music Studies 11, 2000. Susan Tebutt (éd.), *Sinti and Roma in German-speaking society and literature*, Providence, Berghahn books, 1998. Mais ces travaux développent une lecture ethniciste dans la tradition des *cultural studies*. Cependant le sujet se développe dans les universités anglaises et américaines. Voir Deborah Epstein Nord, « "Marks of Race" : Gypsy Figures and Eccentric Feminity in Nineteenth-Century Women's Writing », dans *Victorian Studies*, vol. 41, Nr. 2, winter 1998, p. 189-210. On peut consulter Marilyn R. Brown, *Gypsies and others bohemians : the myth of the artist in nineteenth-century France*, Ann Arbor, UMI Research Press, 1985 ; voir aussi Celia Esplugas : « Gypsy Women in English Life and Literature », dans Marilyn Demarest Button et Toni Reed (éds.), *The Foreign Woman in British Literature : Exotics, Aliens, and Outsiders*, Westport, Conn. (États-Unis), et Londes, Greenwood press, 1999. Il existe aussi des travaux plus anciens cités dans Marguerita Needham, *Gypsies in English Literature*, B. A. Honors Thesis, University of Illinois, 1920, dactyl.

4. Il existe une bibliographie des publications de Fernand Baldensperger à la bibliothèque de l'Institut qui s'arrête en 1930. Cependant, à ma connaissance, il n'a rien publié d'autre sur le sujet.

5. Fernand Baldensperger, « L'entrée pathétique des Tsiganes dans les Lettres occidentales », article cité (voir *supra*, n. 3), p. 587.

européenne. Car, ignoré de sa patrie, nul n'est à l'abri de l'exclusion. Des papiers et des archives des émigrés de la Révolution sur lesquels il a beaucoup travaillé, Fernand Baldensperger dit par ailleurs : « états-civils qui laissaient naître, convoler ou mourir sous la plume de scribes étrangers, des Français de toujours, devenus des fugitifs que la police assimilait à des "juifs, mendiants et bohémiens"[6] ».

En 1935, Husserl mentionnait aussi la figure des Tsiganes dans le texte célèbre de la *Krisis*, sur « le sens authentique de la crise de l'humanité européenne[7] » :

> Nous posons la question : comment caractériser la figure spirituelle de l'Europe. J'entends l'Europe non pas géographiquement comme sur les cartes, comme s'il était possible de définir ainsi le domaine de l'humanité qui vit ici territorialement ensemble en tant qu'une humanité européenne. Au sens spirituel, il est manifeste que les dominions anglais, les États-Unis, etc., appartiennent à l'Europe mais non pas les Esquimaux ou les Indiens des ménageries ni les Tziganes qui vagabondent perpétuellement en Europe.

En dépit de l'hostilité irrémédiable qu'elles manifestent entre elles, Husserl formule l'idée d'une parenté intime entre les nations d'Europe, une façon innée, un pressentiment commun qui donne au devenir européen une direction intentionnelle. Une lecture rapide laisserait supposer que les Tsiganes ne feraient pas partie de cet horizon commun. Or, ce n'est pas la première fois que les philosophes se saisissent de l'exception bohémienne reprise à son compte par Husserl. Kant a utilisé de façon plus didactique l'argument de l'origine externe des Tsiganes dans un passage de *Sur l'Usage des principes téléologiques en philosophie* (1788). Cette œuvre était principalement destinée à répondre aux critiques violentes formulées par G. Forster contre ses deux écrits précédents : l'opuscule consacré à *La définition du concept de race humaine*, datant de 1785, et les *Conjectures sur le commencement de l'histoire humaine*, de 1786. Le premier texte

6. Fernand Baldensperger, *Une Vie parmi d'autres – Notes pour servir à l'histoire de notre temps*, Paris, Louis Conard, 1940, p. 201.
7. La conférence du 7 mai 1935 fut présentée devant le Cercle de Vienne qui se réunissait à Paris depuis 1922 et qui fut clos à Cambridge au congrès de 1938. Edmund Husserl, *Die Krisis der europäischen Wissenschaften und transzendentale Phänomenologie*, dans *Husserliana VI*, La Haye, Martinus Nijhoff, 1954. La citation est extraite de la traduction de Gérard Granel, *La Crise des sciences européennes et la phénoménologie transcendantale*, Paris, Tel /Gallimard, 1976, p. 352.

poursuivait dans ses différentes sections un triple objectif : la classification du concept de race humaine ; la soumission de ce concept au verdict de l'expérience, notamment à l'épreuve des résultats de l'anthropologie empirique ; l'entreprise d'une explication « générique », c'est-à-dire historique, des différences raciales à partir d'une souche unique, originelle et commune à toute l'humanité. Dans *l'Usage des principes téléologiques en philosophie*, Kant s'applique à atteindre ce troisième objectif en s'appuyant sur la distinction entre le point de vue d'une description de la nature et celui d'une histoire de la nature (*Naturgeschichte*). Ce qui caractérise essentiellement les espèces vivantes est le fait que les individus de chacune de ces espèces possèdent une « souche unique et commune », bien que (et tel est notamment le cas pour l'espèce humaine) pouvant appartenir à des races ou « formes dérivées » différentes. Ces formes ne sont que l'actualisation de germes et de dispositions spécifiques à l'adaptation à un milieu, puis leur inscription dans le système de reproduction et leur transmission est invariable. Les changements peuvent affecter les individus d'une même espèce, mais ils ne seront que le développement occasionnel d'une disposition finale originairement existante, créée de façon téléologique dans cette espèce en vue de sa conservation.

Cependant la thèse de l'invariabilité des dispositions spécifiques à l'adaptation à un milieu, une fois ceux-ci inscrits dans les systèmes individuels de reproduction, transforme la contingence en nécessité, le hasard en destin. C'est alors que Kant examine le cas des générations provenant des mêmes parents, mais vivant sous un climat étranger, et qu'il propose l'exemple des Tsiganes :

> De ces générations, nous avons un exemple décisif dans la couleur indienne de la peau d'un petit peuple qui se perpétue depuis plusieurs siècles dans nos pays nordiques : les Tziganes. Qu'il soit un peuple indou, leur langue le prouve, indépendamment de leur couleur de peau. Or la nature est restée si obstinée à le leur conserver, que, s'il est vrai qu'on peut retrouver leur présence en Europe jusqu'à douze générations en arrière, leur peau a gardé si parfaitement ce même aspect, que, s'ils grandissaient aux Indes, on ne trouverait entre eux et les indigènes de là-bas, selon toute présomption, absolument pas la moindre différence. Qu'on vienne dire alors qu'il faudra encore attendre douze fois douze générations pour que l'air nordique ait complètement décoloré leur teinte non héréditaire, cela s'appelle amuser le chercheur par des arguments dilatoires, et chercher des faux-fuyants. Mais faire

passer leur teint pour une simple variété, comme par exemple celle d'un Espagnol brun par rapport à un Danois, cela s'appelle mettre en doute l'empreinte de la nature. Car les Tziganes engendrent infailliblement, avec nos indigènes de vielle souche, des enfants métissés, loi à laquelle la race des Blancs n'est soumise pour aucune de ses quelques variétés caractéristiques[8] .

L'empreinte de l'héritage indou explique aussi les compétences divinatoires des Bohémiens. Dans ses carnets d'étudiant, le jeune Newton cite à de nombreuses reprises les passages de *The Vanity of Dogmatizing* de Joseph Glanwill qui entend prouver les limites du mécanisme. Un étudiant ruiné se lia avec des Bohémiens et apprit à réaliser des choses étonnantes par le seul pouvoir de son imagination. Par exemple, il pouvait décrire ce qui se passait dans une pièce où il n'était pas présent. Puissance réelle de l'imagination ou escamotage de charlatans, Kant prenait soin cependant de distinguer la divination légitime de la vaticination : « comme les Tsiganes d'origine indoue qui appellent lecture des astres la prédiction par les lignes de la main...[9] ».

Une attention sélective aux origines des Bohémiens aurait pu entraîner une pédagogie de la civilité, mais les *Aufklärer* demeuraient mal à l'aise devant les réalités multiformes d'une population qu'ils pouvaient observer directement. Le progrès viendrait de l'adhésion de tous à la supériorité de la civilisation sur la barbarie assurant conjointement l'élévation du peuple par un sentiment de fierté nationale et l'éducation de l'aristocratie par le mouvement et le cosmopolitisme. L'extension n'est pas universelle car :

> Ce qu'il est convenu d'appeler les Lumières et la culture du monde n'a touché et occupé qu'une bande très étroite du globe ; et nous ne pouvons rien changer dans son cours, sa situation et sa circulation, sans que tout change en même temps[10].

8. Emmanuel Kant, *Sur l'Usage des principes téléologiques en philosophie* (1788), trad. Luc Ferry, dans *Œuvres philosophiques*, t. II, éd. Ferdinand Alquié, Paris, Gallimard, Bibliothèque de la Pléiade, 1985, p. 577-578. En note, p. 580, Kant introduit une référence à la description de Sumatra par William Marsden, mais il n'évoque pas directement le rôle de ce dernier dans la découverte de la parenté linguistique entre la langue romani et les langues indiennes.

9. Emmanuel Kant, *Anthropologie du point de vue pragmatique*, trad. Michel Foucault, Paris, Vrin, 1964, rééd. 1994, « Du don de divination (*facultas divinatrix*) », p. 61-62.

10. Johann Gottfried Herder, *Une autre philosophie de l'histoire*, dans *Histoire et Cultures, Une autre philosophie de l'histoire, Idées pour la philosophie de l'histoire de l'humanité*

La circulation européenne s'exerce donc dans un espace défini comme un espace civilisé du fait même de son ouverture[11]. Aussi, le problème du Mal devient-il une obsession des penseurs au XVIIIe siècle, le cosmopolitisme devant assurer la paix du monde. L'affirmation nouvelle de la valeur intrinsèque de la mobilité réelle et symbolique menaçait les rituels de la société de corps, d'apparences et de rangs. Dans un même mouvement, l'intention de pédagogie collective cherchant à concilier la foi et la raison englobait les élites et le peuple.

Il est alors plus aisé de rassembler des textes qui dénoncent les Tsiganes comme perturbateurs de l'ordre social pour leur propension à nier les valeurs de la propriété, que ceux qui manifestent un intérêt anthropologique naissant pour cette nation singulière. Pourtant, on ne peut conclure à la mise en place d'un dispositif cohérent d'exclusion qui ferait des Bohémiens des figures transhistoriques d'une marginalité structurelle.

Par exemple, Herder parle sans doute d'une « abjecte caste indienne » en se référant à l'opinion savante qui découvrait l'origine indienne de la langue parlée par les Bohémiens d'Europe. Mais il mentionne par ailleurs l'intérêt qu'il y aurait à enrôler dans l'armée « ces braves habitants des bois », visant ainsi le monopole du souverain dans la vente des mercenaires, dénoncé par Schiller[12]. Il fait alors référence au métier de bohémiens, un service militaire sous patronage seigneurial qui explique l'accueil favorable dont ont bénéficié les comtes de Petite Égypte métamorphosés à l'époque moderne en « capitaines de bohémiens[13] ».

Ce débat est resté étranger aux encyclopédistes français qui, comme Diderot ou Voltaire, pourtant disciples de Newton, ne voyaient dans « le métier de boesme » que prétexte à exploiter la crédulité populaire[14].

(extraits), traduction et notes de Max Rouché (Aubier, 1964), présentation par Alain Renaut, Paris, GF-Flammarion, 2000, 3e section, p. 145.

11. Daniel Roche, *Leçon inaugurale. Faite le vendredi 19 novembre 1999*, Paris, Collège de France, Chaire d'Histoire de la France des Lumières, 1999, p. 29. Ces thèmes sont développés dans *« Humeurs vagabondes », de la circulation des hommes et de l'utilité des voyages*, Paris, Fayard, 2003.

12. Voir Ernest Lavisse, *Études sur l'histoire de la Prusse*, Paris, Hachette, 1890, p. 290-291 ; Pierre Pénisson, *J. G. Herder, La raison dans les peuples*, Paris, Cerf, 1992.

13. François de Vaux de Foletier, *Les Tsiganes dans l'ancienne France*, Paris, Connaissance du Monde, 1961.

14. *Encyclopédie ou Dictionnaire raisonné des sciences, des arts et des métiers*, nouvelle impression en fac-similé de la première édition de 1751-1780, Stuttgart-Bad Cannstatt, 1967,

Voltaire s'en tient d'ailleurs à l'origine égyptienne empruntée à la lecture de d'Herbelot. Dans *L'Examen important de Milord Bolingbroke*, il considère les Tsiganes comme des descendants des prêtres d'Isis. Une sorte de secte à laquelle les anciens Romains donnèrent tant de liberté qu'ils en ont favorisé la perpétuation comme celle des descendants d'Abraham. Et comme les Juifs, les troupes égyptiennes se dispersèrent à travers l'Europe. Elles circulaient de ville en ville en toute « impunité », elles faisaient des miracles, prédisaient l'avenir, disaient la bonne aventure et dansaient la « danse d'Isis » avec des castagnettes :

> Nous observerons ici que ces mêmes processions se sont perpétuées jusqu'à nos jours. Il y a encore en Italie quelques restes de ces anciens vagabonds, qu'on appelle *Zingari*, et chez nous *Gipsies*, qui est l'abrégé d'Égyptiens, et qu'on a, je crois, nommés Bohèmes en France[15].

Ces derniers temps, poursuit Voltaire, les troupes d'Isis, en trop petit nombre, ont été anéanties. Dans l'*Essai sur les mœurs*, il traite plus directement « De ceux qu'on appelait Bohèmes ou Égyptiens[16] ». Les séductions d'imposteurs méprisables sont un vieux reste de « sorcelage », un exemple de la persistance de l'obscurantisme populaire. Les philosophes éclairés consacrent donc des mentions elliptiques à la présence bohémienne et concluent d'ailleurs à leur effacement physique. Les troupes familières de « boesmes » ont disparu des campagnes françaises, soit que la répression les en ait chassés définitivement, soit que le peuple ait trouvé moins d'attrait à leur « négoce chimérique[17] ». La nature de leurs observations doit être intégrée dans une réflexion générale sur la voie française des Lumières. Les figures multiples des Bohémiens ne s'inscrivent pas uniquement dans une

---

art. : « BOHÉMIENS, s. m. pl. (Hist. mod.) : c'est ainsi qu'on appelle des vagabonds qui font profession de dire la bonne aventure, à l'inspection des mains. »

15. *L'Examen important de Milord Bolingbroke ou le tombeau du fanatisme* a été écrit sur la fin 1736 ; voir chapitre XXVI, *Des martyrs*, p. 1081-1082, dans *Mélanges*, texte établi par Jacques van den Heuvel, Paris, Gallimard, Bibliothèque de la Pléiade, 1961, p. 1019-1117. Le précis que Voltaire présente comme recueilli dans les six volumes des œuvres posthumes et adressé par l'auteur peu avant sa mort à Milord Cornsbury, a certainement été remanié par Voltaire.

16. Voltaire, *Essai sur les mœurs*, chapitre CIV : « De ceux qu'on appelait Bohèmes ou Égyptiens », Paris, Garnier, 1963, tome II, p. 65-67.

17. Cette formule est employée par les officiers de la maréchaussée de Rennes en 1725 : Archives Départ. Île et Vilaine, 2 B 1886 : voir Daoud Boutera, *Les Bohémiens en Bretagne du XVIe au XVIIIe siècle*, mémoire de maîtrise en histoire, sous la direction du professeur Alain Croix, Université de Rennes, juin 2003, 237 p. dactyl., p. 187.

mise à distance méprisante. Les auteurs ne cherchent pas à faire coïncider un mythe et les réalités moins relevées des attroupements bohémiens. Preuve en est le refus de l'enquête directe, d'autant plus surprenante que les compagnies de Bohémiens se montraient, en principe, d'approche plus aisée que les Indiens à plumes du Nouveau Monde.

Quelle lecture peut-on alors engager de la soudaine vogue littéraire du bohémianisme dans le préromantisme qui donna lieu à tant d'œuvres célèbres ? La figure bohémienne renvoie à une grande variété de dispositifs discursifs qui ne prend sens que dans l'analyse interne de chaque texte. L'approche des œuvres est d'autant plus complexe qu'elles ont préparé la révolution esthétique que constitue l'affirmation de la théorie spéculative de l'Art. Celle-ci, comme Jean-Marie Schaeffer l'expose, fut forgée en réaction contre les Lumières[18]. La révolution romantique prétend dépasser Kant et considère l'ensemble des faits littéraires comme une totalité autonome[19]. Dès lors, en négligeant ce processus de sacralisation de l'Art et de la Littérature, on soumet à mauvais frais les textes en les réduisant à la platitude sociologique.

Le malentendu généalogique

Pour l'historien, la plasticité du thème et de ses référents s'inscrit dans une conjoncture mentale marquée par les oscillations de l'idéal paneuropéen d'une « civilisation du mouvement[20] ». Si les écrivains des Lumières ont accordé une place fort modeste aux Tsiganes dans l'élan vers la mobilité vertueuse qui se déploie après 1750, le préromantisme allemand leur fera recouvrer une innocence péripatéticienne qui préfigure la vogue ultérieure du bohémianisme littéraire. Dans cet esprit, la littérature préromantique et romantique, de Lenau à Pouchkine, a vu dans l'exaltation du campement de plein vent les secrets improbables de la reproduction familiale. Le thème explorait les voies d'une conciliation possible entre des mondes nationaux apparemment étrangers les uns aux autres, pour autant que le

18. Jean-Marie Schaeffer, *L'Art de l'âge moderne, l'esthétique et la philosophie de l'art du XVIIIe siècle à nos jours*, Paris, Gallimard, 1992.
19. Jean-Marie Schaeffer, *op. cit.*, p. 145-146.
20. Daniel Roche « Voyages, mobilités, Lumières », dans *Circulation et Cosmopolitisme en Europe*, sous la direction d'Henriette Asséo, *Revue de Synthèse*, tome 123, 5e série, année 2002, (2004) n° 2-4, p. 17-35.

cheminement vers la terre promise de la libération des peuples passe par une nouvelle généalogie transeuropéenne.

Un malentendu généalogique durable a entraîné l'inscription de la « nation errante » dans une tension entre deux interprétations de la mobilité : celle, valorisée, d'une civilité péripatéticienne et celle, plus inquiétante, du métissage, du désordre et de la contamination. La nouvelle approche de la mobilité proposée par les Lumières et le préromantisme modifiait le dispositif mental d'intégration des Bohémiens en jetant aux oubliettes l'ancien système baroque d'intégration esthétique par la complémentarité des contraires. Il leur fut alors reproché de brouiller les cartes, de mettre à nu l'oscillation des confins qu'entraînait la double dimension de l'imaginaire de la mobilité : une ambition universaliste et émancipatrice guidant les pas de l'Humanité vers les espaces éthérés de la bienveillance universelle ; celle, bien moins rêveuse, de la pacification policière des émotions populaires et de la surveillance administrative du vagabondage familial.

L'affirmation de la valeur intrinsèque de la circulation réelle et symbolique permettrait de dépasser les clivages fixés depuis le dix-septième siècle sur la relation esthétique entre l'apparence et le rang. Le cosmopolitisme devait donc assurer la paix du monde. Mais « avoir l'usage du monde », selon Kant, suppose « d'entrer dans le jeu[21] ». La pédagogie des Lumières obligeait à penser la limite symbolique et réelle de l'espace européen en suggérant les dangers de son versant négatif. Car les vertus du voyage seraient à tout moment menacées par des forces occultes, une contre-société sournoise, ferment de dissolution interne du processus de civilisation[22]. La tension entre ces deux interprétations de la mobilité explique le balancement constant entre la valorisation de l'image du Bohémien épris de liberté sans entrave et la dénonciation de la promiscuité suspecte de familles qui ne connaissaient rien au « bon ménage ».

L'antagonisme des contraires oblige à choisir son camp pour qui veut tenir son rang. Les Bohémiens furent alors dotés de traits culturels contradictoires : ils avaient maintenu l'usage d'une langue singulière dans une

21. Emmanuel Kant, Introduction à l'*Anthropologie...*, *op. cit.*, (voir *supra*, n. 9), p. 11-13.
22. Antoine Berman, *L'Épreuve de l'étranger. Culture et traduction dans l'Allemagne romantique, Herder, Goethe, Novalis, Humboldt, Schleiermacher, Hölderlin*, Paris, Gallimard, 1984. Le sentiment de supériorité européen se déploie généreusement à l'abri de frontières matérielles et politiques bien définies, car l'épreuve de l'étranger serait maîtrisée par la capacité de traduction des spécificités nationales.

promiscuité familiale douteuse ; ils manifestaient une étonnante résistance physique qui alliait le mépris du confort et celui du bien d'autrui ; ils s'adonnaient aux activités suspectes de la divination, tout en montrant de vraies compétences musicales. Enfin, l'habitude de se nourrir de « nourritures infâmes », charognes d'animaux vite dépecés, et, *last but not least,* l'hypothèse formulée par certains de leur anthropophagie, apportaient la touche finale d'une sauvagerie irréductible.

La découverte de l'appartenance de la langue parlée par les Bohémiens d'Europe au socle des langues de l'Inde est contemporaine de la naissance de la philologie moderne. Alors que tant de langues nobles s'étaient éteintes, ce « pedigree » à forte valeur ajoutée devait distinguer la langue romani d'un « jargon » des bas-fonds. Mais la persistance de son usage impliquait une disposition intellectuelle aussitôt démentie par les pratiques jugées repoussantes de cette peuplade sauvage. Quelle fureur innée poussait donc une telle nation, vivant depuis des siècles au sein même de l'Europe civilisée, à résister à la contagion de civilité qu'implique le contact avec celui qui vous est supérieur ? On comprend que les observateurs les mieux intentionnés aient choisi une ethnogenèse incertaine. On admit l'origine indienne de la langue pour l'associer à l'appartenance à une caste inférieure. On conciliait ainsi raisonnablement les contraires.

Jean Nicolas Étienne de Bock, lieutenant des maréchaux à Thionville, voyageur et correspondant du *Journal Encyclopédique*, fournissait, en 1787, une adaptation de l'ouvrage à succès de l'Allemand Grellmann qui résumait l'opinion du temps[23]. Les Tsiganes venaient selon lui d'une basse caste

23. Heinrich Moritz Gottlieb Grellmann (1753-1804), *Die Zigeuner, Ein historischer Versuch über die Lebensart und Verfassung, Sitten und Schicksale dieses Volks in Europa, nebst ihrem Ursprunge, von M. H. M. G. Grellmann,* Dessau und Leipzig, auf Kosten der Verlags – Kasse, 1783. Une seconde édition augmentée est parue en 1787, à Göttingen, chez Johann Christian Dieterich. La première traduction étrangère est en anglais : *Dissertation on the Gipsies : being an historical enquiry, concerning the manner of life, family oeconomy, customs and conditions of these people in Europe, and their origin / Written in German, by Heinrich Moritz Gottlieb Grellmann. Translated into English, by Matthew Raper*..., London, P. Elmsley, etc., 1787. La première version française est parue sous le titre de *Recherches historiques sur le peuple nomade, appelé en France Bohémien, et en Allemagne Zigeuner ; avec un Vocabulaire comparatif des langues Indienne et Bohémienne, traduites de l'allemand, de M. GRELLMANN par M. Le B. de B*..., À Paris, chez Belin et la veuve Duchesne et à Metz, chez Devilly, datée de 1787 et non de 1788 comme le dit Wim Willems dans *In Search of the true Gypsy : from the Enlightenment to Final Solution*, traduit du hollandais par Don Bloch, Londres, Franck Cass, 1997 ; voir le chapitre 2, « Heinrich Moritz Gottlieb

indienne. D'ailleurs Hérodote « fournit la preuve que les Sudders ne sont pas moins adonnés à l'anthropophagie que les Bohémiens[24] ». À qui voulait contester un témoignage aussi ancien, l'auteur retrouvait les accents philosophiques pour confirmer qu'il « ne laisse pas d'être d'un grand poids, les mœurs et les coutumes, dans ces contrées éloignées, ne changeant jamais ». Le succès de l'ouvrage de Grellmann entraîna des traductions rapides et une diffusion européenne[25]. Cette notoriété fixa le propos qui, à son tour, détermina la caractérisation savante des Tsiganes.

L'obsession de l'ethnogenèse toucha divers érudits, et non des moindres, qui rassemblaient des éléments de vocabulaire sans chercher à intégrer l'étude de la langue *romani* dans le tableau des langues européennes. Pourtant le matériau ancien venait de toute l'Europe, attestant de l'ancienneté de l'implantation bohémienne. Ainsi le vocabulaire et l'esquisse grammaticale exposés par Grellmann avaient été recueillis en Hongrie par le conseiller autrichien Büttner[26]. Les matériaux rassemblés en 1784 dans les provinces orientales de la Prusse par un professeur de Königsberg, Christian Jakob Kraus, et par le doyen de Niebudzen, le pasteur Zippel, ne furent jamais publiés. Ils tombèrent par hasard entre les mains de l'orientaliste August Friedrich Pott qui fournit un ouvrage très savant sur la langue des Tsiganes, et tenta, sans succès, de forcer les portes de la toute nouvelle chaire de grammaire comparée[27].

Au XVIIIe siècle, en Angleterre, le patronage de la *Royal Society* aurait pu instituer l'étude de la langue romani dans la sphère des études indianistes et de la philologie moderne, quand les études pionnières que William Jones consacra au sanscrit, en 1786, firent comprendre que la civilisation

---

Grellmann : an enlightened historian and his sources », p. 22-92, et dans l'annexe I : « The publications of H. M. G. Grellmann », p. 311-313.

24. *Ibid.*, p. 48. Il chiffrait le nombre des Bohémiens européens aux alentours de 700 000 à 800 000, dont 40 000 en Espagne.

25. Wim Willems constate l'influence prépondérante de l'ouvrage : « Grellmann set the tone for the following two centuries. »

26. Grellmann, *op. cit.,* voir le chapitre V : « les Bohémiens sont venus de l'Hindoustan », p. 284-327.

27. August Friedrich Pott, *Die Zigeuner in Europa und Asien. Ethnographisch-linguistische Untersuchung, vornehmlich ihrer Herkunft und Sprache, nach gedruckten und ungedruckten Quellen*, Halle, Haynemann, 1844-1845, 2 vol. Voir aussi *Études sur les Tchinghianés ou Bohémiens de l'Empire ottoman, par Alexandre G. Paspati, D. M.*, Constantinople, Imprimerie Antoine Koroméla, 1870.

indienne était bien plus ancienne que celle de la Grèce ou de la Judée[28]. Le 3 février 1785, l'honorable Joseph Banks, président de la *Royal Society* depuis 1778, engagé dans le voyage de Cook, communique à la *Society of Antiquaries* de Londres un article de William Marsden sur le langage des Tsiganes qui fut publié dans *Archaeologia*[29]. Les intérêts de Marsden – orientaliste anglais célèbre pour son *History of Sumatra* (1783) – étaient multiples. Il fit traduire les voyages de Marco Polo, il devint le vice-président de la Royal Society, il ambitionnait de produire une comparaison générale de toutes les langues et il avait déjà donné des contributions importantes sur les langues de l'Afrique et de l'Inde[30]. Par des voies indépendantes, l'orientaliste parvint, pour l'analyse de la langue des Tsiganes, aux mêmes conclusions que les germanistes. Il avait confronté les informations de son agent en Turquie, un certain Matra, avec des spécimens plus anciens, et un vocabulaire de trente-neuf mots recueilli par son patron et ami Joseph Banks auprès des *Gypsies* du royaume britannique. Le docteur John Douglas se trouvait dans l'assistance et fit remarquer que son ami Jacob Bryant lui avait parlé quelques années auparavant de son intérêt pour la langue des Tsiganes. À la séance suivante, le 7 avril 1785, le Mémoire de Jacob Bryant fut examiné et la publication en fut décidée[31]. Le « paradigme indien[32] » connut donc son acte de naissance en même temps que la philologie moderne, mais l'étude du romani devait rester l'apanage des

28. Benedict Anderson, *L'Imaginaire national, Réflexions sur l'origine et l'essor du nationalisme*, traduit de l'anglais par Pierre-Emmanuel Dauzat, Paris, La Découverte poche, 2002 (1ère édition en anglais *Imagined Communities*, Londres, Verso, 1983) ; voir le chapitre 4 : « Langues anciennes, nouveaux modèles », p. 79-80.
29. William Marsden, « Observations on the Language of the People commonly called Gypsies. In a Letter to Sir Joseph Banks », dans *Archaeologia*, vol. 7, Londres, 1785, p. 382-386. La revue *Archaeologia ; or miscellaneous tracts relating to Antiquity*, était publiée par la Society of Antiquaries of London depuis 1770 (British Museum, cote Ac 9233cc).
30. William Marsden, *Bibliotheca Marsdeniana philologica et orientalis : a catalogue of books and manuscripts collected with a view to the general comparaison of languages, and to the study of Oriental literature*, Londres, J. L. Cox, 1827, dans la *Marsden collection* conservée à Kings College.
31. « Collections on the Zingara ; or Gypsey Language, by Jacob Bryant, transmitted to O. Salisbury Brereton in a letter from the Rev. Dr Douglas », dans *Archaeologia*, vol. VII, 1785, p. 388-391.
32. L'expression est de Leonardo Piasere dans « De Origine Cinganorum », Paul-Henri Stahl (éd.), Recueil V des *Études et Documents Balkaniques et méditerranéens*, 1988, p. 105-126.

tsiganologues rassemblés dans la *Gypsy Lore Society*[33]. L'honorable société a retenu des personnalités aussi éminentes que l'archiduc Joseph, auteur d'une grammaire tsigane, ou Richard Francis Burton, le découvreur des sources du Nil[34]. L'effacement du patronage aristocratique et de l'éclectisme savant explique que la *Gypsy Lore Society* n'ait guère joué de rôle institutionnel, même si elle a réuni, entre 1880 et la seconde guerre mondiale, une correspondance cosmopolite élargie aux dimensions du monde connu par la prééminence de l'Empire britannique[35].

L'imaginaire de la transgression

L'indifférence du monde savant et l'absence d'institutions bohémiennes ont favorisé le développement de l'imagination préromantique. Le ton fut donné par la poussée de primitivisme qui marqua les années mille sept cent soixante-dix et refoula les Bohémiens dans les espaces éloignés de la civilisation que sont les forêts et les roches boisées. Goethe met en scène, dans *Goetz von Berlichingen* (1773), un chevalier du Moyen Âge inaugurant le genre « vieil allemand » de la génération préromantique[36]. Adélaïde arrive hors d'haleine en plein campement bohémien[37]. Un jeune *Zigeuner* l'étreint au moment même où Franz de Sickingen, la trouvant en « une terrible société », s'attire la réponse suivante : « Elle est plus amicale à l'homme qu'elle ne paraît. » Le rétablissement de la dignité humaine auquel Goethe convie tout homme s'accomplit dans une patiente prise

33. David Mayall, *Gypsy Identities 1500-2000, From Egipcyans and Moon-men to the Ethnic Romany*, Londres et New York, Routledge, 2004.

34. Richard Francis Burton, *The Jew, the Gypsy, and El Islam, edited with a preface and Brief Notes by W.H. Wilkins*, Londres, Hutchinson and Co, 1898.

35. Pour la France, il suffit d'examiner le réseau mobilisé par Paul Bataillard depuis les années 1840, pour se rendre compte du nombre de linguistes et de philologues qui s'intéressaient au sujet ; voir *Les derniers travaux relatifs aux Bohémiens dans l'Europe orientale*, Paris, A. Franck, 1872.

36. *Goetz de Berlichingen à la main de fer (1772-1773)*, traduction d'Albert Stapfer, dans *Théâtre de Goethe*, Paris, Gallimard, Bibliothèque de la Pléiade, 1951, p. 59-163. Voir Wilhelm Ebhard, *Die Zigeuner in der hochdeutscher Literatur bis zu Goethes « Götz von Berlichingen »* (Dissertation Göttingen), Allendorf, Otto Fischer, 1928, 158 p., qui mentionne les sujets bohémiens traités dans la littérature allemande jusqu'à la fin du XVIIIe siècle environ.

37. Nous ne sommes plus sur la place publique d'opérette comme dans Favart reprenant la pièce italienne de Giancarli, la *Zingara*, mais en pleine forêt nocturne.

en considération des lois, tant humaines que divines. Le chef bohémien accueille Goetz comme un « homme de bien » et lui porte secours.

L'aimable société des bois est accueillante à l'étranger égaré. Mais la mission confiée aux Bohémiens par le marquis de Sade a une odeur de soufre plus marquée. Clémentine et Léonore, les héroïnes d'un épisode *d'Aline et Valcour*, perdues à leur tour dans la forêt, trouvent le secours de Brigandos, capitaine de Bohémiens[38]. Accueillies avec douceur, elles racontent leur aventure à une assemblée de femmes attentives : « Nous avons toujours tremblé, tant que le sort nous avait placées parmi ce qu'on appelle les *honnêtes gens* ; nous étions en paix avec les *Bohémiens.* » Ces honnêtes Bohémiens font l'apologie du vol, mais sur un mode altruiste, et leur chef déclare ne verser de sang que « celui des animaux qui nous sustentent ».

Adoucir la situation des infortunés ou abuser de la crédulité populaire en vendant des philtres, confisquer le bien d'autrui, le tableau de Sade pourrait se limiter à la description picaresque habituelle du « métier de bohémien[39] ». D'autant que la société imaginaire des Bohémiens entre dans la géographie sadienne des déplacements du marquis : le « grand chemin », la grande route de Paris-Lyon-Dauphiné, le monde de l'auberge, la cohorte des voyageurs et la présence accoutumée des « compagnies de Boesmes. » Mais, comme le sage Zamé ou le curé de Berseuil, Brigandos annonce la chute irrémédiable de la « Babylone moderne ». Il tient devant le chevalier d'Alcantara des propos subversifs : « chevalier, je suis prophète, tel que vous me voyez, voulez-vous que je vous dise ce qui va arriver ? La France éprouvera une révolution terrible, elle secouera le joug du despotisme[40]. » C'est encore Brigandos qui affirme que le gouvernement républicain est le meilleur de tous. Le Bohémien est justicier et philosophe dans un monde marqué par le sceau de l'injustice ; il n'en est pas récompensé, car il sera livré à l'Inquisition par celui dont il a sauvé la vie. N'a-t-il pas déclaré fièrement : « Je suis l'ennemi de Dieu, le serviteur du diable, et l'ami du bien d'autrui[41]. » Sade a repris dans *La Philosophie dans le Boudoir* l'apologie du vol et de la prostitution comme mise en commun de la propriété.

38. *Aline et Valcour*, lettre XXXVIII, dans D. A. F. de Sade, *Œuvres complètes*, vol. XI, t. III, Paris, Pauvert, 1963.
39. Michel Vovelle, « Sade, seigneur de village », dans *Le Marquis de Sade*, actes du colloque d'Aix-en-Provence, Paris, Colin, 1968, p. 23-41.
40. Sade, *Aline et Valcour, op. cit.*, t. II, p. 140.
41. *Ibid.*, p. 200.

La société imaginaire des Bohémiens doit être commandée, selon lui, par l'obligation pour un peuple dispersé de conclure des alliances familiales qui vont jusqu'à frère et sœur d'égalité d'âge pour perpétuer l'espèce[42].

Ainsi, l'échec de la pédagogie des Lumières oblige à penser la limite symbolique et réelle de la mobilité et de l'espace européen en suggérant à tout moment les dangers de son versant négatif. L'effort pour présenter les vertus du voyage s'arrête aux limites de la contre-société subversive, ferment de désordre moral. Assassinat, inceste, un chef bohémien, « homme profond à ce qu'on dit dans les sciences occultes », sont les ingrédients d'une pièce de Cuvelier, représentée en octobre 1797, au théâtre de l'Ambigu Comique[43], tandis que *La Prophétesse du diable en Brabant*, publié sans date mais qui semble de la même période, met dans la bouche d'« une vraie bohémienne et qui en sait long », des considérations morales sur le « grand régénérateur » déiste dans une séance de transe digne de la Pythie de Delphes. L'image subversive menée aux extrêmes par Sade s'est en quelque sorte folklorisée et la redoutable mission décivilisatrice de la nation errante s'est abâtardie dans les caresses de la figure féminine de l'enjôleuse gitane, tsigane ou bohémienne.

Le prince de Ligne consacre à son tour un mémoire aux Bohémiens, qu'il a pu observer lors de son séjour en Hongrie : « La Hongrie paroît le pays favori de ces Zigeuner, Zingari, Bohémiens [...]. Ils ont de l'Afrique, de l'Asie et de l'Amérique dans leurs figures, et rien du tout de l'Europe. » Comme Herder, il fait l'éloge de leurs qualités militaires : ils « sont braves quand on les prend de force pour nos régiments hongrois. » Mais le grand libertin a été surtout séduit et effrayé par les danses des femmes attachées au comte Alexis Orloff. Barbouillées de rouge de brique, elles « s'excitent par des cris et des chants les plus lubriques prenant des attitudes en conséquence » :

> Les Bacchantes avoient l'air de religieuses en comparaison de ces belles possédées dont je parle ; car il y en a souvent de charmantes, et toutes ont même les plus beaux yeux du monde[44].

42. *Ibid.*, p. 220 et 221.
43. *C'est le diable ou la Bohémienne, drame en cinq actes, mêlé de pantomime, évolutions, combats, chants et danses, paroles et combats de J. G. A. Cuvelier*, Paris, Barba, an VI ; acte premier, scène VI.
44. C. J. prince de Ligne, *Œuvres choisies, littéraires, historiques et militaires du Maréchal-prince de Ligne, contenant les mémoires sur la Pologne, les Juifs, les Bohémiens, etc.*, Genève,

La langue, indéchiffrable « pour toute la terre », complète l'attrait oriental des chœurs tsiganes dont le comte Orloff initia la vogue auprès de l'aristocratie russe.

Les oscillations du mythe préromantique expliquent l'évolution qu'avait repérée Fernand Baldensperger : un intérêt distrait pour les mœurs singulières de cette nation, la projection du fantasme nouveau d'un ferment interne de dissolution familiale au nom de la mère Nature ont contribué à dissocier la figure féminine de la Bohémienne de l'attroupement nomade. Désormais, celle qui fut promue à un rang royal par Achim von Arnim dans *Isabelle d'Égypte*, est abandonnée aux désordres de la Cour des Miracles par Victor Hugo.

L'émancipation impossible

Ainsi les Tsiganes ne disposeraient pas du brevet de conformité que donnait la fabrication d'une « langue nationale d'imprimerie ». Des origines incertaines et une présence, indésirable mais permanente, leur conféraient la physionomie d'une « nation » qui, venant de partout, n'allait nulle part. De là à penser que l'agrégation la plus nécessaire, celle des relations professionnelles (les corps constitués, les corporations), ne servait qu'à organiser une contre-société délictueuse, il n'y avait qu'un pas.

Avant d'être l'espace intime du refuge sentimental, la forêt est surtout un lieu d'inquiétude pour les hommes séparés. Quand la réalité rejoint la fiction, les administrateurs éclairés du roi sont désarmés et la philanthropie ne peut s'exercer, car la « peuplade vagabonde des Zigeuner » qui habite ces espaces retranchés n'a rien du bon Sauvage. Goethe évoque la chasse féroce que donna le landgrave du Hanau contre une bande de Zigeuner qu'il refoula vers la frontière[45]. On sait par ailleurs que le pays de Bitche a été visité par Goethe en 1771, alors qu'il était étudiant en droit à l'université de Strasbourg[46]. Or, les Bohémiens du pays de Bitche, en Lorraine allemande, ont effectivement écrit une supplique afin d'attirer l'attention des autorités en demandant à la « bienveillance royale de se pencher sur leur

J. J. Paschoud, 1809, 2 vol. : « Sur les Égyptiens, dits Bohémiens, ou Zigeuner », p. 67-72. Cette édition contient les tomes IX et X des *Mélanges littéraires*, parus en 34 volumes à Dresde chez les frères Walter de 1795 à 1811.

45. *Goetz de Berlichingen à la main de fer*, acte III.

46. Arthur Benoit, *À travers le pays de Bitche*, Metz, C. Carrère, 1880, p. 11-12.

sort misérable et de les transférer dans une autre province ». Les autorités envisagèrent la transportation aux colonies et l'affaire donna lieu à une importante correspondance administrative, d'autant que, commencée vers 1777, elle ne connut pas de conclusion définitive[47].

En fait, les Bohémiens s'étaient concentrés dans cette région car ils avaient longtemps bénéficié de protections seigneuriales. Au mois d'août 1777, le père Feller, un jésuite qui avait parcouru l'Europe à cheval, se rendit aussi à Bitche où on l'informa de la présence dans les bois qui s'étendaient entre cette ville et Wissembourg d'une cinquantaine de Bohémiens armés jusqu'aux dents que la maréchaussée n'osait aborder de front, et il écrit dans son dictionnaire biographique :

> À partir de Wissembourg, je passe les Vosges en promenant les yeux sur les plus vastes forêts que j'ai vues, ce qui, dans le moment actuel, n'est pas sans danger, Messieurs les Zigeuner y tenant de fréquentes assemblées et y ayant fait depuis peu de bruyants exploits[48].

En cas d'alerte, les Bohémiens passaient dans l'autre sens, sur les terres du Landgrave de Hesse-Darmstadt à la résidence de Pirmasens, qui en recrutait un grand nombre dans sa troupe.

Le tableau donné par le père Feller semble une illustration parfaite du passage que Grellmann consacrera aux « Bohémiens nomades » :

> Ils vivent tantôt d'un côté, tantôt de l'autre, sous les tentes, dans les antres des rochers, ou dans des trous qu'ils creusent en terre. Pendant l'été ils ne se servent que des premières ; de là ils se répandent dans les bois, où ils aiment à se coucher sous l'ombre des saules, qu'ils préfèrent à celle de toute espèce d'arbres[49].

En 1779, le marquis de la Salle, commandant en second en Alsace, rendait compte à son tour des incursions que faisaient en Basse Alsace, du côté de Niederbronn, des Bohémiens, au nombre de deux cents, qui se trouvaient dans les forêts du Hainaut sous l'autorité princière :

---

47. AN, C 14, Registre 62 (1788-1789), Rapports, décisions, minutes de dépêches ministérielles (1788), F° 81, 9 février 1788, supplique des « pauvres Égyptiens ou Bohémiens » à « Nos Seigneurs de Lorraine et de France » demandant à être admis parmi les sujets du roi et établis dans une province (traduction française, jointe à la pièce analysée au Folio 75).

48. R. P. Feller, *Dictionnaire biographique*, p. 12, cité par Louis Gilbert, « Les Bohémiens au pays de Bitche », dans *Le Pays Lorrain*, 1904, p. 313-317, et « les Tsiganes mosellans », dans *Le Pays Lorrain*, 1960, p. 144.

49. *Recherches historiques…, op. cit.* (voir *supra*, n. 23), p. 24 et 25.

> brigands connus sous le nom d'Égyptiens, protégés par Mr le Landgrave de Hesse Darmstadt, à qui ils sont utiles, tant pour recruter son régiment que pour empêcher les désertions.

Il souhaitait que le gouvernement autorise les poursuites sur les terres du Landgrave.

Nous avons vu que l'ouvrage de Grellmann fut publié pour la première fois en français à Metz, en 1787. De cette même ville, le 5 janvier 1788, Lecourt d'Hauterive adressait à François de Neufchâteau, alors détenteur de la charge de lieutenant général civil et criminel du bailliage de Mirecourt en Lorraine, un procès-verbal en forme de mémoire concernant les « malheureux réfugiés sous le nom de Bôemiens ou egyptiens dans les montagnes du comté d'hanau[50] ». Il lui apprenait que, le 21 juin 1786, François Antoine Nicolas Jersé, bailli juge de l'abbaye de Sturzelbronn, avait rencontré les chefs bohémiens à la cense de Mulhenbach, qui dépendait de l'abbaye et qui était tout près des terres du Hainaut. Ces derniers lui avaient remis une supplique « en idiome allemand » dans laquelle ils demandaient à être reçus comme sujets du roi : « las d'errer dans les forêts et de vivre comme fugitifs ; nos familles s'augmentent et la jeunesse grandit de manière qu'il ne nous est presque plus possible de subsister de l'aumosne. » Le groupe était dirigé par Louis Reinhard, soixante-dix ans, et comprenait près d'une cinquantaine de personnes, membre des familles Lehmann, Adam, Herzberg et Strauss. Les Bohémiens étaient, selon Lecourt d'Hauterive, « le reste infortuné d'une colonie de 4 à 500 qui pendant quatre siècles ont habité les roches du Hanau par tolérance des souverains de ce Comté ».

50. Les pièces de ce dossier ont été trouvées aux Archives nationales par François de Vaux de Foletier dans le Fonds François de Neufchateau : AN 27 AP/4, dossier 5, Bohémiens réfugiés dans le comté d'Hanau, 5 pièces, 1786-1788. J'ai pu les compléter en particulier avec C 14, Correspondance en provenance de la Guyane, Registre 62 (1788-1789) – Rapports, décisions, minutes de dépêches ministérielles (1788) :
F 73 – 24 avril 1788, Note soumise au ministre sur un mémoire de Loménie de Brienne. Observations sur la Guyane qui serait susceptible de recevoir 200 vagabonds ; préparatifs nécessaires ; inconvénients et dangers du projet de cette colonie.
F° 75 – 10 avril 1788, Versailles : Loménie de Brienne au ministre. Présence dans le Hanau de 200 vagabonds dits « Égyptiens » et « Bohémiens ». Ils demandent à être installés dans une colonie française.
F° 81 – 9 février 1788 : supplique des « pauvres Égyptiens ou Bohémiens » à « Nos Seigneurs de Lorraine et de France » demandant à être admis parmi les sujets du roi et établis dans une province (traduction française, jointe à la pièce analysée au folio 75).
F° 83 – « vagabonds » : chemise de dossier relatif aux vagabonds de Hanau.

Le dossier contenait aussi un mémoire sur les origines des Bohémiens empruntées à la lecture de Grellmann, mais les résultats d'une enquête directe demandée au curé de Walsbronn se révélaient plus prosaïques. Ces « Égyptiens n'étaient pas payens mais bons catholiques », ils n'avaient pas de prêtre de leur nation, mais ils avaient gardé le souvenir d'une sortie ancienne d'Égypte pour cause de famine ; ils faisaient baptiser leurs enfants et leur prévôt assurait le bon ordre de la tribu ; enfin, « ils ont des gens de leur lignée même en France dans les plus grandes villes ».

En janvier 1790, une bande de trois cents personnes, bien armées se trouvait encore dans la région de Sturzelbronn et de Baerenthal. Ces Bohémiens fréquentaient les villages lorrains ; ils évitaient cependant d'entrer dans le duché de Deux-Ponts. Des indications sur les familles retirées dans le massif forestier impénétrable de Niederbronn-Bitche étaient données par une liste de noms jointe à l'enquête locale et identique à la précédente[51]. Dans les années 1820-1830, le séjour des *Zigeuner* dans la vallée de Baerenthal était l'une des surprises réservées aux baigneurs de Niederbronn qui, en attendant la traditionnelle bisque aux écrevisses, s'amusaient à les observer de loin et la présence de ces « bandes » était souvent évoquée par les autorités de police[52].

Le terme de bande ou de horde, employé dans les documents administratifs, désignait très improprement le regroupement temporaire de familles apparentées. Les archives de la répression ne donnent qu'une image trompeuse de la réalité de l'enracinement des Tsiganes dans cette région. Ainsi l'opposition entre nomades et sédentaires est anachronique dans une économie populaire habituée à la mobilité. Ces Reinhardt, Lehman, Strauss, Lichtenberg, Weiss étaient tous issus d'alliances familiales entre des hommes originaires de la région de Pirmasens et les filles de souche paysanne locale. Au XIXe siècle, leurs descendants étaient qualifiés par les documents de « propriétaire », de « cultivateur », ils étaient aussi tisserands ou maçons. S'ils répugnaient à s'allier avec des nouveaux venus, ils pouvaient être aussi mobiles que les « nomades[53] ». Cette longue implantation passa inaperçue et l'Histoire n'a retenu que le passage des bandes armées. Pourtant l'expansion

51. Paul-Édouard Glath, « Les Bohémiens au Baerenthal », dans *Bulletin de la Société Niederbronnoise d'Histoire et d'Archéologie*, n° 6, 1957, p. 40-63.
52. Henri Hiegel, « Les Tsiganes mosellans », dans *Le Pays Lorrain*, 1960, p. 143-150.
53. Alain Reyniers, « L'installation des *Sinti* dans les Vosges du Nord au XIXe siècle », dans *Études Tsiganes*, 1990, n° 2, p. 38-57.

à partir des Vosges du Nord de ces familles qui se disent *Sinte* fut continue, comme l'a montré Alain Reyniers[54]. Elle partit du noyau formé par les villages de Baerenthal, pour s'étendre à toute la France. Les rapports avec la population locale reposaient sur des relations économiques viables, si l'on tient compte de l'équilibre précaire des subsistances. Des familles entières pouvaient temporairement quitter leur domicile et rester des mois sans revenir, les hommes conduisant un cheval chargé de menues marchandises, suivies par les femmes portant les enfants sur le dos. Un rapport du maire de Strasbourg, en 1812, donne une description semblable aux illustrations de Théodore Schuler pour les œuvres d'Erckmann-Chatrian en 1859[55]. Le spectacle n'était pas misérable. Aussi bien le secrétaire de préfecture Viville, en 1817, que l'imprimeur libraire de Metz Verronais, en 1844, vantaient la physionomie des Bohémiens et Audenelle concluait en 1827 :

> Le bohémien a les traits nobles et réguliers : sa physionomie est très expressive. Son teint est basané parce qu'il a l'habitude d'oindre son corps et de s'exposer au soleil pour durcir ses membres et leur donner la souplesse que nécessite la vie sauvage[56].

Au tournant des années 1860-1870, la défaite du cosmopolitisme politique de l'aristocratie européenne de la première moitié du XIXe siècle qui présidait aux équilibres subtils du Congrès de Vienne accompagne le repli romantique. Une représentation mentale singulièrement méprisante ou violemment haineuse a retiré tout crédit de civilité péripatéticienne à ces familles « sans lieu » en forgeant le mythe du « nomade » comme catégorie administrative. L'intérêt ethnographique s'est alors tourné vers l'extérieur et les Tsiganes devinrent des figures exotiques d'un orientalisme de paco-

54. Une illustration de la permanence familiale bohémienne est donnée par l'étude exemplaire de Pascal Robert, « La migration des *Sinté* piémontais en France au XIXe siècle », dans *Études tsiganes*, « Histoire tsiganes, Hommage à François de Vaux de Foletier, 1893/1988 », n° 18-19, 2004, p. 29-51.

55. A. D. Bas-Rhin, 3 M 913 ; Théodore Schuler, « Études de Bohémiens du Baerenthal », 6 dessins au crayon lithographique, datés de 1859.

56. Jean Audenelle, *Essai statistique sur les frontières du Nord-Est de la France*, Paris, Truchy, 1827, et Claude-Philippe de Viville, *Dictionnaire du département de la Moselle, contenant une histoire abrégée des anciens rois de Metz, de la République Messine, des évêques de Metz, des monumens civils et religieux du pays, et un dictionnaire des villes, des bourgs et des villages qui composent le département de la Moselle, avec des notes historiques et statistiques sur chacun d'eux*, Metz, Antoine, 2 vol., tome II, 1817, p. 45. Cités par Louis Gilbert, « Les Bohémiens du pays de Bitche », dans *Le Pays Lorrain*, Première année, octobre 1904, n° 20, p. 316.

tille. Il ne reste que l'éminent membre de la Gypsy Lore Society, l'archiduc Joseph Karl Ludwig, pour bâtir un plan pour sauver la culture tsigane en fondant une colonie exemplaire près de Budapest à Alcsúth.

Le parcours éclairé qui devait assurer la paix du monde s'était transformé en un primat utopique de la langue originelle commune assurant, dans un même mouvement, l'identité nationale et la communication par la traduction entre les nations d'Europe, qui, en dépit de leurs conflits sanglants, acceptaient l'idée d'une civilisation commune. La compréhension viendrait des possibilités de traductions des idéaux nationaux grâce aux références d'une intelligibilité mythique assurée par l'origine commune indo-européenne. C'est l'échec de ce mythe de la transfrontière européenne et non, comme on a coutume de l'écrire, son succès, qui explique l'avènement dramatique de l'ethnopolitique essentialiste du XXe siècle. Les penseurs du mythe indo-européen ont voulu donner à la philologie la puissance mobilisatrice de la philosophie des Lumières. Toutefois l'impasse théorique entre l'affirmation d'une communauté d'origine par la langue et la différenciation anthropologique en acte dans les constructions nationales du XIXe siècle constituait un casse-tête qui a conduit à la concurrence entre langue, peuple, nation et, non pas, comme on le dit souvent, à leur confusion.

Dans ce contexte politique nouveau, l'ancienneté de l'implantation des familles bohémiennes ne leur a donné aucun crédit en tant qu'autochtones. La réactivation récente de formulations ethnicistes relance la discrimination politique. L'idée que la « société de persécution » – pour reprendre l'expression de Robert Moore[57] – ne laissait aucune fluidité historique dynamique à des groupes minoritaires a été abandonnée par les historiens, mais elle a été reprise par la sociologie de la « déviance » et de la « marginalité sociale » dominante en Europe centrale et orientale. Cette vision linéaire écrase la conjoncture et néglige de critiquer les dispositifs de « conjuration des pouvoirs », bien qu'elle prétende se mettre sous la lumière de Michel Foucault. Or nous savons que les praticiens des sciences humaines ne lâchent pas facilement un paradigme dominant, surtout si ses protagonistes ont eu quelque difficulté à le forger. Désormais, coupés artificiellement d'une histoire européenne de longue durée, les Tsiganes sont considérés comme des étrangers en dépit de leur enracinement familial pluriséculaire.

57. Robert I. Moore, *La Persécution : sa formation en Europe, Xe-XIIIe siècle*, traduit de l'anglais par Catherine Malamoud, Paris, Les Belles-lettres, 1991.

Husserl voulait montrer, dans le texte de la conférence de Vienne, comment la phénoménologie se pensait historiquement en réfléchissant à la naissance même de la philosophie. Il ouvrait la possibilité d'un « devenir philosophique » qui, à la différence de toutes les autres œuvres culturelles, serait un mouvement d'intérêt qui ne serait pas lié au « sol de la tradition nationale[58] ». L'expérience de pensée que serait la suspension de « l'attitude naturelle » se situait à rebours de la dérive historique de la connaissance positive. Elle permettrait d'appréhender et d'étudier le sujet conscient en tant que vie constituante, vie par laquelle le monde et les choses peuvent apparaître et, du même coup, peuvent se déployer et s'articuler selon différents ordres de phénomènes se prêtant à des disciplines différentes.

Mais, depuis les années trente, la « lassitude européenne » a envahi le champ de la pensée et « l'héroïsme de la raison » a marqué le pas devant un sociologisme méprisant pour tout le monde, sauf pour les producteurs de multiples travaux qui s'imaginaient faire œuvre critique. La démarche historiographique est à son tour menacée de marginalisation au nom d'une histoire des minorités qui retrouve les accents terroristes de l'entre-deux-guerres dans un contexte européen déstabilisé.

58. Cité dans Yves Thierry, *Conscience et Humanité selon Husserl, Essais sur le sujet politique*, Paris, PUF, 1995, p. 92.

III. Un mythe littéraire européen

Les Bohémiens de George Borrow : ethnographie et littérature

Marie-Claude Schapira

Ceux qui ont à parler de George Borrow ont en général quelque peine à le présenter simplement, tant sa personne et sa vie échappent aux schémas sociaux et culturels ordinaires. Cet Anglais, né en 1803 et mort en 1881, autodidacte, grand marcheur et quelque peu aventurier, était également, et peut-être surtout, un linguiste avéré, à l'aise semble-t-il dans au moins trente-cinq langues et dialectes parmi les plus obscurs. Après avoir consacré sa jeunesse à de longs voyages pédestres, à l'étude de langues comme l'irlandais et le danois, et à des traductions – en particulier de l'arménien – qu'il ne parvient pas à faire éditer, il devient collaborateur de la Société Biblique de Londres qui a pour objectif de diffuser dans le monde entier des traductions du texte sacré. Borrow apprend le mandchou et se rend en Russie. Renonçant au projet qu'il avait d'aller en Chine, il focalise ses tentatives prosélytes sur l'Espagne et le Portugal. Il se marie vers quarante ans et passe en Angleterre le reste d'une vie studieuse entrecoupée de tentatives avortées d'expatriation – il aurait aimé être nommé consul en Chine – et de bien réelles et longues randonnées dans le Pays de Galles ou l'île de Man. Mais, de cette vie aventureuse, on a surtout retenu sa relation privilégiée avec les Tsiganes qui date de son adolescence et qui se poursuit à travers le monde et les années. Les quatre livres qu'il publie témoignent de cette fréquentation assidue. Le premier, *The Zincali, an account of the Gypsies of*

Spain, publié en 1841, est bien accueilli par la critique et fait l'objet d'un article sérieux de Philarète Chasles dans la *Revue des Deux Mondes.* C'est celui qui nous intéresse particulièrement. Il n'en existe pas de traduction récente. Deux ans plus tard, *La Bible en Espagne* relate les péripéties de son métier de démarcheur de Bible dans un récit mouvementé et souvent qualifié de picaresque. Il connaît un succès immédiat et entraîne une réédition des *Zincali.* Les deux derniers ouvrages, en 1851 et 1857, ont un moindre succès mais ne passent cependant pas inaperçus. Ce sont deux autofictions qui font la part belle à des récits qui pourraient relever d'une réalité romancée et dont les titres disent la fidélité à l'aventure bohémienne : *Lavengro* signifie, en romani, « Le Maître des mots », et *Romany rye* (L'homme gitan) est habituellement traduit par « Le Gentleman Tsigane ».

Dans le mot « Zincali », employé dans l'ouvrage qui traite d'eux et de leurs mœurs, on entend le mot « calo » qui signifie gitan et fait référence à leur teint sombre, et le mot « zend » qui désigne l'Inde, leur probable terre d'origine. Les Zincali sont donc, en Espagne, les hommes noirs de l'Inde. On trouve son équivalent « zingari » aussi bien dans *Consuelo* (G. Sand) que dans *Notre-Dame de Paris* (V. Hugo). En Russie et dans le Moyen-Orient le mot « Tzigane » a la même étymologie. Eux-mêmes se désignent sous le nom de « rommany » qui est également le nom de leur langue et qui signifie « l'homme », « le mari ». En Espagne on les nomme « Gitans », en Angleterre « Gypsies », en référence à leur exode supposé d'Égypte. La langue française ne spécule pas sur leurs origines mais se borne à constater le lieu de leur première apparition en Europe centrale en les appelant Bohémiens. Tout cela, Borrow nous l'apprend dès les premières pages de son livre et cette variété onomastique soulève une discrète question de méthode. Comment les nommerons-nous ? Renonçant, avec un léger scrupule, à leur donner le nom qu'ils se donnent, nous choisirons le terme de « Bohémien » en usage au XIXe siècle dans le pays d'où nous parlons, ou celui de « Gitan » qui, pour nous, fonctionne si bien au féminin. Cette précision laisse deviner que nous n'avons pas affaire à un objet simple et Borrow s'en saisit avec un peu de fausse naïveté et la claire conscience de sa complexité. Il aborde en ethnographe et en linguiste une population inconnue et jalouse de son indépendance. C'est en effet sa connaissance du romani qui lui permet d'approcher un groupe ethnique qui n'avait, jusque-là, jamais été appréhendé de l'intérieur, et de conduire ce qu'on pourrait appeler une enquête de terrain totalement originale. De ces observations il fait des livres où le témoignage s'entremêle de récits pittoresques dont on oublie de vérifier l'exactitude et qui prennent du coup assez vite le statut de textes littéraires. C'est en raison de ce statut particulier qu'ils seront beaucoup lus et qu'ils auront en retour une influence sur l'image littéraire du Gitan, et plus encore de la Gitane, image qui sera infléchie par la connaissance réelle que Borrow a acquise de ce milieu.

L'histoire de Borrow et des Bohémiens, « sa ferveur bohémienne[1] », comme l'écrit Ph. Chasles, est une curieuse histoire d'amour. Il les a rencontrés dans son adolescence en Angleterre, les a retrouvés en Russie et en Europe centrale, a vécu avec eux en Espagne. Il a ressenti pour eux une attraction profonde, conforme à la facilité constante de contact et à la profonde sympathie pour les pauvres, les marginaux et les étrangers dont il fit preuve toute sa vie. Dès l'introduction des *Zincali,* il mentionne l'intérêt de toute sa vie pour les Bohémiens, « des sentiments difficiles à décrire », que rien ne justifie et dont eux-mêmes, supposant qu'il a pu être dans une autre vie un des leurs, lui conseillent de chercher l'explication dans la métempsychose. En exergue du livre, on trouve une phrase du poète persan Ferdousi qui lève peut-être un coin du voile : « Pour ce qui est souillé par nature, tu ne peux entretenir nul espoir ; aucun lavage ne rendra un Gypsy blanc. » Quelle est donc cette noirceur qui attire Borrow ?

Les Bohémiens ont une peau foncée, mais ils sont surtout profondément et volontairement subversifs. Venus d'un ailleurs qu'ils ont oublié, ils échappent à la civilisation moderne. Ils n'ont ni archives ni littérature. Aucun livre n'a retenu et mythifié les conditions de leur exode. Cependant ils ont une langue qu'ils ne communiquent à personne. Ils méprisent le genre de vie que pourraient leur offrir les pays qu'ils traversent, ils refusent le travail et, selon Borrow, qui tombe ici dans les clichés de son temps, ils vivent de vols et de tromperies. Bien qu'elle paraisse dépourvue d'assise symbolique, leur identité est cependant assez puissante pour perdurer dans l'errance et la pauvreté. Ils sont, par leur seule présence, un inquiétant mystère qui, s'il ne suscite pas le rejet, peut faire naître une fascination que leur beauté et leur liberté entretiennent. Leur identité, à la fois perdue et inoxydable, constitue pour Borrow une provocation. C'est encore Ph. Chasles

1. Philarète Chasles, « Les Gypsies », dans *Revue des Deux Mondes,* juillet-septembre 1841, p. 462-479. Sur Borrow, on peut consulter Michael Collie, *George Borrow : Eccentric,* Cambridge, Cambridge Univ. Press, 1982, et David William, *A World of his Own : The Double Life of George Borrow,* Oxford, Oxford Univ. Press, 1982.

qui constate : « Si le caractère des zincali est bizarre, celui de M. Borrow ne l'est pas moins. » C'est mettre le doigt sur le déchirement intérieur de Borrow, qui a du mal à composer avec sa propre identité. Solitaire, plus à l'aise aux marges de la société que dans les milieux où l'on pourrait l'attendre, il connaît des crises d'angoisse qui le terrassent et qui sont associées à la mise en doute de l'existence du monde et de son moi dans le monde. La rencontre avec un Autre radical dans lequel, cependant, il reconnaît une part de lui-même, et, simultanément, la privation de reconnaissance sociale, conduisent Borrow à vivre la dépossession de soi-même dans l'exaltation d'une intangible liberté, hors des modèles sociaux convenus.

Et c'est bien cette sympathie profonde, aidée de quelques outils qui n'ont rien d'imaginaire, qui a permis la rencontre de Borrow et des Bohémiens. Son premier et fondamental atout est sa connaissance de la langue romani. Il semble l'avoir apprise très tôt, en Angleterre, ce qui est d'autant plus surprenant qu'un des premiers principes de la loi des Gitans, garant de leur sécurité et de leur autarcie, est de la taire aux populations qu'ils traversent. Cependant Borrow la connaît suffisamment pour en dresser un lexique, pour traduire la Bible et la faire connaître, et surtout – ce qui à chaque fois paraît braver la vraisemblance – pour être reconnu comme un des leurs par les Gitans auxquels il s'adresse. S'il est accepté par une communauté peu soucieuse de rencontres avec les autochtones, c'est aussi parce que son mode de vie est assez proche de l'errance des Bohémiens. Il marche sans fatigue, se nourrit sobrement, s'installe et dort n'importe où, ne craint ni Dieu ni Diable, se moque des mauvaises rencontres et déploie son mètre quatre-vingt-dix pour se battre s'il le faut. Grâce à cet ensemble de circonstances, il peut exercer ses qualités d'ethnologue en herbe qui observe et partage, sans quitter une attitude de neutralité bienveillante. Il ne se laisse aller à aucune grivèlerie, ne juge pas et, bien entendu, ne trahit pas. Moyennant quoi il revendique un discours de vérité. Il affirme que les « Bohémiens ne sont pas un peuple que l'on doit étudier dans les livres ou, en tout cas, pas dans les livres qui leur ont été jusqu'alors consacrés[2] ». Il entend ne leur donner aucun attrait « romantique » en « cachant la vérité ou en la gauchissant au point qu'elle devienne mensonge ». Il dépeint les Gitans « tels qu'il les a trouvés sans aggraver leurs crimes et

2. George Borrow, *The Zincali, An Account of the Gypsies of Spain,* Honolulu (Hawaï), University Press of the Pacific, 2002 [reprint de l'éd. de 1914], Préface, p. VIII.

sans les parer de vertus imaginaires[3] ». De cette entreprise il n'attend nulle gratitude en retour, convaincu qu'ils sont incapables d'un tel sentiment. Il a bien conscience, en écrivant son livre, de s'inscrire en faux contre une image folklorisante déjà constituée, celle de « ces intéressants personnages qui figurent sous les noms de Gypsies, Gitans, Bohémiens, etc., dans les romans ou sur les scènes de théâtre[4] », dotés, non sans « affectation », de sentiments ardents et du goût de la liberté. Mais dans ces belles proclamations de franchise, il y a tout de même une petite faille. On pourrait objecter à Borrow qu'il mène son enquête à la limite de l'imposture. En effet, il aborde toujours les Gitans en se faisant passer pour l'un des leurs, ou plus exactement en profitant du fait que, parce qu'il parle leur langue et se plie aisément à leur genre de vie, ils le prennent pour un membre de leur communauté et se font un devoir de l'accueillir. Ce qui en fait des gens bien naïfs… Il semblerait que le bon accueil qu'on lui réserve régulièrement puisse relever, dans le texte, d'une certaine facilité de mise en scène. Quoiqu'il en soit, le tour de force de Borrow a été de pénétrer le clan, d'observer son mode de vie et de produire une ethnologie bohémienne précise et totalement originale.

Il s'intéresse au mystère de leur origine, aux facteurs de leur survie en tant que groupe ethnique et, bien entendu, à leurs conditions de vie et à leurs mœurs. La question de l'origine des Bohémiens est entourée d'un mystère voué à perdurer. Ils sont un des deux peuples qu'un exode ancien a jeté à travers le monde où ils vivent en exil. L'autre est le peuple juif – parmi lequel Borrow compte aussi des amis – et avec lequel il établit une comparaison destinée à faire mieux comprendre la spécificité des Bohémiens. Il fait un tableau assez prophétique des Juifs quittant l'Égypte précédés de leur seul vrai Dieu qu'ils adorent, le jugeant capable, puisqu'il les a sauvés de Pharaon, de restaurer un jour le royaume d'Israël. Venus d'Inde et n'ayant pas la tranquille assurance que donne le monothéisme, les Bohémiens auraient oublié leurs dieux et, pour Borrow, s'ils ont encore un vague sentiment religieux qui se satisfait des croyances des pays qu'ils traversent, ils n'ont pas de religion avérée, ce qui en ferait une « race » à part. Une comparaison argumentée entre Juifs et Bohémiens précise les caractéristiques des uns et des autres.

3. *Ibid.*, p. XI.
4. *Ibid.*, p. IX.

> Les deux ont connus un exode et les deux vivent en exil, dispersés parmi les gentils par qui ils sont haïs et méprisés et qu'ils haïssent et méprisent en les traitant de Busnés et de Goys ; les deux, tout en parlant la langue des gentils ont une langue propre, que ces derniers ne comprennent pas et les deux ont un physique qui les distingue, sans difficulté, de toutes les autres nations[5].

À quatre ressemblances s'opposent quatre différences. Les Juifs seraient fanatiquement attachés à leur religion, alors que les Bohémiens n'en auraient pas. Deuxièmement, si les Juifs ont une histoire authentique à laquelle ils sont attachés, les Bohémiens n'en auraient pas et leur seule tradition, celle de leur origine égyptienne, inventée par d'autres, est fausse. Troisièmement, de tous les peuples, les Juifs seraient les plus riches et les Bohémiens les plus pauvres. Enfin, bien que tenus pour habiles et rusés, les Bohémiens sont parmi les peuples les plus ignorants tandis que les Juifs ont une des plus vieilles littératures au monde. On appréciera, dans cette énumération, la méthode de Borrow, qui dit ce qu'il pense être vrai tout en prétendant de ne pas porter de jugement de valeur, – il ne tombe pourtant pas dans l'antisémitisme violent de Liszt[6] s'essayant au même exercice. Pour en finir avec cette question de l'origine, Borrow évoque, pour la contester, la légende égyptienne des Gitans. Quand ils apparurent en Europe centrale, vers le quatorzième siècle, on les prit pour des Égyptiens chassés de leur pays pour avoir refusé l'hospitalité à la Vierge et à son fils. Borrow s'appuie sur certains chapitres du livre d'Ezéchiel pour montrer comment ils ont pu être interprétés, non par les intéressés qui n'avaient pas la culture pour le faire, mais par les prêtres et les clercs soucieux de donner une explication à ces migrations importantes. Borrow, lui, s'attache à démontrer l'origine indienne des Bohémiens, en se fondant non sur de frivoles légendes, mais sur une analyse précise de leur langue et sur les rapprochements possibles qu'elle autorise avec le sanscrit.

Le problème de leur commencement élucidé, il reste à comprendre comment a pu survivre, dans une remarquable permanence, un groupe ethnique apparemment dépourvu de religion, d'histoire, de culture et qui,

5. *Ibid.*, p. 124.
6. Voir Franz Liszt, *Des Bohémiens et de leur musique en Hongrie*, Paris, Marval, 1999, p. 24-37. Liszt fait des Juifs des anti-Bohémiens, ces derniers ayant seuls le privilège de la création artistique. Les chapitres qu'il consacre au peuple juif sont remplis des pires clichés antisémites, par ailleurs déjà courants à son époque. Sur ce texte, voir ici même la contribution de Sarga Moussa.

privé de territoire et des supposés bienfaits civilisationnels de la sédentarité, est exposé au risque de la dispersion et de la disparition. Pour Borrow, la permanence de la « race » et de ses caractéristiques identifiables par tous tient à l'observation sans faille d'une loi clanique rigoureuse. Le premier principe en serait un amour du groupe qui n'aurait de comparable que la haine vouée à qui n'en fait pas partie. La loi gitane interdit de vivre en dehors du groupe, oblige à la solidarité et exige le paiement des dettes. La pureté ethnique tient avant tout à la chasteté des femmes, la *lacha*, qui est aussi célèbre et peu négociable qu'est manifeste la provocation qui anime leurs danses. La haine envers les *busnés* est un impératif catégorique et elle constitue la réponse au rejet dont ils sont l'objet. Certes, ils sont pendus quand ils volent ou tuent les gens. Mais, peu après leur arrivée en Angleterre, ils furent sous la menace d'une entreprise que l'on serait tenté aujourd'hui de qualifier de génocidaire. Borrow le dit en des termes qui paraissent familiers au lecteur d'aujourd'hui : « une terrible persécution fut conduite contre eux, dont le but était leur complète extermination ; le fait d'être un gypsie passait pour un crime passible de mort[7]. » Inversement, l'Inquisition qui, en Espagne, brûlait les Juifs, les maures et les protestants ne les inquiéta guère. Borrow explique cette clémence par l'indifférence des autorités religieuses à l'égard d'un peuple sans religion qui ne méritait donc pas d'être poursuivi pour des attitudes blasphématoires qu'il méconnaissait. L'autre explication avancée par Borrow tient à deux caractéristiques qu'il attribue à la psychologie espagnole : « Les bûchers entassés sur les places de Séville et de Madrid, qui consumèrent les corps des Hébreux, des Maures et des Protestants, étaient allumés par l'avarice et par l'envie, et ces mêmes bûchers auraient aussi bien consumé les carcasses des Gitans s'ils avaient été assez instruits et riches pour devenir insupportables aux deux passions maîtresses des Espagnols[8]. » S'ils ont donc échappé aux foudres de l'Inquisition c'est qu'ils étaient jugés quantité négligeable. Mais si l'Inquisition les oublie, il n'en est pas de même des monarques qui, pendant trois cents ans, s'acharnent à les persécuter et à les expulser d'Espagne. L'ostracisme dont ils sont victimes n'est donc pas seulement le fait d'un rejet de la part des populations sédentaires, mais aussi d'une volonté des pouvoirs qui se succèdent de s'en débarrasser. Seul Charles III, brillante exception, fit

7. G. Borrow, *The Zincali*, *op. cit.*, p.14.
8. *Ibid.*, p. 135.

publier en 1783 un ensemble de lois (sans lendemain) qui les respectaient et étaient susceptibles de favoriser leur intégration.

Ils sont, pour Borrow comme pour la plupart de ses contemporains, totalement exogènes. Leur permanence dépend de la fidélité à un mode de vie séculaire qui leur commanderait la rapine et la tricherie. Leur langue et leurs coutumes les protègent d'une assimilation qui serait leur perte. S'ils apparaissent comme sauvages et féroces, quels que soient leurs crimes, ils ont, écrit Borrow, peu de vices, puisque les hommes ne boivent pas et que les femmes ne se prostituent pas. Pourtant, Borrow n'échappe pas aux stéréotypes de son temps, lorsqu'il oppose la liberté désintéressée et antisociale des Bohémiens à l'amour supposé de l'argent et du pouvoir chez les Juifs[9]. Cette incompressible liberté nomade s'exprime dans leur musique et dans leurs danses qui prouvent que, pour peu civilisés qu'ils soient, ils ont cependant accès à une forme d'art. Ces hordes d'hommes et de femmes noirs, provocants, libres dans le dénuement le plus extrême, mystérieux et dangereux, constituent, selon Borrow, la race « la plus belle au monde[10] », même si la dureté de leurs conditions de vie les rend parfois, pour lui, repoussants.

Reste à observer les activités qu'ils exercent à la frontière de la société dont ils n'acceptent ni les bienfaits ni les contraintes. Ils paraissent refuser le travail organisé et agissent donc parfois en marge de la légalité. Au cours des siècles ils se sont cependant appropriés quelques activités qu'on ne leur conteste pas : ils sont rétameurs ou ferrent les chevaux. Borrow ne s'arrête pas à ce constat. Pour lui, les hommes sont le plus souvent impliqués dans des trafics de chevaux ou de mules et dans des vols en tous genres. Ils sont guérisseurs ou empoisonneurs de bétail, et d'abord empoisonneurs pour se faire payer la guérison des animaux qu'ils ont préalablement contaminés ! Mais le savoir-faire masculin ne saurait se comparer aux innombrables talents des femmes, et la plume de Borrow s'envole quand il s'agit de faire le portrait des Gitanes qui, si elles sont soumises à leur « rom » (leur mari) dans le campement, jouissent d'une véritable égalité, au dehors, sur le plan de l'escroquerie. Soupçonnées d'exercer la magie noire, de jeter le mauvais œil, de voler les enfants – l'accusation de cannibalisme reste dévolue aux hommes – elles sont, en réalité, les spécialistes de la bonne aventure. Borrow les qualifie de « sorcières » tout en ironisant sur l'idéa-

9. Voir *supra*, n. 6.
10. G. Borrow, *The Zincali*, *op. cit.*, p. 4.

lisation dont elles font l'objet : « où trouver un mot plus romanesque et d'un intérêt plus saisissant[11] » ? Quant à lui, il s'efforce d'en donner une image démythifiante. Du coup, il tombe dans les clichés les plus agressifs : « Elle [la Bohémienne] vient pour flatter, pour tromper et pour voler car c'est une prophétesse menteuse et un brigand femelle[12]. » Il la montre dans sa duplicité, prédisant à de riches et jolies femmes amour, richesse et enfants, tandis qu'en son for intérieur elle assortit chaque prédiction des vœux de malheur les plus cruels. Son chef-d'œuvre, affirme-t-il, est le « hokkano baro », la grande mystification, qui lui permet, avec une audace et une intelligence redoutable, de s'approprier par la ruse les richesses de femmes crédules. Quant aux hommes, elle les affole de ses danses et ne leur concède, bien entendu, rien de son corps.

Voici donc l'essentiel de ce que Borrow nous apprend sur ces Bohémiens qui furent le centre d'intérêt de toute sa vie. On peut s'attarder un instant sur la méthode de cet ethnologue écrivain. Sa démarche est modeste et on le lui a reproché. Philarète Chasles, dans l'article de la *Revue des Deux Mondes*, admire la manière infatigable dont il a servi « la science humaine » (c'est-à-dire la science de l'homme, l'anthropologie), mais il ajoute :

> Ce n'est pas que M. Borrow tire un grand parti de sa découverte. Il est peu philosophe et ne rapproche guère les prémisses des conséquences. Il n'érige point de système, et laisse à peu près à l'état brut tous les matériaux qu'il entasse. Mais son récit n'en est que plus pittoresque.

En somme bon enquêteur, mauvais penseur et divertissant écrivain, il n'aurait pas de préjugés, et, s'il livre sans complaisance le résultat de ses observations, il ne le théorise pas. Il met très souvent en avant la notion de « race » dans son propos sans pour autant que celle-ci soit un objet de stigmatisation. Sur certains plans, il fait même preuve d'universalisme :

> De quelque contrée qu'ils viennent, que ce soit d'Inde ou d'Égypte, il n'y a aucun doute que ce sont des êtres humains et qu'ils ont une âme immortelle ; et c'est dans l'humble espoir d'attirer sur eux l'attention des philanthropes chrétiens, spécialement sur cette part d'entre eux dégradée et malheureuse que sont les gitans d'Espagne, que ce présent petit ouvrage a été entrepris[13].

11. *Ibid.*, p. 101.
12. *Ibid.*, p. 103.
13. *Ibid.*, p. 3.

Sa sympathie va plus loin : non seulement ils font partie de l'espèce humaine et, à ce titre, ils sont ce que je suis, mais, né sous des cieux moins cléments, je pourrais être ce qu'ils sont et je leur dois le respect que je revendique pour moi. C'est dans *Lavengro* que Borrow rapporte en deux lignes une anecdote qui ne signifie pas autre chose : « C'est le vieux John Newton, je crois, qui, voyant un homme qu'on allait pendre, s'écria : "Et voici John Newton, à la grâce de Dieu près[14] !" » Armé de ces principes, il refuse d'anathématiser, de condamner, chez une communauté mise au ban de l'humanité, des actes délictueux auxquels sa compassion cherche des explications, sinon des justifications. Il est souvent habile à identifier les causes de la violence. S'il parle de la haine que les Gitans ont pour les *busnés*, il la rattache à la haine que les seconds ont pour les premiers, au sentiment de mépris et d'exclusion que leur communauté doit endurer. Il met fortement en doute l'accusation de cannibalisme dont ils sont crédités et, dans une note, banalise ce comportement : « La famine peut les avoir occasionnellement contraints de se saisir de chair humaine, comme elle a contraint à le faire, dans les temps modernes, des gens bien plus civilisés que les gypsies errants[15]. » À propos du « mauvais œil » qu'ils sont censés jeter, Borrow explique, avec bon sens, qu'il est injuste de les punir pour un acte dont ils ne sont certes pas coupables, puisqu'il est purement imaginaire, tout en ajoutant qu'ils auraient mauvaise grâce à se plaindre, car si le châtiment vient ici à tort il est sûrement mérité pour d'autres pratiques qu'ils ont à se reprocher ! Quant aux ruses avec lesquelles les Bohémiens trompent et volent les bonnes gens, elles prouvent surtout, pour Borrow, la crédulité des dupés, la confiance qu'ils attribuent aux pouvoirs occultes, l'obscurantisme qui persiste à travers les siècles et dont profitent ceux qui savent l'exploiter.

Sans doute Borrow n'accepte pas le rejet dont est victime une communauté qu'il estime moins dangereuse que profondément dégradée par la pauvreté, mais il se méfie également de son esthétisation par un orientalisme de pacotille. Il refuse de faire de ces gypsies « d'intéressants personnages » dont la fougue et la liberté font le succès, en littérature, chez des auteurs qui ne sont pas des leurs, qui ne les ont jamais rencontrés, et ne retiennent d'eux que des stéréotypes. Il s'inscrit en faux contre un pittoresque théâtral, tout en lui substituant une image codifiée (mais qui ne cherche pas

14. G. Borrow, *Lavengro*, Paris, Corti, 1996, p. 60.
15. *The Zincali*, p. 79.

à plaire) de la « violence » bohémienne. Il décrit une « race » sibylline et obscure, dure pour elle-même et malveillante à l'égard des autres – sauvage sans être, précise-t-il, « jamais vulgaire[16] ». Si, toutefois, ces Bohémiens ne sont pas repoussants, c'est qu'il les traite comme un écrivain projetant sur eux ses propres fantasmes. Il les aime, il compatit à leur sort, il se considère comme un des leurs. Par un effet d'anamnèse qu'il ne s'explique pas, il participe de leur origine mystérieuse et comprend à travers eux le sacrifice que la civilisation impose à la liberté et à la revendication de toute-puissance individuelle. C'est là une sensibilité toute littéraire qui étoffe considérablement l'observation ethnographique. Son récit, peu construit, est une succession d'anecdotes inattendues et vivantes, de descriptions précises, de citations de textes plus anciens qui font de lui le chroniqueur d'une « race » privée d'Histoire. Il arrive que son style se hausse au lyrisme, en particulier pour décrire les extraordinaires Gitanes qui l'ont, comme tout un chacun, subjugué. Il est l'un des premiers voyageurs du XIXe siècle à les avoir vues dans leurs œuvres et à décrire la fascination qu'elles exercent. Il montre leurs corps provocants, perdus dans des transes qu'elles contrôlent cependant si parfaitement qu'on peut faire d'elles des parangons de vertu : « Entre autres noms infâmes, on les traite de prostituées, alors qu'il n'y a peut-être pas de femme sur terre qui soit ou ait jamais été plus chastes dans leur propre personne, bien qu'elles encouragent sans cesse la licence chez les autres, dans l'espoir d'un profit[17]. » Il montre des mères dévouées au clan jusqu'à la mort et qui, rendues folles par les cris, la musique et la danse, jettent leurs enfants en l'air pour les rattraper on ne sait comment. La Gitane est une sorcière et une chimère : « Prophétesse qui ne croit pas aux prophéties, médecin qui ne boit pas ses philtres, entremetteuse et jamais prostituée, chanteuse de chansons obscènes qui ne supporte aucun contact obscène, avare et voleuse », elle inspire à Borrow, par ses contradictions, un enthousiasme qui l'arrache à sa méthode d'observation quotidienne, souvent plus légère. Ces pages-là compteront dans la littérature du XIXe siècle.

Homme de plume, Borrow s'intéresse également à la langue des Gitans. C'est l'objet des cent cinquante pages de sa troisième partie, dans lesquelles il étudie leur dialecte dont il dresse un lexique significatif. Il établit des comparaisons et montre que les racines sanscrites prouvent l'origine indienne

16. *Ibid.*, p. 102.
17. *Ibid.*, p. 108.

des Bohémiens. Il donne des échantillons de leur poésie, sans doute primitive de forme et d'inspiration, mais qui montre que cette « race » à demicivilisée, presque illettrée, a aussi ses moments d'attendrissement et sait exprimer sa souffrance. Par là elle participe pleinement de la communauté humaine.

Dans les années 1840, le livre de Borrow fait événement et influence notablement la représentation littéraire du Bohémien, souvent déclinée dans sa version féminine. De Cervantès à Hugo son image pittoresque et poétique donne à voir une créature vive et souple, sans malveillance, qui fascine par ses danses et ses oripeaux. On a vu Borrow lui-même faire allusion à l'engouement que suscite cette figure stéréotypée échappée des romans et des pièces de théâtre. Gautier souligne cet effet de mode dans un compte-rendu de *La Gitana* qui se joue au théâtre du Gymnase en 1839 :

> La bohème est à la mode ; on ne voit que gipsies, gitanas, zingari et toutes les variétés du genre ; l'Esmeralda de *Notre-Dame de Paris*, quoique vierge et martyr, a une plus nombreuse famille qu'Ève ou Cybèle, la grande déesse ; les castagnettes deviennent chères, les tambours de basque sont hors de prix. Nous concevons très aisément cet enthousiasme ; la bohémienne est, en effet, un type charmant, et il n'est pas de grand poète qui n'ait pris plaisir à esquisser cette brune figure, svelte poésie du carrefour, étincelante au milieu d'un tourbillon de clinquant et de paillettes, les pieds dans la boue, la tête dans le soleil et les fleurs. Mignon, Fenella, Esmeralda, tour à tour caressées par Goethe, Walter Scott et Victor Hugo, prouvent l'amour des âmes poétiques pour le caractère fier et libre qui donne tout au hasard et réveille dans les esprits les mieux réglés un sourd instinct d'indépendance et de vie errante[18].

Il est d'ailleurs significatif de cette édulcoration du personnage que les deux plus célèbres Gitanes littéraires avant Borrow, la Gitanilla et Esmeralda, ne soient pas, en réalité, des Bohémiennes, mais des enfants volés dont la grâce est apprise et, pourrait-on dire, apprivoisée. Le même évitement d'une réalité assez peu poétique se trouve dans le personnage de Consuelo qui, « fille d'une pauvre bohémienne[19] », la zingara Rosmunda, *n*'hérite *pas* de la race de sa mère. Avec un certain aplomb, l'auteur, soucieux de lui conserver une identité particulière tout en lui évitant une promiscuité compromettante, fait de subtils distinguos :

---

18. Théophile Gautier, *Histoire de l'Art dramatique en France depuis vingt-cinq ans*, Genève, Slatkine Reprints, 1968, t. I, p. 223-224.
19. George Sand, *Consuelo*, Paris, Phébus, 1999, p. 63.

> Bohémienne, elle ne l'était pourtant que de profession et par manière de dire ; car de race, elle n'était ni gitana ni hindoue, non plus qu'israélite en aucune façon. Elle était de bon sang espagnol, sans doute mauresque à l'origine, car elle était passablement brune et toute sa personne avait une tranquillité qui n'annonçait rien des races vagabondes[20].

Comprenne qui pourra. Elle ne perdra en tout cas rien à attendre et, si elle n'est pas Bohémienne, elle le deviendra. De même Morena, héroïne de *La Filleule* et fille d'une Gitane et d'un aristocrate espagnol, ralliera finalement ses origines bohémiennes.

Dans les années 1840, Borrow est un des premiers voyageurs qui va à la rencontre des Bohémiens. Mais il n'est pas le seul. Gautier voyage en Espagne en 1840 et les rencontre à Grenade. Il s'indigne de l'image qui en est donnée dans *Les Bohémiens de Paris*, pièce de Dennery et Grangé qui, en 1843, s'inspire davantage d'Eugène Sue que de Borrow :

> Quoi ! vous appelez ces grinches, ces escarpes, tous ces affreux scélérats des bohémiens ?... avez-vous vu les *véritables bohémiens*[21] ? – Nous en avons vu par douzaines, et nous pouvons vous assurer qu'ils ne ressemblent guère aux vôtres. Si vous aviez erré dans l'Albaycin de Grenade [...], vous auriez rencontré de grands drôles à la mine fière et nerveuse, fauves comme des cigares de La Havane, portant majestueusement quelque noble haillon sur leur épaule bronzée [...] l'orgueil d'une race pure et sans mélange respire dans leurs narines ouvertes ; ces hommes-là habitent avec leur sauvage famille, des tanières creusées dans le roc, abritées par les larges spatules des raquettes, défendues par les verts poignards des aloès[22].

Entre 1839 et 1843, le discours de Gautier sur les Bohémiens a changé. Cette évocation des « véritables bohémiens », à peu près textuellement reprise du *Voyage en Espagne* publié la même année, emphatise la dimension esthétique du barbare qui fait partie de l'imaginaire gautiéresque. Esthétisme qui, au contraire du pittoresque, malmène le stéréotype. Le portrait des Gitanes, dans le *Voyage en Espagne*, les montre sans véritable attrait, leur beauté tenant à la persistance d'un modèle idéal qui se perd dans la nuit des temps :

---

20. *Ibid.*, p. 36.
21. C'est moi qui souligne.
22. T. Gautier, *Histoire de l'Art dramatique en France*, t. III, p. 106.

> Les gitanas vendent des amulettes, disent la bonne aventure et pratiquent les industries suspectes habituelles aux femmes de leur race : j'en ai vu peu de jolies, bien que leurs figures fussent remarquables de type et de caractère. Leur teint basané fait ressortir la limpidité de leurs yeux orientaux dont l'ardeur est tempérée par je ne sais quelle tristesse mystérieuse, comme le souvenir d'une patrie absente et d'une grandeur déchue[23].

Ce qui, dans le reste du texte, évoque les activités, les mœurs des « gitanos », est probablement le produit d'un savoir livresque qui, s'il ne s'inspire pas directement des livres de Borrow, montre que des commentaires en ont été faits – celui de Philarète Chasles, dans la *Revue des Deux Mondes*, a fait date – et que le sujet est dans l'air du temps. Quelque vingt-cinq ans plus tard, Gautier retrouve les Bohémiennes en Russie, dans une assez sombre auberge de Rybinsk, où elles ressemblent à « des femmes de chambre mal habillées », jusqu'à ce que l'une d'entre elles se trouve transfigurée par la musique. Dans ces circonstances nouvelles se déploie à nouveau la méditation sur l'origine, sur le mode de la réminiscence portée par « l'effet musical » :

> Les chants bohémiens ont une singulière puissance d'évocation. Ils réveillent des instincts primitifs oblitérés par la vie sociale, des souvenirs d'existence antérieure qu'on aurait cru évanouis, des goûts d'indépendance et de vagabondage secrètement conservés au fond du cœur ; ils vous inspirent des nostalgies bizarres de pays inconnus et qui vous semblent votre patrie véritable[24].

La musique bohémienne suscite la nostalgie de la patrie perdue et, plus immédiatement, la nostalgie d'une liberté à laquelle on a renoncé pour les bienfaits commerciaux et sécuritaires de la civilisation bourgeoise.

Contemporain de Borrow et de Gautier, Mérimée voyage en Espagne en 1830 et 1840, et rencontre lui aussi les « véritables Bohémiens ». Il a le double mérite de cristalliser ses impressions dans une Gitane appelée à devenir emblématique dans la littérature du XIXe siècle et, en ce qui nous concerne, de reconnaître sa dette envers Borrow. Il écrit *Carmen* en 1845. Il reconnaît volontiers avoir emprunté à Borrow le « jargon des Bohémiens » qu'il pouvait trouver dans le lexique des dernières pages des *Zincali*. Il lui

23. T. Gautier, *Voyage en Espagne*, éd. Jean-Claude Berchet, Paris, Garnier-Flammarion, 1981, p. 278.
24. T. Gautier, *Voyage en Russie*, Paris, Charpentier, 1866, p. 247.

a également emprunté, dans le même ouvrage, le portrait de Carmen. Il le cite dans sa correspondance : « Un Anglais missionnaire ou espion a fait sur les gitanos d'Espagne un livre très amusant, c'est un M. Borrow. Il ment effroyablement mais parfois dit des choses vraies et excellentes[25]. » Sur la nature du mensonge impardonnable, peut-être faut-il se rapporter à une lettre à Eugénie de Montijo où il s'exprime à propos des Gitanes et de leur légendaire vertu :

> Sur les bohémiens il [Borrow] dit des choses très curieuses mais en sa qualité d'Anglais et de saint il n'a pas vu ou pas voulu dire plusieurs traits qui valaient la peine qu'on en parlât. Il prétend que les bohémiennes sont très chastes et qu'un Busne, c'est-à-dire quelqu'un qui n'est pas de leur race, n'en peut tirer ni pied ni aile. Or à Séville, à Cadiz et à Grenade, il y avait de mon temps des bohémiennes dont la vertu ne résistait pas à un duro. Il y en avait une très jolie dans les mazmorras auprès de l'Alhambra qui était plus cruelle mais susceptible de s'apprivoiser. La plupart de ces femmes sont horriblement laides, c'est une raison pour qu'elles soient chastes et des meilleures [...]. Dans l'état sauvage la femme est une bête de somme et tellement maltraitée qu'elle est nécessairement laide à force de misère. C'est pour cela je crois que les gitanes sont si laides. Elles couchent à la belle étoile, elles portent sur leur dos des enfants, elles ne mangent que les restes de leur mari, et de plus elles ignorent l'usage du savon et de l'eau. En voilà bien assez pour en faire des monstres[26].

Manifestement, Mérimée a quelque chose à prouver à propos de ses relations avec les Gitanes de Grenade qui étaient peut-être moins repoussantes que d'autres, rencontrées sur les routes. Symboliquement, la sexualisation de ces « monstres » explique la construction du personnage de Carmen qui vit de ses charmes, se donne à plusieurs amants, transgressant de ce fait l'un des interdits les plus forts et les plus indiscutés de son peuple[27].

25. Cité par Maurice Parturier, Préface de *Carmen*, dans *Romans et Nouvelles*, t. II, Paris, Garnier, 1967. Sur Mérimée et les Bohémiens, voir ici même le texte de Sarah Al-Matary.
26. *Lettres de Prosper Mérimée à Madame de Montijo*, texte présenté et annoté par Claude Schopp, Paris, Mercure de France, 1995, t. I, p. 202.
27. Dans *Voyage en Russie*, Gautier se fait l'écho de cette réputation qui a franchi les frontières, et fait une analyse plus fine que celle de Mérimée d'une apparente et trompeuse facilité de mœurs : « Nous avons dit que les Bohémiennes étaient sobres ; si nous ajoutons qu'elles sont chastes, personne ne nous croira ; c'est pourtant la vérité. Leur vertu passe en Russie pour invincible [...]. Aucune séduction n'en peut venir à bout [...]. Cette vertu cependant n'a rien de farouche. Elle se laisse prendre les mains et la taille, et rend parfois le baiser qu'on lui ravit [...]. Sûre d'elle-même, elle n'attache pas la moindre importance à ces

Soucieux de précision ethnologique, il consacre, hors diégèse, le dernier chapitre de *Carmen* à la description du genre de vie des Bohémiens, et, là encore, persiste à contester Borrow, qu'il cite nommément, sur la question de la chasteté des Bohémiennes. Au prix de ce malentendu, il crée le plus beau type de femme fatale de la littérature de son siècle, qui doit son succès aussi bien à sa sexualité scandaleuse qu'à son insoumission et à sa farouche et inaliénable revendication de liberté. On peut remarquer que les deux auteurs qui ont rencontré les « véritables Bohémiens » et qui ont été marqués par cette rencontre, sont aussi ceux qui ont créé deux vrais personnages de Gitanes, affranchies du métissage qui adoucit leurs consœurs en littérature. Carmen et Chiquita[28], libres, âpres et violentes, ne sont pas faites pour vivre dans un monde civilisé. Carmen meurt, tuée par son amant, et c'est seulement d'un point de vue chrétien que sa mort peut être interprétée comme une rédemption. Chiquita accepte le renoncement et signe l'arrêt de mort de la Gitane en devenant la femme de chambre d'Isabelle. Borrow, le diffuseur de bibles, était averti de ce genre d'apories et son originalité était bien, réfutant tout ethnocentrisme, de décrire les Bohémiens d'un point de vue bohémien :

> Il sera peut-être objecté au présent ouvrage, qu'il contient peu de choses édifiantes d'un point de vue moral ou chrétien. À une telle objection, l'auteur répondra que les bohémiens ne sont pas des chrétiens, et que leur moralité est d'un genre particulier, non calculé pour offrir beaucoup d'édification à ce qui est généralement appelé la part respectable de la société[29].

Sous ces influences, l'image de la Bohémienne se modifie donc à la fin des années 1840. Son pittoresque s'assombrit, son identité devient plus inquiétante[30]. G. Sand donne, avec Consuelo en 1842 et avec Morena,

menus suffrages, comme disaient nos aïeux, qui, de la part d'autres femmes, paraîtraient des faveurs et des promesses » (249).

28. Voir sa première apparition au chapitre III du *Capitaine Fracasse* et le commentaire qu'en fait Martine Lavaud dans « Les Bohémiennes de Théophile Gautier », dans *La Bohémienne, figure poétique de l'errance aux XVIIIe et XIXe siècles*, études réunies et présentées par Pascale Auraix-Jonchière et Gérard Loubinoux, Clermond-Ferrand, Presses Universitaires Blaise Pascal, 2005, p. 143 et suiv.

29. *The Zincali*, p. X.

30. C'est une évolution que Liszt (qui cite Borrow) caractérise bien, même s'il semble découvrir un phénomène qui, en 1859, n'est pas nouveau : « Il n'est pas sûr pourtant qu'on ne puisse donner un nouvel intérêt, sur le théâtre ou dans le roman, à la réapparition de ces personnages [les bohémiens] devenus une nouvelle espèce de *deus ex machina*, en les

l'héroïne de *La Filleule*, en 1852, un exemple de l'évolution du thème[31]. Consuelo est, on l'a vu, bohémienne « par manière de dire ». Elle appartient à une bohème idéale pour qui le chemin est la métaphore de la liberté et de la vie artiste. Elle suit ce chemin comme sa mère l'a fait. Avec elle, fille bâtarde d'une zingarella, Sand, qui se revendique « fille d'un patricien et d'une bohémienne », construit son roman familial. Consuelo, fidèle au modèle maternel qui valorise la musique et l'errance, consacre une partie de sa vie au chant puis, dans une démarche transcendante, accède au dépouillement total, se jette dans « le voyage sans repos » en quête du bonheur de l'humanité, « alerte comme une vraie fille de Bohème, poétique comme la bonne déesse de la pauvreté[32] ». Le bohémianisme de Consuelo, assez indépendant du personnage littéraire de la Gitane, est à la fois rêverie de son auteur sur sa propre origine et thème porteur d'une réflexion sur la liberté, l'art et les contraintes de la vie sociale.

La Filleule, dix ans plus tard est un vrai récit bohémien qui prend en compte un savoir nouveau du narrateur et dont nous commençons à reconnaître les connotations :

> Les bohémiens sont une race dégradée par la misère et l'abandon. Leur type étrange, leur mystérieuse origine, prêtent sans doute à la poésie, et à l'époque où je faisais cette rencontre, ils étaient à la mode en littérature. Mais j'avais assez lu un peu de tout pour connaître la réalité des choses et pour voir, à côté de ce charme pittoresque que l'on avait le caprice de leur prêter, le mépris trop fondé qu'ils inspirent aux nations qui les connaissent et qui souffrent de leurs rapines, de leur malpropreté, de leurs ruses, de leur abjection en un mot[33].

Ce discours sévère est tenu par Stephen qui, précisément, garde ses distances avec sa filleule et, soucieux de l'éduquer selon un modèle d'intégration bourgeoise, ne se laisse jamais séduire par l'exotisme de sa naissance. Ce parti pris de sérieux le protège d'une complaisance pour le pittoresque, dans lequel il décèle l'effet de mode, et le conduit à un jugement critique fondé sur des lectures qui sont évidemment celles de Sand et sur lesquelles

considérant de leur propre point de vue, et non plus du nôtre, comme on l'a fait jusqu'à présent » (*Des Bohémiens...*, *op. cit.*, p. 78-79).

31. Sur les Bohémiennes dans l'œuvre de Sand, voir les articles de Sophie Guermès et de Pascale Auraix-Jonchière dans *La Bohémienne, figure poétique de l'errance...*, *op. cit.* (voir *supra*, n. 28).

32. George Sand, *La Comtesse de Rudolstadt*, Paris, Phébus, 1999, p. 565.

33. G. Sand, *La Filleule*, Paris, Éd. de l'Aurore, 1989, p. 50.

on aimerait en savoir un peu plus. Compte tenu de la date de 1852 qui est celle de la rédaction du roman et de la dernière page du journal de Stephen, on peut penser que le personnage de Morena a pris en compte l'inflexion nouvelle et complexe de l'identité bohémienne des années 1840. Au fil du récit on peut noter les remarques ethnologiques qui semblent relever d'un savoir commun : l'endogamie des Bohémiens, l'assistance qu'ils se doivent entre eux, la haine qu'on leur porte et qui les soude, la lascivité et la pudeur des femmes. On y trouve même, dans le portrait de Morena, celui d'une Gitane qui tient davantage de Carmen que d'Esmeralda :

> Cette enfant [...] insouciante du danger et comme accablée d'une mystérieuse tristesse, me rappelait complètement pour la première fois, le type dont nous nous réjouissions de la voir s'écarter : c'était la vraie gitane, la créature paresseuse, hardie, fantasque, insoumise, inquiète, dangereuse aux autres, dangereuse à elle-même[34].

Et de fait, Morena consacre le triomphe de l'atavisme sur le projet d'assimilation que ses éducateurs nourrissaient pour elle. Elle conteste radicalement l'ordre bourgeois comme le modèle aristocratique dans lesquels on cherche à l'enfermer, et, rejoignant quelque part Consuelo, fait le choix de l'amour[35], de la route et du dépouillement qui fut le choix de sa mère. Plus heureuse que sa mère, elle trouve le bonheur et la gloire dans l'épanouissement de sa vocation musicale. Faut-il préciser que ce dénouement est consommé en quatre lignes, ce qui semble signifier qu'il ne saurait y en avoir un autre et qu'il n'est pas utile de s'y attarder ? On peut tout au plus remarquer que les vraies Gitanes que sont Carmen et Chiquita ne trouvent pas leur place dans le type de relations que leur impose la société moderne, alors que Consuelo et Morena, à demi-bohémiennes, trouvent leur accomplissement dans la répudiation de leur identité d'emprunt et dans la fidélité retrouvée à une origine bohémienne qui est celle de leur mère et qui les conduit à l'art, voire, dans le cas de Consuelo, « bonne déesse de la pauvreté », à une sorte de sainteté profane qui est le produit ultime du bohémianisme interprété par l'idéalisme sandien.

En manière de conclusion, on pourrait s'interroger sur la nature de la rencontre de Borrow et de son public écrivain dans les dernières années de l'inquiète agitation romantique. Pour cela il est utile de se reporter au com-

34. *Ibid.*, p. 145.
35. Amour pour un aristocrate de la Bohémienne Pilar, amour pour un aristocrate converti au bohémianisme de Consuelo, amour pour un véritable Bohémien de Morena.

mentaire intelligent que fait Philarète Chasles des *Zincali*, dans la *Revue des Deux Mondes*, dès 1841, l'année même de sa publication. Il regrette que Borrow exploite si peu « philosophiquement » ses découvertes et tente de remédier, dans son compte rendu, à ce qu'il estime lacunaire dans le livre. Si l'on fait une synthèse des éléments qu'il juge pertinents dans l'étude du phénomène bohémien, on constate qu'ils font manifestement écho à la sensibilité ambiante. Ils concernent, par ordre d'apparition dans le texte, l'altérité, la liberté et le mystère. Radicalement étranger, le Bohémien est d'abord celui dont on ne comprend pas l'ambivalence identitaire et dont les contradictions sont des énigmes. Pratiquant à la fois le vice et la vertu, le Bohémien est accusé de haïr ceux qui ne sont pas de sa « race » tout en adoptant une attitude charitable pour les siens. Il « préfère une vie pauvre, errante et criminelle à une vie civilisée et honnête [...] avec une fidélité séculaire et un inébranlable attachement aux misères et aux crimes des aïeux[36] ». Autant de conduites qui se heurtent à l'incompréhension du « busné » : « Problèmes étranges et qui semblent extravagants. » Plus choquant encore le tour que prend la revendication de liberté des Bohémiens, qui est un refus absolu de toute forme d'asservissement à la vie sociale : « Ils ne servent point de maître, ils ne cultivent pas le sol. La civilisation les révolte comme un esclavage [...]. Leur souplesse même est plus inflexible que le patriotisme légal des peuples sédentaires. » C'est bien ce qui exaspère le bourgeois, celui-là même qu'observe Flaubert en 1867 et qu'il décrit dans une lettre à George Sand :

> Je me suis pâmé, il y a huit jours, devant un campement de bohémiens qui s'étaient établis à Rouen. Voilà la troisième fois que j'en vois. Et toujours avec un nouveau plaisir. L'admirable c'est qu'ils excitaient *la Haine* des Bourgeois, bien qu'inoffensifs comme des moutons. Je me suis fait très mal voir de la foule en leur donnant quelques sols. Et j'ai entendu de jolis mots à la Prud'homme. Cette haine-là tient à quelque chose de très profond et de complexe. On la retrouve chez tous *les gens d'ordre*. C'est la haine que l'on porte au Bédouin, à l'Hérétique, au philosophe, au solitaire, au Poète. Et il y a de la peur dans cette haine. Moi qui suis toujours pour les minorités, elle m'exaspère[37].

S'il est honni du bourgeois, le Bohémien tend un miroir à l'artiste, avec qui il partage la condition d'artiste, marqué de « ce je ne sais quoi de

36. Philarète Chasles, art. cité (voir *supra*, n. 1).

37. Gustave Flaubert, lettre à G. Sand, juin 1867, dans *Correspondance Flaubert-Sand*, Paris, Flammarion, 1981, p. 142.

précocement fatal qui éloigne généralement la sympathie », comme l'écrit Baudelaire dans *Les Vocations*[38]. Le Bohémien a compris depuis toujours que la liberté mérite d'être défendue jusqu'à la mort – littérairement –, alors que les artistes commencent seulement à ne plus supporter la vulgarité de l'ordre bourgeois auquel ils sont contraints de se vendre. D'où l'exaspération de Flaubert, la nostalgie de la patrie véritable de Gautier, les vies dédiées à l'errance des héroïnes sandiennes, la valorisation de « la tribu prophétique » par Baudelaire.

Enfin la seule présence du Bohémien constitue un irréductible mystère et Philarète Chasles reproche à Borrow de n'avoir pas essayé « de pénétrer et de résoudre le problème de cette persistance immuable ». Sa propre interprétation, qui renvoie à l'esprit de caste des Hindous, est plutôt faible, et l'énigme reste intacte d'un peuple dont la survie est le seul exploit. Ils tiennent de manière exclusive « à la pureté de la race, à la vérité de la famille, à l'intégrité séculaire de leur sang ». Ils méprisent l'argent et la gloire et ne respectent que le mot « roma » qui désigne leur caste : « Ce mot c'est la patrie, c'est le souvenir, c'est le culte, c'est la richesse pour des hommes qui n'ont ni richesse, ni culte, ni patrie. »

Tout se passe finalement comme si cette « tribu prophétique » méprisée, rejetée et haïe, prophétisait à l'envers et nous renvoyait à notre origine inconnue, à notre volonté contrariée de toute-puissance immédiate, à notre désir de régression dans un clan limité et protecteur. Et c'est bien dans cette contradiction qu'écrivait Borrow qui, curieux, rationnel et compatissant, trouvait on ne sait quel secret bénéfice à explorer avec jubilation la noirceur de gens donnés pour peu recommandables.

38. Charles Baudelaire, *Les Vocations*, dans *Le Spleen de Paris*, dans *Œuvres complètes*, éd. Claude Pichois, Paris, Gallimard, Bibl. de la Pléiade, 1975.

L'archéologie verbale de Prosper Mérimée : du mythe personnel au mythe scientifique

Sarah Al-Matary

Avant même d'avoir croisé des Bohémiens, Mérimée s'identifie déjà à ces originaux sans origine, publiant ses premières pièces sous le nom d'une comédienne gitane. Sur le mode du bouche à oreille, la notice du *Théâtre de Clara Gazul* fait de Clara l'« arrière-petite-fille du tendre Maure Gazul, si fameux dans les vieilles romances espagnoles[1] », et une fille de Bohémienne. Derrière le masque de « cette femme singulière[2] » qui s'est « fabriqu[é] une [généalogie] à sa manière[3] », le jeune Mérimée élabore, avec ses premières fictions, celle de ses origines[4]. La Bohémienne offre un double centre mythique, biographique et littéraire, et « synthétis[e] » le « processus de dédoublement[5] » à l'œuvre chez l'écrivain. Trente ans après *Une femme est un diable*, l'auteur cède encore au mimétisme ; il reproche à

1. *Théâtre de Clara Gazul, comédienne espagnole* (*TCG*), éd. Patrick Berthier, Paris, Gallimard, « Folio », 1985 [1825], p. 28.
2. *Ibid.*, p. 27.
3. *Ibid.*, p. 28.
4. Voir à ce sujet Marthe Robert, *Roman des origines et origines du roman*, Paris, Gallimard, 1972.
5. Clarisse Requena, *Unité et dualité dans l'œuvre de Prosper Mérimée. Mythe et récit*, Paris, Champion, 2000, p. 16.

Jenny Dacquin, dont il ne reçoit plus de nouvelles, de ne pas « songer aux gens malheureux qui errent en Bohême[6] ».

Les voyages, la découverte des travaux des orientalistes infléchissent le traitement du *topos* romantique bohémien. Mila, la conteuse de la *Chronique du règne de Charles IX* (1829), n'a pas de « voix » propre, même si sa présence est l'occasion d'une ébauche de réflexion sur la langue[7]. Nécromanciennes aux talents incantatoires ou diseuses de bonne aventure, les Bohémiennes sont des « charmeuses » dont le nouvelliste fixera la « volubilité extraordinaire[8] ». *Carmen* doit en partie sa fortune au bagout dévastateur de son héroïne. Le texte, publié dans la *Revue des Deux Mondes* en 1845 – année où paraît la traduction française de *The Bible in Spain* de Borrow[9] – se voit ajouter deux ans plus tard, pour sa parution en volume, un chapitre « ethnographique » s'arrêtant sur la langue des Bohémiens. Il marque un tournant dans la production fictionnelle de Mérimée, *Carmen* se voulant le prolongement des travaux « scientifiques » de l'auteur : « Comme j'étudie les Bohémiens depuis quelque temps avec beaucoup de soin, j'ai fait mon héroïne Bohémienne[10] », écrit-il à la comtesse de Montijo. L'attrait littéraire et le fantasme identitaire ont désormais une caution. Mérimée se lance dans une enquête à la fois livresque et expérimentale, sur les traces du romani. Lorsqu'en Espagne il cherche à fréquenter des Gitans, narcissisme, exotisme et encanaillement se mêlent. Mérimée affirme parler *calé*, alors qu'il avoue à Édouard Grasset, dans une lettre de 1844, n'avoir étudié que « pendant quelques jours le jargon des Bohémiens[11] ». Il y a quelque chose de piquant, à une époque où l'on en fait un idiome

6. Lettre à Jenny Dacquin, Prague, 11 septembre 1854, dans *Correspondance générale* de Prosper Mérimée, établie et annotée par Maurice Parturier, avec la collaboration de Pierre Josserand et Jean Maillon (*CG*), t. I à VI : Paris, Le Divan, 1941-1947 ; t. VI à XVII, Toulouse, Privat, 1953-1964, ici t. VII, p. 352.

7. À partir de l'histoire, racontée par la Bohémienne, du joueur de flûte qui, floué alors qu'il a libéré « Hameln » des rats, enferma les jeunes gens du bourg dans une caverne. Ceux-ci réapparurent mystérieusement à des kilomètres de l'Allemagne : « […] j'ai été en Transylvanie, et je sais bien qu'on y parle allemand, tandis que tout autour on parle un baragouin infernal », affirme le capitaine des reîtres, pour confirmer le récit de Mila (*Chronique du règne de Charles IX*), éd. Pierre Josserand, Paris, Gallimard, « Folio », 1969, p. 67.

8. *Carmen*, dans *Nouvelles complètes II : Carmen et treize autres nouvelles*, édition présentée et établie par Pierre Josserand, Paris, Gallimard, « Folio classique », 1965, p. 113.

9. Paris, Amyot, 1845, 2 vol.

10. Lettre à Mme de Montijo, 16 mai 1845, *CG*, t. IV, p. 294.

11. Lettre à Édouard Grasset, Paris, 21 août 1844, *CG*, t. IV, p. 139.

obscène, à se flatter devant une dame de pouvoir « *chamuliar caló*[12] avec [une] belle gitana ». Faisant parvenir à un correspondant une trentaine de mots bohémiens, l'écrivain excuse la pauvreté de sa liste en se prétendant « fort rouillé sur la *chipe calli,* [qu'il a] baragouinée autrefois avec quelque succès à Madrid[13] ». Convenons qu'il pratique volontiers la dérision, jusqu'à feindre de se duper lui-même. Comment interpréter, par exemple, ce passage où il admet n'avoir pu communiquer que partiellement avec « une horde de Bohémiens » des Vosges ? L'argument de la spécificité dialectale ne cache-t-il pas des défaillances personnelles[14] ?

Les *Nouvelles* et les *Lettres d'Espagne,* qui n'ont ni le même statut, ni le même destinataire que les écrits privés, font une place réduite aux Bohémiens et à leur langue, abondamment convoqués dans la correspondance. Dans les textes publics, où s'exprime l'amateur, le dilettante cosmopolite, la langue des Bohémiens demeure une curiosité. Le ton est celui de ces « article[s] de variétés pour les lecteurs du *Moniteur* » à sujet ethnologique, qu'évoque Mérimée dans une de ses lettres[15] ; l'approche, descriptive, s'attache au pittoresque afin de séduire un public qu'on imagine essentiellement féminin[16]. Sur ce point, la correspondance révèle également son hétérogénéité : les lettres adressées à des femmes accumulent les *topoï* d'un bohémianisme littéraire plus rêvé que réel. La part belle est faite aux Bohémiennes – sorcières ou danseuses –, dont on accentue la lascivité, la saleté, la laideur, pour émoustiller la moralité des gentes liseuses. Soucieuses du décorum (chariots, chaudrons, pierres d'aimant), ces lettres s'intéressent à la physionomie d'une « race » plutôt qu'à sa langue[17] ; le romani nourrit en revanche les échanges de Mérimée et de ses pairs, érudits ou savants. Ainsi le philologue Francisque Michel, auteur d'une *Histoire des races maudites de la France et de l'Espagne*[18], d'un ouvrage sur le pays basque incluant

12. « Parler bohémien » [note de l'éditeur], lettre à Mme de Montijo, Paris, 27 juin 1846, *CG,* t. IV, p. 166.
13. Lettre à Gobineau, Paris, 9 février 1855, *CG,* t. VII, p. 432.
14. Lettre à Vitet, Paris, 16 octobre 1845, *CG,* t. IV, p. 389 : « Je leur ai parlé dans le dialecte espagnol, ils m'ont répondu dans le dialecte allemand, et comme dit Épistémon, j'ai failli comprendre. »
15. Lettre à Victor Amanton, Paris, 2 mars 1854, *CG,* t. VII, p. 266.
16. Mérimée, évoquant la genèse de *Carmen,* ne disait-il pas à son amie Mme de Montijo, qui lui en avait soufflé l'intrigue : « Après Arsène Guillot, je n'ai rien trouvé de plus moral à offrir à nos belles dames » (Paris, 16 mai 1845, *CG,* t. IV, p. 294) ?
17. Exceptées certaines lettres à Jenny Dacquin et à Mme de Montijo.
18. *L'Histoire des races maudites de la France et de l'Espagne,* Paris, A. Franck, 1847, 2 vol.

un lexique bohémien[19] dont Mérimée avait proposé quelques corrections[20], et de *La Grande Bohême*, fruit d'une collaboration avec Édouard Fournier. Autres correspondants privilégiés, l'écrivain espagnol Estébanez Calderón, chez lequel Mérimée reconnaît un initiateur, ou le comte Joseph Arthur de Gobineau, avec lequel il partage la passion des inscriptions archéologiques.

Rêve des origines, origines d'une science

Le XIXe siècle est amené à repenser la philologie, longtemps cantonnée à l'analyse des textes, à l'aune des sciences humaines en formation. La controverse qui, au début du siècle, « mit aux prises les défenseurs d'une philologie rationnelle, restreinte à l'étude d'une langue, et [ceux] d'une philologie historique, culturaliste, ouverte à la contingence du réel[21] », alimente les aspirations ontologiques des romantiques et fortifie les vocations orientalistes. À ce titre, l'attention portée à la langue des Bohémiens s'inscrit dans une quête plus générale des idiomes primordiaux. L'Occident est soucieux de se trouver, en amont de l'héritage européen historique, des attaches dans un ailleurs mythifié. Le geste archéologique rejoint la pensée du devenir des nations, et l'exotisme réprime l'angoisse de plus en plus sensible de la décadence. Les « recherches indo-européennes » cachent des « questions qui touchent à la filiation et à la vocation d'un Occident en crise d'identité nationale, politique et religieuse[22] », « le rêve [...] de se régénérer en découvrant ses propres sources intactes[23] ». Et la frénésie ethnophilologique qui gagne le siècle n'a d'autre fin que de sauvegarder, à travers les langues orales, les valeurs menacées par la société de masse. Gobineau dit avoir assisté, en Égypte, au soir d'une langue : « peut-être j'ai jeté sur elle un coup d'œil dans un moment où elle n'a plus que quelques

19. *Le Pays basque, sa population, sa langue, ses mœurs, sa littérature et sa musique*, Paris, Firmin Didot, 1857.
20. Lettre de Mérimée à Francisque Michel, 15 mars 1857, *CG*, t. VIII, p. 259-260.
21. Brita Rupp-Eisenreich, « La leçon des mots et des choses. Philologie, linguistique et ethnologie (de August Bœckh à Heymann Steinthal) », dans Michel Espagne et Michael Werner dir., *Philologiques I. Contribution à l'histoire des disciplines littéraires en France et en Allemagne au XIXe siècle*, Paris, Éditions de la Maison des Sciences de l'Homme, 1990, p. 366.
22. Maurice Olender, *Les Langues du Paradis : Aryens et Sémites, un couple providentiel*, préface de Jean-Pierre Vernant, Paris, Gallimard / Le Seuil, 1989, p. 248.
23. *Ibid.*, p. 244.

années à vivre[24]. » Le narrateur évangéliste de *Lokis* justifiera son entreprise de traduction des Écritures en jmoude par la nécessaire conservation d'une oralité fragile : « N'est-ce pas une chose déplorable qu'une langue disparaisse sans laisser de traces ? Depuis une trentaine d'années, le prussien n'est plus qu'une langue morte. La dernière personne qui savait le *cornique* est morte l'autre jour[25]... ». La langue des Bohémiens, qui ne possède pas même d'alphabet, semble encore plus primitive que l'hébreu, avec lequel elle partage le caractère nomade et l'énergie. Elle pourrait être l'idiome adamique dont les romantiques poursuivent l'antique quête. Alors que les langues modernes s'appauvrissent, s'argotisent, leurs homologues primitifs conservent une fraîcheur qui captive un monde bourgeois vieillissant. La culture dominante tient donc les Bohémiens dans un rapport paradoxal, entre fascination et dédain, ignorance et besoin. La civilisation tsigane, hier dépositaire d'anti-valeurs, dessine à l'Europe rompue une possible rédemption. Celle-ci entrevoit par exemple dans la solidarité bohémienne la promesse d'une réconciliation sociale. Réconciliation en partie linguistique, les Bohémiens – qui parlent la langue d'avant Babel – cristallisant le fantasme d'universalité cher au temps : Carmen sait toutes les langues. Derrière la couleur locale, perce l'utopie d'un langage supranational, qui mènera dans les dernières décennies du siècle à l'invention de l'esperanto.

La question de la langue d'Éden est présente à l'état de fantasme dans les nouvelles de Mérimée, qui reproduisent inlassablement l'épisode de la Chute. Dans *Carmen*, mais aussi dans *Djoumâne*[26] ou *Lokis*, la présence – concrète ou métaphorique – du serpent, en liaison avec le thème bohémien, excède la simple détermination démoniaque. La femme est certes une vipère, un diable ; au-delà, la Bohémienne est un témoin primordial, qui parle la langue dans laquelle, aux premiers jours, le serpent s'adressa aux enfants de Dieu. C'est dans *Lokis*, l'un des derniers textes de Mérimée, que les considérations philologiques tiennent la plus grande place. Le motif

24. Lettre à Mérimée du 15 septembre 1855. Citée par Jean Gaulmier, « Mérimée, Gobineau et les Bohémiens », article paru dans la *Revue d'histoire littéraire de la France*, t. LXVI, oct.-déc. 1966, et reproduit dans *Autour du romantisme. De Volney à J.-P Sartre. Mélanges offerts à M. le professeur Jean Gaulmier*, Paris, Ophrys, 1977, p. 227.
25. *Lokis*, dans *Nouvelles complètes II*, *op. cit.*, p. 272-273. Composée en 1868, la nouvelle paraîtra l'année suivante.
26. Récit composé en 1870, non publié du vivant de Mérimée.

bohémien, tardivement formulé[27], s'impose pourtant. Le professeur Wittembach et son hôte rencontrent en forêt une vieille à laquelle ils font remarquer qu'elle a cueilli des champignons vénéneux ; ceux-ci s'avèrent « gardés » par une divinité empruntant l'apparence terrifiante d'un serpent noir. La vieille « pronon[ce] quelques mots inintelligibles qui [ont] l'air d'une incantation[28] », et apaise le serpent en lui parlant dans sa langue.

L'origine édénique et sa variante infernale satisfont les curiosités exacerbées : on peine en effet à rattacher la langue des Bohémiens à un modèle linguistique, comme on peine à identifier leur patrie d'origine, lacune qui entrave le souci contemporain de cartographie de l'altérité. Mérimée tente de sortir la langue bohémienne de sa double marginalité en la rattachant au rameau indo-européen, des études ayant fixé depuis 1840 le berceau des Tsiganes à l'embouchure de l'Indus. S'il ne cite pas Grellmann, le lettré connaît les travaux d'August Friedrich Pott[29], qui remportera le Prix Volney en 1845 avec *Die Zigeuner* ; il évoque sans le nommer, dans sa première lettre sur les Bohémiens, « un Allemand qui écrit en ce moment leur histoire, et qui [lui] paraît faire une espèce de roman[30] ». La pratique mériméenne, en conformité avec son temps, se fonde sur l'analogie, suivant un modèle qui guidait déjà l'appréhension des races. L'entreprise demeure chez l'écrivain, qui fait du héros de *Lokis* un « professeur de linguistique comparée[31] », encombrée de mythes ; l'enquête n'échappe pas à la tentation ludique « des comparaisons curieuses[32] ». L'ambivalence d'une langue une et diverse à la fois, et manifestant malgré ses évolutions une pureté primitive, séduit. Aristocratique et populaire, le romani matérialise le rêve de fixité des sociétés européennes en déclin : « C'est extraordinaire, écrit Mérimée, que cette langue de mendiants se soit conservée pure partout[33] ». Cette permanence étonne, d'autant que le peuple tsigane est écartelé entre l'Asie et l'Afrique, et on comprend mal « qu'une langue

27. Le mot « bohémien », jusqu'alors évacué, apparaît p. 316, dans la description d'une danse populaire.
28. *Lokis*, p. 286.
29. *Die Zigeuner in Europa und Asien. Ethnographisch-linguistische Untersuchung, vornehmlich ihrer Herkunft und Sprache, nach gedruckten und ungedruckten Quellen*, Halle, Haynemann, 1844 -1845, 2 vol.
30. Lettre à Édouard Grasset, Paris, 21 août 1844, *CG*, t. IV, p. 139-140.
31. *Lokis*, p. 281.
32. Lettre à Édouard Grasset, janvier-février 1847, *CG*, t. V, p. 21.
33. *Ibid.*

non écrite ne s'altère pas bien davantage parmi des individus placés à une si grande distance les uns des autres[34] ». Derrière le chercheur qui s'efforce d'obtenir des documents d'une originalité irréprochable[35], le poète poursuit le « Bohémien puriste[36] ».

Conditions de la philologie mériméenne : une science « relayée »

Les rares contacts que noue Mérimée avec des Bohémiens – à Barcelone, dans les Vosges, à Perpignan – sont accidentels, et ses interlocuteurs souvent peu loquaces. Doit-on, pour autant, en tenir rigueur à l'écrivain, au nom de la science ? Ce serait méconnaître les réalités scientifiques de l'époque ; d'ailleurs, l'honorable Pott lui-même « ne s'était adonné à l'étude de la langue tsigane que par hasard, en utilisant les notes laissées par son ami, spécialiste de sanskrit, Peter von Bohlen [...]. Pott ne parla qu'une ou deux fois dans sa vie avec quelques Tsiganes et il se garda bien de multiplier les occasions de rassembler un matériau lexicographique direct[37] ». Le fonctionnement quasi autarcique de la société bohémienne rend les passeurs indispensables : « On m'a mis en rapport avec un bohémien détenu à la Force qui m'a donné quelques renseignements curieux sur ses compatriotes. Il m'offre sa recommandation pour les chefs de trois tribus qui habitent aux environs de Paris[38] », écrit l'auteur dans sa première lettre à Francisque Michel. Du fait des nombreuses tâches administratives dont il a la charge, Mérimée est fréquemment contraint de rassembler des informations à distance, par le truchement de réseaux amicaux. À Édouard Grasset, consul à Salonique, Édouard Perreymond, en mission scientifique en Mésopotamie[39], ou Gobineau, secrétaire d'une mission diplomatique

34. Lettre de Mérimée à Gobineau, Paris, 7 septembre 1856, *CG*, t. VIII, p. 122.
35. Mérimée envoie au comte Strogonov une traduction latine d'un Pater bohémien, dans l'espoir d'« obtenir un texte plus pur » (Lettre à Serge Strogonov, 16 juillet 1846, *CG*, t. XVII, p. 5).
36. Lettre à Victor Amanton, Paris, 2 mars 1854, *CG*, t. VII p. 267. L'expression apparaissait déjà dans le dernier chapitre de *Carmen*, qui entretient des liens étroits, comme on l'a montré, avec la correspondance : « La combinaison *firlamui* a été sur-le-champ comprise par un bohémien puriste » (p. 174).
37. Henriette Asséo, « Le principe de circulation et l'échec de la mythologie transeuropéenne », dans *Revue de synthèse*, 5e série, année 2002, p. 94. On renverra à l'anecdote savoureuse empruntée à *In Gypsy tents* de Francis Hindes Groome (1880).
38. Lettre à Francisque Michel, 17 janvier 1848, *CG*, t. V, p. 232-233.
39. Voir Mérimée, « Les Sléeb », dans le *Moniteur universel*, 8 février 1854.

en Perse, l'auteur de *Carmen* commande des « mots », avec une ardeur un tant soit peu bibelotière. Ses correspondants, qui appartiennent aux élites parisiennes, ne peuvent prétendre approcher directement les Bohémiens, malgré un penchant, commun dans les cercles favorisés, pour le primitif et l'instinct populaire. Eux-mêmes ont donc nécessairement recours à des intermédiaires, ce qui affaiblit la légitimité conférée à l'enquête par le « terrain ». Mais la délégation ne rebute pas les scientifiques du moment. Ainsi procède déjà Grellmann, dont Mérimée a pu lire l'*Histoire des Bohémiens*[40] parue en France en 1810. Dans la préface, l'auteur remercie le conseiller Büttner de lui avoir recommandé plusieurs ouvrages et communiqué « une grammaire que M. Bauer, secrétaire d'Hanovre, eut l'occasion d'apprendre des Bohémiens, durant un voyage qu'il fit en Hongrie, son pays natal », apports qui lui permirent de conclure à une parenté entre « la langue des Bohémiens » et « celle des Hindous[41] ». L'article de la gazette de Vienne sur lequel Grellmann appuie son analyse illustre parfaitement le fonctionnement rhizomatique des investigations linguistiques d'alors : le capitaine Szekely y raconte qu'Étienne Pap Szathmar Nemethi, imprimeur, lui a confié un récit qu'il tenait d'un prédicateur protestant nommé Étienne Vali, lequel avait fait la connaissance à Leyde de jeunes Malabares dont la langue ressemblait à celle des Bohémiens[42]. On le voit, les « savants » du XIXe siècle ne se livrent pas plus que leurs prédécesseurs à une enquête ethnographique en règle. Outre qu'ils multiplient les médiateurs, recourant à des informateurs occasionnels, ils négligent souvent de rendre compte du statut de leurs interlocuteurs. Même Gobineau, dont Jean Gaulmier a montré qu'il s'était chargé avec sérieux, nonobstant quelques maladresses, de la mission linguistique que lui avait confiée Mérimée, néglige cette étape nécessaire[43]. Comment pouvait-il, de plus, exister une véritable relation ethnographique, étant donné l'écart culturel[44] entre les parties ?

40. Heinrich Moritz Gottlieb Grellmann, *Histoire des Bohémiens, ou tableau des mœurs, usages et coutumes de ce peuples nomade ; suivie de recherches historiques sur leur origine, leur langage et leur première apparition en Europe*, traduit de l'allemand par M. J., Paris, Chaumerot, 1810 [1783].
41. Grellmann, *op. cit.*, p. 14-15.
42. *Ibid.*, p. 284-285.
43. Gaulmier, *op. cit.*, p. 227. Gobineau ne dit ainsi pas grand-chose de Mohammed et de la vieille El-Haggi.
44. Nous employons ce terme pour désigner à la fois la distance strictement culturelle et la distance « hiérarchique » entre les parties (bien que la conscience hiérarchique ne fonc-

La résistance au réel

La correspondance donne parfois à voir l'ancien secrétaire du ministère de la Marine et des Colonies, nouvellement rallié à la cause scientifique, en position conquérante. Le mépris, omniprésent malgré la fascination, s'insinue jusque sous une bonhomie allègre ; pour preuve, cette saillie : « À la saleté près, la vie de ces gens-là doit être amusante[45]. » Le savant traite avec condescendance un interlocuteur dont la collaboration est la condition de sa présence. À ses yeux, le Bohémien reste un être brutal, pour lequel les subtilités de la science sont impénétrables : « S'il vous en tombe d'intelligents à Thessalonique tâchez d'obtenir d'eux la traduction du Pater[46] », écrit Mérimée à Édouard Grasset. Dans ces conditions, le pacte ethnographique n'est pas rempli, l'enquêteur n'étant pas « partie prenante d'une relation face-à-face et individuelle », relation nécessaire selon Sylvain Auroux, car « il y a des informations sur le langage que nous ne pouvons recueillir que par le truchement de données externes[47] ». Cette attitude, que les thuriféraires du cosmopolitisme mériméen passent sous silence, ne recouvre pas uniquement des sentiments de classe ; elle est une manière de réaction à la fierté identitaire des Bohémiens, qui n'ont que faire du « payllo ». La récurrence de ce terme dans *Carmen*[48] peut être le signe d'une frustration que le romancier n'a jamais cessé de ressentir, bien qu'il se vante d'être traité comme un pair par les Tsiganes.

Malgré une volonté d'objectivation de la collecte et du classement des données, des adjectifs possessifs se glissent subrepticement sous la plume empathique de Mérimée lorsqu'il écrit à Gobineau (« vos Bohémiens[49] », « vos Looties[50] »). L'épistolier s'imagine que Victor Amanton[51], inspecteur

tionne à proprement parler que si les membres en présence appartiennent à une même société).

45. Lettre à Mme de Beaulaincourt, Cannes, 24 décembre 1868, *CG*, t. XIV, p. 337.

46. Lettre à Édouard Grasset, janvier-février 1847, *CG*, t. V, p. 21.

47. Sylvain Auroux, « Les enjeux de la linguistique de terrain », dans S. Bouquet dir., *Diversité de la (des) science(s) du langage aujourd'hui*, *Langages*, n° 129, 1998, p. 89.

48. On en dénombre quatre occurrences, p. 113, p. 135, p. 154, p. 158. Il semble que ce soit le mot bohémien le plus représenté dans *Carmen*.

49. Lettre à Gobineau, Paris, 7 septembre 1856, *CG*, t. VIII, p. 123.

50. Lettre à Gobineau, Paris, 9 février 1855, *CG*, t. VII, p. 431.

51. Amanton, qui collaborait au *Moniteur universel*, est l'auteur de *Notices sur les diverses populations du gouvernement de la Tauride et spécialement de la Crimée*, Besançon, J. Bonvalot, 1854. Voir lettre à Victor Amanton, Paris, 2 mars 1854, *CG*, t. VII, p. 266-267.

des forêts dans le Doubs, est susceptible de rencontrer des Bohémiens d'Alsace, les sauvages aimant à vivre cachés… Le nouvelliste se révèle souvent victime de ses projections ; sa méthode en est en partie responsable, puisque les données de terrain doivent confirmer ou infirmer un savoir préétabli. Ainsi l'enquête mène-t-elle parfois à des impasses. En témoigne une série de lettres que Mérimée écrit de Cannes à trois correspondantes, durant les fêtes de la fin de l'année 1868[52]. Il y dit avoir rencontré des gens du voyage, qu'il a cru à tort Bohémiens. Avant d'avouer qu'il s'est trompé, il les décrit cependant comme tels : « Ils disaient venir de la Hongrie. Ce n'étaient pas des Bohémiens. Je les crois Valaques[53]. » L'obstination de l'apprenti ethnographe, qui est tenté d'inventer son objet, transformant un quidam en Bohémien parce qu'il en recherche à toute force, fait sourire. Que dire de cet étonnant passage où il se refuse à admettre que des individus qui correspondent si bien au « type » bohémien puissent ne pas « en » être : « J'ai rencontré entre Poitiers et Saint Savin deux admirables types de Bohémiens. Noirs comme des diables avec des traits superbes. Ils n'ont jamais voulu convenir qu'ils fussent de la *calli rati*[54] et se sont dits lyonnais, mais je les garantis rommani pur sang[55]. » Deux types de présupposés soutiennent un tel discours : la prévalence du savant, dépositaire d'un savoir ignoré, doué de l'instinct et de l'autorité nécessaires pour poser des affirmations péremptoires ; l'idée récurrente que les Bohémiens sont une « race » duplice cherchant à égarer les étrangers. On peut y voir aussi une manière toute romantique de refuser la part déceptive qu'implique l'investigation scientifique… Autre pièce de choix, l'extrait où Mérimée se vante d'en imposer aux Bohémiens dans leur propre idiome : « Je leur ai parlé *caló* […], et il s'est trouvé que j'étais bien plus fort qu'eux et qu'ils ont rendu à ma science un éclatant témoignage dont je n'ai pas été peu fier[56] ». Bien qu'inscrite dans la tradition orientaliste, la position mériméenne s'avère plus eurocentrée que celle d'un Gobineau ; lorsque le lettré s'intéresse aux Tsiganes perses, arabes ou afghans, c'est uniquement dans le but de comparer leur parler à celui de leurs « frères » européens. Il regrette

52. Lettre à Mme de Beaulaincourt, Cannes, 24 décembre 1868, *CG,* t. XIV, p. 337-338 ; lettre à la Duchesse Colonna, Cannes, 24 décembre 1868, *CG,* t. XIV, p. 338-339 ; lettre à la Princesse Mathilde, Cannes, 2 janvier 1869, *CG,* t. XIV, p. 351.
53. Lettre à la Princesse Mathilde, Cannes, 2 janvier 1869.
54. « De la race bohémienne », note de l'éditeur.
55. Lettre à F. de Saulcy, Saintes, 20 septembre 1849, *CG,* t. V, p. 516.
56. Lettre à Jenny Dacquin, Barcelone, 10 novembre 1846, *CG,* t. IV, p. 557.

non seulement que la « douzaine de mots de la langue des Sléeb » communiquée par Édouard Perreymond n'ait pas « le moindre rapport avec celle des Bohémiens », mais encore que « la plupart de ces mots se rapportent à des objets propres au désert et inconnus à nos Bohémiens d'Europe[57] », ce qui neutralise toute possibilité de comparaison. En cela, Mérimée est fidèle au projet d'un Occident qui ne se tourne vers l'Orient que parce qu'il se pense déjà aryen, dans la hantise des Sémites. À ce point limite, le mythe scientifique se dissocie du mythe littéraire, pour créer un nouveau mythe personnel : Mérimée ne se rêve plus désormais descendant d'un Maure, si fameux soit-il.

Marginalités du romani

L'Europe bourgeoise regarde pourtant d'un œil envieux ces tribus errantes, dont la langue, transmise au sein de la communauté, semble le seul patrimoine. La hantise du barbare social génère de nouvelles chimères : les Bohémiens utiliseraient leur langue comme un chiffre, ce qui expliquerait qu'elle soit restée impénétrable en dépit d'une cohabitation séculaire avec les populations indigènes. Cette langue, qui leur assure une identité, leur tient en quelque sorte lieu d'Histoire : malgré ses variations dialectales, un fonds linguistique permettrait la transmission de connaissances ancestrales, parfois occultes. En marge du déchiffrement des inscriptions monumentales, Mérimée se plaît à étudier le romani, langue sans écriture, oralité vivante aussi insaisissable que Carmen. La retranscription de cette oralité est pourtant limitée dans les nouvelles, étant tout au plus plaquée : les Bohémiens s'expriment assez peu dans leur langue, et lorsque cela est le cas, l'écrivain introduit quelques mots isolés, rarement des phrases entières. L'imaginaire de la langue prime sur sa réalité. Cette dernière a ainsi une valeur initiatique : elle surgit lorsque le héros s'apprête à franchir des seuils, à pénétrer un espace étranger. Quand, au début de la nouvelle, José accompagne Carmen chez elle afin qu'elle lui dise la bonne aventure, celle-ci ne lui ouvre le passage qu'après s'être fait reconnaître d'un enfant en « di[sant] quelques mots dans une langue [...] inconnue[58] » ; la jeune femme se donnera à lui dans une maison de la rue du Candilejo où les introduit « une bohémienne, vraie servante de Satan », après que Carmen

57. Mérimée, « Les Sléeb », dans *Moniteur universel*, 8 février 1854.
58. *Carmen*, p. 112.

lui a glissé « quelques mots en rommani[59] ». Le romani est évoqué, sans être toujours cité, dans des situations de marginalité où la tension dramatique est à son comble : blessé, le protagoniste entend « quelques mots en *chipe calli*, qui paraiss[ent] être une consultation médicale[60] » ; lorsqu'il assassine son rival, c'est « dans sa langue » que Carmen intime « à Dorothée de s'enfuir[61] ». Depuis des siècles, Bohémiens et truands cohabitent joyeusement à la Cour des Miracles, et les romantiques ne sont pas les premiers à associer des idiomes « pauvre[s] et sonore[s][62] », qui s'offrent dans leur rugueuse matérialité. Ce rapprochement, réactivé au XIXe siècle, se charge d'explications complexes, vouées à éclairer un constat paradoxal. Comment est-il possible, en effet, que les Roms, qui ont une moralité, un « génie » des plus louches, s'expriment dans une langue procédant du noble sanscrit ? Prétendre qu'ils descendent de la caste infâme des parias offre alors une justification commode à la double marginalité linguistique et sociale. Le renouvellement, au cours du XIXe siècle, du lexique argotique coïncide avec « une nouvelle immigration [tsigane] comparable à celle du début du XVe siècle[63] ». Idiome contestataire répondant à la « nécessité de défense[64] » du groupe, le « jargon des gueux et bohémiens[65] » effraie. Il semble voué à exprimer des choses blâmables : dans *Carmen*, l'*alter ego* de l'auteur s'imagine, lorsqu'il voit la Gitane passer en parlant sa main sous son menton, qu'elle demande à son interlocuteur de lui trancher la gorge ! Mérimée, l'ami de Francisque Michel, dont une médaille du Prix Volney récompensera les *Études de philologie comparée sur l'argot et sur les idiomes analogues parlés en Europe et en Asie*[66], dut être sensible à cette question qui rejoint celle, plus générale, de la nature du romani. Très tôt, il se demande si les Bohémiens ont « une langue particulière, ou seulement un patois[67] ». Les savants de l'époque rechignent à affirmer la spécificité irréductible du romani, se plaisant à la considérer comme une langue dégradée, un avatar

59. *Ibid.*, p. 134.
60. *Ibid.*, p. 141.
61. *Ibid.*, p. 139.
62. *Les Bohémiens. Tsygany* de Pouchkine, traduit par Mérimée. Dans *Carmen*, Paris, Calmann-Lévy, 1947, p. 202.
63. Alice Becker-Ho, *Les Princes du jargon. Un facteur négligé aux origines de l'argot des classes dangereuses*, Paris, Éditions Gérard Lebovici, 1990, p. 26-27.
64. Alfredo Niceforo, *Le Génie de l'argot*, cité par Alice Becker-Ho, *op. cit.*, p. 27.
65. Titre d'un dictionnaire que le cabaliste Blaise de Vigenère aurait consulté à Venise.
66. Paris, Firmin Didot, 1856.
67. Lettre à Édouard Grasset, Paris, 21 août 1844, *CG*, t. IV, p. 139.

argotique, un dérivé. Il semble alors « extravagant » qu'un « peuple stupide et grossier ait pu créer tout un langage, et cela à quelques centaines de lieues les uns des autres[68] ». Francisque Michel, reprenant les conclusions de Pott, soulignera au contraire qu'on ne peut confondre « la langue des Bohémiens, qui en est véritablement une[69] », avec l'argot. Mérimée tient assez peu compte des potentialités discursives des parlers populaires, même s'il s'autorise quelques allusions à la verdeur de la langue bohémienne et qu'on trouve, au détour d'une page de la correspondance, certains clins d'œil d'initiés[70]. Il prive le lecteur de dialogues picaresques savoureux ; le séjour de José à Gibraltar, « tour de Babel » où se concentre la « canaille de tous les pays du monde[71] », ne donnera pas lieu aux développements qu'il semblait appeler. La réflexion est significativement rejetée en fin de volume, dans la dissertation ; Mérimée renvoie aux *Mystères de Paris*, mais se refuse à faire du Sue ou du Ponson du Terrail.

En somme, les termes romani soutiennent la couleur locale et n'ont pas plus de valeur que les emprunts cosmopolites au castillan ou au basque. Car les prises de parole en langue tsigane, outre qu'elles sont limitées, n'aboutissent jamais à un véritable échange. Lorsqu'il n'est ni muet ni étranger, l'interlocuteur est chassé du dispositif d'énonciation (on ne donne pas à entendre sa réponse). La prose reflète donc les limites de la science mériméenne : malgré ce qu'il en dit, les contacts de l'auteur avec le romani ont plus souvent consisté en un inventaire terminologique qu'en d'authentiques conversations ; de ce fait Mérimée, qui reprochait à ses contemporains – et aux Bohémiens eux-mêmes – leur désintérêt pour la « syntaxe[72] », est dans l'incapacité d'inclure dans ses nouvelles des propositions qui ne soient ni des proverbes, ni des vers. Faut-il rapporter cette béance aux méthodes de collecte, qui privilégient les termes isolés aux dépens des segments

68. Grellmann, *op. cit.*, p. 154.
69. Cité par Alice Becker-Ho, *op. cit.*, p. 29.
70. Voir la lettre du 27 décembre 1845 à Estébanez Calderón, où Mérimée dit avoir été déçu, de retour en France, de la platitude des « *terrés* y tranmistos ye [minchis] sinan aullis sata sosimbos ». Maurice Parturier, qui traduit en partie cette allusion volontairement non élucidée dans le texte, indique que « minchi », dont le sens est proche de l'expression latine « *pudendum feminae* », est un mot « obscène » (*CG*, t. XVI, p. 223, n. 2).
71. *Carmen*, p. 149.
72. Ou plutôt pour ce que Mérimée croit être de la syntaxe. Car les langues de tradition orale ont une syntaxe spécifique, distincte de celle des langues écrites. Mérimée peine en outre à se dégager de la croyance qui suppose que la syntaxe est toujours objectivée par les membres des communautés linguistiques.

de phrase et négligent les questionnaires, à la base de l'ethnolinguistique moderne ? Mérimée pratiquait pourtant le questionnaire, comme l'illustre une lettre à Victor Amanton : « Les mots les plus intéressants à connaître sont les termes les plus usuels – père, mère, homme, pain, eau, vin, etc. Il est essentiel de noter de quel pays sont les Bohémiens en écrivant sous leur dictée un de leurs mots. J'ai constaté par expérience qu'il y a très peu de Bohémiens assez intelligents ou assez complaisants pour traduire dans leur langue quelques phrases suivies[73]. » L'argument du complot, déjà sollicité par Grellmann[74], revient constamment sous la plume des dialectologues. Leur travail serait empêché, en somme, par la mauvaise volonté des Bohémiens, leur répugnance à s'exprimer et leur incompétence. Ce refus de divulgation aurait longtemps paralysé les recherches des tsiganologues. Selon certains analystes, c'est de bonne guerre : « Le peu [de mots tsiganes] qui [...] a paru n'a pas été publié, on s'en doute, par les Gitans, mais sur la base de ce qu'ils ont bien voulu dire, et en réponse aux questions que leur posaient des « *gadje* », par définition *non-affranchis.* On a les réponses qu'on mérite[75]. » En brouillant la communication par ce qui est perçu comme des stratégies de détournement, voire des pièges, les Roms contribuent à faire de leur langue un langage oraculaire, fondamentalement hermétique.

L'utopie d'une langue sonore

La littérature orale offre à l'écrivain folkloriste et à l'ethnologue une possibilité de réconciliation. Au seuil du *Théâtre de Clara Gazul*, l'actrice, évoquant sa généalogie, « pr[end] sa guitare et [...] chant[e] la chanson de la bohémienne », sa mère : « *Cuando me parió mi madre la gitana*[76]. » Ce vers unique, descriptif et redondant, dénué de pittoresque, est prononcé en espagnol. Sa fonction est purement ornementale : Mérimée qui, se façonnant une identité, construit également son mythe de l'identité bohémienne, l'aurait forgé de toute pièce. Il affirme posséder un « assortiment de *seguidillas* en bohémien qui sont les plus grandes horreurs du monde[77] », mais on n'en trouve pas trace dans les *Nouvelles*, et lorsque Carmen – la bien nom-

73. Lettre de Mérimée à Victor Amanton, *CG*, t. VII, p. 266-267.
74. Voir par exemple *Histoire des Bohémiens, op. cit.*, p. 157 et p. 315-316.
75. Alice Becker-Ho, *op. cit.*, p. 29.
76. *TCG*, p. 28.
77. Lettre à Mme de Montijo, Paris, 27 juin 1846, *CG*, t. IV, p. 467. Ces pièces se caractérisent certainement par leur verdeur.

mée – invoque « Marie Padilla, la maîtresse de don Pédro, qui fut, dit-on, la *Bari Crallisa*, ou la grande reine des Bohémiens[78] », son chant n'est pas reproduit. Sans doute la lecture de *The Zincali* de Borrow, qui inclut « an original collection of their songs of poetry », modifie-t-elle l'approche de l'écrivain. Une de ses dernières nouvelles, *Lokis*, fait une place de choix aux légendes véhiculées par la poésie populaire, un patrimoine précocement valorisé dans *La Guzla*, puis remisé. *Lokis* rend hommage à cette lucidité de jeunesse, puisque le linguiste qui se félicitait d'avoir recueilli « une ballade vraiment belle, de plus historique[79] » est victime d'une facétieuse jeune fille qui lui a servi un poème ancien de Mickiewicz. Comble de l'ironie, le comte Szémioth offre au professeur de lui en donner la traduction russe, du Pouchkine. L'anecdote renvoie au coup de force juvénile de celui qui réussit à faire passer *La Guzla ou choix de poésies illyriques* (1826) pour de véritables pièces populaires. Pouchkine, dupé tout comme bon nombre de savants, en proposera même une traduction ! Si la ballade des « trois fils de Boudrys », donnée en français, s'avère une contrefaçon, le narrateur n'en est pas moins persuadé de la nécessité de l'étude de la littérature orale, « les poésies populaires, *daïnos*, les récits ou légendes, *pasakos*[80] » permettant de constituer le lexique indispensable à tout travail de traduction. En juillet 1854, Mérimée signale au Comité de la langue, de l'histoire et des arts un recueil de chansons poitevines ; un mois plus tard, dans sa première lettre sur les Bohémiens, il reproche à Édouard Grasset de tarder à envoyer les chants albanais qu'il lui avait promis ; en 1855 et 1856, il préface les *Contes et poèmes de la Grèce moderne* de Marino Vreto, puis rend compte dans *Le Moniteur universel* des *Ballades et chants populaires de la Roumanie* recueillis par Vasile Alecsandri. La correspondance révèle la fréquentation des *Chants populaires des Serviens* traduits par Elise Voïart. Sainte-Beuve, qui aurait lu le texte de Mérimée sur le folklore roumain, condamne son primitivisme outrancier : « En fait de poésie, Mérimée n'aime que la sauvage, la poésie des premières noces (j'allais dire des pucelages) [...][81] ». Malgré ce penchant barbare, il coûte à Mérimée d'admettre que tant de délicatesse soit née d'un peuple sans écriture ni culture : « Je viens de lire avec le plus grand plaisir vos ballades roumaines », écrit-il à Alecsandri ; « je n'ai qu'un scrupule. Le traducteur a-t-il été fidèle ? N'a-t-il pas mis de

78. *Carmen*, p. 163.
79. *Lokis*, p. 273.
80. *Ibid.*, p. 258.
81. Cité par Maurice Parturier, *CG*, t. XVII, p. 10, n. 3.

la poésie là où il n'y en avait guères ? J'ai peine à croire, je vous l'avoue, que vos Tsigani et vos bergers des Carpathes inventent tout seuls « la petite brebis », Heracle et quelques autres pièces. N'auriez-vous pas agi à l'égard de vos poètes populaires comme Virgile à l'égard d'Ennius[82] ? »

Le romantisme mériméen est nourri de rousseauisme, et habité par la chimère d'une langue antédiluvienne qui serait une succession harmonieuse de sons : « les voix, les sons, l'accent, le nombre, qui sont de la nature, laissant peu de choses à faire aux articulations, qui sont de conventions, l'on chanteroit au lieu de parler » ; cette langue pure « négligerait l'analogie grammaticale pour s'attacher à l'euphonie, au nombre, à l'harmonie, à la beauté des sons[83] ». Chimère étrangère à la science, rêve de poètes ? En tout cas, dans sa grammaire, Destutt de Tracy assure que « plus les langues sont près de leur origine, plus elles sont accentuées et chantantes[84] ». Le romani offre à la fois l'idéal et le repoussoir d'une langue sans grammaire, cette langue matricielle née du souffle divin que recherchait Herder, convaincu que « moins [les langues] ont de grammaire, plus elles sont riches en images ; moins elles comportent d'abstractions, plus elles ont de ressources poétiques[85] ». Ces considérations n'empêchent pas Mérimée, qui arbore sa conscience scientifique, de se plaindre de la désinvolture des Bohémiens en matière de syntaxe, ou de pointer les lacunes de Borrow : « Ce qui est très singulier, c'est que cet homme, qui a le don des langues au point de parler le dialecte des Cali, ait assez peu de perspicacité grammaticale pour ne pas voir, au premier abord, qu'il est resté dans ce dialecte beaucoup de mots étrangers à l'espagnol[86]. » On constate une nouvelle fois que Mérimée n'exploite pas dans la fiction une réflexion pourtant centrale. Car si c'est bien la syntaxe qui sépare les Tsiganes d'Allemagne des Gitans, pourquoi ne pas mettre en scène leur rencontre ? En outre, si les emprunts syntaxiques des différents dialectes aux langues du pays occupé sont incontestables (un proverbe comme « *Lens os sonsi abela. Pani o reblendani terela*[87] » a par exemple un équivalent castillan, que le nouvelliste n'évoque pas), pourquoi ne pas

82. Lettre à V. Alecsandri, 11 octobre 1855, *CG*, t. XVII, p. 10-11.
83. Jean-Jacques Rousseau, *Essai sur l'origine des langues*, Paris, Stock, 1979 [1781], p. 173.
84. Antoine-Louis-Claude Destutt de Tracy, *Élémens d'idéologie*, vol. 2 *Grammaire*, Paris, Courcier, 1803, p. 330.
85. Maurice Olender, *op. cit.*, p. 72-73.
86. Lettre à Jenny Dacquin, Paris, 24 juin 1866, *CG*, t. XIII, p. 142-143
87. *Carmen*, p. 159, « Rivière qui fait du bruit a de l'eau ou des cailloux ». L'équivalent espagnol serait : « Río que suena, piedras trae. »

interroger le phénomène ? L'agacement de Mérimée face à l'« agrammatisme » bohémien cache, plus qu'un préjugé, un fantasme lié à l'imaginaire de la langue romani. Selon le principe, hérité des Lumières, qui identifie la langue d'un peuple et son génie, les Tsiganes, peuplade nomade réfractaire à l'ordre dans l'esprit des *gadjé*, rechigneraient « naturellement » à la mise en forme grammaticale. Cela expliquerait leur prédilection pour les proverbes et les locutions, dont Mérimée feint d'ignorer qu'ils répondent à une syntaxe interne, ancrée dans une mémoire linguistique collective, mais tributaire du contexte.

Tentation et rejet de l'implicite

Seuls les chants et les proverbes ont traversé les générations, et résisté à la dégénérescence de la langue. Ils forment, avec les devinettes et les formules rituelles, une culture bohémienne dont les folkloristes sont férus. Parce qu'il s'appuie sur l'implicite, l'allusion, la métaphore, tel segment suppose une reconnaissance, un hermétisme. L'impuissance de l'érudit face à cette communication de caste le pousse à mobiliser l'argument topique de l'hypocrisie des Bohémiens, dont la parole est toujours double, voilée. Le lecteur de *Carmen* peut penser que les Bohémiens ne s'expriment que par dictons, l'adoption de cet usage étant un signe d'intégration. José, devenu contrebandier, comprend le romani et s'exprime par expressions lexicalisées : « Je n'avais guère de remords, car, comme disent les bohémiens : Gale avec plaisir ne démange pas[88]. » La nouvelle inclut six proverbes, dont la fonction n'est pas toujours décorative. Le premier, « chien qui chemine ne meurt pas de famine[89] », offre au nomadisme bohémien une manière de justification. Le dernier, placé au terme de la dissertation sur la langue, permet un clin d'œil réflexif, puisqu'il clôt le texte : « Je terminerai par ce proverbe qui vient à propos : *En retudi panda nasti abela macha.* En close bouche, n'entre point mouche[90]. » C'est seulement dans ces dernières lignes que la transcription du romani apparaît au cœur du texte. Car l'ensemble des dictons est présenté en français, les transcriptions et traductions étant données en note, sur un modèle similaire[91]. Le procédé n'est

88. *Carmen*, p. 143.
89. *Ibid.*, p. 132.
90. *Ibid.*, p. 174.
91. Voir *Ibid.*, p. 132 : « *Chuquel sos pirela, Cocal terela. Chien qui marche, os trouve.* – Proverbe bohémien » ; p. 135 : « Je suis habillée de laine, mais je ne suis pas mouton ». Une note

pas différent de celui utilisé pour les mots espagnols, et Mérimée ne cesse de réécrire en français des dialogues supposés avoir eu lieu dans une langue étrangère. Ce refus de l'implicite, manifeste dans le souci permanent d'explicitation et de traduction, vaudra à l'auteur d'être classé par Lanson parmi les « classiques[92] ». Le statut des notes de bas de pages, un procédé cher aux romantiques, est particulièrement intéressant dans *Carmen*. Car la note, chargée d'autorité, exhibe en quelque sorte la scientificité du texte, lui donne une légitimité. En fournissant une glose lexicale ou ethnographique, elle renforce la présence de l'auteur, déjà écrasante dans un texte à la première personne mettant en scène un archéologue. Mais, malgré les apparences, la note n'éloigne pas vraiment du littéraire.

Le caractère scientifique du romani reste réduit dans les nouvelles, Mérimée ne choisissant pas par exemple d'inclure un glossaire bohémien à la fin de sa dissertation, comme l'avait fait Borrow. Il évite avec soin l'érudition et écarte les références qui pourraient gâter le texte. On est bien loin de l'*Histoire des Bohémiens* de Grellmann, qui multipliait jusqu'à la saturation les renvois aux textes anciens. Dans sa correspondance, Mérimée ne donne pas toujours la traduction, mais il s'attelle à former à partir d'ouvrages existants un glossaire bohémien à usage privé. La répugnance des Bohémiens à communiquer des phrases complètes le réduit, ainsi que ses devanciers, à utiliser le *Notre Père* comme étalon. Mérimée avoue avoir appris en partie la langue des Bohémiens dans une traduction en romani de l'*Évangile* de saint Luc[93], expérience initiale dont il garde probablement une certaine nostalgie ; mais sa démarche excède cet attachement anecdotique. Le *Pater* a l'avantage de présenter un texte susceptible de peu d'évolutions, puisque fixé par le dogme. En partant de l'oraison dominicale des Bohémiens de Hongrie, Grellmann montre combien leur langue s'est dénaturée sous l'in-

---

de bas de page précise : « *Me dicas vriardâ de jorpoy, bus ne sino braco.* – Proverbe bohémien » ; p. 143 : « Gale avec plaisir ne démange pas [note: *Sarapia sat pesquital ne punzava*] » ; p. 154 « Tu es comme le nain qui se croit grand quand il a pu cracher loin [note : *Or esorjié de or narsichislé, sin chismar lachinguel.* – Proverbe bohémien : La prouesse d'un nain, c'est de cracher loin » ; p. 159 « Rivière qui fait du bruit a de l'eau ou des cailloux [note : *Lens os sonsi abela. Pani o reblendani terela.* (Proverbe bohémien) ».

92. Gustave Lanson, *L'Art de la prose*, Paris, Librairie des Annales, 1908, p. 234 : « L'artiste épris de clarté, plus voisin des classiques, n'écrit pas un mot exotique ou spécial sans le commenter ou le traduire en langage commun. »

93. Voir la lettre à Mme de la Rochejaquelein, Paris, 29 août 1857, *CG*, t. VIII, p. 364. Il s'agit certainement de *Embeo e majaró Lucas* de Borrow, que Mérimée cite dans sa lettre à Mme de Montijo du 16 mai 1845 (*CG*, t. IV, p. 295).

fluence des idiomes locaux[94]. Quant à Borrow, il lie explicitement – bien qu'assez artificiellement – sa quête philologique à sa mission religieuse, à travers l'exemple d'un personnage qui, menacé par la folie, se lance dans l'étude laborieuse mais salutaire du chinois : « Oui, sous l'action de la providence divine, le plus paresseux des humains – et doué par ailleurs de très médiocres capacités – parvient à maîtriser l'écriture d'une langue tellement difficile [...]. Mais Dieu n'entendait pas qu'il s'en tînt là, il voulait également qu'il soit utile à ses semblables, et par le biais de la première inscription chinoise qu'il traduit – [...] il apprend le devoir d'hospitalité[95]. » La linguistique, indissociable de la théologie jusqu'au XIXe siècle, deviendra « la première science "laïque" admise par l'Église » : « Née de débats interminables, cette science, riche héritière de la tradition classique et de l'exégèse biblique, prit rapidement une influence décisive lorsqu'on fit dépendre un dogme d'une question grammaticale, d'un détail précisément philologique[96]. » Le sceptique Mérimée reconnaît le rôle décisif de Borrow dans sa connaissance du « dialecte des bohémiens », et s'amusera à en transposer les traits chez le professeur Wittembach, à qui la Société biblique propose « de diriger et de surveiller la rédaction de l'Évangile de saint Matthieu en samogitien[97] ». Mérimée insiste pourtant sur la singularité de son approche : « [...] ses observations personnelles sont tout à fait d'accord avec les miennes, excepté sur un seul point. En sa qualité de *clergyman*, il a fort bien pu se tromper là où, en ma qualité de Français et de laïque, je pouvais faire des expériences concluantes[98]. » Mérimée manifeste à l'égard du *Pater* une obsession de collectionneur. Dans le post-scriptum d'une lettre à Victor Amanton, il se félicite d'en posséder des versions « en dialecte allemand, espagnol, russe, turc, etc.[99] », et prie son interlocuteur de bien vouloir lui procurer une variante bohémienne s'il en a l'occasion. La même année, il confie une pareille mission à Édouard Grenier, qui part pour la Moldavie[100]. Un envoi du comte Strogonov donne lieu à une discussion

94. Grellmann, *op. cit.*, p. 312.
95. George Borrow, *Le Gentleman tzigane*, traduction de André Fayot, Paris, José Corti, 1998, p. 409.
96. Maurice Olender, *op. cit.*, p. 42.
97. *Lokis*, p. 258.
98. Lettre à Jenny Dacquin, Paris, 24 juin 1866, *CG*, t. XIII p. 142-143.
99. Lettre à Victor Amanton, Paris, 2 mars 1854, *CG*, t. VII p. 267.
100. Relaté par Édouard Grenier, *Souvenirs littéraires*, Paris, Lemerre, 1894, p. 134. Cité par Maurice Parturier, *CG*, t. V, p. 223, n. 1.

avec Mme de Lagrené, Mérimée « désira[nt] savoir si la traduction russe est littérale[101] », car les divergences qu'il y entrevoit faussent toute tentative de comparaison. La traduction, qui préoccupait tant les missionnaires, l'occupe toutefois moins que la transcription. Sur ce point, la romanisation adoptée par la plupart des dialectologues depuis le XVIe siècle ne lui paraît pas une évidence. En l'absence de norme internationale – les alphabets phonétiques apparaîtront à la fin du siècle –, Mérimée choisit de copier ses premiers mots bohémiens en grec, une pratique qui lui semble justifiée par l'abondance des emprunts du romani au grec médiéval. Il les écrit d'ailleurs « suivant la prononciation grecque[102] ». Son traitement du mot « romani », remplacé parfois par « rommano[103] », utilisé tantôt au féminin, tantôt au masculin, avec un « m » ou deux, est particulièrement intéressant. Mérimée suit-il l'évolution de Borrow, qui « modifie quelque peu sa manière de transcrire le vocabulaire gypsy, préférant notamment *romany* à *rommany* » « entre 1851 et 1857, d'un volume à l'autre de son récit autobiographique[104] » ? L'hypothèse est plausible, bien qu'elle soit ponctuellement contredite : on trouve la forme « romani » dans une lettre datée de 1848[105], alors que le redoublement consonantique apparaissait dès 1847 dans *Carmen* et dans un envoi à Édouard Grasset[106]. Mérimée a conscience des fluctuations de prononciation entraînées par la variété des dialectes et des locuteurs, et se montre sensible aux variantes tant phonétiques que graphiques. Autant d'obstacles qui perturbent le travail des linguistes, qui travaillent fréquemment à partir des lexiques constitués par des prédécesseurs de toutes nationalités : « Un Anglais et un Français qui entendent le même son ne le représenteront pas souvent de la même manière, c'est ce qui se voit dans l'orthographe bohémienne de Borrow ; bien plus, deux Français qui entendent des sons qui n'existent pas dans leur langue ne les noteront pas toujours de la même façon[107] » note, des années plus tard, Victor de Rochas. Mérimée est sensible à ce type de problème, comme en témoigne une lettre à Francisque Michel relative au lexique bohémien du

101. Lettre à Mme de Lagrené, fin 1847, t. V, p. 223.
102. Lettre à Édouard Gasset, 4 août 1845, *CG*, t. IV, p. 323.
103. Lettre à Serge Strogonov, 16 juillet 1846, *CG*, t. XVII, p. 4.
104. Avant-propos d'André Fayot à son édition du *Gentleman tzigane*, *op. cit.*, p. 10.
105. Lettre à Francisque Michel, 17 janvier 1848, *CG*, t. V, p. 233.
106. Lettre à Édouard Grasset, janvier-février 1847, *CG*, t. V, p. 21.
107. Victor de Rochas, *Les Parias de France et d'Espagne (Cagots et Bohémiens)*, Paris, Hachette, 1876, p. 289.

Pays Basque : « Je crains que vous ne les ayez [ces mots] copiés à droite et à gauche, sans les transcrire selon un système uniforme pour tous. Vous écrivez *chukel* et *chouri*. Si vous voulez figurer la prononciation pour des Français écrivez *Tchoukel* et *tchouri*, ou si vous prenez l'orthographe espagnole, qui est la plus commode : *chuquel, churí*[108] ». Douze ans plus tôt, il se matérialisait déjà les spécificités du romani en figurant « par deux H » les « lettres aspirées » et en désignant « les voyelles accentuées[109] ».

Avant la professionnalisation de l'anthropologie tsigane dans les années 1870, Mérimée montre un intérêt constant pour la langue des Bohémiens. Il prolonge par là la tradition indo-européaniste impulsée par les romantiques, et se montre, sur un terrain où se distinguaient surtout les Anglais et les Allemands, l'un des Français les plus précoces. Entre le *Théâtre de Clara Gazul*, où la parole bohémienne est déléguée, et *Carmen*, qui intègre le romani – ne serait-ce que de façon marginale –, son approche évolue considérablement. La mythologie des origines embarrasse l'apprenti ethnographe, et l'écrivain n'échappe pas à un certain onirisme, mais il sait exploiter le potentiel narratif de la matrice bohémienne. Malgré cela, l'ouverture à l'altérité, masquée par un cosmopolitisme réel, demeure incomplète. À l'instar de ses contemporains, Mérimée cherche chez les Bohémiens un fonds occidental perdu ; la pratique comparative limite l'efficacité du « savant », qui oublie d'interroger son statut, sa méthode, dévalue son objet ou l'invente. L'observateur, prisonnier de sa volonté d'identification, ne parvient pas à comprendre les Bohémiens, ni à les « intégrer » à la fiction : les données ethnographiques sont transposées de manière décevante, le pérégrinisme linguistique peine à figurer le nomadisme bohémien, et l'oralité tsigane est murée dans une langue classique. En dépit de son souci d'objectivation, l'entreprise mériméenne, dont on a noté les qualités d'érudition, relève donc du mythe scientifique plutôt que de la science.

108. Lettre de Mérimée à Francisque Michel, 15 mars 1857, *C. G.*, t. VIII, p. 260.
109. Lettre à Maréchal, 11 juillet 1845, *CG*, t. IV, p. 316.

Altérités/Identité : Lamartine et « la tribu prophétique »

Pierre Michel

« À une jeune personne qui prédisait l'avenir », Lamartine confiait, le 28 février 1832 :

> Plein d'un instinct de gloire et de tendresse,
> [...]
> J'ai consulté dans ma jeunesse
> Des oracles charmants et chers au souvenir !
> Plus d'une jeune prophétesse
> De l'éclat de ses yeux m'éclaira l'avenir
> [...]
> Aujourd'hui que du soir l'ombre sur moi s'avance
> Je n'interroge plus : l'oracle a prononcé,
> Et pour moi l'avenir est semblable au passé[1].

C'est dans une page du *Voyage en Orient* datée du 3 octobre de la même année[2] que les Bohémiens vont faire leur entrée dans son œuvre. Traversant

1. *À une jeune personne qui prédisait l'avenir*, Épîtres et poésies diverses, dans *Œuvres poétiques complètes* de Lamartine, éd. Marius-François Guyard, Paris, Gallimard, Bibl. de la Pléiade, 1963, p. 548 et, pour la date, p. 1870.
2. *Voyage en Orient*, éd. Sarga Moussa, Paris, Champion, 2000 (abrégé ci-dessous en *VO*, suivi du n° de la page), p. 203. Les références aux autres œuvres de Lamartine sont aux tomes suivants des *Œuvres complètes*, chez l'auteur, 1860-1866 :

Deïr-el-Kammar, « capitale de l'émir Beschir [...], qui ressemble parfaitement à une bourgade de Savoie ou d'Auvergne[3] », Lamartine est brièvement confronté à un tout autre spectacle que celui que suggérait cette feuille d'album :

> Sur une place [...] quelques tentes noires de zingari étaient dressées ; des hommes, des enfants, des femmes demi-nus ou enveloppés de l'immense couverture de laine blanche qui est leur seul vêtement, étaient accroupis autour d'un feu et se peignaient les cheveux ou cherchaient les insectes qui les dévoraient (*VO*, 203-204).

C'est soudain, après la ressemblance rassurante, la révélation de l'altérité absolue. Mais le mythe bohémien est aussitôt esquivé qu'esquissé : après le mot de *zingari*, celui de *Bohémiens*, avec sa majuscule, n'apparaîtra que plus loin, à la fin de quelques lignes consacrées à « une tribu de Kurdes qui viennent passer l'hiver [...] aux environs de Damas [...], emmenant avec eux leurs familles et leurs troupeaux », et que Lamartine qualifie de « Bohémiens armés de l'Orient » (*VO*, 366).

Nodier avait consacré en 1821 aux « Gypsies » un chapitre de sa *Promenade de Dieppe aux montagnes d'Écosse*[4]. Une rêverie rousseauiste sur la « solennité » de la nuit écossaise y débouchait sur l'esquisse d'un scénario initiatique : « une route mystérieuse, [...] au détour d'un chemin creux une lumière éloignée. » Puis, « au pied d'un foyer nomade [...], trois hommes couchés, [...] quelques femmes accroupies tenant des enfants dans leurs bras ». Même si le voyageur n'entend rien à leurs paroles, les gestes de ses « sauvages hôtesses » sont autant de marques de sociabilité. Et lorsqu'à l'aube il quitte la scène que « commençaient à colorer les vapeurs de l'Orient », il se retourne et conclut, révélation plaisamment retardée qui,

- t. I, *Les Méditations* : (*M*)
- t. XXXVII, *Sur la politique rationnelle* : (*PR*)
- t. XXXIII, *Nouveau Voyage en Orient* : (*NVO*)
- t. XXXVIII, *Mémoires politiques* : (*MP*)

3. Ce jeu de décalque du même sur l'autre est très fréquent dans le *Voyage en Orient*. Voir Pierre Michel, « Portraits du civilisé en costume barbare et du barbare en costume civilisé : le voyage romantique en Orient au miroir des races », dans Sarga Moussa (dir.), *L'Idée de « race » dans les sciences humaines et la littérature (XVIIIe et XIXe siècles)*, Paris, L'Harmattan, 2003, p. 306-307.

4. Charles Nodier, *Promenade de Dieppe aux montagnes d'Écosse*, Paris, Barba, 1821, p. 269-275.

en écho avec le titre du chapitre, dissipe prosaïquement un mystère déjà bien éventé : « Je sortais d'un bivouac de contrebandiers Bohémiens. »

À Deïr-el-Kammar, le scénario de la rencontre avec l'Autre, cent fois répété dans le *Voyage en Orient*, apparaît en négatif, privé de tout pittoresque et de toute référence orientale. Ici, nulle visée esthétique : la scène est réduite à ses structures élémentaires, simples signes d'une identité à la limite de l'indistinction. L'exaltation réciproque de l'altérité et de l'identité par un costume oriental[5] où *la splendeur éclate* n'y a pas sa place, le détail concret du vêtement ne sert qu'à suggérer la promiscuité et la pauvreté. Les attitudes et les actions sont dévalorisantes et à la frontière de l'animalité, le motif érotique des femmes à la toilette n'est plus qu'une triviale séance d'épouillage. La férocité, si souvent mentionnée dans la description lamartinienne des « races » de l'Orient[6], a raturé la beauté. La scène est tenue à distance. *Souvenirs, impressions, pensées et paysages* : du titre initial du livre, rien n'a passé, ou presque, que les *Notes d'un voyageur*, c'est-à-dire la page d'un simple carnet de route.

On sent derrière cette chose à peine vue une sourde répulsion, une vision noire qui refuse aux Bohémiens l'accès au degré le plus bas de l'ethnographie du *Voyage en Orient*, où Lamartine place les Bédouins, « une de ces races d'hommes de proie qu'aucune civilisation ne peut apprivoiser[7] ». Du moins, peut-on approcher cette irréductible altérité à travers le jeu des ressemblances, des oppositions et des comparaisons :

> [...] toutes les femmes et tous les enfants [...], groupés dans les attitudes les plus pittoresques, se pressaient [...] pour nous voir passer. Ces femmes [...] avaient pour tout vêtement un morceau de toile de coton bleu, [...] les bras et les jambes entourés de plusieurs bracelets d'or et d'argent [...] Il y en avait de remarquablement belles : elles n'ont point

5. Chez Lamartine, le port du costume oriental par un Occidental est parfois un masque, mais le plus souvent le révélateur d'une identité supérieure, Lamartine en « *émir Frangi* » (*VO*, 157), Julia « coiffée [...] du turban d'Alep » (*VO*, 140). Voir P. Michel, art. cité, p. 299-309.

6. Ainsi, les femmes druzes « sont très belles, [...] sans expression de férocité » (*VO*, 208).

7. *Sur Alger*, 2 mai 1834, dans Louis Ulbach (éd.), *La France parlementaire, 1834-1851, Œuvres oratoires et écrits politiques de Lamartine*, Paris, Librairie internationale, 1864, t. I, p. 65. Il faut toutefois souligner que, pour Lamartine, « chaque race humaine », nomade ou sédentaire, a « un rôle qui n'est au fond ni supérieur ni inférieur, mais qui est différent seulement dans la vie du monde » (*Antar, ou la civilisation pastorale*, dans *Le Civilisateur*, troisième année, 1854, p. 353).

> cet air de douceur, de modestie timide et de langueur voluptueuse des femmes arabes de la Syrie. Ce ne sont plus des femmes, ce sont les femelles des barbares ; elles ont dans l'œil et l'attitude le même feu, la même audace, la même férocité que le Bédouin [...] ; ces femmes poussaient des cris sauvages et riaient en nous voyant passer ; les hommes, au contraire, semblaient réprouver leur indiscrète curiosité, et ne nous montraient que gravité et respect (*VO*, 317).

La scène a trouvé son code idéologique et esthétique, elle fait tableau et porte sens. Les regards se croisent, le rire des femmes semble suggérer qu'on est toujours le barbare de quelqu'un, pensée aussitôt corrigée par la réprobation des hommes, qui rétablit la hiérarchie des sexes et des « races ». Regards noirs, discours blanc. L'altérité ne peut s'affirmer, jusque dans sa plus grande brutalité, que de façon réductrice et détournée.

Il en ira de même en 1850 lors du second voyage en Orient. Près de sa concession de Burghas-Ova, « cette *Limagne* de l'Asie[8] », Lamartine aperçoit « un campement d'*Yourouks* nomades ». Vision furtive, encore une fois, et derrière laquelle se profile en contrebande le mythe bohémien.

> [Ce] sont une de ces populations mystérieuses qui errent en Orient, comme les Bohémiens en Allemagne, en Espagne, en France. Ils viennent on ne sait d'où, ils vont où le pâturage les attire. Ils conduisent avec eux leurs familles et leurs troupeaux (*NVO*, 180).

Bohémiens métaphoriques, ils repoussent les vrais Bohémiens dans l'espace européen, et sont les descendants du « Sauvage mental » de Chateaubriand. « Les peuples naturels, à quelques détails près, se ressemblent : qui en a vu un a vu tous les autres[9]. » Le spectacle est le même qu'à Deïr-el-Kammar, mais l'observation se fait plus précise : « D'immenses tapis de feutre noir tissus de poils de chèvre et étendus sur des piquets forment leur demeure. » Surtout, les voilà dotés d'un portrait moral nuancé, qui s'efforce de gommer les traits négatifs du mythe : « Ils sont probes, hospitaliers, serviables. » S'ils commettent « quelques déprédations », elles restent « involontaires ». Et, surtout, on peut « les éloigner quand ils sont importuns ». Comme les « bons Scythes » de *l'Essai sur les révolutions,*

8. Lettre du 17 juillet 1850 à Édouard Dubois, dans *Correspondance d'Alphonse de Lamartine, 1830-1867,* présentée par Christian Croisille, avec la collaboration de Marie-Renée Morin, Paris, Champion, t. VI (2003), p. 113.
9. Chateaubriand, *Essai sur les révolutions* [1797], Paris, Gallimard, Bibl. de la Pléiade, 1979, p. 185.

« libre[s] comme l'oiseau des déserts[10] », les Yourouks « vont planter leurs tentes ailleurs. La terre est large, disent-ils » (*NVO*, 180-181). Ils voisinent paisiblement à Burghas-Ova avec « des peuplades nomades d'une autre race, [...] des *Parsis* », eux aussi gratifiés d'une majuscule et d'italiques auxquelles n'ont pas eu droit les zingari. De l'observation ethnographique on passe alors à une contemplation esthétique qui intègre leur altérité dans les canons de l'art occidental :

> Leurs riches costumes rappelaient en effet les robes flottantes, les chevelures artistement cannelées, les couronnes, les bandeaux, les éclatantes couleurs d'étoffes, les sandales des Perses dans les tableaux de Rubens ou de Lebrun. Nous nous arrêtâmes un moment, à une respectueuse distance, pour contempler cette splendeur et cette majesté dans les misères de la vie errante (*NVO*, 181).

Le tableau s'organisant autour de « trois figures de jeunes filles d'une remarquable beauté » qui « ressemblaient à des statues de reines restées debout dans le désert après l'écroulement de leurs palais et la dépopulation de leur empire » (*NVO*, 182), la contemplation débouche sur une brève méditation sur la mort des civilisations.

Au plus profond des « misères de la vie errante », les zingari de Deïr-el-Kammar, maintenus au degré zéro du mythe, sont à peine une *tribu* sans rien de *prophétique*. Quelques pages plus haut, cette valeur fondamentale a été reportée sur la figure de lady Stanhope, la « magicienne moderne » (*VO*, 174), à qui Lamartine a rendu visite, le 13 septembre[11], dans sa demeure de Dgioun. Semblable à un couvent d'Italie ou d'Espagne, « ce n'est pas même ce qu'on nomme maison en Orient : c'est un assemblage confus et bizarre de dix ou douze petites maisonnettes » (*VO*, 168-169), une sorte de campement de nomades immobilisé dans la pierre. La scène s'ouvre sur un sommeil et un parcours initiatiques :

> Je dormais ; à trois heures, on vint frapper à ma porte et m'annoncer qu'elle m'attendait ; je traversai une cour, un jardin et un kiosque à jour, [...] puis deux ou trois corridors sombres, et je fus introduit, par

10. « Lorsque les collines prochaines avaient donné toutes leurs herbes à ses brebis, avec son épouse et ses enfants, il émigrait à travers les bois au rivage de quelque fleuve ignoré » (*ibid.*).
11. Et non le 30, comme l'indique Lamartine (*VO*, 167). Sur ce point, voir S. Moussa, note 160.

un petit enfant nègre, de six ou huit ans, dans le cabinet de lady Esther (*VO*, 169).

Dans une « profonde obscurité », Lamartine peut à peine distinguer les traits majestueux de « la figure blanche qui, en costume oriental, s'avanc[e] » vers lui. Il en trace pourtant un portrait détaillé où sont recensées toutes les splendeurs topiques de ce costume, telles qu'elles seront reprises à propos des Parsies : « turban blanc », « bandelette de laine de couleur pourpre » sur le front, « robe turque de soie blanche », « seconde robe d'étoffe de Perse à mille fleurs », « bottines turques de maroquin jaune brodé de soie » (*VO*, 169), dans un syncrétisme vestimentaire qui annonce « les doctrines religieuses de lady Esther, mélange habile, quoique confus des différentes religions » de l'Orient (*VO*, 174)[12].

Occidentale *et* Orientale, lady Stanhope va dévoiler à Lamartine, autre parmi les autres, son identité profonde :

> Vous êtes venu de bien loin pour voir une ermite [...] ; je reçois peu d'étrangers, un ou deux peut-être par année ; mais [...] j'ai désiré connaître une personne qui aimait, comme moi, Dieu, la nature et la solitude [...] Voulez-vous que je vous révèle à vous-même ? voulez-vous que je vous prédise votre destinée ? (*VO*, 169-170).

La « Circé des déserts » (*VO*, 174) lit « dans les astres », et déchiffre les « signes corporels » : « Vos traits [...] et le seul bruit de vos pas [...] m'en ont assez appris sur vous » (*VO*, 170). *Incessu patuit* ! Remplissant ainsi pleinement la fonction du prophète, révélateur de l'avenir *et* du passé[13], elle initie Lamartine à la lecture des signes :

> Regardez votre pied [...] C'est le pied de l'Arabe ; c'est le pied de l'Orient ; vous êtes un fils de ces climats, et nous approchons du jour où chacun rentrera dans la terre de ses pères (*VO*, 173).

Épisode central de cette *renaissance orientale* que Lamartine est venu chercher dans un voyage entrepris pour « [s]'expliquer à [lui]-même, [...] remonter à la source de toutes [ses] pensées » (*VO*, 56) et « formuler le nou-

12. Elle est « mystérieuse comme les Druzes, [...] résignée comme le musulman, et fataliste comme lui ; avec le juif attendant le Messie, et, avec le chrétien, professant l'adoration du Christ » (*VO*, 174).

13. Comme le rappelle Ballanche, « le don de prophétie [...] s'applique [...] au passé comme à l'avenir » [1er mars 1825], dans *Lettres de Ballanche à Madame Récamier*, éd. Agnès Kettler, Paris, Champion, 1996, p. 544.

veau symbole social [...], la politique évangélique » (*VO*, 59). La filiation imaginaire de celui qui s'est toujours senti un « fils du soleil » (*VO*, 56) trouve alors sa confirmation : « Ne riez pas [...] ; c'est votre patrie véritable, c'est la patrie de vos pères » (*VO*, 173). Une lettre de lady Stanhope lui en promettra la preuve tangible, le 29 septembre 1832 : « Je trouve votre famille fut lalliée d'un des plus grands tribus de yaman et dont il est sorti un savant beaucoup plus grand que Neuton ou le Sage[14]. »

Présent en filigrane dans un imaginaire oriental plus vaste, le mythe bohémien vient sous-tendre secrètement le mythe personnel de Lamartine :

> Je suis né oriental et je mourrai tel. La solitude, le désert, la mer, les montagnes, les chevaux, la conversation avec la nature, une femme à adorer, un ami à entretenir, de longues nonchalances du corps pleines d'inspirations d'esprit, puis de violentes et aventureuses périodes d'action comme celles des Ottomans ou des Arabes, c'était là mon être, une vie tour à tour poétique, religieuse, héroïque ou rien (*M*, 322).

Ce commentaire qu'apporte en 1849 Lamartine à un poème de 1821-1823 dédié à Virieu, *Le Passé*, et recueilli dans les *Nouvelles Méditations*, en expose les thèmes majeurs. On verra reparaître le thème des origines en 1850 dans le *Nouveau Voyage en Orient*, où Lamartine se dit issu d'« une alliance avec des tribus sarrasines qui se sont implantées et qui subsistent encore en villages aujourd'hui chrétiens, dans nos montagnes du Mâconnais » (*NVO*, 14). Quant à celui de sa triple destinée, c'est lady Stanhope qui le met en place. Experte dans la « science, perdue aujourd'hui [en] Europe, science qui est née en Orient, qui n'y a jamais péri, qui y vit encore », elle affirme que l'influence des « feux célestes [...] est écrite dans nos yeux, sur nos fronts, dans les linéaments de notre main, dans la forme de notre pied, dans notre geste, dans notre démarche » (*VO*, 170). Peu s'en faut que, passant de la chiromancie à l'astrologie, elle ne voie en Lamartine le nouveau Messie que sa jument attend, en prévision de son entrée à Jérusalem, dans les jardins secrets de Dgioun où n'est admis « aucun profane » (*VO*, 176), mais où Lamartine va pouvoir l'admirer.

> Croyez ce que vous voudrez, [...] vous n'en êtes pas moins un de ces hommes que j'attendais, que la Providence m'envoie, et qui ont une grande part à accomplir dans l'œuvre qui se prépare (*VO*, 172).

14. *Correspondance de Lamartine*, *op. cit.*, t. I, p. 603 ; cette date est proposée par C. Croisille, qui conserve l'orthographe de lady Stanhope.

Non sans méfiance devant l'imagination de lady Stanhope, Lamartine « lui confess[e] [...] [s]on rationalisme chrétien » (*VO*, 172) : « En fait d'avenir, je ne crois qu'à Dieu, à la liberté et à la vertu » (*VO*, 170). Le poète et la prophétesse vont vaticiner éloquemment de concert[15], sans que l'on puisse toujours déterminer à qui attribuer telle ou telle réplique, autour des grands thèmes de la *Politique rationnelle* : « Où sommes-nous ? où allons-nous ? que faire ? » (*PR*, 358) :

> [...] trouvez-vous donc le monde social, politique et religieux, bien ordonné ? et ne sentez-vous pas ce que tout le monde sent, le besoin, la nécessité d'un révélateur, d'un rédempteur, du Messie que nous attendons, et que nous voyons déjà dans nos désirs ? (*VO*, 171-172).

Cet appel à « l'élu du ciel », au « fidèle imitateur du Christ[16] », sera renouvelé en 1848 par le peuple. Et, comme il le fera alors, Lamartine est près de souscrire à cette injonction. Dans *Sur la Politique rationnelle*, il affirmait en 1831 : « Je ne suis pas prophète, mais la raison prophétise » (*PR*, 385). Par l'entremise de lady Stanhope, la *tribu prophétique* a passé le relais au poète, avatar à la fois mineur et majeur du prophète[17]. Et si lady Esther avoue ne pas voir encore clairement la signification des « étoile[s] [...] heureuse[s][18] » qui gouvernent la vie de son visiteur, elle le sait poète, et sous « une influence d'énergie et d'action » (*VO*, 173). Les *Destinées de la poésie* diront bientôt la « destinée philosophique, rationnelle, politique, sociale de la poésie » incarnée en Lamartine.

C'est en 1863 que tous ces thèmes, jusqu'ici dispersés ou abordés indirectement, seront réunis et orchestrés en un lieu, les premières pages des *Mémoires politiques*, qui dressent le bilan des destinées lamartiniennes, et où l'on n'attendrait guère les Bohémiens. Consacrées au récit d'une rencontre avec trois Bohémiennes, sans doute aussi largement fantasmée que la visite à lady Esther, elles semblent tout droit sorties des *Confidences*, et retissent le lien, dans l'autofiction lamartinienne, entre origine et destinée,

15. Lady Esther contestera la version que le *Voyage en Orient* donne de cette rencontre où, écrit-elle, Lamartine « ne fit entendre qu'un murmure confus et ânonna » ; cité par Robert Mattlé, *Lamartine voyageur*, Paris, Boccard, 1936, p. 345.
16. F. Dunod, 15 avril 1848, dans *Correspondance de Lamartine*, t. V, p. 371-372.
17. « Poète au printemps de ses années, guerrier et roi au milieu, prophète à la fin, voilà l'homme d'inspiration complet » (*Méditations*, Préface de 1849, p. 24).
18. Elle en dénombre « plus de trois, quatre, peut-être cinq, et, qui sait, plus encore » (*VO*, 172).

passé intime et avenir du monde. La scène se serait déroulée en 1817, quand Lamartine, rentrant de Paris, fait étape à Moulins, et « pour la première et seule fois de [s]a vie, [se laisse] entraîner à une de ces puériles superstitions par lesquelles les malheureux espèrent changer leur mauvaise fortune » (*MP* I, 65) en consultant des diseuses de bonne aventure. Prophétie précoce révélée par un récit tardif, vie rêvée dans laquelle se coule sans difficulté la vie vécue, dans le cadre de deux initiations successives, d'autant plus fantastiques – et plus crédibles – qu'elles font l'objet de deux atténuations, du narrateur, en contradiction avec ce qu'il écrivait « à une jeune prophétesse », et du protagoniste, qui s'empresse de désamorcer la charge érotique de la rencontre.

La scène, non plus de bivouac mais d'auberge, mêle veine picaresque et couleur exotique, et prend place au moment où Lamartine « rumin[e] en silence sur un coin de la table d'hôte le dessert de fromage et de fruit du souper banal », moment d'atonie romanesque précédant la rencontre amoureuse[19] :

> [...] quand je me levai pour rentrer moi-même dans ma chambre, elles me suivirent à pas muets [...] dans le corridor sombre qui menait de la salle à l'escalier [...]. Je me retournai pour leur dire qu'elles se trompaient, si elles voulaient me séduire par des offres indélicates (*MP* I, 66).

À leur regard, le voyageur peut croire que l'amour l'attend. Mais elles n'ont rien des Floridiennes de Chateaubriand, qui ne sont, tout mystère dissipé, que des « *filles peintes*[20] ». Ni Esmeralda ni Carmen, l'aînée des deux jeunes filles le détrompe aussitôt :

> « Non, non, signor, me dit-elle avec un accent arabe ou italien, nous ne sommes ni vendues, ni à vendre, nous sommes [...] envoyées par notre grand'mère, pour proposer à ceux qui ont une destinée sur le front ou dans la main, de la leur révéler [...] » (*MP* I, 66).

Du roman picaresque, on bascule brusquement dans le roman édifiant, voire le mélodrame bien rose, et du coup de foudre à la scène de reconnaissance. Dans le brouillage des codes et des *topoi* romanesques, l'altérité et l'identité bohémiennes s'affirment, se nomment, et se dissolvent dans un Orient aussi indéfini que l'accent des deux jeunes filles, dans des ressem-

19. Voir Jean Rousset, *Leurs yeux se rencontrèrent*, Paris, Corti, 1989, *passim*.
20. Chateaubriand, *Mémoires d'outre-tombe*, Ière partie, livre VIII, ch. 5, éd. Jean-Claude Berchet, Paris, Bordas, t. I (1989), p. 447.

blances vagues et incontestables. Elles ont, elles sont le visage même, et le regard, d'un Orient rêvé :

> Leurs yeux, d'un autre climat, brillaient d'une lueur d'étoiles sous les bandeaux de leurs cheveux noirs ; de longs pendants d'oreilles et des colliers enroulés de huit à dix fois sur leur cou et sur leur poitrine leur donnaient un caractère étrange et oriental qui rappelait les Bohémiens, ce mystère encore indéchiffré des populations nomades du monde inconnu (*MP* I, 66).

Types plus que personnages, Bohémiennes point encore désignées comme telles, sinon par leur costume et leur rôle, elles *rappellent* les Bohémiens, mais le mot vient buter aussitôt sur l'indéchiffrable. Les Bohémiens, à vrai dire, n'ont pas d'autre référence qu'eux-mêmes. Et ce n'est pas le mystère de leurs origines qui va se voir éclairci par ces deux doubles de lady Stanhope, différenciées seulement par l'âge et la taille, mais bien celui des origines lamartiniennes :

> Parmi tous ceux dont nous étudions le visage depuis huit jours que nous sommes à Moulins, nous n'avons pas encore rencontré des signes plus significatifs dans le front, dans la main, dans le pied [...].

Signes corporels stéréotypés, repris mot pour mot des propos de lady Esther, et d'un rendement narratif assuré, ils ouvrent sur l'irréfutable révélation :

> Vous vous croyez peut-être Français d'origine, mais vous ne l'êtes pas. Si vous remontez un peu loin dans votre généalogie, vous découvrirez certainement que vous êtes Sarrasin (*MP* I, 67).

Discours prophétique et créance narrative se soutiennent mutuellement. Le ressassement du motif de la lecture des « signes corporels » dans laquelle les jeunes filles font preuve d'une « miraculeuse intelligence », et qui se poursuivra dans la suite de l'épisode, la variation sur le village sarrasin alliée au recours à une étymologie fantastique en écho avec la lettre de lady Stanhope (« le vrai nom de mes ancêtres était *Allamartine*[21], et la tradition les faisait sortir d'un village du Mâconnais, colonie exclusivement arabe jusqu'à nos jours »), constituent autant de « marques de noblesse essen-

21. Dans son analyse du prophétisme lamartinien, Paul Bénichou rapproche la rencontre de Djioun de celle de Moulins, et ôte à Allah ce patronyme pour le rendre à une origine française bien connue (*Les Mages romantiques*, Paris, Gallimard, 1988, p. 30 et suiv., et p. 39, note 2).

tiellement arabes » que l'œil du lecteur, au même titre que « des regards sarrasins exercés à la chiromancie », ne peut « manquer de reconnaître » (*MP* I, 67). La grosseur même du trait est là pour emporter la conviction, et la fantasmagorie tourne à la scène de comédie :

> Je souris : « Nous sommes ainsi de la même famille ? leur dis-je en badinant — Oui, oui ! s'écrièrent-elles en me prenant par les deux bras et en m'entraînant [...], comme deux sœurs qui jouent avec un frère [...] ».

Elles suivaient tout-à-l'heure Lamartine « comme deux chacals apprivoisés » (*MP* I, 66), rappel discret d'une sauvagerie bien tempérée. Même s'il leur échappe « un cri guttural » (*MP* I, 69), par lequel elles touchent encore à l'animalité, ces sœurs littéraires de Graziella, de Geneviève et de Fior d'Aliza parlent *le Lamartine*[22] en version italo-arabe. Elles vont être promues au rang d'acolytes et d'interprètes pour une seconde initiation. Au terme d'un cheminement à travers places, ruelles et escaliers (de même qu'à propos de la visite à lady Stanhope, on songe à Candide conduit par la vieille jusqu'au canapé de Mademoiselle Cunégonde[23]), on arrive à « une chambre plus semblable à une tente du désert qu'à une demeure décente dans une ville d'un pays civilisé » (*MP*, 68), enclave orientale en Bourbonnais, décalque du village sarrasin en Mâconnais. Entre réalisme sordide et fantastique va se déployer à nouveau le mythe bohémien. Derrière une « toile [...] en lambeaux », triste rappel de la tente du nomade, et rideau levé sur une scène de Shakespeare ou de Hugo, une troupe d'enfants déguenillés bivouaque dans un galetas.

> Une femme âgée, magnifiquement vêtue de pourpre en haillons avec des ornements d'or, [...] au milieu de nombreux petits enfants et de grands chiens lévriers de Perse[24] était accroupie auprès d'un brasier [...] pour faire bouillir [...] le souper de la famille.

---

22. Balzac fait dire à Nathan, dans *Un prince de la Bohême* : « Je parle le Sainte-Beuve, une nouvelle langue française » (*La Comédie humaine*, éd. Marcel Bouteron, Paris, Gallimard, Bibl. de la Pléiade, t. VI des Études de mœurs [1936], p. 828). Et Sainte-Beuve affirme que les *Girondins* pourraient s'intituler « les Lamartine » (note de mars 1848, *Les Grands écrivains français, XIXe siècle*, Paris, Garnier, s. d., t. IV, p.154).
23. Voltaire, *Candide* : « Ils arrivent à une maison entourée de jardins et de canaux. La vieille frappe à une petite porte. On ouvre ; elle mène Candide, par un escalier dérobé, dans un cabinet doré » (*Romans et contes*, Paris, Gallimard, Bibl. de la Pléiade, 1979, p. 163).
24. Comme les jeunes Parsies entourées de leurs lévriers.

Misère et promiscuité sont toujours là, mais quelques indications de mise en scène métamorphosent la vieille Cendrillon en princesse d'Orient.

> Me voyant entrer, la vieille bohémienne se leva et toucha presque de la tête le plancher de la chambre[25]. Elle avait dû être belle, et elle en gardait les traces. Ses traits maigres et pâles avaient une noblesse que l'origine orientale laisse subsister dans ces races jusque sous les lividités de la misère et de la faim (*MP* I, 68).

Elle ne sera plus nommée désormais que « la mère » ; ce n'est plus la sorcière au milieu de ses chaudrons, mais une grande-prêtresse qui s'incline devant plus grand que soi, « avec un air de respect et de crainte » (*MP* I, 69) partagé par les deux jeunes filles.

Le lecteur est alors témoin d'une double reconnaissance. Chacun, du narrateur et de la vieille femme, remonte aux origines de l'autre, même si l'un ne dispose pas pleinement de la science dont l'autre va faire preuve, et qui annonce, et recoupe une fois encore celle de lady Esther. Les « hiéroglyphes » que la chiromancienne examine « avec une gravité toute arabe » sur la paume de Lamartine lui arrachent un premier cri, repris par les deux jeunes filles, puis un second et un troisième, « à l'aspect d'un troisième phénomène prophétique ». Ils précèdent un oracle proféré « dans sa langue natale ». Aussitôt traduit par l'aînée des jeunes filles[26], avec un mélange paradoxal de précision et de flou nécessaire au maintien de l'intérêt dramatique et à la créance d'un lecteur avisé, il réunit dans sa formulation définitive passé, présent et avenir, mythe personnel et Histoire à venir et advenue :

> [...] vous avez trois étoiles qui veillent derrière les nuages du haut du ciel sur vous et qui vous donneront trois grandes destinées [...], soit que ces trois étoiles représentent trois personnes qui vous ont aimé, qui vous aiment, qui vous aimeront, [...] ; soit que ces trois étoiles veuillent dire seulement trois facultés diverses [...], telles que poésie, politique, action peut-être (*MP* I, 69-70).

Lamartine peut bien recevoir « en badinant cet oracle de la chiromancie », (*MP* I, 70) qui lui apporte « toutes les preuves sarrasines de [sa] race » (*MP* I, 69), le juger « ridicule » et affirmer qu'il « ne cru[t] pas aux trois

25. La phrase peut faire l'objet de deux lectures, réaliste : le galetas est bas de plafond, ou fantastique : la vieille femme prend une stature plus qu'humaine.
26. Sur le rôle et l'importance de l'interprétation chez Lamartine, voir Pierre Michel, *Lamartine, reconnaissance et mémoire*, Presses Universitaires de Lyon, 2006, p. 56 et suiv.

étoiles » (*MP* I, 71)[27], ce à quoi il se livre ici n'en est pas moins la mise en perspective originelle et ultime de sa vie et de son œuvre selon le schéma des trois carrières, à la manière de la *Préface testamentaire* des *Mémoires d'outre-tombe*[28].

Apparu, ouvertement ou de manière souterraine, dans des périodes de crise, intime ou politique (maladie de Julie Charles, tristes lendemains de 1830, échec de 1848), le mythe bohémien est ainsi plié au mythe personnel de Lamartine, de façon d'autant plus efficace qu'il est ramené à ses thèmes les plus élémentaires et à ses approximations les plus fantaisistes. Entre stéréotypes populaires et esthétique savante, entre Europe et Orient, entre passé et avenir, dans l'espace et le temps d'une vie et d'une écriture où récits et discours circulent d'une forme littéraire à une autre, sa mise en œuvre installe l'altérité bohémienne, redoublée par l'altérité féminine, aux marges et au centre du mythe oriental de Lamartine, à l'arrière-garde de *la caravane humaine* et en vue d'une Terre Promise à laquelle la tribu prophétique n'accédera sans doute pas[29]. Cette altérité n'en est que mieux réduite, par le jeu de la différence absolue et des ressemblances arbitraires, de l'étrangeté et de la familiarité, par la voix même que le texte prête à ses oracles, à n'être plus que le faire-valoir obscur et éclatant de l'identité, de la pensée et de l'action de Lamartine, dont elle est la preuve improbable et irréfutable. Mais au « peut-être » de ses propres origines, Lamartine a répondu « Qui sait ? » (*NVO*, 14). Et le « mystère » de ces « populations nomades du monde inconnu » demeure à jamais « indéchiffrable ».

27. À l'inverse, mais dans la même intention de conforter le lecteur dans sa créance, en écho à lady Stanhope demandant « Ne me prenez point pour une folle », Lamartine assure : « Non, cette femme n'est point folle » (*VO*, 170 et 174).

28. « Depuis ma première jeunesse jusqu'en 1800, j'ai été soldat et voyageur ; depuis 1800 jusqu'en 1814, sous le consulat et l'empire, ma vie a été littéraire ; depuis la restauration jusqu'aujourd'hui, ma vie a été politique » (Chateaubriand, *Mémoires d'outre-tombe*, *op. cit.*, t. I, p. 845). Voir P. Michel, *Lamartine, op. cit.*, p. 89 et suiv.

29. « On peut exterminer certains peuples, on ne peut point les changer, les siècles eux-mêmes ne les altèrent pas sensiblement. Voyez les Hébreux, voyez les Bohémiens, voyez les traverser toutes vos civilisations sans s'y arrêter » (*Sur Alger*, dans *La France parlementaire*, *op. cit.*, p. 344-345).

Deux existences inconciliables ? Représentations des Tsiganes dans l'histoire et la littérature tchèques du XIXe siècle

Catherine Servant

« Ils vivent avec nous depuis des siècles mais c'est toujours comme si, venus d'ailleurs, ils traversaient "notre" monde, tels des étrangers, ou plutôt des sans domicile fixe[1] », écrit en 1993 Vladimír Macura dans un court essai intitulé « Tsiganes et Roms ». Cette situation, toujours actuelle, d'« étrangers à perpétuité » contraste grandement, poursuit Macura, avec le traitement nombreux, et plutôt avantageux, réservé aux Tsiganes dans les lettres tchèques depuis la Renaissance nationale.

En suivant ce contraste entre la représentation des Tsiganes dans la littérature tchèque et le regard porté sur eux en dehors, nous tenterons dans un premier temps de dégager les grandes lignes de l'approche historiographique et linguistique dont ils ont fait l'objet au XIXe siècle, avant que d'aborder, à travers quelques œuvres, la figure littéraire du Tsigane. Si l'exemple tchèque nous permet d'entrevoir ce que peut être l'appréhension stéréotypée d'un peuple sans patrie dans une Europe centrale où émergent et s'élaborent les identités nationales, il montre aussi qu'à une autre échelle,

1. Vladimír Macura (1945-1999), « Cikáni a Romové », p. 64, dans *Masarykovy boty a jiné semi(o)fejetony* [Les Bottes de Masaryk et autres semi(sémio)-feuilletons], Prague, Pražská imaginace, 1993.

imaginaire et symbolique, une rencontre allégorique peut avoir lieu autour d'une communauté de dépossession, de souffrance et d'errance.

Le double statut désigné par Vladimír Macura, quoique n'étant évidemment pas l'apanage des Tsiganes des Pays tchèques, revêt sans nul doute des contours singuliers dans le contexte d'un XIXe siècle où s'affirme et se constitue l'individualité culturelle et bientôt politique des Pays tchèques au sein de l'Empire des Habsbourg puis, après le compromis de 1867, dans la Monarchie austro-hongroise.

Depuis la phase liminaire de ce processus, qualifiée par convention de « Renaissance nationale » et menant grossièrement du dernier tiers du XVIIIe siècle à la première moitié du XIXe (jusqu'aux événements de 1848), une phase placée sous l'influence décisive des idées de J. G. Herder, où s'engage tout un programme d'élaboration nationale *par la culture* – cette culture tchèque qu'il faut séparer le plus possible d'une autre, l'allemande –, il se produit naturellement un mouvement de concentration sur soi où les deux vecteurs de la *langue* et de *l'histoire* nationales agissent au premier chef. Initialement, un travail colossal est entrepris par les lexicologues, grammairiens, savants pour développer la *langue tchèque* dans le plus de domaines possibles[2] – une démarche qui correspond aussi à l'appropriation de tout un réel. La motivation linguistique confère également à la création littéraire sa raison d'être première : la littérature sert la langue, non seulement en chantant explicitement ses louanges (ce que font en effet nombre de textes de l'époque), mais surtout en la cultivant dans des directions précises. C'est la langue qui donne à la littérature sa dimension combative intrinsèque, « la simple utilisation du tchèque comme une langue littéraire [...] étant déjà une polémique contre les adversaires du tchèque littéraire, censée tout ensemble gagner et persuader des lecteurs et réfuter et discréditer les arguments des opposants[3] ». Chaque œuvre constitue une démonstration de plus de la survie du tchèque, donc de la vivacité de ceux qui le parlent et l'écrivent, mais encore – et tel est son principal ministère – de ses ressources en tant que langue de haut niveau.

---

2. Il n'est que de citer le *Slovník česko-německý* [Dictionnaire tchèque-allemand] (1834-1839) de Josef Jungmann (1773-1847), philologue et figure de proue de la Renaissance nationale.
3. Vladimír Macura, *Znamení zrodu : České obrození jako kulturní typ* [Le Signe de naissance : la Renaissance nationale tchèque en tant que type culturel], Prague, Československý spisovatel, 1983, p. 17.

Si les attentions accordées à la langue relèvent d'emblée de ce que Macura qualifie de *linguocentrisme* de la culture tchèque, l'intérêt porté à *l'histoire* conduit bientôt, de la même façon, à un *historicisme* tchèque qui prévaut, sous des formes évolutives, tout au long du XIXe siècle[4]. Il y va tout d'abord d'une exagération de l'importance de l'histoire sur la vie actuelle – comme si les grandeurs du passé pouvaient garantir la grandeur d'un présent qui n'a pourtant rien de bien réjouissant, ni dans l'Autriche metternichienne d'avant 1848, ni ultérieurement, par exemple après le compromis austro-hongrois de 1867, échec cuisant pour les Tchèques. L'historicisme signifie aussi la récupération, la déformation, voire l'invention des « monuments nationaux » du passé à des fins idéologiques, puis politiques ; et encore le refus de « toucher » à une histoire nationale mythique, surfaite, figée, une histoire qui n'est pas précisément scientifique et reste durablement marquée par son romantisme initial. Au reste, le terme de « Renaissance » s'est imposé grâce à l'importance que les éveilleurs[5] ont eux-mêmes accordée à leur « reconnexion » avec le passé. Pour être entière, la culture tchèque doit jouir d'une perspective vers l'arrière, d'un passé – au risque de demeurer irrémédiablement fragmentaire. Or, on sait évidemment aujourd'hui que cette culture tchèque s'affirmant comme telle à partir du tournant des XVIIIe et XIXe siècles est bien plus fondatrice que légataire, bien plus « *naissante* » que « renaissante ».

La première moitié du XIXe siècle, époque hautement édificatrice et programmatique impliquant une concentration des forces, une tension «... vers l'accomplissement de l'idéal poursuivi, celui d'une culture nationale entière, "pleine"[6] », occasionne aussi une forme de *repli*, cette culture tchèque se développant initialement dans la séparation, telle « une forme coupée du reste du monde, autarcique, ou enfermant et recelant

4. L'histoire nationale en tant que discipline se développe considérablement pendant la Renaissance nationale, en particulier grâce à l'œuvre monumentale de František Palacký (1798-1876). Son *Histoire de la nation tchèque* paraît, en allemand, à partir des années 1830, puis en tchèque (*Dějiny národu českého v Čechách i v Moravě*) à partir de 1848, en un temps où les aspirations culturelles des Tchèques ouvrent sur la lutte politique.

5. Le terme d'« éveilleurs » [buditelé], désignant les protagonistes de la Renaissance nationale, participe du même système lexical et sémantique associé à cette période : l'« éveil » désigné met fin au « sommeil séculaire » dans lequel les Tchèques se sont trouvés plongés après la défaite de la Montagne blanche (1620), de même que la « renaissance » succède à quelque deux siècles de « ténèbres » et de survie végétative – on trouve même la formule de « résurrection de la nation tchèque ».

6. Macura, *Znamení zrodu*, *op. cit.*, p. 17.

en elle-même un monde[7] », écrit Macura. Cela signifie, dans les premiers temps, une coupure entre ce « chantier culturel » mené par quelques érudits et patriotes et le reste de la société tchèque – la sortie de ce huis clos ne s'amorce qu'au fil des années 1830, époque où la culture tchèque entre en quelque sorte dans la vie tchèque réelle et se mêle d'y tenir une place concrète, un rang institutionnel, etc. Ensuite, la culture de la Renaissance nationale pose la confrontation avec l'autre, le « Non-Tchèque » – avec l'Allemand principalement, mais aussi avec d'autres « étrangers intérieurs » (au premier chef le Juif), et même avec le « monde » d'au-delà des frontières –, comme non-évidente, parfois même répréhensible, voire sujette à sanction ; on tient aussi ce rapport à l'étranger pour mesurable, quantifiable, susceptible de contrôle et d'aménagements. Certes, la culture tchèque, dont les protagonistes sont bilingues, il faut le rappeler, tout au long du XIXe siècle, demeure très dépendante de la culture allemande, à la fois modèle et repoussoir – par le simple fait qu'elle s'élabore le plus souvent comme *non-allemande* ; de même, les contacts avec l'Europe existent, la culture de la Renaissance nationale est inséparable de multiples influences reçues (principalement par la médiation de l'allemand, dans la première moitié du siècle). Mais avec la clôture que les éveilleurs nationaux élèvent peu à peu autour du « jardin culturel » tchèque (selon une formule courante à l'époque), l'introduction d'éléments étrangers apparaît chose délicate, susceptible de perturber l'équilibre interne – souvent plus présumé que réel – et de menacer tout l'édifice en construction. La confrontation avec l'étranger, celui de l'intérieur des frontières des Pays tchèques comme celui d'ailleurs, « pose problème ». Ce « problème » évolue considérablement bien entendu, surtout dans la seconde moitié du XIXe siècle ; il n'en reste pas moins que des formes changeantes de protectionnisme et de régulation traversent le siècle. Pour prendre deux illustrations encore inscrites dans la Renaissance nationale : les commencements du mouvement assimilationniste tchéco-juif sont accueillis par une réaction réservée (sinon négative) des Tchèques[8], en plusieurs étapes, pour des motifs que l'on ne saurait d'ailleurs réduire à de l'antisémitisme – sans entrer dans les détails, la confusion ordinaire entre Juifs et Allemands joue un rôle important

7. *Ibid.*, p. 32.
8. Notamment la figure fondatrice de Siegfried Kapper (1820-1879), Juif pragois qui se met à écrire de la poésie en tchèque dans les années 1840 – dont *České listy* [Lettres tchèques], recueil de 1846.

dans ce rejet[9]. Autre exemple : la condamnation critique dont fait l'objet, en 1836, la parution du poème romantique *Máj* [Mai] de Karel Hynek Mácha (1810-1836)[10]. L'un des principaux chefs d'accusation est alors le *byronisme* de Mácha. Ainsi que l'écrit le critique Vojtěch Jirát, «... en cherchant les raisons de la différence de Mácha, ses contemporains ont pris un raccourci en désignant en lui un partisan trop ardent de modèles étrangers, à savoir de Byron[11] ». Réflexe de préservation contre les éventuels dangers venus de l'extérieur ; mais surtout, à travers le byronisme, on désigne un élément hétérogène et incongru au sein de la production littéraire autochtone de l'époque. Le « lord anglais » donne un nom à l'épouvantail de l'altérité qui surgit avec la poésie de Mácha, à un romantisme du « déchirement » (*Zerrissenheit*, en tchèque « rozervanectví ») qui ne cadre pas avec le programme de la Renaissance nationale, beaucoup plus « centriste », classiciste et « Biedermeier ».

C'est précisément Karel Hynek Mácha qui fait entrer dans les lettres tchèques ces « étrangers de l'intérieur » que sont les Tsiganes avec un roman intitulé *Cikáni* [Les Tsiganes] – et ce, à titre posthume, puisque le texte ne paraît *in extenso* qu'en 1857, soit vingt et un ans après la mort de Mácha. Sous sa plume, les Tsiganes intègrent la création littéraire tchèque avec l'aura que leur a conférée le romantisme, mais aussi, nous le verrons, en tant que contre-modèle au patriotisme optimiste, à l'historicisme triomphant et au programmatisme de la Renaissance nationale.

Les critères irréductibles de la langue et de l'histoire, que les Tchèques – suivant le « passage obligé » propre aux constructions nationales – appliquent à leur propre cas, on les retrouve bien entendu au premier plan dans toute évaluation de leur rapport avec cet « autre » côtoyé sur le territoire des pays de la couronne de Bohême : l'Allemand, le Juif, les autres Slaves (le Polonais, le Slovaque) et le Tsigane.

9. On pense entre autres aux textes critiques de Karel Havlíček Borovský (1821-1856), « České listy od Sigfrída Kappera » [Les *Lettres tchèques* de Siegfried Kapper] (1846), et de Jan Neruda (1834-1891), « Pro strach židovský : politická studie » [Pour la peur juive : étude politique] (1869).

10. La campagne critique lancée en 1836 contre le grand poète romantique tchèque est retracée dans Catherine Servant, *Critique et nation. La naissance de la critique dans les lettres tchèques (1860-1890)*, Montpellier, Presses de l'université Paul-Valéry, 2000, chap. « Présences de la Renaissance nationale », p. 29-50.

11. Vojtěch Jirát, « Karel Hynek Mácha », p. 109, dans *Duch a tvar* [Esprit et forme], Prague, Československý spisovatel, 1967.

Les travaux historiques écrits par les Tchèques au XIXe siècle sur le thème des Tsiganes sont assez peu nombreux[12]. Comme le souligne l'historien Jiří Hanzal[13], il n'existe notamment que très peu d'études tchèques s'intéressant à l'origine des Tsiganes. En ce domaine, on se fonde alors, pour l'essentiel, sur les travaux de Heinrich M. G. Grellmann (1753-1804), auteur de *Historischer Versuch über die Zigeuner*[14], dont la première édition est de 1783. Dans cet ouvrage, Grellmann a le mérite d'envisager la thèse de l'origine *indienne* des Tsiganes ; par ailleurs, il avance des conclusions étymologiques plutôt extravagantes et développe des analyses ethnographiques plus qu'orientées, notamment sur le « cannibalisme » des Tsiganes, à partir d'un cas survenu en 1782 dans le Hont, région de Haute-Hongrie (actuelle Slovaquie) – une légende qui a mis bien du temps à s'estomper[15]. Grellmann n'a jamais eu, semble-t-il, le moindre contact avec les Tsiganes, qu'il qualifiait de parias, d'êtres répugnants et monstrueux, de brigands invétérés dont la couleur de peau était à mettre sur le compte de la fumée et de la

12. Pour les retrouver, nous avons utilisé, outre les bases de données de la Bibliothèque nationale tchèque et de l'Institut littéraire de l'Académie des Sciences, un certain nombre d'ouvrages contemporains. En effet, la *romistique* a connu en Tchécoslovaquie puis en République tchèque un essor considérable depuis la « révolution de velours » de 1989 – une date qui a ouvert ou rouvert en littérature et dans les sciences sociales des champs de recherche négligés, voire interdits d'accès pendant les quatre décennies de régime communiste. Dans le domaine des études sur les Tsiganes, force est de mentionner les travaux du Musée de la culture rom fondé en 1992 à Brno, en Moravie ; il faut ensuite évoquer les initiatives scientifiques et éditoriales des Universités d'Olomouc (Moravie), de Ústí nad Labem et de Prague – la Faculté des Lettres pragoise comportant aujourd'hui, au sein de l'Institut d'indologie, une section de romistique –, ainsi que les recherches de spécialistes (linguistes, ethnologues et historiens) dont certains sont cités ici. Il existe même un site internet bien documenté (www.romea.cz), coordonné par le Service d'Information rom.

13. Jiří Hanzal, *Cikáni na Moravě v 15. až 18. století : Dějiny etnika na okraji společnosti* [Les Tsiganes en Moravie du XVe au XVIIIe siècle : histoire d'une ethnie en marge de la société], Prague, Lidové noviny, 1998, p. 155 et suiv.

14. Heinrich Moritz Gottlieb Grellmann, *Historischer Versuch über die Zigeuner, betreffend die Lebensart und Verfassung, Sitten und Schicksaale dieses Volks seit seiner Erscheinung in Europa, und dessen Ursprung*, 1re éd. Dessau & Leipzig, 1783, 2e éd. augm. Göttingen, 1787 (traduction française sous le titre *Histoire des Bohémiens ou Tableau des mœurs, usages et coutumes de ce peuple nomade*, Paris, 1810).

15. Après avoir torturé une quarantaine de Tsiganes (et en avoir pendu quinze) pour leur faire avouer un crime de « cannibalisme », on s'aperçoit que leurs victimes présumées sont toujours en vie – épisode évoqué par Isabel Fonseca dans *Enterrez-moi debout. L'Odyssée des Tziganes*, traduction de l'anglais par L. Bury, Paris, Albin Michel, 2003, p. 102-103 [1re éd. *Burry me standing*, Londres, 1995].

saleté[16]... Au XIXe siècle, peu de Tchèques se penchent sur cette question des origines : parmi eux, l'éveilleur national Pavel Josef Šafařík (1795-1861) propose une généalogie erronée, très éloignée de la thèse indienne, dans ses *Slovanské starožitnosti* [Antiquités slaves] de 1862 ; au tournant des XIXe et XXe siècles, l'archéologue et ethnologue Lubor Niederle (1865-1944), successeur de Šafařík et auteur, à son instar, d'*Antiquités slaves* (premier volume 1901), tient encore la thèse indienne pour récusable[17].

Si l'origine des Tsiganes demeure un sujet marginal dans la recherche historique tchèque, en revanche – conformément à l'appréhension « tchécocentrée » qui prévaut en histoire tout au long du XIXe siècle –, les Tsiganes sont abordés dans leur rapport avec les Pays tchèques, ce qui ne va pas sans occasionner certains stéréotypes, généralement négatifs.

Tout d'abord, la première allusion présumée à une présence tsigane en territoire tchèque n'a rien de très glorieux ni avenant : cette mention a été « décryptée » en 1877, à la faveur d'une réédition commentée de la *Chronique tchèque dite de Dalimil* [*Kronika česká takřečeného Dalimila*] de 1314, la plus ancienne des chroniques médiévales versifiées en vieux tchèque, relatant les événements du monde du déluge à l'avènement du roi étranger Jean de Luxembourg sur le trône tchèque en 1310 – après le déclin de la dynastie tchèque des Přemyslides. Cette chronique, qui tient du pamphlet patriotique, contient entre autres un tableau intitulé « O Kartasiech pohanských » [Des Kartas païens], situé chronologiquement vers 1242 (époque où l'Europe centrale vit dans la terreur des invasions mongoles), décrivant l'arrivée de cinq cents *espions tatars* bizarrement vêtus : vestes courtes et pantalons collants, grands chapeaux et longues cannes à la main. Ils demandaient du pain en prononçant les mots « Kartas boh », ce qui fut à l'origine du nom qu'on leur donna, les « Kartas ». La *Chronique* réprouve la légèreté avec laquelle les Tchèques laissent ces individus vagabonder

16. « Parias », « Ekelhaftig », « Ungeheuer », « Unstäten Rauber » – formules de Grellmann citées par Bartoloměj Daniel, « Z nejstarších dějin Romů » [Aux sources de l'histoire des Roms], p. 17, dans Jaroslav Balvín *et al.*, *Romové a historie* [Les Roms et l'histoire], Ústí nad Labem, Hnutí R, 1996.

17. Et ce, à une époque où un certain nombre de travaux philologiques et ethnographiques tiennent pourtant pour acquise l'origine indienne des Tsiganes – parmi eux, *Die Zigeuner in Europa und Asien* (1844-1845) de l'Allemand A. F. Pott (1802-1887), ou encore *Über die Mundarten und die Wanderungen der Zigeuner Europas* (1872-1880) et *Beiträge zur Kenntniss des Zigeunermundarten* (1874-1878) du philologue slovène Fr. Miklosich (1813-1891).

et espionner dans tout le pays. L'éditeur de la *Chronique dite de Dalimil* en 1877, le philologue et historien littéraire Josef Jireček (1825-1888), interprète ces données et estime que par leur comportement, leurs vêtements, voire leur langue, les Kartas rappellent les Tsiganes. Cette hypothèse (aujourd'hui remise en cause) est ensuite reprise ou discutée par un certain nombre d'historiens dans le sillage de Jireček[18]. En 1890, l'article « Tsiganes » du *Dictionnaire encyclopédique Otto* considère que «... la description de leur aspect et de leur comportement que nous trouvons dans la *Chronique de Dalimil* correspond bien aux Tsiganes plus tardifs[19] ».

La thèse de *l'espionnage*, associée à cette toute première mention supposée des Tsiganes dans l'histoire tchèque, se retrouve ensuite en liaison avec d'autres de leurs agissements et déplacements. Dans sa longue étude de 1879 « Les Tsiganes en Bohême, tableau culturel[20] » – un titre dont on se demande s'il ne faut pas l'entendre par antiphrase – František Vymazal (1841-1917), érudit morave dont le parti pris anti-tsigane est frappant, revient à plusieurs reprises sur cette spécificité de l'espionnage dans l'histoire des relations avec les Tchèques. Par exemple, au XVIᵉ siècle, voici les Tsiganes liés aux ennemis jurés de la chrétienté, aux païens qui avaient alors envahi la moitié de la Hongrie : les Turcs[21]. De telles accointances, explique l'historien contemporain Jiří Hanzal[22], n'étaient évidemment que le fait de rumeurs d'époque. Vymazal insiste toutefois sur cette particularité qui lui sert d'argument majeur pour justifier les persécutions infligées aux Tsiganes au XVIᵉ siècle : « Tout cela légitime les mesures que les souverains tchèques ont ensuite dû prendre contre les Tsiganes[23] », écrit-il.

Outre l'espionnage, une deuxième caractéristique tout ce qu'il y a de plus « classique » est attachée aux Tsiganes par l'histoire tchèque à partir d'une source très ancienne : *le brigandage*. Dans le Registre des exécutions

18. Voir les analyses de cette interprétation chez Jiří Hanzal (*op. cit.*, p. 25).
19. « Cikáni » [Tsiganes], p. 366, dans *Ottův slovník naučný* [Dictionnaire encyclopédique Otto], vol. 5, *C - Čechůvky*, Prague, Jan Otto, 1892 – le volet consacré aux Tsiganes en Bohême est signé « Jna » (Josef Ješina).
20. František Vymazal, « Cikáni v Čechách, kulturní obraz » [Les Tsiganes en Bohême, tableau culturel], *Časopis matice moravské* (Brno), 11ᵉ année, 1879, p. 105-124. Professeur de lycée technique, slaviste de formation, Fr. Vymazal est l'auteur de nombreux ouvrages scolaires, grammaires de langues diverses et autres manuels.
21. Voir *ibid.*, p. 109.
22. Voir Hanzal, *op. cit.*, p. 26-27.
23. Vymazal, *op. cit.*, p. 111.

des seigneurs de Rožmberk [Popravčí kniha pánů z Rožmberka], à la date de 1399, la liste des brigands d'une bande sévissant en Bohême du Sud fait apparaître un certain « Tsigane noir » exécuté avec ses compagnons, des Allemands d'Autriche. Si cet élément semble plus fiable, son interprétation est également remise en cause aujourd'hui ; le mot « Tsigane », qui s'utilisait déjà en tant que surnom expressif (signe qu'il était alors bien connu), a pu désigner un bandit non-tsigane[24]. Néanmoins, dans la représentation de l'histoire des Tsiganes en Pays tchèques telle qu'on la trouve distillée dans les textes du XIXe siècle, cette première occurrence est d'ordinaire suivie d'un long catalogue d'actes de brigandage – de la rapine à la mise à sac – qui parcourt les siècles et relie le Moyen Âge au temps présent. František Vymazal écrit ainsi, à propos des mesures de sédentarisation de la seconde moitié du XVIIIe siècle :

> Même nos Lumières n'ont pu donner une existence civique aux Tsiganes, ainsi ces parias des temps nouveaux sont-ils toujours sur les routes de nos jours, par familles ou bandes assez nombreuses, allant de pays en pays, cherchant de préférence, pour installer leur campement, des lieux retirés d'où ils peuvent inquiéter et harceler les communes environnantes. Là où une troupe tsigane s'établit un temps, il n'est pas une chaumière qui soit à l'abri à des lieues à la ronde[25] !

Vymazal en veut pour preuve les agissements du Tsigane Janeček, célèbre chef de bande qui s'attaquait de préférence aux maisons isolées et fut pendu à Plzeň en 1871, coupable de sept meurtres et d'innombrables vols[26].

Après l'espionnage et le brigandage, vient *l'abus de confiance*, autre trait de caractère constaté à répétition chez les Tsiganes en Bohême et Moravie. Les Anciennes annales tchèques [*Staré letopisy české*] font état, pour l'année 1416, du passage d'une troupe de trois cents personnes aux habits pittoresques, les hommes à cheval, les femmes et les enfants à pieds, se présentant comme des chrétiens proscrits venus d'Orient et dupant les bonnes gens pour leur soutirer de l'argent ou autres profits matériels : « ... ils rôdaient dans le pays et savaient s'attirer les faveurs du peuple en racontant de manière mensongère que des ennemis de la chrétienté les avaient chassés et qu'ils cher-

24. Voir Ctibor Nečas, *Romové v České republice včera a dnes* [Les Roms en République tchèque hier et aujourd'hui], Olomouc, Univerzita Palackého, 2002, p. 18.
25. Vymazal, *op. cit.*, p. 120.
26. Voir *ibid.*

chaient refuge auprès des Tchèques ; aussi furent-ils bien reçus[27] », écrit Vymazal. C'est également cette information qui inaugure le volet consacré aux Tsiganes en Bohême dans la notice « Tsiganes » du *Dictionnaire encyclopédique Otto*[28]. L'historienne contemporaine Jana Horváthová[29] explique que la date de 1416 est sujette à caution, puisque l'événement semble faire référence au grand mouvement migratoire tsigane en Europe centrale, qui commence seulement en 1417 et est authentifié par plusieurs sources. Aussi bien, ces tromperies et machineries dont le Tsigane se fait d'emblée une spécialité reparaissent par la suite à travers d'autres subterfuges – mensonges divers, divination, musique troublante... Vymazal, parlant du monde rural de son temps (surtout morave, sans doute), résume comme suit le phénomène : « Le peuple crédule des campagnes soit redoute leur vengeance, soit leur ouvre volontairement la porte pour se faire dire l'avenir, sans réfléchir que les doigts lestes de ces femmes fourbes savent subtiliser tout ce qu'ils trouvent[30] ! »

Il faut ensuite évoquer le rôle *d'incendiaires* endossé par les Tsiganes dans l'histoire des Pays tchèques, ainsi restitué par Vymazal : « Dans les années 1536-1541, ils se placèrent au service des Turcs pour incendier les villes des pays de Ferdinand Ier de Habsbourg, afin d'empêcher les Chrétiens de mener une guerre plus efficace[31]. » L'incendie de Prague en 1541, l'un des plus dévastateurs pour la capitale de la Bohême, est attribué *sans preuve* aux Tsiganes[32]. Toutefois, quatre ans plus tard, Ferdinand Ier (souverain de Bohême de 1526 à 1564) publie un mandat d'expulsion les concernant.

Tout cela s'augmente d'un trait de caractère fortement souligné chez les Tsiganes – le plus condamnable moralement, peut-être : leur *ingratitude* caractérisée envers les Tchèques, pourtant si hospitaliers à leur endroit dès le XVe siècle. Un autre érudit, Josef Ješina (1824-1889)[33], écrit à cet égard

27. *Ibid.*
28. « Cikáni », dans *Ottův slovník naučný*, *loc. cit.*
29. Voir Jana Horváthová, « Historické osudy Romů od jejich odchodu z Indie do 19. století » [Les Destinées historiques des Roms de leur départ d'Inde au XIXe siècle], p. 18, dans *Romové : tradice a současnost/O Roma : angoder the akának* [Les Roms : tradition et temps présent], Brno, SVAN/Moravské zemské muzeum/Muzeum romské kultury, 1999.
30. Vymazal, *op. cit.*, p. 120.
31. *Ibid.*, p. 109.
32. Voir Horváthová, *op. cit.*, p. 19.
33. Josef Ješina, prêtre de Bohême du Nord, est également l'auteur du volet consacré aux Tsiganes en Bohême de l'article « Cikáni » [Tsiganes] de 1892 – *Ottův slovník naučný*, *loc. cit.*

dans la préface de sa grammaire *Romáňi čib, ou la langue tsigane* de 1882 : « Pendant la période où les Tsiganes étaient persécutés en Europe occidentale, ils trouvèrent en Bohême un refuge dont ils n'étaient pas dignes, puisqu'ils firent alliance avec les Turcs, leur rendant des services d'espions et d'incendiaires, surtout entre 1536 et 1541[34]. » Aussi était-il légitime de prendre contre eux des mesures drastiques : on les persécutait et, toujours selon Ješina, «... ils le méritaient pleinement, eux qui avaient dépouillé le peuple et le pays pendant toute la guerre de Trente Ans[35] ». On retrouve dans le *Dictionnaire Otto* (également sous la plume de Ješina) une relation similaire de la répression sanguinaire initiée au XVIe siècle contre les Tsiganes d'Europe centrale, et qui s'est soldée par des sommets de violence : tout d'abord sous Ferdinand Ier, à travers quelques décrets engageant la population locale à exercer à leur encontre une persécution ordinaire ; à la fin du siècle suivant, sous Léopold Ier de Habsbourg (souverain tchèque de 1657 à 1705), dont le funeste décret de 1697 réduit les Tsiganes à l'état de bêtes traquées susceptibles d'être abattues à tout moment et en toute impunité ; et encore dans les années 1720[36], alors que les Tsiganes, interdits de séjour un peu partout en Europe centrale, sont condamnés à circuler indéfiniment, rencontrant sans cesse des pancartes énumérant les peines encourues s'ils enfreignent les lois. Ce traitement a notablement contribué à resserrer et durcir la structure interne des groupes, explique à cet égard Jana Horváthová[37].

Or, à lire nos érudits du XIXe siècle, Vymazal comme Ješina, il semble que tout cela ne soit que justice pour ce peuple errant qui ne sait pas être reconnaissant des bienfaits qu'on lui prodigue. De la sorte, à travers des propos où perce une rancœur difficilement explicable, Vymazal semble se féliciter à plusieurs reprises que pareille ingratitude à l'endroit des Tchèques ait finalement été payée de retour par des persécutions féroces. Vymazal se livre à des énumérations plutôt complaisantes des tortures infligées aux Tsiganes, notamment lorsqu'il décrit les conséquences des mesures d'expulsion prises en 1697 par Léopold Ier, décrétant les Tsiganes hors-la-loi et les contraignant à quitter le pays dans les douze heures – un ultima-

---

34. Josef Ješina, *Romáňi čib čili jazyk cikánský* [Romáňi čib, ou la langue tsigane], Prague, Fr. A. Urbánek, 1882, p. VII.
35. *Ibid.*
36. Voir Horváthová, *op. cit.*, p. 19-20.
37. *Ibid.*, p. 21.

tum accompagné de pendaisons, de noyades, d'oreilles et de nez coupés... Notons au passage qu'à la même époque, à la cour pragoise de Léopold, la noblesse se livrait à des jeux de travestissement sur le thème tsigane[38].

Lorsque Vymazal aborde le tout début du XVIIIe siècle, époque où ces mesures d'une cruauté innommable ont finalement porté leurs fruits et chassé les Tsiganes du pays, quelque chose comme une nostalgie – non dénuée de clichés, certes – envahit pourtant son discours à l'idée de cette Bohême sans Tsiganes :

> Un silence de mort régnait à présent dans les forêts qui résonnaient naguère du tapage de ces Indiens à demi nus, se nourrissant surtout de charognes, et pourtant toujours gais ; éteints, les feux autour desquels les jeunes filles tsiganes aux yeux noirs exécutaient autrefois leurs danses sauvages ; effacées, toutes les vieilles pistes forestières par lesquelles les premiers tsiganes étaient arrivés en Bohême, et qui se transmettaient de génération en génération trois siècles durant. À la place se dressaient maintenant des gibets où se balançaient les victimes de la traque générale [...][39].

Au terme de cette chasse à l'homme, «... il semblait plusieurs années durant que la Bohême se fût à jamais débarrassée des Tsiganes [...] », écrit Vymazal. Or, avec le règne plus modéré de Joseph Ier (monté sur le trône tchèque en 1705), les Tsiganes vont bientôt regagner leurs « chères forêts tchèques » – au grand dam de Vymazal, semble-t-il, qui abandonne son lyrisme passager et revient à sa sévérité initiale : devant ce nouvel afflux, Joseph Ier reprend à bon droit les persécutions[40]...

À cette petite liste des griefs imputés aux Tsiganes, on peut encore ajouter une particularité terminologique associant le Tsigane au Tchèque dans le mot français *Bohémien*, un amalgame qui n'est généralement pas pour plaire aux Tchèques. Cette association a probablement partie liée avec l'arrivée des Tsiganes, munis de lettres de protection de l'empereur germanique (et roi de Bohême) Sigismond de Luxembourg, en France, dans les années 1420. Arborant ces documents officiels (peut-être faux),

38. Voir Nečas, *op. cit.*, p. 32-33 : « Par exemple, le lundi de carnaval de l'année 1680, à la cour pragoise de Léopold Ier, on donna une grande fête où fut jouée une noce, le prince de Bade représentait un Tsigane et sa compagne interprétait le rôle d'une Tsigane. Ce type de divertissement connut des prolongements au XVIIIe siècle. »
39. Vymazal, *op. cit.*, p. 113.
40. Voir *ibid.*, p. 113-114.

ils auraient reçu le nom de Bohémiens – le fait est relaté, entre autres, par Vaux de Foletier[41]. Au début de son article de 1879, Vymazal constate avec satisfaction que « de longues recherches ont montré que la langue tsigane est proche du noble sanscrit [...]. Depuis lors, les querelles sur l'origine des Tsiganes ont cessé ; et même les Français distinguent aujourd'hui le mot *bohémien* (tsigane) du mot *bohême* (tchèque)[42]. » Le *Dictionnaire encyclopédique Otto* consacre même en 1891 au mot français « Bohême » une notice à part entière, expliquant que « Bohême » – à l'instar de « Bohémien » – signifie en français tout ensemble « Tchèque » et « Tsigane » (l'acception de la bohème artistique est également effleurée). La notice s'achève par le constat qu'« à l'époque récente, on utilise plutôt [en français] le mot *Tchèque* pour désigner un Tchèque[43] ». On retrouve des remarques consternées sur cet amalgame tchéco-bohémien jusque chez les tchécophiles français, par exemple sous la plume du journaliste Ernest Gay, né en 1847 et appartenant à la tchécophilie politique – anti-allemande, patriotique et revancharde – qui se fait jour en France à la fin du XIXe siècle. Gay écrit ainsi au début du chapitre VI de sa *Bohême à vol d'oiseau*, sorte de guide touristique paru en 1907 :

> Nous voici en pleine Bohême, en ce pays si longtemps méconnu, si longtemps confondu avec la Hongrie, en ce pays dont le nom a été accommodé à toutes les sauces et que certaines légendes, aussi erronées que bizarres, ont présenté sous un jour peu favorable.

41. Voir François de Vaux de Foletier, *Mille ans d'histoire des Tsiganes*, Paris, Fayard, 1971, p. 43 : « Une bande importante traversa rapidement la Hongrie, pénétra en Allemagne, et réussit à se faire remettre par l'empereur Sigismond, roi de Bohême et roi de Hongrie, des lettres de protection auprès des ducs et princes, des cités, des villes fortifiées, des évêques et prélats. Des chroniqueurs contemporains en font mention, sans en préciser la date. Un bon siècle plus tard, le géographe Münster vit à Heidelberg, aux mains d'un chef tsigane, une copie de ces lettres qui auraient été écrites à Lindau, sur la rive allemande du lac de Constance : peut-être en 1417, à l'époque du concile de Constance. » Outre les sauf-conduits, il existe d'autres explications concernant l'origine de cette dénomination – voir Nečas, *op. cit.*, p. 14 : les Tsiganes arrivaient simplement de Bohême, à l'instar des missions militaires et diplomatiques hussites que l'on voyait fréquemment à l'époque ; ou encore, les informations les plus anciennes sur les vagues migratoires des Roms provenaient de Bohême.
42. Vymazal, *op. cit.*, p. 106 – *bohémien* et *bohême* sont en français dans le texte.
43. « Bohême », p. 251, dans *Ottův slovník naučný*, vol. 4, *Bianchi-Giovini - bžunda*, Prague, Jan Otto, 1891.

> Il fut un temps, en effet, où le nom de « Bohémiens » était donné aux « errants » qui grouillaient pêle-mêle, femmes, enfants, chiens, dans de sordides roulottes arrêtées le long des routes ou aux abords des villes et villages, et causaient quelque frayeur parmi de paisibles populations qui redoutaient le « chapardage et le vol ». De là à voir des criminels de grands chemins, il n'y avait pas loin. Et ces gens-là étaient, pour la commune renommée, des « Bohémiens » !
>
> Rien n'était moins exact.
>
> Aujourd'hui le nom de « Tziganes » a été presque couramment substitué à celui de Bohémiens que dans son ignorance, dit Élisée Reclus, le moyen âge leur avait donné[44].

Si les habitants de la Bohême et leurs amis n'apprécient guère les connotations surgissant du côtoiement « Bohême/Bohémien », celles-ci ont longtemps cours en France, portant aux associations les plus libres et imaginatives comme à la pire défiance. Le lien entre Bohémien et Bohême opère dans *Consuelo* et *La Comtesse de Rudolstadt* de George Sand, entrant encore en résonance avec la bohème comme mode de vie associé à la liberté et à l'art. Il est vrai qu'en français le substantif et adjectif « bohême » (ou « bohème »), si proche de « bohémien », coexiste longtemps avec « tchèque[45] ». Le « bohême » est même utilisé pour désigner la langue tchèque[46]. Et lorsque le substantif « Bohême » (« Bohème ») décline, on lui substitue l'expression « Slave de Bohême », couramment employée dans la seconde moitié du XIXe siècle. En 1890, l'historien Ernest Denis (1849-1921) publie son premier grand ouvrage sur l'histoire tchèque sous le titre *Fin de l'indépendance bohême.*

44. Ernest Gay, *La Bohême à vol d'oiseau*, Paris, Librairie Félix Juven, 1907, p. 56 – la table des matières analytique de ce chap. VI a pour phrase introductive : « Les Tchèques n'ont rien de commun avec les Bohémiens ou Tziganes ».

45. Voir par exemple August Schleicher, *Les Langues dans l'Europe moderne*, trad. de l'allemand par H. Ewerbeck, Paris, Ladrange & Garnier, 1852, p. 247 : « Je me sers ici de l'orthographe des Polonais, excepté les mots *bohèmes (tchèques)* » (nous soulignons).

46. Voir Adam Mickiewicz, *Les Slaves. Cours inaugural au Collège de France (1840-1841)*, vol. I, Paris, Imprimeurs Unis, 1849, p. 7 : « La langue d'une race si nombreuse [la race slave] ne peut manquer de se diviser en un grand nombre de dialectes. [...] Parmi eux, nous trouvons la langue morte et sacrée dans le slave antique, la langue de la législation et du commandement dans le russe, la langue de la littérature et de la conversation dans le polonais, *la langue de la science dans le bohème* [...] » (nous soulignons).

Toutes ces caractéristiques, peu à l'avantage des Tsiganes, sont accompagnées d'observations – le plus souvent sommaires – de leurs *mœurs* : nomadisme persistant, malgré des tentatives de sédentarisation[47], paganisme, mauvais traitement des femmes, refus de mettre les enfants à l'école et autres conduites peu recommandables. S'ajoutent encore des réticences marquées devant leur aspect physique[48]. Le tableau général qui ressort de l'examen de la présence tsigane dans l'histoire tchèque depuis le Moyen Âge est donc plutôt sombre[49]. « Et malgré tous ces *traits répugnants* », s'étonne Vymazal en 1879, « la nation tsigane occupe les savants depuis plus d'un siècle[50] ».

Au terme de ce petit florilège, il ne faut cependant pas forcer le trait. En effet, certains historiens tchèques du XIXe siècle présentent aussi une vision plus nuancée, « indulgente » voire sympathisante de l'itinéraire historique des Tsiganes dans les Pays de la couronne. Par exemple, dans un texte paru en 1892, l'écrivain Zikmund Winter (1846-1912) dénonce les étiquettes d'espions et d'incendiaires qui leur collent à la peau depuis le XVIe siècle[51]. Quant au texte consacré en 1871 par Jan Karel Hraše (1840-1907) – jeune

47. Surtout le programme d'assimilation mis en œuvre par Marie-Thérèse à partir de 1761, brutal et destructurant pour les Tsiganes – voir Horváthová, *op. cit.*, p. 21-22.

48. Selon Horváthová (*ibid.*, p. 19), de telles réticences sont exprimées par les Tchèques dès le XVIe siècle.

49. On peut penser que cette approche générale se reflète dans la connotation péjorative dont est durablement doté, en tchèque, le mot *cikán*. Une connotation qu'il tient de ses origines, si l'on en croit les historiens, notamment Jana Horváthová (*op. cit.*, p. 16), expliquant que l'étymologie se déduit le plus souvent du mot *athingan[os]-atsigan[os]*, nom d'un groupe repéré en 1068 par un moine géorgien du mont Athos en Grèce – rien n'est sûr, il pourrait tout aussi bien s'agir d'une secte d'hérétiques pratiquant la magie noire. D'emblée, ce groupe est cependant tenu pour dangereux par la société byzantine et le mot *athingan* revêt une connotation négative. Dans un dictionnaire récent du tchèque littéraire, on trouve au nombre des acceptions du mot *cikán* [tsigane] : noir de peau, vagabond, menteur, voleur, escroc ; le verbe *cikánit / cikánovat (se)* (« tsiganer », si l'on veut) signifie vagabonder, errer, mais aussi mentir et tromper ; l'adjectif *cikánský* signifie entre autres épais (des ténèbres tsiganes), cruel (un hiver tsigane), brusque, violent (un sang tsigane)... Seule acception un peu plus avenante : le mot *cikán* s'emploie en tchèque dans le sens d'« enfant »... (Voir *Slovník spisovného jazyka*, vol. I, *A-G*, Prague, Academia, 1989, p. 210.)

50. Vymazal, *op. cit.*, p. 121 (nous soulignons).

51. Voir Zikmund Winter, « *Obrazy z kulturních dějin*, kniha V, kap. 5, O chudině a tuláctvu – Cikáni » [Extrait des *Tableaux d'histoire culturelle*, livre V, chap. 5, « Pauvres et vagabonds – Les Tsiganes »], p. 47-50, dans J. Balvín *et al.*, *Romové a historie*, *op. cit.*

enseignant provincial – à « La Persécution des Tsiganes dans les pays tchèques au XVIIIe siècle[52] », texte sur les répressions systématiques infligées aux Tsiganes dans le prolongement de la chasse à l'homme engagée par Léopold Ier, il se distingue par un souci d'objectivité bien louable. Après une évocation liminaire de « la persécution barbare exercée contre les Tsiganes par les gouvernements occidentaux d'antan [...] – une persécution qui restera comme une tache dans l'histoire de l'Europe civilisée », Hraše se penche sur les lois appliquées aux Tsiganes dans les pays tchèques au début du XVIIIe siècle, soi-disant « par amour pour les populations locales », formule que l'auteur accompagne du commentaire suivant : « Ces lois protégeaient moins le Tsigane de l'injustice et du meurtre que le plus commun des gibiers[53] ! » Et ce, particulièrement après la patente de Charles VI (22 janvier 1726), dont Hraše publie d'ailleurs le texte, d'une extraordinaire cruauté, visant explicitement à l'élimination totale. Hraše condamne ces chapitres ignobles de l'histoire des Tchèques et force est de citer son message plein d'espoir concernant son époque – même si cette dernière, constate-t-il, s'accommode toujours aussi mal du mode de vie itinérant : « Aujourd'hui, le Tsigane est un homme, ce qu'il n'était pas à l'aune des lois antérieures [...] ; aujourd'hui, chaque Tsigane est protégé de la persécution par la loi, comme tout autre citoyen. Et pourtant, la loi n'avait jamais connu le Tsigane pour le protéger, mais pour le punir, le punir parce qu'il osait vivre parmi les gens, être un homme-tsigane[54]. »

Pour atténuer encore l'impression de haine intraitable que pourrait laisser ce récapitulatif, il convient enfin d'évoquer, dans le domaine philologique cette fois-ci, une petite grammaire de la langue tsigane parue à Prague, en allemand, en 1821, première en son genre non seulement dans le contexte tchèque, mais aussi en Europe[55] : *Románi Čib, das ist : Gram-*

52. Jan Karel Hraše, « Persekuce cikánův v zemích koruny české v XVIII. století (Dle archivních pramenů) » [La Persécution des Tsiganes dans les pays de la couronne tchèque au XVIIIe siècle (d'après des documents d'archives)], p. 42-46, dans J. Balvín *et al.*, *ibid.* [1re éd. *Světozor* (Prague), 5e année, n° 2-4, 1871].
53. *Ibid.*, p. 42-43, *passim.*
54. *Ibid.*, p. 42.
55. La grammaire de Puchmajer paraît soixante-dix ans après la découverte philologique décisive d'István Vali : en 1753, à l'Université de Leiden, ce prêtre hongrois rencontre en effet trois étudiants venus de la côte Ouest de l'Inde (côte de Malabār) et établit avec eux un lexique de mille mots – qui n'a pas été conservé ; de retour en Hongrie, il constate que des Tsiganes de son entourage comprennent ces mots.

matik und Wörterbuch der Zigeuner Sprache d'Antonín Jaroslav Puchmajer (1769-1820), poète, philologue et patriote tchèque. L'ouvrage[56] se compose de cinquante pages de grammaire du romani, d'un lexique et de quelques contes, d'un poème et d'un chapitre de la Bible en versions romani, allemande et tchèque. Enfin, en annexe, Puchmajer a ajouté un petit lexique du jargon tchèque (*hantýrka*) – qualifié de « langue des voleurs » ou « langue de colportage[57] » – parlé par les Tsiganes, en plus de leur langue (qu'au demeurant ils écorchent aussi, selon l'auteur).

Dans la préface, Puchmajer expose sa démarche, plutôt exceptionnelle à l'époque : en 1819, il a fréquenté pendant dix semaines un campement tsigane installé à Vranovice, village proche de Radnice (Bohême occidentale) où il était prêtre. À force de converser avec eux, en particulier avec un garçon de douze ans, il a appris le romani[58], une langue qu'il trouve plutôt facile[59] et dont il propose à présent les fondements grammaticaux. Tout en réprouvant sans ambages certains aspects de leur mode de vie[60], Puchmajer s'intéresse sincèrement aux Tsiganes, à leur langue, mais aussi aux différents groupes qui les composent – parmi ceux rencontrés en Bohême, il distingue les « noirs » [Kálo] et les « blancs » [Parno] –, aux métiers qu'ils exercent, au statut des femmes...

56. Anton Jaroslaw Puchmayer, *Románi Čib, das ist : Grammatik und Wörterbuch der Zigeuner Sprache, nebst einigen Fabeln in derselben. Dazu als Anhang die Hantýrka oder die čechische Diebessprache*, Prague, 1821.

57. « ... die Hantýrka (von handthieren) oder die čechische Diebessprache, mit der [die Zigeuner] übrigens sehr geheim halten. Die Hantýrka wird auch kramářská řeč (die Krämersprache) genannt » (*ibid.*, « Vorrede », p. IV).

58. « Gegen das Ende des Jahres 1819 wurde im Dorfe Wranovitz, Radnitzer Herrschaft, eine Bande Zigeuner, 17 Personen an der Zahl, ausgehoben ; und weil man ihre Pässe für verdächtig hielt, wurden die Männer zur Untersuchung nach Pilsen abgeschickt, die Weiber und Kinder aber in Radnitz zurückbehalten. Dem zehnwochentlichen Verkehr mit diesen Leuten, worunter sich besonders ein kleiner, aber verständiger Knabe von etwa zwölf Jahren auszeichnete, hat gegenwärtiges Werkchen sein Daseyn zu verdanken » (*ibid.*, p. III).

59. « Uebrigens ist das Romsche eine äußerst einfache, sehr leicht zu erlernende Sprache ; denn gegen das Ende jener zehn Wochen hatte es keine Schwierigkeit für mich, die Gespräche der Zigeuner zu verstehen » (*ibid.*, « Vorrede », p. VII).

60. « Alle diese Menschen scheuen die Arbeit, besonders wenn sie etwas mühsam ist und Anstrengung erfordert, wie die Pest ; können sie daher nicht immer auf eine ehrliche Art zu Gelde kommen, um sich Branntwein oder Rauchtabak zu verschaffen, den einige, besonders die Kálo-Weißen, unaufhörlich kauen, so nehmen sie Zuflucht zum Aberglauben, zu Drohungen und Betrügereien aller Art » (*ibid.*, p. IV-V).

Pour Vladimír Macura, qui conclut ainsi son court essai sur « Tsiganes et Roms », la petite grammaire de Puchmajer, par sa simplicité et son évidence, semble en quelque sorte racheter en partie un XIXe siècle dominé par les préjugés[61]... Or, soixante ans après Puchmajer, Josef Ješina, qui se définit lui-même comme le successeur du philologue et adopte le même titre pour sa grammaire – *Romáňi čib* (1882) –, avance pour justifier le bien-fondé de son manuel des arguments qui semblent bien éloignés de la curiosité linguistique de son prédécesseur : en substance, pour Ješina, les Tchèques doivent se mettre à apprendre le romani, au moins des rudiments, car ils ne peuvent plus se permettre de cohabiter sans le comprendre avec ce peuple susceptible de leur porter préjudice[62].

Faut-il voir dans la représentation des Tsiganes qui se dégage de l'histoire tchèque du XIXe siècle l'une des illustrations de ce rapport non-évident à l'étranger (*a fortiori* à celui de « l'intérieur ») qui caractérise les Tchèques en un temps de concentration des forces, débordant parfois sur le patriotisme le plus étroit ? Ou s'agit-il de racisme avéré ? Dans ces textes, l'absence des Tsiganes « réels » est frappante : *in concreto*, on ne regarde que très peu les Tsiganes. Et en considérant presque exclusivement ce qui, dans leur passé, concerne l'histoire tchèque – et la concerne négativement –, c'est un peu comme si l'on détournait le regard une seconde fois. Il semble surtout que dans cette confrontation avec les Tsiganes, les Tchèques ne se retrouvent pas dans une configuration connue, familière – « patriotisme » *versus* « patriotisme », « idée nationale » *versus* « idée nationale »... –, une configuration qui existait même dans le rapport aux Juifs, que les Tchèques considéraient comme une nation. Il en allait autrement des Tsiganes ; à cet égard, Isabel Fonseca suggère qu'une telle situation avait aussi partie liée avec la spécificité de la « mémoire collective » des Tsiganes eux-mêmes :

61. Voir Macura, « Cikáni a Romové », *op. cit.*, p. 65-66.
62. Lorsqu'il explique son entreprise grammaticale, le principal motif avancé par Ješina (*Romáňi čib...*, *op. cit.*, p. XI) ne laisse pas de surprendre : « La connaissance de la langue tsigane n'est pas si superflue qu'elle en a l'air à première vue. On peut en acheter des livres, en étudier des matières qui ont à voir avec l'Australie, la terre ou le ciel ; mais se familiariser avec le parler d'un peuple qu'il faut voir ou sentir tous les jours, qu'on le veuille ou non, cela semblerait superflu ? Notre propre tort subi exige déjà que chacun se cuirasse selon ses possibilités par une connaissance de la langue tsigane. En outre, il est pénible de penser qu'au milieu de nous vagabonde un peuple qui nous comprend bien mais que peu d'entre nous comprennent, ou très insuffisamment. Cette pensée nous déprécie, nous dégrade aux yeux du Tsigane, qui utilise notre incompétence pour en tirer profit. »

> Que les Gitans parlent ou non d'identité nationale ou ethnique, ils sont entourés en Europe de l'Est par des gens qui n'ont apparemment que ça à la bouche. Et ce désintérêt les distingue, même s'ils en ont à peine conscience. J'en suis arrivée à croire que c'est un attribut qui définit l'identité gitane. Si vous êtes incapable de dire d'où vous venez, vous n'êtes personne, et les autres peuvent dire ce qu'ils veulent sur votre compte[63].

À en juger par les œuvres composées sur ce thème, il semble au contraire que les lettres tchèques du XIXe siècle aient auréolé la figure *littéraire* du Tsigane du même prestige que d'autres littératures européennes. Non seulement le Tsigane compte parmi les figures d'identification et d'autostylisation des poètes tchèques, mais il rejoint aussi – par le biais de l'art et de l'imaginaire – cette *problématique nationale* à laquelle l'histoire ne lui donne pas accès. Sans pouvoir aborder ici toutes les œuvres tchèques du XIXe siècle prenant pour sujet les Tsiganes, nous nous concentrerons sur cet aspect en évoquant principalement le roman *Les Tsiganes*[64] de Karel Hynek Mácha, pour ce qu'il confère au Tsigane l'un des statuts symboliques le plus élevés dans la hiérarchie des « valeurs nationales » en faisant de lui l'emblème – fût-il douloureux – de la nation tchèque.

Si le roman de Mácha constitue un texte fondateur dans la création littéraire tchèque consacrée à cette thématique, sa parution (posthume) en 1857 déclenche de surcroît, en réaction plus ou moins directe, une vague d'œuvres à « argument tsigane » : peu après, en effet, voient le jour le cycle poétique de Jan Neruda (1834-1891) « Divoký zvuk » [Son sauvage], *Bajrama*, nouvelle de Vítězslav Hálek (1835-1874) et *Cigánské melodie* [Mélodies tsiganes], poèmes d'Adolf Heyduk (1835-1923)[65]. Neruda, Hálek et Heyduk – soit les figures de proue d'une génération poétique apparue à la fin des années 1850 : la « génération de Mai[66] ».

63. Isabel Fonseca, *op. cit.*, p. 101.
64. Karel Hynek Mácha, *Cikáni* [Les Tsiganes], p. 149-249, dans *Dílo* [Œuvre], vol. 2, *Prózy – Zápisníky – Deníky* [Prose, carnets, journaux intimes], édition M. Pohorský, Prague, Československý spisovatel, 1986 [1re éd. Prague, 1857].
65. Jan Neruda, « Divoký zvuk » [Son sauvage], p. 35-53, cycle de *Knihy veršů* [Livres de vers], dans *Básně* [Poèmes], éd. M. Novotný, Prague, Kvasnička & Hampl, 1923 [1re éd. almanach *Máj*, 1859] ; Vítězslav Hálek, *Bajrama*, p. 9-44, dans *Povídky* [Nouvelles], vol. I, Prague, Fr. Borový, 1924 [texte de 1857] ; Adolf Heyduk, *Cigánské melodie* [Mélodies tsiganes], cycle du livre *Básně* [Poèmes], 1re éd. 1859.
66. Sur cette génération des « Gens de *Mai* » [Májovci], qui se place expressément sous l'égide du grand poète romantique Mácha tout en instaurant dans la littérature tchèque

Prématurément disparu en 1836, année de la publication de son chef-d'œuvre *Máj* [Mai], K. H. Mácha a laissé quelques poèmes de jeunesse en allemand – dont un « Zigeunerlied » –, puis, en tchèque, des poèmes et cycles lyrico-épiques, ainsi que des drames versifiés, des nouvelles et récits (souvent inachevés). À plus d'un titre, *Les Tsiganes* constituent une œuvre à part. Ce texte en prose (le plus long de Mácha), à la genèse complexe, dont il n'existe pas de manuscrit autographe intégral et quasiment aucune trace dans les écrits personnels du poète[67], un texte dont le surgissement tardif sous forme de copie n'a pas été complètement éclairci[68], présente de telles particularités que le soupçon a été jeté sur l'identité de son auteur[69]. Aussi bien, dans les rééditions comme dans l'histoire littéraire[70], le roman – dont on admet tout de même qu'il a pu être modifié par ses « copistes » – est aujourd'hui tenu pour partie intégrante de l'œuvre de Mácha. Les doutes émis sur leur auteur expliquent peut-être que *Les Tsiganes*, abondamment réédités pourtant, soient sanctionnés par assez peu de travaux critiques, face aux multiples études et ouvrages consacrés aux autres écrits de Mácha.

---

une composante *réaliste* où se manifeste un sens aigu de l'observation du présent, de la vie contemporaine..., voir notamment C. Servant, *op. cit.*, chap. « Les Écrivains de *Mai* », p. 51-74.

67. Voir M. Pohorský, « Ediční poznámka a komentář » [Note de l'éditeur et commentaire], p. 362-363, dans K. H. Mácha, *Dílo*, vol. 2, *op. cit.* : alors que Mácha a laissé dans ses lettres et *Carnets* un certain nombre d'informations sur son travail littéraire, sa *Correspondance* ne comporte qu'un seul commentaire sur les *Tsiganes* (lettre de janvier 1836), indiquant la fin de la rédaction, précisant que le roman n'a pas franchi la barrière de la censure mais que le censeur, plutôt accommodant, a assuré Mácha que ses *Tsiganes* finiraient par « passer ».

68. C'est une copie des *Tsiganes* qui fait son apparition en 1851, date à laquelle est bientôt publié le premier large extrait (les sept premiers chapitres) dans la revue *Lumír*, l'édition intégrale ne venant qu'en 1857. Certes, presque toute l'œuvre de Mácha paraît à titre posthume – hormis *Máj* [Mai], seuls quelques poèmes ont été publiés dans des revues de son vivant.

69. Le chercheur Oldřich Králík s'est employé à démontrer de manière pointue que *Les Tsiganes* étaient l'œuvre d'un épigone de Mácha, désignant pour auteur le plus probable Karel Sabina (1813-1877), écrivain ami de Mácha. Les analyses critiques de Králík, ainsi que le « scénario » qu'il propose pour reconstituer les motifs de l'apocryphe, sont assez plausibles pour trouver des partisans jusqu'à nos jours. (Voir notamment O. Králík, *Demystifikovati Máchu* [Démystifier Mácha], Ostrava, Profil, 1969.)

70. Voir la notice « K. H. Mácha » du *Lexikon české literatury* [Lexique de la littérature tchèque], vol. 3/I, Prague, Academia, 2000, p. 32-42.

Les Tsiganes ressortissent au genre lyrico-épique, genre combinatoire où les éléments descriptifs, réflexifs et lyriques prédominent (poèmes enchâssés, longs passages « paysagistes »), tandis que l'action tient à quelques faits se déroulant dans un espace-temps très restreint : comme le plus souvent dans les œuvres en prose de Mácha, l'auteur « saisit » les personnages à une sorte de point culminant de leur existence, à la croisée de destinées qui s'accélèrent et trouvent une forme de résolution. Pour l'essentiel, l'explication de ce moment d'exception se trouve dans ce qui a eu lieu antérieurement – les origines des protagonistes, leurs actes passés, tout cela resurgissant, au fil des quinze chapitres du livre, par le biais des souvenirs, récits épistolaires, aveux... Aussi la trame n'en est-elle pas moins d'une redoutable complexité ; dans le souci d'en donner une idée, il faut toutefois en passer ici par l'exercice périlleux du « résumé de l'intrigue ».

Le décor[71], dévoilé au lecteur par la première personne d'un narrateur-promeneur qui ouvre le roman sans plus reparaître ensuite, est celui d'une vallée romantique au pied d'un château en ruine, décor dont les beautés et la complexité (géologique, végétale...) sont communément rapprochées des tableaux du romantique allemand Caspar David Friedrich. Au pied de ce château, une auberge tenue par un vieux Juif et sa fille Lea, et fréquentée par le vétéran Bárta, ivrogne notoire et radoteur hanté par ses anciennes campagnes militaires sur le Rhin. Personnage à la limite du burlesque comme l'on en trouve dans le drame romantique (élément de l'esthétique du contraste), Bárta, celui qui « sait tout », selon sa propre formule, fait également office d'outil narratif de premier ordre par ses récits et ses dialogues avec les protagonistes. En ce jour de shabbat, arrivent à l'auberge deux Tsiganes, musiciens ambulants. Lea, la jeune Juive, charmée par le chant du jeune Tsigane, tombe bientôt amoureuse de celui-ci. Bárta raconte au vieux Tsigane l'histoire d'Angelina, ancienne tenancière de l'auberge : le noble de la contrée, le comte Valdemar Lomecký, officier de l'armée autrichienne, avait ramené Angelina d'Italie après l'avoir séduite ; la jeune femme avait eu un fils portant, sur sa poitrine, un signe distinctif : une marque rouge sang rappelant une main levée pour prêter serment ; puis Angelina a disparu. Le vétéran Bárta évoque ensuite une folle qui se terre non loin de là, dans une grotte ; il apparaîtra que l'ancienne aubergiste

71. Il se situe dans les environs du château de Kokořín (au nord de Prague), région bien connue de Mácha – voir Jaromír Wagner, *Karel Hynek Mácha v dějišti svých Cikánů* [K. H. Mácha dans le décor de ses *Tsiganes*], Česká Lipa, END, 1996.

Angelina et la mendiante folle ne font qu'une. La jeune Juive Lea, elle aussi, a été autrefois victime des assiduités violentes de Valdemar – il l'a enlevée avec la complicité d'Angelina et abusée[72]. À présent, Lea, amoureuse du jeune Tsigane, se désespère de ce malheur qui a brisé sa vie huit ans auparavant. Peu après, elle meurt foudroyée, par l'orage ou le chagrin, et sa mort est aussitôt suivie de celle de son père – lequel a aussi sa part de responsabilité dans la tragédie qui a frappé sa fille par le passé.

Quant au vieux Tsigane, il apparaît finalement qu'il s'agit d'un ancien gondolier vénitien du nom de Giacomo, dont la bien-aimée, prénommée Angelina, a jadis été enlevée par un étranger. Giacomo a ensuite rejoint une bande de Tsiganes et est parti à la recherche de celui qui avait anéanti son bonheur – et ce séducteur que Giacomo poursuit de sa vindicte, c'est évidemment le comte Valdemar. Autrefois, dans une forêt, le vieux Tsigane a trouvé un enfant, l'a éduqué et, depuis lors, les deux hommes vont ensemble de par le monde (Cet enfant trouvé est donc le jeune Tsigane). L'itinéraire du vieux Tsigane alias Giacomo n'est cependant résumé et éclairci qu'au quatorzième et avant-dernier chapitre du livre, grâce à une lettre (enchâssée) laissée par Giacomo et lue par le jeune Tsigane, lettre où est notamment évoquée Venise[73].

La scène initiale de l'auberge est suivie d'une scène de grotte : les Tsiganes passent la nuit dans une grotte où a également élu domicile la mendiante folle. À travers la logorrhée délirante de la femme, et par recoupement avec le récit du vétéran Bárta, le vieux Tsigane reconnaît en cette mendiante son Angelina perdue et comprend que le jeune Tsigane est le fils de cette dernière – ce qui, au demeurant, va s'avérer inexact. Le vieux Tsigane arrive ensuite, lors de la nuit d'orage, jusqu'à Valdemar qu'il assassine d'un coup de poignard dans le cœur, conformément à ses desseins[74] ; ce faisant, il venge aussi la jeune Juive Lea. Une lettre trouvée par des officiers sur la poitrine de Valdemar[75], « à ouvrir après [sa] mort », révèle que ce dernier a eu autrefois avec la comtesse un enfant. Or, pendant la grossesse de sa femme, le comte a soupçonné cette dernière de porter l'enfant d'un

72. Mácha, *Cikáni*, *op. cit.*, chap. 9, p. 212.
73. Une évocation très proche du *Journal du voyage d'Italie* tenu par Mácha à l'été 1834 (clichés touristiques compris) – voir *Denník na cestě do Italie*, p. 319-335, dans K. H. Mácha, *Dílo*, vol. 2, *op. cit.*
74. Voir Mácha, *Cikáni*, *op. cit.*, chap. 9, p. 209-215.
75. Voir *ibid.*, chap. 10, lettre de Valdemar Lomecký, p. 216-219.

autre[76]. Blessée par cette accusation sans fondement, l'épouse de Valdemar a alors renié et voué au malheur son propre fils, avant que de mourir en couches. Ne pouvant supporter de vivre auprès de son rejeton maudit, le comte l'a confié à Angelina, laquelle venait de mettre au monde un enfant mort-né et ne s'est pas rendu compte de la substitution. Après quatre ans de campagne militaire, de retour en sa demeure, Valdemar, ne souffrant toujours pas de savoir son fils à proximité, a demandé à Angelina de quitter la région avec l'enfant. Or, tout en ignorant qu'il n'était pas le sien, Angelina ne l'aimait pas ; aussi a-t-elle décidé, pour pouvoir rester auprès de Valdemar, d'aller abandonner le garçon de quatre ans dans la forêt. Ce dernier a alors été recueilli par des Tsiganes et est devenu l'un des leurs. Dans la lettre retrouvée sur lui après sa mort, Valdemar lègue son titre et ses biens à son fils perdu – l'enfant porte une marque distinctive en forme de main sur la poitrine et n'est autre que le jeune Tsigane.

Vient le dénouement : le vieux Tsigane (l'ex-gondolier Giacomo) est condamné pour le meurtre du comte ; pendu haut et court, il meurt apaisé d'avoir accompli sa vengeance ; la folle Angelina, après avoir accompagné son ancien amant vénitien à la potence, est enfermée dans un asile où elle se tranche bientôt les veines avec ses dents[77]. Quant au jeune Tsigane, devenu « le jeune Valdemar », loin de trouver la paix dans la demeure de feu son père et malheureux d'avoir perdu son unique amour éphémère (la Juive Lea), il abandonne les biens et le patronyme recouvrés (quinzième et ultime chapitre) et reprend la route, « de nouveau vêtu en Tsigane[78] ». Le livre s'achève ainsi :

> « Le jeune Tsigane partit dans le vaste monde. Que Dieu l'accompagne[79] ! »

Tel est l'aperçu que l'on peut donner des méandres de cette intrigue aux rebondissements multiples – coups de tonnerre au propre et au figuré (l'orage des chapitres 7 et 8 est spectaculaire), suspense digne d'un roman policier, lettres autobiographiques, secrets dévoilés entraînant parfois sur de fausses pistes, intervention de prophéties, malédictions... tous éléments

76. Cette obsession thématique de la jalousie et de l'adultère dans l'œuvre de Mácha est analysée, entre autres, par Roman Jakobson dans « Qu'est-ce que la poésie ? », p. 31-49, dans *Questions de poétique*, Paris, Seuil, « Points », 1977 [1re éd. « Co jest poesie ? », *Volné směry* (Prague), XXXe année, 1933-1934].
77. Voir Mácha, *Cikáni*, *op. cit.*, chap. 13, p. 238.
78. *Ibid.*, chap. 15, p. 249. (« v oděvu cikánském »)
79. *Ibid.* (« Odešel v šírý svět mladý cikán. Nechť ho Bůh doprovází ! »)

qui, estime le critique František Xaver Šalda, n'ont pas seulement partie liée avec l'imaginaire romantique, mais peuvent être associés à la littérature triviale du tournant des XVIIIe et XIXe siècles[80], caractérisée par ses trames alambiquées, scènes effroyables et épisodes irrationnels. Dans *Les Tsiganes*, l'auteur semble s'attacher principalement au traitement de la question du *mal*, dont l'incarnation principale est le comte Valdemar Lomecký (« monomane érotique », selon la caractérisation de F. X. Šalda[81]), qui multiplie les dommages autour de lui – il est la cause plus ou moins directe des quatre morts survenues. Beaucoup plus présent dans le discours et la mémoire des autres protagonistes qu'en tant que personnage agissant, Valdemar est assez difficile à cerner ; d'aucuns[82] ont tendance à le voir comme un « héros byronien » cynique, sans remords, à la limite de la psychopathie. En même temps, le « sens des responsabilités » dont il fait preuve (*post mortem*, il est vrai) à l'endroit de son fils, ainsi que des propos trahissant comme une mauvaise conscience, atténuent quelque peu la noirceur du portrait. Face au mal – Valdemar –, Mácha semble explorer les attitudes possibles : la cruauté, tout d'abord – la vengeance du vieux Tsigane, alias Giacomo, qui tue sans remords ; ensuite, l'amour et la compassion entre victimes, entre souffrants – tel est le sens du couple éphémère formé par la jeune Juive Lea et le jeune Tsigane : elle le console de ses infortunes, il l'aime malgré, sinon pour ses infortunes ; enfin, autre option face au mal : le choix de la solitude, le retrait du monde des hommes et la fuite vers la nature – c'est la voie choisie par le jeune Tsigane. En fin de compte, hormis les passions délétères, aucun désir n'est assouvi dans *Les Tsiganes* ; aucun amour ne s'est accompli, par exemple. À la fin du roman, le jeune comte redevient tsigane dans le refus de sa condition retrouvée, mais sans doute le pèlerin fuit-il aussi la société des hommes pour se livrer à des aspirations plus hautes, que seuls lui permettront le plus grand éloignement et le plus grand repliement en soi-même. Certains critiques en concluent au « pessimisme total[83] » de Mácha.

80. Voir F. X. Šalda, « O krásné próze Máchově » [La Prose de Mácha], p. 303, dans *Studie Literárně historické a kritické* [Études d'histoire et de critique littéraires], Prague, Melantrich, 1937.
81. *Ibid.*, p. 300.
82. Par exemple Jan Jakubec dans *Dějiny české literatury* [Histoire de la littérature tchèque], vol. II, Prague, J. Laichter, 1934, p. 781.
83. Tel Václav Černý, voir « K. H. Mácha a západoevropský titanismus romantický » [K. H. Mácha et le titanisme romantique occidental], p. 15, dans *K. H. Mácha : osobnost,*

Quant au traitement de la thématique tsigane dans ce roman, il convient de se demander à quoi renvoient ces Tsiganes dont il faut souligner, au premier chef, qu'ils se révèlent tous les deux des « pseudo-Tsiganes » : l'un gondolier italien, l'autre rejeton d'une famille noble. Ce scénario n'a rien d'exceptionnel ; le romantisme ne manque pas de ces personnages à l'identité perdue (ou occultée) puis recouvrée. En outre, on rencontre assez fréquemment dans la littérature de ces personnages qui, malgré eux ou par choix, « entrent chez les Tsiganes ». Il n'est que de citer Aleko des *Tsiganes* (1824) d'Alexandre Pouchkine[84], un personnage dont on ne sait rien sinon que, poursuivi par la justice, il rejoint les Tsiganes de Bessarabie, puis choisit délibérément de se faire exilé nomade afin de se libérer des chaînes de la civilisation et de devenir un Tsigane à part entière – ce dessein voué à l'échec se solde par un double meurtre. On retrouve aussi un « engagé volontaire » chez les Tsiganes dans le cycle poétique de Jan Neruda « Son sauvage » [Divoký zvuk] (1859). Ici, c'est l'aspiration à la musique et aux passions qu'elle exprime, à ces épopées non-verbales[85] qui sont surtout celles des sens – et peuvent vampiriser le cœur et mener à la folie –, qui attire un jeune violoniste tchèque, comme envoûté, parmi les Tsiganes :

A za nimi ten bledý, mladý muž,	Et derrière eux le jeune homme pâle,
jak by ho tóny divným kouzlem vedly –	comme si les sons le menaient par un charme étrange,
a tváře bledé jak by více bledly	et si les joues pâles se faisaient plus pâles encore
a oči slabé jak by mřely už.	et que les yeux faibles se soient mis à voir.
A když se tlupa zastaví,	Et quand la bande s'immobilise,

dílo, doba [K. H. Mácha : personnalité, œuvre, époque], Prague, Družstevní práce, 1937.

84. Mácha cite d'ailleurs *Les Tsiganes* de Pouchkine parmi ses lectures du début 1833 – voir K. H. Mácha, « Literární zápisníky » [Carnets littéraires], p. 260, dans *Dílo*, vol. 2, *op. cit.*

85. On pense au grand essai contemporain (1859) de Franz Liszt *Des Bohémiens et de leur musique en Hongrie* (Vaduz, Saendig Reprint Verlag, 1973). Liszt développe cette idée d'« art non référencé qui va bien aux Bohémiens » (*ibid.*, p. 17) et propose de nommer « épopée » les fragments épars de leur musique instrumentale : « La musique des Bohémiens ne respire que passions et sentiments spontanés, absolus et impérieux ; quoique présentés, il est vrai, sans la narration qui les prête à certains individus en particulier et les dévoile dans leurs résolutions, tout autant que dans leurs discours. Mais, ces passions et ces sentiments, en se manifestant dans un art où ils peuvent se formuler sans l'intermédiaire du récit et du mythe, n'en sont pas moins absolument de même nature » (*ibid.*, p. 20).

hrou zase až se unaví,	quand elle est fatiguée de jouer,
tu slyšet smutné volání –	on entend une voix triste –
"Ten csárdás ještě, cigáni![86]"	« La csardas, jouez-la encore, tsiganes ! »

Dans la nouvelle *Bajrama* de Vítězslav Hálek – fortement imprégnée des *Tsiganes* de Mácha[87] –, le jeune paysan Jeník est prêt lui aussi à « se mettre avec les Tsiganes » par amour pour la Tsigane Bajrama, une idylle vue d'un très mauvais œil par les villageois dont l'auteur brosse au demeurant un portrait sans concession, confinant par endroits à la critique sociale :

> « Sais-tu, compère », commença le veilleur sur un ton de mystère. « Chez Jeník, ça ne tourne pas rond, là », ce disant, il montrait son front du doigt, « je vais te dire, Jeník Jaroš veut se mettre avec les Tsiganes[88]. »
>
> Certains racontaient que Jeník avait depuis beau temps quelque chose de tsigane en lui, d'autres s'étonnaient d'avoir pu entretenir un si long commerce avec lui sans jamais avoir été contaminés ; mais tous s'accordaient pour dire que Jeník était déjà un tsigane accompli[89].

Jeník ne va pas jusqu'au bout de sa passion puisqu'un Tsigane jaloux, compagnon de *Barajma*, assassine finalement le couple.

Dans le roman de Mácha, jamais l'on n'approche à ce point un univers tsigane, fût-il parfaitement fantasmagorique. Ses pseudo-Tsiganes, inscrits dans le schématisme général de la distribution des rôles, demeurent très peu caractérisés. Hormis sa motivation directrice, la vengeance, le vieux Tsigane ne se singularise véritablement ni en tant que Tsigane, ni en tant que gondolier vénitien. Les costumes du jeune et du vieux présentent un bariolage d'opérette, leurs instruments de musique sont stéréotypés...

---

86. Neruda, « Divoký zvuk », *op. cit.*, p. 36.
87. Au point de se dérouler dans le même décor (vallée de Kokořín), de mettre en scène un personnage archétypal de veilleur communal très proche du vétéran Bárta, etc. – certaines de ces concordances entre Mácha et Hálek sont relevées par Jaromír Wagner (*op. cit.*, p. 59-60).
88. Hálek, *op. cit.*, p. 23. (« "Víš co, kmotře", počal ponocný jaksi tajemně. "S Jeníkem to nestojí tuhle v pořádku –" při tom ukazoval prstem na čelo – "já ti povím, Jeník Jarošovic se chce dát k cikánům". »)
89. *Ibid.*, p. 30. (« Někteří vypravovali, že prý Jeník už dávno měl něco cikánského v sobě, a jiní zase tvrdili, že jim to divno, kterak s ním mohli po tak dlouhý čas obcovati, aniž by se byli jím nakazili ; všickni ale v tom se shodovali, že Jeník už jest učiněný cikán. »)

> C'étaient deux Tsiganes. Un jeune homme marchait devant, petit, vêtu à la hongroise, des pantalons rouges brodés d'or, des bottines jaunes et une casaque bleue ornée de ganses dorées, tel était son habit. Il allait tête nue mais une chevelure noire, longue et épaisse suffisait à protéger sa tête de toutes les intempéries. [...] L'autre Tsigane, bien plus âgé, était tout de bleu vêtu et moins raffiné en son habit. Au-dessus des joues hâlées brûlaient les yeux noirs, telles deux étoiles dans un ciel vespéral. Un cymbalum tendu de cordes scintillantes pendait à l'épaule du jeune, le vieux portait sous le bras un instrument de musique semblable à nos violons. Ils étaient musiciens ambulants[90].

À la différence des trois exemples précités – Pouchkine, Neruda, Hálek –, on peut ajouter un « facteur aggravant » à cette absence de détermination : les pseudo-Tsiganes de Mácha ne sont entourés d'aucun Tsigane « authentique » ; ils vont seuls. À peine trouve-t-on dans le roman une évocation de campement tsigane, tout aussi conventionnelle[91], quoique non dénuée d'une certaine sympathie pour le sort des miséreux. Ce « tableau vivant » prend place dans un récit du jeune Tsigane, qui se remémore le jour où sa mère l'a abandonné et où il a été recueilli par les nomades :

> Nous marchâmes deux jours et deux nuits ; la troisième nuit, je m'endormis sous des arbres, dans le giron de ma mère – et au matin, je me retrouvai seul dans la forêt profonde. Nul ne répondait à mes pleurs, à mes appels ; j'errai tout le jour sans trouver la moindre issue. La nuit vint. Fatigué, affamé, je me traînais en titubant dans la vallée profonde lorsque, soudain, j'aperçus de loin une lueur rouge, puis de grands feux. Je m'approchai. Autour des feux, une multitude couchée par terre dans une étrange confusion. Le chiot pendu aux mamelles du cochon, le porcelet à celles de la chienne. Les enfants et les femmes

90. Mácha, *Cikáni*, *op. cit.*, chap. 2, p. 159. (« Byli to dva cikáni. Napřed šel malý, po maďarsku vystrojený mladík, červené, zlatem vyšívané spodky, žluté botky a modrá, zlatými šňůrami ozdobená kazajka byly oděv jeho. Na hlavě neměl ničeho, dlouhé však a husté černé vlasy dostačily hlavu před všelikými nehodami povětrnosti uchrániti. [...] Druhý cikán, mnoho starší, byl celý modře a méně skvostně oblečen. – Nad opálenými tvářemi hořely černé oči co dvě hvězdy na večerním nebi. Mladší měl převěšený přes rameno lesknoucími se strunami potažený cimbál, starší nesl pod paždím hudební nástroj podobný našim houslím. Byli cestující hudebníci. »)

91. La scène provient presque mot pour mot d'un article copié par Mácha dans la revue *Ausland* (1832), « Skizzen aus der Wallachey », comportant entre autres phrases – à comparer avec celles de Mácha : « ... Hund hängt am Mutterschweine, das Ferkel an der Hündin etc. Weiber u. Kinder haben keine [andere] Hülle, als ihre langen dichten u. schwarzen Haar [...] » (cité par Fr. Krčma, « Poznámky » [Notes], p. 377-378, dans *Dílo K. H. Máchy* [Œuvre de K. H. Mácha], vol. II, Prague, Fr. Borový, 1928).

à demi nus sur l'herbe couverte de rosée, sans la moindre couverture hors leurs épaisses chevelures. Couchés autour des feux, des hommes aux longues barbes. Misère terrible ! – C'était un groupe de Tsiganes. Ils me recueillirent [...]. Des années durant, j'errai à leurs côtés, en lutte constante avec le temps, le vent et les éléments[92].

On peut encore mentionner une autre petite allusion amusante à un mode de vie tsigane présumé : pendant la nuit de la grotte, le vieux Tsigane fait du feu en frottant des brindilles l'une contre l'autre[93] ; ce détail, difficilement assimilable à une quelconque tentative d'observation ethnographique, est qualifié par F. X. Šalda de « concession au roman trivial indien[94] ».

Ici, les deux Tsiganes constituent surtout une déclinaison parmi d'autres de ces marginaux aimés du romantisme et que Mácha semble avoir multipliés et confrontés à dessein dans le roman, comme pour mettre à l'épreuve leur compatibilité : le Juif, le Tsigane, le psychopathe, la folle (avec son lieu stéréotypé, la grotte) et même le vétéran ivrogne (version dégradée). Face aux autres parias de l'histoire, les Tsiganes se distinguent néanmoins en un point crucial : leur nomadisme. Le récit est inauguré par l'arrivée des Tsiganes et refermé par le départ du jeune Tsigane. Ces Tsiganes (en particulier le jeune) semblent former le concentré de deux figures romantiques contiguës que Mácha n'a cessé d'explorer et d'élaborer dans ses œuvres poétiques et prosaïques : celles du « pèlerin » [poutník] et de « l'étranger » [cizinec][95]. À la fin du roman, le jeune Tsigane embrasse pleinement,

---

92. Mácha, *Cikáni*, *op. cit.*, p. 229-230. (« Dva dny a dvě noci jsme kráčeli vpřed ; v třetí noc usnul jsem pode stromy v klínu své matky – a ráno jsem byl samoten v hlubokém lese. Žádný neodpovídal pláči mému, mému volání ; přes celý den jsem bloudil a nenalezl jsem východu žádného. Přišla noc. Unavený, hladový potácel jsem se hlubokým dolem, až najednou zdaleka uzřím rudou zář a brzo nato vysoké ohně. Přijdu blíže. Kolem ohňů leží shromážděné množství v divném zmatku. Štěně visí u prsou svině, sele na vemenu feny. Děti a ženy leží polonahé v zrosené trávě, nemajíce mimo svých hustých vlasů žádného okrytu. Kolem ohňů zarostlí mužové leží. Strašná bída ! – Byl to sbor cikánů. Opuštěného mne přijali [...]. Mnoho let bloudil jsem s nimi v ustavičném boji s počasím, povětřím a živly. »)
93. *Ibid.*, p. 174.
94. Šalda, *op. cit.*, p. 303.
95. Voir à cet égard Zdeněk Hrbata, *Romantismus a Čechy* [Le Romantisme et les pays tchèques], Prague, H & H, 1999, chap. « Cíle poutnictví » [Les Buts du pèlerinage], p. 16-28.

définitivement la condition d'étranger perpétuel, poussé vers un ailleurs qui est avant tout spirituel, et engagé dans un voyage qui ne s'achèvera qu'avec la mort.

Or, là où l'état d'étranger et de pèlerin peut être associé chez d'autres – en vertu de clichés romantiques bien connus – à la liberté[96], au rejet de toute servitude ou contrainte, à la communion avec la nature, aux élans spirituels et autres aspirations hautement valorisées, dès le début des *Tsiganes* de Mácha, cette vie sans entrave est présentée sur un mode douloureux à l'extrême. Ce sont avant tout les poèmes enchâssés qui mettent au jour cette souffrance, mais pas uniquement : on la retrouve notamment dans quelques monologues torturés du jeune Tsigane : « "Seul, seul alors ? – De nouveau rien ? – Partir ? – inconnu – point de chez soi ?", et d'autres paroles étranges s'épanchaient une à une de sa bouche entrouverte. [...] "Point de chez soi ; non – la patrie m'est inconnue[97] !" » Ainsi se lamente le jeune Tsigane au chapitre 3, dans une sorte de délire élégiaque. Sa douleur est celle de la *patrie perdue*. Dans le poème « Zigeunerlied[98] », poème de jeunesse de la période allemande de Mácha, le « heimatlos » de la dernière strophe associe déjà la même quête douloureuse, car sans espoir d'accomplissement, au chant d'un Tsigane. Dans le sillage de Mácha, on retrouve ce thème mélancolique de la patrie perdue chez Adolf Heyduk, par exemple dans le chant VII de ses *Mélodies tsiganes* :

Největší to smutek	C'est la peine la plus grande
mezi smutky všemi,	entre toutes les peines
stále v kletbě šlapat –	que de fouler sans cesse, maudit,

96. Un stéréotype littéraire qui entre en contradiction avec les réalités de la vie des Tsiganes, ainsi que le souligne Isabel Fonseca (*op. cit.*, p. 23) : « la dure loi des Gitans, si cruellement opposée aux stéréotypes romantiques de la liberté rom, interdit l'émancipation des individus en faveur de la préservation du groupe. »

97. Mácha, *Cikáni*, *op. cit.*, p. 167, *passim*. (« "Sám, sám tedy ? – opět nic ? – pryč ? – neznámý – domov žádný? –" a jiná podivná slova mu plynula jednotlivě z polootevřených úst. [...] "Domov žádný ; – žádný – vlast mi neznáma !" »)

98. « Jahre sind dahingeflossen, / wandern muß ich sonder Rast, / von den Menschen ausgestoßen, / von den Brüdern selbst verhaßt ; / auf mir unbekannten Wegen/irre ich stets heimatlos, / bis sie einmal niederlegen /mich in Mutter Hertas Schoß » (K. H. Mácha, « Zigeunerlied », 2de strophe, p. 130, dans *Dílo* [Œuvre], vol. 1, *Máj, básně, dramatické zlomky, dopisy* [*Mai*, poèmes, fragments dramatiques, lettres], édition M. Pohorský, Prague, Československý spisovatel, 1986).

půdu cizích zemí.	le sol de terres étrangères.
Zle ta stará kletba nahé nohy pálí – aj může-li cigán v cizině být stálý. Ani žhavá slza, která z očí kane, země neochladí, v níž ta kletba plane.	Comme elle brûle les pieds nus cette vieille malédiction – ah, pour que le tsigane puisse ainsi être toujours à l'étranger. Même la larme ardente qui perle des yeux ne refroidira pas la terre, brasier de la malédiction.

La liberté a un revers : ne pas avoir de patrie, de « chez soi ». Au début du roman de Mácha, ce déracinement rapproche immédiatement le jeune Tsigane et Lea, qui se rencontrent en « partageant » leurs chants : des formules identiques ou proches se font écho dans les chants respectifs du jeune Tsigane et de la jeune Juive, telles « Dispersée ma nation[99] » (reprise dans les deux chants) ou encore « loin les cendres de mes pères, loin ma patrie[100] ! ». Tsiganes et Juifs[101] se rejoignent, ayant en commun l'errance des apatrides et, tout ensemble, le désir inassouvi et désenchanté de la « patrie promise » – celle des ancêtres ou, pour le moins, un lieu d'ancrage assez puissant pour s'y substituer.

Un autre poème enchâssé, la « Chanson de Nagy-Ida[102] » chantée par le jeune Tsigane, exprime ce désir de patrie en même temps que la frustration devant l'inaccessibilité de celle-ci. Cette chanson est inspirée d'un événement historique survenu en 1556, en Hongrie ; l'argument[103] en est exposé par l'auteur lui-même dans une longue note accompagnant le poème : la forteresse assiégée de Nagy-Ida, demeure d'un noble hongrois en rébellion, est défendue par des Tsiganes auxquels ce seigneur a promis de donner toute la région s'ils viennent à bout de l'ennemi. (« Qui me donnera la paix – l'amour – une patrie ? / Le seigneur de Nagy-Ida répond : [...] Moi – je

99. Mácha, *Cikáni*, *op. cit.*, p. 157 (« Rozplašen můj národ »).
100. *Ibid.* (« Daleko prach otců, daleko vlast má ! »).
101. La poésie tchèque du XIXe siècle (surtout de sa seconde moitié) a aussi recours aux thèmes juifs – bibliques et historiques – pour traiter allégoriquement le destin de la nation tchèque.
102. Mácha, *Cikáni*, *op. cit.*, p. 168-170 (« Píseň Nagy-Iday »).
103. Ce thème est surtout connu à travers *Les Tsiganes de Nagyida* [Nagyidai cigányok] (1852) du poète hongrois János Arany (1817-1882), où il est cependant traité sur le mode héroï-comique et satirique.

vous donnerai une demeure, une patrie[104]. ») L'ennemi est repoussé grâce aux Tsiganes mais ceux-ci commettent une imprudence : ils se précipitent hors du château et fanfaronnent, racontant à qui veut l'entendre que quelques assauts de plus auraient eu raison de leurs forces ; l'information parvient jusqu'à l'armée adverse, qui fait demi-tour et les décime. La note de l'auteur se termine par le commentaire suivant : « Chaque Tsigane connaît cette chanson et, s'il l'entend, verse des larmes, pleure jusqu'à se répandre en gémissements bruyants et sombrer dans le désespoir. Est-ce le souvenir de la mort de ses frères, ou la perte de la patrie promise, je l'ignore. Car s'il a peine à se désaccoutumer de sa vie de vagabondage et s'établit rarement en un lieu, le Tsigane n'en garde pas moins vivant en lui le vague désir de la patrie inconnue[105]. »

Derrière ces Tsiganes sans patrie, et qui en cherchent une en sachant ne jamais la trouver, c'est bien entendu une vision tragique des *Tchèques* qui se dessine. Le jeune Tsigane est aussi l'emblème de la nation tchèque qui a perdu sa patrie, et une autoreprésentation évidente du poète en sa tchéquité douloureuse. À cet égard, la condition de « pseudo-Tsiganes » des deux protagonistes semble contribuer à rendre l'allégorie plus lisible – cette « nation dispersée », ce pourrait bien être celle des Tchèques. Dans l'ensemble de son œuvre, Mácha met en poésie et en prose une représentation extrêmement noire du présent tchèque (à savoir des années 1830), un présent opposé au passé glorieux, royal de la nation tchèque – à ces temps d'avant la perte de la souveraineté. Les Tchèques du temps présent, quant à eux, apparaissent chez Mácha comme des faibles, des héritiers oublieux des grandeurs passées ; la figure du « dernier de lignée », privé du legs de ses pères, dégradé et dégénéré, revient à plusieurs reprises chez Mácha[106]. Au reste, le jeune Tsigane du roman échappe de justesse à ce schéma en

104. *Ibid.*, p. 169 (« "Kdo pokoj – lásku – vlast mi dá ? » / Odpoví Nagy-Iday pán, / [...] "Já – obydlí, – já vlast vám dám !" »).

105. *Ibid.*, « Poznámka » [Note], p. 168. (« Každý cikán píseň tu zná, a slyší-li ji, slzí, pláče, až posléz v hlasité lkáni a v zoufalost upadne. – Nevím, zdali pro upamatování na smrt bratři svých, čili pro ztrátu zaslíbené vlasti. Neb ačkoliv cikán jen stíží odvyká toulavému životu a zřídka na jednom místě se osadí, přece v něm jakás po neznámém domovu neurčitá žije toužebnost. »)

106. Voir notamment le poème « V chrámu » [Dans la cathédrale], p. 257, dans *Dílo*, vol. I, *op. cit.* On retrouve encore ces figures de rejetons indignes, symboles de dégénérescence historique, tout au long du XIXe siècle dans la littérature tchèque, en particulier chez les néo-romantiques et décadents de la fin de siècle.

refusant d'endosser le statut (et les fautes) de son père – il préfère redevenir tsigane, renoncer à cette « patrie » qui vient de lui être restituée :

> Le voici sur la colline... Il ne s'est pas retourné vers sa terre natale : il part, plus loin, plus loin...
>
> Autour de lui, les prés en fleurs, les champs fertiles, les forêts bleues, sa patrie, son héritage. Au lointain, les sombres montagnes – roulant telles des vagues blafardes vers le ciel rose et les nuages sanguinolents – prennent congé du pèlerin solitaire. Lui ne voit rien – il part, plus loin, plus loin[107]...

Les *Tsiganes* font donc partie intégrante de la « question tchèque » propre à Karel Hynek Mácha – bien entendu, ce n'est là qu'un aspect du roman. De fait, avec Mácha, la figure de l'étranger, de l'errant, du Tsigane devient – non sans quelque paradoxe – le symbole désespéré de l'existence nationale des Tchèques. Dans une étude sur « La "patrie" de la Renaissance nationale et la "patrie" de Mácha[108] », Vladimír Macura montre que l'emploi du mot « patrie » chez Mácha est en décalage par rapport aux usages de l'époque, signalant entre autres que là où surgit le motif du « chez-soi », de la « maison », les mots « étranger », « pèlerinage », « voyage », « inquiétude » et « désir » ne sont jamais bien loin. Pour le programme culturel de la Renaissance nationale, évoqué plus haut, les notions d'« étranger » et de « patrie » sont au contraire parfaitement incompatibles – le « byroniste » Mácha a lui-même fait l'épreuve de cette incompatibilité. Quand le contexte exige des éveilleurs nationaux d'être positifs, constructifs, Mácha cadre mal avec cet optimisme patriotique ; d'aucuns le perçoivent même comme une sorte d'énergie négative.

Le Tsigane de Mácha, à l'instar de ces autres marginaux, étrangers et errants si présents dans son œuvre, rejoint ainsi la problématique nationale de la première moitié du XIXe siècle en s'inscrivant dans une polémique avec le système des valeurs de la Renaissance nationale, et en devenant le porteur d'un nouveau sens de la « tchéquitude ».

---

107. Mácha, *Cikáni*, *op. cit.*, p. 249.
(« Teď jest na kopci. – Neohlídnul se na krajinu rodnou ; dále – dále odchází. – »
« Kolem něho kvetoucí lučiny, ourodné pole, modré lesy, jeho vlast, jeho dědictví. V dálce temné hory – valící se co zsinalé vlny k růžovému nebi a jako zkrvavělým obláčkům – loučily se s osamělým poutníkem. On nic nevidí ; – dále – dále odchází. »)

108. Vladimír Macura, « "Vlast" obrozenská a "vlast" Máchova », *Česká literatura*, 24e année, 1976, p. 438-439.

Un contemporain de Mácha, le poète et éveilleur national František Ladislav Čelakovský (1799-1854), a tenté à la même époque une autre « connexion » entre le thème de la nation et celui des Tsiganes dans un poème intitulé « Le Flûteau du Tsigane[109] », paru en 1839. Dans cette chansonnette d'inspiration populaire, intégrée aux *Échos de chants tchèques* (1839), l'allégorie fonctionne bien différemment de celle de Mácha.

Cikánova píšťalka

Náš tatíček nebožtíček
ledacos věděl,
nám ubohým cikáňatům
nic nepověděl :
uměl pít, uměl hrát,
měkce dělat, tvrdě spát,
za pět prstů pěkné věci
kupovat.

Náš tatíček nebožtíček
o nás málo dbal,
měl podivnou píšťaličku,
nám ji nenechal :
kde ho rádi uctili,
dobře mu zaplatili,
na své oči div divoucí
spatřili.

Z kapsy vyndal píšťaličku,
oheň rozdělal,
jak zapískal, všecky šváby
z domů vyvolal :
musil šváb ze vrátek
zrovna nebo nazpátek,
potom dostal červeňoučký
kabátek.

Když zapískal na píšťalku
po vsi, po městě,
hned za ním německé myši

Le Flûteau du Tsigane

Notre petit père défunt
en savait des choses,
mais à nous, pauvres tsiganillons,
il n'a rien dit :
il savait boire, il savait jouer,
travailler mollement, dormir lourdement,
et s'acheter pour ses cinq doigts
de bien jolies choses.

Notre petit père défunt
se souciait peu de nous,
il avait un étrange flûteau,
et il ne nous l'a pas laissé :
là où on lui faisait honneur,
où on le payait bien,
il faisait voir
des merveilles.

Il sortait son flûteau de sa poche,
faisait un feu,
et aux premiers sons, tous les cafards
sortaient des maisons :
le cafard devait passer la porte
droit devant ou en marche arrière,
puis il recevait un petit manteau
tout rouge.

Quand il jouait de son flûteau
dans un village, une ville,
aussitôt, à sa suite, les rats

109. František Ladislav Čelakovský, « Cikánova píšťalka » [Le Flûteau du Tsigane], p. 28-29, dans *Ohlas písní českých* [Écho de chants tchèques], éd. Ot. Fischer, Prague, Státní nakladatelství, 1933 [1re éd. 1839].

byly na cestě :	se mettaient en route :
musely vandrovat,	il leur fallait vadrouiller,
podlé jeho tancovat,	danser comme lui
s hráze chutě do rybníka	et par dessus la digue, pleins d'entrain,
hopcovat.	se jeter dans l'étang.
Ach, tatíčku, nebožtíčku,	Ah, petit père, cher défunt,
kam jsi rozum dal !	où as-tu mis ta raison !
Kdybys nám byl píšťaličku	Ce flûteau, si au moins
aspoň odkázal !	tu nous l'avais légué !
Máme teď nouzi třít,	À présent, nous devons tirer la langue,
mohli jsme se dobře mít,	nous qui pourrions si bien vivre
v Čechách, také na Moravě	en Bohême et en Moravie,
pansky žít.	vivre en seigneurs.

Le poème de Čelakovský contient un message « crypté » anti-allemand – si facile à décrypter, pourtant – qui a passé la censure ; pour l'anecdote, ce « Flûteau... » a ensuite circulé parmi les patriotes tchèques, sous forme de tract, pendant les événements de 1848, en guise d'incitation au soulèvement.

Les enfants du Tsigane se lamentent : leur père ne leur a pas légué le flûteau magique grâce auquel il chassait des maisons cafards et rats – tel le joueur de flûte de Hamelin – et s'emplissait les poches. De la sorte, ses enfants doivent aujourd'hui « tirer la langue », eux qui pourraient « vivre en seigneurs » dans les pays tchèques. Bien plus qu'à un attribut de musicien tsigane, le flûteau renvoie ici à la lutte nationale, en vertu d'une analogie (dégradée) avec le « poète combattant » qui place son chant ou sa musique au service de la cause – un topos de la littérature de la Renaissance nationale. Les cafards et les rats désignent de manière limpide les Allemands[110]. Quant au thème du « déshéritage », il rend censément compte de la combativité insuffisante des Tchèques du temps présent. Les « Tsiganillons » ne peuvent reprendre le flambeau (le flûteau), ce qui, au passage, les dédouane en partie : la transmission ne s'est pas faite, mais ils n'y sont pour rien – chez un Mácha, en revanche, la perte de l'héritage, de l'épée, de la couronne..., est liée à une faute commise, un péché préexistant.

110. Strophe 3, *šváb* : cafard – *Šváb* (avec maj.) : Souabe et, par ext., Allemand (désignation péjorative). Strophe 4, *německá myš* : terme désignant une espèce de rat – littéralement : « souris allemande ». Les malheurs des cafards et des rats font allusion aux défaites que les Tchèques ont infligées aux Allemands par le passé.

Or, dans ce poème de Čelakovský, l'allégorie semble manquée, bancale. Pour qu'elle soit véritablement opératoire, le père devrait ici incarner la force, la gloire et la droiture – parmi ces « pères » symboliques, on rencontre dans les œuvres littéraires et historiques du XIXe siècle les figures emblématiques de Jean Hus, saint Venceslas... Dans « Le Flûteau... », le père est au contraire présenté successivement comme buveur, fainéant, voleur[111], rusé, concupiscent, magicien ensorceleur... et finalement oublieux de ses devoirs envers sa progéniture. Si l'identification des Tchèques du présent à des errants sans patrie est bel et bien recherchée par le poète, elle ne peut fonctionner pleinement en symbole national tant il paraît difficile d'aspirer à l'héritage d'un ancêtre aussi peu reluisant – si éloigné des Tsiganes de Mácha, figures de déracinement, mais aussi de liberté, d'honneur et de noblesse.

Ici, on peut émettre l'hypothèse que quelque chose de la représentation stéréotypée des « Tsiganes concrets » s'est glissé dans l'allégorie, au point de l'invalider. Les nombreux défauts du père tsigane de caricature créé par Čelakovský ne font-ils pas écho à la perception négative des Tsiganes qui a cours dans la société tchèque de son époque ? Avec son cortège de clichés, celle-ci vient interférer dans le processus identificatoire visé par Čelakovský, et l'on peut voir en ce ratage un signe du heurt entre deux existences pour l'heure inconciliables – réelle et littéraire.

111. L'expression *za pět prstů kupovat* (strophe 1) signifie acheter pour ses cinq doigts, autrement dit voler.

IV. Le bohémianisme dans les arts

Les Bohémiens à l'opéra au XIXe siècle : du spectacle de l'Autre au drame de l'altérité

Olivier Bara

Peut-on représenter l'Autre, saisi en son irréductible altérité, dans le cadre particulier d'un opéra au XIXe siècle ? Ce spectacle collectif met en jeu de puissants rituels sociaux et obéit à des codes formels souvent impératifs : comment les œuvres lyriques nées d'un ancrage institutionnel et culturel puissant, déterminées dans leurs formes par un lieu théâtral originel, vouées à nourrir le sentiment d'appartenance sociale, culturelle et nationale, peuvent-elles représenter le nomade, celui qui, précisément, ignore les impératifs du lieu et de l'ancrage ? On constaterait *a priori* une antinomie entre cette cérémonie de la reconnaissance qu'organise le spectacle lyrique sur-codé, et une représentation du Bohémien dont l'errance libre serait offerte en spectacle comme autre fondement possible de l'identité. À moins que cette figure du Bohémien ne soit convoquée à titre d'étrange aberration, chargée de refonder, par son exclusion symbolique, la communauté des spectateurs assis dans les loges. On interrogera ainsi la possibilité pour l'opéra du XIXe siècle d'échapper au cliché littéraire, visuel et sonore dans sa représentation de cet Autre de la culture qu'est le Bohémien. L'opéra a-t-il su conférer à cette représentation une autre valeur que simplement pittoresque ? A-t-il pu la fonder ailleurs que dans le lieu commun : la rendre vivante, étrange – inquiétante ? L'opéra a-t-il été capable de faire de l'altérité un enjeu dramatique et non un simple jeu d'images visuelles et sonores – art de ramener toute différence à l'identité du cliché ? Bref : le « spectacle de l'Autre » peut-il se faire « drame de l'altérité », tendu vers la saisie théâtrale et musicale de « l'étrange » étranger ?

Sans doute est-il nécessaire, pour tenter de cerner les schémas dramatiques et les codes musicaux mis en place, d'adopter un corpus englobant, pour le XIXe siècle, des écoles lyriques nationales différentes, française (Auber, Bizet), italienne (Rossini, Verdi), anglaise (Balfe) ou autrichienne (Johann Strauss)[1]. Il sera aussi éclairant de chercher quelques sources théâtrales et lyriques en amont du XIXe siècle, en particulier, pour le traitement comique de la figure bohémienne, du côté des intermèdes qui alimentèrent la Querelle des Bouffons. Il convient enfin de relier la représentation lyrique du Bohémien à la question, plus large, de l'exotisme au théâtre et en musique. L'étrangeté sonore, vocale et musicale d'un peuple lointain constitue un objet de spectacle en soi, une matière spectaculaire à exploiter souvent comme telle, comme ingrédient divertissant ou décoratif, ou comme principe contrastif. Elle obéit alors à une esthétique du collage, où l'élément sonore connotant ou dénotant l'ailleurs demeure hétérogène à la matière musicale de l'œuvre[2]. Le spectacle exotique se déploie à partir de la citation et s'inscrit dans une poétique du lieu-commun, destinée à renforcer l'assurance identitaire du public : l'Autre est bien circonscrit dans son univers convenu ; il me fait rêver mais à distance, et toujours replacé à l'horizon de mes propres représentations[3]. À l'opposé de ce traitement superficiel, l'exotisme musical peut se voir – de façon exceptionnelle ? – intégré dramatiquement à l'ouvrage dont il constitue dès lors le matériau sonore propre, échappant au cadre circonscrit de la citation ponctuelle. La force dramatique d'un folklore remplace alors sa valeur pittoresque. L'exotisme, de décoratif, se fait « substance picturale, sonore et humaine de l'œuvre[4] ».

1. Nous ne prétendons aucunement, dans le cadre de cet article, à l'exhaustivité. Il ne sera fait mention que de façon allusive à cet « opéra-comique » espagnol qu'est la *Zarzuela*. Les écoles nationales tchèques (la danseuse Esmeralda dans *La Fiancée vendue* de Smetana) ou russes mériteraient bien sûr d'être explorées.

2. Voir Pierre Saby, article « Couleur locale », dans *Vocabulaire de l'opéra*, Paris, Minerve, 1999, p. 49-52.

3. Hervé Lacombe évoque ainsi « la création d'un univers exotique fondé sur l'image globale d'un ailleurs coloré, fortement typé » (*Les Voies de l'opéra français au XIXe siècle*, Paris, Fayard, 1997, p. 183).

4. H. Lacombe, *Georges Bizet. Naissance d'une identité créatrice*, Paris, Fayard, 2000, p. 724.

Ce questionnement général sur l'exotisme à l'opéra au XIXe siècle intègre la réflexion sur la représentation lyrique des Bohémiens. Ces derniers amèneraient seulement à sa plus haute complexité la question de l'ailleurs au théâtre : comme le fait remarquer Hervé Lacombe dans sa biographie de Bizet, « la gitane, ou la bohémienne, permet une sorte de dédoublement de l'exotisme : elle est l'Autre venue d'un Ailleurs fascinant, à l'intérieur même d'un espace défini comme exotique par les spectateurs, elle est l'Espagne de l'Espagne[5]. » Au-delà de la simple surenchère exotique, la Bohémienne figure un ailleurs de l'exotisme, ou un exotisme sans frontières, dénué de toute localisation précise et de tout ancrage rassurant. La Bohémienne, à condition d'être reconnue dans sa mystérieuse altérité, et d'être saisie autrement que comme une simple apparence offerte aux yeux blasés des Européens sédentaires, pourrait mettre en danger les protocoles dramatiques et lyriques de la reconnaissance[6].

Une opposition entre deux régimes de représentation de la Bohémienne est dressée par Théophile Gautier dans un de ses feuilletons dramatiques : son compte rendu d'un opéra-comique d'Auber, *Les Diamants de la couronne*, créé le 6 mars 1841. Le livret de Scribe et Vernoy de Saint-Georges cultive une aimable fantaisie chargée de transporter les spectateurs dans un Portugal d'opéra-comique. Là, une reine renfloue le trésor de son royaume en faisant fabriquer de faux diamants ; elle n'hésite pas pour ce faire à descendre au fin fond d'une caverne où des faux-monnayeurs s'activent sous l'autorité de la Bohémienne Catarina. L'ouvrage est un des très grands succès de l'Opéra-Comique au XIXe siècle, joué dans le monde entier[7]. Comme souvent, le feuilletoniste Gautier est tenté d'écouter le nouvel opéra avec les yeux : il s'attarde sur le physique de l'interprète principale, Sophie Anne Thillon, chargée du rôle de Catarina, « chef » de bandits. Comme souvent aussi, le feuilletoniste remplace le sacro-saint résumé de l'intrigue attendu par les lecteurs du journal, par une longue digression, fondée sur les souve-

5. *Ibid.*, p. 613.

6. Cet article ne prend pas en compte le ballet : sur ce corpus spécifique, voir Hélène Laplace-Claverie, « Bohémiennes de ballet au XIXe siècle », dans *La Bohémienne, figure poétique de l'errance aux* XVIII*e et* XIX*e siècles*, études réunies et présentées par Pascale Auraix-Jonchière et Gérard Loubinoux, Clermont-Ferrand, Presses universitaires Blaise Pascal, 2005, p. 283-293.

7. Le sujet a notamment été repris par Asenjo Francisco Barbieri en une zarzuela : *Los Diamantes de la corona* (Madrid, 1854).

nirs personnels de son voyage en Espagne ; la Bohémienne d'opéra-comique est ainsi confrontée aux « vraies » Bohémiennes de Grenade :

> En vérité, la Catarina est une étrange bohémienne ! elle est blonde et blanche avec des yeux veloutés, un sourire de vignette anglaise ; son costume est le plus charmant et le plus coquet du monde : jupes de satin et de velours, résille d'or et de pourpre, petite toque bleue, bracelets doubles, réunis par une chaîne d'or. Ce n'est pas nous qui nous en plaindrons, quoique nous ayons vu, à Grenade, à Séville et ailleurs, de véritables bohémiennes qui ne ressemblaient pas le moins du monde à madame Thillon : une surtout que nous avons rencontrée dans l'Albaycin de Grenade et qui dansait le zorongo sur la pointe d'un pavé pendant que deux autres jeunes filles accroupies à terre, comme des singes, l'accompagnaient avec ce bourdonnement de guitare que les Espagnols seuls savent conduire et qui ressemble à s'y méprendre à la chanson enrouée des cigales ; elle avait une robe bleue, semée d'étoiles blanches avec un large falbala ; un long châle jaune lui tombait des épaules et ses jolis pieds, luisants comme du bronze, étaient chaussés de souliers de velours bleu, rehaussés de pailleteries ; des colliers et des bracelets de grains de verre complétaient l'ajustement. Son nez mince et busqué, son front bas, presque aussi fauve que ses cheveux, ses yeux étincelants comme des diamants noirs, ses lèvres d'œillet épanoui formaient une physionomie extraordinaire et charmante qui nous est profondément restée gravée dans la mémoire.
>
> Quels sifflets partiraient de tous les coins de la salle, si une bohémienne ainsi arrangée chantait de semblables couplets sur la scène de l'Opéra-Comique, avec l'air véritable ; et que la bohémienne de fantaisie de MM. Scribe et de Saint-Georges est préférable mille fois à une pauvre fille hâve, sauvage, brûlée du soleil, débitant des vers baroques, comme devrait être la bohémienne couleur locale[8] !

L'intérêt de cette longue citation réside dans ce rejet, ambigu, formulé par Gautier : on ne saurait, à l'Opéra-Comique, pousser le souci de couleur locale au point de transporter sur scène une de ces Bohémiennes « accroupies comme des singes » croisées en Espagne. L'impossibilité est totale : une telle esthétique est inenvisageable du point de vue des conventions de l'opéra-comique comme de l'horizon d'attente des spectateurs sous la monarchie de Juillet. Les sifflets hypothétiques évoqués par Gautier sem-

8. Théophile Gautier, feuilleton du 19 mars 1841, repris dans *Histoire de l'art dramatique en France depuis vingt-cinq ans*, Paris, Hetzel, 1859, t. 2, p. 105.

blent annoncer, trente-quatre ans à l'avance, le scandale que suscitera en 1875 la *Carmen* de Bizet.

Mais Gautier est-il vraiment ironique dans son rejet de la « bohémienne couleur locale » ? *Les Diamants de la Couronne* est l'un des rares opéras-comiques séduisants à ses yeux et à ses oreilles : le poète-critique en apprécie la parfaite invraisemblance et la pure artificialité attendues par lui de tout spectacle théâtral. Selon cette logique fantaisiste et ludique, la Bohémienne est traitée comme un élément de pur divertissement, chargée d'entretenir cette gaîté française souvent goûtée à l'Opéra-Comique. Le personnage exotique, dernier avatar de multiples incarnations dont les modèles lointains seraient les gravures de Callot ou la Gitanella de Cervantès, nourrit un jeu d'esprit bien parisien, variation ludique avec les codes de représentation. Tel serait le fondement de l'esthétique de la connivence cultivée en ce haut lieu de sociabilité bourgeoise qu'est l'Opéra-Comique. C'est en fonction de cet horizon que Gautier apprécie le nouvel ouvrage d'Auber.

Ce premier traitement de l'exotisme bohémien selon une logique du pur spectacle, à rebours de toute économie réaliste, s'inscrit plus largement dans l'histoire de l'opéra. Il rejoint ainsi, en les simplifiant, les recommandations de Beaumarchais dans la Préface de son livret *Tarare*, écrit pour Salieri (1787). Le dramaturge disait sa préférence pour les sujets imaginaires plutôt que pour les sujets d'histoire ; refusant le merveilleux, il proposait l'exotisme comme genre de substitution : « les mœurs orientales, [...] moins connues, laissent à l'esprit un champ plus libre[9] » affirmait-il. L'imagination est stimulée par l'exotisme, plus propice que l'histoire à la rêverie sur l'ailleurs attendue de ce spectacle des enchantements qu'est l'opéra. Dans *Tarare*, toutefois, l'exotisme de l'opéra « au sérail » sert un projet politique : dans ce drame à sauvetage, le bon Tarare délivre du sérail Astasie et renverse le pouvoir du tyran Atar. L'ancrage orientalisant de l'opéra permet d'exploiter philosophiquement et politiquement les vertus de la métaphore. Cet art du détour imaginaire par un Orient de fantaisie, chargé d'éclairer de biais le combat pour la liberté, l'opéra du XIXe siècle tend à le remplacer par un pur et simple détournement des imaginations. Le thème exotique et, à l'intérieur de ce thème, la figure bohémienne seront

9. Cité par Pierre Saby, article « Exotisme », dans *Vocabulaire de l'opéra, op. cit.*, p. 60.

autant de spectacles dans le spectacle, simples stimulants de la rêverie sur un ailleurs poétisé[10].

Le modèle des opéras non pas *bohémiens* mais *à bohémiens* dans l'Europe du XIXe siècle est bien à chercher au XVIIIe, notamment dans un intermède italien, *La Zingara*, créé à l'Opéra de Paris en 1753 par le compositeur Rinaldo da Capua[11]. La célébrité de cet « intermezzo » est attestée par sa fonction de modèle à l'intérieur de la Querelle des Bouffons, aux côtés de *La Serva padrona* de Pergolèse. Elle est aussi assurée par sa reprise parodique sous forme de comédie mêlée d'ariettes par Favart, *La Bohémienne*, créée à la foire Saint-Laurent en 1755 et jouée devant la Cour[12]. La qualité d'*intermezzo* confère à *La Zingara* de Capua la valeur d'un pur divertissement comique, placé à l'entracte d'un opéra sérieux, selon une logique contrastive – la comédie vient brièvement « farcir » une représentation de tragédie lyrique. Le motif des Bohémiens, au siècle suivant, gardera souvent cette fonction divertissante : l'ailleurs nomade constituera un intermède voué à désancrer géographiquement et culturellement, mais toujours ponctuellement, l'action principale d'un grand opéra[13]. La reprise parodique par Favart de *La Zingara* annonce aussi le traitement ludique, distancié, du motif bohémien dans l'essentiel de la production lyrique :

10. Le modèle originel demeure, après *L'Europe galante* de Campra (1697), le ballet héroïque de Rameau, *Les Indes galantes* (1735).

11. Sur cet intermezzo et sa réception enthousiaste par Rousseau, voir ici même l'article de Jacques Berchtold. Selon Anna Laura Bellina, *La Zingara* jouée à l'Opéra de Paris sous forme d'intermezzo à cinq voix, en deux parties, aurait été « trafiquée à partir du *Cavalier Mignatta*, à trois voix, dont elle reprend certains morceaux qui furent interprétés à Rome en 1751, sur une musique de Rinaldo da Capua ». « Considérations sur les genres (*Mi trema un poco il core*) », dans *La « Querelle des Bouffons » dans la vie culturelle française du XVIIIe siècle*, textes réunis et présentés par Andrea Fabiano, Paris, CNRS éditions, 2005, p. 81.

12. *La Bohémienne*, « comédie en deux actes en vers, mêlée d'ariettes, traduite de *La Zingara*, intermède italien par M. F*** [Favart] », Paris, veuve Delormel, s.d.

13. Un exemple de ce traitement est fourni par l'interlude de l'acte II dans *Le Roi malgré lui* de Chabrier (Opéra-Comique, 1887), où l'on entend la Chanson tzigane de Minka, « Il est un vieux chant de Bohême ». Mais d'autres exemples de tels divertissements « bohémiens » sont fournis par le grand opéra historique comme les *Huguenots* de Meyerbeer (le « pas de bohémiens ») ou *Henri VIII* de Saint-Saëns (la danse de la Gipsy). Dans le *melodramma* verdien, le ballet des gitanes à l'acte II de *La Traviata*, pendant la fête chez Flora, relève d'une semblable insertion à fonction divertissante et contrastive du spectacle dans le spectacle. Le grand opéra français va toutefois plus loin que l'opéra romantique italien dans l'art du collage dramatique et musical.

les Bohémiens relèvent de la codification, et leur apparition sur scène met aussitôt en mouvement des codes scéniques, dramatiques et musicaux aisément repérables. Ces codes relèvent ici d'un schéma comique.

Dans ces deux exemples issus du XVIIIe siècle, le Bohémien est privilégié pour sa nature théâtrale : il joue avec les apparences, se déguise, organise des cérémonies magiques, use des faiblesses de l'imagination humaine pour duper ou, au contraire, pour guérir. Le Bohémien est dès lors un instrument du déploiement théâtral, tantôt un outil de dénonciation comique des ridicules, tantôt l'équivalent burlesque d'un *deux ex machina.* Dans *La Bohémienne* de Favart, la Bohémienne Nise use ainsi de mille et un stratagèmes pour séduire et épouser le riche Calcante, et sortir par la voie bourgeoise de son état condamnable de fourberie. Les ruses bohémiennes visent alors à réintégrer l'ordre social, même si les moyens utilisés relèvent de la plus grande tromperie et, partant, de la plus haute fantaisie comique. Le frère de Nise (Tagliaborsi chez Capua, Brigani chez Favart) ne se déguise-t-il pas en ours pour s'emparer de la bourse du riche barbon[14] ? À l'acte II, dans un décor de ruines et de masures abandonnées, ce dernier sera confronté à l'apparition de « démons célestes » et d'un faux diable – Brigani encore déguisé – qui lui intimera l'ordre d'épouser Nise. Une réconciliation finale et un mariage avantageux pour la Bohémienne constitueront le dénouement très moral.

Parmi les *topoï* convoqués par le schéma comique, la communication supposée des Bohémiens avec les forces souterraines démoniaques ou avec les voies de la Destinée est omniprésente. Les scènes de divination sont alors traitées sur un mode rationnel et ludique : l'ambition morale de ces comédies est la dénonciation des superstitions dont le bon usage sert *in fine* le retour à la raison. Les Bohémiens n'adhèrent aucunement aux croyances qu'ils alimentent pour mieux exploiter la crédulité des naïfs, bourgeois ou nobles entichés de quelque lubie. Tel est le schéma à l'œuvre dans le *dramma giocoso* de Giovanni Paisiello, *I zingari in fiera (Les Bohémiens à la foire)*, joué à la Scala de Milan en 1790[15]. Le nom et la person-

14. L'ours est souvent le partenaire obligé du personnage de bohémien : dans *La Fiancée vendue* de Smetana (Prague, 1866), un véritable ours américain accompagne la danseuse Esmeralda dans la troupe de cirque de l'acte III.

15. *I zingari in fiera, dramma giocoso per musica* en deux actes, musique de Giovanni Paisiello, Milan, Bianchi, 1790. Selon le *Grove dictionary of Opera*, l'ouvrage, sur un livret de G. Palomba, a été créé le 21 novembre 1789 au Teatro del Fondo de Naples.

nalité dramatique des protagonistes révèlent d'emblée ce traitement de la fable bohémienne : selon la liste des personnages, Lucrezia est une « zingara furba e spiritosa » (Bohémienne fourbe et spirituelle) confrontée à « Messer Pandolfo » (Pandolphe), « benestante sciocco, e credulo nelle cose astronomiche » (aisé, mais sot et crédule en matière d'astronomie). L'intrigue comique de Paisiello exploite les données déjà offertes par l'intermède de Capua : Pandolfo est berné par la Bohémienne Lucrezia et par son frère Barbadoro, habiles à escroquer le bon bourgeois grâce aux fausses apparitions diaboliques déchaînées au fond d'une grotte obscure (acte I, scène 12). Les *zingari* dressent une nouvelle fois leur petit théâtre d'ombres trompeuses sur la scène d'opéra pour mieux y faire triompher la sagesse et la raison sur le délire et la folie de l'humanité commune. Par eux s'exercent bien les vertus morales du jeu comique : « Il seguir l'ambizione, / È il peggior d'ogni follia, / E dell'or la frenesia / L'uomo induce a delirar[16] » (« Céder à l'ambition Est la pire des folies, / Et la frénésie de l'or / Pousse l'homme au délire »).

Les Bohémiens possèdent dans ces exemples une *vis comica* déjà concentrée dans leurs patronymes (Barbadoro, Tagliaborsi), placés à côté de celui de Pandolphe, bien ancré, lui, dans la tradition de la *commedia* italienne. Ils sont plus généralement dotés d'une essence théâtrale comique : « bohémiennes », « zingari » et « zingarelle » constituent des types dramatiques, silhouettes familières ne figurant aucunement des individus dotés d'une culture propre. Leur altérité est réduite dès lors que ces figures pittoresques appartiennent à un réseau de signes, manipulés selon la grammaire et la syntaxe de la comédie. La question de l'altérité est en quelque sorte résolue sans avoir été vraiment posée : le Bohémien est cette aimable figure comique dont l'être s'épuise dans la pure apparence.

Cette essence spectaculaire des Bohémiens d'opéra, matériau de l'imaginaire théâtral, est révélée à la perfection par un opéra qui, en 1814, fait un adieu tardif mais éblouissant à la comédie du XVIIIe siècle italien : *Il Turco in Italia* (*Le Turc en Italie*) de Rossini, créé à la Scala en 1814, puis au Théâtre-Italien de Paris en 1820[17]. Le livret de Felice Romani regarde ouvertement vers le XVIIIe siècle : il reprend un livret de 1788 écrit par Caterino Mazzolà (le librettiste de Mozart dans *La clemenza di Tito*) et, plus

16. *Ibid.*, scène finale, « Tutti ».
17. *Il Turco in Italia, dramma buffo per musica* en deux actes, musique de Gioacchino Rossini, livret de Felice Romani ; voir *L'Avant-Scène Opéra*, n° 169, janvier-février 1996.

généralement, prolonge les turqueries particulièrement goûtées à Vienne – *Die Entführung aus dem Serail* (*L'Enlèvement au sérail)* de Mozart date de 1782[18]. On assiste pourtant dans *Le Turc en Italie* à une turquerie « renversée » : le Turc ne règne pas sur son Sérail ; il voyage hors de son pays et observe les mœurs étrangères (les *Lettres persanes* ont fait leur chemin). De plus, Rossini et Romani se livrent à un jeu de dédoublement du thème oriental puisque ce Turc, Selim, rencontre malencontreusement une Bohémienne, Zaida, ancienne esclave de ses plaisirs. D'un côté, l'image lointaine de l'enfermement est portée par le tyran turc liberticide ; de l'autre, l'image bienfaisante des « zingari » célèbre la liberté. Ces derniers chantent dans la scène d'introduction : « Le monde entier est notre patrie, / et l'ignorance crédule d'autrui / nous fait vivre et nager / dans l'abondance[19]. » Les clichés se trouvent ainsi remotivés soit par leur retournement (une turquerie sans sérail) ; soit par leur collision dramatiquement féconde (le tyran maître du sérail et la Bohémienne éprise de liberté).

Mais l'opéra va plus loin encore dans l'intelligence virtuose puisqu'il est entièrement bâti autour de sa propre mise en abyme : un personnage de *poeta* (de librettiste) compose en direct l'œuvre au fur et à mesure des rencontres improbables auxquelles il assiste ou qu'il suscite. L'élément exotique, et principalement les figures bohémiennes, sont ouvertement traités comme un matériau spectaculaire entre les mains du librettiste-personnage[20]. Ainsi, au terme du chœur introductif chanté par les Bohémiens, le poète Prosdocimo commente en ces termes le premier numéro de la partition : « Quoi ! des bohémiens ! parbleu.../ De la joie, des chants, un repas ! / Oh ! quelle belle introduction / on pourrait en tirer ! [...][21]. » Le chœur de Bohémiens est aussitôt mis à distance par cette intervention du poète ; il est révélé dans sa valeur pittoresque et dans son statut, théâtral,

18. Turqueries goûtées aussi à Paris, comme en témoigne la comédie des *Trois Sultanes* de Favart, créée à la Comédie italienne le 9 avril 1761 : dans le sérail de Soliman II se trouvent une Espagnole, une Française et une Circassienne.

19. *Il Turco in Italia*, acte I, scène 1, n°1, Introduction. Traduction française de Sandro Cometta et Elisabetta Soldini pour *L'Avant-Scène Opéra*, *op. cit.*, p. 13.

20. Felice Romani reviendra trois ans plus tard à un traitement traditionnel de la figure bohémienne avec *Le Zingare dell'Asturia*, *melodramma semiserio* écrit pour Carlo Soliva et créé à la Scala de Milan en 1817. Les Bohémiennes aident deux amants à s'unir, malgré l'interdiction du châtelain Don Tello. La relative modernité du livret réside dans l'influence sensible du roman noir : les Bohémiennes s'attaquent aux souterrains et aux cachots qui menacent la liberté des héros.

21. *Il Turco in Italia*, *op. cit.*, p. 14.

musical, de « morceau à faire ». De même à la scène 2, le poète en mal d'inspiration espère beaucoup de l'arrivée des Bohémiens – sur la scène ou dans son imagination – pour nouer son intrigue : « Ah ! si l'arrivée de ces Bohémiens / pouvait provoquer quelques événements / suffisants pour l'intrigue / de tout un drame[22] ! » L'opéra est traité en machine auto-référentielle selon une vieille tradition comique[23]. Le livret se présente comme un carnet d'esquisse entre les mains du librettiste-personnage. Une nouvelle fois, les Bohémiennes sont intégrées, explicitement, dans les rouages d'un jeu comique fondé sur le contraste savoureux entre le Barbon, homme casanier et crédule, et ces figures de l'errance dont le savoir social et moral se fonde sur la distance culturelle et géographique. Ce contraste entre le barbon naïf et les *zingare* malicieuses éclate par exemple dans *l'allegro brillante* qui couronne la scène attendue de la révélation astrologique : les Bohémiennes placent Geronio sous le signe du Capricorne et le disent marié sous le signe du Bélier, révélant publiquement sa vocation au cocuage. La section rapide, conclusive, de la scène fait retentir le rire moqueur des Bohémiennes tourbillonnant autour du Barbon comme un essaim de guêpes (acte I, scène 3, n° 2).

Mais Rossini introduit aussi avec la Bohémienne Zaida, « née au pied du Caucase[24] », une figure de la mélancolie fidèle à la tradition larmoyante d'un Paisiello ou d'un Cimarosa. Le Poète du livret commente en ces termes ce personnage de Zaida, traitée en tant que caractère théâtral : « Le caractère de la Bohémienne amoureuse / n'est pas comique / mais beau et intéressant[25]. » Ce caractère est tout juste esquissé : Zaida ne possède aucun air en solo et se trouve supplantée dans la répartition des numéros musicaux par l'héroïne Fiorilla, l'épouse volage de Geronio, entichée du Turc. Cette coloration larmoyante attachée à la figure de la Bohémienne annonce toutefois le renouvellement du thème et de son traitement dans l'opéra du XIXe siècle : le motif comique laisse peu de place à l'exploitation mélodramatique.

22. *Ibid.*, acte I, scène 2, Récitatif, p. 15.
23. Elle est illustrée par Métastase (*L'impresario delle isole Canarie*, 1724) et prolongée par Donizetti (*Le convenienze ed inconvienze teatrali*, 1827). Voir *La cantante e l'impresario e altri melodrammi*, sous la dir. de Francesco Savoia, Genova, Costa & Nolan, 1988.
24. *Il Turco in Italia*, acte I, scène 4, *op. cit.*, p. 19.
25. *Ibid.*, acte I, scène 7, Récitatif, p. 25.

Dans cette autre veine, de nouveaux éléments topiques sont privilégiés : l'enlèvement d'enfant par ces êtres inquiétants que sont désormais les Bohémiens, l'irruption dans la sphère close du foyer ou du village du Bohémien menaçant[26]. Ce dernier prend le rôle et la fonction du Méchant de mélodrame, l'Opposant combattu par le Chevalier de l'innocence qui œuvre à la libération de l'Innocente victime. En France, le schéma mélodramatique, largement exploité par le ballet[27], est particulièrement net dans une œuvre hybride créée au théâtre de la Renaissance le 29 février 1840 : *Zingaro*, opéra mêlé de ballet pantomime d'Uranio Fontana[28]. Le Prologue, situé en Saxe en 1780, met en place tous les « ingrédients » attendus dans la représentation du Bohémien : « un site âpre et sauvage » dans une forêt, des « tentes grossières », des « chariots chargés de bagages » ; les femmes préparent le repas ; le chef des Bohémiens, Hayraddin, fume, « nonchalamment assis sur un quartier de roc » ; le chœur des hommes chante : « Errant, / Courant, / Content, / Chantant, / Et maître de la terre / Entière, / Le Bohémien / N'amasse rien ; / Car dans chaque poche est son bien[29]. » L'intrigue oppose le jeune Bohémien muet, Zingaro (rôle dansé), désireux de s'arracher à la vie de bohème (ses origines mystérieuses laissent à penser qu'il n'appartient pas à ce peuple), et le cruel chef Hayraddin. Ce dernier seconde le Baron Casimir de Rosenthal désireux de ravir au vieux chimiste Goldmann sa pupille. L'artificialité même de l'intrigue, surchargée de clichés et de poncifs, a le mérite de mettre à nu les données imaginaires de la représentation collective du Bohémien au milieu du XIXe siècle : le schéma mélodramatique organise la reconquête identitaire d'un héros arraché par les Bohémiens à la clôture du foyer, à la vie « honnête » de sa famille. L'existence errante au sein d'une nature sauvage est cette épreuve nécessaire

26. Ce traitement très ancien de la figure du Bohémien réapparaît notamment dans les aventures de Figaro imaginées par Beaumarchais dès la « Lettre modérée » servant de préface au *Barbier de Séville* : le dramaturge imagine l'enfant ravi à ses parents par des Bohémiens. Le schéma mélodramatique est par ailleurs attesté dès la fin du XVIIIe siècle dans les spectacles qui œuvrent à la naissance du mélodrame au théâtre, notamment dans le drame en cinq actes « à grand spectacle, mêlé de pantomime », de Jean Cuvelier de Trye : *C'est le diable, ou la Bohémienne* (créé à l'Ambigu-Comique en 1797). Le mélodrame de Joseph Bouchardy, *Pâris le Bohémien*, date quant à lui de 1842.
27. Par exemple dans *La Gipsy* de Mazilier (1839), ballet étudié par Hélène Laplace-Claverie dans l'article déjà cité.
28. *Zingaro*, « opéra en deux actes, précédé d'un prologue, musique d'Uranio Fontana, pantomime et divertissements de Perrot », Paris, « au bureau central », 1840.
29. *Ibid.*, Prologue, scène 1.

à la redécouverte des vertus de la « civilisation[30] » : l'errance temporaire est la condition d'un nouvel ancrage identitaire. La figure du Bohémien dans la culture populaire vient nourrir ce fantasme du déracinement et de l'oubli, ce vertige d'une liberté fascinante, troublante – à condition qu'un dénouement heureux, sans « reste », organise symboliquement le retour au monde connu, à soi et aux siens.

Ces motifs sont également concentrés dans l'un des opéras « à bohémiens » les plus célèbres en Europe au XIXe siècle : *The Bohemian Girl* de Michael William Balfe, sur un livret d'Alfred Bunn, créé au Drury Lane de Londres en 1844[31]. L'opéra est d'abord intéressant comme phénomène de croisement des sources et comme exemple de circulation du motif dans toute l'Europe : cette *Bohémienne* anglaise est tirée d'un argument de ballet-pantomime composé par Vernoy de Saint-Georges pour l'Opéra de Paris en 1839 (la partition est signée de plusieurs compositeurs dont Ambroise Thomas). Le ballet était lui-même l'adaptation de la *Petite Gitane* de Cervantès (*Nouvelles exemplaires*). L'opéra de Balfe sera joué un peu partout dans le monde, notamment aux États-Unis, et reviendra enfin en France, dans une traduction de Saint-Georges : *La Bohémienne* est créée au théâtre de Rouen en 1862 et jouée au Théâtre Lyrique de Paris en 1869. L'intrigue révèle d'emblée sa source mélodramatique : la scène est en Pologne ; un noble polonais, Thadée, est condamné pour rébellion politique ; il se cache dans un camp de Gitans, sous la protection de la reine des Gitans et de leur chef, Devilshoof (« sabot du diable »). Ce dernier a enlevé la fille du gouverneur autrichien de la province, nommée Arline. La jeune fille a donc été élevée par les Gitans et se croit bohémienne : c'est elle la *Bohemian girl* du titre. Évidemment, Thadée, réfugié dans le camp, tombe amoureux d'Arline. Double obstracle : d'une part, il est lui-même convoité par la reine des Gitans ; d'autre part, il est noble polonais et Arline est, du moins en apparence, une Bohémienne. Tout s'arrange heureusement grâce à une scène de reconnaissance parfaitement convenue, où le gouverneur autrichien découvre sur le bras d'Arline la cicatrice que portait sa fille. Au moment du mariage entre Thadée et Arline, la reine des Gitans, furieuse de voir échapper ses proies, tire sur Arline. Mais la balle ricoche et revient,

30. Le modèle canonique est donné par *Victor, ou l'Enfant de la forêt*, mélodrame de Pixerécourt créé en 1798.

31. *The Bohemian Girl*, grand opéra en trois actes, musique de Michael William Balfe, livret d'Alfred Bunn, Londres, Nassau Steam Press, s.d.

signe d'une Justice supérieure, tuer la reine. L'Autre, ce dangereux protecteur des bannis, est éliminé. La cellule familiale pure de toute altérité culturelle peut se reformer. Le plaisir du spectateur repose encore sur le jeu avec quelques codes ; il naît du déplacement kaléidoscopique de thèmes et de figures issus du mélodrame et du roman[32], et bientôt du cinéma[33].

Ce répertoire des codes dramatiques selon le double schéma comique et mélodramatique se complète nécessairement par une gamme de codes musicaux attachés à la figure bohémienne. Ici encore, le cliché menace la saisie d'une identité culturelle irréductible à la généralité du type. Comme le remarque Hervé Lacombe : « Mal comprise et mal perçue, la musique ne contribue, dans la première moitié du XIXe siècle, que très modestement à une écriture exotique[34]. » L'évolution musicale, la recherche d'une caractérisation authentique puisée aux sources des folklores se produiront dans le domaine orchestral avec Félicien David (*Le Désert*, 1844) puis, sur la scène lyrique, avec Bizet. En attendant, prédomine la « traduction d'éléments jugés exotiques dans le langage sonore conventionnel[35] ». Ces éléments suggestifs cherchent à orienter l'imagination vers un ailleurs réduit à quelques signes sonores élémentaires, et parfaitement interchangeables, qu'il s'agisse de l'Andalousie, de l'Inde, de l'Égypte ou de l'Europe centrale. Quelques procédés récurrents de caractérisation musicale sont ainsi repérables.

Le premier recourt aux rythmes de danse dont la fonction dramatico-musicale est la caractérisation rapide d'un groupe social ou culturel. Le numéro musical saisit une collectivité ordonnée, révélée par un rituel, exploitée pour son apparence spectaculaire. L'accélération graduelle du tempo constitue alors un *topos* musical privilégié, chargé de faire partager la frénésie physique de la danse bohémienne, la transe presque démoniaque qui s'empare de la femme, bacchante issue d'un monde primitif

32. Il manque à cette étude une analyse de *La Esmeralda* (1836), l'opéra de Louise Bertin sur un livret de Victor Hugo tiré de *Notre-Dame de Paris*. Voir l'article consacré à cet ouvrage par Françoise Tillard dans *Hugo à l'Opéra*, sous la direction d'Arnaud Laster, *L'Avant-Scène Opéra*, n° 208, mai-juin 2002, p. 20-27.
33. L'opéra de Balfe est aussi célèbre pour son devenir cinématographique : en 1936, il est adapté au cinéma par James Horne et Charles Rogers. Les deux Bohémiens qui élèvent la petite Arline volée au châtelain ne sont autres que Stan Laurel et Oliver Hardy.
34. H. Lacombe, *Les Voies de l'opéra français au* XIX*e siècle*, *op. cit.*, p. 191.
35. *Ibid.*, p. 204.

antérieur au règne du *logos*[36]. Dès son opéra *La Jolie Fille de Perth*, créé au Théâtre-Lyrique en 1867, Bizet met en scène une Bohémienne, Mab, reine des Gitans – sur fond d'Écosse scottienne[37]. Le carnaval de l'acte II accueille une « Danse bohémienne » (n° 11 de la partition) qui fut bissée lors de la première. Le morceau est construit comme un long crescendo qui parvint à entraîner le critique Théophile Gautier dans un véritable vertige. Ce dernier n'eut plus à opposer la « bohémienne de fantaisie » à la « bohémienne couleur locale », tant cette reine Mab lui sembla sortie tout droit d'un ailleurs authentique :

> [Elle] rappelle avec un rare bonheur les chants si bizarrement passionnés, d'une verve si folle, si âpre, si sauvage et pourtant si mélancoliquement nostalgique des tziganes tels que nous les avons entendus à Moscou, à Ribensk, sur la Volga et à l'Albaycin de Grenade, ceux du Nord plus ardents peut-être et d'une étrangeté plus troublante encore que ceux du Midi. M. Bizet a merveilleusement compris la poésie charmante et farouche de cette musique, qui a toute la fantasque indépendance de la Bohême, mêle le cri à la note et ne soumet ses caprices à aucune règle[38].

Ce morceau annonce la célèbre « Chanson bohême » entonnée et dansée par Carmen huit ans plus tard à l'Opéra-Comique (acte II, n° 12). On retrouve le crescendo orchestral enivrant, soutenu par un *accelerando* continu. L'animation irrésistible du mouvement débouche sur une véritable explosion sonore dont le livret de Meilhac et Halévy souligne le traitement scénique réaliste : « Mouvement de danse très rapide, très violent. Carmen elle-même danse et vient, avec les dernières notes de l'orchestre, tomber haletante sur un banc de la taverne[39]. » Une telle débauche de sensualité était strictement inouïe à l'opéra-comique…

Autre procédé de caractérisation musicale : les inflexions mélodiques par recours à l'intervalle de seconde augmentée du mode mineur tzigane.

36. La tessiture grave de mezzo soprano confère aussi au personnage de la Bohémienne ce mélange de sensualité et de profondeur, cette vocation au commerce avec les forces obscures – le corps, la terre, le feu.
37. L'opéra est tiré par Jules-Henri Vernoy de Saint-Georges du roman de Walter Scott *The Fair Maid of Perth*.
38. Cité par H. Lacombe, *Georges Bizet, op. cit.*, p. 404-405.
39. *Carmen*, acte II, *L'Avant-Scène Opéra*, n° 26, 1989, p. 51. On retrouve ce passage progressif du mouvement lent et mélancolique au rythme endiablé dans les czardas, cette musique d'auberge austro-hongroise qui inspira Liszt ou Johann Strauss.

Le thème du destin dans le prélude de *Carmen* fait entendre cette modulation, lancinante et angoissante, dont la coloration orientale sert de signe conventionnel pour suggérer le monde bohémien, ce monde lointain, obscurément marqué par la Fatalité. Il en va de même pour l'usage général du mode mineur, élément de caractérisation utilisé par Verdi dans *Il Trovatore* (*Le Trouvère*) créé au Théâtre Apollo de Rome en 1853 : le premier thème du chœur des Gitans (deuxième partie, scène 1) sonne étrangement dans une tonalité de mineur, inattendue pour un chœur introductif ; l'air d'Azucena (« Stride la vampa », « La flamme crépite ») poursuit, dans sa tonalité de mi mineur, l'exploration des ténèbres de la nuit et des sources obscures d'une mélancolie tenace. Cette même scène des Gitans fait entendre des mélodies « exotiques » hérissées de traits brisés qui privilégient les petits motifs ornementaux et les figures brodées, *gruppetti* et *appoggiatures* pétillants comme les flammèches du feu, instables et changeants, étranges et fascinants.

Ce sont néanmoins les couleurs et les timbres des instruments qui confèrent à de telles scènes bohémiennes leur atmosphère sonore la plus pittoresque : piccolos, tambours de basque, triangles, tambourins sont associés à l'expression musicale des Gitans. Cela peut se réduire à la pure vignette sonore comme dans le chœur des Bohémiennes de *La Traviata* (la fête masquée chez Flora) rythmé par le tambour de basque[40]. Plus subtilement, un processus de poétisation peut se fonder sur la suggestion musicale des instruments, en lieu et place de leur emploi effectif : la « Chanson bohême » de Carmen, est accompagnée par la harpe et les *pizzicati* des cordes imitant les guitares ; tambours de basque et triangles remplacent les « sistres » évoqués dans la chanson (« Les tringles des sistres tintaient / Avec un éclat métallique / Et sur cette étrange musique / Les zingarellas se levaient[41] »). À l'inverse, l'effet réaliste peut être choisi lorsque retentissent les bruits métalliques associés aux activités manuelles, métallurgiques, des Bohémiens : le chœur des Gitans du *Trouvère*, dans son passage en majeur, est accompagné par les marteaux d'enclumes. Déjà, dans le *Zingaro* de Fon-

40. Ce cliché sonore est bien sûr constitué avant le XIXe siècle : en 1792, par exemple, dans *Cadichon, ou les Bohémiennes*, modeste « pièce en un acte, en prose, mêlée de vaudevilles et d'airs nouveaux » de Jean-Baptiste Pujoulx (Théâtre Feydeau), l'arrivée des Bohémiens est annoncée en coulisse par des tambourins et des triangles. Les Bohémiennes frappent aussi sur leurs tambourins pendant la cérémonie de (fausse) magie, supposée enlaidir le malheureux Cadichon (livret imprimé, « bureau de la Feuille du Jour », 1792, scène 6).
41. *Carmen*, acte II, n° 12, *op. cit.*, p. 51.

tana, Hayraddin frappait « d'un marteau sur un tambour de métal » pour appeler les bohémiens, mais le martèlement ne rythmait aucune musique. Johann Strauss, dans *Der Zigeunerbaron* (*Le Baron Tzigane*), opérette créée à Vienne en 1885, offrira à l'acte II une reprise parodique du *Trouvère*, signe que le martèlement métallique s'est constitué en cliché sonore : le travail des Bohémiens à la forge reprendra le procédé désormais topique de l'air dit « de l'enclume » de Verdi.

Mis à part ce recours aux marteaux d'enclume, aucun de ces procédés musicaux énumérés ne figure spécifiquement, dans l'espace sonore, une culture tsigane saisie dans sa vérité ethnologique : l'intervalle de seconde augmentée se retrouve aussi bien dans la Bacchanale de *Samson et Dalila* de Saint-Saëns que dans *Djamileh* de Bizet où il n'est guère question de Tsiganes ni de Gitans. Ce sont bien des figurations musicales de l'Ailleurs, identifié à un Orient lointain. Le travail musical de stylisation et de poétisation demeure encore à la surface des êtres et des communautés culturelles, traités en tant que matière spectaculaire.

De ce panorama des Bohémiens d'opéra émergent pourtant deux figures particulières, irréductibles aux types dramatiques déjà saisis : Azucena, dans *Le Trouvère* de Verdi et l'héroïne de *Carmen* de Bizet, d'après la nouvelle de Mérimée. Certes, ces deux exemples diffèrent fortement l'un de l'autre sur le plan esthétique : mélodrame romantique, opéra nocturne chez Verdi ; opéra-comique brisant le moule du genre et ouvrant la voie au vérisme chez Bizet. Le point commun réside toutefois dans une même capacité à saisir, par des moyens dramatiques et musicaux, l'altérité radicale de la Bohémienne : celle-ci n'est plus placée en marge de l'intrigue, ni réduite à ses seules vertus dépaysantes. Le titre originel du *Trouvère* devait ainsi être *Azucena*, personnage à propos duquel Verdi, manifestement fasciné, parle dans sa correspondance d'un « caractère étranger et singulier » tout en refusant de la traiter comme une « folle[42] ». L'originalité du livret de Cammarano réside dans sa structure en quatre parties dotées chacune d'un titre : « Le duel », « La gitane », « Le fils de la gitane », « Le supplice ».

42. Lettre à Cammarano du 4 avril 1851 citée par Bruno Poindefert, « Une genèse difficile », dans *L'Avant-Scène Opéra* n° 60, mars 1990 [février 1984], *Le Trouvère* de Giuseppe Verdi, p. 6.

Azucena est bien la figure organique de ce *melodramma* échevelé, tiré du drame espagnol de Gutiérrez, *El Trovador*[43].

Certes, cette Gitane, Azucena, appartient à première vue à la lignée des sorcières verdiennes, depuis les sorcières d'extraction shakespearienne de son *Macbeth* (1847) jusqu'à *La forza del destino* (*La Force du destin*, 1862) où la Bohémienne Preziosilla est rattachée par son nom à la Preciosa de Cervantès (elle est plutôt une fille du régiment et demeure secondaire dans l'action). Mais l'Azucena du *Trouvère* n'est une sorcière que dans l'imaginaire et le regard des autres, de Ferrando et des soldats du comte de Luna. Elle est plus proche d'Ulrica, la diseuse de bonne aventure d'*Un ballo in maschera* (*Un bal masqué*, 1859), figure de la marginalité absolue, femme pauvre et noire de Boston, apte à saisir de l'extérieur les rouages de la société[44]. L'intérêt de cette figure d'Azucena est surtout sa capacité à rassembler et à transcender par le chant et la musique la somme de motifs mélodramatiques accumulés autour du personnage. Dans ce livret souvent dénoncé pour son invraisemblance proche du grand-guignol, c'est le « trop plein » qui fait sens : il finit par transformer la Bohémienne en une figure tragique et surtout en un « creusé » de fantasmes concentrés autour de la figure maternelle : mère aimante et souffrante, usurpatrice, possessive et meurtrière, Azucena est traitée par Verdi en figure de Victime – victime d'un mal radical, d'une oppression telle, qu'elle ne pourra, enfermée dans le cercle de la violence et de la vengeance, que perpétuer cette oppression. Elle est constamment associée au feu : le feu dans lequel elle a vu jeter sa propre mère, accusée de sorcellerie : accusée d'avoir, par son seul regard, rendu malade l'un des fils du comte de Luna. Pour venger sa mère, celle qu'on traite encore de « gitane immonde » (« abbietta zingara[45] »), Azucena, a enlevé cet enfant moribond, l'enfant du comte, pour le jeter à son tour

43. Sur la transposition d'*El Trovador* en livret d'opéra, voir David R. B. Kimbell, « D'*El Trovador* de Gutiérrez à *Il Trovatore* de Cammarano », dans *L'Avant-Scène Opéra*, *op. cit.*, p. 16-21.

44. « Ulrica ne fait en effet que prédire les catastrophes que l'entrelacs des passions ne peut manquer d'engendrer. Cette prescience, elle la doit, bien entendu, à son "outillage" de sorcière mais, surtout, au fait d'être une marginale, extérieure à une société dont elle perçoit plus facilement les rouages », écrit Gilles de Van dans *Verdi, un théâtre en musique*, Paris, Fayard, 1992, p. 145.

45. « Une immonde gitane, une vieille ténébreuse, / Qui portait les symboles de la sorcellerie », air de Ferrando, première partie, introduction, scène 1 ; traduction de Michel Orcel, *L'Avant-Scène Opéra*, *op. cit.*, p. 28.

au feu. Mais Azucena s'est trompée d'enfant : c'est son propre fils qu'elle a jeté dans les flammes. Elle a ensuite élevé le fils du Comte comme le sien (c'est le Trouvère du titre), en lui cachant sa véritable identité. L'intrigue de l'opéra est ensuite fondée sur la rivalité amoureuse entre le Trouvère et un autre fils du comte de Luna : tous deux aiment la même femme, Léonore. À la fin, le fils du comte se débarrasse du Trouvère en le faisant traîner à l'échafaud. Au moment où le Trouvère meurt, Azucena révèle au fils du comte de Luna qu'il vient, nouveau Caïn, d'assassiner son propre frère.

Au-delà du nœud œdipien particulièrement serré et complexe de cet opéra, on voit comment Verdi fait un usage dramatique de la figure de l'absolue étrangère qu'est cette Gitane, vouée à rejoindre la grandeur tragique d'une Médée, déchirée entre l'amour pour son fils (ici adoptif) et la soif de vengeance. Choisissant finalement de sacrifier une seconde fois un fils au nom de la vengeance, Azucena rejoint ce monde radicalement autre d'où elle a surgi – le monde de la mémoire ineffaçable, univers irrationnel fait de nuit et de feu. Surtout, la Gitane est isolée du reste de la communauté des personnages par son rapport particulier non pas à l'espace mais au temps : hantée par le souvenir traumatique du bûcher où fut jetée sa mère, portée par l'appétit de vengeance, elle habite un temps non linéaire mais circulaire, ignorant le pardon et le progrès[46]. Là se trouve son altérité mentale et culturelle élaborée par Verdi grâce à des moyens strictement musicaux. Le plus simple, et le plus efficace, est le motif de rappel, la reprise d'un thème associé à Azucena et au feu, avec son thème vacillant, ses trilles et son rythme trépidant de croches pointées : cette reprise thématique au fil de l'opéra empêche la matière musicale et le temps dramatique d'évoluer. Le temps est bloqué, fixé sur ce traumatisme originel de la Gitane. Cette involution temporelle s'exprime notamment lors de l'*arioso* dans lequel Azucena raconte, sur un mode obsessionnel, le moment où elle a jeté l'enfant au feu, avant de comprendre son erreur fatale :

> Il s'épuisait en pleurs,
> Et je sentais mon cœur

46. À propos de l'air d'entrée d'Azucena, « Stride la vampa », Gérard Loubinoux écrit : « C'est comme si au temps historique et à ses événements tragiques présidait le temps d'"il était une fois" éternellement fixe dans la chanson et qu'elle était porteuse de ce temps-là en même temps qu'elle est porteuse de la chanson. » « La bohémienne, figure poétique de l'errance : aux origines du thème », dans *La Bohémienne, figure poétique de l'errance aux XVIIIe et XIXe siècles, op. cit.*, p. 339.

Lacéré, déchiré !
Quand soudain, comme un songe,
Apparut à mon esprit malade
La cruelle vision
D'effroyables fantômes !
Les gardes ! le supplice !
Ma mère au visage blême,
Défaite, les pieds nus !
Le cri ! le cri !
J'entends le cri familier :
« Venge-moi ! »
Je tends ma main tremblante...
Je saisis la victime,
Je l'approche du feu, je l'y jette[47] !

Face à ce personnage figé dans la vengeance, enfermé aux marges de la civilisation et de la raison, le fils de la Gitane, le Trouvère, présente une identité autrement trouble, un moi clivé, incapable de se situer dans un quelconque territoire, dans une lignée ou une famille : Manrico, « fils de la Bohémienne », a été interprété par Gilles de Van comme une métaphore de l'artiste[48], rejoignant en cela les figures de la Traviata (Violetta Valéry, la courtisane) et de Rigoletto (le Triboulet hugolien). Tous trois sont exclus du champ social, se caractérisent par une relation douloureuse à l'espace et par l'obligation de se donner en spectacle pour survivre. Si Azucena est une variation mélodramatique et tragique sur la figure de la Bohémienne, Manrico-le-Trouvère rejoint les figures de la bohème métaphorique – de la bohème artistique.

La Bohémienne à l'opéra semble souvent vouée à « chanter pour chanter » (en lieu et place de la convention lyrique du « chanter pour parler ») et à danser pour *faire* le spectacle. Ainsi peut s'expliquer la prolifération des Bohémiens à l'opéra : ce serait des personnages d'essence musicale (comme le Trouvère ou comme Orphée) et chorégraphique, permettant de justifier le passage au chant dans l'œuvre lyrique. Un chœur de Bohémiens, un chant bohémien sont des éléments « réalistes » dans un opéra, car le chant ne relève plus alors de la convention mais du mode naturel d'expression d'un ensemble de personnages. C'est sur ce point que la Carmen de Bizet

47. Deuxième partie, « La gitane », scène 1, « scène et récit », *L'Avant-Scène Opéra, op. cit.*, p. 42.
48. G. de Van, *Verdi, op. cit.*, p. 50.

se situe d'emblée dans une tradition lyrique bien établie, mais aussi à côté de celle-ci, ou plutôt contre elle. Certes, elle introduit ses chansons hispanisantes dans l'opéra – ce sont les airs les plus populaires : la Habanera (acte I, n° 5), la Séguedille (n° 10), la Chanson bohême (acte II, n° 12). Par ces airs, Carmen se trouve régulièrement isolée au sein de la partition, enfermée dans la sphère du chant et dans une expression musicale dont elle porte à elle seule toute la couleur espagnole. Mais elle possède aussi un air qui ne relève aucunement de la convention du « chanter pour chanter » : il s'agit de l'« air du Destin » à l'intérieur du trio des cartes au troisième acte (n° 20). C'est le seul air où Carmen accède – et donne accès – à une intériorité psychique hantée par la conscience du destin et de la mort. C'est l'un des rares moments où Carmen ne se livre pas en spectacle, s'arrache à la position d'objet sexuel offert. Cet arioso, qui doit être chanté « simplement et très également », est dénué de tout caractère exotique :

> En vain pour éviter les réponses amères,
> En vain tu mêleras,
> Cela ne sert à rien, les cartes sont sincères
> Et ne mentiront pas.
> Dans le livre d'en haut, si ta page est heureuse,
> Mêle et coupe sans peur,
> La carte sous tes doigts se tournera joyeuse
> T'annonçant le bonheur.
> Mais si tu dois mourir, si le mot redoutable
> Est écrit par le sort,
> Recommence vingt fois... La carte impitoyable
> Répétera : la mort[49] [...]

L'air se déroule imperturbablement sur un rythme funèbre d'*andante molto moderato* dans la tonalité de fa mineur, ponctué par les interventions des cuivres (cors, cornets à piston, trombones), interrompu par le soudain et éphémère accord majeur et le roulement de timbale lorsqu'est découverte « la carte impitoyable ». La situation de cet arioso satisfait certes aux attentes du spectateur moyen d'opéra-comique : la Bohémienne tire les cartes, lit le Destin. Mais Carmen accède ici, par contraste avec Frasquita et Mercédès traitées musicalement dans le reste du trio en style d'opéra-comique, à une dignité musicale propre à fonder son identité, dramatique et musicale, hors des codes convenus, par violation même de ces codes : par le surgissement de la couleur tragique.

49. *Carmen*, acte III, n° 20, *L'Avant-Scène Opéra, op. cit.*, p. 75.

À partir de ce tournant musical (le sommet de la partition), la Bohémienne peut servir la représentation en acte d'une autre liberté, loin de cette liberté conventionnelle, fortement idéalisée, attachée à la vie errante et chantée à la mode opéra-comique à la fin de l'acte 2 (« Le ciel ouvert, la vie errante / Pour pays tout l'univers », n° 17, Duo). La liberté de Carmen est fondée sur la conscience du danger de vivre, sur l'acceptation lucide et résolue de la mort, provoquée par Carmen dans son jeu de corrida avec Don José. Cette Bohémienne incarne bien une autre manière d'être au monde, caractérisée par l'urgence à jouir, justifiée par l'imminence de la perte chez celle qui refuse toute forme de possession, matérielle, sexuelle ou affective. Cette puissante identité de Carmen, fondée sur le fatalisme, est énoncée par le thème musical associé à la Bohémienne ; ce dernier revient régulièrement dans l'opéra pour lui conférer sa structure organique. Il s'agit du thème fondé sur l'intervalle de seconde augmentée, sur la « gamme mineure tzigane ». Bizet donne à cette altération mélodique une couleur tragique qu'elle ne possède pas en soi : dans un article consacré à « *Carmen*, une corrida de toros », Steven Huebner remarque que « le compositeur n'a pas façonné le matériau musical à la manière d'un objet exotique de pacotille[50] ». D'une part, nous n'entendons pas une simple vignette sonore, ponctuelle, isolée à l'intérieur de la partition : le thème n'appartient pas à un numéro isolé, mais constitue l'élément moteur du drame musical, et il place la Bohémienne au cœur de toute l'action, dramatico-musicale. D'autre part, la coloration particulière du thème, son identité tragique, lui est donnée par le rythme, l'orchestration et l'harmonisation. À l'état « brut », sans altération rythmique, le thème apparaît cinq fois dans l'opéra, une fois dans le prélude, et quatre autres fois, toujours lors des rencontres entre Carmen et José, son futur meurtrier : dans l'acte II, au cours du duo José-Carmen (n° 17, « Je le veux Carmen, tu m'entendras », avec exposition du thème au cor anglais), à la fin de l'acte III, sur la menace lancée à Carmen, « Nous nous verrons », dans le duo final (n° 27), sur les paroles « Ainsi le salut de mon âme », et enfin après la mort de Carmen, lorsque José se livre aux soldats (« vous pouvez m'arrêter »). S'entend ici la traduction musicale d'une obsession exprimée par la Carmen de Mérimée :

50. Steven Huebner, « Carmen de Georges Bizet : une *corrida de toros* », dans *Le Théâtre lyrique en France au XIXe siècle*, sous la direction de Paul Prévost, Metz, Serpenoise, 1995, p. 185.

« J'ai toujours pensé que tu me tuerais. La première fois que je t'ai vu, je venais de rencontrer un prêtre à la porte de ma maison[51]. »

Tout le drame de *Carmen* naît dès lors de la rencontre mortifère entre l'être de l'errance, Carmen, et le militaire, bon fils de famille. À l'ancrage social et familial de José s'oppose la liberté fascinante et inquiétante de Carmen, cet être lointain dont l'identité trouve d'autres fondements que les nôtres, demeure étrangère à notre culture du temps construit et du lieu défini. Ce conflit est encore figuré musicalement par la superposition de l'appel du clairon (retour à la caserne, obéissance à l'ordre, pour José) et de la chanson ondulante fredonnée par Carmen dans le duo de l'acte 2 (n° 17). Ces deux identités sont décidément inconciliables, fondées sur des principes antagonistes, comme l'eau et le feu, comme l'opéra-comique et la tragédie. Carmen est bien celle qui perturbe tous les codes, qui parle quand ce n'est pas le moment de parler, qui chante quand il faut se taire[52], qui danse quand les autres marchent au pas. Elle figure une forme d'hyper-altérité qui ne pouvait peut-être se dire que dans un opéra-comique, sur ce fond de conventions et de clichés que la Bohémienne, irréductible, irrécupérable, vient manipuler, distordre, pulvériser.

51. Avant le meurtre final, Carmen déclare aussi « Tu veux me tuer, je le vois bien ; c'est écrit, mais tu ne me feras pas céder ». Mérimée, *Carmen*, éd. Jean Decottignies, GF Flammarion, 1973, p. 161.
52. « Carmen, au lieu de répondre, se met à fredonner » (acte I, n° 9) ; « Je ne te parle pas… je chante pour moi-même, / Et je pense… il n'est pas défendu de penser », rétorque-t-elle à José qui l'a arrêtée. *Op. cit.*, p. 42 et 46.

Les Bohémiens de Liszt

Sarga Moussa

Des Bohémiens et de leur musique en Hongrie est un livre touffu et fascinant, écrit en français par Liszt, en 1859[1], avec la complicité de son amie la princesse Carolyne Sayn-Wittgenstein[2], alors qu'il était établi à Weimar

1. Ce livre, traduit en allemand en 1861, a été réédité en français à Leipzig en 1881, dans une version fortement augmentée par les soins de la princesse Sayn-Wittgenstein (voir note suivante). Il a été réédité en 1999, à Paris, aux éditions Marval, avec une introduction et des notes de Mario Bois. C'est à cette édition (qui reproduit le texte de l'édition originale de 1859), que je me référerai.

2. La question des collaborations littéraires de Liszt (livres ou articles écrits en français), que ce soit avec Marie d'Agoult, entre 1835 et 1841, ou avec la princesse Sayn-Wittgenstein, entre 1849 et 1859, est un point délicat. D'une manière générale, il semble que Liszt ait souvent présenté un sujet et un canevas, qui étaient ensuite développés et mis en forme par sa compagne. Mais ce n'est pas systématique, et il paraît en outre difficile de dégager le degré exact d'implication de chacun des rédacteurs. On peut toutefois remarquer que, dans le cas des *Bohémiens et de leur musique en Hongrie*, c'est dans la seconde édition (1881), fortement augmentée, que l'intervention de la princesse Sayn-Wittgenstein est manifeste (voir Serge Gut, *Franz Liszt*, Paris, Fallois, et Lausanne, L'Âge d'Homme, 1989, p. 283). Il n'y a donc pas de raison, à mon sens, de sous-évaluer le rôle de Liszt, comme le fait Claude Rostand (*Liszt*, Paris, Seuil, 1960, p. 5) dans la rédaction première d'un ouvrage dont le musicien a voulu, en tout état de cause, assumer la responsabilité. Dans une lettre datée de Weimar, le 20 août [1859], Liszt écrit ainsi : « Je vous enverrai prochainement à Bruxelles mon volume sur les *Bohémiens* qui vient de paraître à Paris… » (*Lettres de Franz Liszt à une amie*, publiées par La Mara [= Marie Lipsius], Paris, Costillat et Cie, et Leipzig, Breitkopf et Haertel, 1894, p. 122).

depuis une dizaine d'années comme chef d'orchestre (*Kappelmeister*), et qu'il y faisait connaître les grandes œuvres d'art lyrique de son temps, notamment celles de Schumann, de Berlioz, de Weber et surtout de Wagner.

Bien que cet ouvrage ait provoqué, dès sa parution, un important débat musicologique, notamment en Hongrie[3], il n'a guère été commenté, en France, que par quelques spécialistes. Quant à sa dimension proprement littéraire, elle semble presque totalement ignorée. Guy de Pourtalès n'en souffle mot dans sa *Vie de Franz Liszt*, alors même qu'il place d'emblée l'enfance du musicien hongrois sous le signe de la rencontre de troupes de Bohémiens[4]. Antoine Goléa, lui, connaît ce livre, mais le commentaire qu'il lui consacre est très problématique, tant il révèle de préjugés à l'égard de la musique tsigane[5]. De son côté, l'historien François de Vaux de Foletier, qui a consacré de nombreux ouvrages aux Tsiganes et à leur image dans la littérature, se contente de mentionner ce titre, d'ailleurs avec une erreur dans la date de parution[6]. Il faut attendre le chapitre que Dominique Bosseur a consacré à Liszt, en 1983, dans l'*Histoire de la musique occidentale* dirigée par Brigitte et Jean Massin[7], et surtout le livre publié en 1996 par l'ethnomusicologue Patrick Williams, *Les Tsiganes de Hongrie et leurs musiques*[8],

3. Dans une lettre du 24 septembre 1859 adressée au critique musical Eduard Hanslick, Liszt évoque, à propos de son ouvrage *Des Bohémiens...*, « les attaques trop violentes et prématurées dont [il a] fait l'objet » (Franz Liszt, *Correspondance*, lettres choisies, présentées et annotées par Pierre-Antoine Huré et Claude Knepper, Paris, J.-C. Lattès, 1987, p. 393) ; les éditeurs scientifiques citent en note la brochure critique de August Ritter von Adelburg, *Entgegnung auf die von Dr. Liszt in seinem Werke « Des Bohémiens et de leur musique en Hongrie » aufgestellte Behauptung : dass es keine ungarische Nationalmusik, sondern bloss eine Musik der Zigeuner gibt* (Pest, R. Lampel, 1859) [= Réponse à la prétendue affirmation de Franz Liszt dans son ouvrage *Des Bohémiens...*, qu'il n'existe pas de musique nationale hongroise, mais uniquement une musique des Tsiganes].

4. Guy de Pourtalès, *Vie de Franz Liszt*, Paris, Gallimard, 1926 et 1953, rééd. coll. « Folio », 1983, p. 23-24.

5. Dans *Liszt*, ouvrage collectif, Paris, Hachette, 1967, chapitre IV. Voir infra, p. 205.

6. François de Vaux de Foletier, *Les Bohémiens en France au 19e siècle*, Paris, Lattès, 1981, p. 2 (la date de 1857, erronée, est donnée comme date de parution).

7. « Margré les controverses qu'il a pu susciter, ce livre demeure fondamental [...] Liszt a été l'un des premiers à ne pas considérer le folklore comme une simple source d'inspiration, mais comme une possibilité d'enrichissement en l'intégrant à sa propre démarche créatrice » (Brigitte et Jean Massin dirs., *Histoire de la musique occidentale*, Paris, Messidor / Temps Actuels, 1983, t. II, p. 119-120).

8. Patrick Williams, *Les Tsiganes de Hongrie et leurs musiques*, Paris, Cité de la musique, et Arles, Actes Sud, 1996, p. 48 et suiv.

pour que l'ouvrage de Liszt soit véritablement pris au sérieux, au moins d'un point de vue musicologique, – on y reviendra.

Des Bohémiens et de leur musique en Hongrie n'a pourtant pas été sans répercussions littéraires. Marilyn R. Brown rappelle, dans *Gypsies and Other Bohemians*, que Liszt l'a offert en 1861 à Baudelaire, pour le remercier d'un exemplaire des *Paradis artificiels* parus l'année précédente[9]. Et l'on sait que Baudelaire a lu cet ouvrage, puisqu'il écrit, au chapitre 38 de *Mon Cœur mis à nu* : « Glorifier le vagabondage et ce qu'on peut appeler le Bohémianisme, culte de la sensation multipliée, s'exprimant par la musique. En référer à Liszt[10]. » On voit que, pour Baudelaire, qui leur a consacré un admirable poème des *Fleurs du mal*[11] (mais aussi pour Gautier, qui évoque à plusieurs reprises, dans ses récits de voyage, la fascination qu'ils exercent sur lui)[12], les Bohémiens ne relèvent nullement d'un simple exotisme de pacotille. Ils constituent au contraire, comme pour Liszt, un modèle de l'anti-civilisé, dont l'artiste se propose de célébrer l'*épopée*.

Dans le dernier chapitre de son livre, Liszt dit avoir voulu rédiger *Des Bohémiens et de leur musique en Hongrie* comme une « préface » à ses *Rhapsodies hongroises*, dont quinze d'entre elles avaient été composées et publiées en 1853. C'est là un double paradoxe, à la fois parce que ladite préface a pris des proportions considérables, mais aussi et surtout parce qu'elle opère un déplacement d'accent important, dans son titre même : il faudra donc s'interroger sur les liens que Liszt établit entre la musique tsigane et la musique hongroise.

Enfin, on examinera ce qui, dans l'écriture même de Liszt, peut relever d'une forme de « nomadisme » stylistique, comme si la « fascination indestructible[13] » que ce musicien cosmopolite dit éprouver pour son objet

9. Marilyn R. Brown, *Gypsies and Other Bohemians*, Ann Arbor, Michigan, UMI Research Press, 1985, p. 27.
10. Charles Baudelaire, *Œuvres complètes*, éd. Claude Pichois, Paris, Gallimard, Bibl. de la Pléiade, 1976, t. II, p. 701.
11. « Bohémiens en voyage ».
12. Voir notre article « Éloge du divers : anthropologie et esthétique dans les Voyages méditerranéens de Gautier », dans *Romantisme*, n° 114, 2001, en particulier p. 58-60.
13. Liszt, *Des Bohémiens et de leur musique en Hongrie*, *op. cit.*, p. 17. Dès les années 1840, alors qu'il composait ses *Rhapsodies hongroises*, Liszt écrivait au comte Festetics : « J'ai bel et bien la prétention d'être de par Droit divin *le 1er Zigeuner* du royaume de *Hongrie* » (souligné par l'auteur). Il s'agit d'une lettre du 5 août 1846, dont un extrait est cité par Claude Knepper dans un article très documenté, « Franz Liszt : identité européenne et

se manifestait dans la langue même qu'il a choisie pour en parler, – une langue extraordinairement riche et inventive.

Musique primitive, musique d'avenir

Liszt sait que, malgré le rejet dont ils font l'objet socialement, en particulier depuis le XVIIe siècle[14], les Bohémiens exercent depuis longtemps une forte séduction sur certains artistes et écrivains européens. Il fait remonter cette image idéalisée, avec beaucoup de clairvoyance, à un texte en effet fondateur, *La Petite Gitane* de Cervantès, dont il cite d'ailleurs un long extrait où un vieillard exalte la liberté absolue censée découler de la vie nomade : « Nous sommes rois des champs et des prairies, des forêts, des montagnes, des sources et des fleuves. [...]. Nous préférons nos tentes déchirées à des lambris dorés, à des palais de marbre...[15] » Liszt mentionne également les gravures de Callot, ou encore, plus près de lui, toute une série d'auteurs non français (Pouchkine, Lenau, Borrow...) qui montrent l'extension, au XIXe siècle, de ce qu'il faut bien appeler le *mythe bohémien.* En France, il ne semble pas connaître Mérimée, mais il n'a garde d'oublier Hugo, dont il évoque bien sûr la célèbre Esmeralda[16]. Enfin, il n'ignore pas l'usage métaphorique du terme *Bohémiens*, par lequel de jeunes romantiques comme Gautier et Nerval s'étaient un temps désignés, reprenant à leur compte l'image du *paria* pour mieux se démarquer des valeurs bourgeoises qu'ils récusaient, – mais il reste sceptique face à cette appropriation qu'il juge artificielle[17].

création artistique », dans *Vienne, Budapest, Prague...*, sous la dir. de Miklos Molnar et André Reszler, Paris, PUF, 1988, p. 108.

14. Voir Henriette Asséo, *Les Tsiganes, une destinée européenne*, Paris, Gallimard, coll. « Découverte », 1994, p. 35 et suiv.

15. Liszt, *Des Bohémiens et de leur musique en Hongrie*, *op. cit.*, p. 82-83. « La Petite Gitane » fait partie des *Nouvelles exemplaires* de Cervantès, parues à Madrid en 1613. Sur cette nouvelle, voir ici même le texte de Frédéric Tinguely. Sur Borrow, Hugo et Mérimée, voir les textes de Marie-Claude Schapira, Delphine Gleizes et Sarah Al-Matary.

16. *Des Bohémiens et de leur musique en Hongrie*, *op. cit.*, p. 77.

17. « De jeunes talents, des imaginations brillantes et négligemment gouvernées, se sont tellement imbus des impressions qu'un esprit poétique pourrait supposer à une tribu de Bohémiens éclairés et instruits ès sciences, lettres et arts, qu'ils en ont pris le nom en adoptant une lointaine ressemblance avec leurs mœurs. Ils ont appelé *bohème* leur réunion fortuite et intime, leur genre de vie précaire » (*ibid.*, p. 85).

Les Bohémiens, comme figure littéraire et artistique, sont donc issus d'une tradition que Liszt prétend renouveler « en les considérant de leur propre point de vue, et non plus du nôtre[18] ». D'où la fréquence, dans son ouvrage, des scènes de rencontre, qui doivent témoigner de la proximité à la fois physique et spirituelle entre le « virtuose errant », comme il se qualifie lui-même[19], et les *Zigeuner* de son enfance dont il cherche à retrouver le souvenir lors de ses voyages en Hongrie. Liszt célèbre ainsi ses retrouvailles avec une « troupe ambulante[20] » qui prépare un « rustique festin[21] » et qui, accompagnant son prestigieux visiteur, lui offre un concert décrit de la façon suivante :

> La symphonie commença *con estro poetico* ; le vin qui circula, et l'eau-de-vie qui avait circulé depuis la veille, amena très promptement un *rinforzando con rabbia*. Le tonnerre se mit à gronder au loin comme une basse continue ; la charpente de la toiture étant très haute, et les murs de bois délabrés et très minces, il se trouva tant d'échos, que tous les sons résonnèrent avec une double vigueur et se répercutèrent avec la plus chaotique confusion ; les passages passionnés, les fioritures, les virtuosités, les tours de force continuèrent néanmoins à se suivre, et roulèrent pêle-mêle dans un *tutti* formidable ; le mugissement musical, qui croissait de plus en plus, se sillonnait de tons toujours plus désordonnés ; enfin on eût dit, devant le *finale* tempétueux, que tous les sons et tous les tons croulaient en masse comme ces crêtes de montagnes qui s'éboulent avec un fracas épouvantable en nappes de sable, entremêlé de roches et de pierres. On ne savait vraiment plus si tout l'édifice ne tombait pas sur nos têtes, tant était assourdissante l'instrumentation de ce *concerto*, qui eût encouru certes les anathèmes des conservatoires et que, pour le coup, nous trouvions aussi quelque peu *osé*[22] !

Ce que Liszt décrit ici, c'est une musique à la fois romantique et profondément *moderne*, telle que lui-même, avec des compositeurs contemporains comme Berlioz et Wagner, est en train de l'inventer. Par son refus de la *mesure* classique, cette musique fondée sur une « harmonie sauvage, fantasque, pleine de dissonances, mais sonore et vibrante[23] », constitue une

18. *Ibid.*, p. 79.
19. *Ibid.*, p. 110.
20. *Ibid.*, p. 115.
21. *Ibid.*, p. 116.
22. *Ibid.*, p. 118 ; souligné par l'auteur.
23. *Ibid.*, p. 119.

formidable machine de guerre contre l'institution académique, que Liszt feint d'épargner pour mieux la ridiculiser, – on sait qu'il avait connu l'humiliation, lorsqu'il séjournait à Paris, de ne pas pouvoir prendre de leçons au Conservatoire, en tant qu'étranger.

Ce « concerto » tsigane, qui constitue le substrat sonore de ses propres *Rhapsodies hongroises*, est novateur précisément parce qu'il rejoint, à travers son « mugissement musical », quelque chose de primitif, une certaine violence qui rompt avec l'harmonie classique. Le « fracas épouvantable » qui en découle mime bien sûr, très romantiquement, le déchaînement des éléments naturels, mais il révèle aussi, par son effet proprement *destructeur* (« on ne savait vraiment plus si tout l'édifice ne tombait pas sur nos têtes »), une volonté de rupture radicale, de *tabula rasa* en quoi l'on peut reconnaître un des traits éminents de notre modernité artistique[24]. On pourrait dire, familièrement, que Liszt s'emploie à « casser la baraque » avec les Tsiganes. Il les *instrumente* et les instrumentalise pour mieux marquer les enjeux esthétiques dont ils sont porteurs. Notons par ailleurs que pour Liszt, la musique bohémienne n'est pas un système clos et abstrait qu'il serait loisible d'étudier indépendamment de ceux qui le produisent. Interprètes et créateurs tsiganes procèdent directement, pour lui, d'un genre de vie nomade dont le maître mot est *liberté* :

> Si l'on voulait analyser leur musique, la décomposer, la disséquer, la démembrer pour en juger la contexture et la comparer avec la nôtre, il faudrait d'abord mettre en évidence ce qui la distingue de la nôtre, et, dans ce cas, il y aurait à mentionner en premier lieu son système de modulation, basé sur une sorte de *négation* totale de tout système à cet égard. Les Zigeuner ne connaissant pas plus de dogmes, de lois, de règles, de discipline en musique qu'ailleurs. Tout leur est bon, tout leur est permis, pourvu que cela leur plaise[25].

Nous sommes évidemment dans une sorte d'utopie libertaire, illustrée par les compositions et les improvisations de la musique tsigane. Étudier celle-ci c'est y lire le reflet d'une vie libre. Il n'y aurait donc pas de solution de continuité entre les Bohémiens et leur production musicale : c'est leur

24. « Comme l'atteste la locution populaire qui sanctionne l'échec en disant d'une œuvre (ou d'une chose quelconque) qu'elle "ne casse rien", cette propension à *casser*, *couper*, ou *défigurer* m'apparaît – au même titre que l'activité de recyclage avec laquelle elle est ordinairement couplée – comme un geste éminemment moderne » (Lucien Dällenbach, *Mosaïques*, Paris, Seuil, 2001, p. 67).
25. Liszt, *Des Bohémiens et de leur musique en Hongrie*, *op. cit.*, p. 144 ; je souligne.

« être » même, incarnant une indépendance absolue, qu'ils exprimeraient à travers leur art, et leur modernité est présentée comme la simple traduction de leurs « hardis instincts[26] ». Pourtant, il existe des constantes, aussi bien dans leur vie que dans leur art. Mais ce qui frappe Liszt, c'est le passage sans transition, dans la musique tsigane, d'un sentiment à un autre, d'un mouvement lent (*lassu*) à un mouvement rapide (*friss*)[27]. Or le paradoxe de cette musique est qu'elle produit un effet immédiat sur des oreilles étrangères, sans pour autant que celles-ci puissent l'interpréter selon leurs propres catégories esthétiques : « Pour la plupart, nos musiciens, gens de métier et gens civilisés, commencent par ne rien comprendre à cette manière de s'immerger soudainement dans un fluide qui, instantanément, nous glace ou nous brûle ; de passer sans préparation aucune d'une tonalité à celle qui en est la plus éloignée[28]. »

La musique des Bohémiens est donc extrêmement communicative (elle *exprime* toujours des sentiments), – mais elle provoque chez ceux que Liszt appelle ironiquement des « musiciens civilisés » (ses confrères de l'ancienne école) un sentiment d'incompréhension. Mieux vaut, dans ce cas, n'avoir aucune connaissance musicale :

> Un auditeur jouissant de l'avantage de ne pas *savoir* la musique et d'être impressionnable, est d'abord rendu attentif par un élément qui lui impose et le charme aussitôt, et dont il peut plus aisément saisir le sens. Ce qui avant tout et plus que tout le gagne à cette musique, c'est la liberté et la richesse des rythmes, leur multiplicité et leur souplesse qui ne se retrouvent nulle part ailleurs au même degré[29].

Autrement dit, Liszt oppose un auditeur « populaire » – supposé sans préjugé – à un auditeur « savant » – dont le jugement serait obscurci par ce qu'il a appris –, mais c'est au second qu'il s'adresse en cherchant à lui révéler la part « bohémienne » qui sommeille en lui, et plus largement en chacun d'entre nous. Cette aspiration à la liberté n'est pas seulement de nature géographique (le nomadisme comme négation joyeuse des frontières), mais aussi une quête des limites intérieures, une exploration de l'être dans ses désirs les plus secrets et les plus contradictoires :

---

26. *Ibid.*, p. 144.
27. Voir P. Williams, *Les Tsiganes de Hongrie et leurs musiques*, *op. cit.*, p. 18.
28. Liszt, *Des Bohémiens et de leur musique en Hongrie*, *op. cit.*, p. 145.
29. *Ibid.*, p. 147 ; souligné par Liszt.

> Nous entrevîmes vaguement qu'au lieu de la longue succession de jours brumeux et ternes formant le fond incolore de nos existences, sur lesquelles ne se détachent que çà et là quelques points brillantés par le plaisir ou incendiés par la douleur, ils [les Bohémiens] tissent une trame forte et serrée de plaisirs et de souffrances, causées et consolées tour à tour par l'amour, le chant, la danse, la boisson, quatre éléments de volupté et de vertige, quatre abîmes de perdition, quatre étoiles scintillantes, quatre sources d'une saveur enamérée [rendue amère], dont la seule approche excite la soif, où les lèvres se trempent avec délices et qui font aimer l'anéantissement[30].

Comment ne pas reconnaître des accents baudelairiens dans cette « double postulation », dans cette tentation des « paradis artificiels » hantée par le sens du péché, enfin dans cette quête d'un ailleurs absolu qui, comme dans « Le Voyage », le dernier poème des *Fleurs du mal*, ne peut se traduire que par la mort ? Symétriquement, on a vu que Baudelaire a reconnu dans l'ouvrage de Liszt une manifestation de ce qu'il appelle le « culte de la sensation multipliée[31] ». La formule est peut-être elle-même empruntée à Liszt, qui parle quant à lui du « charme de cette multiplicité de sensations émues et comme prismatiques[32] », caractéristique de la nature même des Bohémiens. Car ceux-ci ne sont pas seulement des violonistes nés. Leur mode de vie nomade induit tout un univers acoustique dont le compositeur hongrois voit immédiatement le profit (musical et littéraire) qu'il peut tirer. Écoutons la façon dont il *sonorise* sa description d'une troupe bohémienne se mettant en route :

> Les cochers menaient les voitures à bride abattue pendant que leur ferraille sonnait avec un bruit d'enfer, que les fouets claquaient à percer les tympans, que les juments qu'on avait attelées hennissaient, que les poulains éperdus, s'acharnant après leurs mères, s'embarrassaient dans les guides, que les roues heurtaient les pierres en faisant chanceler le char comme un homme ivre, que les cris, les égaudissements [les réjouissances], les éclats de rire reprenaient de plus belle à chaque fois, sur une gamme dont la gigantesque octave embrassait toutes nos perceptions acoustiques[33].

30. *Ibid.*, p. 111.
31. Dans *Mon Cœur mis à nu* (voir *supra*, note 10).
32. Liszt, *Des Bohémiens et de leur musique en Hongrie*, *op. cit.*, p. 59.
33. *Ibid.*, p. 117. Quelques années avant Liszt, Verdi fait un emploi remarquable des cuivres dans son opéra *Le Trouvère*, en relation directe, précisément, avec une troupe de Bohémiens, – voir ici même l'article d'Olivier Bara.

On devine, dans ce tintamarre que Liszt tente de reproduire à travers de nombreuses allitérations, un embryon de programme artistique, ou tout au moins une tentative d'ouvrir la musique (la « belle » musique) à des formes populaires dont la prise en compte permettrait un profond renouvellement. Sous prétexte de décrire une scène de genre, Liszt suggère ce que pourrait être sa propre « musique de l'avenir[34] », laquelle, intégrant une multitude de phénomènes sonores considérés jusque-là comme de simples « bruits », élargirait du même coup nos propres capacités sensorielles. Il ne s'agit évidemment plus, ici, comme pour les romantiques allemands, de fondre harmonieusement l'individu dans la musique du monde[35], mais bien plutôt de faire entendre de nouvelles sonorités, aussi *choquantes* soient-elles, fondées sur une extension maximale de nos capacités sensorielles et sur la prise en compte de registres considérés traditionnellement comme purement « parasitaires » d'un point de vue musical (bruits, cris, claquements, etc.).

Ethnographie et identité

Des Bohémiens et de leur musique en Hongrie, on vient de le voir, ne se laisse pas réduire à une approche folklorisante. Pourtant, ce texte très riche comporte aussi une dimension ethnographique, au sens large du terme.

Avant d'en venir à son hypothèse centrale, Liszt met en avant la « provenance tatare » des Hongrois[36]. Il sait que les Bohémiens sont venus non pas d'Égypte, comme on le crut pendant longtemps, mais d'Inde[37]. Une fois admise cette commune origine asiatique, Liszt postule que les Hongrois et les Bohémiens eurent des contacts les uns avec les autres, dès lors qu'ils se retrouvèrent sur le même territoire européen, et que, par conséquent, ces influences réciproques se traduisirent par une sorte de fusion sur le plan musical : « il doit y avoir eu entre les aperceptions acoustiques des

34. C'est Wagner qui emploie d'abord cette expression en 1860 dans sa « Lettre sur la musique » précédant *Quatre poèmes d'opéra*, lettre que Baudelaire évoque dans son long article « Richard Wagner » (*Œuvres complètes*, éd. C. Pichois, *op. cit*, (t. II [1976], p. 788).
35. Voir la notion de *Stimmung* chez les romantiques allemands, telle que l'étudie Georges Gusdorf, *Le Romantisme II*, Paris, Payot et Rivages, 1993, p. 86 et suiv.
36. Liszt, *Des Bohémiens et de leur musique en Hongrie*, *op. cit.*, p. 169. En réalité, ce sont les Huns, d'origine turco-mongole, qui envahissent, au début du Ve siècle, le territoire de l'actuelle Hongrie.
37. *Ibid.*, p. 89.

organisations indiennes et tatares autant d'analogie et de différence qu'il en a fallu pour leur faire adopter un même art, lorsque le hasard eut réuni sur le même sol des peuples provenant de ces deux souches[38]. »

On mesure mal, aujourd'hui, ce qu'a pu avoir de provocateur cette idée de métissage, qui postulait l'existence d'un « art » tsigane mis sur le même plan que la musique hongroise. Les Bohémiens ne seraient donc pas que de simples interprètes de celle-ci, contrairement à une idée longtemps répandue. Il suffit d'ailleurs de lire le récit de Walter Starkie, ce professeur irlandais qui parcourut la Hongrie et la Roumanie dans les années 1920, sur les traces des populations tsiganes, pour s'apercevoir que les représentants de la nouvelle musique hongroise étaient scandalisés par la thèse de Liszt[39]. Antoine Goléa, le célèbre journaliste qui participa pendant des années à l'émission de France-Musique « La Tribune des critiques de disques », se situe, lui, dans la lignée des thèses de Bartok et de Kodaly (la musique proprement hongroise ne devrait rien à la musique tsigane et puiserait sa source dans un folklore bien plus ancien), tout en ajoutant que ce qu'on prend pour de la musique tsigane ne ferait en réalité qu'exprimer quelque chose d'« authentiquement hongrois[40] ». Pour faire bonne mesure, il introduit une note de tsiganophobie véritablement raciste en parlant des *Rhapsodies* de Liszt « ignoblement déformées, sous les doigts des tziganes de cabaret[41] ». Voilà une belle manière de gommer tout l'héritage populaire

38. *Ibid.*, p. 169.
39. « J'avais fait à Budapest la connaissance d'un jeune musicien hongrois du type cérébral qui tenait en horreur tout ce qui concernait les Tsiganes. Ne se mit-il pas en tête de me guérir de ma passion pour ces romanichels ? Convoquer à mon secours les mânes augustes de Liszt était inutile, mon redresseur de tort ne jurant que par Bela Bartok, Zoltan Kodaly et toute l'avant-garde hongroise. Liszt et Brahms, assurait-il, avaient fait le plus grand tort à la Hongrie avec leurs prétendues rhapsodies et autres danses hongroises. Le succès de ces compositions bâtardes avait eu beau attirer l'attention de l'Europe sur la Hongrie, il n'en demeurait pas moins que cette musique venait d'une race étrangère » (Walter Starkie, *Les Râcleurs de vent*, trad. Pierre Giuliani, Paris, Phébus, 1995, p. 86) ; éd. originale : *Raggle-Taggle. Adventures with a Fiddle in Hungary and Roumania* (1933).
40. Dans *Liszt*, ouvrage collectif, *op. cit.* (voir *supra*, n. 5), p. 116.
41. « La musique *verbunkos* portait de toujours le ver du divertissement alcoolisé dans le fruit. Il ne restera plus que cela, et de cela Bartok et Kodaly pourront vraiment dire que ce n'est pas de la musique hongroise. Celle-ci, Liszt lui avait élevé le plus beau monument, toujours vivant, vivant dans les deux sens d'ailleurs. À côté des plus grands pianistes internationaux, qui continuent de jouer les *Rhapsodies*, on les entend parfois, ignoblement déformée, sous les doigts des Tziganes de cabaret. On se retourne, surpris, tout d'un coup, si on a tant soit peu d'oreille et de culture musicale : ce qu'on entend, c'est le retour aux

que l'auteur de *Des Bohémiens et de leur musique en Hongrie* revendique pourtant comme une composante essentielle de ses propres compositions !

Sans tomber dans le même discours haineux, la musicologue hongroise Katalin Kovalcsik juge suspecte la tsiganophilie de Liszt. Elle écrit en 1996, dans sa préface au livre de Patrick Williams, dont elle contredit implicitement l'interprétation : « Lorsque naît, à la fin du XVIIIe siècle, une musique "nationale" hongroise, ce sont les Tsiganes qui en sont les principaux exécutants. Il n'est donc pas étonnant que, dès le milieu du XIXe siècle, les étrangers aient pris la musique "interprétée" par les Tsiganes, pour celle des Tsiganes eux-mêmes[42]. » Autrement dit, Liszt aurait véhiculé, voire créé de toutes pièces un mythe, qu'il s'agirait de déconstruire en rétablissant la vérité d'un regard de l'intérieur, donc informé et objectif. Le problème est que cette « vérité », qui n'est peut-être pas totalement indemne d'une certaine mythologie nationale, repose sur l'idée d'une séparation artificielle de deux cultures musicales intrinsèquement mêlées, et qu'elle reproduit, sur le plan de l'histoire de la musique, l'exclusion dont les Tsiganes sont victimes dans la réalité sociale.

Cette sous-évaluation de l'apport de la musique tisgane prend notamment appui sur le fait que celle-ci ne possède guère d'archives écrites, du moins pas avant que Liszt ne s'empare de la question. Ainsi le plus célèbre violoniste tsigane du XIXe siècle, Janos Bihari (1764-1827), ne savait pas lire une partition. Pourtant, cela ne l'a pas empêché d'adopter « une véritable attitude de compositeur », comme dit Patrick Williams[43], qui rappelle par ailleurs que les improvisations et les arrangements de mélodies populaires faits par Bihari furent notés, ultérieurement, par certains de ses admirateurs. Liszt, quant à lui, consacre trois chapitres entiers à ce musicien d'exception qui s'illustra notamment lors du Congrès de Vienne, en 1814[44], et dont le compositeur hongrois reconnaît dans une belle image sa dette à son égard :

---

sources de la musique hongroise de Liszt, à des sources malheureusement altérées, salies, pourries. C'est la caricature des thèmes et des formes *verbunkos*, alors que la vraie musique hongroise de Liszt en est l'exaltation » (*ibid.*, p. 120). Sur le *verbunkos*, voir *infra*, note 53.

42. *Les Tsiganes de Hongrie et leurs musiques*, *op. cit.*, p. 7.

43. *Ibid.*, p. 41.

44. « Il passa près d'une année dans cette ville, où il eut l'honneur de jouer pour toutes les têtes couronnées de l'Europe et d'en être applaudi » (*Des Bohémiens et de leur musique en Hongrie*, *op. cit.*, p. 191).

> Nous n'étions déjà plus si enfant quand nous entendîmes, en 1822, ce grand homme entre les virtuoses bohémiens, pour n'avoir pas été frappé et impressionné par lui, au point de garder fidèle souvenance de ses inspirations, qui s'infiltraient en notre âme comme l'intussusception d'un suc de vie généreux et excitant[45].

Cet hommage, on le voit, a des implications qui dépassent le plan strictement biographique. L'auteur des *Rhapsodies hongroises* reconnaît ce qu'il doit à un violoniste tsigane, plaçant du même coup une musique considérée comme « nationale » sous le signe d'une influence « étrangère »[46]. La réévaluation de la musique tisgane qu'opère Liszt ouvre une voie que prolongera au XXe siècle un musicologue comme Alfred Einstein, qui va jusqu'à affirmer que « ce que le XIXe siècle accepta sous l'appellation de musique hongroise, ce fut surtout la production violonistique de ménétriers ambulants[47] ». Sans qu'il soit nécessaire d'opérer un pareil renversement (qui, du coup, semble nier la spécificité d'une musique hongroise), il faut remarquer, avec Patrick Williams, que Liszt « inverse l'ordre de priorité que tous les spécialistes établissent entre Hongrois et Tsiganes, hommes du terroir et Voyageurs[48] ». Pour ce faire, il n'a de cesse de prouver deux choses. D'abord qu'il existe une *identité* bohémienne, qui trouve sa traduction sur un plan musical ; ensuite que la musique tsigane constitue un terreau qui a nourri la musique hongroise elle-même, au point qu'il n'est plus possible de parler de musique « nationale » hongroise sans évoquer en même temps, comme il le fait dès les premières pages de son ouvrage, l'*épopée* des Bohémiens. Liszt se livre, au fond, à une analyse très moderne de ce qui relèverait, aujourd'hui de *l'hybridité culturelle*, – ce qui n'allait nullement de soi à une époque d'affirmation des nationalités, en particulier dans une Hongrie qui cherchait (en vain) à se détacher de la tutelle autrichienne depuis les années 1840. D'où une certaine prudence rhétorique de Liszt, destinée à mieux faire admettre sa thèse à des lecteurs qui risqueraient de critiquer son manque de patriotisme :

---

45. *Ibid.*, p. 189.
46. Claude Knepper a insisté avec raison sur la force de cette identification de Liszt à la musique tsigane, ce qui, du coup, rend problématique la dimension prétendument « nationaliste » du musicien (« Franz Liszt : identité européenne et création artistique », dans *Vienne, Budapest, Prague…*, *op. cit.*, p. 129).
47. Alfred Einstein, *La Musique romantique* (trad. fr. 1959), Paris, Gallimard, coll. « Tel », 2001, p. 386.
48. *Les Tsiganes de Hongrie et leurs musiques*, *op. cit.*, p. 52.

En émettant ces idées, en rapprochant ces données, nous nous croyons fort loin d'énoncer un doute sur les facultés musicales des Magyars ; mais comme une étude longue et suivie de *l'art bohémien* nous a convaincu qu'il doit son inspiration au *sentiment bohémien*, incarné dans le *type bohémien*, nous sommes persuadé que si des faits aussi infimes aux yeux de l'histoire politique, et si complètement ensevelis maintenant dans la nuit des temps, pouvaient jamais être reconstitués avec exactitude, l'on verrait que les Bohémiens sont non seulement poètes reproducteurs, mais poètes créateurs[49].

Pour mieux légitimer ces « poètes créateurs », Liszt les ancre dans une identité « raciale » dont la musique elle-même serait une illustration exemplaire. Le mot *race*, dont on relève plus de 40 occurrences dans *Des Bohémiens et de leur musique en Hongrie*, apparaît le plus souvent, dans ce texte, comme un principe identitaire positif :

Les Bohémiens se sont perpétués durant des siècles dans des conditions dissolvantes auxquelles nulle autre race n'eût résisté pendant quelques générations, et cela sans garder aucun souvenir ni aucune espérance de gloire ; en se disséminant, en s'éparpillant, en s'émiettant pour ainsi dire. Sans raison apparente, ils se sont refusés avec une étonnante opiniâtreté à la séduction de participer au bonheur des nations favorisées et à la faiblesse de recevoir parmi eux une goutte de sang étranger[50].

La « race », donc, se présente comme une forme de résistance à la force centrifuge du nomadisme. Mais cette dispersion dans le temps et dans l'espace est aussi – et c'est la grande idée de Liszt – la condition même des contacts culturels qui se sont traduits par une appropriation progressive d'éléments tsiganes par la musique hongroise. On touche là, sans doute, à une difficulté centrale, celle de penser la « race » (donc une identité supposée invariable) dans l'Histoire, alors même que celle-ci est un facteur de mélange des populations, et *a fortiori* des cultures. Mais Liszt, pas plus que Gobineau à la même époque, dans son *Essai sur l'inégalité des races humaines* (1853-1855), ne perçoit la contradiction. Pour lui, il s'agit de montrer que les Bohémiens sont toujours restés fidèles à eux-mêmes. À l'inverse, il postule que cette « race qui secoue toutes les disciplines[51] », par la fascination irrésistible que sa musique exerce sur le peuple hongrois, a transfomé sa musique. Il faut d'ailleurs noter que Liszt ne s'intéresse guère à la façon

49. *Des Bohémiens et de leur musique en Hongrie*, *op. cit.*, p. 181.
50. *Ibid.*, p. 24.
51. *Ibid.*, p. 49.

dont la musique tsigane a pu, elle aussi, être modifiée au contact de la musique hongroise. Les contacts culturels, pour lui, s'exercent surtout en sens inverse, – c'est précisément ce qu'une certaine tradition musicologique hongroise ne lui pardonne pas. Corollairement, il cherche à mettre en évidence l'*effet* produit par tel musicien ambulant sur son auditoire. Il écrit ainsi, à propos du célèbre Bihari :

> Il a aimé l'atmosphère chargée d'électricité qu'il répandait autour de lui par ses chants ; il chérissait les moments où, ému lui-même, il voyait les autres *contagiés* de ses impressions[52].

Cette dimension profondément *communicative* de la musique tsigane, que les Habsbourgs avaient parfaitement su utiliser à leur profit (ils firent des Tsiganes, au début du XVIIIᵉ siècle, les alliés de leurs sergents recruteurs)[53], est pour Liszt cela même qui garantit la validité de sa thèse d'une « tsiganisation » de la musique hongroise. Du reste, pour lui, l'influence de la musique tsigane s'exerce bien au-delà de la Hongrie. Le passage cité plus haut continue ainsi : « Il [Bihari] les faisait pleurer et tressaillir en face de sa secrète amante, sa reine à lui, la Douleur qu'il évoquait à leurs regards, imposante et solennelle[54] ». Cette allégorisation de la douleur, toute baudelairienne[55], révèle bien la nature existentielle de celle-ci, – et on touche ici à un nouveau paradoxe. En effet, c'est précisément dans leur refus absolu de toute forme de « civilisation » que les Bohémiens finissent par rejoindre « le grand spectre qui hante et ronge les insomnies de chaque être humain : la *Douleur* », comme l'écrit Liszt[56], qui souligne ce mot auquel il met une majuscule. Cette douleur est donc tout à la fois ce qui relie les Bohémiens à la « confraternité de notre commune race[57] » et ce qui, à travers leur

---

52. *Ibid.*, p. 201-202 ; je souligne.
53. Ayant décidé, en 1715, de se doter d'une armée de volontaires, ils firent appel à des musiciens tsiganes pour les aider à enrôler des soldats, en particulier à travers le *verbunkos*, qui est à l'origine une danse. Celle-ci avait une véritable fonction « persuasive », comme l'indique son étymologie (de l'allemand *Werbung*, dont le sens premier est « recrutement », avant de prendre celui, courant aujourd'hui, de « publicité »). Voir P. Williams, *Les Tsiganes de Hongrie et leurs musiques*, *op. cit.*, p. 18.
54. *Des Bohémiens et de leur musique en Hongrie*, *op. cit.*, p. 202.
55. On peut penser au poème XCIII des *Fleurs du mal*, « À une passante », qui commence ainsi : « La rue assourdissante autour de moi hurlait. / Longue, mince, en grand deuil, douleur majestueuse, / Une femme passa... » Sur cette question, voir Patrick Labarthe, *Baudelaire et la tradition de l'allégorie*, Genève, Droz, 1999.
56. *Des Bohémiens et de leur musique en Hongrie*, *op. cit.*, p. 65.
57. *Ibid.*, p. 69.

art, les rend supérieurs au commun des mortels : « À l'intensité de la souffrance se mesure la soif de l'idéal ; plus la douleur est inconsolable et plus elle s'élève au-dessus de la vulgarité qu'un insipide bien-être peut contenter[58]. » La spécificité des Bohémiens, ce serait au fond de savoir *communiquer* et de *partager* ce qu'il y a en l'homme de plus universel.

Tel n'est pas le cas des Juifs, ces « autres proscrits[59] », auxquels Liszt consacre une dizaine de chapitres consternants, remplis de clichés antisémites malheureusement banals à son époque (saleté, cupidité, fourberie, etc.). Dépourvus, selon lui, de toute forme d'art[60], ils n'auraient en outre qu'une influence maléfique sur le reste de l'humanité. À la passion *contagieuse* de la musique électrisante de Bihari s'oppose ainsi la « contagion d'une lèpre de misère innomée[61] » que les Juifs sont accusés de répandre dans la société. « Déicides crucificateurs[62] », donc irrémédiablement ennemis des chrétiens, ils sont aussi, par leur croyance comme par leur mode de vie prétendument reclus, « en divorce avec tout le genre humain[63] ». Rien ne les rachète, et ils ne constituent donc, aux yeux de Liszt, qu'une forme de négativité, opposée tout à la fois à la civilisation des sédentaires et au nomadisme des Bohémiens.

Un style bohème ?

Le dernier aspect sous lequel je voudrais aborder brièvement *Des Bohémiens et de leur musique en Hongrie* est celui du style de Liszt en tant qu'écrivain. Liszt a beaucoup écrit en allemand, qui est sa langue maternelle. Mais il a

58. *Ibid.*, p. 66. « L'être humain jouit de ce privilège de pouvoir tirer des jouissances nouvelles et subtiles même de la douleur, de la catastrophe et de la fatalité », écrit Baudelaire en 1860, en ouverture de ses *Paradis artificiels* (*Œuvres complètes*, *op. cit.*, t. I, p. 398).
59. *Des Bohémiens et de leur musique en Hongrie*, *op. cit.*, p. 24.
60. « Ils n'ont produit ni architecture, ni peinture, ni poème, ni chants, ni musique modernes qui pût être considérée comme *nationale* » (*ibid.*, p. 36 ; souligné par Liszt).
61 *Ibid.*, p. 25.
62. *Ibid.*, p. 167.
63. *Ibid.*, p. 38. Serge Gut, par ailleurs remarquablement informé, ne reproduit aucune de ces citations de la première édition des *Bohémiens*... dans le chapitre qu'il consacre à cette question. Il est vrai que Liszt chercha lui-même, par la suite, à rectifier le tir. Mais, si l'on admet volontiers qu'il faille porter sur lui un jugement équilibré, il ne nous semble pas de bonne méthode de « parier » que la princesse Sayn-Wittgenstein porte la responsabilité principale des formules violemment antisémites qui abondent dans les chapitres VII à XVI de *Des Bohémiens et de leur musique en Hongrie* (S. Gut, *Franz Liszt*, *op. cit.*, p. 211).

aussi écrit et correspondu en français, notamment avec Nerval, pour qui il a rédigé le canevas du chapitre de *Lorely* consacré aux « Fêtes de Weimar », contenant le compte rendu d'une représentation du *Prométhée délivré*[64]. Liszt a vécu plusieurs années à Paris, où il a rencontré Marie d'Agoult, mais aussi toute la génération des artistes romantiques, – Berlioz, Paganini, Chopin, Delacroix, Hugo, Sand, plus tard Baudelaire. Le français est pour le musicien hongrois bien autre chose qu'une langue seconde. C'est en tout cas le médium qu'il choisit pour nombre de ses publications, et, s'il existe un doute sur ses connaissances syntaxiques ou orthographiques, c'est paradoxalement sur l'usage de l'allemand qu'il porte[65]. Le français est une langue que Liszt s'est appropriée dès 1823 avec une extraordinaire liberté, si bien que son style écrit, à la fois très romantique et profondément original, a quelque chose de l'acte de *recréation* à l'œuvre dans ses *Rhapsodies hongroises.*

La langue de Liszt – telle est du moins mon hypothèse – mime son propre objet, et cela de plusieurs manières. Malgré sa division en de nombreux chapitres, *Des Bohémiens et de leur musique en Hongrie* est visiblement composé d'un seul tenant. L'ouvrage trahit le goût de Liszt pour l'*improvisation* – l'une des caractéristiques de la musique tsigane –, ce qui ne veut pas dire qu'il soit informe : comme « Le Thyrse » de Baudelaire, le poème du *Spleen de Paris* dédié à Liszt, il est composé de « méandres capricieux » qui s'enroulent autour d'une ligne droite[66]. La *fantaisie* de l'écriture lisztienne est donc *travaillée*, – d'autant qu'elle cherche manifestement à reproduire, stylistiquement, « l'exubérance des enjolivures[67] » qui caractérise la musique bohémienne.

La phrase de Liszt est longue, sinueuse, surchargée. Il lui arrive d'être entrecoupée de parenthèses très développées, et elle est rythmée par des comparaisons multiples, qui menacent parfois la clarté syntaxique. Décrivant la musique bohémienne, elle en reproduit les effets. Voici un exemple de cette écriture *mimétique* :

---

64. « Sensations d'un voyageur enthousiaste », dans *Lorely*, éd. Jacques Bony, Paris, Corti, 1995, p. 130 et suiv., et Introduction p. 25.
65. Voir S. Gut, *Franz Liszt, op. cit.*, chap. XXII.
66. Baudelaire, *Œuvres complètes, op. cit.*, t. I, p. 335. Sur le thyrse baudelairien comme métaphore du génie, voir Pierre-Antoine Huré et Claude Knepper, *Liszt en son temps*, Paris, Hachette, 1987, p. 39-40.
67. Liszt, *Des Bohémiens et de leur musique en Hongrie, op. cit.*, p. 149.

> Les maîtres de l'art bohémien (si éminemment inspiré, si peu subordonné aux lois de la réflexion ou de la contrainte, si spontané, si inséparable jusqu'ici de l'improvisation), sont ceux qui donnent un libre cours à toutes les boutades, à tous les serpentements d'une fantaisie qui galope à perte de vue, en périphrases et en paraphrases, par les plus étranges méandres, les circuits les plus tortueux, les zigzags les plus fantasquement mouvementés ; ce sont ceux qui savent la faire balancer en rythmes syncopés comme sur une légère escarpolette, qui cadencent ses mouvements comme si elle allait mener la danse des astres, qui épandent ses étincelles en gerbe de trilles, qui lui font employer le *mordante* grave, âpre, doux et charmant comme des gestes accentués, qui la changent en lutin espiègle dont les petites dents aiguës semblent mordiller l'oreille à mesure que de petites notes fines et minces viennent l'agacer. L'artiste bohémien est celui qui ne prend un motif de chanson ou de danse que comme un texte de discours, comme une épigraphe de poème, et qui sur cette idée qu'il ne perd jamais tout à fait de vue, vague et divague durant une improvisation sempiternelle. Celui qu'on admire, c'est celui qui enrichit son sujet d'une telle profusion de traits, d'appoggiatures, de gammes, de trémolos, d'arpèges, de passages diatoniques et chromatiques, de groupes et gruppetti de sons, que sous ce luxe de broderie, la pensée primitive ne paraît guère davantage que le drap de sa houppelande brune ne perce sur sa manche à travers la passementerie artistiquement travaillée, qui la couvre d'un réseau serré et bariolé[68].

On peut bien sûr critiquer cette verbosité profuse, surtout si on la mesure à l'aune de la phrase *nerveuse* dont Flaubert, à la même époque, avait fait un idéal. Mais on peut aussi admettre que Liszt, en se situant dans le cadre d'une esthétique romantique qu'il revendique, tente de faire *entendre*, dans son écriture même, ce qu'il aime dans la musique tsigane, – sa liberté rythmique, sa richesse mélodique, son expressivité suprême. Cette musique est fondée sur une *imagination* sans limite qui permet, écrit Liszt, de passer « de l'incommensurable à l'infinitésimal[69] », et qui se traduit par une palette sonore d'une richesse littéralement inouïe. La prose lisztienne, extraordinairement sonore, en reproduit les nuances musicales. Il ne s'agit pas là d'une simple métaphore. Les phrases qui composent *Des Bohémiens et de leur musique en Hongrie*, souvent très étendues, mais divisées en une quantité d'unités syntaxiques plus petites, induisent une respiration particulière, un *souffle* profond qui est lui-même comme

68. *Ibid.*, p. 149-150.
69. *Ibid.*, p. 59.

la traduction matérielle de l'*inspiration* si chère à l'artiste. Celui-ci joue également sur les assonances et les allitérations, qui miment à leur tour, dès qu'on lit le texte à haute voix, la dimension sonore de l'univers tsigane. Les Bohémiens n'ont d'ailleurs pas besoin de se produire sur telle ou telle scène, ni même de jouer dans des auberges de campagne pour apparaître à leur admirateur comme des musiciens. Ils le sont intrinsèquement, dans leur manière d'être et de parler, de rire et de se déplacer, dans leur comportement de la vie de tous les jours, – et c'est cela que le style de Liszt essaie d'imiter :

> ...nous avons passé des heures à entendre les meilleurs orchestres de Bohémiens, jouant avec une animation indescriptible, puisée dans la beauté du jour, l'eau-de-vie versée à pleins bords, les danses de leurs femmes accompagnant leurs tambourins de petits cris et de mimiques diverses. Dans les intervalles de repos, on entendait le bruit grinçant des essieux de leurs chariots en bois mal graissé qu'on reculait pour donner plus d'espace aux danseuses ; les hourras que les gamins poussaient en leur langue et que les musiciens traduisaient courtoisement par des *Elyen Liszt Ferencz !* les interjections de surprise à la vue d'un repas où se trouvaient de la viande succulente et du miel aromatique ; les craquements pétarriques des noisettes que les enfants brisaient avec des rires sauvages, des gambades frénétiques, des cabrioles et une turbulence effrayantes[70].

Cette cascade de -r- fait du texte, dans sa matérialité même, un équivalent sonore du tambourin, des essieux grinçants et des noisettes craquées dont il est question. Il traduit à la fois un rythme et une sonorité particulière, que Liszt a bien sûr tenté de reproduire au piano (dont les cordes sont *frappées*), à la fois comme compositeur[71] et comme interprète, en introduisant force trilles, arpèges et traits en octaves. Mais l'écrivain prend aussi exemple sur l'étonnante créativité de la musique bohémienne pour donner libre cours à sa propre inventivité lexicale. Mario Bois, dans sa préface à la réédition de *Des Bohémiens et de leur musique en Hongrie*, signale qu'on y trouve « des maladresses verbales, des barbarismes, des néologismes char-

70. *Ibid.*, p. 112.

71. « Les dix-neuf *Rhapsodies* composées entre 1846 et 1885 présentent un intérêt particulier du point de vue compositionnel. Premier compositeur à utiliser le "mode tzigane" comme principe de composition, Liszt emprunte à la musique tzigane sa gamme, sa rythmique, son art d'ornementation et une spécificité sonoristique d'instruments comme la clarinette, le violon et le cymbalum » (Dominique Bosseur, « Liszt », dans *Histoire de la musique occidentale*, *op. cit.*, t. II, p. 120).

mants, qui soulignent l'authenticité du texte[72] ». Sans doute celui-ci est-il truffé de mots ne figurant plus dans le dictionnaire, et que l'éditeur scientifique explique par des notes aux lecteurs d'aujourd'hui. Pourtant, il n'est pas certain qu'il s'agisse toujours de « maladresses ». Pour ma part, j'y vois plutôt un indice de ce que l'on pourrait appeler le « bohémianisme langagier » de Liszt, lequel n'hésite pas à inventer des mots si cela lui semble nécessaire, par exemple lorsqu'il parle des « irréfrénables goûts de liberté » des Bohémiens[73], ou encore lorsqu'il critique des musiciens contemporains qui, sous prétexte d'adapter la musique bohémienne au goût du jour, l'ont « dénationalisé[e] et dépiédestalisé[e][74] ». On notera que ces néologismes, d'ailleurs parfaitement compréhensibles, sont construits à partir de verbes auxquels est ajouté un préfixe qui leur donne une valeur négative. C'est manifestement, dans ce cas, la possibilité qu'offre la langue allemande de créer plus facilement de nouveaux mots que Liszt tente d'« acclimater » en français. Mais ce qui lui permet d'adopter, dans ce livre, une telle *posture linguistique*, c'est peut-être son objet même, – les Bohémiens, dont le cosmopolitisme implique une variabilité de dialectes, qui eux-mêmes sont modifiés au contact des régions linguistiques où ils se sont développés.

De la même façon, les musiciens tsiganes empruntent à la culture des pays qu'ils traversent. Mais ils leur restituent aussi un art qu'ils contribuent à enrichir. « Bihary, écrit Liszt, possédait à un haut degré un don comme inné dans la race bohémienne, celui de s'assimiler promptement, et de transformer des éléments *qu'on eût dit leur être étrangers*[75] ». Liszt s'emploie, lui aussi, à revivifier la langue française en faisant appel à ses richesses oubliées. Il impose, par son acte même d'écriture, comme une forme ouverte, constituée d'un réservoir illimité de possibles lexicaux. Contre tout académisme, il choisit là aussi une voie tout à fait originale, celle qui consiste à faire résonner autant que possible les origines latines du français en employant des mots rares comme « sapides[76] » (pleins de saveur), ou « intussusception[77] » (terme de physiologie désignant l'acte par lequel les matières nutritives sont introduites à l'intérieur des corps organiques pour

72. *Des Bohémiens et de leur musique en Hongrie*, *op. cit.*, p. 7.
73. *Ibid.*, p. 138.
74. *Ibid.*, p. 212.
75. *Ibid.*, p. 195 ; je souligne.
76. *Ibid.*, p. 58.
77. *Ibid.*, p. 189.

y être absorbés »), ou encore « irréméable[78] » (donné par Littré comme un latinisme : « d'où l'on ne peut revenir »), ou enfin une véritable création latinisante comme le substantif « égaudissements[79] » (c'est-à-dire « réjouissances », formé sur le verbe latin *gaudere*). Pour le plaisir du jeu de mot, Liszt réactive aussi le verbe *sociere* (« partager »), ce qui lui permet d'écrire que « le Bohémien socie avec tous, mais [qu']il ne s'associe qu'avec les siens[80] ». Quantité d'autres mots, qui pourraient aujourd'hui passer pour des barbarismes, sont en réalité parfaitement attestés par les dictionnaires du XIXe siècle, comme ces « souhaits éversifs[81] » (c'est-à-dire subversifs, qui bouleversent), censées être caractéristiques de la nature profonde des Bohémiens. En latinisant parfois le français, Liszt accomplit d'ailleurs exactement l'acte qu'il attribue au violoniste Bihari : il fait entendre une sonorité nouvelle en réactivant, dans la langue française, des éléments oubliés qui paraissent étrangers alors qu'ils lui sont consubstantiels.

Belle leçon de morale linguistique : il était sans doute nécessaire que ce fût un « étranger » qui nous la donnât, c'est-à-dire un artiste cosmopolite, un « virtuose errant » pour qui la langue française, comme la musique, joue le rôle d'un laboratoire interculturel. Il est vrai que, *Des Bohémiens et de leur musique en Hongrie* ne va pas toujours dans le sens du « métissage » culturel. Si la musique hongroise doit reconnaître sa part tsigane, à l'inverse, selon Liszt, l'art bohémien doit resté « isolé[82] » et continuer à se nourrir de soi-même, sous peine d'être écrasé par le « gigantesque cylindre » de la société[83]. Liszt condamne ainsi comme décadents les musiciens tsiganes qui se mettent à jouer du Meyerbeer et du Donizetti[84]... Pourtant, le succès européen de la musique tsigane, depuis l'époque romantique, est la preuve que ce qui fait leur spécificité touche aussi quelque chose de profond en l'homme. Peut-être les Bohémiens réveillent-ils ce que Liszt appelle l'« enfance de l'âme[85] », notre *Bohême intérieure*, en quelque sorte, c'est-à-dire l'aspiration libertaire qui sommeille en chacun d'entre nous.

78. *Ibid.*, p. 201.
79. *Ibid.*, p. 117.
80. *Ibid.*, p. 81.
81. *Ibid.*, p. 75.
82. *Ibid.*, p. 217.
83. *Ibid.*, p. 208.
84. *Ibid.*, p. 209.
85. *Ibid.*, p. 71.

Bohémiens, Gitans, Tsiganes et Romanichels dans la peinture française du XIXe siècle

Xavier du Crest

Source d'inspiration des artistes, Bohémiens, Gitans, Tsiganes et Romanichels habitent la peinture française du XIXe siècle. Présents, régulièrement, sous le pinceau des peintres, ils n'en sont pas moins demeurés absents, quasiment, sous la plume des historiens de l'art ; c'est pourquoi, aujourd'hui, nous nous proposons de combler, du moins en partie, cette lacune. Pour plus de lisibilité, notre étude, mettant la géographie au service de l'histoire de l'art, suivra un itinéraire de Paris aux plaines du Danube, en passant par Grenade et la forêt des Vosges. Dans chacune de ces contrées, proches ou lointaines, artistes et Bohémiens entreront en relation, et nous verrons ceux-là peindre ceux-ci, d'après le modèle mais de deux manières différentes, tantôt caricaturale, tantôt ethnographique.

Les « Bohémiens[1] », selon l'appellation la plus répandue en France au XIXe siècle[2], errent, vaguent et, traversant campagnes et villes, marquent le pay-

1. « [Bohème] a désigné un habitant de la Bohême (1372), puis un membre des groupes nomades (tziganes) que l'on supposait originaires de ce pays (1400-1450), sens où il sera remplacé par *Bohémien* » (*Dictionnaire historique de la langue française*, t. I, dir. Alain Rey, Paris, Le Robert, 1998, p. 432). « [Bohémien] reste lié aux jugements du XIXe siècle sur des communautés considérées comme inassimilables et étranges, voire dangereuses » (*Dictionnaire culturel en langue française*, t. I, dir. Alain Rey, Paris, Le Robert, 2005, p. 972).
2. François de Vaux de Foletier, *Les Bohémiens en France au XIXe siècle*, Paris, J.-C. Lattès, 1981, p. 21.

sage, artistique notamment, de leur empreinte vagabonde. En relation plus ou moins étroite avec des artistes en quête d'exotisme, dont ils reçoivent la visite – et dont il leur arrive, comme nous le verrons, d'être les hôtes plus ou moins obligés –, ils font « halte », voire « campent », au Salon de peinture. En outre, soi-disant « Égyptiens », avant de se voir qualifier de « Sarrasins » au Moyen Âge, les Bohémiens, c'est l'Orient en marche ; aussi pouvons-nous avancer, à partir du néologisme baudelairien, que le « Bohémianisme[3] » a partie liée avec l'orientalisme – et ce n'est peut-être pas un hasard si nombre des peintres rencontrés au cours de nos recherches ont voyagé, de la péninsule ibérique à la Russie méridionale, en « Orient ».

Mais, pour la population française du XIXe siècle, les Bohémiens, « ces hommes problématiques[4] », et « leur habitude de manger la chair des animaux morts de maladie[5] », n'en restent pas moins un « problème » ; car « l'histoire des Bohémiens, comme l'écrit Prosper Mérimée dans *Carmen*, est encore un problème[6] » ; et Henriette Asséo d'observer, précisément, qu'au XIXe siècle, « l'hostilité populaire se conjugue avec les interrogations suscitées par les origines controversées de ces populations[7] ». Les Bohémiens, sans histoire mais non « sans histoire », inclassables, incontrôlables peut-être, insaisissables sans doute, dérangent le bourgeois et fascinent l'artiste, au point que celui-ci devient, sous la plume d'Henry Murger, « bohème » lui-même[8]. D'autre part, un auteur anonyme, qui recon-

3. Charles Baudelaire, *Mon Cœur mis à nu*, dans *Œuvres complètes*, t. I, éd. Claude Pichois, Paris, Gallimard, « Pléiade », 1975, p. 701.
4. [Anonyme], « Les Bohémiens », dans *Le Magasin pittoresque*, t. IV, 1836, p. 188. Voir, en guise de suite : [Anonyme], « Les Bohémiens de France », dans *Le Magasin pittoresque*, t. X, 1842, p. 137-138.
5. Pierre Larousse, « Bohémien », *Grand Dictionnaire universel du XIXe siècle*, t. II, Paris, Larousse, 1867, p. 868.
6. Prosper Mérimée, *Carmen* (le 1er octobre 1845 dans la *Revue des Deux Mondes* ; en volume en 1847), introd. Jean Balsamo, Paris, Librairie Générale Française, « Le Livre de Poche », 1996, p. 145 : à noter que le 4e chap., dont est extraite cette citation – et qui, entre art et science, se présente comme une dissertation savante consacrée aux Bohémiens, inspirée non seulement des travaux les plus récents mais aussi d'un récent voyage dans l'Est de la France (au lendemain de la 1ère publication de *Carmen*) –, a été ajouté par Mérimée en 1846.
7. Henriette Asséo, *Les Tsiganes, une destinée européenne*, Paris, Gallimard, « Découvertes », 1994 (rééd. 2006), p. 55.
8. Henry Murger, « Scènes de la bohème », *Le Corsaire-Satan*, 9 mars 1845 – 21 avril 1849 ; *Scènes de la vie de bohème*, Paris, M. Lévy, 1851 (éd. originale). Voir, pour l'histoire de cette bohème : Anne Martin-Fugier, « La bohème des années 1840 », dans *Les Roman-*

naît volontiers, dans les pages de *L'Artiste* dès 1840, qu'« on sait à peine aujourd'hui, dans le nord de la France, ce que c'est qu'une bohémienne, cette femme errante avec un enfant basané pendu à son aride mamelle », estime pour sa part intéressant de « fixer sur la toile, l'allure, les traits, la physionomie, la forme caractéristique, en un mot, de cette race qui s'éteint, qui ne sera bientôt plus[9] ». Et l'idée paraît d'autant plus intéressante, pour les besoins de l'art (beau, pittoresque, etc.) comme de la science (mesurable, quantifiable, etc.), qu'à en croire un connaisseur tel que Mérimée, « les caractères physiques des Bohémiens sont plus faciles à distinguer qu'à décrire, et lorsqu'on en a vu un seul, on reconnaîtrait entre mille un individu de cette race[10] ».

Avant de se laisser peindre et, immanquablement, prendre au piège du pittoresque – et, tout au long du XIXe siècle, de se retrouver sous le pinceau des peintres romantiques, orientalistes et académiques –, les Bohémiens deviennent une réalité non seulement sociale, mais aussi visible. La peinture comme la presse (illustrée) en apportent différentes traductions et, datées de la même année 1868, deux peintres français relèvent la présence de Bohémiens dans la moitié sud de la France : d'une part, Denis Bonnet (1789-1877) peint, avec légèreté, *Les Hongrois à Carpentras* (1868, Musée de Carpentras), en prenant soin de noter au dos : « Les Ongrois sont arrivés à Carpentras le 13 février 1868 et sont partis le 17 février 1868[11] » ; d'autre part, le peintre grenoblois Diodore Rahoult (1819-1874), qui a voyagé en Espagne en 1842[12], peint, avec solennité, un *Campement de Bohémiens à l'Esplanade devant la Porte de France* (1868, huile sur toile, 52 x 82 cm, Musée de Grenoble). Au sein d'une composition désordonnée chez Bonnet et ordonnée, qui plus est adossée aux Préalpes, chez Rahoult,

---

tiques. Figures de l'artiste, 1820-1848, Paris, Hachette Littératures, « La Vie quotidienne », 1998, p. 305-368.

9. [Anonyme], « La Bohémienne », dans *L'Artiste*, t. VI, 1840, p. 36.

10. Prosper Mérimée, *op. cit.*, p. 140.

11. Cité par François de Vaux de Foletier, *Le Monde des Tsiganes*, Paris, Berger-Levrault, 1983, p. 61.

12. De son voyage en Espagne avec compagnons (1842), le peintre grenoblois Diodore Rahoult laissera une quarantaine de pages de dessins et une vingtaine de pages de notes : un carnet de voyage dans lequel il oppose la beauté des Catalanes à la laideur des Gitanes, « aux hideux visages basanés » (Diodore Rahoult, « De Perpinyà à Banyuls de la Marenda, 1842 », dans *Terra nostra* [Prades], n° 38, 1980, p. 8).

les Bohémiens, et leurs chevaux, roulottes et tentes, ont investi un espace que nous pourrions qualifier, au vu de l'arrière-plan urbain, de périurbain. Dans la moitié nord de la France, les « Bohémiens à Paris », d'après le titre de deux planches gravées et publiées dans *L'Illustration* en 1872[13], n'ont pas grand-chose à voir avec les « Bohémiens de Paris » de Honoré Daumier[14] – avec lesquels ils ne partagent qu'une proximité topographique. Désormais, qu'ils vivent dans des roulottes à Levallois-Perret ou, Tsiganes venus de l'Est, sous des tentes à Saint-Ouen, les Bohémiens campent aux portes de Paris[15].

Si, en littérature, nous sommes forcés de reconnaître, avec Paul de Saint-Victor, que « la grande poésie de la Bohême, c'est la Bohémienne[16] » – « figure poétique de l'errance », selon l'intitulé d'un récent colloque[17] –, les peintres français du XIXe siècle, certes fascinés, ne succombent pas si facilement à ses charmes envoûtants ; derrière la Bohémienne campent les Bohémiens ; qui leur inspirent, comme nous le verrons, des *Haltes*, scènes de marché et autres portraits de groupe – et il suffit de feuilleter le livret des Salons pour s'en convaincre. À partir d'un corpus d'œuvres, comprenant notamment des peintures de Salon, sans oublier la gravure, la littérature et la presse artistiques – corpus qui ne saurait être exhaustif[18] –, esquissons l'histoire de la représentation des Bohémiens, Gitans, Tsiganes et Romanichels par les peintres français au XIXe siècle.

13. « Les Bohémiens à Paris. Le campement de la porte de Saint-Ouen », dans *L'Illustration*, 14 septembre 1872, p. 168 ; « Les Bohémiens à Paris. Le campement de Levallois-Perret », *ibid.*, p. 169.
14. Nicolas-Auguste Hazard, *Catalogue raisonné de l'œuvre lithographié de Honoré Daumier*, Orrouy (Oise), N.-A. Hazard, 1904, cat. 826-852.
15. « La population tsigane en France s'accroît considérablement au cours des trente dernières années du XIXe siècle et des premières années du XXe » (François de Vaux de Foletier, *Les Bohémiens...*, *op. cit.*, p. 12).
16. Paul de Saint-Victor, *Hommes et Dieux. Études d'histoire et de littérature*, Paris, M. Lévy, 1867, p. 340.
17. Pascale Auraix-Jonchiere et Gérard Loubinoux (éd.), *La Bohémienne, figure poétique de l'errance aux XVIIIe et XIXe siècles*, actes du colloque de Clermont-Ferrand (2003), Presses Universitaires Blaise Pascal (« Révolutions et Romantismes », n° 8), 2005.
18. Voir, pour compléter : Marie-France Cussinet, « Bohémiennes et saltimbanques dans les musées d'Auvergne », *ibid.*, p. 315-327.

La marche des Bohémiens

Depuis leur arrivée en France au début du XVe siècle, les Bohémiens avaient bénéficié d'une certaine liberté[19]. « Au XVIIe siècle, observe Henriette Asséo, un renversement général d'attitude à l'égard des Bohémiens avait entraîné l'adoption d'une législation répressive » ; et, partant, « une montée des peines[20] ». Autrement dit, passé le temps des privilèges, vint celui des accusations ; et, dans la peinture, des attributions et autres charges iconographiques – autant de traits distinctifs et caricaturaux dont hériteront les peintres français du XIXe siècle. En effet, tandis que le peuple reconnaît aux Bohémiens des responsabilités dans divers faits délictueux, les peintres français des XVIIe et XVIIIe siècles attribuent à la Bohémienne certains pouvoirs (secrets), et l'assignent au rôle de diseuse de bonne aventure – en en faisant l'un des attributs, l'un des personnages principaux de la scène de genre.

Sous le pinceau d'un peintre caravagesque tel que Valentin de Boulogne (1591-1632), la Bohémienne, richement, du moins soigneusement vêtue, ne se contente pas de dire la bonne aventure, ni de jouer du tambour de basque : elle est une *figure*, auréolée d'une certaine mélancolie[21]. Marie Madeleine de la scène de genre, la Bohémienne surgit du clair-obscur et, en pointant les lignes de la main, ouvre une nouvelle perspective, magique et mystérieuse. Parallèlement, et tandis qu'ils sont de plus en plus montrés du doigt, autrement dit stigmatisés, les Bohémiens sont mis au ban de la société. Dans ses « bamboches » de jeunesse, dites souvent à tort, selon Jacques Thuillier, *Halte de bohémiens*, Sébastien Bourdon (1616-1671) se fera le peintre des gueux, regroupés dans des ruines (romaines) – apportant un témoignage, si pittoresque soit-il, sur leurs conditions de vie[22]. Au retour de son voyage en Italie, à Rome de 1634 à 1637, ne se souviendra-t-il pas de ces gueux quand il remplacera, dans son *Osteria* du Musée Fabre

19. « Curieusement, dans une chrétienté qui se concevait comme une cité assiégée, si la mission des Bohémiens avait bien une odeur de soufre, elle ne les fit jamais condamner au bûcher comme sorciers ou hérétiques. Évincés du corpus démoniaque par les théologiens comme faussaires en diableries, les Bohémiens ne furent jamais condamnés comme peuple déicide » (Henriette Asséo, *op. cit.*, p. 27).

20. *Ibid.*, p. 35 et 37.

21. Marina Mojana, *Valentin de Boulogne (1591-1632)*, Milan, Eikonos, 1989, cat. 34 et 64.

22. Jacques Thuillier, *Sébastien Bourdon (1616-1671). Catalogue critique et chronologique de l'œuvre complet*, Paris, Réunion des musées nationaux, 2000, p. 146-213.

comme dans sa *Halte* du Musée du Louvre[23], la diseuse de bonne aventure par cette mère de misère qui, assise à même le sol, allaite son enfant en regardant nulle part ; encore faut-il souligner la parenté de cette dernière avec la Bohémienne, contemporaine, peinte par Frans Hals avant de devenir, aux siècles suivants, un portrait type[24].

À l'opposé, tant du point de vue iconographique que stylistique, du sujet caravagesque de la diseuse de bonne aventure, les Bohémiens, non plus peints mais gravés par Jacques Callot (1592-1635), sont désormais « en marche » ; et sa suite de quatre gravures à l'eau-forte va marquer profondément, et durablement, les esprits[25]. En outre, cette dernière est liée à un épisode de la vie du jeune homme qui, selon la légende, fugua en Italie ; en compagnie, encore faut-il le préciser, de Bohémiens. « Ayant souvent entendu parler des belles choses que l'on voit en Italie, rapporte Félibien, il lui prit un désir si violent d'y aller, qu'encore qu'il n'eût qu'onze à douze ans, il résolut de sortir de la maison de son père ; [...]. Le peu d'argent qu'il avait, fut bientôt dépensé ; de sorte que se voyant dans la nécessité d'en demander, il s'associa avec une troupe de Bohémiens qui allaient aussi en Italie ; et sans penser dans quelle compagnie il se mettait, ni aux fatigues du chemin, ni à la vie honteuse qu'il menait, il alla avec eux jusqu'à Florence[26]. » Des Bohémiens, dont la présence est attestée dès le XVe siècle dans le pays de Bitche (du nom d'une ville située à une centaine de kilomètres à l'est de Metz et au nord des Vosges)[27], le Nancéien a pu en voir ; mais en suivre... La virtuosité stylistique de cette suite gravée, sans oublier son ampleur et sa cohérence iconographiques, témoignent d'une inspiration qui dépasse largement la dite légende : non sans une certaine familiarité, relative au sujet et à la technique, la main de Callot traduit le spectacle d'une vie errante mais, au demeurant, passionnante.

Au XIXe siècle, on ne compte plus les artistes, « bohèmes » ou non, que les gravures de Callot en général et sa suite des *Bohémiens* en particu-

23. *Ibid.*, cat. 50 et 51.
24. Frans Hals, *La Bohémienne*, vers 1630, huile sur bois, 58 x 52 cm, Paris, Musée du Louvre.
25. *Jacques Callot (1592-1635)*, cat. d'exposition, Nancy, Musée historique lorrain, 1992, cat. 343-347.
26. André Felibien, *Entretiens sur les vies et sur les ouvrages des plus excellents peintres anciens et modernes*, t. III, Paris, A. Trévoux, 1725 (nouvelle éd.), p. 362-363.
27. François de Vaux de Foletier, « Tsiganes d'Alsace et de Lorraine », dans *Les Bohémiens...*, *op. cit.*, p. 91-104.

lier inspirent. Les « ténèbres futures », qui terminent les « Bohémiens en voyage », chantés par Baudelaire dans *Les Fleurs du mal*[28], nous remémorent le distique des *Bohémiens en marche : l'arrière-garde* de Callot, et nous rappellent que « Ces pauvres gueux pleins de bonadventures / Ne portent rien que des choses futures ». Plus profonde est l'empreinte laissée par Callot, sa légende et son œuvre, sur « ces messieurs de l'école de Metz[29] » qui, à leur tour, parcourent l'épaisse forêt des Vosges à la recherche, entre autres sources d'inspiration, de Bohémiens – nous y croiserons Mérimée. L'un d'entre eux, Aimé de Lemud (1817-1887), est l'auteur d'une lithographie, intitulée *Enfance de Callot* et datée de 1839, qui représente le jeune Callot donnant la main à une Bohémienne et tenant, de l'autre, un carnet de croquis, tout en ouvrant la marche de sa famille adoptive [pl. 1 ; voir p. 265]. Mêlant les thèmes de l'enfance de l'art et du voyage initiatique, Lemud célèbre l'art à l'air libre et « la vie de bohème » chers au romantisme, messin notamment ; enfin, cette lithographie traduit la sympathie, voire l'empathie, des Messins pour leurs voisins les Bohémiens[30]. Et cette dernière est à mettre en relation avec la lithographie d'Alexandre Debacq (1804-1853), également intitulée *Enfance de Callot* et datée de 1844[31]. Cependant, ici, nous n'avons plus affaire à un départ mais à une halte, un campement : tandis que les Bohémiens ont planté la tente et préparent, à l'arrière-plan (gauche), le repas, le jeune Callot, assis, au centre de la composition, sur un tambour, son carton à dessin sur les genoux et son crayon à la main, regarde une Bohémienne jongler, au premier plan (droit), et s'apprête à la dessiner, sous le regard bienveillant de ses parents de bohème.

De la forêt des Vosges aux forêts de Barbizon et de Fontainebleau, les Bohémiens, qui y font halte, y campent et, quelquefois, s'y sédentarisent, reçoivent de plus en plus la visite des peintres qui, à leur tour, font halte

28. Charles Baudelaire, *Les Fleurs du mal*, *op. cit.*, t. I, p. 18.
29. Charles Baudelaire, *Salon de 1845*, dans *Œuvres complètes*, t. II, éd. Claude Pichois, Paris, Gallimard, « Pléiade », 1976, p. 399. Voir, pour les histoire et portrait de cette « école de Metz » : Christine Peltre, *L'École de Metz, 1834-1870*, préf. Bernard Dorival, Nancy, Presses Universitaires de Nancy, 1988.
30. « Enracinés plus qu'ils ne le souhaitent dans une vie provinciale sereine, mais parfois étriquée, ils se sentent proches des Bohémiens, rebelles aux conventions. Ce choix peut apparaître comme l'affirmation de leur liberté d'artistes et ils rejoignent ainsi bien des créateurs – peintres ou écrivains – de leur temps » (Christine Peltre, *L'École...*, *op. cit.*, p. 87).
31. François de Vaux de Foletier, *Le Monde...*, *op. cit.*, ill. p. 189.

en forêt[32], dans l'espoir de les rencontrer et, peut-être, de les convaincre de poser devant leur chevalet. Si Narcisse Virgile Diaz de la Peña (1807-1876) n'a, contrairement à son aîné et inspirateur Alexandre Gabriel Decamps (1803-1860), ni voyagé en Orient ni connu la même fin, au galop en forêt de Fontainebleau, il doit y avoir, comme le prouve leur présence dans sa peinture, promené ses pinceaux et croisé plus d'un Bohémien. Pierre et Rolande Miquel, auteurs du catalogue raisonné de son œuvre peint, soulignent que « c'est là une caractéristique du peintre, car par ces sujets il évoque la liberté et la pauvreté de sa jeunesse. Les personnages sont de type oriental, mais ils circulent sur des sentiers qu'abrite une forêt protectrice et enchanteresse. Diaz réalise ainsi une synthèse originale entre le paysage barbizonien et le goût orientalisant de son époque[33]. » Entre ses *Bohémiens se rendant à une fête* ou *Descente de Bohémiens* (1844, huile sur toile, 99 x 80 cm, Boston, Museum of Fine Arts), exposé au Salon de 1844 (n° 553), et *Les Bohémiens* (1850, huile sur bois, 54 x 37 cm, Paris, Musée du Louvre), exposé au Salon de 1850 (n° 848)[34], Baudelaire tranche, dans son *Salon de 1846*, en indiquant, ce qui plaît encore, mais qui agacera bientôt : « Pour le dessin, – le dessin du mouvement, le dessin des coloristes, – il n'en est pas question ; les membres de toutes ces petites figures se tiennent à peu près comme des paquets de chiffons ou comme des bras et des jambes dispersés par l'explosion d'une locomotive[35]. » Voilà pour le style ; quant au sujet, les Bohémiens sont et vont à la fête : dans les deux cas, leur descente, ou débarquement de l'île de Cythère, se fait dans la joie et la bonne humeur. Derrière ces deux tableaux se cachent, néanmoins, une quantité de tableautins, de portraits de la femme de l'artiste en Bohémienne, Orientale ou Smyrniote ; et, force est de constater que seule l'attribution d'un narguilé ou d'un tambour de basque permet de les différencier ; enfin, et autrement dit avec les mots de Jean Alazard au sujet

32. N'a-t-on pas vu, à une récente exposition parisienne, un tableau peint par Xavier Leprince vers 1820 et intitulé, à juste titre, *Halte des peintres à Fontainebleau* (*La forêt de Fontainebleau : un atelier grandeur nature*, cat. d'exposition, Paris, Musée d'Orsay, 2007, cat. 12).
33. Pierre et Rolande Miquel, *Narcisse Diaz de la Peña : monographie et catalogue raisonné de l'œuvre peint*, t. II, Courbevoie, ACR, 2006, p. 270.
34. *Ibid.*, t. II, cat. 2045 et 2001.
35. Charles Baudelaire, *Salon de 1846*, *op. cit.*, t. II, p. 453.

des tableaux de Decamps, « il faut bien reconnaître qu'il n'y a rien qui ressemble à un tableau de [Diaz] comme un autre tableau de [Diaz][36] ».

Succombant, pour des raisons personnelles ou artistiques, à la tentation du voyage, certains peintres fuient leur vie et leur atelier et, de la forêt de Fontainebleau aux plaines du Danube, en passant par les grottes du Sacro Monte et la forêt des Vosges, rencontrent d'autres Bohémiens : d'une part, les Gitans et leur danse ; d'autre part, les Tsiganes et leur musique.

La danse des Gitans

Observons, pour commencer, que les Gitans, ces Bohémiens du Sud, ne se rencontrent pas qu'en Espagne : le peintre strasbourgeois Félix Haffner (1818-1875) n'a-t-il pas exposé une *Halte de gitanos* (1848, huile sur toile, 98 x 132 cm, Valenciennes, Musée des beaux-arts) au Salon de 1848 (n° 2167)[37] ; cette œuvre, dite encore *Halte de Bohémiens dans les Landes*, et, au même Salon, une *Bergerie des Landes* (n° 2170) sont, à n'en pas douter, autant de choses vues au cours d'un voyage… dans les Landes. Dans la campagne, à l'ombre de grands arbres, des Bohémiens font halte, ou campent : au premier plan, tandis qu'une jeune danseuse, la main gauche soulevant un fichu rouge et la main droite appuyée sur un tambour de basque, est allongée près d'un mandoliniste qui s'est endormi, une jeune femme, penchée sur un amas de bagages, de paniers, de vivres, de volailles, est en train de remplir un bol ; au second plan, tandis qu'une vieille femme assise compte sur ses genoux des pièces de monnaie, une femme fait la cuisine – plume un canard ? Dans son *Salon de 1845*, Baudelaire estimait Haffner « prodigieusement original – surtout pour la couleur[38] » – changeant d'avis l'année suivante[39]. Haute en couleur, d'une composition ambitieuse mais d'un style et d'un sujet sacrifiant trop au pittoresque, cette *Halte de gitanos*, qui mériterait une restauration, n'en demeure pas moins le beau portrait de groupe d'un peintre qui tend vers le Sud.

36. Jean Alazard, *L'Orient et la peinture française au XIXe siècle, d'Eugène Delacroix à Auguste Renoir*, Paris, Plon, 1930, p. 23.

37. *Catalogue illustré et annoté des œuvres exposées au Palais des Beaux-Arts de la Ville de Valenciennes*, t. I, Valenciennes, Hollande, 1931, cat. 243 (pl. XXXVIII).

38. Charles Baudelaire, *Salon de 1845*, *op. cit.*, t. II, p. 391.

39. « Il paraît que ce n'est qu'un peintre » (Charles Baudelaire, *Salon de 1846*, *op. cit.*, t. II, p. 454).

Quinze ans plus tôt, l'un des premiers peintres français à voyager en Espagne, dans cette Espagne romantique qui n'est autre, tant du point de vue historique que géographique, que la porte de l'Orient[40], est Adrien Dauzats (1804-1868). Dès l'été 1833, avant d'être chargé, avec d'autres artistes tel que Pharamond Blanchard, de la « mission d'Espagne », c'est-à-dire de la constitution d'une « Galerie espagnole » pour le compte du roi Louis-Philippe (fin 1835 - début 1838), Dauzats découvre l'Espagne ; qui lui inspire, entre autres choses, une fort belle aquarelle, intitulée *Les Gitanos* (1833, aquarelle et lavis sur papier bistre, 60 x 45 cm, Paris, coll. particulière) et exposée au Salon de 1834 (n° 435) – à noter que le personnage de droite se retrouve tel quel dans un tableau ultérieur, intitulé *La Giralda de Séville* (1839, huile sur toile, 135 x 87 cm, Paris, Musée du Louvre) et exposé au Salon de 1839 (n° 484)[41].

Quinze ans plus tard, au moment où Haffner peint sa *Halte*, Alfred Dehodencq (1822-1882)[42], blessé au cours de la révolution de 1848, profite d'une convalescence dans le sud de la France pour traverser les Pyrénées, voyager en Espagne, où il séjourne jusqu'en 1853 – année de son départ pour le Maroc, où il séjournera jusqu'en 1863 –, et où il va, comme il l'écrira lui-même, « vivre en soi, pour soi, et n'en avoir pas trop l'air ; faire de tout une étude, de l'art le but, et de tout le reste un accessoire[43] ». Après un premier tableau imposant, intitulé *Course de taureaux en Espagne* ou *Course de Novillos* (1850, huile sur toile, 146 x 206 cm, Pau, Musée des beaux-arts) et exposé au Salon de 1850 (n° 766), Dehodencq peint une belle *Danse de Gitans dans les jardins de l'Alcazar* (1851, huile sur toile, 110 x 161 cm, Madrid, coll. particulière), qui a bénéficié, comme le pré-

40. Voir, au sujet de l'Espagne romantique et du voyage en Espagne : Alberta Wilson Server, *L'Espagne dans la* Revue des Deux Mondes, *1829-1848*, Paris, E. de Boccard, 1939 ; Léon-François Hoffmann, *Romantique Espagne. L'Image de l'Espagne en France entre 1800 et 1850*, Paris, Presses Universitaires de France, 1961 ; Paul Guinard, *Dauzats et Blanchard, peintres de l'Espagne romantique*, Paris, PUF, 1967 ; Bartolomé et Lucile Bennassar, *Le Voyage en Espagne. Anthologie des voyageurs français et francophones du* XVIe *au* XIXe *siècle*, Paris, R. Laffont, « Bouquins », 1998.
41. Ghislaine Plessier, *Adrien Dauzats, ou la tentation de l'Orient : catalogue raisonné de l'œuvre peint*, Bordeaux, Musée des beaux-arts, 1990, cat. D 24d et 24.
42. Véronique Prat, *Alfred Dehodencq (1822-1882)*, thèse, dir. Bernard Dorival, Paris, 1975-1977.
43. Cité par Gabriel Séailles, *Alfred Dehodencq, histoire d'un coloriste*, Paris, P. Ollendorff, 1885, p. 66.

cise Véronique Prat, de la coopération princière du duc de Montpensier[44] – devenu, grâce à une lettre de recommandation de son ami Dauzats, le mécène du peintre. « [Le duc de Montpensier], écrit Dehodencq dans une lettre à sa mère en novembre 1850, doit m'envoyer une entrée libre à l'Alcazar, où je pourrai peindre et rêver tout à mon aise, et a chargé son majordome de prévenir deux bohémiennes, qui souvent ont dansé devant lui, de se présenter chez moi, d'y exécuter les danses que je leur demanderai, Son Altesse désirant avoir leur portrait dans un tableau[45] ». Et tout porte à croire, à lire le commentaire d'un connaisseur de l'Espagne contemporaine tel qu'Antoine de Latour, que Dehodencq ait peint non seulement sur le motif mais aussi d'après le modèle : « C'est une réunion vraie de gitanos, non pas ces vives et vagues féeries de Diaz, mais, devant le pavillon de Charles Quint, une danse brutale et énergique de vrais bohémiens[46]. » Puis, en promenade dans les rues de Séville, dans le faubourg de Triana, habité par les Bohémiens, Dehodencq voit « des choses à rendre fou un coloriste[47] » ; des choses vues qui lui inspireront, à n'en pas douter, son impressionnant portrait de groupe intitulé *Bohémiens et bohémiennes au retour d'une fête en Andalousie* (1852, huile sur toile, 152 x 208 cm, Musée de Chaumont) et exposé au Salon de 1853 (n° 345) [pl. 2 ; voir p. 266]. « Il faut, comme l'apprécie l'auteur de *Tra los montes*, que M. Dehodencq parle *calo* comme M. Mérimée, qu'il ait vécu de longues années à Triana, et se soit accroupi dans les cryptes du Monte-Sagrado, à Grenade, pour connaître si familièrement sa Bohême ; il est impossible d'être plus vrai, plus local, plus caractéristique[48]. » Dehodencq connaît « si familièrement sa Bohême » qu'il parle *calo* ; mais encore faut-il préciser, avec Théophile Gautier, qu'il le parle avec « l'accent de l'Arabe[49] ». De ce côté-ci des Pyrénées, sous le soleil d'Espagne, les Gitans de Séville n'ont plus grand-chose à voir, il est vrai,

44. Depuis la révolution de 1848, le duc de Montpensier, prince français marié à Marie-Louise de Bourbon, sœur d'Isabelle II d'Espagne, depuis 1846, vivait la plupart du temps en Espagne, à Séville, où il avait une célèbre galerie de tableaux, et où il mourra en 1890.

45. Cité par Véronique Prat, *op. cit.*, t. I, p. 156.

46. Cité par Gabriel Séailles, *op. cit.*, p. 78.

47. *Ibid.*, p. 62.

48. Théophile Gautier, « Salon de 1853 », dans *La Presse*, 20 juillet 1853, p. 2.

49. « Quelle vérité, ajoute Gautier, dans ce ciel blanchi de poussière, dans ces cactus tortillant leurs palettes semblables à des vertèbres de cachalots échoués, dans ce chemin torrentueux dont les berges laissent voir la craie et le tuf, dans ce ruisseau de gitanos et de gitanas qui coule à pleins bords chantant, riant, dansant, gesticulant avec un bruit de

avec les Bohémiens de Paris : en tant que peintre qui voyage à la recherche du pittoresque, Dehodencq se laisse plus facilement fasciner aux environs de Séville qu'aux portes de Paris ; et d'autant plus volontiers que le peintre a quitté l'habit du sédentaire pour celui du nomade – une altérité qui l'amène à s'approcher, l'incline à « se rapprocher de » ses modèles. D'Europe de l'Est en Afrique du Nord, les « Bohémiens » de Dehodencq ne s'apparentent-ils pas aux Gitans et aux Maures ?

Dix ans plus tard, le graveur et peintre strasbourgeois Gustave Doré (1832-1883) voyage en Espagne en compagnie de son ami le baron Charles Davillier, dont les nombreux voyages d'étude dans la péninsule ibérique ne tarderont pas à faire un spécialiste de l'art espagnol en général, et des arts décoratifs hispano-mauresques en particulier. Publié en revue, dans *Le Tour du Monde* à partir de 1862, et en volume en 1874 – traduit en italien la même année, en anglais (1876) et en danois (1878) –, le récit de leur voyage, *L'Espagne*, est « illustré de 309 gravures dessinées sur bois par Gustave Doré[50] ». Du pinceau de Dehodencq au stylet de Doré, de la palette colorée à la planche gravée, on est passé d'une Espagne pittoresque, romantique, à une Espagne caricaturale, grotesque : les Gitans ne marchent plus comme les Bohémiens, mais croupissent dans les grottes d'une montagne qui n'a de « saint » que le nom. À Grenade, en effet, ces derniers vivent comme des troglodytes, comme le décrit Doré dans une gravure intitulée « Les grottes de Gitanos, au Sacro-Monte » [pl. 3 ; voir p. 267] : véritable montée au calvaire – pour le couple repoussoir du premier plan, notamment –, ces grottes repoussent les habitants à l'extérieur. Aussi, pour des observateurs contemporains tels que Davillier et Doré, la danse devait servir d'exutoire, voire de catharsis, à cette misère gitane. Un soir, au cœur de ce quartier désolé, où vit une population désœuvrée, nos deux acolytes, « électrisés », ne manquent pas de prendre part à la danse des Gitans, ou plutôt des Gitanes : « en un instant habits et gilets furent accrochés aux raquettes d'un cactus, nos mains s'armèrent des inévitables castagnettes, et nous nous élançâmes dans l'arène le jarret tendu, le corps cambré et les bras

---

grelots, de castagnettes, de tambours de basque et de chansons gutturales où se devine encore l'accent de l'Arabe » (*ibid.*).

50. Charles (baron) Davillier, *L'Espagne*, illustrée de 309 gravures dessinées sur bois par Gustave Doré, Paris, Librairie Hachette, 1874. Voir, pour plus de précisions : Henri Leblanc, *Catalogue de l'œuvre complet de Gustave Doré : illustrations, peintures, dessins, sculptures, eaux-fortes, lithographies*, Paris, C. Bosse, 1931, p. 81-82.

arrondis, prêts à mettre à profit les leçons que nous venions de prendre[51] ». À Grenade une quinzaine d'années plus tôt, Alexandre Dumas (père) s'indignait que cette danse endiablée ne fût en outre que « le développement incestueux et la poésie repoussante d'une luxure de famille entre frère et sœur[52] ». Plusieurs gravures de Doré, lequel se jeta volontairement et volontiers dans l'arène, célèbrent la danse des Gitans et, dans ce cadre, consacrent la figure de la Gitane qui, quelque peu dénudée, campée sur ses deux pieds, foulant, frappant le sol (terre) dans une danse frénétique, est à mille lieues de l'Orientale, voilée, odalisque couchée, au harem comme au bain (eau) – mais, pas si éloignée de certaines tribus dansantes d'Afrique du Nord, que Dehodencq peint, au même moment, de l'autre côté de la Méditerranée.

Au milieu des années 1860, c'est au tour d'Édouard Manet (1832-1883) de voyager, en Espagne, et de s'exclamer : « Quelles rues ! Quel peuple ! Dehodencq a vu et très bien vu ; avant d'aller là, il était aveugle. Il y a des gens qui ne croient pas au miracle ; eh bien, quant à moi, depuis Dehodencq, j'y crois[53]. » Entre autres « espagnolades », musiciens et toreros, Manet, grâce auquel, selon Baudelaire, « le génie espagnol s'est réfugié en France[54] », peint *Le Vieux Musicien* (1862, huile sur toile, 187,4 x 248,3 cm, Washington, National Gallery) ; lequel, selon Henriette Asséo, porte le nom de « Jean Lagrène. C'était le patriarche d'une famille de Manouches d'Alsace établis à Paris, aux Batignolles. Il avait été ouvrier sur les chantiers du baron Haussmann, puis joueur d'orgue et enfin un modèle célèbre[55]. » La même année, Manet renouvelle cette expérience qui consiste à rassembler au sein d'une même composition différents personnages, ou groupes de personnages. Un Bohémien, une

51. Gustave Dore et Charles Davillier, « Voyage en Espagne », dans *Le Tour du Monde*, t. X, 1864, p. 412. « Aussi, concluent-ils, eûmes-nous un certain succès parmi les gitanos, et un succès tel qu'on fut obligé de fermer les portes pour empêcher la foule d'envahir le patio, car le bruit s'était répandu de grotte en grotte que trois *caballeros ingleses*, – on nous prenait pour des Anglais, – se livraient au *zarandeo* comme de vrais Andalous, chose inouïe dans les annales du Sacro-Monte » (*ibid.*).

52. Alexandre Dumas (père), *De Paris à Cadix, impressions de voyage*, Castres, Musée Goya, 2001, p. 154.

53. Cité par Véronique Prat, *op. cit.*, t. I, p. 38.

54. Charles Baudelaire, « Peintres et aquafortistes » (1862), *op. cit.*, t. II, p. 738.

55. Henriette Asséo, *op. cit.*, p. 64 (ill.). Voir, pour un portrait photographique de « Jean Lagrêne. 66 ans, Bohémien, né à Répiwiller (Bas-Rhin) » : Jacques-Philippe Potteau, *Collection anthropologique : Portraits*, Paris, Photothèque du Musée de l'Homme, 1860, ph. 27.

Bohémienne à l'enfant et un buveur d'eau forment cette sainte famille bohémienne dont nous ne conservons, outre les fragments peints, qu'une estampe : *Les Gitanos* (vers 1862, eau-forte, 32 x 23,6 cm, Baltimore, coll. particulière)[56] – la peinture ayant été, comme à l'accoutumée, démembrée par le peintre[57]. Après que Dehodencq a peint les Bohémiens de Séville, et pendant que Doré charge les Gitans de Grenade, Manet confère à ses modèles, pour lesquels l'heure n'est plus au chant ni à la danse, une dignité empreinte de gravité.

La musique des Tsiganes

Rappelons, en guise de transition géographique, mais également « ethnographique », entre Gitans et Tsiganes, que c'est dans les Vosges que Mérimée, accompagné et introduit par le pastelliste et peintre-verrier Laurent-Charles Maréchal (1801-1887)[58], figure de proue de l'École de Metz, rend visite à des Bohémiens[59], dont l'étude et la rencontre lui permettront d'ajouter, en 1846, un quatrième et dernier chapitre à *Carmen* ; enfin, de faire son héroïne bohémienne[60]. À l'image de l'Espagne, la porte de l'Orient, les Vosges représentent la porte de la Bohême, et son épaisse forêt le lieu de halte, de campement des Tsiganes, qualifiés tantôt de hongrois, tantôt d'orientaux. Aussi, comme l'observe un journaliste du *Monde illustré* qui visite une halte d'émigrants hongrois près du village de Vatimont, en Moselle, « ces gens, originaires de la basse Hongrie, ne sont pas ce que l'on nomme vulgairement des bohémiens ; leur costume, leur langage, leur

56. Jean C. Harris, *Edouard Manet, the graphic work : a catalogue raisonné*, San Francisco, Alan Wofsy fine arts, 1990, cat. 18.
57. Voir, pour plus de précisions : Anne Coffin Hanson, « Édouard Manet, *Les Gitanos*, and the Cut Canvas », dans *The Burlington Magazine*, mars 1970, p. 158-166.
58. Tout au long de sa vie d'artiste, Laurent-Charles Maréchal restera fidèle aux « Bohémiens », qu'il peindra encore l'année de sa mort : *Halte de Bohémiens* (Salon de 1887, pastel, 73 x 60 cm, Musée de Bar-le-Duc) (Christine Peltre, *L'École...*, *op. cit.*, pl. XXIX). Eugène Tourneux (1809-1867), élève de Maréchal qui l'initie au pastel, leur restera également fidèle et peindra, entre autres, une *Halte d'une famille de Bohémiens* (1851, pastel, 94 x 128 cm, Musée de Metz).
59. « J'ai visité, il y a quelques mois, une horde de Bohémiens établis dans les Vosges » (Prosper Mérimée, *op. cit.*, p. 142).
60. « Comme j'étudie les Bohémiens depuis quelque temps avec beaucoup de soin, écrit Mérimée dans un lettre du 16 mai 1845, j'ai fait mon héroïne bohémienne » (cité par Jean Balsamo, *ibid.*, p. 31).

manière de vivre sont tout autres » ; à tel point que « tout concourt à donner à ces voyageurs un caractère de singularité qui nous a engagé, ajoute le journaliste, à en offrir une reproduction au public[61] ». Les traits de ces Tsiganes s'apparentent, comme nous le lirons sous une plume contemporaine, à ceux des Indiens d'Amérique ou d'ailleurs et, d'une manière plus générale, à ceux des populations nomades d'Europe de l'Est – jusqu'aux frontières européennes de l'Empire ottoman.

Dès 1837, Auguste Raffet (1804-1860) prend part – et une part active – à un voyage d'exploration, placé sous la direction du prince russe Anatole Demidoff, dans la Russie méridionale, autrement dit la « nouvelle Russie » ; de la Hongrie à Smyrne et Constantinople, en passant par la Moldavie, la Valachie et la Crimée. Au cours de ce périple, en Crimée, Raffet dessine une *Habitation tsigane, dans la montagne*, datée du 18 août 1837 et gravée dans l'*Album* du *Voyage* [pl. 4 ; voir p. 268] : il s'agit de l'une de ces grottes habitées par les Bohémiens, dans le sud de l'Espagne comme dans le sud de la Russie. Encore faut-il souligner que le texte qui l'accompagne n'est pas tendre avec ces autres populations troglodytes – cette description, aujourd'hui à la limite du supportable, nous semble plus violente que l'image : « Une tribu nombreuse de Bohémiens a trouvé ces habitations toutes faites, et la paresse naturelle à ce peuple s'est bien vite accommodée de cette vie de troglodytes. C'est là le chef-lieu où s'étale toute la misère de ces hordes dégradées. De tous côtés vous apercevez des guenilles hideuses qui tapissent les rochers, la fumée qui monte en spirale bleuâtre le long des immenses murailles de la montagne, et les ustensiles délabrés de cette triste communauté de parias. [...]. Là encore se rencontrent cependant quelques types, bien rares il est vrai, de la beauté asiatique : de belles filles qui, sous leurs haillons insuffisants pour les couvrir, marchent comme des reines de théâtre ; [...]. Mais ces restes d'une race abrutie s'effacent tous les jours, et le voyageur, qui a franchi cette vallée, n'emporte guère qu'un profond sentiment de dégoût pour tant de misère et d'abaissement[62]. » Désormais, si le tambour de basque fait encore partie des attributs des Bohémiens, la pipe turque à long tuyau (*cubuk*), les tapis et le service à thé les complè-

61. *Le Monde illustré*, 2 mars 1867, p. 129 et 134.
62. *Album* du *Voyage dans la Russie méridionale et la Crimée, par la Hongrie, la Valachie et la Moldavie ; exécuté en 1837, sous la direction de M. Anatole Demidoff, par MM. de Sainson, Le Play, Huot, Léveillé, de Nordmann, Rousseau et du Ponceau ; dédié à Sa Majesté Nicolas Premier, Empereur de toutes les Russies ; dessiné d'après nature et lithographié par Raffet*, Paris, Gihaut, 1842, p. 35 (pl. XLIV).

tent ; et tout, dans les attitudes comme dans les regards, évoque le *kief* des Turcs. Plus de vingt ans avant Dehodencq, « Raffet, comme l'écrit Paul Mantz, a apporté dans l'exécution de ces beaux dessins, un goût des plus rares et un merveilleux sentiment des questions de race, de costumes, de vie sociale. Ce précieux instinct ethnologique est même un des caractères les plus certains de son talent[63]. » Raffet se situe, à mi-chemin, notamment stylistique, entre les Turcs d'Asie Mineure peints à l'aquarelle puis à l'huile par Decamps et les Tsiganes de Hongrie peints à l'aquarelle puis gravés par Valerio. Autrement dit, entre caricature et ethnographie, Raffet exprime « une sensibilité ethnographique à la recherche romantique du barbare et du sauvage[64] ».

Au moment où Raffet part en Russie, Nicolas Charlet entraîne son élève l'aquarelliste et peintre d'origine lorraine Théodore Valerio (1819-1879) dans différents voyages à travers l'Europe. Quinze ans plus tard, en 1851 et 1852, Valerio choisit de voyager en Hongrie, dans ces contrées intermédiaires peu visitées par les voyageurs – Raffet n'y fit que passer. Tout l'œuvre graphique qu'il en rapporte est exceptionnel, tant du point de vue de la quantité, près de deux cents aquarelles et dessins, que de la qualité – sans oublier, aujourd'hui, leur bon état de conservation ; encore faut-il ajouter à cet œuvre cette autre œuvre graphique que sont ses « Essais ethnographiques sur les populations hongroises », qui seront publiés dans *L'Artiste* entre le 8 et le 22 août 1858. Le dessein « ethnographique » – adjectif d'invention récente (1823) – de Valerio n'a plus grand-chose à voir avec le dessein purement et simplement graphique d'un Dehodencq, d'un Doré ou d'un Raffet : « Ne serait-il pas intéressant, écrit-il en effet, de conserver par le dessin, d'une manière exacte, les types si caractéristiques encore de certaines populations à un état de culture peu avancé » ; encore propose-t-il de retrouver, avant qu'« un mélange plus intime des peuples les uns avec les autres n'en vienne affaiblir l'empreinte », « l'origine encore douteuse de bien des populations » ; enfin, il se propose de « rendre service à la science[65] ». À la manière de son contemporain Mérimée, qui voyage dans les Vosges pour « reconnaître » les sujets de son étude – et qui aurait

63. Paul Mantz, « Raffet », dans *Gazette des Beaux-Arts*, t. VII, 1860, p. 16-17.
64. Christine Peltre, « L'orpailleur de la "nouvelle Russie" », dans *Raffet, 1804-1860*, cat. d'exposition, Boulogne-Billancourt, Bibliothèque Marmottan, 1999 ; Grenoble, Musée de Grenoble, 2000, p. 97.
65. Théodore Valério, « Essais ethnographiques sur les populations hongroises », dans *L'Artiste*, 8 août 1858, p. 214.

pu intituler le quatrième et dernier chapitre de *Carmen* « Essais ethnographiques sur les Bohémiens des Vosges » –, Valerio s'attarde dans la *Puszta* hongroise (steppe pastorale de l'est du pays)[66], à la recherche des Tsiganes, qui forment « une nation tout orientale transportée en Europe[67] ». À l'aide d'une analogie, scientifique peut-être, « typique » du XIXe siècle sans doute, qui consiste à voir l'homme au miroir de l'animal[68], l'artiste, aquarelliste, non seulement revêt l'habit du scientifique, de l'ethnographe, mais encore il observe les Tsiganes avec des yeux d'ornithologue : « Que de fois, dans nos excursions à travers les forêts des montagnes du Matra, nous les avons rencontrés, au milieu d'une clairière, immobiles, accroupis, reployés sur eux-mêmes, leurs larges vêtements flottant autour d'eux, comme des oiseaux de proie qui laissent traîner sur le sable leurs ailes au soleil ! Sans leurs grands yeux sauvages, étincelant à travers la forêt de cheveux qui leur couvraient le front et retombaient le long des joues et des épaules, on aurait pu croire que la vie les avait abandonnés, tant leur immobilité était grande : on eût dit des fakirs en extase[69]. »

Au cours de son périple, Valerio découvre puis écoute la musique des Tsiganes : « Rien n'est curieux comme un orchestre de Tsiganes civilisés et leur manière d'interpréter les maîtres. Ils jouent sans notes, exécutent des opéras de Rossini, de Meyerbeer, d'Halévy, mais tellement embellis de fioritures tsiganes, traduits avec leur sentiment national, que c'est à grand'peine que l'on parvient à retrouver le thème primitif[70]. » Les Tsiga-

66. La *Puszta*, pour Valério, est « une plaine immense entrecoupée de marécages où viennent s'abattre des milliers d'oiseaux aquatiques, couverte d'oiseaux de proie » ; « malgré cette nudité, cette tristesse profonde, ces solitudes ont une beauté inexprimable et un cachet de grandeur et de mélancolie » (*ibid.*, p. 217).

67. Théodore Valério, « Essais ethnographiques sur les populations hongroises », dans *L'Artiste*, 15 août 1858, p. 237.

68. Voir, véritables modèles du genre, les planches de Charles Le Brun : *De la physionomie humaine et animale : dessins de Charles Le Brun gravés pour la Chalcographie du Musée Napoléon en 1806*, cat. d'exposition, Paris, Musée du Louvre, 2000. Voir, pour aller plus loin : *Homme-animal. Histoires d'un face à face*, cat. d'exposition, Musées de Strasbourg, 2004.

69. Théodore Valerio, « Essais ethnographiques sur les populations hongroises », dans *L'Artiste*, 22 août 1858, p. 250.

70. *Ibid.*, p. 250. Quinze ans plus tard, à l'Exposition universelle de 1867, le public parisien découvrira et écoutera à son tour les musiciens tsiganes de la section autrichienne, qui feront la une de l'*Univers illustré* du 12 octobre : « Ces musiciens ne jouent pas seulement de la main, s'enthousiasmera Henri Muller, mais en quelque sorte du corps entier. »

nes de Valerio, « Mohicans de l'Europe[71] », n'ont plus grand-chose à voir avec les Bohémiens et les Gitans : ils ne fascinent plus mais intéressent l'artiste, comme le scientifique ; c'est pourquoi « nous sommes loin ici de ces hordes sales et dépenaillées, caricaturées un peu plus tôt par Raffet[72] ». Le portrait de groupe des *Musiciens tsiganes*, dessiné d'après nature et gravé à l'eau-forte par Valerio, sera publié dans le premier volume des *Souvenirs de la monarchie autrichienne* [pl. 5 ; voir p. 269] : au sein d'une composition pyramidale, les trois Tsiganes, aux regards farouches mais à l'air mélancolique, forment un trio musical empreint de retenue. Soulignant le « caractère hybride de l'art ethnographique », c'est-à-dire la « coexistence fusionnelle de deux expressions, celle de l'exploration géographique et celle, plus classique, de la tradition historique », Christine Peltre éclaire le « parti de sublimation » pris par Valerio ; autrement dit, le passage de la gravure à la peinture, l'usage de ses « types » à des fins « picturales[73] ». En effet, après avoir exposé une partie de son riche butin hongrois à l'Exposition universelle de 1855, Valerio livre une version peinte de ses *Musiciens tsiganes*, exposée au Salon de 1857.

Cette même année, et tout porte à croire qu'il ait, pour avoir vu ses œuvres deux ans plus tôt, entendu la musique tsigane de Valerio, le peintre isérois Alfred Bellet du Poisat (1823-1883) peint – et date – *Les trois bohémiens (Ballade de Lenau)* (1857, huile sur toile, 209 x 251 cm, Musée de Grenoble), avant de l'exposer au Salon de 1859 (n° 211) [pl. 6 ; voir p. 270]. Comme son sous-titre l'indique dans le livret du Salon, cette œuvre est directement inspirée d'un poème de Nikolaus Lenau, *Die drei Zigeuner* (1838) – qui inspirera également à Franz Liszt, le Mérimée de la musique[74], une mélodie pour chant et piano :

71. Victor Tissot, *La Hongrie, de l'Adriatique au Danube : impressions de voyage*, Paris, Plon, 1883, p. 219.
72. Christine Peltre, « Le voyage en Hongrie de Théodore Valerio (1819-1879) », dans *Le Pays lorrain* (Nancy), 1986, n° 2, p. 86. Voir, pour les illustrations – du même auteur : « Mal de Hongrie », dans *Franco Maria Ricci* (Milan), 1991, n° 34, p. 91-112.
73. Christine Peltre, « Les "géographies" de l'art : physionomies, races et mythes dans la peinture "ethnographique" », dans *Romantisme* n° 130 (2005-4), p. 78. Voir, pour aller plus loin – et du même auteur : « Entre vision mythique et observation anthropologique : la figure de l'artiste-nomade », dans *Histoire de l'art* n° 60 (04/2007), p. 89-98.
74. Franz Liszt, *Des Bohémiens et de leur musique en Hongrie*, Paris, A. Bourdilliat, 1859.

Drei Zigeuner fand ich einmal	« Trois Tziganes sont étendus
Liegen an einer Weide,	Sous l'ombre d'un saule.
[...].	[...].
An den Kleidern trugen die drei	Tous les trois ils ont à leurs habits
Löcher und bunte Flicken,	Des trous, des déchirures.
Aber sie boten trotzig frei	Mais ils sont fiers et libres
Spott den Erdengeschicken.	Et méprisent tout sur terre !
Dreifach haben sie mir gezeigt,	Trois fois ils nous ont montré comment,
Wenn das Leben uns nachtet,	Quand la vie nous est dure,
Wie mans verraucht, verschläft, vergeigt	On peut dormir, fumer, chanter,
Und es dreimal verachtet.	Et trois fois, oui ! en rire !
Nach den Zigeunern lang noch schaun	Depuis ce temps les trois tziganes
Mußt ich im Weiterfahren,	Hantent ma pensée,
Nach den Gesichtern dunkelbraun,	Ainsi que leurs visages noirs,
Den schwarzlockigen Haaren.	Leurs cheveux sombres flottant au vent[75] !

Ce choix de vers, à mettre en regard de la symphonie en « bleu Guimet[76] » de Bellet du Poisat, permet de mesurer non pas la fidélité du peintre à l'égard du poème, mais sa nature : en effet, outre une fidélité de forme, c'est-à-dire aux attributs des trois Bohémiens musiciens, au violon de l'un (centre) et à la paire de cymbales de l'autre (droite), le peintre est resté fidèle à l'esprit, à la lettre du poème, à ce vent de liberté qui souffle de la même manière sur ceux qui n'ont rien[77]. D'autre part, si on a pu rapprocher Valerio de Chassériau, on peut aussi rapprocher Bellet du Poisat de Delacroix ; et estimer, avec Dominique Brachlianoff, que « la scène fait curieusement songer au Christ veillant au Jardin des Oliviers, tandis que dorment les apôtres[78] ». Enfin, sacrifiant le « type » sur l'autel de la poésie, ici lyrique, Bellet du Poisat parvient à peindre la matière musicale, mais également l'âme de trois hommes, musiciens, moins « typiquement » tsiganes que « simplement » bohémiens.

75. Franz Liszt, *30 mélodies pour chant et piano*, trad. Gustave Samazeuilh, Paris, A. Durand, 1932, n° 24.
76. Du nom de l'inventeur de l'outremer artificiel (Delamare François et Guineau Bernard, *Les matériaux de la couleur*, Paris, Gallimard, « Découvertes », 1999, p. 84-85).
77. « En effet on peut rapprocher cette œuvre d'autres tableaux du peintre inspirés par la musique, par le pouvoir qu'elle détient, par la richesse et la liberté qu'elle procure aux hommes, aussi humbles soient-ils » (Dominique Brachlianoff, « Quelques précisions sur les tableaux de Bellet du Poisat », dans *Bulletin des musées et monuments lyonnais*, 1982, n° 2, p. 39).
78. *Ibid.*, p. 41.

Richepin et les « Romanitchels »

Dans la dernière décennie du XIXe siècle, une scène de la vie des « Romanitchels », vécue, rapportée et souvent reprise par l'écrivain français Jean Richepin (1849-1926)[79], témoigne non seulement de la permanence des Bohémiens dans la littérature et la peinture françaises, mais aussi de leur présence dans le paysage. Les Bohémiens, ici Romanichels, restent une source d'inspiration, certes ; mais, pour être associés, désormais, dans les esprits aux forains comme aux saltimbanques, ils se sédentarisent et, plus proches, ils font rire, ou pitié, plutôt qu'ils ne fascinent.

Après les « choses futures » de Callot et les « ténèbres futures » de Baudelaire, la littérature de Richepin se présente, comme il l'écrit dans la préface de la *Chanson des gueux*, « non comme une mijaurée libidineuse qui laisse voir un bout de peau afin d'attiser les désirs d'un vieillard ou d'un galopin, mais bien comme une belle et robuste créature, qui n'a pas peur de montrer au soleil ses tétons gonflés de sève et son ventre auguste où resplendit déjà l'orgueil des maternités futures[80] ». Ces lignes tracent le portrait d'un écrivain populaire, provocateur, qui n'aura de cesse d'ébranler l'ordre moral et, quelquefois, de porter atteinte aux bonnes mœurs. Attiré, littéralement, par la vie de bohème, par une famille de Bohémiens rencontrée en marge d'une foire parisienne, Richepin entrera en roulotte comme, plus tard, à l'Académie française.

Trois semaines après leur départ de Paris, Richepin et les Rasponi, sa famille d'adoption, sont dans les environs de Fontainebleau ; mais l'apprenti « Romanitchel », comme jadis le jeune Callot, n'a plus un sou. « Le lendemain, dès l'aube, en arrivant à la roulotte, rapporte Richepin, je vis une demi-douzaine de rapins installés devant le campement, la palette au pouce, la toile sur le chevalet. Rasponi nous avait loués comme modèles.

79. Jean Richepin, « Romanitchels », dans *Le Figaro illustré*, avril 1890, p. 5-7 ; *Truandailles*, Paris, Charpentier, 1891, p. 15-29 ; *La Cloche d'argent*, mars 1909, p. 35-36 ; *Toutes mes vies, de la caserne à la roulotte*, dans *Demain*, septembre 1924, p. 71-80. À noter, chose étrange et inédite, que Jean Richepin préfacera le *Catalogue des perles, pierreries, bijoux et objets d'art précieux ayant appartenu à S. M. le Sultan Abd-ul-Hamid II* (1911) ; préface dans laquelle l'écrivain, né en Algérie, comprendra que « c'est à notre estime de critiques un peu étroits, mais à elle seule, que les poètes de là-bas semblent trop lyriques et que les lions y ont trop de crinière, le soleil trop d'éclat et le ciel trop d'étoiles » (p. 16).
80. Jean Richepin, *La Chanson des gueux* (1867), Paris, M. Dreyfous, 1881 (éd. définitive), p. XII.

[...]. Je voulus me soustraire à la portraiture ; mais les rapins réclamèrent énergiquement. Si je ne posais pas, il n'y avait rien de fait ! Hélas ! c'est moi, paraît-il, qui avais l'air le plus bohémien de la bande. Comment refuser à mes amis de leur faire gagner, comme disait Rasponi, une si belle *zournée* ? J'acceptai donc. Mais, le lendemain, ce fut à recommencer, et, au lieu de six rapins, il y en avait huit. La nouvelle s'était répandue à Barbizon qu'on pouvait, pour pas cher, faire une chic étude de Bohémiens dans un sous-bois *je n'te dis qu'ça*[81]. » Plus intéressant encore est la reproduction, en guise d'illustration, d'un tableau (portrait de groupe) peint par Gustave Bourgain (1856-1921), élève de Gérôme puis peintre de la Marine, qui nous montre les peintres et leurs modèles : Richepin posant, aux côtés de « Romanitchelles », devant la roulotte des Rasponi, et les rameutés de « rapins[82] ».

Et Richepin de conclure, en guise de morale à cette histoire rocambolesque – Richepin et Rasponi en viendront aux mains : « Et de mon aventure il ne me reste qu'un très curieux et très exquis souvenir, et la joie de retrouver assez souvent, encore aujourd'hui, mon portrait dans les tableautins intitulés : *Halte de Bohémiens*[83]. »

Dans la dernière décennie du XIXe siècle, enfin, deux peintres que tout oppose, William Bouguereau (1825-1905) et Henri Rousseau (1844-1910), accordent une nouvelle place aux Bohémiens, ou plutôt à la Bohémienne. William Bouguereau peint, dans le style académique qui est le sien, une série de *Bohémiennes* de charité. Dès 1865, sa *Famille indigente* (1865, huile sur toile, 122 x 153 cm, Birmingham, City Museum and Art Gallery), exposée au Salon de 1865 (n° 256) met en scène, sous le portique de l'église de la Madeleine, à Paris, une mère de misère et ses enfants ; en outre, une affiche, dans l'angle supérieur droit du tableau, annonce un sermon du Père Lacordaire (mort en 1861) sur le thème de la charité[84]. De même, une de ses *Bohémiennes* des années 1890, jeune, délaissant son violon, fait la pause sur le quai de la Tournelle, à Paris : au-delà du pont de l'Archevêché, l'église Notre Dame retient l'attention du bourgeois fin

81. Jean Richepin, « Romanitchels », dans *Le Figaro illustré*, avril 1890, p. 7.
82. *Ibid.*, p. 6.
83. *Ibid.*, p. 7.
84. *William Bouguereau (1825-1905)*, cat. d'exposition, Paris, Musée du Petit Palais, 1984, p. 168 (cat. 37).

de siècle, l'invitant à réfléchir sur ses devoirs de charité[85]. Encore, nous faut-il évoquer cette autre *Bohémienne*, fruit de l'imagination du peintre, surréaliste avant l'heure, qui s'est allongée et *endormie* sous les pinceaux du Douanier Rousseau[86].

Nous avons vu, savons et conclurons, avec Paul de Saint-Victor, que « souvent l'Imagination, fatiguée des entraves de la vie sociale, prend les ailes du rêve pour s'abattre sous leur tente et s'enrôler dans leurs bandes. Le jour où ils disparaîtront, le monde perdra, non pas une vertu, mais une poésie[87]. »

85. *Ibid.*, p. 44 (fig. 3).
86. Henri Rousseau, *La Bohémienne endormie*, 1897, huile sur toile, 129,5 x 200,5 cm, New York, Museum of Modern Art. Voir, pour aller plus loin, les Bohémiens, forains et saltimbanques peints en bleu et en rose par Picasso au début du XXe siècle et, aujourd'hui : *Picasso* Carmen. *Sol y Sombra*, cat. d'exposition, Paris, Musée Picasso, 2007.
87. Paul de Saint-Victor, *op. cit.*, p. 347.

1. Aimé de Lemud, *Enfance de Callot*, 1839, lithographie, Nancy, Bibliothèque municipale.

2. Alfred Dehodencq, *Bohémiens et bohémiennes au retour d'une fête en Andalousie*, 1852, huile sur toile, 152 x 208 cm, Musée de Chaumont. © Musée de Chaumont.

Les grottes de Gitanos, au Sacro-Monte, — Dessin de Gustave Doré.

3. Gustave Doré, *Les grottes de Gitanos, au Sacro-Monte*, dans *Le Tour du Monde*, t X, 1864, p. 405. © Bibliothèque nationale de France.

4. Auguste Raffet, *Habitation tsigane, dans la montagne. Près Baghtcheh-Saraï (Crimée), 18 août 1837*, dans l'*Album du Voyage dans la Russie méridionale et la Crimée...*, Paris, Gihaut, 1842, pl. XLIV. © Bibliothèque nationale de France.

5. Théodore Valerio, *Musiciens tsiganes*, dans *Souvenirs de la monarchie autrichienne*, t. I (*Hongrie*), [S. l. n. d.], pl. XVI. © Bibliothèque nationale de France.

6. Alfred Bellet du Poisat, *Les trois bohémiens (Ballade de Lenau)*, 1857, huile sur toile, 209 x 251 cm, Musée de Grenoble. © Musée de Grenoble.

Les Bohémiens dans les adaptations cinématographiques de *Notre-Dame de Paris*. Entre exploitation de l'altérité exotique et constitution du discours politique

Delphine Gleizes

Dans ses *Mythologiques*, Claude Lévi-Strauss se livrait à une comparaison entre le phénomène du roman-feuilleton au XIXe siècle et le mode de transmission du mythe dans les civilisations primitives. Il soulignait alors la spécificité de ce « genre littéraire qui tire sa substance dégradée de modèles, et dont la pauvreté s'accroît à mesure qu'il s'éloigne des œuvres originales ». Dans ce processus, « la création procède d'imitations dénaturant progressivement leur source », la structure de la forme narrative se « dégrad[ant] en sérialité[1] ». S'intéresser aux représentations des Bohémiens dans les adaptations de *Notre-Dame de Paris*, c'est constater la prégnance de ce mécanisme à un double niveau : en tant que mythe, l'imaginaire construit autour des Bohémiens obéit à cette logique de sérialité qui altère et trouble la représentation en même temps qu'elle en renouvelle la signification ; en tant qu'adaptation, les versions successives de l'œuvre de Victor Hugo se conforment à une loi de filiation tout autant signifiante que pour le roman-feuilleton. En effet, plus l'on s'éloigne chronologiquement de

1. Claude Lévi-Strauss, *Mythologiques III, L'origine des manières de table*, Paris, Plon, 1968, p. 105-106.

l'œuvre source et plus le travail original d'interprétation cède le pas devant une logique de reproduction. Ces mécanismes ne sont pas pour autant frappés du sceau de la stérilité. Au contraire, les adaptations, tout comme le mythe, s'enrichissent de la répétition et du jeu d'« écart différentiel » qui se fait jour dans leur succession. Avec le développement du septième art, chaque décennie, en amenant son lot d'innovations techniques, engendre un renouvellement des formes et des fables. Aux courts-métrages des premiers temps qui ne retenaient de l'œuvre qu'un morceau de bravoure, comme la danse d'Esmeralda[2], ont succédé les longs métrages muets[3] et les premières superproductions. L'avènement du parlant[4], puis de la couleur[5] renchérissait par rapport aux versions antérieures, offrant de quoi satisfaire et conquérir un nouveau public. Par ailleurs, si ni l'adaptation ni le mythe ne courent le risque de l'amuïssement et de la stérilité, c'est qu'ils possèdent en commun une « structure accueillante » qui, selon les termes de Claude Lévi-Strauss, s'avère capable de s'agréger des éléments exogènes[6]. Le mythe des Bohémiens possède à cet égard, au-delà des variations, un certain nombre de caractéristiques qui jouent de la porosité avec l'identité et la destinée des Juifs. Dans le cas de l'adaptation, le renouvellement peut s'effectuer par l'agglomération d'épisodes tirés des multiples œuvres littéraires[7] ou par interférences avec d'autres films[8]. Il s'opère surtout par « transfert histo-

2. *Esmeralda*, réalisé par Alice Guy assistée de Victorin Jasset (1906, France, Gaumont) ou *The Darling of Paris*, réalisé par James Gordon Edwards (1917, États-Unis, Fox Film Corp.).

3. Citons par exemple en France la réalisation d'Albert Capellani, *Notre-Dame de Paris*, (1912, France, S.C.A.G.L., Pathé) et pour les États-Unis, le film de Wallace Worsley, *The Hunchback of Notre Dame* (1923, É .-U., Universal).

4. *The Hunchback of Notre Dame*, William Diertele (1939, É .-U., R.K.O).

5. Citons, dans le domaine français, le film de Jean Delannoy, *Notre-Dame de Paris* (1956, France, Hakim production).

6. Claude Lévi-Strauss, *Mythologiques III*..., *op. cit.*, p. 105-106. Les mythes, écrit Claude Lévi-Strauss, se développent « en accueillant dans leurs rangs d'autres épisodes du même type, en nombre théoriquement illimité. Le mythe s'agrège ainsi des éléments provenant d'autres mythes, et qui s'en détachent d'autant plus aisément qu'ils faisaient eux-mêmes partie d'ensembles paradigmatiques très riches ».

7. Un exemple significatif de ce phénomène est la comédie musicale *Notre-Dame de Paris* (réal. Gilles Amado, scén. Luc Plamondon, mus. Richard Cocciante, 1999, France) qui tisse des liens étroits et pertinents entre *Notre-Dame de Paris* et *Les Misérables*.

8. *The Hunchback of Notre Dame* de Dieterle retrouve l'obsession du cinéaste pour la question de l'avènement de la démocratie.

rico-culturel[9] », l'adaptation trouvant à s'enrichir du contexte historique, culturel et géographique[10] dans lequel elle s'inscrit. La version par William Dieterle de *Notre-Dame de Paris*[11], en 1939, laisse ainsi transparaître derrière la question des Bohémiens de 1482 la situation politique des Juifs face au nazisme. En d'autres termes, poser la question de la représentation des Bohémiens dans l'adaptation cinématographique reviendrait à poser la question au carré, puisque les mécanismes qui président à la transmission du mythe sont analogues à ceux qui assurent le fonctionnement de l'adaptation cinématographique : une logique de sérialité qui opère la survie de traits invariants et de leur signification renouvelée dans une reconfiguration de la fable et du contexte de réception[12].

Persistance des images : sérialité, mode de transmission et constitution du mythe

Logique de sérialité

Les mécanismes de réduplication et de dégradation à l'œuvre dans la diffusion du mythe sont tout d'abord repérables lorsqu'il s'agit de décrire la transmission d'un texte sous ses avatars les plus divers. Dans le cas de *Notre-Dame de Paris*, ce fonctionnement joue tout autant en amont de l'œuvre de Victor Hugo, du côté de ses sources, qu'en aval, du côté de ses adaptations.

La logique de sérialité frappe en effet le roman qui utilise une veine littéraire antérieure, comme par exemple le texte de Cervantes *La Petite Gitane* ou ses adaptations par Hardy et Sallebray[13]. Hugo met également à

9. Linda Coremans, *La Transformation filmique*, Berne, Peter Lang, 1990 et Francis Vanoye, *Scénarios modèles, modèles de scénarios*, Paris, Nathan, 1991.
10. Voir par exemple les adaptations japonaises et indiennes de *Notre-Dame de Paris*, *Enmei-in No Semushi* (1925, Japon), *Dhanwan* (réal. P. Atorthy, 1937, Inde), *Badshan* ou *Badshah Dampati* (réal. Amiyah Chakrabarty, 1954, Inde).
11. De la même façon, *The Hunchback of Notre Dame* (Gary Trousdale, 1996, É.-U., Walt Disney) s'inscrit dans un discours de tolérance et de lutte contre le racisme, très marqué dans le contexte idéologique contemporain.
12. Sur cette question, voir Michel Serceau, *L'Adaptation cinématographique des textes littéraires, théories et lectures*, Liège, éditions du CEFAL, 1999 et Jeanne-Marie Clerc et Monique Carcaud-Macaire, *L'Adaptation cinématographique et littéraire*, Paris, Klincksieck, 2004.
13. Voir sur ce point ici même l'article de Frédéric Tinguely.

contribution le *Dictionnaire infernal* de Collin de Plancy[14], mais, comme le souligne Jacques Seebacher[15], cette dernière source est soumise à caution dans la mesure où elle véhicule sans grand discernement une *doxa* sur les Bohémiens et où, d'autre part, elle s'avère peu regardante elle-même sur la fiabilité de ses propres sources : les exemples du *Dictionnaire infernal* sont en effet parfois à rechercher du côté d'un autre texte de Hugo, *Han d'Islande,* publié en 1823 ! Autrement dit, l'origine des informations, tout comme l'origine des Bohémiens, semble se perdre dans les méandres de la transmission.

L'inertie des représentations se diffusant sous forme de clichés figés, sans origine précise ou clairement assignable, joue aussi en aval du texte hugolien et apparaît de surcroît amplifiée au XIXe siècle par ce que Dominique Kalifa appelle l'entrée de la France dans le système médiatique[16]. Le texte littéraire, appréhendé dans un *continuum* de productions et d'images comprenant notamment les éditions illustrées et l'adaptation cinématographique, se trouve dès lors intégré à une logique de filiation. Ce phénomène, qui concerne le mécanisme de l'adaptation de façon générale, se révèle particulièrement intéressant s'agissant de la figure des Bohémiens. Certaines scènes romanesques de *Notre-Dame de Paris* connaissent une fortune considérable par le biais de l'édition illustrée et se trouvent ensuite très logiquement relayées par l'adaptation cinématographique. Ainsi, les illustrations de Gustave Brion[17] pour la danse d'Esmeralda nourrissent clairement la séquence du film d'Albert Capellani : même posture, même costume, usage identique du tambourin. La représentation des Bohémiens dans le film de Wallace Worsley rejoint les illustrations de Foulquier pour

14. *Dictionnaire infernal* de Collin de Plancy, 2e édition, P. Mongie, 1825-1826, 4 vol.

15. Jacques Seebacher, notes pour l'édition de *Notre-Dame de Paris*, Paris, Gallimard, Bibliothèque de la Pléiade, 1975, p. 1121, n. 1.

16. Voir sur ce point les analyses de Dominique Kalifa, « L'entrée de la France dans le régime médiatique : l'étape des années 1860 », dans Jacques Migozzi dir., *De L'Écrit à l'écran, Littératures populaires : mutations génériques, mutations médiatiques*, Limoges, PULIM, coll. « Littératures en marge », 1999, p. 39-51.

17. *Notre-Dame de Paris*, Paris, éd. Hetzel-Lacroix, 1865, puis *Notre-Dame de Paris*, Paris, éd. Hugues, 1877, tome I, p. 80. Sur cette scène, voir les commentaires de François de la Breteque, « Le Moyen Âge dans le cinéma des premiers temps », dans *Le Moyen Âge vu par le cinéma européen, Les Cahiers de Conques*, n° 3, avril 2001, Centre européen d'Art et de Civilisation médiévale, p. 41, et de façon plus générale, dans le même volume, Daniel Reig, « Le Soleil a rendez-vous avec la lune… », p. 347-366.

l'édition Hugues[18] de *Notre-Dame de Paris*. Plus tard dans le XXe siècle, ces phénomènes de filiation, qui véhiculent une image stéréotypée des Bohémiens, s'opèrent directement entre les films comme par exemple, il faudra y revenir, entre le *Hunchback* de Dieterle (1939) et celui des studios Walt Disney (1996).

Le mécanisme de l'adaptation a donc fortement partie liée avec la logique de transmission et dans cette perspective, se dessine une convergence entre propagation du mythe et propagation du texte littéraire par ses avatars visuels.

Entre assimilation et mise à distance : manifestations de l'altérité

Cela étant, l'instrumentalisation des stéréotypes, qu'elle se manifeste dans le roman de Victor Hugo ou dans les productions visuelles qui en dérivent, ne va pas sans une certaine conscience de la manipulation opérée. Lorsque Victor Hugo mobilise sans vergogne une image figée des Bohémiens, il prend soin de lui restituer son statut mythique, instaurant une sorte de dialogue conflictuel entre les commentaires du narrateur, souvent assez modérés, et les commentaires que le narrateur délègue aux personnages, et qui eux, charrient tout l'éventail des stéréotypes concernant les Tsiganes. C'est le cas par exemple lorsque Mariette révèle à ses commères l'histoire de la Sachette et de sa fille Agnès, enlevée par les Bohémiens, dans un récit qui reprend les *topoï* habituels concernant leur mode de vie, leur structure sociale et leurs modes de subsistance :

> C'étaient des gueux et des truands qui cheminaient dans le pays, conduits par leur duc et par leurs comtes. Ils étaient basanés, avaient les cheveux tout frisés, et des anneaux d'argent aux oreilles. Les femmes étaient encore plus laides que les hommes[19].

C'est encore le cas pour le discours plus modéré de Gringoire qui, contrecarrant la mauvaise réputation de filles perdues des Bohémiennes, insiste sur la « pruderie de nonne » d'Esmeralda et sur l'esprit de liberté qui l'anime, « espèce de femme abeille, ayant des ailes invisibles aux pieds, et vivant dans un tourbillon[20] ».

18. *Notre-Dame de Paris*, Paris, éd. Hugues, 1877, tome I, p. 277.
19. *Notre-Dame de Paris*, VI, III, Paris, Gallimard, Pléiade, 1975, p. 212.
20. *Notre-Dame de Paris*, VII, II, *op. cit.*, p. 255.

Le travail romanesque consiste donc à placer ces paroles déléguées en contradiction avec le récit – un contraste qui culmine bien évidemment avec le procès en sorcellerie intenté à Esmeralda. Au bout du compte, ce que signifie le roman hugolien, c'est qu'il n'existe pas *une* réalité des Bohémiens dans le texte, mais un *muthos*, une multitude de paroles transmises. Cette approche contrastée, fluctuante et pour tout dire mythique se retrouve dans les adaptations. Elles aussi agissent à certains égards comme des paroles colportées qui « dénaturent » et occultent la « réalité » des Tsiganes en lui en substituant une autre[21]. L'adaptation cinématographique agit dès lors comme une chambre d'écho, un relais de transmission par rapport à la question des Bohémiens et les choix qu'elle opère sont autant de filtres, d'amplifications qui donnent à lire en miroir la physionomie de la société dont elle est contemporaine.

L'évocation d'Esmeralda n'échappe pas à ce constat. La représentation de l'altérité obéit ici à des logiques d'attirance et répulsion, entre l'exaltation d'un exotisme érotisé et de la fascination qu'il exerce, et la mise à distance de l'Autre par des effets de censure et d'édulcoration. Ces hésitations et ces contrastes se percevaient déjà dans les illustrations de *Notre-Dame de Paris* : l'édition Hugues de 1876-1877 associe des images hétérogènes tirées d'éditions antérieures et fait se côtoyer une Esmeralda pudique et soumise dans la représentation qu'en livre Gustave Brion et une Esmeralda altière et fortement séductrice imaginée par Émile Bayard[22].

Comme l'a souligné Agnès Spiquel, Hugo place la Bohémienne sous le « double signe de l'altérité et de l'identité ; ce qui fait son étrangeté, c'est le mélange des signes d'ici et d'ailleurs, en un métissage qui est d'abord linguistique et vestimentaire[23] ». Les adaptations cinématographiques vont opérer un tri face à cette complexité contradictoire. D'un côté, certaines réalisations privilégient, en confluence avec l'esprit d'une époque,

21. Sur cette tentation de l'adaptation, voir François Laplantine, Alexis Nouss, *Métissages, de Archimboldo à Zombi*, Paris, éd. Pauvert, 2001, article « Adaptation ». François Laplantine évoque les deux tentations de l'adaptation, d'une part la littéralité et l'autre la « substitution pure et simple », « l'incorporation ».

22. *Notre-Dame de Paris*, Paris, éd. Hugues, 1877, tome II, respectivement p. 13 et 20.

23. Agnès Spiquel, « D'Esmeralda à Zineb, la Bohémienne de Hugo », dans *La Bohémienne, figure poétique de l'errance aux XVIIIe et XIXe siècles*, Pascale Auraix-Jonchière et Gérard Loubinoux (dir.), Clermont-Ferrand, Presses universitaires Blaise Pascal, Coll. « Révolutions et Romantismes », 2005. De façon générale, nous renvoyons à cet article à propos des implications politiques du métissage dans l'œuvre de Hugo.

une vision érotisée de la Bohémienne. C'est à Theda Bara, une des premières *vamps* de l'histoire du cinéma, qu'il revient de jouer Esmeralda dans l'adaptation de 1917 *The Darling of Paris.* Les « contorsions vipérines [de l'actrice][24] » qu'évoque Jean Mitry firent le succès d'un film dont le titre souligne d'ailleurs la stratégie : concentrer l'attention sur le personnage féminin. Stratégie reconduite après-guerre avec Gina Lollobrigida[25] et plus tard, contre toute attente, par les studios Disney qui livrent également leur version exotique et sensuelle, à défaut d'être véritablement érotisée, de l'héroïne de Victor Hugo. Érotisation du personnage et convocation de l'altérité semblent en revanche de nouveau aller de pair dans la comédie musicale de Luc Plamondon en renvoyant, à travers la Bohémienne jouée par Hélène Segara, à la notion de métissage culturel et à l'imaginaire méditerranéen. Ces héroïnes au teint mat rattachent clairement la figure d'Esmeralda à un univers exotique qui, pour n'être pas précisément localisé[26], n'en figure pas moins un ailleurs.

À l'inverse, les autres adaptations américaines contournent ou édulcorent l'exotisme et connaissent la tentation de l'assimilation. Si le sentiment d'altérité s'exprime surtout par le discours et le regard que portent les personnages sur la Bohémienne, celle-ci conserve vis-à-vis du spectateur une allure occidentale, comme la très anglo-saxonne Maureen O'Hara dans l'adaptation de Dieterle, ou bien Patsy Ruth Miller dans la version plus ancienne de Wallace Worsley. Ce qui se trouve promu dans ces versions est de l'ordre de l'innocence ; l'attrait physique qu'exerce la Bohémienne s'y trouve édulcoré, les valeurs prônées rejoignant la charité chrétienne : l'autre se trouve récupéré dans un système de valeurs rassurant. Ce n'est peut-être pas un hasard si les versions américaines ont également tendance à réduire l'altérité dans ce qu'elle a de scénariquement dérangeant, en transformant systématiquement le dénouement de l'œuvre en *happy end* :

24. Jean Mitry, « Le cinéma », dans Pierre Georgel (dir.), *La Gloire de Victor Hugo*, Paris, Réunion des Musées Nationaux, 1985, p. 771-779.
25. Dans la version de Jean Delannoy, en 1956.
26. La version de Delannoy convoque l'Espagne et l'Italie, pays auxquels la version de Plamondon ajoute le Maghreb, tandis que le *Hunchback* des studios Disney construit un parallèle entre la situation des Bohémiens et celles des *Hispanics,* dans un contexte de réception plus spécialement américain. Sur la question de l'altérité et sur ce qu'il appelle le « régime imaginaire » de *Notre-Dame de Paris,* voir Michel Condé, « Pour Esmeralda : *Notre-Dame de Paris* au cinéma », dans Maxime Prevost et Yan Hamel (dir.), *Victor Hugo 2003-1802, Images et Transfigurations*, Québec, Fides, 2003, p. 43-60.

la Bohémienne américaine ne peut être condamnée par un épilogue tragique puisque le film s'évertue à montrer qu'elle retrouve instinctivement – « naturellement » serait-on tenté de dire – les valeurs fondatrices de l'Occident. À l'inverse, l'Esmeralda de Delannoy, maintenue dans une posture de dissidence frondeuse vis-à-vis de la société, connaît le même destin que l'héroïne de Victor Hugo.

À travers la caractérisation d'Esmeralda se dessinent donc des lignes de partage qui se révèlent également symptomatiques de la représentation du rapport des Bohémiens à la religion. S'y mesure l'écart entre la réalité historique et la recomposition mythique telle qu'elle s'opère dans le roman et ses adaptations. En effet, les Bohémiens sont dans leur grande majorité chrétiens ; au XVe siècle, détail dont Hugo se fait d'ailleurs l'écho, ils circulaient à travers l'Europe en expliquant qu'ils se rendaient en pèlerinage, produisant à l'appui de leurs dires des lettres de protection de la papauté[27]. S'est greffée sur cette réalité historique une légende populaire qui justifiait l'errance des Bohémiens par leur refus d'héberger la Sainte Famille lors de la fuite en Égypte[28]. La réalité ethnologique se double donc d'une relecture légendaire qui confond la destinée des Bohémiens avec celle du Juif errant dans la commune expiation d'un refus d'hospitalité. Ce brouillage relatif à l'appartenance confessionnelle se trouve reconduit et amplifié par les adaptations de *Notre-Dame de Paris*, le paganisme supposé des Bohémiens devenant le signe, pour ne pas dire le stigmate de l'altérité.

Dans une optique militante, Prévert, scénariste du film de Delannoy, fait de la Bohémienne un avatar du libre penseur, indifférente aux questions de religion et ancrée dans un humanisme qui n'est pas passé par la filière du christianisme. Ce sont le bon sens et l'humanité qui font réagir Esmeralda devant Quasimodo au pilori et non les valeurs préconçues et intégrées de la charité chrétienne[29]. Dans le cas de la comédie musicale de Plamondon, la référence au religieux est convoquée, mais comme une

---

27. Sur cette question voir Henriette Asséo, *Les Tsiganes, une destinée européenne*, Paris, Gallimard, « Découverte », 1994, p. 22.

28. Ainsi s'opère la jonction dans l'imaginaire populaire entre Égypte et « Petite Égypte ». Voir Nicole Martinez, *Les Tsiganes*, Paris, PUF, « Que sais-je ? », 1986, p. 11 et chap. I « Les masques du temps : essai d'histoire ».

29. Sur la scène du pilori dans les diverses adaptations de *Notre-Dame de Paris*, voir Olivier Bara et Delphine Gleizes, « Le spectacle du pilori : édification, conversion du peuple ? Worsley/Dieterle/Delannoy », dans *L'Œuvre de Victor Hugo à l'écran, Des rayons et des ombres*, Delphine Gleizes (dir.), Québec, Presses de l'Université Laval, 2005, p. 151-170.

annonce emblématique de la vocation sacrificielle du personnage là encore marginalisé. Lors d'un « Ave Maria païen », Esmeralda implore la protection de la Vierge. S'y trouve marquée toute la distance culturelle qui est censée séparer les Bohémiens de la religion catholique :

> Ave Maria
> Pardonne-moi
> Si devant toi
> Je me tiens debout
> Ave Maria
> moi qui ne sais pas me mettre à genoux.

L'indomptable Bohémienne – celle qui vit « debout » et revendique une fierté native – ne verra pas sa demande de protection exaucée. Dans l'adaptation de Delannoy, comme dans celle de Plamondon, la ligne de partage entre paganisme et religion reconduit celle qui passe entre marginalité et sentiment d'appartenance à la norme sociale.

À l'inverse, les adaptations américaines, tout en véhiculant une identique vulgate sur des Bohémiens censément païens, mettent en scène la conversion d'Esmeralda. L'Égyptienne retrouve instinctivement les valeurs du christianisme et accepte sans réticence la tutelle de l'Église. Les images qui évoquent, dans la version de 1923 comme dans celle de 1939, le rapport d'Esmeralda au fait religieux, empruntent très largement à l'iconographie mariale. C'est le cas pour l'entrée de la Bohémienne dans la cathédrale dans la version de Worsley : Patsy Ruth Miller, couverte d'une cape et ouvrant les mains en signe d'acceptation, reproduit la posture de la Vierge de la Charité. Dans la version de Dieterle, ce sont moins les gestes que la photographie, le discours et la bande son qui disent la convergence entre l'Église et la prescience infuse de la religion chez Esmeralda. L'éclairage, qui joue du clair-obscur, découvre à la Bohémienne lorsqu'elle pénètre dans la cathédrale une nef peuplée de fidèles et surtout une statue de la Vierge qui lui inspire « spontanément » émerveillement et confiance.

La logique de sérialité inhérente à la diffusion du mythe et à la constitution de l'adaptation cinématographique engendre donc des phénomènes de reprise et d'inertie, des mécanismes de sélection et de répartition qui façonnent en miroir la représentation des Bohémiens et la physionomie de la société qui la reflète. Resterait à évoquer une autre variante de ces mécanismes, celle de l'occultation radicale qui, ce n'est pas un hasard, concerne, dans les adaptations, la question de l'origine.

Une déperdition signifiante : la question de l'origine

Dans le roman, Victor Hugo place la question de l'origine au cœur de la trame narrative. Ce sont l'intrigue et la logique de substitution entre Esmeralda et Quasimodo qui viennent interroger l'identité des Bohémiens. En effet, Esmeralda donnée à travers les insultes et les anathèmes pour la « maudite fille d'Égypte », ne l'est pourtant pas à l'origine, étant une enfant volée, contrairement à Quasimodo qui constitue l'autre terme de la substitution. Comme l'a noté fort justement Agnès Spiquel, la Bohémienne « ne renvoie pas à une nature, à une race, mais à un mode de vie[30] ». En d'autres termes, chez Hugo, on ne naît pas Bohémien, on le devient. Par un tour de passe-passe du récit, une partie de bonneteau si l'on veut filer la métaphore des bonimenteurs de foire, les adaptations dans leur quasi totalité occultent cette question de l'origine et les mécanismes de reconnaissance qui permettent à Paquette la Chantefleurie de retrouver sa fille à la fin du récit, en omettant l'épisode de la Sachette. Il n'y a pas seulement à cela de pures raisons scénariques comme la volonté d'éviter le recours fastidieux au *flash-back* ou l'allongement de la durée du récit par une intrigue connexe. Cette omission devient un trait signifiant de la représentation des Bohémiens et de la constitution du mythe.

Seule l'adaptation de Worsley figure en effet l'épisode de la Sachette. Mais cet épisode est partiellement traité, dans la mesure où le vol de la petite Agnès (et future Esmeralda) n'est pas accompagné de sa réciproque, l'abandon de Quasimodo. La scène de reconnaissance finale fonctionne donc seulement comme un épisode de mélodrame. L'adaptation rejoint alors la vulgate sur les Bohémiens voleurs d'enfants sans donner à lire la complexité du récit hugolien qui figure la question du Bohémien sous ses deux espèces, ethnique et culturelle en construisant de manière parallèle, fût-ce en filigrane, les destinées de Quasimodo et d'Esmeralda.

Seule adaptation à poser la question de l'identité ethnique, raciale ou culturelle des Bohémiens, l'adaptation de Worsley est aussi de celles qui

30. Voir Agnès Spiquel, « D'Esmeralda à Zineb, la Bohémienne de Hugo », *op. cit.*, p. 130.

résolvent ensuite le problème par une stratégie d'assimilation dont rend compte le *happy end* : Esmeralda épouse Phoebus.

Dans les autres adaptations, la question de l'origine fait l'objet d'une omission signifiante. Une déperdition scénarique qui construit le mythe des Bohémiens comme étant celui d'un ailleurs inassignable. Les paroles de la chanson « Bohémienne », dans la comédie musicale de Luc Plamondon, sont sans ambiguïté sur ce point. Ici, la musique aux influences andalouses mâtinées de sonorités orientales vient placer l'identité d'Esmeralda sous le signe du métissage, mais également d'un point aveugle de l'origine.

> Bohémienne
> Nul ne sait le pays d'où je viens
> Bohémienne
> Je suis fille de grands chemins.

Dans la même logique, l'arrivée des Bohémiens aux portes de Paris, dans la version de Dieterle, fait également l'objet d'un traitement symbolique : la contre-plongée et la composition de l'image autour d'une diagonale postulent un point de fuite pourtant non précisé. Juchés sur leurs roulottes de fortune, les Bohémiens défilent ainsi jusqu'à la barbacane où les soldats les arrêtent.

En supprimant des scénarios l'opération de substitution qui fait permuter les rôles d'Esmeralda et de Quasimodo, les adaptations éludent donc le questionnement qui travaille le récit hugolien autour de l'identité des Bohémiens envisagée tour à tour comme appartenance ethnique ou culturelle. La question de l'origine se perd donc dans les méandres du récit filmique. Le mécanisme de transmission du mythe joue dès lors de ces effets de déperdition signifiante qui ont un double rendement : désigner les Bohémiens comme relevant d'un ailleurs inassignable et poser comme principe l'essentialité de leur nature. Reste à formuler des hypothèses sur ce parti pris : le fonctionnement du mythe en se superposant au mécanisme de l'adaptation, lui fournirait dans un contexte de réception toujours renouvelé un outil d'interprétation du monde.

Structure accueillante du mythe et de l'adaptation

Dans cette perspective, si l'identité bohémienne est posée comme une essence tributaire d'un ailleurs inassignable, c'est que dans la plupart des adaptations elle devient un instrument de lecture politique.

La question ethnique et la question sociale

Significatif de ce point de vue est le glissement qui s'opère de la question ethnique vers la question sociale. Tout se passe comme si les adaptations instrumentalisaient la représentation ethnique, cernée par une série de traits distinctifs, pour appréhender le problème politique.

Dans le roman, Bohémiens et truands sont évoqués dans leur collusion sur un mode étrange de juxtaposition. Certes, il s'agit là encore de jouer avec la vulgate qui veut que cette population sans foi ni loi soit également lourde de menaces pour l'ordre social. Mais Hugo ne semble pas trop s'attarder sur les modalités de l'articulation, au sein de la Cour des Miracles, entre Bohémiens et truands. Il convoque une sorte de système fédératif, foncièrement ambigu dans sa présentation, où Clopin apparaît comme le roi des truands, détenteur d'une autorité sans partage, et où en même temps, sur le mode de la juxtaposition, les Bohémiens, et à leur tête le duc d'Égypte[31], Mathias Hungadi Spicali, semblent avoir une autorité morale et un avis à formuler, tout du moins sur un mode consultatif.

Il y a de surcroît comme une contagion entre les modalités d'existence des truands dans leur ensemble et les modalités d'existence des Bohémiens. La Cour des Miracles, à cet égard, prend des allures de camp volant sédentarisé. Les illustrateurs ne s'y sont pas trompés d'ailleurs, qui ont utilisé, dans les représentations, les codes alors en vigueur dans la gravure pour la représentation des Bohémiens. L'illustration de la Cour des Miracles par Jacque[32], les scènes de Dieterle et de Delannoy retrouvent les motifs des gravures de Callot sur les Bohémiens en voyage.

Dans leur ensemble, les adaptations se saisissent de ces représentations, et, élément notable, explicitent, chacune à sa manière, l'articulation entre

31. Sur la réalité historique de l'organisation sociale des Bohémiens, voir François de Vaux de Foletier, *Le Monde des Tsiganes*, Paris, Berger-Levrault, 1983, p. 25 et suiv.
32. C. Jacque, « La Cour des Miracles », *Notre-Dame de Paris*, Paris, éd. Hugues, 1877, tome I, p. 108.

truands et Bohémiens. Delannoy reste sur ce point sur la même ligne que Victor Hugo : les Bohémiens conservent leurs spécificités exotiques, lisibles dans leurs costumes et dans leurs mœurs, mais leur influence se fait sentir sur l'ensemble de la communauté. Lors de l'élection du pape des fous, Philippe Clay, trônant dans le rôle de Clopin consulte Mathias Hungadi, « duc d'Égypte et roi de Bohème », sur le choix de la populace. Plamondon, au rebours, fait le choix d'une collusion totale entre les deux groupes. Dans le chœur de la comédie musicale, la voix de Clopin s'élève pour souligner cette communauté de destins à la Cour des Miracles :

> Nous sommes de la même race
> La race des gens qui passent
> Vous ne trouverez chez nous ni religion ni nation
> Ni religion ni nation
> Nos oripeaux pour drapeaux
> La couleur de ma peau contre celle de ta peau
>
> Truands et Gitans chantent la même chanson [...]
> Puisque nous sommes tous évadés de prison [...]
> Voleurs et tueurs boivent au même calice [...]
> Puisque nous sommes tous repris de justice.

Origine ethnique et origine sociale se trouvent victimes de la même stigmatisation, l'adaptation de Plamondon se révélant, on le verra, largement tributaire du contexte de réception contemporain. Là encore, ce sont les adaptations américaines qui se dissocient de cette perception. Dans le film de Worsley, Esmeralda appartient socialement au groupe des truands ; mais le scénario prend soin de souligner que cette appartenance est une adoption. Clopin a acheté Esmeralda à des Bohémiens et lui voue un attachement paternel mâtiné quelque peu de jalousie amoureuse[33]. Chez Dieterle, Esmeralda appartient au « peuple » des Bohémiens et la Cour des Miracles, sous l'autorité de Clopin, y joue un rôle d'asile, dans un monde globalement hostile qui les persécute : « Vous êtes des Bohémiens, des sorciers maudits ! », lance à la troupe errante un soldat du roi qui s'oppose à leur entrée dans la ville de Paris.

Ces variations ont une incidence sur le discours symbolique qui se dégage des adaptations. Mais elles ont également un point commun. Les adaptations, en posant une essence de l'identité bohémienne, à travers une

33. Un intertitre présente ainsi la Bohémienne : « Esmeralda, a child of mystery, whom Clopin had bought from Gypsies and raised as his own. »

série de traits distinctifs, l'instrumentalisent pour élaborer une réflexion sur la politique et sur l'histoire.

Les invariants comme signes d'une lecture de l'histoire

Hugo, peut-être de façon plus complexe, ne disait pas autre chose. *Notre-Dame de Paris,* écrit dans la tourmente de la révolution de 1830, est le reflet de la position politique de l'écrivain face au peuple, position qu'il explicite dans *Littérature et philosophie mêlées* :

> Tout homme du peuple est, *a priori*, homme de la cité.
> Cependant les droits politiques doivent, évidemment aussi, sommeiller dans l'individu, jusqu'à ce que l'individu sache clairement ce que c'est que des droits politiques, ce que cela signifie, et ce qu'on en fait. [...]
> Il faut donc, on ne saurait trop insister sur ce point, éclairer le peuple pour pouvoir le constituer un jour. Et c'est un devoir sacré pour les gouvernants de se hâter de répandre la lumière dans ces masses obscures où le droit définitif repose. [...]
> Ne demandez pas de droits pour le peuple tant que le peuple demandera des têtes[34].

Dans *Notre-Dame de Paris,* de manière analogue, l'avènement du peuple est un avenir, désigné de manière prophétique dans le chapitre « Ceci tuera cela[35] », mais démenti par la fable romanesque. La collusion des truands et des Bohémiens prend en charge la représentation du peuple encore enfant qui ne peut, aux yeux du Hugo de 1830, conduire qu'à des révolutions avortées[36].

Il est aisé de repérer dans les clichés véhiculés sur les Bohémiens les traits invariants qui autorisent cette lecture. Le vol d'enfants, les liens familiaux particulièrement fluctuants et susceptibles d'être remis en cause, le

---

34. *Littérature et philosophie mêlées, Journal des idées et des opinions d'un révolutionnaire de 1830* [1834], dans *Œuvres complètes*, Paris, Robert Laffont, coll. « Bouquins », 1985, vol. « Critique », p. 131.
35. Le chapitre « Ceci tuera cela » fut écrit en 1830 mais intégré au roman en 1832. Sur ces questions et leurs implications politiques, voir Jacques Seebacher, *Notre-Dame de Paris, op. cit.*, introduction et notes, p. 1056. Voir également « Gringoire ou le déplacement du roman historique vers l'histoire », dans *RHLF*, mars juin 1975, n° 2-3, p. 308-320.
36. Comme le souligne Myriam Roman, « la France de 1830 n'est toujours pas révolutionnée. Implicitement, l'Histoire orientée et linéaire que Hugo affiche dans les commentaires est bloquée dans la répétition cyclique des révolutions avortées » (*Victor Hugo et le roman philosophique*, Paris, Champion, 1999, p. 369).

rite du mariage à la cruche cassée qui fixe pour une durée limitée l'union consacrée, tous ces éléments, entre autres, apparaissent comme les signes tangibles de la désorganisation sociale[37]. La présence des Bohémiens y est un indice de perturbation : aux côtés des truands, ils figurent les « mauvais pauvres », de ceux que les édits royaux, depuis le XVIIe siècle, entendaient dissocier des « bons pauvres » susceptibles de bénéficier de la charité publique[38].

En même temps, l'origine inassignable de ce peuple venu de nulle part s'ajoute à ces traits invariants pour formuler une réflexion politique. L'errance figure en quelque sorte ce par quoi avance l'histoire : apparition inopinée à l'horizon des faits de l'imprévu, l'émergence des Bohémiens vient dire chez Victor Hugo l'événement historique dans sa dimension incalculable et partiellement inexplicable.

Rien d'étonnant donc que ce soient ces caractéristiques qui se trouvent actualisées, au gré de la réception et des contextes politiques et sociaux, dans les adaptations successives de l'œuvre.

Les adaptations et les processus de modification structurelle

Delannoy : fatalité et continuation du réalisme poétique

La dimension politique, ne serait-ce que par la personnalité des adaptateurs, n'est pas totalement absente de la version de *Notre-Dame de Paris* de Delannoy. Mais elle se formule plus sur le mode de l'ironie mordante que sur celui de la revendication explicite. En d'autres termes, s'il faut chercher un régime de représentation du peuple, c'est sans doute à la manière du réalisme poétique d'avant-guerre. L'intervention majeure de Prévert dans le scénario autorise cette filiation[39]. Structurellement, Esmeralda y occupe la place que pouvait occuper un acteur comme Jean Gabin dans sa carrière des

37. Ce sont également, au XIXe siècle, les reproches par lesquels la bourgeoisie disqualifie la classe ouvrière : progéniture livrée à elle-même, instabilité de la famille, etc.
38. Henriette Asséo, *op. cit.*, p. 36.
39. Sur cette importante question, voir Arnaud Laster, « *Notre-Dame de Paris* : Prévert et Hugo, mêmes combats », dans *CinémAction, Jacques Prévert qui êtes aux cieux...*, n° 98, 2001, et « De quoi pourrait se composer une édition critique des textes de Jacques Prévert pour le film *Notre-Dame de Paris* ? », dans *Éditer des œuvres médiatiques*, Les Cahiers du CRELIQ, Québec, Nuit Blanche éditeur, 1992.

années 1930[40] : personnage insoumis que la fatalité et la machine sociale condamnent et expulsent. La lisibilité de la fable du *Notre-Dame de Paris* de Delannoy s'enrichit donc, *via* son scénariste principal Jacques Prévert, d'une filiation esthétique – celle du réalisme poétique – et de sa charge idéologique.

Worsley : Bohémiens et lutte des classes

Dans la plupart des adaptations cependant, l'instrumentalisation politique des Bohémiens s'opère par une mise en contexte historique et culturelle et par un mécanisme de transposition. Dans la période troublée de l'entre-deux-guerres, et alors que les États-Unis, avant la crise de 1929, connaissent une phase de prospérité économique qui laisse néanmoins certaines classes sociales et minorités ethniques sur le bord du chemin, l'adaptation de Worsley schématise et politise la représentation des Bohémiens. Dans cette adaptation, Esmeralda est proprement adoptée par les truands et l'antagonisme qui oppose la noblesse, avec en tête un Phoebus amoureux de la Bohémienne, et le peuple des truands, prend des allures de lutte des classes. Une séquence du film – qui est par ailleurs une invention pure et simple par rapport à la trame narrative du roman – est particulièrement révélatrice de cet état de faits. Esmeralda se trouve invitée par Phoebus à un bal chez les Gondelaurier. Ce n'est plus alors la pauvre Bohémienne qui vient, à l'initiative de Fleur-de-Lys, montrer ses tours à la bonne société, mais une jeune femme qui revêt pour l'occasion les atours de la noblesse et se trouve présentée comme « Princesse d'Égypte ». Le coup de force auquel se livre par amour Phoebus bouleverse des catégories qui sont plus sociales qu'ethniques : Esmeralda devient acceptable dès lors qu'elle apparaît, par la grâce du travestissement et du costume comme appartenant à la noblesse. Mais l'irruption au cœur de la réception de la troupe des gueux vient rappeler la Bohémienne à ses origines. Rompant avec Phoebus, elle rejoint son clan, tandis qu'un Clopin menaçant lance à la cantonnade : « Vous

40. Sur l'importance de Jean Gabin dans le développement du réalisme poétique, voir Michèle Lagny, Marie-Claire Ropars et Pierre Sorlin, *Générique des années 30*, Saint-Denis, Presses Universitaires de Vincennes, 1986, et Michel Serceau, « Les incarnations de Jean Valjean dans le cinéma français : l'acteur porteur de la fable et du mythe », dans *L'Œuvre de Victor Hugo à l'écran, Des rayons et des ombres*, *op. cit.*, p. 47-68. Parmi les films de cette époque dans lesquels a joué Jean Gabin, citons *Quai des brumes* (1938, réal. Marcel Carné) et *Le jour se lève* (1938, réal. Marcel Carné), avec, dans les deux cas, Jacques Prévert comme scénariste.

autres nobles avez régné sur nous mais vous ne le ferez pas toujours ![41] » Cet antagonisme marqué trouvera cependant à se résoudre dans le *happy end* qui résorbe la lutte des classes dans l'union consacrée d'Esmeralda et de Phoebus.

Dieterle : *Notre-Dame de Paris* au filtre de la Seconde Guerre mondiale[42]

Le contexte de production de l'adaptation de Dieterle, quelques années plus tard, en 1939, est radicalement différent. La date de réalisation l'indique suffisamment : ce que permet l'évocation des Bohémiens, ainsi que l'antagonisme que tisse l'intrigue entre Esmeralda et Frollo, c'est bien le sort des Juifs et, au-delà, des populations que le nazisme entreprendra d'exterminer méthodiquement, et dont les Tsiganes font partie. Dieterle lui-même était un émigré allemand et un opposant au régime nazi : Hervé Dumont[43] a mis en évidence l'action politique du réalisateur et les interférences entre ses prises de position et la réalisation du *Hunchback of Notre-Dame*. La carrière de Dieterle est marquée par un engagement politique et humaniste. Réalisateur allemand, formé au théâtre par Max Reinhardt, collaborant avec les réalisateurs du cinéma expressionniste allemand[44], il poursuit ensuite une carrière de réalisateur aux États-Unis. L'engagement de Dieterle par la Warner permet au réalisateur de tourner des films dont le discours politique en faveur de la démocratie et contre la montée du nazisme est lisible[45]. Ajoutons les sympathies communistes de Dieterle, son voyage en URSS en 1937[46], qui expliqueront ultérieurement les ennuis du réalisateur au temps du maccarthysme et son retour définitif en Allemagne en 1957.

41. « You nobles have lorded it over us and trampled on us – but you can't do it forever ! »
42. Danièle Gasiglia-Laster, « L'actualisation de l'intrigue à travers trois adaptations de *Notre-Dame de Paris* », dans *Simposio internacional, Victor Hugo gênio sem fronteiras*, 23-26 juillet 2002, Campus de l'UFMG - Belo Horizonte, Brésil, http://www.letras.ufmg.br/victorhugo/
43. Hervé Dumont, *William Dieterle, Un humaniste au pays du cinéma*, Paris, CNRS/Cinémathèque Française, 2002. Voir également Hervé Dumont, « William Dieterle », dans *Anthologie du cinéma*, t. 10, L'Avant-Scène, 1979. La Warner était une compagnie ouvertement antifasciste, son représentant à Berlin avait été assassiné par la S.S.
44. Dieterle collabora, comme acteur ou assistant de réalisation, avec Leni dans *Le cabinet des figures de cire* (1924) ou avec Murnau pour son *Faust* (1926).
45. Hervé Dumont, « William Dieterle », dans *Anthologie du cinéma, op. cit.*, p. 133.
46. À la suite de *The Life of Émile Zola*, la Lenfilm proposa même à Dieterle de tourner un *Biopic* de Karl Marx.

Ce double engagement politique en faveur du progrès social et contre le nazisme permet de comprendre la portée de l'adaptation de *Notre-Dame de Paris*. *The Hunchback of Notre-Dame* devient à la fois une démonstration de la force de la démocratie en actes (lisez, les États-Unis) et un plaidoyer pour la défense des minorités persécutées en Europe. La répartition actantielle des personnages ne laisse ici aucune ambiguïté : Frollo incarne l'ombre noire du nazisme poursuivant de sa haine les Bohémiens/Juifs, tandis que Gringoire s'active à mobiliser les forces démocratiques naissantes et que sous les traits de Louis XI se dessine la silhouette du président des États-Unis.

Studios Disney : apologie de la mixité ethnique

Les mécanismes de filiation et de transmission se font parfois sentir par l'influence d'un film sur un autre : *The Hunchback of Notre-Dame* des studios Disney est à cet égard largement redevable de l'adaptation donnée par Dieterle en 1939. Et sur la question des Bohémiens particulièrement. L'analogie sur laquelle travaille le film de Dieterle se trouve en quelque sorte déplacée par l'adaptation des studios Disney. Se retrouve de manière identique l'idée d'une persécution d'un groupe ethnique ; cependant elle ne concerne plus les Juifs, mais de façon générale, les étrangers. Frollo, dans un grand discours xénophobe, compare les Bohémiens à des fourmis que l'on écrase d'une pression du doigt et qu'il faut éradiquer. L'adaptation des studios Disney se veut donc une apologie de la mixité ethnique contre les dérives xénophobes, renvoyant ainsi à une vision idyllique du modèle de *melting pot* proposé par la société américaine. Le *happy end* qui voit Esmeralda convoler en justes noces avec un Phoebus blond comme les blés apparaît comme le parangon d'un mariage mixte idéalisé[47].

Plamondon : Bohémiens et « sans-papiers »

L'adaptation de Plamondon, en 1999, manifeste là encore le souci de réactiver le sens de la fable hugolienne en contexte. Les scénaristes, comme

47. Sur l'adaptation des studios Disney, voir Rachel Killick, « *Notre-Dame de Paris* as Cinema : From Myth to Commodity », dans James A. Hiddleston (dir.), *Victor Hugo romancier de l'abîme*, Legenda, University of Oxford, 2002, p. 41-62.

le souligne Danièle Gasiglia-Laster[48], se sont inspirés des événements qui se sont déroulés en France durant l'été 1996. Le 25 août 1996 en effet, les forces de l'ordre, diligentées par le ministre de l'Intérieur de l'époque, Jean-Louis Debré, menaient un assaut héroïque contre l'église Saint-Bernard, dans le 18ème arrondissement de Paris afin d'en déloger quelque trois cents Africains sans papiers. On se souvient de la valeur symbolique revêtue par cette expulsion, et de la fameuse porte de l'église, défoncée à coups de hache. Dans les esprits, le rapprochement avec la fable de *Notre-Dame de Paris* avait pu être fait comme en témoigne une déclaration d'Hélène Cixous lue, le jour même, depuis *La Cartoucherie* de Vincennes par Ariane Mnouchkine :

> Ce que vous avez fait pour nous en crevant le silence et la surdité, nous ne pouvons pas encore aujourd'hui en mesurer toutes les dimensions, nous le verrons mieux dans les temps prochains. Mais déjà nous vous devons, merveilleux paradoxe, la sorte de France dont nous rêvons et à laquelle nous vouons le meilleur de nous-mêmes : celle qui est descendue autour de la petite église Saint-Bernard pour faire à cet asile des ceintures de sacré, celle qui s'est répandue dans les rues pour rappeler qu'elle existe la France qui ne veut pas être la ratatinée et desséchée des ministères, mais la généreuse qui peut encore parler avec la voix de Victor Hugo[49] !

C'est donc à cet événement que le scénario de Luc Plamondon fait référence. Les truands deviennent dans cette version des « sans-papiers », tandis que le chœur vient scander, par ses interventions, le déroulement de l'intrigue :

> Nous sommes
> Des étrangers
> Des sans-papiers
> Des hommes
> Et des femmes
> Sans domicile
> Oh ! Notre-Dame
> Et nous te demandons
> Asile ! Asile ! [...]

---

48. Danièle Gasiglia-Laster, « L'actualisation de l'intrigue à travers trois adaptations de *Notre-Dame de Paris* », *op. cit.*, et Arnaud Laster, « *Notre-Dame de Paris* : Prévert et Hugo, mêmes combats », *op. cit.*

49. *L'Humanité*, lundi 26 août 1996, « La lutte des sans-papiers continue » et, pour le texte intégral d'Hélène Cixous, le site Pajol, http://www.bok.net/pajol/intellos.html#cixous.

Chœur auquel répond l'intervention de Frollo :

> Il faut à tout prix empêcher
> Cette cohorte d'étrangers
> De venir troubler la vie
> Du bon peuple de Paris.

Les traits invariants du mythe des Bohémiens colportés par la structure accueillante de l'adaptation se trouvent donc réactivés par l'histoire contemporaine : marginalité, dangerosité potentielle pour l'équilibre social, origine inassignable sont autant de caractéristiques dont le potentiel symbolique permet de désigner un réel problématique et de le faire signifier en contexte. Par une communauté de fonctionnement, l'adaptation devient donc l'instrument de propagation du mythe des Bohémiens quand dans le même temps le mythe des Bohémiens se trouve instrumentalisé par le mécanisme de l'adaptation.

S'il fallait, pour finir, expliquer la fortune du mythe des Bohémiens dans l'adaptation, sans doute pourrait-on avancer l'hypothèse qu'il entre en résonance, par un biais réflexif, avec le mythe que le cinéma constitue sur son propre compte. Le septième art est art du spectacle, mu par des principes de monstration qui sont au cœur de l'activité des saltimbanques et dont le cinéma s'est emparé dès les origines[50] : produit sur les champs des fêtes foraines, le cinéma des premiers temps convergeait de par ses contenus et sa dimension spectaculaire avec les numéros des bateleurs et autres curiosités extraordinaires. Les Bohémiens ont permis au cinéma de renouer avec cette origine : les premiers films, l'*Esmeralda* d'Alice Guy, le *Notre-Dame de Paris* de Capellani sont avant tout conçus autour des séquences liées à la danse de la Bohémienne ; le film de Worsley montre de nombreuses séquences de foire ; et dans une certaine mesure, le film de Delannoy, par le jeu du *star-system*, place Gina Lollobrigida et ses espagnolades au cœur de la représentation. Tsiganes et saltimbanques figurés par l'adaptation signalent donc de manière réflexive la prédilection du cinéma, depuis l'origine, pour la monstration. Les Bohémiens, représentés par la vulgate comme le peuple du bariolage, deviennent alors une sorte

50. Tom Gunning, « The Cinema of Attraction : Early Film, Its Spectator and the Avant-Garde », dans *Wide Angle*, 1986, n° 3/4, vol. VIII, p. 63-70.

d'allégorie des mécanismes de l'adaptation, animée par des nécessités toujours contingentes dont le bricolage[51] serait l'activité créatrice par excellence et le braconnage[52] sur les terres de la littérature, l'une des modalités de subsistance.

51. Au sens où l'entend Claude Lévi-Strauss, *La Pensée sauvage*, « La Science du concret », Paris, Presses Pocket, coll. « Agora », 1962, p. 22-31.
52. Sur la notion de braconnage appliquée aux pratiques culturelles, voir Michel de Certeau, « Lire, un braconnage », *L'Invention du quotidien I. Arts de faire* [1980], Paris, Gallimard, coll. « Folio », 1990.

V. Bohème intérieure

De la socialité bohémienne à la sociabilité cénaculaire *(les Scènes de la vie de bohème* de Henry Murger)

Vincent Laisney

À Anthony Glinoer
« Il dit sacerdoce, dit Rodolphe avec épouvante »

« Comment fut institué le cénacle de la bohème[1] », tel est le titre sur lequel s'ouvre le premier chapitre des *Scènes de la vie de bohème,* et tel est ce par quoi nous ouvrirons, et même articulerons notre réflexion sur la bohème littéraire vue – ou plus exactement *revue* – par Murger. Pour quiconque en effet s'intéresse de près aux sociabilités dix-neuviémistes[2], ce titre est remarquable : s'y trouvent en effet associées deux idées, ou représentations morphologiques, en contradiction patente, à savoir d'un côté (avec la bohème) une socialité sauvage, déterritorialisée, en rupture

1. Henry Murger, *Scènes de la vie de bohème,* éd. Loïc Chotard, Paris, Gallimard, « Folio/ Classique », 1988, p. 45 (toutes nos références sont empruntées à cette édition et seront désormais abrégées : *SVB*, suivi de la pagination).
2. Voir le séminaire dirigé par José-Luis Diaz consacré à cette question (« Atelier de Recherche sur les sociabilités littéraires au XIXe siècle », Université Paris 7 – Équipe de recherche « Littérature et Civilisation au XIXe siècle », 1997-1998, http://groupugo.div. jussieu.fr/sociabilit/Sociabilités littéraires, à paraître dans la *RHLF*).

avec les modes de socialisation occidentaux, et de l'autre (avec le cénacle) une forme de sociabilité hyperformalisée, régie par des codes et des règles stricts[3]. C'est sous cet angle, celui de la structuration des groupes littéraires et artistiques, et de leur rencontre problématique avec la configuration sociale de la bohème, que nous tenterons d'apporter notre contribution à la question de la représentation des « altérités bohémiennes au milieu du XIXe siècle », en nous demandant par quel biais, par quel artifice, Murger parvient à imposer, puis à légitimer, l'idée paradoxale d'une *bohème cénaculaire*, résumée dans l'expression consacrée de « cénacle de la bohème ».

Pour mesurer le coup de force que constitue l'alliage oxymorique de ces deux notions que sont la bohème d'un côté et le cénacle de l'autre, il convient d'adopter ce que Pierre Bourdieu appelle « le point de vue de l'auteur[4] », c'est-à-dire reconstituer l'espace des prises de position de l'écrivain de 1850 pour nous débarrasser de tout ce qui, par l'accoutumance à ces notions, nous empêche de voir ce qui se joue à travers leur conjonction. Si rien ne s'oppose, en principe, à ce que l'on use aujourd'hui de l'expression « cénacle bohémien » pour désigner, en gros, les regroupements littéraires de la fraction dominée du champ littéraire – la formule est commode et Bourdieu même y cède[5] –, il faut se souvenir cependant que cette terminologie a une résonance toute spéciale en 1850 où ces mots de « bohème » et de « cénacle » sont très *chargés*, véhiculent toutes sortes de représentations. De ces représentations, Murger, il faut y insister d'emblée, est loin d'ignorer le sens et la portée. Il n'est pour s'en convaincre que de relire la préface où sont passées méthodiquement en revue, s'agissant du premier terme, les différentes définitions de la bohème (*SVB*, 35-42) : conscient des connotations diverses qui s'attachent à ce terme, Murger effectue un tri sévère des définitions en circulation, pour ne retenir finalement que celle jugée légitime à ses yeux, qu'il baptise la « vraie » bohème ou « bohème officielle » (*SVB*, 40). Du mot cénacle, Murger n'ignore pas moins les résonances historiques depuis l'avènement et le triomphe du romantisme. En fait foi, dans un des chapitres du roman, la mention du « fameux cénacle de la rue des Quatre-Vents » (*SVB*, 291) que Balzac a mis en scène dans ses

3. Pour une définition structurale et sociologique du cénacle, voir Anthony Glinoer, *La littérature au collectif : Structuration et représentations des cénacles romantiques*, Université de Liège, 2005 (1ère et 2ème partie), et notre article « L'âge des cénacles (I) », dans *Littératures*, n° 51, 2004, p. 171-186.
4. Pierre Bourdieu, *Les Règles de l'art*, Paris, Seuil, 1992, p. 149 et 99.
5. *Ibid.*, p. 94, 126.

Illusions perdues[6]. Comme pour la bohème, un processus de démarquage est à l'œuvre, qui montre que, non seulement le mot cénacle n'est pas employé à la légère, mais que son emploi répond à une stratégie concertée. Le cénacle bohémien de Murger, comme nous allons essayer de le montrer, est une construction intellectuelle qui vise à tirer le maximum de profit symbolique de l'assimilation de deux notions, en les débarrassant chacune, par neutralisation mutuelle, de leurs connotations négatives.

Pour prendre la mesure exacte de leur puissance d'évocation auprès du public de 1850, il est nécessaire de retracer leur évolution, depuis le moment où elles émergent dans le discours social jusqu'à celui où elles atteignent leur plein régime symbolique. À l'origine, rappelons-le, les termes de « bohème » et de « cénacle » n'appartiennent pas du tout au registre de la sociologie ou de l'historiographie littéraire, ce qui n'empêche pas que quelque chose de leur sens premier ne subsiste dans leur nouvelle acception, à savoir, pour la bohème, l'idée d'altérité, ou si l'on veut d'*étrangèreté*, et pour le cénacle, l'idée de sacralité et de religiosité. Le premier terme renvoie à un lieu géographique (la Bohême), et par extension métonymique, le mode de vie des populations issues de ces contrées (les Bohémiens) ; mode de vie caractérisé par l'errance, le nomadisme, le vagabondage. Le second terme désigne un lieu biblique (la salle où Jésus-Christ en présence des disciples institue l'Eucharistie), et par extension l'assemblée des apôtres réunis autour de la table pour perpétuer l'enseignement du Christ. Dans les deux cas, le glissement métaphorique d'un registre à l'autre repose sur la base d'une analogie de type éthologique. La vie fantaisiste et déréglée des artistes attire naturellement à elle la métaphore du Gitan, cependant que celle, monastique et réglée des « cénacliers[7] » appelle logiquement la métaphore du *cenaculum* christique. Dans les deux cas, le basculement sémantique se produit durant la première moitié du XIXe siècle, c'est-à-dire avec le romantisme. Mais là s'arrête le parallèle, car si la bohème met plusieurs décennies à s'imposer dans les consciences françaises, le cénacle fait en revanche une percée spectaculaire sur la scène médiatico-littéraire. Émergence laborieuse pour l'une, éclosion brutale pour l'autre, dont il faut successivement retra-

6. Sur les significations de ce Cénacle, voir A. Glinoer & V. Laisney, « Le Cénacle à l'épreuve du roman », dans *Tangence, Sociabilités imaginées : représentations et enjeux sociaux*, dirs. M. Lacroix et G. Pinson, n° 80, Québec, 2006, p. 19-40.
7. Le néologisme est de Jules Vallès qui l'emploie tardivement dans un article de *La France* du 2 et 9 mars 1883.

cer la chronologie, pour comprendre l'ambiguïté qui s'attache à ces mots, dont Murger exploitera, avec beaucoup d'opportunisme, les potentialités symboliques.

Selon Jerrold Seigel, le meilleur historien de la bohème[8] à ce jour (en attendant la parution de la monographie de Jean-Didier Wagneur sur le sujet), « c'est dans les années 1830-1840, qu'apparurent les mots bohème, bohémien, la bohème[9] », pris dans le sens qui nous intéresse. Non que le mode de vie qui lui correspond n'existe pas, mais le mot fait encore défaut (on parle des « Jeunes-France », des « rapins », des « Chevelus », ou des « Bousingots »). La bohème fait au reste à l'époque si peu partie du paysage sociologique, que les *Physiologies*, qui foisonnent après 1840, oublient d'en faire mention, preuve s'il en est que le concept de bohème n'était pas « mûr ». Cependant, dès 1834, avec un article de Félix Pyat sur les artistes, un pont est jeté entre le Bohémien et le bohème : ce publiciste est en effet le premier à souligner l'analogie entre l'ethos artiste et le comportement des Gitans, soulignant leur manie commune « de vouloir vivre hors de leur temps, avec d'autres idées et d'autres mœurs, [qui] les isole du monde, les rend étrangers et bizarres, les met hors la loi, au ban de la société[10] ». Certes la référence bohémienne sert ici de *faire-dévaloir* à ceux que Max Weber appellera bientôt les « intellectuels prolétaroïdes[11] » (atteints, comme le dit Pyat, de « l'artistisme »), et l'on est très loin de l'image sentimentale que donnera Murger de la Bohème en la présentant comme l'heureuse adolescence du génie. Il n'empêche, l'impulsion est donnée, et il revient à deux romanciers majeurs de la relayer : Sand avec *La Dernière Aldini* (1838) et surtout Balzac avec *Un Prince de la Bohème* (1840). Chez Sand se fait jour l'idée d'une association heureuse et profitable entre le style de vie bohème

8. Sur la bohème on consultera César Graña, *Bohemian versus Bourgeois. French Society and the French Men of Lettres in the Nineteenth Century*, New York, Basic Books, 1964 ; Helmut Kreuger, *Die Boheme. Beiträge zu ihrer Beschreibung*, Stuttgart, J. B. Metzlersche Verlagsbuchhandlung, 1968 ; Jerrold Seigel, *Paris Bohème. Culture et politique aux marges de la vie bourgeoise (1830-1930)* [New York, 1986], trad. O. Guitard, Paris, Gallimard, 1991 ; Claire Lenoir, *Le Mythe de la Bohème du XIXe siècle*, thèse de doctorat, Paris IV, 1992 ; Françoise Genevray, « Bohême, bohème, bohémien : autour de George Sand », séminaire de formation doctorale « L'Auteur en marge », avril 2003 (http://www-lyon3.fr/servlet/), et Nathalie Heinich, *L'Élite artiste. Excellence et singularité en régime démocratique*, Paris, Gallimard, 2005.

9. *Paris Bohême, op. cit.*, p. 15.

10. « Les Artistes », dans *Nouveau Tableau de Paris au XIXe siècle*, t. IV, 1834, p. 9.

11. « Proletaroide Intellektualismus », *Wirtschaft und Gesellschaft* (1922).

et la création artistique, justifiée par la nécessité, chez l'artiste, d'exercer sans restriction et dans tous les domaines, l'ensemble de ses facultés : la liberté artistique (fantaisie, imagination) sert de justification à la liberté des mœurs : « L'artiste, écrit Sand, a pour patrie le monde entier, la grande Bohème[12] ». Aussi l'artiste, libre de toute attache, est-il naturellement de la race des Bohémiens. Chez Balzac, l'accent est mis plutôt sur la vitalité de la bohème, sa jeunesse inventive, son « génie de la vie », nécessairement prometteur : « Ces jeunes gens sont [...] tous hommes de génie dans leur genre, peu connus, encore, mais qui se feront connaître, et qui seront alors des gens fort distingués[13]. » Avec Sand et Balzac, donc, la bohème change de signe : sa marginalité, assumée, est ce qui fait sa grandeur, son exclusion volontaire sa noblesse. « La Bohême n'a rien et vit de ce qu'elle a. » Elle tire son principe vital de son énergie créatrice, dont elle récoltera ultérieurement les fruits.

Il s'en faut de beaucoup que la bohème verse dans la positivité. Tandis en effet qu'on s'efforce ici de la grandir en la tirant du côté de la liberté créatrice, on s'obstine encore là à la rabaisser en la reconduisant à ses origines douteuses : en 1843, la pièce intitulée *Les Bohémiens de Paris* (adaptation par Adolphe d'Ennery et Eugène Grangé des *Mystères de Paris* d'Eugène Sue) met en scène des Bohémiens, des déclassés qui ont le mode de vie des Gitans, sans l'alibi de l'art, des gens « qui n'ont aucune demeure stable, aucun asile reconnu, [...] qui n'ont pas un seul état ; dont la plupart se lèvent le matin sans savoir où ils dîneront le soir ; riches aujourd'hui, affamés demain[14] ». C'est dire qu'à cette date la bohème est sujette à interprétations diverses. De cette hésitation, plusieurs articles de *L'Artiste*, écrits dans les mêmes années, portent la marque : une nécrologie du peintre Francis Conscience, artiste doué mais paresseux, explique l'échec de l'artiste par son style de vie bohémien : « C'était tout à fait un talent d'imagination [mais] à la première difficulté qui se présentait, le pauvre Francis jetait la palette et la brosse, et il retournait sans remords [...] à son vagabondage inoffensif de chaque jour[15]. » Certes, l'homme n'est pas présenté comme

---

12. George Sand, *La Dernière Aldini*, Paris, Calmann-Lévy, éd. de 1882, p. 6 (rééd. Paris, Presse de la Cité, 1992).
13. Honoré de Balzac, *Un prince de la Bohème*, (*Scènes de la vie parisienne*), dans *La Comédie humaine*, t. VII, Paris, Gallimard, Bibliothèque de la Pléiade, 1983, p. 808-809.
14. Cité par Marc Partouche, *La Ligne oubliée. Bohèmes, avant-gardes et art contemporain de 1830 à nos jours*, Romainville, éditions Al Dante, 2004, p. 61.
15. *L'Artiste*, 2e série, VI, p. 36.

un escroc, mais quelque chose des traits (et des tares) supposés du Bohémien – un goût pour la vie oisive, festive, dissolue – subsiste en lui qui, loin de stimuler sa création, l'anéantit. Ainsi est souligné, à l'inverse de ce que défendaient Balzac et Sand, l'incompatibilité entre le geste créateur et la vie insouciante. Jusqu'en 1845, *L'Artiste* hésite entre une interprétation positive et négative, se livrant tantôt à une défense de la *bohème attitude* (« Quel rêveur de vingt ans, pour qui l'art est un culte, n'a [...] erré sur tes grandes routes où l'on circule sans passeport », 7 juillet 1844), tantôt à un réquisitoire contre elle : « Peu d'écrivains de notre temps ont pu se soustraire à cette influence désorganisatrice qui, de presque tous les gens de lettres, fait autant de bohémiens. [...] On attend du hasard ce qu'on cherchait autrefois dans le travail » (25 mai 1845). Travail/loisir, nécessité/hasard, ascèse/plaisir, contrainte/liberté, organisation/désordre, une série d'oppositions binaires se développe autour de cette notion de bohème qui en résume les contradictions internes, et qui font d'elle un label pour le moins ambigu... Une chose est sûre, à cette date – c'est encore *L'Artiste* qui le dit – « la bohème littéraire » est devenue un « fait social », qui divise le monde des lettres. De ce fait social, Murger commence à rendre compte en 1845, justement en racontant des anecdotes sur la vie des bohèmes littéraires du Quartier latin, petits récits qui, étalés sur plusieurs années, constitueront les futurs chapitres des *Scènes*. Sans doute Murger est-il encore à cette date bien éloigné de son projet de faire de la bohème une sorte d'étendard littéraire, mais un virage décisif est pris qui aboutit à la double consécration de 1849, qui voit sa pièce couronnée par un succès public, et saluée par la critique. L'article de Gautier notamment (*La Presse*, 20 novembre) marque une date : le type du poète misérable devient le symbole d'une nouvelle génération d'artistes[16]. Il reviendra à Murger, dans les *Scènes de la vie de bohème*, de parfaire cette image en dissipant les ultimes contradictions qui s'attachent à ce mot de bohème...

Du jour où Sainte-Beuve, dans une sorte coup de force performatif, signa l'acte de naissance d'un cénacle mythifié dans un poème éponyme de *Vie, Poésies et Pensées de Joseph Delorme* en 1829, naquit un débat contradictoire autour de ce « mot » et de ce qu'il recouvrait, qui devait bouleverser le monde littéraire, et dont les répercussions devaient se faire sentir bien

16. Sur le statut, la condition et les représentations de l'artiste au XIXe siècle, voir N. Heinich, *op. cit.*

longtemps après sa naissance, jusqu'à Murger et bien au-delà[17]. De quoi s'agissait-il ? Ni plus ni moins que de l'émergence dans le champ littéraire d'une nouvelle instance, concurrente des salons déclinants et des institutions officielles, dont les principes reposaient sur une sociabilité solidaire et les motivations sur l'imposition de nouvelles valeurs esthétiques. En clair, des poètes économiquement dominés – et en l'occurrence les romantiques de la première génération – affichaient ouvertement leur volonté de s'émanciper des instances de consécration externe (public, critique, académie) en créant eux-mêmes leurs propres instances de légitimation. Citons Sainte-Beuve :

> Quelques disciples saints, les soirs, dans le cénacle
> Se rassemblaient, et là parlaient du grand miracle,
> À genoux, peu nombreux,
> Mais unis, mais croyants, mais forts d'une foi d'ange ;
> --
> Tous réunis, s'entendre, et s'aimer, et se dire :
> Ne désespérons point, poètes, de la lyre,
> Car le siècle est à nous[18].

Ainsi, prophétisait Sainte-Beuve, les poètes n'admettraient plus désormais de reconnaissance que de leurs pairs, ne tolèreraient plus l'estime que de « leurs égaux[19] » (Baudelaire). Bref, « l'institution cénaculaire » était née, qui donnait le signal de ce qu'il est convenu d'appeler, après Bourdieu, le processus d'autonomisation de la littérature. Cette proclamation d'autonomie ne laissa personne indifférent. À commencer par l'ombrageux Henri de Latouche, qui se chargea, dans un article demeuré fameux intitulé « De la Camaraderie littéraire[20] », de ridiculiser l'orgueil insensé de cette petite « secte » (le mot est de lui), qui, soulignait-il avec une ironie féroce, « s'appelle modestement un cénacle ». Il serait trop long de retracer la chronologie des fortunes et des infortunes du concept de « cénacle » dans le

17. Voir V. Laisney, « Aux sources d'un événement littéraire méconnu : Le Cénacle de Joseph de Lorme », colloque « Qu'est-ce qu'un événement littéraire au dix-neuvième siècle ? 1. Faire événement », organisé par Corinne Saminadayar-Perrin, Saint-Étienne, UJM-LIRE, mai 2006 ; sous presse.

18. *Vie, Poésies et Pensées de Joseph Delorme*, éd. Anthony Glinoer et Jean-Pierre Bertrand, Paris, Bartillat, 2004, p. 103-106

19. *Œuvres complètes*, t. II, Paris, Gallimard, Bibliothèque de la Pléiade, 1976, p. 43.

20. « De la Camaraderie littéraire », dans *La Revue de Paris*, oct. 1829 (repris dans l'édition Massin des *Œuvres complètes* de Victor Hugo, Club Français du Livre, 1967, t. III, p. 1386-1392).

discours social[21] ; il suffit de dire que, à l'exemple du mot bohème, le mot cénacle sera affecté, dès l'origine, et tour à tour selon les points de vue, d'un signe positif ou négatif, qu'il sera marqué d'une même ambivalence. Un épisode de cette chronologie sinueuse, parce qu'il trouve une résonance directe dans le roman de Murger, mérite toutefois d'être relevé. En 1839, Balzac publie *Un Grand Homme de province à Paris*, roman dans lequel il met en scène un cénacle, et qui en quelque sorte vient clore, au moins provisoirement, la controverse autour de cette figure obsédante, bien installée désormais dans l'imaginaire social. Contre toute attente (car il avait naguère fustigé les tendances autocélébratives et l'excès de sérieux des réunions romantiques[22]), Balzac propose une vision idéalisée du cénacle : le groupe de Daniel d'Arthez, réuni dans une misérable mansarde, incarne l'incorruptibilité de la pensée des intellectuels (au sens large) contre le traficotage des idées chez les journalistes. Avec lui, le cénacle, débarrassé de ses oripeaux romantiques, n'est plus simplement un fait social, il devient un mythe. Le cénacle, après 1840, symbolisera donc simultanément une chose et son contraire, à savoir, d'un côté (face lumineuse) l'héroïsme de l'Artiste, promoteur infatigable et désintéressé des biens symboliques au milieu d'une société matérialiste hostile (hostile parce que matérialiste), et de l'autre (face sombre) l'hypocrisie de l'artiste, qui, faute de rencontrer le succès public ou d'accéder à la consécration critique ou académique, ne trouve rien de mieux, pour satisfaire sa vanité, que de s'introniser lui-même, en s'isolant avec ses pairs dans une « chartreuse » (salon ou mansarde). Ainsi, de même que Murger se voit forcé de prendre position sur la délicate question de la bohème, de même se voit-il contraint en 1850, avec l'adoption de la forme romanesque des *Scènes* qui donne cohérence à ses tableaux épars, de prendre position sur la question non moins sensible du cénacle, en formulant sa propre interprétation et de l'une et de l'autre.

Il faut toutefois lever deux objections avant de poursuivre. Car on serait tout à fait fondé à considérer, en s'appuyant sur l'histoire littéraire, que le cénacle bohémien n'est pas une invention de 1850, mais une création de 1830 avec le groupe de Borel et ses amis rassemblés dans l'atelier de Jehan Du Seigneur. L'article de Gautier, cité plus haut, dans

21. Nous renvoyons à la 3e partie de la thèse d'A. Glinoer qui fait le point sur la question (citée en note 3).

22. Honoré de Balzac, « Des salons littéraires et des mots élogieux », dans *La Mode*, 20 novembre 1830.

lequel l'ex-Jeune-France opère un rapprochement entre le « Petit Cénacle » et celui de Murger, incline à aller dans ce sens, du fait même qu'il instaure un rapport d'homologie entre les deux phénomènes : « Cette bohème-là, écrit-il, se constitue toutes les fois que cinq ou six jeunes gens se rassemblent[23]. » Le lien de filiation établi par Gautier ne laisse pourtant pas d'être trompeur. Si les hommes du « Petit Cénacle » eurent tendance à s'identifier, à travers leur opposition farouche au bourgeois, à la figure marginale du bohémien, comme l'attestent par exemple ces vers de Jules Vabre : « Nous, faisant ce qu'il nous plaît [...] / Bohémiens, sans toits, sans bancs, / sans existence engainée, / Menant vie abandonnée[24] », ils ne se sont jamais revendiqués comme des « bohèmes », au sens que lui donne Murger – ne serait-ce que parce que le concept n'était pas encore forgé. En dépit de l'excentricité de ses membres, le « petit Cénacle », comme le souligne le choix de cette appellation, conserve quelque chose du grand et sérieux « Cénacle », dont il se réclame, et dont il se veut la modeste réplique. Il s'ensuit que tout sépare, ou presque, le groupe de Borel du clan de Rodolphe : autant le premier est soutenu par une éthique du travail, animé par des convictions esthétiques (même si elles sont négatives), et fortement dynamisé par son engagement politique, autant le second se complaît dans l'oisiveté, ne défend aucun credo en matière d'art, et se désintéresse totalement des affaires de la cité. Aussi ne doit-on pas s'étonner que dans sa généalogie de la bohème (« résumé de la bohème en ses différents âges[25] »), Murger ne cite nulle part les noms de Gautier, Nerval et Borel, et qu'il ne fasse pas référence à ce que ce même Gautier, et l'histoire littéraire après lui, présentera à tort comme la préfiguration du « cénacle de la bohème », et qui n'est en réalité qu'un des avatars du Cénacle romantique[26].

La seconde objection que l'on pourrait faire, en arguant cette fois de la dimension documentaire et autobiographique des *Scènes de la vie de bohème*, c'est que Murger, loin d'avoir inventé une sociabilité imaginaire, l'aurait démarquée de sa propre expérience. Nul n'ignore en effet que les personnages du roman sont inspirés de personnes réelles, que la plupart des

23. Cité par M. Partouche, *op. cit.*, p. 51.
24. Pétrus Borel, « À Jules Vabre », dans *Rhapsodies* (1831), Genève, Slatkine Reprints, 1967, p. 127.
25. « Préface » (1851), *SVB*, p. 29-34.
26. En quoi Marc Partouche, selon nous, a tort de vouloir à tout prix renouer le fil, rétablir la ligne (supposée « oubliée ») entre la « bohème de 1830 » et la bohème des avant-gardes contemporaines.

péripéties des *Scènes* sont adaptées de souvenirs et d'anecdotes vécus, que certains passages sont extraits de documents authentiques (telle l'invitation de Rodolphe dont la source avérée est un faire-part rédigé par Nadar[27]). Mais peut-on en conclure pour autant que le « cénacle de la bohème », tel que le dépeint Murger, est une transposition fidèle de la réalité ? Plusieurs faits s'y opposent. Lorsqu'on se plonge dans les annales de la vie littéraire des années 40, on se rend rapidement compte que la sociabilité de référence n'est pas celle – comme à l'époque romantique – du cénacle mais bien plutôt celle du « café ». Or, comme nous avons eu l'occasion de le montrer[28], l'espace du café est impropre à la formation des groupes littéraires, dont la cohésion sociale exige un repli volontaire dans la sphère privée, et la cohérence intellectuelle une sélection sévère de ses membres. Comme le note à juste titre Loïc Chotard, les « cafés littéraires » de ces années-là ne peuvent *tenir lieu* de cénacle pour les gens de la bohème, en raison de la trop grande disparité de leurs membres, de leur absence d'idéaux esthétiques, de leur carence d'idéal : « Le Momus même n'est pas un point de ralliement : c'est un lieu public, où l'on ne fait que passer, le temps d'une rencontre avec ses contemporains, mais non pour échafauder l'avenir » (*SVB*, 9). N'y eut-il donc point de cénacle dans la bohème des années 40 ? Justement si, un seul : la « Société des Buveurs d'eau », cénacle typique, sur le cas duquel il faut s'arrêter ici, premièrement parce que Murger fut l'un de ses membres, deuxièmement parce qu'il y fait allusion dans son roman, troisièmement surtout, parce que ce cénacle, comme on va le voir, a joué, paradoxalement, un rôle de repoussoir...

À l'automne 41, donc, un groupe de rapins et de poètes fondent une association artistique, dont le président est André Léon-Noël, le secrétaire Murger et le secrétaire trésorier Joseph Desbrosses. La société se réunit rue de la Tour-d'Auvergne dans la mansarde de Murger. Elle a l'Art pour idole, et la solidarité pour principe. Ses membres, pleins de ferveur, passent leurs soirées à converser, à esquisser des projets en commun, à se juger mutuellement, à s'encourager, à se venir en aide les uns et aux autres : « Réunis, nous devenions tous, sans calcul et sans préméditation, les parties obéis-

27. Sur ce point, voir l'introduction de L. Chotard (*SVB*, p. 13).
28. « Cénacles et cafés littéraires : deux sociabilités antagonistes », à paraître (voir *supra*, note 2).

santes d'une seule intelligence dont l'art était l'unique préoccupation[29] », témoigne Lelioux, l'un des cénacliers. L'existence de cette petite société est éphémère, puisque dès l'année suivante, elle est dissoute[30]. Il n'empêche, la « Société des Buveurs d'eau » est sans conteste ce qui se rapproche le plus de ce qu'on l'on pourrait appeler pour le coup, *stricto sensu*, un « cénacle bohémien ». Aussi n'est-on pas peu surpris de découvrir au chapitre XVIII de son roman que, loin d'en faire son modèle pour le cénacle de Rodolphe, Murger en fait au contraire son contretype, son modèle en négatif, sans renoncer pour autant – et nous verrons pourquoi – à l'appellation de « cénacle ».

Dans les *Scènes de la vie de bohème*, Murger se livre à deux attaques en règle contre le cénacle de ses anciens amis de bohème ; attaque d'une grande violence et d'un grand intérêt pour nous, dans la mesure où l'on peut y lire en creux sa propre conception du cénacle en milieu bohémien. La première charge, dans l'ordre chronologique, figure dans la scène intitulée « Le Manchon de Francine (II)[31] » (*SVB*, p. 291-301), la seconde dans la préface[32] rédigée spécialement pour l'édition originale du roman. L'une est explicite (la société des « Buveurs d'eau » est nommément citée) l'autre plus allusive (il n'est question que d'une « petite école », dont les membres s'appelaient les « disciples de l'art pour l'art » (*SVB*, 35)). Ici comme là, Murger reprend dans ses grandes lignes l'argumentation des principaux détracteurs du cénacle, reprochant ainsi aux cénacliers :

1. de vivre « en marge de la société » (*SVB*, 35) dans une sorte de splendide et néfaste isolement[33].

29. *Histoire de Murger pour servir à l'histoire de la vraie Bohème*, par trois Buveurs d'eau, Paris, Hetzel, [1861], p. 206.
30. Voir Anne Martin-Fugier, *Les Romantiques. Figures de l'artiste (1820-1848)*, Paris, Hachette, 1998, p. 323-329.
31. 29 et 31 août 1848, *Le Corsaire*, sous le titre « Comment on meurt dans la Bohème ».
32. 4 janvier 1851 (Bibliographie de la France). Graham Robb précise que cette préface réutilise des fragments détachés du feuilleton du mois d'août 48 – précisément ceux qui concernent le cénacle des « Buveurs d'eau ».
33. Sainte-Beuve, évoquant le cénacle de Deschamps, avait par exemple parlé de « petit monde heureux, abrité et recueilli » (« Poètes modernes : Victor Hugo », dans *Revue des Deux Mondes*, 1er août 1831, repris dans les *Œuvres Complètes* de Victor Hugo, *op. cit.*, t. II, p. 1067).

2. de se « diviniser eux-mêmes[34] » (*ibid.*) en s'autoproclamant mutuellement poètes ou artistes.

3. de faire de l'art une religion[35].

4. d'adopter des attitudes sectaires : les membres de la société ont « signé et juré solennellement » (*SVB*, 292) de vivre sous certaines conditions, et ceux qui les « violent » sont excommuniés.

5. de vivre sous l'emprise d'un chef tyrannique : « l'esprit de Lazare dominait dans ce cercle » (*SVB*, 293) ; il exclut Jacques pour s'être compromis dans l'art commercial[36].

Ce réquisitoire est si conforme dans ses arguments à la rhétorique des pamphlets anti-cénaculaires des années 30, qu'on n'imagine pas l'interpréter autrement, par delà le règlement de compte personnel, que comme une critique fondamentale de l'ethos cénaculaire, une remise en cause radicale du concept même de cénacle considéré comme structure viciée. Or, tel n'est justement pas le cas. Non seulement Murger ne renonce pas au mot cénacle, mais, qui plus est, il ne renie pas non plus le modèle cénaculaire, dont l'idéal est maintenu, et pour ainsi dire défendu jusqu'au bout dans son roman. Cette défense passe d'abord par un hommage paradoxal au cénacle de Balzac « dont il est question dans le beau roman du *Grand Homme de province* » (*SVB*, 291), mais elle se manifeste de façon plus nette encore à travers la description qu'il fait de la sociabilité du groupe de Rodolphe, dont nombre de traits se rattachent typiquement au fonctionnement cénaculaire.

Passons-les rapidement en revue. Dans la composition de son cénacle, Murger récupère d'abord le poncif de la « fraternité des arts[37] » : les quatre

34. « Et pourquoi ces petits princes de la poésie n'auraient-ils pas fait cette alliance ? [...] Pourquoi ne serait-il pas permis à ces immortels présomptifs d'anticiper un peu sur l'époque chronologique où ils auront fait oublier les maîtres ? », se demandait déjà Latouche à propos du même cénacle en 1824 (« Sur un petit volume, sans nom d'auteur », dans *Le Mercure de France du XIXe siècle*, février 1824).

35. Murger reprend ici le vocabulaire mystique que Sainte-Beuve avait mis en usage dans son poème « Le Cénacle » : foi, disciple, miracle, apôtre, mystère, gloire, etc.

36. On reprochera pareillement au très charismatique Hugo d'exercer une autorité excessive sur ses disciples (voir l'article de Gustave Planche : « Les Royautés littéraires, Lettre à M. Victor Hugo », dans *Revue des Deux Mondes*, 1er mars 1834).

37. Refrain lancé par Gautier dans son poème « Le Cénacle » et repris plus tard par Sainte-Beuve dans son *Histoire du Romantisme.*

mousquetaires représentent chacun une discipline : la poésie avec Rodolphe, la peinture avec Marcel, la musique avec Schaunard, la philosophie avec Colline et, si l'on veut, la sculpture avec Jacques. Diversité des arts à laquelle répond symétriquement une homogénéité sociale. La cohésion cénaculaire repose fondamentalement sur une équivalence de conditions : ainsi en était-il à l'époque de Hugo et de Borel, et dans le cas des amis de Daniel d'Arthez ; ainsi en est-il dans le roman de Murger où, pour être admis dans le cercle, il convient de présenter son brevet de pauvreté, pour ne pas rompre l'harmonie de la microsociété : « Quelle est la position sociale de ton protégé ? » (*SVB*, 187), demande Rodolphe anxieux à Colline qui veut intégrer le néophyte Carolus Barbemuche. Si l'on s'en tient à la définition très générale du cénacle, telle qu'on la trouve respectivement chez Larousse et Littré : « réunion d'hommes de lettres, d'artistes, etc., qui se voient souvent, partagent les mêmes idées, ont les mêmes habitudes, [...] poursuivent un même but[38] », le groupe de Rodolphe remplit tous ces critères. La sympathie morale et l'harmonie intellectuelle qui règnent au sein du clan bohème sont assimilées à un « concert de mœurs, d'opinions, de goûts et de caractères » (*SVB*, 184). Fondée sur une connivence de tempérament, d'habitudes et d'idées, l'association est soudée, de surcroît, par des ambitions communes : « partis du même point pour aller au même but » (*SVB*, 81), ils n'hésitent pas, si nécessaire, à étaler « fièrement le programme de leur ambition » (*SVB*, 237). Comme dans tout cénacle, l'unité du groupe repose donc à la fois sur des sentiments affectifs (l'amitié et la camaraderie), des valeurs morales (la fraternité, la loyauté, la solidarité) et des principes esthétiques (s'agissant de leur « opinion dans l'art », Murger nous dit qu'ils vivent sous le même « drapeau » [*SVB*, 80]), et qu'ils ont des antipathies communes : ils ont « tous le faux en haine et le commun en mépris » (*SVB*, 237) et sur des objectifs convergents (parvenir, obtenir reconnaissance et succès). Ultime trait de l'ethos cénaculaire – l'idiolecte : la communauté, à force d'intimité, crée son propre langage, compris des seuls initiés[39] : « ils avaient, dit Murger, un langage intime dont les étrangers n'auraient pas su trouver la clef » (*ibid*). Du cénacle, le groupe de Murger démarque encore le fonctionnement institutionnel spé-

38. *Dictionnaire de la langue française* (1863-1877), Paris, Gallimard/Hachette, 1960, t. II, p. 33 ; *Grand Dictionnaire universel du XIXe siècle*, 1866, t. III, p. 697.
39. Ce trait a été relevé maintes fois à propos des cénacles romantiques, notamment par Balzac et Mme Ancelot (voir sur ce point, notre ouvrage *L'Arsenal romantique*, Paris, Champion, 2002, p. 99-101).

cifique[40] : fondation, intégration de nouveaux membres, inscription dans la durée, auto-dissolution. Le cénacle bohémien, dont Murger se fait l'historiographe, est présenté – avec certes toute la distance parodique nécessaire – comme une micro-institution. Elle instaure des rites, invente des protocoles, qui visent à sa perpétuation (ce qui est le propre de toute institution) : le premier chapitre raconte l'histoire de sa fondation symbolique (« Comment fut institué le cénacle de la bohème ? »), un autre celui de l'agrégation d'un impétrant (« Une réception dans la bohème »), le dernier la dissolution auto-proclamée du groupe (*SVB*, 374-375). Au total, l'institution cénaculaire de la bohème fait ses preuve, puisqu'elle dure, « sans choc ni mécomptes[41] », plus de six ans (*SVB*, 237), c'est-à-dire plus que la moyenne des cénacles ordinaires...

Mais alors, se demandera-t-on, qu'est-ce qui distingue fondamentalement le cénacle bohémien de l'idéal-type cénaculaire ? En quoi le cénacle de Murger, dont nous soulignions le caractère problématique, et même improbable, marque-t-il une rupture avec le traditionnel cénacle romantique ? La réponse est à chercher à la fois dans la critique formulée par Murger à l'encontre des « Buveurs d'eau », sur laquelle il faut revenir, et dans une analyse plus affinée des rites cénaculaires du « clan de la bohème ».

Dans les deux pages que Murger consacre à ses anciens amis, on trouve effectivement des arguments qui ne figurent pas dans le discours social ordinaire hostile au cénacle. La raison en est que Murger attaque moins le cénacle en tant que tel que ses *dérives*, moins le dispositif cénaculaire en lui-même que son application radicale et jusqu'au-boutiste. Ainsi, les « Buveurs d'eau » sont accusés d'avoir « exagéré le système » (*SVB*, 291) dont Balzac avait fourni le modèle dans son roman. Faute d'avoir compris que le cénacle n'était qu'un moyen, et non une fin, les « Buveurs d'eau » se sont condamnés à l'obscurité, et pire encore aux yeux de Murger : à l'absurdité. « Perpétuellement juchés sur les échasses d'un orgueil absurde, ces jeunes gens avaient érigé en principe souverain, dans leur association, qu'ils ne devraient jamais quitter les hautes cimes de l'art [...] » (*SVB*, 292). En quoi ils se démarquent du cercle des amis de Daniel d'Arthez, qui, mal-

40. Sur cette question voir les chapitres V et X de la 1ère partie de la thèse d'Anthony Glinoer (citée en note 3), et notre article : « Le cénacle est-il une institution littéraire ? », dans *Travaux de littérature*, « Les institutions littéraires », ADIREL, 2006.

41. L'expression est de Balzac à propos du cénacle de Daniel d'Arthez dans *Illusions perdues*, éd. A. Adam, Paris, Garnier, 1956, p. 241.

gré leur « misère mortelle », font quelques concessions à la nécessité pour survivre, acceptent par exemple comme Rodolphe d'écrire un « Prospectus commercial » (*ibid.*). L'intransigeance dans les principes, l'inflexibilité morale, la vénération exclusive de l'art, la création vécue comme un sacerdoce, tout cela ne manque pas de grandeur, et même d'héroïsme, souligne Murger, mais poussées jusqu'au fanatisme, ces « qualités » font du cénacle, non pas l'antichambre de la célébrité, mais le tombeau du génie. Ces artistes incompris, dit encore Murger, qui tirent gloire de leur propre obscurité, sont prisonniers de leur idéal, et de ce fait, perdent non seulement le sens des réalités (ils oublient par exemple que l'art est *aussi* un métier, et qu'il est nécessaire de se plier aux règles du marché pour vivre, et à celles de la publicité pour se faire connaître) mais, ce qui beaucoup est plus grave, perdent complètement le contact avec le réel. À l'image du tyrannique Lazare, qui excommunie Jacques pour avoir préféré l'amour d'une femme à celui de l'Art, ces poètes qui entrent en art comme on entre en religion, finissent par nier la part d'humanité qui subsiste en eux. Or, nous dit Murger, dans l'artiste véritable coexistent deux êtres : « le poète, rêvant toujours sur les hautes cimes où chante le chœur des voix inspirées ; et l'homme, ouvrier de sa vie sachant se pétrir le pain quotidien » (*SVB*, 36).

Cette critique radicale des dérives cénaculaires du groupe des « Buveurs d'eau », on s'en doute, n'est pas sans arrière-pensée : elle permet à Murger de renouveler la vision du cénacle, d'imposer son propre modèle, le modèle bohémien, sans pour autant revenir au schéma balzacien. Le coup de génie ici consiste à croiser la structure cénaculaire et la configuration bohémienne, à corriger l'une par l'autre, à tempérer la rigidité de l'un par la liberté de l'autre, c'est-à-dire encore, si l'on me passe ces deux néologismes, à *bohémiser* le cénacle et à *cénacliser* la bohème. Deux opérations se trouvent en effet menées conjointement. D'une part, la légitimation d'une certaine idée de la bohème, la « vraie » bohème, la bohème dite « littéraire », d'autre part, la promotion d'un cénacle neuf, un cénacle « à visage humain », post-romantique. La réhabilitation de la bohème, « classe mal jugée jusqu'ici, et dont le plus grand défaut est le désordre » (SVB, 82), passe en effet par sa domestication et par son asservissement aux règles et aux codes du cénacle. Inversement la reconstruction du cénacle, sublimé par Balzac mais radicalisé jusqu'à l'absurde par les « Buveurs d'eau », passe par un assouplissement de sa morale, un adoucissement de ses principes. Au contact de l'influence *régulatrice* du cénacle, la bohème fait oublier sa réputation de sauvagerie et s'octroie par là un brevet de respectabilité : « mal connue des puritains du monde, décriée par les puritains de l'art, insultée par toutes les médiocrités craintives et jalouses » (*SVB*, 42) la bohème, contenue dans les limites respectables du cénacle et auréolée de ce label (au fort capital symbolique), n'est plus cette horde de vagabonds débauchés qui inquiètent le bourgeois, elle accède au statut de « groupe littéraire », « d'avant-garde » préparant l'art de demain. Inversement, au contact de l'influence *désorganisatrice* de la bohème, le cénacle perd de sa raideur légendaire : il n'est plus cette chose hiératique, qui pétrifie[42] les artistes, cette chose tyrannique qui les terrorise au point d'anéantir leurs facultés créatrices et de mettre leur vie en péril. Il redevient chose humaine, animée, non coupée de la réalité sociale, accessible à et compréhensible par tous, à commencer par la bourgeoisie, jusqu'alors toujours tenue à l'écart des « conspirations[43] » artistiques du cénacle.

Ce qui fait l'originalité profonde du cénacle bohémien conçu par Murger, c'est que tout en satisfaisant structurellement aux critères du cénacle, celui-ci est traversé par des valeurs contraires à celles défendues par l'idéal cénaculaire, qui sont celles de « l'idéologie » bohémienne, ou plus simplement de l'*ethos* et de l'*habitus* bohémiens. Ainsi, pour commencer, de son rapport au *travail*. Le refus radical de toute forme d'ascèse en matière de création artistique constitue la première entorse à l'un des principes fondateurs et régulateurs du cénacle : contre l'ascétisme, le groupe de Rodolphe prône l'hédonisme. Le cénaclier de la bohème se définit comme un être paresseux (pas laborieux). Mais cette paresse dissimule un trait autrement plus important, à savoir, son profond scepticisme intellectuel. À la différence des disciples de Lazare, et même des compagnons de Daniel d'Arthez, les compagnons de Rodolphe affectent la plus grande indifférence vis-à-vis de l'Art. Hostile à toute idée d'école, à tout dogmatisme, et en somme à tout ce qui pourrait d'une manière ou d'une autre s'apparenter à un enrégimentement de la pensée, le cénacle de la bohème défend, plus qu'une idée ou un dogme, un *état d'esprit*, qui laisse à l'individu son plein libre arbitre. Le cénacle bohémien, en effet, n'est pas fondé sur une charte

42. Murger insiste beaucoup sur l'effet pétrifiant du cénacle (*SVB*, 35, 293), opposé aux vertus vivifiantes de la bohème. À noter qu'on reprochera pareillement, plus tard, au cénacle de Mallarmé de pétrifier ses disciples...

43. Le mot est de Latouche qui fera des cénacliers des « conspirateurs littéraires » (voir son compte rendu cité en note 34).

intellectuelle (par exemple sur l'établissement d'un programme esthétique) mais plutôt sur une connivence d'humeur et une complicité de caractère : « En causant et en discutant, ils s'aperçurent que leurs sympathies étaient communes, qu'ils avaient tous dans l'esprit la même habileté d'escrime comique, qui égaye sans blesser » (*SVB*, 80). Quant aux prises de position esthétiques, elles sont à la discrétion de chacun, l'essentiel étant, pour que l'association tienne, que l'artiste conserve une distance critique suffisante vis-à-vis de l'acte créateur, et qu'il ne considère pas la mission du Poète, chose épouvantable, comme un « sacerdoce[44] » : dans le cercle de la bohème, « l'individualité bien tranchée de chacun » n'est aucunement « altér[ée] » (*SVB*, 237) par la vie en communauté. On est loin, très loin, du régime carcéral des « Buveurs d'eau » ; loin également du régime monacal du cénacle balzacien. Ici encore l'influence bohémienne est sensible. À la réclusion volontaire statuée par Lazare (et imposée par d'Arthez chez Balzac), Murger oppose la liberté de circulation, la mobilité incessante, en un mot le nomadisme, qui caractérise depuis toujours le citoyen de la bohème : l'assignation du groupe à un lieu unique est rejetée. On circule allégrement de la mansarde à l'hôpital en passant par la rue et les cafés. Le cénacle bohème est vagabond : c'est une structure migrante, et par conséquent accueillante. Contrairement à l'exclusif cénacle romantique ou balzacien, le cénacle de la bohème se veut inclusif : ouvert et non sectaire. À l'exclusion autoritaire du pauvre Jacques, Murger oppose l'intégration débonnaire du pitoyable Carolus Barbemuche. En rupture avec la grande tradition du Cénacle, masculin et misogyne, le cénacle bohémien accueille les femmes à bras ouvert : « Comme Mimi [...] supportait sans maux de tête la fumée de la pipe et les conversations littéraires, on s'accoutuma à elle et on la traita comme une camarade » (*SVB*, 216). L'amour de l'art est supplanté par l'art de faire l'amour, activité majeure du groupe, partagée avec cet autre « art » – notons l'emploi concerté de ce mot – de « se coucher sans souper, ou de souper sans se coucher » (*SVB*, 100). Si le mot d'ordre du cénacle ancienne manière était, comme le dit Lazare, « L'art avant tout », celui du cénacle bohémien revu par Murger pourrait se résumer à ce slogan : « L'art, après tout ! »

Ce à quoi nous assistons dans les *Scènes de la vie de bohème* c'est donc à la fois à une désacralisation du Cénacle, et à sa refondation symbolique sur la base de valeurs nouvelles, plébiscitées par le Public. Le « Cénacle

44. Voir l'épigraphe de ce texte (*SVB*, 188).

bohème », tel qu'il se présente dans le roman, résulte en effet d'une savante opération dialectique, dont les motivations profondes sont d'ordre stratégique. Comme on peut s'en rendre compte dans la préface, Murger n'a pas attendu Bourdieu et sa théorie des champs pour comprendre le fonctionnement du monde littéraire : « Il en est, écrit-il, dans les luttes de l'art à peu près comme à la guerre » (SVB, 36). Avec l'arrivée massive sur le marché de l'art d'une population d'artistes et de poètes en constante augmentation désireuse de marcher sur les traces de leurs illustres prédécesseurs, la lutte littéraire, encore latente et relativement feutrée à l'époque romantique, est devenue patente après 1840 : « Les voies de l'art, si encombrées et si périlleuses, malgré l'encombrement et malgré les obstacles, sont [...] chaque jour de plus en plus encombrées, et par conséquent jamais la Bohème ne fut plus nombreuse » (*SVB*, 37). D'où la nécessité, pour exister, de se *distinguer*, c'est-à-dire de faire le tri entre la vraie et fausse bohème d'une part, de rompre avec la grande tradition romantique d'autre part, dont le cénacle est l'un des symboles les plus vivaces. L'invention du « cénacle bohème » participe de cette stratégie de conquête. Profitant de l'engouement récent du public pour l'esprit bohème, qui se donne carrière dans les petits journaux sous la forme de la blague, de la satire, et de la dérision systématique du sérieux littéraire (les *Scènes*, de ce point de vue, sont un réquisitoire terrible contre le « pathos » et la « pose » romantique), Murger crée de toute pièce une bohème présentable et honorable, débarrassée de ses « haillons[45] » sordides, revêtue aux nobles couleurs du Cénacle, grâce à quoi cette bohème redore son blason, pour devenir à strictement parler « littéraire ». Tirant par ailleurs toutes les conséquences des impasses du cénacle aristocratique (élitiste et hypersélectif) dans un champ littéraire en pleine démocratisation, Murger invente un cénacle *démocratique*, revivifié par la bohème, adapté à la demande moderne et à l'esprit du moment, à cette mentalité bourgeoise à la fois conservatrice et fascinée par son double antagoniste qu'est le bohème[46] : un cénacle non plus élitaire, mais égalitaire, non plus fermé mais ouvert,

45. Le mot est de Banville dans un commentaire rétrospectif de son poème « La Sainte Bohème » écrit en 1856 : « En composant cette chanson, je me suis armé de tout mon courage pour écrire le mot Bohème, que j'exècre. Cependant j'ai voulu le délivrer des haillons et des viles guenilles dont on l'avait affublé, et le débarbouiller avec l'ambroisie à laquelle il a droit... Mais qu'il faut d'humilité et de résignation pour toucher à des sujets où les poncifs abondent, comme les grandes herbes dans les eaux de la Seine » (*Odes funambulesques*, Paris, Charpentier, 1878, p. 224-225).
46. C'est notamment la thèse défendue par Jerrold Seigel dans son ouvrage (*op. cit.*).

non plus sérieux mais léger, non plus dogmatique mais pragmatique, non plus intransigeant mais accommodant, non plus laborieux mais paresseux, non plus idéaliste mais matérialiste, non plus austère mais jubilatoire. Ce faisant, et à la faveur de ce tour de passe-passe, Murger réussit une sorte de coup double : d'un côté il fait entrer la bohème dans l'Histoire littéraire en l'inscrivant dans le Grand Récit des avant-garde cénaculaires, de l'autre il rompt avec le passé, en fondant un cénacle moderne, coupé de ses illustres mais écrasantes origines romantiques.

Si le subtil montage réalisé par Murger fit illusion et obtint tout le succès espéré auprès du public de 1850, et même au-delà, comme en témoigne l'accession du « cénacle bohème » au rang de Mythe, et plus tard son homologation par l'histoire littéraire, il fut perçu par ses pairs comme une double trahison. Ainsi on ne pardonna pas à Murger d'avoir procédé à la caricature de la bohème et à la captation du cénacle. Deux ouvrages en portent la marque : d'un côté *L'Histoire de Murger pour servir à l'histoire de la vraie bohème* écrite par des compagnons de Murger, dont le titre est à soi seul tout un programme, de l'autre le roman des Goncourt, intitulé *Les Hommes de lettres* (1860), qui s'attache sur un autre plan à corriger l'image démagogique du cénacle, vu par Murger. Dans *L'Histoire de Murger*, trois ex-buveurs cherchent à rétablir la vérité sur la bohème, en dénonçant la distinction fallacieuse opérée par Murger entre bohème ignorée et bohème officielle, entre bohème orgueilleuse mais stérile d'une part, bohème heureuse mais fertile d'autre part. Il en ressort que la bohème inventée par Murger ne repose sur aucun fondement – c'est une fiction[47] –, tandis que le groupe des « Buveurs d'eau », lui, eut une existence bien réelle, fondée sur la solidarité créatrice et le désir de parvenir ensemble[48]. Sans viser nommément Murger, le roman des Goncourt dénonce pareillement l'amalgame réalisé par Murger entre socialité bohémienne et sociabilité littéraire, ou, ce qui revient au même, entre la vie débauchée des journalistes, tous recrutés dans la bohème, et la vie austère des hommes de lettres. En ce sens, les deux frères renouent le fil, un temps coupé par Murger, avec la conception balzacienne du monde littéraire, qui opposait les deux systèmes

47. C'est l'hypothèse, croyons-nous savoir, avancée par Jean-Didier Wagneur... Non désireuse de trancher entre réalité et fiction, Nathalie Heinich préfère parler, quant à elle, de « mythe » de la bohème (*op. cit.*, p. 37).

48. Ce qui n'empêchera pas Murger de récidiver en écrivant un roman satirique sur ses anciens amis : *Les Buveurs d'eau* (1855).

antagonistes que sont le Cénacle et le Journalisme, la « solidarité sainte » d'un côté, la « camaraderie éhontée » de l'autre. La « société du Moulin rouge » décrite par les Goncourt, est un *vrai* cénacle, un groupe littéraire qui lutte pour son indépendance, résiste au succès facile et aux tentations du Journal, un groupe qui se définit justement contre le clan du *Scandale*, cet autre « cénacle » – grimaçant – de la bohème, décalqué sur celui de Murger. De ce point de vue, le cénacle des *Hommes de lettres* est l'antithèse exacte du cénacle des *Scènes*, dont les Goncourt ne se lassent pas de dénoncer les effets désastreux sur les lettres françaises par la confusion fatale qu'il a introduite entre l'homme de lettres et l'homme du journal, entre le poète et le bohème : « Montée derrière le livre charmant d'un des siens, *le Voyage autour d'une pièce de cent sous*, la bohème, ce peuple besogneux, bridé et fouetté par le besoin, n'entrait point dans l'art comme y était entrée la génération précédente, les hommes de 1830 [...] condamnée à la misère par la baisse du salaire littéraire, la bohème appartenait fatalement au petit journal et le petit journal devait trouver en elle des hommes tout faits[49]. » En dépit des efforts des Goncourt pour réhabiliter le cénacle avec un grand « C » – mot qu'ils se gardent bien de reprendre – et contrecarrer cette construction fallacieuse qu'est le « cénacle bohémien », la bohème, considérée comme un courant novateur et un mouvement avant-gardiste, s'installe définitivement dans l'imaginaire, puis dans l'histoire littéraire. Cependant que le mot « cénacle », confisqué par Murger, devient pour longtemps un mot interdit, avant que les symbolistes ne se décident enfin à le reprendre à leur compte, et à s'en réclamer hautement[50].

49. *Charles Demailly* [*Les Hommes de lettres*], Paris, Christian Bourgois, p. 56. Ce « Voyage autour d'une pièce de cent sous » désigne évidemment les *Scènes de la vie de bohème*.
50. Voir V. Laisney, « De l'amitié littéraire à la sociabilité cénaculaire : les Mardis de la rue de Rome », colloque international de Bourges, « Amitié et création littéraire », dans *Bulletin des Amis de Jacques Rivière et d'Alain-Fournier*, n° 117, 1er semestre 2007.

Irréguliers, saltimbanques et réfractaires : Vallès et la mythologie bohémienne

Corinne Saminadayar-Perrin

Au moment où Jules Vallès s'impose comme un journaliste de premier plan, entre 1857 et 1865, la référence « bohémienne » est déjà[1] une mythologie à l'efficacité éprouvée, que l'autonomisation croissante du champ littéraire constitue en idéologie professionnelle. Le « bohémianisme » essentiel de l'artiste, revendiqué autant que subi, s'incarne d'abord dans un mode de vie spécifique qu'emblématise le très célèbre livre d'Henry Murger *Scènes de la vie de bohème*[2] ; dans cet ensemble quasi ritualisé de pratiques et de représentations qui forme le monde de la bohème, l'écrivain met en scène sa propre marginalité économique et sociale : « Loin d'énoncer sur un sol institutionnel neutre et stable, *l'écrivain nourrit son œuvre du caractère radicalement problématique de sa propre appartenance au champ littéraire et à la société.* Il n'est pas une sorte de centaure qui aurait une part de lui plongée dans la pesanteur sociale et l'autre, la plus noble, tournée vers les étoiles, mais quelqu'un dont l'énonciation se constitue à travers l'impossibilité

1. Charles Nodier publie *L'Histoire du roi de Bohême et de ses sept châteaux* peu avant 1830, mais le terme de « bohème » n'acquiert la célébrité qu'on lui connaît qu'avec les récits de Murger, à la fin des années 1840. Voir Jerrold Seigel, *Paris, bohème 1830-1930* [1986], Paris, Gallimard, 1991, p. 37.
2. Henry Murger, *Scènes de la vie de bohème* [1851], Paris, Gallimard, « Folio », 1988 (toutes les références à cette œuvre renverront désormais à cette édition).

même de s'assigner une véritable "place"[3]. » Autre aspect, à maints égards complémentaire, du portrait de l'artiste en bohémien : les saltimbanques, dont la vie nomade d'artistes des tréteaux métaphorise la condition sociale et métaphysique de l'écrivain en milieu capitaliste et médiatique[4] ; l'histrionisme forme d'ailleurs une dimension constitutive de la vie de bohème : « La bohème littéraire [...] est jouée sur les tréteaux. Elle s'exhibe comme l'inverse de l'employé [...] La bohème représente la théâtralisation de la nécessité. Elle n'existe que par la répulsion qu'elle inspire ou la consolation qu'elle procure[5]. » L'artiste bohème est quelque peu parent du saltimbanque, comme le rappelle le « couple » hugolien qu'évoque Murger dans la préface de ses *Scènes de la vie de bohème* : « Maître Pierre Gringoire, l'ami des truands et l'ennemi du jeûne [...] ce profil ardent et mélancolique de l'amoureux d'Esmeralda » (p. 30).

La fracassante entrée de Jules Vallès dans la vie littéraire en fait d'emblée le chroniqueur de la bohème noire, celle des déclassés et des marginaux des Lettres qui hantent son premier recueil d'articles *Les Réfractaires* (1865) ; cet intérêt quasi-autobiographique pour le bohémianisme littéraire s'articule à une fascination durable pour le monde des saltimbanques, présents au cœur de ce même recueil des *Réfractaires* avec la nouvelle intitulée « Le Bachelier géant ». Certes, ce motif est un lieu commun dans la petite presse contemporaine, mais Vallès lui impose très vite sa marque propre : « Il a pris la spécialité des parades de foire, des hercules, des salles d'escrime », note Zola lorsqu'en 1865, dans l'un de ses premiers grands articles, il propose une galerie des grands chroniqueurs du moment[6].

Cette prédilection pour les « irréguliers » des Lettres et des tréteaux s'explique par le positionnement spécifique qu'adopte Vallès dans le champ littéraire et intellectuel contemporain : d'emblée, le regard du journaliste

3. Dominique Maingueneau, *Le contexte de l'œuvre littéraire. Énonciation, écrivain, société*, Paris, Dunod, 1993, p. 27.
4. Sur cette question, on consultera Jean Starobinski, *Portrait de l'artiste en saltimbanque* [1970], Paris, Gallimard, 2004, ainsi que les analyses de Walter Benjamin.
5. Jean-Michel Goulemot et Daniel Oster, *Gens de lettres, écrivains et bohèmes. L'imaginaire littéraire 1630-1900*, Paris, Minerve, 1992, p. 128.
6. Émile Zola, « Notes d'un curieux » (1865), article destiné au journal *L'Avenir national* et finalement non publié, repris dans *Émile Zola, Œuvres complètes*, Paris, Nouveau Monde Éditions, 2002, tome I, p. 677.

sur les marges se veut aussi regard des marges[7] ; le nomadisme des Bohémiens, subi ou revendiqué, renvoie à la situation singulière, instable et paradoxale d'un écrivain qui refuse toutes les formes de cloisonnement autoritaire[8] imposées par une société ressentie comme enrégimentée. La remise en perspective du social que permet ce regard décentré possède d'autre part une efficacité heuristique non négligeable : le monde de la marginalité renvoie à l'ordre et à la « règle » un miroir dramatiquement accusateur. Chez Vallès, la référence bohémienne fonde donc la légitimité de l'énonciation, et la valeur sociale de l'énoncé. Reste que la mythologie libertaire de la bohème, et Vallès en eut très tôt conscience, peut se retourner en mystification quand elle empêche toute prise rationnelle sur les réalités des pratiques sociales et des institutions littéraires – après tout, ni les réfractaires de lettres ni les irréguliers de tréteaux ne parviennent à s'imposer comme d'authentiques sujets de parole : c'est pourquoi Vallès entretient avec l'imagerie « bohémienne » un rapport conflictuel, difficile, qui tient de la critique autant que de l'héritage.

Bohème rose, bohème noire

En 1857, alors que les récits de Murger et ses personnages connaissent une notoriété retentissante, Vallès entre en littérature par une charge effrénée contre les *Scènes de la vie de bohème* et tous leurs produits dérivés – imagerie frelatée et dangereuse que celle du Poète maudit, de la mansarde heureuse, de la misère féconde ! C'est ce que proclame agressivement la préface du brûlot *L'Argent* (1857) : « Je fuis, comme le choléra, les anciens amis, les martyrs de la pensée, comme on dit chez les liquoristes. J'ai fait porter à Pagès (du Tarn) tous mes faux grands hommes, mes Christs de contrebande, Gilbert, Escousse, Malfilâtre, pauvres gens plus dignes de Bicêtre que du Panthéon ; joignons-y le plâtre de Béranger, ce triste vieillard qui

7. Cette stratégie rappelle celle de Courbet, d'ailleurs ami de Vallès, telle que l'analyse Jerrold Seiger : « En se consacrant avec intransigeance à son développement personnel, Courbet associait donc l'indépendance radicale qui le brouillait avec l'autorité et la tradition, avec la création consciente d'une personnalité à laquelle le radicalisme même conférait une notoriété exploitable aussi bien à des fins artistiques que commerciales » (*Paris bohème*, *op. cit.*, p. 91).

8. Sur cette question, voir mon article « Paradigme carcéral et modèles sociaux : Jules Vallès l'Enfermé », dans *Romantisme*, n° 126, « Prisons », sous la direction de Paule Petitier, 2004/4, p. 39-53.

prête du génie à usure, et vous envoie bon an mal an trois grands poètes à l'hôpital[9]. » Vallès retrouve d'ailleurs, paradoxalement, la morale que Murger lui-même plaçait en tête de ses *Scènes de la vie de bohème* – lesquelles s'achèvent (dénouement significatif) sur la réconciliation de Rodolphe et Marcel, artistes « arrivés », avec le « monde officiel » et la société bourgeoise : « Beaucoup de jeunes gens ont pris au sérieux les déclamations faites à propos des artistes et des poètes malheureux. Les noms de Gilbert, de Malfilâtre, de Chatterton, de Moreau, ont été trop souvent, trop imprudemment, et souvent trop inutilement jetés en l'air. On a fait de la tombe de ces infortunés une chaire du haut de laquelle on prêchait le martyre de l'art et de la poésie[10]. »

S'il est vrai que l'autonomisation du champ littéraire amène l'écrivain à fonder l'essentiel de ses profits symboliques sur l'inadaptation économique de sa production, et donc sa probable non-rentabilité dans un marché bourgeois[11], c'est par une perversion de cette logique, souligne Vallès, que l'échec se retourne en élection, que la misère devient le brevet du génie, que l'artiste en guenilles croit avoir autorité pour mépriser l'ordre capitaliste – d'où une démystification de certain discours compensatoire, qui ne doit qu'à la tradition littéraire de la bohème son apparente légitimité : « Ils me font rire, ces petits du jour, qui, parce qu'ils portent des cheveux longs, des pantalons courts, des lorgnons en corne et des faux cols en papier à lettres, se croient le droit d'insulter les cols en toile, les culottes neuves et les lorgnons en or ! Les pauvres diables ! comme ils changeraient de langage s'ils pouvaient changer de chemise...[12] »

L'œuvre des « grands ancêtres » dont s'honore la bohème, précise Vallès, a elle-même souffert de la perpétuelle sujétion économique et (donc) sociale de leurs auteurs – comme en témoigne Rousseau, qui reste néanmoins (mystification encore, et anachronique !) l'éternel modèle des Rubempré ou des Vingtras végétant dans leur mansarde[13] : « Qui sait ? Rousseau, le Rousseau

9. Jules Vallès, *L'Argent*, « Lettre à M. Jules Mirès », Paris, Gallimard, Bibliothèque de la Pléiade, I, p. 3 (toutes les références à l'œuvre de Vallès renverront à cette édition en deux tomes, respectivement parus en 1975 et 1990, préfacés et annotés par Roger Bellet).
10. Henry Murger, *Scènes de la vie de bohème, op. cit.*, p. 37.
11. Voir les analyses désormais classiques de Pierre Bourdieu, *Les Règles de l'art*, Paris, Seuil, 1990.
12. Jules Vallès, « Figaro à la Bourse », dans *Le Figaro*, 4 avril 1858, I, p. 120.
13. Murger, dans sa préface aux *Scènes de la vie de bohème*, cite comme illustres bohèmes « Jean-Jacques et d'Alembert, l'enfant trouvé du parvis Notre-Dame » (*op. cit.*, p. 33).

du *Contrat social*, des *Confessions*, de la *Nouvelle Héloïse*, s'il eût été moins pauvre, plus propre, moins râpé, eût-il jeté dans ses livres cette amertume, ce cynisme, ces violences mauvaises qu'aiment seules, je crois, les natures mauvaises et les esprits malades. J'attribue, pour ma part, les vices de Jean-Jacques à sa misère. Triste, ennuyeux, méchant, voilà l'homme qu'elle a fait : tel aussi l'écrivain[14]. » Contre cette foi aberrante dans les vertus littéraires supposées de la Pauvreté, « absurde et contre nature[15] », qui « épuise les forts et corrompt les faibles[16] », le pamphlétaire de *L'Argent* et le chroniqueur de *Figaro à la Bourse* proposent d'autres modèles, les capitalistes avisés que furent Beaumarchais et Voltaire ; l'idéal d'une littérature sans concessions suppose non certes de faire fortune par le succès de ses œuvres, mais d'assurer sa liberté créatrice par l'indépendance économique : « [Beaumarchais] donnait ses bons mots pour rien et les laissait ruisseler le long de sa plume comme une rivière de diamants. Mais il marchandait avec les traitants et vendait au plus haut ses fusils, ses livres et son blé ! Voltaire aussi le savait bien, qu'avant de se lancer dans la bataille, il fallait assurer sa vie, sauver sa liberté [...] Alors qu'il se mit à ébranler les trônes, il avait sa fortune assise, sa gloire reposait dans un fauteuil commode, et il pouvait bien, l'incorrigible vieillard, mourir dans une chambre de la Bastille, mais non crever sur le lit de Gilbert[17]. »

Rien d'étonnant donc à ce que le recueil des *Réfractaires*, premier volume signé Vallès, explore les réalités sinistres et grotesques d'une bohème outrageusement anti-murgérienne – ce que remarqua d'emblée la réception critique de l'œuvre[18] ; la portée militante (et pédagogique, autobiographique aussi) du livre est soulignée dans *L'Insurgé* : « Les *sans-le-sou* ont reconnu un des leurs, les bohèmes ont vu le gouffre, j'ai sauvé de la fainéantise ou du bagne un tas de garçons qui y couraient, par le sentier que Murger a bordé de lilas ! / C'est toujours ça ! / J'aurais pu rouler là-dedans, moi aussi[19] ! »

14. Jules Vallès, *L'Argent*, « Lettre à M. Jules Mirès », I, p. 5.
15. Jules Vallès, « Chronique », *Le Présent*, 1er novembre 1857, I, p. 100.
16. Jules Vallès, *L'Argent*, « Lettre à M. Jules Mirès », I, p. 5.
17. Jules Vallès, « Figaro à la Bourse », dans *Le Figaro*, 4 avril 1858, I, p. 119-120.
18. Voir notamment l'article de Paul de Saint-Victor dans *La Presse* du 19 février 1866, et les pages consacrées aux *Réfractaires* par Jean Richepin dans les *Étapes d'un réfractaire*, textes cités par Roger Bellet dans son édition, respectivement I, p. 1256-1257 et p. 1259.
19. Jules Vallès, *L'Insurgé*, II, p. 906 – voir aussi p. 895 : « Je viens de sauver l'honneur à tout un bataillon de jeunes gens qui avaient lu les *Scènes de bohème* et qui croyaient à cette existence insouciante et rose, pauvres dupes à qui j'ai crié la vérité ! »

Comme plus tard *Le Bachelier*[20], *Les Réfractaires* multiplient les références parodiques aux *Scènes de la vie de bohème*. Ainsi le récit « L'Habit vert », dont le titre renvoie à Musset, rappelle-t-il aux lecteurs de Murger le pittoresque habit que porte le peintre Marcel : « *Mathusalem* était fait à la dernière mode d'il y a quatre ans, et était en outre d'un vert atroce ; mais, aux lumières, Marcel affirmait qu'il jouait le noir » (p. 123). Quant au héros de cette nouvelle, tout de vert vêtu, il s'appelle justement Rodolphe, et vient habiter l'hôtel meublé du père Mouton – autre transfert des *Scènes de la vie de bohème*, où la bande des jeunes artistes croise épisodiquement un certain « M. Mouton [...] employé à la mairie du IVe arrondissement » (p. 69), prototype de l'employé petit-bourgeois stupide et réactionnaire...

Encore n'y a-t-il rien de précisément agressif dans ces emprunts, la tonalité légère de « L'Habit vert », inspirée de Musset, s'abstenant de tout réalisme tonique ou pamphlétaire. Il en va tout autrement lorsque Fontan-Crusoé, l'un des « irréguliers » de Vallès, cherche à retrouver dans le Paris du second Empire le gîte agreste qu'y avait trouvé le Rodolphe de Murger : « Quelque temps après, c'était dans la belle saison, Rodolphe demeurait avenue de Saint-Cloud, dans le troisième arbre à gauche en sortant du bois de Boulogne, sur la cinquième branche » (p. 109). Les bohèmes de Vallès se rêvent peut-être, eux aussi, oiseaux sur la branche, mais les conséquences concrètes de la vie à la belle (?) étoile s'avèrent nettement moins enthousiasmantes : le vagabondage étant désormais sévèrement réprimé dans la capitale « haussmannisée », Fontan-Crusoé est forcé de quitter la ville pour aller trouver, en banlieue, un abri des plus aléatoires, où l'écrivain se voit obligé de s'asseoir, au sens propre, sur ses ambitions littéraires : « Je vais demeurer aux fortifications, sous un arbre, près de la porte de Vanves [...] Je m'adossais contre le pied du tronc, assis sur un portefeuille à deux poches où étaient mes *œuvres*, en me pelotonnant » (« Les Irréguliers de Paris », p. 168-169). Quant aux joyeuses amours de bohème, qui chez Murger empêchent Marcel de recevoir Rodolphe, elles ont des conséquences nettement plus tragiques dans *Les Réfractaires* – lesquels se trouvent condamnés à une épuisante errance nocturne lorsque nul n'accepte de les héberger : « Le lit a fui ; on n'a voulu le coucher nulle part, le réfractaire : l'un a dit qu'il *avait sa femme* ; chez l'autre, on ne l'a pas laissé monter » (p. 143).

20. Voir mon article « Pièges de papier : lecture du *Bachelier* », dans *Les Amis de Jules Vallès*, n° 27, juin 1999, p. 15-28. Je ne reviendrai qu'allusivement sur la critique de la vie de bohème dans *Le Bachelier*.

Plus fondamentalement, c'est la mythologie « primitiviste » de la bohème littéraire que démonte impitoyablement le Vallès des *Réfractaires*. En marge de l'ordre capitaliste du travail, du profit et de l'épargne, les bohèmes de Murger, prodigues autant qu'insoucieux du lendemain, ressuscitent un mode de vie quasi-sauvage, fondé sur les hasards de la chasse et la cueillette : « Ils recommencent à dîner à la table d'hôte du hasard où leur couvert est toujours mis, et, précédés d'une meute de ruses, braconnant dans toutes les industries qui se rattachent à l'art, chassent du matin au soir cet animal féroce qu'on appelle la pièce de cinq francs » (p. 41). Mêmes aptitudes de chasseurs chez les réfractaires de Vallès : « Ils ont le nez fin, les chouans ! Ils flairent une tranche de gigot à une lieue du manche ; ils savent débusquer, ramener, prendre au gîte, attraper au vol un déjeuner à la fourchette ou un dîner au chocolat » (p. 141). D'ailleurs Fontan-Crusoé, au nom révélateur (le modèle réel du personnage de Vallès s'appelait en réalité Fontan), s'évade en d'imaginaires robinsonnades : « Quand j'étais découragé, ouvrant les livres et la géographie de Malte-Brun, [je me reportais] par la pensée vers le pays bénis où l'homme trouve son dîner pendu aux branches sous forme de fruits savoureux » (p. 159). Mais ces rêveries primitivistes se résolvent en une dérisoire chasse au pain, qui rapproche plus les irréguliers des chiens errants que des héros de Cooper – en voici le récit, par Fontan-Crusoé toujours : « Je partais, fouillant de l'œil coins et recoins. Cette chasse sérieusement poursuivie amenait presque toujours un résultat [...] Quelquefois mon regard, aiguisé comme un œil de sauvage, apercevait de loin, dans un angle ou au bord d'un trou, un morceau de pain » (p. 164-165).

Loin de permettre l'éclosion d'une œuvre originale et forte, l'exil volontaire dans les bas-fonds de la marginalité en guenilles provoque – et c'est là, pour Vallès, le paradoxe le plus tragique – l'autodestruction de l'écrivain bohème. Car la nostalgie primitiviste et anti-capitaliste s'articule à une conception décalée et archaïsante de la littérature que partagent bien des réfractaires, lesquels, non contents d'une mythologie rousseauiste déjà bien anachronique, n'hésitent pas à se référer au patriarche de la bohème littéraire, Homère – que cite d'ailleurs Murger dans la préface des *Scènes de la vie de bohème* : « Dans l'antiquité grecque, sans remonter plus haut dans cette généalogie, exista un bohème célèbre qui, en vivant au hasard du jour le jour parcourait les campagnes de l'Ionie florissante en mangeant le pain de l'aumône, et s'arrêtait le soir pour suspendre au foyer de l'hospitalité la lyre harmonieuse qui avait chanté les *Amours d'Hélène* et la *Chute de*

Troie » (p. 29). C'est bien sûr de cet illustrissime modèle que s'inspire l'irrégulier Chaque, ancien Pallicare et philhellène irréductible, lorsqu'il passe quelques mois en aventurier dans les campagnes grecques : « Je me perdais dans les coins fertiles de la vieille Hellas, tantôt au sommet des montagnes, tantôt dans le fond des vallées, me nourrissant de l'olive, fruit de Minerve, ou de l'oignon qui fait pleurer » (p. 189). Quant à Fontan-Crusoé, son élégie *Le Spectre noir* (le titre est un hommage révélateur à Musset) le transforme, hélas à ses seuls yeux, en moderne Homère : « De même que les rapsodes antiques allaient parcourant les campagnes, et payaient leur place au banquet par des chansons, je me rendis au vieux Louvre pour échanger contre du pain ma poésie » (p. 158). Évidemment, la police repère dans ce colportage poétique non-estampillé un commerce illicite, et enjoint au nouvel Homère de remballer sa marchandise...

Le temps n'est plus où les génies trouvaient dans la pauvreté errante le pain et la gloire, comme l'affirme bien à tort Béranger :

> « *Au Parnasse la misère*
> Longtemps a régné, dit-on.
> Quel bien possédait Homère ?
> Une besace, un bâton. »
>
> « Le Parnasse. » Qu'est-ce que c'est que ce pays ? Comment s'appelle le chef-lieu ? Et Homère, Homère ! est-ce qu'il a seulement existé ? Homère, c'est les mendiants qui vont chercher leur vie, demander l'aumône !
>
> « Une besace, un bâton. » J'en ai vu comme cela des Homères, après qui aboyaient les chiens ; qui couchaient dans les granges et qui étaient comme des bêtes perdues : les enfants leur jetaient des pierres pour s'amuser, et qui avaient l'air lâche et laid[21]. »

21. Jules Vallès, *Le Bachelier* (mss.), II, p. 1665. Le manuscrit du *Bachelier* attaque de front le mythe de la misère nourrice du génie ; voici par exemple Jacques Vingtras réfléchissant sur la vie méthodique et rangée que mène le jeune écrivain M. (Hector Malot), lequel porte sans complexe un paletot en molleton bleu et gagne tranquillement sa vie en travaillant à la biographie Didot : « Il est gai — il rit autant que ceux qui ont le souci du lendemain. Je n'y comprends rien !... Il lui manque le feu sacré ; il a tout, excepté le feu sacré ! nous l'avons nous — Ne pas savoir comment payer sa quinzaine, porter des bottes percées, faire un repas à la fourchette par hasard, vivre de saletés — grelotter de froid dans une chambre sans cheminée, c'est ça avoir le feu sacré ! Lui, il a du charbon, du petit bois, une lampe Carrel, dit-on, mais il n'a pas le feu sacré./ Mais on ne travaille pas, moi je ne

Cette faillite littéraire de la bohème trouve son origine dans la conviction que la liberté de l'artiste ne peut s'accommoder d'une société disciplinaire qui trace à chacun, d'avance, sa feuille de route ; il est d'ailleurs révélateur que Vallès ouvre son grand article « Les Réfractaires », ainsi que le volume qui en est issu, par un historique du terme : les réfractaires désignaient, à l'origine, les paysans qui refusaient l'enrôlement forcé dans les armées napoléoniennes. Le nomadisme vaut ainsi, concrètement puis métaphoriquement, valeur de revendication libertaire : « [Les réfractaires] n'ont pas daigné se mêler aux autres, prendre un numéro dans la vie [...] [Ils] ont coupé à travers champs au lieu de rester sur la grand-route, et s'en vont maintenant battant la campagne, le long des ruisseaux de Paris » (p. 138).

Les réfractaires, de fait, battent la campagne[22] s'ils croient échapper aux servitudes des encasernements sociaux[23]. Aucune liberté n'est possible à qui rôde sans argent et sans domicile – l'errant est un perpétuel fugitif en rupture de ban, que la police haussmannienne chasse de plus en plus loin de Paris. Fontan-Crusoé, d'abord obligé de passer ses nuits aux fortifications, est ensuite repoussé jusqu'en rase campagne ; la marginalisation devient exclusion – une exclusion d'ailleurs sous haute surveillance : dans les champs où les héros de Murger allaient fêter le printemps, les marginaux « inquièt[ent] les populations, f[ont] aboyer les chiens et réfléchir les gendarmes » (p. 152). À vouloir sauter dans les étoiles, on se retrouve à barboter dans la boue, comme le révèle (mise en abyme de tout le livre) cette mésaventure de Fontan-Crusoé : « Nous sommes en août 1857 ; je viens de publier une brochure de huit pages intitulée : *Un galop à travers*

peux pas travailler quand je suis gelé, ni quand j'ai faim. Il peut travailler, lui, ayant dîné et ayant chaud » (II, p. 1737).

22. Avec une ironie grinçante, Vallès multiplie les tournures ambiguës qui assimilent le nomadisme artiste à une maladie mentale ; ainsi, les réfractaires « laissent dire qu'ils *déménagent,* pour avoir l'air d'avoir des meubles » (I, p. 140). *La Rue à Londres* retravaille cette proximité symbolique de l'exclusion sociale et de la folie ; les gueux londoniens « f[ont] penser au fou qu'on laissait déchirer et mordre ses habits, dans sa cage, et qui s'est échappé, ainsi qu'une hyène de ménagerie ; la crise est finie, il a avalé son écume, et souillé, cassé, il vagabonde, hagard, par les chemins » (II, p. 1147).

23. C'est ce rêve de l'errance libre qui fait du vagabond une figure métaphorique de l'artiste. Voir Jean-François Wagniart, *Le Vagabond à la fin du XIXe siècle,* Paris, Belin, 1999, p. 61-100 : « Le poète, le réfractaire et le vagabond. » *Les Réfractaires* proclament l'inanité de ce rêve nomade : « On se croit libre ! / Ils se disent libres ! » (p. 142). Les irréguliers de Lettres sont les galériens d'une misère qu'emblématise la première (et très concrète) prison du vêtement-guenille : « Libre ? / Non, tu ne l'es pas, rôdeur au paletot chauve... » (p. 256).

l'espace. Je fonde sur cette publication des espérances qui ne se réalisent pas, et la vie sans abri recommence [...] je vais demeurer aux fortifications, sous un arbre, près de la porte de Vanves. Je ne pouvais plus passer la nuit dans l'intérieur de Paris » (p. 168).

Au réseau des servitudes grotesques que la misère impose aux marginaux des Lettres, s'ajoute le surcodage du vécu qui caractérise toute l'existence de l'écrivain bohème : « À la limite, son œuvre ce sera lui-même : il donnera à lire non des livres mais des comportements, des usages, des errances et des errements. Son histoire est une légende pré-écrite dont il récite, au nom de sa liberté intérieure, les couplets dictés (par la nécessité ?) Voilà sans doute le plus riche enseignement de la bohème pour qui s'intéresse aux comportements littéraires : elle se donne pour du *vécu*, mais c'est un *vécu* entièrement codé, qui ne peut s'échapper de ses propres stéréotypes. Le bohème se situe ainsi dans un perpétuel stade du miroir, une contemplation figée et fixiste de son autobiographie[24]. » Autobiographie qui ne lui appartient plus, non plus que sa propre parole (le comble pour un écrivain qui s'autoproclame libre et indépendant !) : Jacques Vingtras, dans *Le Bachelier*, exprime sa surprise par un « En croirai-je mes yeux » (II, p. 479) directement tiré des *Scènes de la vie de bohème* (p. 130)... Quant aux têtes « à la Juif-Errant » des réfractaires de Vallès (p. 140), on les trouvait déjà vingt ans plus tôt sous la plume de Théophile Gautier : « Le réfractaire passe alors à l'état de vagabond [...] il représente le Juif Errant au naturel[25]. »

Ce surcodage mimétique a des conséquences d'autant plus graves que la vie de bohème se donne, très consciemment, comme une mise en spectacle de la condition de l'artiste : « C'est la soumission volontaire à la tyrannie du symbolique. Le bohème est ce personnage qui, choisissant de *se donner à lire* dans chaque scène de sa vie privée, fait apparaître le caractère décidément exhibitionniste d'une activité existentielle et scripturaire qui n'aurait pas la moindre signification, ni le plus petit commencement d'être, sans le regard de l'autre. Parce qu'il se met tout entier sous le contrôle complice ou hostile du destinataire dont il attend tout : décryptage et reconnaissance, le

---

24. Jean-Michel Goulemot et Daniel Oster, *Gens de lettres, écrivains et bohèmes*, *op. cit.*, p. 130. Cette manie imitative gagne non seulement les bohémiens « victimes du livre », mais les grisettes leurs compagnes, comme « Fleurinette, si heureuse quand elle crachait le sang, comme Mimi » (*Les Réfractaires*, I, p. 243).
25. Théophile Gautier, « Le garde national réfractaire » [1839], dans *Les Jeune-France, romans goguenards*, Paris, Charpentier, 1875, p. 120.

bohème est condamné à la saturation des signes[26]. » D'où un histrionisme constitutif que Vallès stigmatise notamment chez un Baudelaire – chef de cénacle « ambulant[27] » qui dégrade l'excentricité en instrument de publicité médiatique : « Il grimaça et se disloqua. On parla de ses dislocations, on rit de ses grimaces ; il n'en faut pas plus pour intéresser ces journalistes qui sont las de banalité et avides d'inattendu, blasés que le monstre amuse. Baudelaire se fit monstre[28]. » Le plus inquiétant, aux yeux de Vallès, est que ce dévoiement n'est pas propre à la « seconde bohème » des années 1850-1860 (on pourrait alors l'attribuer à la médiatisation croissante de la vie littéraire) : la jeune génération romantique de 1830 manifestait déjà cet exhibitionnisme professionnel malsain, dont Petrus Borel offre un dérisoire exemple[29]. L'artiste bohème ressemble ainsi à cette marionnette détraquée, à ce Polichinelle grotesque qu'incarne la célèbre Pavillon, laquelle fut « la maîtresse de tout le cénacle de Murger » : « Sa bouche gardait au coin la trace d'un spasme qui ébranlait ses nerfs, même de longues heures après que l'extase bestiale avait cessé [...] Polichinelle en jupons, dont les jambes tressaillaient sans qu'on tirât le fil[30]. »

Entre les servitudes de la misère[31] et la tyrannie du code culturel, la vie de bohème obéit à des règles finalement aussi coercitives que l'ordre bourgeois auquel elle prétend s'opposer[32] ; Vallès pointe chez ses réfrac-

26. Jean-Michel Goulemot et Daniel Oster, *Gens de lettres, écrivains et bohèmes*, *op. cit.*, p. 131.
27. « Un ambulant ! Il emmenait ses admirateurs un peu partout et même il prêchait du haut du canapé des autres, pendant des semaines, si l'endroit lui plaisait [...] Le cénacle suivait Baudelaire pas à pas » (Jules Vallès, « Le Tableau de la France. Les cénacles », dans *La France*, 2 mars 1883, cité par Roger Bellet dans son édition de la Pléiade, I, p. 1670-1671).
28. Jules Vallès, « Charles Baudelaire », dans *La Rue*, 1867, I, p. 974.
29. Jules Vallès, « Un excentrique déterré », dans *L'Époque*, 13 juillet 1865, I, p. 525-526 notamment.
30. Jules Vallès, *Souvenirs d'un étudiant pauvre*, Tusson, Du Lérot (Charente), 1993, p. 30.
31. À refuser de « prendre un numéro dans la vie », on finit sous « l'uniforme des pauvres » : d'un régiment à l'autre... (Jules Vallès, *Les Réfractaires*, p. 154).
32. Il faut se garder de surinterpréter *Les Réfractaires* à la lumière de l'expérience de la Commune, comme le fait Jacques Vingtras dans *L'Insurgé*. Au demeurant, la bohème littéraire ne marque pas une véritable rupture avec l'ordre bourgeois dont elle est complémentaire : « La bohème n'était pas un domaine étranger à la vie bourgeoise, mais l'expression d'un conflit surgi en son sein même [...] Elle visait à mettre à l'épreuve et à explorer les frontières de la vie bourgeoise, se refusant aussi bien à les tenir pour acquises qu'à chercher à les abolir » (Jerrold Seigel, *Paris bohème*, *op. cit.*, p. 20-21). Voir Silvia Disegni, « Les réfractaires entre deux mondes », dans *Autour de Vallès*, n° 31, 2001, p. 133-145.

taires une tendance inquiétante à la reproduction (burlesque) de l'enrégimentement qu'ils prétendent refuser. Beaucoup, comme Chaque, ont ainsi la « manie de l'uniforme » (p. 194), et Poupelin se rêve colonisant (en grand uniforme lui aussi) quelque possession française lointaine (p. 185) : étrange contre-robinsonnade capitaliste et conformiste[33], révélatrice d'une perversion idéologique des élans vers l'ailleurs. Sans doute est-ce la raison pour laquelle la bourgeoisie tolère volontiers une vie de bohème qui, du moins dans sa version murgérienne, constitue une forme compensatoire et parfaitement intégrée de la marginalité : la bohème des écrivains et des journalistes qui se survit après la Commune « n'est rien que l'agonie d'une race qui s'appelle la bourgeoisie[34] ».

La bohème des saltimbanques : « une race d'irréguliers »

Composée de déclassés[35] ou d'histrions, la bohème littéraire tient fortement à l'ordre bourgeois qu'elle prétend contester. Il en va tout autrement du peuple nomade des saltimbanques, cette « race ancienne, étrange[36] » qui, sous le second Empire, traverse la modernité capitaliste sans (encore) s'y dissoudre, et justifie, aux yeux de Vallès, une véritable démarche d'ethnologue : « Je veux aujourd'hui faire l'histoire véridique de cette race d'irréguliers qui disparaît noyée dans le flot de la civilisation[37]. »

La récurrence de ce terme de *race*[38] dans les pages que Vallès consacre aux saltimbanques, tout comme les connotations primitivistes, bibliques ou barbares qui s'y attachent, ne renvoie nullement à l'idée de collectivité nationale ou ethnique ; même les caractères physiques traditionnellement

33. Le même Poupelin choisit d'enseigner en banlieue : pour affirmer géographiquement sa marginalité, pour fuir l'ordre capitaliste par un exode bucolique ? Non : cet impérialiste impénitent rêve de rencontrer Napoléon III en promenade ! (*Les Réfractaires*, p. 183).
34. Jules Vallès, « La Révolution », dans *La Rue*, 21 décembre 1879, II, p. 414.
35. Ce qui explique que Vallès, dans les années 1880, puisse affirmer que les progrès du capitalisme, en ruinant le petit commerce, aient créé une « bohème de la filoselle et de la drogue » (« Le Tableau de Paris. Le Théâtre. Les Premières », dans *La France*, 16 février 1883, édition Livre-Club Diderot, 1969, III, p. 966 ; toutes les références aux articles du « Tableau de Paris » renverront désormais à cette édition).
36. Jules Vallès, « La parade », dans *La Rue*, "Les Saltimbanques", I, p. 707.
37. Jules Vallès, « La banque et les banquistes. Scènes de la vie étrange », dans *Le Figaro*, 20 juillet 1865, I, p. 528.
38. On le retrouve jusque dans *La Rue à Londres*, qui évoque « le monde des errants de toute race et de tous pays » (II, p. 1181).

attribués aux Bohémiens sont, pour Vallès, la conséquence du mode de vie des « Sautados et [d]es Romané-Michels à la face jaune et marbrée comme le nombril des grosses caisses, aux yeux clignotants et bridés comme tous ceux qu'a battus longtemps sur les grandes routes le fouet du vent et qu'a piqués la baïonnette du soleil[39] ! » Il est significatif que, pour Vallès, le nomadisme et la pratique des arts forains suffisent à forger une appartenance ethnique toute métaphorique : les gens des campagnes, remarque le journaliste, appellent Bohémiens quiconque vit sur les routes[40]. Si, dans *Les Réfractaires*, le journaliste marque la spécificité des artistes Bohémiens (et plus précisément des Bohémiennes : la distinction a son importance, étant donné la popularité de la figure de la danseuse-Esmeralda qui n'a pas d'équivalent masculin), c'est pour aussitôt la nier en l'étendant à toute la catégorie des saltimbanques démunis qu'on appelle les « marcheurs » : « Leur patrie, c'est la rue ! la rue, cet asile de la vieille banque : les bohémiennes à la peau tannée, au jarret maigre, qui dansent encore sur les œufs et se trémoussent, à la manière des gitanas, en irritant de leur doigt sec la peau des tambours de basque : l'asile, hélas ! des clowns cassés, des pitres vidés, des monstres manqués ! » (p. 289). De même que les sauvages qu'on exhibe sur les tréteaux ne sont souvent que des banquistes « mis en couleur » (*Les Réfractaires*, p. 286), il n'existe pas pour Vallès de race bohémienne : c'est le peuple des saltimbanques dans son ensemble qui constitue une ethnie particulière, longtemps irréductible à la normalisation et à l'intégration.

Ce peuple errant récupère symboliquement toute la dimension primitiviste de la mythologie bohémienne. Face à l'ordre capitaliste, les saltimbanques incarnent « les Barbares de la civilisation urbaine : ceux-là jugent celle-ci ; Barbares plus proches que les Barbares des lectures, ethnie en voie de disparition[41] ». D'où leur réelle dignité dans la misère, qui confère à ces éternels errants des allures de « vaincus dans l'exil » (*Les Réfractaires*, p. 276) – fierté qu'ils partagent d'ailleurs avec la bohème des déclassés : « Entre eux, du reste, et le pauvre banal existe la différence de l'esclave au vaincu. Ils n'ont pas l'air de mendiants, mais d'émigrés. Leur origine se

39. Jules Vallès, « Le Tableau de Paris. Les foires », dans *Gil Blas*, 27 avril 1882, p. 788.
40. « Ils appellent bohémiens ceux mêmes qui ont le visage plus blanc qu'eux » (Jules Vallès, « Des spectacles ! », dans *Le Cri du peuple*, 22 avril 1884, II, p. 1347).
41. Roger Bellet, *Jules Vallès, journalisme et révolution*, Tusson (Charente), Du Lérot, 1990, p. 222.

trahit plus fièrement encore dans les rides de leur visage » (p. 140). Peuple venu d'ailleurs, portant l'élection de son irréductible étrangeté, le monde des saltimbanques garde l'empreinte de sa grandeur passée[42] ; de même que les lions du désert, dans leur cage, montrent la résignation fière des rois déchus (*Les Réfractaires*, p. 303), tel hercule de carrefour a « la tête d'un lion esclave, agitant sa crinière déjà grise sur ses épaules larges d'un mètre, rappelant par son allure les Ostrogoths fauves qui envahirent l'Italie, mais déchu, étirant ses jambes comme un homme qui a été longtemps enchaîné et qui est resté accroupi ; on sent qu'il s'est plié, vaincu, aux exigences de la civilisation[43] ». Quant aux logiques de l'exclusion sociale, elles sont sublimées par la référence biblique qui fait des saltimbanques les frères des grands maudits de l'Ancien Testament ; une fois engagé dans « l'armée triste de la bohème », le Bachelier géant a « l'air d'un de ces géants de la Bible, que chassaient le doigt des Prophètes, et qui fuyaient emportant famille et patrie sur une terre lointaine et maudite ! » (*Les Réfractaires*, p. 288). Exilés, déportés, captifs, vaincus : on notera les connotations politiques que revêtent indéniablement ces termes, tout comme la mythologie caïnite qui sous-tend certaines évocations bibliques[44].

Fascinant par son étrangeté intrinsèque, que synthétise son nomadisme d'éternels voyageurs, le peuple des saltimbanques vit aux frontières d'une société à laquelle pourtant il n'est jamais tout à fait extérieur : c'est l'ordre social le plus institutionnalisé qui produit les irréguliers des baraques foraines. Vallès insiste sur la proximité troublante[45] qui rapproche la bohème

42. Là encore, Vallès réactive un ensemble de connotations traditionnellement associées aux Bohémiens ; Jerrold Seigel cite ainsi un article du *Figaro* de 1831, décrivant un personnage d'Eugène Sue comme « un bohémien, un homme de race maudite et vagabonde, proscrit, errant, condamné à mort [...] Il est trop beau et trop colossal pour la civilisation qui l'entoure et qui l'étouffe » (*Paris bohème*, *op. cit.*, p. 33).
43. Jules Vallès, « Une poignée de monstres », dans *La Rue*, "Les Saltimbanques", I, p. 715-716. Les (vrais) sauvages qu'on exhibe dans les foires forment, de leur côté, de tristes « escouade[s] d'exilés » (*Les Réfractaires*, I, p. 285).
44. En ce sens, les Bohémiens rappellent ces grandes figures d'exilés que Vallès voit traverser les *Poèmes barbares* de Leconte de Lisle : « Les voyageurs humains ont des airs de géants, la tournure héroïque et triste des exilés ; ils semblent venir, révoltés ou vaincus, du pays des villes brûlées et des races maudites [...] Ce sont des guerriers qui ont été vaincus ou des saints qui se sont trompés » (« Les poètes nouveaux », dans *Le Progrès de Lyon*, 31 octobre 1864, I, p. 426).
45. Proximité souvent soulignée par les contemporains : voir Jerrold Seigel, *Paris bohème*, *op. cit.*, « L'autre bohème et ses usages », p. 123-128 notamment.

des déclassés et les Bohémiens des tréteaux : à l'exemple du Bachelier géant des *Réfractaires*, ou du Léonidas Requin d'Eugène Sue[46], bien des « éduqués » mourant de faim s'engagent dans les baraques, comme phénomènes (géants ou phoques savants[47] !), auteurs dramatiques, rédacteurs d'affiches, bonisseurs... Ainsi Jacques Vingtras, aux jours noirs de sa vie bohème, recycle ses connaissances classiques en travaillant pour les vedettes de la Foire au pain d'épices : « C'est surtout pour les *Alcides* que j'ai à travailler. / On me demande des affiches d'avance pour les faire imprimer les soirs de grande séance en province. J'en prépare qui sont des épopées. / Mes connaissances classiques me profitent enfin à quelque chose ! Je puis placer de l'Homère par ci, par là ; parler de Milon de Crotone, qui faisait craquer des cordes enroulées sur sa tête ; parler d'Antée qui retrouvait des forces en touchant la terre ! » (*Le Bachelier*, II, p. 597).

Le monde des saltimbanques fait ainsi partie du sous-marché de l'écrit où la bohème trouve sa subsistance, par la production et la vente à l'encan de toutes les formes, légitimées ou non, de l'imprimé ; inversement, le travail auquel les déclassés et les écrivains pauvres se voient assujettis pour survivre est une caricature de boniment forain, comme le note avec amertume Jacques Vingtras promu au métier peu glorieux de collecteur de vieux calembours, à cinq francs la centaine : « *Cent calembours pour un sou — demandez !* / Je ferais mieux de crier ça dans une baraque, en habit de pitre. Je gagnerais davantage » (*Le Bachelier*, II, p. 652). Quant à « l'uniforme des pauvres » auquel la misère condamne les déclassés, il peuple la bohème littéraire de clowns tristes : « La misère, par le sort qu'elle inflige au vêtement [...] crée une variété de saltimbanques sociaux [...] Certains réfractaires paraissent ainsi des égarés du cirque de la vie civile[48]. »

---

46. Sur ce personnage des *Misères des enfants trouvés* auquel Vallès voua une particulière fascination, et plus généralement sur le mythe des banquistes chez Vallès, voir Roger Bellet, *Jules Vallès, journalisme et révolution*, *op. cit.*, « Léonidas Requin et les saltimbanques », p. 209-238.
47. L'éducation classique donne une bonne formation professionnelle aux futurs hommes-poissons et phoques savants, puisqu'elle plonge les élèves dans un « baquet où [ils disent] en latin : *pa pater familias* ! et en grec : *pa pa tros* ou *pa té ros* », et leur apprend « une langue que personne ne comprend, pas même les bonnes d'enfants et les soldats » — une langue de sauvage de foire... (Jules Vallès, « Au travail ! », dans *Le Réveil*, 7 août 1882, II, p. 814).
48. Roger Bellet, *Jules Vallès, journalisme et révolution*, *op. cit.*, p. 227.

À cette porosité des frontières s'ajoute un lien plus profond qui fait des tréteaux la représentation parodique du cérémonial social, dans ses aspects les plus sacralisés : pour Vallès, « la "banque" est un réactif universel[49] ». Le monde scolaire, qui pourtant prétend définir et diffuser la culture la plus légitime, se trouve ainsi déstabilisé, carnavalisé par la référence banquiste ; une cérémonie comme celle des distributions de prix n'a rien à envier à la Foire au pain d'épice[50]… La mascarade parlementaire et le cérémonial politique, eux aussi, se font volontiers spectacles ; la promenade du Lord-Maire, dans *La Rue à Londres*, se doit de mobiliser une véritable parade de cirque – sans quoi la cérémonie manque tout son effet : « Où sont donc les éléphants, les chameaux de jadis ? Où sont les princes indiens mâchurés de noir ? Où sont les guerriers à casque et à gantelets de fer ? Je n'aperçois pas Sanger's et son cirque, je ne vois pas de soldats habillés en gentilshommes du temps de Charles 1er, leurs bottes de caserne passant sous leurs "canons" de velours fripé. / "Il ne s'est fichtre pas ruiné !" disent les voyous autour de moi » (II, p. 1274).

On comprend dès lors pourquoi les saltimbanques, pour Vallès, ne peuvent former une ethnie au sens propre du terme : les Bohémiens qui se produisent sur les tréteaux, enfants de la balle ou réguliers reconvertis, sont directement issus d'un ordre social dont leur trajectoire marginale, comme leurs spectacles bouffons, accusent les indignités et les aberrations. Ce qui explique leur efficacité de révélateur socioculturel ; le goût des Anglais pour la pantomime, dans *La Rue à Londres*, indique à l'observateur une composante essentielle du caractère national : « Le clown représente l'ironie ou la force. L'Angleterre est tout entière là-dedans. Elle est ironique à la façon des dédaigneux, et elle adore la force, parce que c'est le succès. / Son pitre est un farceur, qui vole comme un faiseur de la Cité, et passe à travers les trappes, comme un *business man* à travers la loi » (II, p. 1220). Les effets de mode foraine reflètent d'ailleurs, par la caricature, l'évolution du personnel politique contemporain : « Remarquons que le phénomène maigre a presque entièrement disparu. Cela coïncide avec l'entrée en scène de M. Gambetta. Le succès est un courtisan. Sous M. Thiers, le nain grassouillet avait eu son heure de vogue[51]. »

49. Roger Bellet, *ibid.*
50. Voir Guillemette Tison, « Le grand cirque scolaire : Vallès et les distributions de prix », dans *Les Amis de Jules Vallès*, n° 29, juillet 2000, p. 59-72.
51. Jules Vallès, « Le Tableau de Paris. Les foires », dans *Gil Blas*, 6 avril 1882, p. 775.

Faut-il en conclure que le peuple des saltimbanques incarne, pour Vallès, le rêve de marginalité libertaire[52] dont trop de contemporains investissent, à tort, la bohème littéraire ? Si Vallès, comme tant d'artistes contemporains, avoue sa fascination pour la vie errante des Bohémiens, il souligne aussi avec lucidité leurs contraintes professionnelles, qui reproduisent les logiques d'enfermement disciplinaire propres au capitalisme industriel. Ainsi, les monstres de foire passent leur vie sous les verrous ; c'est seulement en rase campagne qu'on autorise ces étranges réclusionnaires à prendre un peu l'air : « Parfois une fenêtre de la prison qui roule s'entrouvre et laisse passer un front bizarre. C'est un des hôtes qui prend l'air : demain il faudra qu'il se cache » (*Les Réfractaires*, I, p. 276). De même, les géants n'ont pas le droit de se montrer gratis : les voilà consignés dans la baraque[53]... Même ceux qui n'ont pas le malheur d'être des phénomènes obéissent à des règles qui s'inspirent directement de celles qui régissent le travail dans les grandes manufactures – et les maisons de détention ; dans *Les Réfractaires*, le Bachelier géant expose ainsi le drastique règlement intérieur de « la voiture de Bissonnier, dit Barbe-Sale[54] » (variation burlesque mais significative sur Barbe-Bleue, autre tyran domestique...) ! Les caravanes qui passent sur le grand chemin transfèrent d'une ville à l'autre « tous ces captifs des prisons roulantes » que sont les fauves en cage[55], ou les sauvages et autres « hommes des bois », déportés et mis en cellule en attendant les exhibitions foraines[56].

Quant à la fantaisie et au caprice que beaucoup ont tendance à associer à la vie des saltimbanques, elles relèvent de la mythologie bohémienne

52. Voir François Laforge, « Esthétique et politique : Vallès et les saltimbanques », dans *Les Amis de Jules Vallès*, n° 24, juillet 1997, p. 110-120.

53. « C'est un métier triste [que celui de géant] quand on est aux gages d'un Barnum sévère. Il est défendu de sortir pour faire prendre l'air à ses sept pieds ; on ne doit en montrer que cinq et cacher le reste » (Jules Vallès, « L'entre-sort », dans *La Rue*, "Les Saltimbanques", I, p. 729).

54. Vallès cite un règlement intérieur tout aussi draconien dans « Le Tableau de Paris. Les foires », *Gil Blas*, 27 avril 1882, p. 790.

55. Jules Vallès, « Les dompteurs », dans *La Rue*, "Les Saltimbanques", I, p. 764.

56. Au Wapping, le narrateur de *La Rue à Londres* découvre, chez un fournisseur pour saltimbanques, « un vieil homme des bois accroupi en prisonnier dans sa cellule » (II, p. 1315). Sur ces exhibitions, voir Sandrine Lemaire et Pascal Blanchard, « Montrer, mesurer, distraire. Du zoo humain aux expositions coloniales (1870-1931) », *L'Idée de « race » dans les sciences humaines et la littérature (XVIIIe et XIXe siècles)*, sous la direction de Sarga Moussa, Paris, L'Harmattan, Paris, 2003, p. 343-358.

plus que des réalités professionnelles des tréteaux, où, rappelle Vallès, le salariat s'impose dès les années 1880 : « Le pauvre saltimbanque [...] n'a plus la belle maladie des vagabonds. Lui aussi, comme un forçat du bagne ou du Creusot, est un numéro qui vient au coup de cloche travailler sur [le] tapis[57]. » D'autre part, beaucoup d'artistes des rues, même indépendants, comme « l'homme à la vielle », exercent désormais leur métier presque en bourgeois[58] – de même que la bohème des brasseries ne reflète que très imparfaitement les pratiques professionnelles des milieux littéraires : « C'est un métier comme un autre à cette heure, celui d'artiste ou d'homme de lettres[59]. »

Enfin, force est de constater que la « race ancienne et étrange » des saltimbanques résiste mal à l'évolution socio-économique des sociétés modernes. À la fin du second Empire, Vallès remarque que la législation nouvelle renvoie à un passé désormais révolu l'ancienne bohème : « Morts les paillasses ! Pauvre Zéphyrine ! Bambochinet ! Les bohémiens se sont faits commerçants ; les escamoteurs ont des cabinets, les gymnasiarques font bâtir, plus de zingaris et d'aventuriers[60] ! » Les débuts de la troisième République amplifient ce mouvement ; la très officielle Union foraine rassemble désormais les industriels du spectacle, qui s'assurent le monopole des profits et organisent leur secteur d'activité comme n'importe quelle autre branche de l'économie capitaliste : « Il ne faut plus que des patrons et des gagistes ! / Malheur à qui refuse le salariat et veut rester libre[61] ! » Cette réorganisation capitaliste réduit la marginalité foraine en la réintégrant dans le système général de l'économie de marché[62], et rend désormais

57. Jules Vallès, « Le Tableau de Paris. Les foires », dans *Gil Blas*, 27 avril 1882, p. 789.
58. Jules Vallès, « Les chanteurs ambulants », dans *La Rue*, "Les Saltimbanques", I, p. 735-738.
59. Jules Vallès, « Les fils du régiment », dans *La Rue*, "La Mort", p. 859.
60. Jules Vallès, « Chronique parisienne », dans *La Situation*, 3 novembre 1867, I, p. 1004.
61. Jules Vallès, « L'Union foraine », dans *Le Cri du peuple*, 24 avril 1884, II, p. 1349 – le journaliste s'indigne que ce soit des « irréguliers » (d'ex-irréguliers) qui aient choisi de faire des exclus du Syndicat « [d]es errants et [d]es proscrits » soumis à toutes les rigueurs de la législation pénale (II, p. 1350). L'article « Le Tableau de Paris », paru dans *La France* le 11 mai 1883, évoquait déjà cette question de l'Union foraine, reprise dans « Le Tableau de Paris. La Foire de Neuilly », dans *La France*, 15 juin 1883.
62. Laquelle avait déjà su détourner les techniques des forains : les étalages d'articles d'appel, qui font émeute à l'entrée des grands magasins (*Au Bonheur des Dames* par exemple), attirent « la foule devant la baraque et [valent] une bande de musiciens et cent clowns

impossible toute affirmation individuelle chez les artistes des rues : « Finie cette bohème-là comme l'autre ! Finie, la bohème de la cour des Miracles, comme la bohème du pays latin ! / Je ne regrette pas le monde menteur et lâche de Murger, mais comme je regrette les faiseurs de parade et les faiseurs de tours ! [...] Il en est des saltimbanques comme des marchands de mercerie ou des marchands de parapluie. Le Capital, *l'infâme Capital*, a passé son rouleau sur le champ de foire comme ailleurs, et les baraques bizarres et naïves, faites d'un peu de bois et de toile, ont été renversées par le vent nouveau[63]. »

Le rêve nomade

Si les forces normalisatrices de la modernité capitaliste ont fini par résorber l'ancien peuple errant des Bohémiens saltimbanques, c'est que leur nomadisme tout comme leurs modes d'organisation professionnelle, d'ailleurs archaïsants, contredisaient avec une évidence croissante les pratiques disciplinaires qui s'étendent peu à peu, au cours du siècle, à tous les secteurs d'activité[64]. Ce qui explique la fascination que Vallès, comme beaucoup d'autres, témoigne à l'égard du nomadisme : même (et surtout) métaphorique, l'autonomie d'un parcours personnel, par son (apparente) fantaisie, vaut comme contestation d'un ordre social ressenti comme enrégimenté.

L'image de la promenade militaire, récurrente sous la plume de Vallès, indique exemplairement la manière dont chaque citoyen est censé traverser la vie ; dès l'enfance, point de liberté au grand air, caprices et zigzags sont sévèrement défendus : « Me promener, c'était aller devant, le petit doigt sur la couture du pantalon, les coudes au corps, l'œil à quinze pas – une, deux, une, deux ! Défendu de s'éloigner d'une minute, de courir après un papillon, de jouer avec le chien, d'aller cueillir des marguerites, jeter des

s'époumonant et se disloquant autour d'un cirque » (Jules Vallès, « Rêve d'avril », dans *Le Cri du peuple*, 3 avril 1884, II, p. 1335).

63. Jules Vallès, « La Rue à la fête foraine du XIVe arrondissement », dans *La Vie moderne*, 9 octobre 1880, II, p. 422 et 423. Même conclusion pour l'article « L'Union foraine » cité ci-dessus : « Le capital guillotine le monde de la bohème en maillot, comme il a guillotiné le monde du commerce ; il coupe la langue aux pitres, comme il peut la couper aux tribuns ; il tue le petit entre-sort, comme il a tué le petit magasin ! » (II, p. 1351).

64. Voir les analyses de Michel Foucault, *Surveiller et punir*, Paris, Gallimard, 1975.

pierres dans l'eau, faire la culbute dans l'herbe[65] ! » La promenade fait pleinement partie d'une éducation disciplinaire dont elle résume les objectifs et les enjeux – triste préfiguration d'une destinée de réclusionnaire : « J'ai l'air d'un prisonnier qu'on sort un peu. Je marche devant, avec ordre de ne pas m'écarter, de ne pas courir » (*L'Enfant*, II, p. 294). Une fois ces automatismes intégrés, la démarche et les attitudes les plus quotidiennes témoignent d'une soumission à un ordre qu'elles contribuent à produire – ce qui explique que, dans *La Rue à Londres*, les Anglais eux-mêmes traversent la vie en marchant au pas[66] : « *Comme un soldat !* Chose singulière, dans ce pays sans conscrits, où l'engagé seul est encaserné, où n'est militaire que qui veut bien, dans ce pays-là, tout le monde, à chaque moment et à chaque heure, marche et s'avance, dans les rues et les concerts, sur les pavés ou sur les planches, sous la redingote ou la robe, comme on s'avance et comme on marche à l'exercice » (II, p. 1161).

L'urbanisme du nouveau Paris d'Haussmann, fondé sur la ligne droite et l'alignement régulier des façades monumentales, reflète cet idéal de rectitude militaire : « La rue citadine, parisienne par excellence, projette sans doute ses lignes horizontales qui, Vallès l'a toujours soutenu, ont influencé les esprits ; mais Vallès sent, plus profondément que l'horizontalisme, la verticalité des rues : la rue de ville oppose toujours et impose à l'homme la verticalité "autoritaire" et étatique de ses murs [...] Les galériens modernes sont bien les enfermés des villes[67]. » Le damier urbain symbolise l'itinéraire obligé auquel nul n'échappe ; pour avoir voulu s'y soustraire dans l'illusoire autonomie qu'offre la vie de bohème, Jacques Vingtras se voit finalement pris au piège, réduit par la misère et le chômage à tourner interminable-

65. Jules Vallès, « Lettre de Junius », dans *Le Figaro*, 7 novembre 1857, I, p. 130. Cet article de 1857 est considéré comme la première esquisse autobiographique préfigurant *L'Enfant* ; la seconde, *Le Testament d'un blagueur* (1869), reprend la même scène : « On me force donc à sortir, et je grogne tout le long du chemin parce que ça ne m'amuse pas de me fatiguer pour rien, de marcher à dix pas devant [mes parents], et de regarder les champs pleins d'herbe et de fleurs sans pouvoir y courir et m'y rouler ; et ils me défendent de m'écarter ! » (I, p. 1102). Bref, conclut Jacques Vingtras, « je fais de grands pas et j'ai toujours l'air d'aller relever une sentinelle, de rejoindre un guidon, d'être à la revue. Je passe dans la vie avec la raideur d'un soldat et la rapidité d'une ombre chinoise » (*L'Enfant*, II, p. 301).
66. Même les fêtes populaires anglaises, à en croire Vallès, « marchent d'après un ordre connu, une règle imposée, le plaisir suit une route tracée par les commissionnaires... » (dans *La Rue à Londres*, II, p. 1292).
67. Roger Bellet, *Jules Vallès, journalisme et révolution*, *op. cit.*, p. 113.

ment autour des galeries de l'Odéon – dérisoire circularité qui caricature les grands voyages autour du monde : « Je me suis bien promené dans ces couloirs de pierre la valeur de quatre années pleines ; j'ai certainement fait, si l'on compte les pas, en allant et en revenant, au moins trois fois le tour du monde » (*Le Bachelier*, II, p. 681).

D'un cercle à l'autre donc : car si l'intellectuel bohème, sous le second Empire, tente de tracer sa propre route, c'est pour briser un autre cercle, celui où s'enferme la petite bourgeoisie dont il est issu – celle-là même que cherchent à fuir dès leur adolescence Claude et Sandoz, dans *L'Œuvre* : « Cette vie provinciale qui prenait les enfants tout jeunes dans l'engrenage de son manège, l'habitude du cercle, le journal épelé jusqu'aux annonces, la partie de dominos sans cesse recommencée, la même promenade à la même heure sur la même avenue, l'abrutissement final sous cette meule qui aplatit les cervelles les indignait, les jetait à des protestations, escaladant les collines voisines pour y découvrir des solitudes ignorées, déclamant des vers sous des pluies battantes, sans vouloir d'abri, par haine des cités. Ils projetaient de camper au bord de la Viorne, d'y vivre en sauvages...[68] » Encore les campagnes du second Empire n'autorisent-elles guère ces projets de nomadisme primitiviste – gare au sauvage qui n'aurait pas ses papiers : « La ville, l'autorité, l'État, apparaissent sous la forme de Pandores alsaciens, qui vont à pied, deux à deux, en regardant dans les fossés, derrière les haies. Qu'il passe un homme sans souliers, ils l'arrêtent et lui demandent ses papiers[69]. »

La modernité est ainsi parvenue à instaurer une société sans ailleurs, ni chemins de traverse – la marche au pas comme la promenade circulaire produisant un cloisonnement social qui favorise l'ordre conservateur, stratégie particulièrement apparente dans l'Angleterre de *La Rue à Londres* (ce cauchemar londonien déploie une vision hyperbolique autant que révélatrice des tendances du capitalisme européen moderne) : « Toujours séparés comme des divisions de prisonniers, comme des régiments de la même arme tenus à distance ! / Il n'est pas un endroit public où les compartiments

68. Émile Zola, *L'Œuvre*, Paris, Gallimard, Bibliothèque de la Pléiade, 1966, p. 40 (toutes les références à ce roman renverront désormais à cette édition).
69. Jules Vallès, « Le dernier soir », dans *La Rue*, "Souvenirs", I, p. 684. L'article développe une angoissante pastorale disciplinaire : des troupeaux promis à l'abattoir passent comme des déportés sur la grand-route, où ils croisent des prisonniers en transit, à pied entre deux gendarmes à cheval.

ne soient étiquetés. Ici les loqueteux, – là les pauvres –, les bourgeois de ce côté » (II, p. 1191). D'où la définition que Vallès donne de sa position d'irrégulier – non pas la marginalité de la bohème, mais l'indépendance d'un parcours libre : « Je suis un irrégulier. / Si l'on entend par là un porteur de chapeaux pointus, un casseur de lanternes, un tribun de café, je n'ai qu'à ôter mon enseigne. Mais non, je n'ai jamais cru à la bohème [...] / Je suis un irrégulier comme tant d'hommes de tête et de gens de cœur qui n'ont pu aller nulle part sans qu'on voulût, de gré ou de force, les soumettre à une discipline ou les enchaîner à un drapeau. Quelques-uns, le nombre en grossit tous les jours, ont préféré marcher tout seuls[70]. »

À la position d'énonciation instable que revendique l'écrivain irrégulier, qui marche « à côté » des grands-routes de la pensée enrégimentée, répond l'intérêt sociologique pour la marginalité. Cet objectif sociologique explique, chez Vallès, la virulente critique des mythologies libertaires associées à la bohème littéraire ou au monde des nomades : à ses yeux, la marginalité bohémienne n'est ni étrangère ni opposée à l'ordre bourgeois, elle en est le produit et la conséquence – donc permet de mieux en comprendre les mécanismes : « L'*irrégulier* n'est pas l'exception, mais la *règle*. Je n'ai point choisi un coin, je n'ai fait qu'oser apporter le miroir[71]. » Ainsi, la bohème intellectuelle n'est pas tant la préface d'une vie d'artiste que le résultat d'un déclassement socio-économique de plus en plus fréquent, à mesure que le champ littéraire se trouve envahi par des jeunes gens issus de la petite bourgeoisie souvent provinciale, et porteurs d'un capital culturel que leur position ne leur permet pas de rentabiliser professionnellement[72] : « Les excentriques de grand air sont ces fourvoyés de collège, qui, au sortir de leurs classes, se sont trouvés impuissants et inhabiles à gagner leur vie ; le contresens de leur éducation, les hasards de l'histoire, les crimes de la

70. Jules Vallès, « Lettres d'un irrégulier », dans *Le Figaro*, 8 mai 1868, I, p. 1044. Sous la troisième République, Vallès recourt à la même formule pour définir l'indépendance qui caractérise ses engagements politiques : il veut « vivre près [du peuple], en soldat libre, sans numéro de régiment à [s]on képi » (Préface au *Nouveau parti* de Benoît Malon, II, p. 439).

71. Jules Vallès, « Michel-Ange, Covielle et Rigolo », dans *Le Nain jaune*, 24 février 1867 (anniversaire de la révolution de février 1848 !), I, p. 922.

72. Si bien qu'il est des époques où une société tout entière peut se composer d'irréguliers : « Nous sommes un pays de déclassés, presque de fugitifs qui cherchent asile, pain et culottes, où ils peuvent, comme un village d'inondés qui campent sous les portes et tendent la main devant les mairies ! » (Jules Vallès, « À l'ami Paul Alexis », dans *Le Cri du peuple*, 14 novembre 1883, II, p. 1100).

fatalité les ont jetés éperdus, affamés, dans des aventures dont le récit vous fera sangloter et rire. J'y reviens souvent, mais l'histoire y reviendra aussi ; ils représentent toutes les hésitations, et les malheurs d'une société détraquée[73]. » Ceux qui cherchent à s'affirmer comme sujets dans une société qui leur refuse le droit à s'énoncer se trouvent également condamnés au bohémianisme de l'exclusion ; ainsi, les femmes anglaises ne peuvent échapper à l'enfermement domestique qu'au prix d'une marginalisation impitoyable – qui révèle l'impossibilité structurelle de toute prise de parole féminine : «... À la baraque, ma fille ! [...] Dans ton coin, femme ! N'en sors pas sous peine d'être huée par les gamins, bête de foire, ou de tomber au rang des interdites poussées fatalement dans le vagabondage et l'exil ! » (*La Rue à Londres*, II, p. 1273).

La bohème littéraire, à en croire Vallès, mène souvent à la bohème des tréteaux ; mais les Bohémiens des foires se recrutent aussi dans les rangs de la classe ouvrière, dont la misère se trouve trop souvent aggravée par les crises et le chômage. En témoigne, dans « Le Bachelier géant » (*Les Réfractaires*), le destin de Rosita : si elle apparaît d'abord au chaste héros comme une réincarnation d'Esmeralda, exerçant toutes les séductions de sa danse et de sa parure exotique, sa biographie constitue une vigoureuse négation du romanesque hugolien – et projette brusquement la question sociale sur les tréteaux : « Elle prétendait n'être entrée qu'à vingt ans dans la banque, parce que l'ouvrage – ils étaient canuts de Lyon – leur avait manqué, et que le mari avait trouvé du pain en soulevant du fer » (I, p. 272 ; la dernière formule réécrit, et confirme ironiquement, la célèbre maxime de Blanqui, souvent citée par Vallès : « Qui a du fer a du pain »).

Plus radicalement, le sort des Bohémiens met au jour l'efficacité d'une logique (?) sociale qui attribue la responsabilité de l'exclusion à ceux qui en sont justement les victimes ; le nomadisme, malencontreusement proche du vagabondage (lequel constitue un délit durant tout le siècle), est suspect aux yeux des populations comme au regard de la loi, et donc nécessairement criminel : « C'est un préjugé qui voue à la corde et au vice cette famille de voyageurs : ils subissent le sort éternel des vagabonds, dans l'histoire du monde : on accuse toujours du crime ceux qui sont passés » (*Les Réfractaires*, I, p. 272). Si bien que le nomadisme transforme les Bohémiens en éternels forçats innocents : « À chaque pas qu'ils font dans les

73. Jules Vallès, « La rue », dans *La Rue*, 1er juin 1867, I, p. 937.

villes, l'autorité leur demande leurs papiers, à ces malheureux. Avec leurs airs de touristes sauvages, ils sont les forçats des mairies et des commissariats. Ils n'ont pas le passeport jaune des galériens, mais peu s'en faut[74]. » De ce point de vue d'ailleurs, l'artiste souffre du même préjugé que le saltimbanque ; la méfiance de ceux qui ont un « état » ou une « position sociale », si humble soit-elle, envers les marginaux désigne comme Bohémiens et (donc) comme coupables « tous ceux que la poésie touche de son aile, [condamnés] à la défiance de ceux qui se traînent dans les sentiers battus[75] ». C'est le regard sur la marginalité qui fabrique des Bohémiens (d'ailleurs, Esmeralda elle-même...).

D'où le potentiel retournement en révolte des logiques de l'exclusion ; Vallès imagine ainsi une gigantesque grève des loyers qui ferait des ouvriers expulsés de redoutables « insurgés nomades de la faim » : « Les voici par centaines, par milliers, jetés, sur vos ordres, dans le ruisseau, ces travailleurs ! / Ils ne crient pas : Aux armes ! Ils vont à travers le quartier ou la ville, comme un régiment d'émigrants ou comme un peuple d'exilés. / Ils campent où ils peuvent, dans une église ou une caserne, juste devant les Tuileries ! / S'ils ne s'installent pas, s'ils ne s'arrêtent point, les brasiers s'éteignent dans les usines, les enclumes se taisent, le manche des outils se pourrit, *le travail ne va pas*[76]. » À défaut de cette forme nouvelle de grève errante, Vallès rappelle volontiers que les saltimbanques entretiennent une tradition d'opposition par le rire qui remonte à la Restauration ; voici le célèbre Gringalet en démolisseur de Bourbon : « Un jour que Louis XVIII passait dans sa voiture au pas, au moment même de la parade, Gringalet, saisissant par les cheveux ou par la queue l'occasion, se met à chanter un couplet satirique qui atteignait le roi en pleine figure ; ce fut un scandale, une débâcle ; le public rit, applaudit le pitre, siffla le roi ; Gringalet faillit aller en prison[77]. » Les fauves eux-mêmes partagent les convictions subversives de leurs maîtres ; on trouve ainsi, dans les baraques, des lions républicains fort démonstratifs : « À Saint-Cloud, un autre soir, le même lion file dans le parc, renversant sur son passage tirs postiches, loteries de faïences, cuisines en plein vent, bouleversant la république de 90 ! (je vous

74. Jules Vallès, « Le Tableau de Paris. Les foires », dans *Gil Blas*, 13 avril 1882, p. 780.
75. Jules Vallès, « Des spectacles ! », dans *Le Cri du peuple*, 22 avril 1884, II, p. 1347.
76. Jules Vallès, « Lettres républicaines. Le terme », dans *La Marseillaise*, 8 janvier 1870, I, p. 1146.
77. Jules Vallès, « La banque et les banquistes. Scènes de la vie étrange », dans *Le Figaro*, 20 juillet 1865, I, p. 533.

dirai un jour, lecteur, ce que signifie 90). Il allait du côté du château, où il aurait trouvé le roi[78]. »

Aussi n'est-il pas surprenant de trouver tel saltimbanque célèbre à la tête d'un bataillon d'insurgés, en juillet 1830 – le récit de Vallès parodie un épisode fameux de la légende napoléonienne, référence significative sous le second Empire : « Il fallait passer le pont d'Arcole sous le feu des royaux. Les insurgés passèrent avec le petit saltimbanque à leur tête. Coiffé d'un chapeau gris que terminait la queue de lapin traditionnelle, vêtu d'un bourgeron à carreaux rouges, il battait la charge. Derrière lui, les insurgés chantaient *La Marseillaise*[79]. » Et c'est justement parce que la question sociale se pose jusque sur les tréteaux qu'on trouva, rappelle Vallès, des saltimbanques parmi les combattants communards.

On comprend dès lors pourquoi *L'Insurgé* présente le premier livre de Vingtras, qui renvoie explicitement aux *Réfractaires*, comme un appel à la révolte lancé par « une [bohème] de désespérés et de menaçants » (II, p. 889). S'il est vrai qu'on saurait trouver une portée révolutionnaire aussi explicite au recueil des *Réfractaires*, il est significatif que Vallès lui accroche « la naissance de son livre de révolte et de misère, *Vingtras* ; cette mémoire récurrente, même si elle recèle une part de mythe, marque un point de départ *voulu* ; Vallès romancier de la révolte *commence* à cet article ; la Trilogie naît de là[80] ». Car la réflexion sur la marginalité bohème, celle des lettres comme celle des tréteaux, permet de renverser l'exclusion en décentrement énonciatif, et donc de fonder à la fois la révolte et l'écriture.

Ce qui explique que, chez Vallès, la dénonciation des mythologies littéraires de la bohème n'entame jamais son attirance pour l'errance des Bohémiens, laquelle « permet aux écrivains de réfléchir leur appartenance à une tribu qui passe entre les mailles du filet social. Mais, à la différence du Bohémien, l'artiste ne va pas de ville en ville ; son nomadisme est plus radical. L'artiste bohème est moins un nomade au sens habituel qu'un contrebandier qui traverse les partages sociaux [...] L'écrivain occupe sa

78. Jules Vallès, « Les dompteurs », dans *La Rue*, "Les Saltimbanques", I, p. 770 – le journaliste ne donne bien sûr pas l'explication promise sur la « république de 90 » !
79. Jules Vallès, « La banque et les banquistes. Scènes de la vie étrange », dans *Le Figaro*, 20 juillet 1865, I, p. 535-536.
80. Roger Bellet, *Jules Vallès, journalisme et révolution*, *op. cit.*, p. 53-54.

place sans l'occuper, dans l'instable compromis d'un double jeu[81] ». Aussi la tentation du départ avec une caravane de Bohémiens constitue-t-elle un lieu commun dans le récit des enfances de l'artiste ; ce désir d'errance vaut pour marque d'élection – on songe bien sûr au poème de Baudelaire « Les Vocations », dans *Le Spleen de Paris*, mais il est révélateur de retrouver le même motif sous la plume du jeune Zola : « Et je me souviens qu'un jour, ayant sur le cœur quelque gros chagrin d'écolier, je fis le rêve de monter dans une de ces voitures qui partaient, de m'en aller avec ces grandes belles filles dont les yeux noirs me faisaient peur, de m'en aller bien loin, au bout du monde, roulant à jamais le long des routes[82]. »

Très explicitement, Vallès dégage la valeur métaphorique et réflexive de ce rêve nomade : « C'est si bête, la vie par le temps qui court ! On est si gêné partout, que je me tourne avec curiosité vers les existences qui échappent au classement réglementaire, et fuient la règle à travers champs ou le long du ruisseau[83]. » Si ces lignes écrites sous l'Empire ont une portée politique évidente, il est révélateur qu'on retrouve presque les mêmes expressions sous la plume de Vallès en 1884[84] : l'errance des Bohémiens est une protestation contre un régime autoritaire et oppressif, mais surtout une énergique négation du cloisonnement disciplinaire censé définir l'ordre social (qu'il soit impérial ou républicain). D'où, chez Vallès, un amour du voyage qui valorise le départ et le déplacement plus que le goût de l'ailleurs ou même des expéditions lointaines : « J'ai fait un voyage : je suis allé à Bougival. / Toutes les fois que je me déplace, je suis heureux[85]. » Telle est la valeur accordée aux grands chemins qu'elle confère aux rouliers, pour Vallès, une dignité qui manque cruellement aux travailleurs londoniens

81. Dominique Maingueneau, *Le Contexte de l'œuvre littéraire. Écrivain, énonciation, société*, *op. cit.*, p. 34-35. Le personnage du Bohémien représente ainsi ce que Maingueneau appelle un embrayeur paratopique, soit « des éléments d'ordres variés *qui participent à la fois du monde représenté par l'œuvre et de la situation paratopique à travers laquelle se définit l'auteur qui construit ce monde* » (*ibid.*, p. 174).
82. Émile Zola, « Souvenirs », *Nouveaux contes à Ninon*, dans *Contes et nouvelles*, Paris, Gallimard, Bibliothèque de la Pléiade, 1976, p. 499.
83. Jules Vallès, « La Parade », dans *La Rue*, "Les Saltimbanques", I, p. 707.
84. « Les saltimbanques ! / Quelques-uns se sont pris à envier les voyages sous la lune de ces meneurs de caravanes ! Il semble qu'il se dégage de ces existences échappées à la loi commune, à la règle banale, une odeur de liberté, fraîche comme l'herbe volée pour le cheval qui conduit la voiture où naissent, vivent et meurent les bohémiens » (Jules Vallès, « Des spectacles ! », dans *Le Cri du peuple*, 22 avril 1884, II, p. 1347).
85. Jules Vallès, « Un grand voyage », dans *La Rue*, "Souvenirs", I, p. 702.

des docks : « Il faut au roulier et au charretier les hasards du chemin, le claquement du fouet, le grand air, l'amour de sa bête – avec sa part de responsabilité, le brutal, il va en avant sur les routes ! / Le portefaix du dock, lui, ne fait pas plus de chemin que le cheval qui tourne, les yeux voilés » (*La Rue à Londres*, II, p. 1227).

Aussi la spécificité de l'écrivain ne réside-t-elle pas tant dans la marginalité que dans la gestion dynamique de cette position frontalière et problématique ; à l'inverse de ceux que Murger appelle, dans le préface des *Scènes de la vie de bohème*, les « pétrifiés dans l'art » (p. 35), religieusement retirés dans le petit cercle d'un cénacle ou d'une école, Vallès définit sa pratique de journaliste comme un parcours, une libre course sur les marges de la « vie sérieuse » – ce regard décentré permettant une remise en perspective polémique des normes qui définissent l'ordre social : « Vous me reprochez, encore, et vous venez après quelques autres, de ne pas quitter la rue, de toujours longer le ruisseau. Que voulez-vous ? C'est ma façon à moi de tenir la campagne[86]. » Rien d'étonnant donc à ce que les contemporains aient reconnu dans ces pages que Vallès consacre aux saltimbanques une déclaration programmatique et une fiction d'auteur – Zola écrit ainsi après la parution de *La Rue* (1866) : « Avez-vous jamais assisté, dans une foire, à une de ces parades bruyantes qui amassent et retiennent la foule ? Sur les tréteaux, vous avez sans doute remarqué un homme, habillé de velours rouge, tout galonné et pailleté d'or, faisant sonner les éperons de ses bottes et donnant des ondulations majestueuses au panache de son chapeau. Cet homme a le geste violent, la parole haute ; il pose pour la force. Il se dresse en plein charivari, il se détache sur les lambeaux des draperies du fond, il tend la jambe, montre ses bras, émerveille la foule. Il est superbe, aux lumières. / En littérature, M. Jules Vallès – qu'il me pardonne – me paraît avoir accepté ce rôle-là[87]. »

La réflexion de Vallès reprend et reconfigure donc les éléments épars d'une rêverie bohémienne qui renvoie à l'essentielle paratopie de l'écrivain : « L'auteur, quelle que soit la modalité de sa paratopie, est quelqu'un qui a perdu son lieu et doit par le déploiement de son œuvre en définir un nouveau, construire un territoire paradoxal à travers son errance même.

86. Jules Vallès, « Michel-Ange, Covielle et Rigolo », dans *Le Nain jaune*, 24 février 1867, I, p. 921.
87. Émile Zola, compte-rendu consacré à *La Rue*, dans *L'Événement*, 3 juillet 1866, cité par Roger Bellet en note au recueil de Vallès, I, p. 1475-1476.

/ En excès des partages sociaux, les chevaliers errants qui traversent des contrées aux lois opaques, les détectives qui circulent entre les milieux sociaux les plus divers, les picaros en tous genres sont autant d'opérateurs qui articulent le dit de l'auteur et la fiction, qui matérialisent le nomadisme fondamental d'une énonciation qui déçoit tout lieu pour convertir en lieu son errance[88]. » L'originalité de Vallès tient cependant à ce qu'il se définit avant tout comme journaliste – et non comme écrivain « tombé » dans le journal, comme la plupart de ses contemporains : l'écriture périodique dans la presse est pour Vallès un choix délibérément dirigé contre l'autorité consacrée du Livre. En particulier, le journal libère le texte imprimé des espaces confinés, cloisonnés, que sont les collèges, les bibliothèques, tous les conservatoires culturels d'un passé terroriste ; la presse réinvente un rapport nouveau à l'espace social (c'est pourquoi Vallès resta si attaché au titre *La Rue*[89], qui synthétise tout un programme), dont les Bohémiens des tréteaux fournissent non un modèle mais un exemple : « L'espace des saltimbanques est un espace demi-sauvage, ou sauvage, arraché au bel urbanisme et aux beaux quartiers, sacralisé à la sauvette par le jeu, par les discordances colorées, par le boniment à l'emporte-pièce et par une musique à saccades, étrange ou "barbare" [...] Un espace comme Vallès voudrait se le libérer pour son écriture, pour le journal, par le journal[90]. »

Le nomadisme et le "non-lieu" que Vallès revendique pour son écriture se définissent explicitement contre les mythologies contemporaines de la bohème. C'est par un dévoiement symbolique conformiste et bourgeois jusque dans son apparent non-conformisme, que la bohème littéraire convertit en lieux communs comportementaux, et en idéologie professionnelle, une marginalité qui devrait définir le seul positionnement énonciatif ; quant au monde errant des saltimbanques, il témoigne d'une altérité qui n'est jamais celle d'une race ou d'une ethnie : ce sont les hasards socio-économiques qui fabriquent les Bohémiens, ou plutôt révèlent (souvent bien malgré lui) le Bohémien intérieur que porte sans doute en lui chacun des « réguliers » de l'ordre social – si bien que la bohème des tréteaux constitue une projection

88. Dominique Maingueneau, *Le contexte de l'œuvre littéraire*, *op. cit.*, p. 185.
89. Vallès intitula ainsi trois des journaux qu'il fonda, son recueil *La Rue* et son livre *La Rue à Londres*, ainsi que certaines séries d'articles ; lors de son exil londonien, il adopta, entre autres pseudonymes, la signature transparente de Jean La Rue.
90. Roger Bellet, *Jules Vallès, journalisme et révolution*, *op. cit.*, p. 223.

anamorphosée, caricaturée, des logiques (des aberrations) qui fondent le soi-disant ordre social.

S'il existe bien, pour Vallès, une identité bohémienne de l'artiste, elle réside avant tout dans le choix et la pratique du nomadisme métaphorique de l'écriture (qu'il se manifeste ou non par les pratiques concrètes du voyage, de l'errance urbaine ou de la marche conquérante[91]). Cet idéal ne peut guère s'incarner que dans le journal – texte en constant mouvement, toujours renouvelé au rythme de l'actualité, en prise sur une modernité vivante qu'il parcourt très concrètement : la presse constitue une traversée du social qui confère au décentrement énonciatif toute sa valeur analytique et polémique. Cette vocation itinérante s'incarne très matériellement par le parcours du journal lui-même, feuille volante vendue dans la rue et lue aussi bien chez soi qu'en plein air et dans tous les lieux de sociabilité, où elle se reconvertit en paroles : telle que la rêve et la veut Vallès, l'écriture de la presse construit, par sa dynamique propre, un espace d'échanges en perpétuel décalage et en perpétuel mouvement. En ce sens, le journal est le Bohémien de la littérature – le nomadisme constitutif de son discours vaut pour marque identitaire et programme intellectuel.

91. Comme celle des jeunes artistes de *L'Œuvre* : « C'était la marche libre d'une horde partie en guerre. Ces gaillards, avec la belle carrure de leurs vingt ans, prenaient possession du pavé... » (p. 72). Claude, lui, apparaît au public comme « le chef redoutable d'un clan de sauvages » (p. 79).

VI. Rejet social

Des mots pour dire les maux de société. « Tziganes », « Bohémiens » et autres nomades dans la presse auvergnate du XIXe siècle

Marc Bordigoni

À Joseph Valet[1]

La presse quotidienne d'Auvergne, avec ses suppléments dominicaux, comprend à la fin du XIXe siècle cinq titres : *Le Moniteur, Le Moniteur du Dimanche, La Gazette d'Auvergne, La Gazette de Riom* et *l'Avenir*. Entre 1872 et 1903 une centaine d'articles, allant de l'entrefilet au « reportage », évoquent la présence dans cette région de France des « bohémiens », « nomades », etc. Il y a une régularité de la presse quant au fait de parler de ce sujet, sans que pour autant cela soit un sujet d'importance : moins de cinq fois par an pour les années ordinaires. Certaines années (1886-1889 et 1896-1899), le nombre d'articles va plus que doubler, et c'est donc presque chaque mois qu'il est

1. Joseph Valet, prêtre en Auvergne, longtemps aumônier pour les Gens du Voyage, a constitué, en parcourant systématiquement la presse dans les archives départementales, le corpus sur lequel ce travail s'appuie. Afin de ne pas alourdir la lecture il n'a été conservé que la date de la parution et non le titre du journal, qui n'est pas un critère pertinent pour ce travail.

question de Bohémiens, voire de « Tziganes[2] », « Zingari[3] », « Romanis »... ; au cours de la première de ces périodes (1886-1889), ce sont l'arrivée ou le passage de troupes assez nombreuses de nomades venant d'Europe centrale qui sont décrites et qui expliquent le nombre des articles. La seconde période (1896-1899) durant laquelle la presse parle fréquemment de ces populations suit immédiatement le premier recensement général des vagabonds et nomades organisé par le ministère de l'Intérieur en 1895 ; elle prépare et alimente le débat qui suivra au Parlement et qui aboutira à la loi de 1912 sur les nomades ; les articles ont une tonalité plus dépréciative, et justifient une nouvelle stigmatisation par des propos très généralisants au lieu de s'attacher à décrire de petits faits (y compris faits divers) précis ; c'est donc l'attention du pouvoir central qui explique cette fois l'intérêt des journalistes pour les Bohémiens.

Les termes les plus fréquents sont « Bohémien », « nomade » et « bande » : la première image associée au terme « Bohémien » est bien celle de groupes d'hommes, de femmes et d'enfants vivant sur les routes. Dans le même esprit, les termes de « tribu », « troupe » et « famille » viennent conforter l'image traditionnelle des Bohémiens, de gens vivant en groupe familiaux plus ou moins importants. Le « Bohémien » n'est pas un individu isolé, il n'est pas un de ces vagabonds solitaires qui cherche fortune, ou du moins de quoi vivre au jour le jour en se déplaçant à pied, « sur le trimard ». L'association de « Bohémien » avec « nomade » et « bande » court tout le long de ces trente années. Par contre le terme d'« étranger » n'apparaît que tardivement (1888) associé à « Bohémien », mais il est fortement dépréciatif : il figure dans un article intitulé *Quelle race !* où il est question de « la race immonde de bohémiens Moldo-Valaques étrangers » (2 octobre 1888) ; à partir de cette période la référence au caractère « étranger » sert aussi à rappeler l'État

2. Le terme « tzigane » n'apparaît en français qu'au XIXe siècle, le *Trésor de la Langue Française* le repère en 1826 dans un texte où il est un substantif géographique et signale que c'est Théophile Gautier qui le popularise en 1861, empruntant probablement le mot russe dans un récit de voyage ; « tzigane » fait son entrée dans le Littré en 1872.

3. Dans le Littré (édition abrégée parue en 1874, republiée en Livre de poche, 1990) *zingari* renvoie à *tzingari* : « Nom de vagabonds qui marchent par petites bandes, disent la bonne aventure, exercent de petits métiers, et dont l'origine paraît indienne » (page 1855). « *Bohême* ou *bohémien,enne*, nom de bandes vagabondes, sans métier régulier, et se mêlant souvent de dire la bonne aventure : on leur donne aussi le nom d'Égyptiens et de Zingaris » (page 167). On peut noter l'écart entre les deux définitions : caractère exotique (l'origine indienne) associé à *zingari*, caractère « irrégulier » de *bohémien* (bandes vagabondes, sans métier régulier).

à ses devoirs de défense du territoire national et permet d'appeler à l'interdiction de l'entrée en France aux « montreurs d'ours, vanniers, chaudronniers ambulants, joueurs de violon et cornemuse » qui sont des « bandes de parasites et pillards, fléaux des campagnes » (8 septembre 1889).

Précédemment les journalistes signalent l'origine géographique de certaines troupes, « Zingari, bohémiens originaires de Hongrie » (20 mars 1872), « mendiants italiens » (10 mars 1880), « bandes de Serbes » (14 février 1886), « tribu de Zingaro hongrois ou Roumitchels » (19 juin 1887), ou parfois mettent même en cause l'origine étrangère que semblent se donner certains : il est question de « marchands soi-disant espagnols qui parlent à ravir le patois de Marcenat (Cantal) et qui vendent des draps, des foulards, des couvertures tricotées fabriquées à Madrid » (28 avril 1875).

Dans un premier temps, donc, le caractère « étranger » n'est pas associé aux « bohémiens », il l'est par contre à « Tzigane » ou à ses équivalents (Zingari, Zingaros, Roumitchels, Romanis,...). Lesdits « Tziganes » sont tellement étrangers qu'ils peuvent être vêtus d'uniformes hongrois comme les décrit un article annonçant la représentation exceptionnelle que donne une troupe de musiciens tziganes au théâtre de Clermont-Ferrand :

> On nous prie par dépêche d'annoncer que lundi prochain l'orchestre royal des Tziganes hongrois donnera un concert à Clermont-Ferrand. Les Tziganes en costumes nationaux exécuteront des airs les plus connus et les plus applaudis du bal de l'Opéra. L'orchestre se composera de huit musiciens qui jouent en costume national : dolman bleu à bouton d'or, pantalon rouge ou noir et botte à l'écuyère (21 novembre 1886).

Ces *Tziganes*, portant beau l'uniforme national hongrois ne peuvent être des vagabonds, voire de vrais sauvages ou des assassins « anthropophages », – ou alors ils redeviennent des « Bohémiens » : citant *Le Figaro*, la presse régionale répercute la « nouvelle » selon laquelle « des Bohémiens anthropophages », « des Bohémiens hongrois » ont enlevé, découpé et mangé un enfant ; l'article se termine tout de même sur ces mots : « Mais c'est là une hypothèse qu'aucune preuve catégorique n'est venue encore confirmer » (8 avril 1894). Dans ces années-là, si la presse veut mettre en avant le caractère potentiellement « dangereux » des Bohémiens, elle ne les qualifie pas de « tziganes », mais de « tartares » (26 janvier 1887), de « flibustiers » (29 janvier 1887), de « parasites de passage » (3 mai 1887). Même convoquées devant le tribunal, les femmes *tziganes* conservent un véritable exotisme qui les distingue des *bohémiennes* : « Les deux prévenues appartiennent à la tribu de Zingaro Hongrois ou Roumitchels, toujours est-il qu'elles sont bronzées comme des indiennes et vêtues d'oripeaux flamboyants » (19 juillet 1987). En revanche, les femmes à « l'aspect du plus pur type bohémien » sont celles qui demandent l'aumône, elles sont « vêtues de guenilles » et sont « toutes mères de 4 à 5 enfants en bas âge » (17 juin 1887).

Au mot « tzigane » est associée l'idée de *race*, soit la référence à une série de caractères innés dont les individus seraient indéfectiblement porteurs ; les deux premières apparitions du mot dans le corpus examiné sont accompagnés de l'adjectif « tsigane » ; celui-ci permet de rendre compte du choix de vie étonnant d'une jeune femme connue pour être sans histoire dans son village et qui pourtant part sur les routes :

> Henriette qui, d'après sa physionomie, semble appartenir à la race tzigane sentit se réveiller en elle le goût inné de cette race pour la vie nomade et partit avec la première tribu qui apparut aux environs du village (9 juillet 1880).

Les Tziganes sont bien nomades, pour autant tous les nomades sont loin d'être des Tziganes. Mais il est des caractères « innés » qui vont jusqu'à se traduire dans l'allure ; ainsi à Issoire :

> M. le Commissaire de Police a mis en état d'arrestation deux bohémiennes qui couraient les rues de la ville en mendiant d'une façon par trop tzigane. L'une d'elle portait en bandoulière un enfant âgé d'une dizaine de jours et avait à la bouche une courte pipe fortement culottée (2 juillet 1896).

La lecture de la presse permet de comprendre qu'en cette fin de XIXe siècle, un double phénomène a lieu : on s'attache tout à la fois à distinguer, à classer, à catégoriser, – c'est l'époque de la généralisation des théories darwiniste et pseudo-lamarckienne[4] où penser c'est classer[5], mais en même temps le regard et le jugement portés sur les populations mobiles exigent qu'on procède par amalgame afin de pouvoir « traiter la question sociale » de tous les errants qui sont de plus en plus considérés comme des « réfractaires de la société » (8 mai 1874), des asociaux, comme des gens

4. Voir, sur les effets du développement de ces modèles à la fin du XIXe siècle, André Pichot, *La Société pure de Darwin à Hitler*, Paris, Flammarion, 2000.
5. Marc Bordigoni, « Des Boëmes aux Gens du Voyages, identités, identification et assignation identitaire », dans M. Bordigoni (dir.), *Identité(s)*, Poitiers, Presses de l'Université de Poitiers, 2004, p. 261-278.

qui tentent d'échapper par la route à la socialisation par le travail salarié[6], en particulier. La « normalisation de la société », selon le mot de Michel Foucault, nécessite d'inscrire dans le droit une nouvelle catégorie, celle du *nomade*, qui complète la traditionnelle prise en charge des vagabonds et le traitement particulier des saltimbanques.

Pour mener à bien cet amalgame, il faut au préalable disposer de divers ingrédients, dont il est possible de repérer dans la presse les descriptions précisant les particularités de chacune de catégories (tzigane, bohémien, vagabond et nomade) qui se retrouveront pêle-mêle le moment venu.

Tzigane

Les Tziganes ne sont pas tant étrangers qu'*étranges*, notamment par leur langage : « Ils se disent originaires de Hongrie, ils ne parlent pas le magyar mais un dialecte sans analogie bien caractérisée avec l'allemand, l'italien et le français » (20 mars 1872). Leurs mœurs sont excessives : « très violente dispute entre Tziganes abominablement ivres », « tapageurs » (21 avril 1884). Ils se déplacent en grands groupes, « plus de 20 » (2 juin 1897), « au nombre de 65 voyageant dans 8 voitures, avec 12 ours et 15 singes. Leur teint est bronzé ; les femmes la plupart vêtues de guenilles, mais toutes sont parées de sequins et de clinquants[7]. Hommes et femmes fument du matin au soir. [...] Les derniers jours la tribu a fait baptiser un nouveau-né ; des curieux étaient venus par centaines des villages voisins pour assister à la cérémonie » (15 octobre 1997). Ce fut très probablement un baptême surprenant pour les paysans auvergnats : certainement orthodoxes, les Tziganes ont dû pratiquer un baptême par immersion, ce qui garantit le spectacle. Quelques années plus tard, « une tribu de romanichels composée d'une centaine d'individus ayant pour chef un nommé Paul Demettry, 42 ans, d'origine polonaise, venait à camper aux portes de Vendre. Dans l'après-midi, après une orgie pantagruélique, la smalah toute entière faisait irruption dans la petite ville. Hommes, femmes et enfants en état complet d'ivresse criaient et gesticulaient [...] » (16 décembre 1901). Ces « Romanis sans patrie [...] bandes d'hommes et de femmes aux types étranges, vêtus de haillons pittoresques, sans professions ni métiers déter-

6. Robert Castel, *Les Métamorphoses de la question sociale*, Paris, Fayard, 1995.

7. Sequin : monnaie d'or ; clinquant : lamelle brillante d'or, d'argent etc. qui entre dans certaines parures (Littré)

minés, menant en des roulottes étranges une existence de promiscuité toute particulière » (13 novembre 1898), intriguent le monde rural qu'ils parcourent ; parfois les jugements sont peu amènes :

> Quelle race ! Et cependant on ne saurait cheminer sur les routes du Puy de Dôme sans rencontrer de ces caravanes composées d'hommes aux longs cheveux luisants, au teint basané, à figure rébarbative, de femmes sales, déguenillées, d'enfants aux vêtements en loque, aux traits vieillis. [...] sous la vaste tente où couchent pêle-mêle femmes, enfants, adultes, vieillards se passent des scènes d'orgie dégoûtante [...] (2 octobre 1888).

Bohémien

À l'opposé de l'exotisme que les « Tziganes » colportent en circulant dans la France profonde, les Bohémiens font partie du paysage : « De temps à autre nos campagnes sont visitées par des bandes de bohêmes d'une audace peu ordinaire » (31 octobre 1901). Ils sont plus souvent décrits comme des familles que comme des tribus, on parle des « chefs de famille » (22 octobre 1872), les enfants sont de « petits êtres » (*idem*), voire de « petits commis qui pullulent dans les voitures de bohémiens » (10 juillet 1888). On sait les repérer, mais on les associe régulièrement à d'autres, ou plus exactement on ne fait pas de vraie distinction entre différentes appellations : « ceux-ci sont des saltimbanques, des bohémiens, des fabricants de paniers, etc. [...] avec des enfants barbouillés et mal peignés », tout cet ensemble étant qualifié de « réfractaires de la société » (8 mai 1874) ; au tribunal où se juge une affaire de bonneteau sont venus « tous les marchands forains, saltimbanques et bohémiens [...] ». Les femmes sont en grand nombre depuis la belle « Alsacienne » jusqu'à la femme « sauvage » (17 juin 1898). Dans les dernières années du siècle, la question de la nationalité émerge au quotidien, et on cherche des indices de leur non-appartenance à la France. Ainsi, dans « trois voitures de vanniers ambulants, [...] les hommes et les femmes parlent couramment le français mais entre eux jargonnent un mauvais patois allemand qui indique assez leur origine » (8 août 1898). Comme souvent, le journaliste n'est pas insensible aux charmes des jeunes femmes car il relève : « une jeune fille fort jolie sous son costume bariolé de bohémienne. » Deux mois plus tard, comparaissent au tribunal « deux nomades, bohémiens, le père véritable type gitano, sale, déguenillé, à la barbe hirsute, aux cheveux en broussaille », et qui se défend : « – Je suis né dans la roulotte familiale en Béarn [...] nous sommes citoyens français. »

Pourtant le journaliste n'hésite pas à les qualifier de « drôles de citoyens » ; le sachant ou non, il est au cœur de la question du traitement des nomades français : le déni de citoyenneté.

Parfois il y a une hésitation à qualifier quelqu'un de « bohémien », en particulier s'il s'agit d'un individu n'appartenant pas à un groupe familial large ; l'auteur de l'article se contente alors d'indiquer qu'il y a des signes extérieurs qui font penser à un bohémien, tel ce « marchand ambulant nommé Benoit, 28 ans, diseur de bonne aventure et voyageant dans une voiture de bohémien avec une concubine » (31 août 1884).

Si les Bohémiens sont repérés quand ils arrivent dans un village ou une ville, ils peuvent faire l'objet de description détaillée ou au contraire sont simplement signalés comme les personnages ordinaires que l'on croise dans les pèlerinages ou les foires. À Orcival, en mai, a lieu un pèlerinage catholique :

> Hier le beau temps aidant il y avait foule dans le charmant village. [...] Il convient d'ajouter à cette foule d'excursionnistes, de curieux et de pèlerins, un nombre invraisemblable de mendiants de toutes les catégories, de bohémiens, de somnambules extra-lucides... ce qu'il y avait de ces pauvres hères, c'était effrayant, on se serait cru à la cour des Miracles. Aussi il est impossible d'imaginer quelque chose de plus pittoresque que cette foule bariolée de toutes les catégories de la société ... (13 mai 1893).

Parfois, là où il ne fait guère de doute que des Bohémiens fussent présents, l'auteur de l'article prend soin de ne jamais employer le mot ; ainsi dans un long article intitulé « À la foire de Chignot », et signé, ce qui est rare dans le corpus considéré, Jean de Champeneix, après avoir décrit une « nuée de mendiants , ajoute :

> Voulez-vous du pittoresque ? Tout le long de la route de Pont du Château à Vertaizon s'étalent les caravanes des forains : les premières magnifiques avec chambres à coucher aux meubles confortables, les autres misérables avec pour lit un peu de paille.
>
> Les propriétaires de ces caravanes font sur le bord du chemin leur petite popotte. Sur les poêles des pommes de terre frites dans l'huile ou la graisse répandent une odeur appétissante ; la soupe bout à gros bouillon pendant que les bambins, pieds-nus, déguenillés, mais roses et bien portants, attendent l'heure du repas. Et les mamans gourmandent les marmots et ceux-ci crient, rient, pleurent et geignent. Puis on s'attable et il faut voir

> le coup de fourchette. Quel appétit. Pas besoin d'apéritif chez les forains, le grand air suffit (11 septembre 1892).

Pour s'être approché du campement l'auteur de ces lignes rend compte de ce qu'il voit : des familles à leur aise côtoyant des plus démunies, des enfants qu'il nomme affectueusement « bambins », certes déguenillés, mais bien-portants. La réalité nomade et bohémienne n'est pas uniformément misérable. Est-il même possible alors de les qualifier de « Bohémiens » ? Probablement pas, « avec le Code Napoléon, c'est le contenu de la bourse qui constitue le critère selon lequel l'homme errant est considéré comme vagabond ou non[8] ». Les Tziganes peuvent porter des « sequins et clinquants », exhiber des bijoux en or, mais ce n'est guère compatible avec la catégorie de « Bohémien » qui regroupe de « pauvres hères » dont les métiers ont plus à voir avec ceux des autres gagne-petit[9] qui vivent sur les routes : ils sont diseurs et diseuses de bonne aventure, vanniers, fabricants et vendeurs de paniers, marchands ambulants, dégraisseurs ou habilleurs de chapeaux, vendeurs de chansons boulangistes (4 juin 1888), artistes ambulants, saltimbanques, et même, parfois, ils exercent « le métier plus libéral qu'honnête de somnambule » (6 août 1888), voire de somnambule extra-lucide, « musiciens parfois, vagabonds et mendiants toujours » (15 septembre 1890). Toutes activités qui ne permettent que de gagner au jour le jour et sou par sou la survie familiale. Encore ne signale-t-on que les activités indépendantes, les chroniqueurs de l'époque ne qualifient pas de *bohémien* les individus qui ont des activités de journaliers dans les exploitations agricoles. Dans le corpus, deux entrefilets concernent de tels cas ; comme les patronymes sont à chaque fois donnés, il est possible de les identifier comme faisant bien partie des familles bohémiennes vivant ordinairement en Auvergne et enregistrées dans les registres paroissiaux de baptêmes. Dans le premier, un individu est arrêté et condamné pour rupture de ban, il est qualifié de « journalier sans domicile fixe ». Dans l'autre il s'agit d'un accident mortel survenu en juillet 1893 :

> Huit individus employés à la ferme du Puy de Crouël voulurent se mettre à l'abri du soleil sous un noyer touffu quand un éclair sillonna la nuée accompagné d'un épouvantable coup de tonnerre (10 juillet 1893).

8. Daniel Roche, *Humeurs vagabondes. De la circulation des hommes et de l'utilité des voyages*, Paris, Fayard, 2003, p. 940.
9. Abel Chatelain, *Les Migrants temporaires en France de 1800 à 1914*, vol. 1, Villeneuve-d'Ascq, Publications de l'Université de Lille III, 1976, p. 61.

La liste nominative des huit hommes foudroyés permet de dire que deux au moins sont membres des familles manouches qui vivent à l'époque – et dont les descendants vivent toujours, dans le Puy de Dôme. Il est impossible de savoir si l'employeur sait ou non qui ils sont, dans la mesure où il y a une tradition d'*invisibilité*[10] dans le cadre de l'exercice d'activités pour lesquelles il n'est pas besoin de passer pour bohémien ou tzigane, à l'inverse de celles où il est impératif de passer pour tel (musicien, diseuse de bonne aventure, etc.). Abel Chatelain, historien des migrants temporaires au XIXᵉ siècle, note que ce n'est qu'après la Première Guerre mondiale que l'on trouve trace officiellement de troupes de Bohémiens embauchées pour les activités saisonnières de cueillette et vendange[11]. Il est certain que la participation des familles bohémiennes est antérieure à leur signalement administratif. Hier comme aujourd'hui, hormis les employeurs, tout le monde fait mine d'ignorer, ou ignore réellement, le rôle important de ces familles dans le travail agricole : il n'est pas compatible avec l'image de liberté et d'indépendance, voire de résistance au travail salarié que le sens commun prête aux Bohémiens[12].

La littérature du trimard a conservé trace de la présence des Bohémiens dans les campagnes et de la multiplicité de leurs activités ; Marc Stéphane évoque ainsi sa rencontre avec une famille de « maudits rabouins », et plus particulièrement une jeune fille de 18 ans :

> Quand je la connus cette Coralie que les chouans, avec une sorte d'hostilité craintive, appelaient Cora-la-marane, comme qui dirait l'païenne, elle campait en caravane, avec s'clique de basanés pouilleux, à l'orée d'un bois, et bricolait dans les fermes d'alentour, avec s'mère et ses frangines, toutes insolentes fumelles et qui avaient tout del vache, alors, je peux bien dire – tressant des paniers, raccommodant les parapluies, rempaillant les chaises, aidant même à l'buée, ou faisant la cueillette des petits pois et des haricots verts que l'ouest produit en abondance pour

10. Voir à ce propos : Patrick Williams, « The Invisibility of the Kalderash of Paris : Some Aspects of the Economic Activity and Settlement Patterns of the Kalderash Rom of the Paris Suburbs », dans *Urban Anthropology*, n° 11, 1982, p. 315-347 ; Patrick Williams, « Les couleurs de l'invisible : Tsiganes dans la banlieue parisienne », dans C. Pétonnet (dir.), *Chemins de la ville. Enquêtes ethnologiques*, Paris, Éditions du CTHS, 1987, p. 53-72.
11. Abel Chatelain, *Les Migrants temporaires en France de 1800 à 1914*, vol. 1, *op. cit.*, p. 62-64.
12. Sur l'époque contemporaine, voir Marc Bordigoni, « Gitans et saisons en Calavon », dans *Études Tsiganes*, 1998, p. 47-73, et Marc Bordigoni, « Le paysan, le gitan et le trimard », dans *Le Monde alpin et rhôdanien*, 2000, p. 223-242.

> les usines de conserves. Quant aux mâles del tribu – aut' doublés de vache, ceux-là encore, oui – ils n'en foutaient pas une ramée, naturlich, vivant en chapards du travail des femmes, tout en faisant semblance de réparer l'faïence et l'porcelaine, de tond' les chiens et de couper les chats, pour se donner une contenance[13].

Le travail agricole trouve sa place au milieu de toutes les ressources de la « chine » que les femmes pratiquent ; il ne s'agit pas à proprement de travail salarié, la règle veut que l'on travail à « prix-fait » ou « à la tache », c'est-à-dire que les deux parties conviennent avant que ne démarre le « chantier » de ce qu'il y a à faire et de combien seront rémunérés les participants à la tâche, quel que soit leur nombre et quel que soit le temps qu'ils y passent.

Au fil des années les Bohémiens s'intègrent à l'activité de production du monde agricole et, insensiblement, le temps où « le monde rural demeurait accoutumé au passage des Bohémiens, à la fois régulier et imprévisible comme la grêle ou l'orage[14] », devient celui où ils se transforment en travailleurs migrants, c'est-à-dire revenant dans les mêmes « petits pays » comme disent les Voyageurs d'aujourd'hui, pour toujours fournir de la main-d'œuvre pour les cueillettes ou les vendanges.

Vagabonds et bandes de nomades

La plupart des articles de la presse du XIXe siècle ne sont pas tendres avec les Bohémiens ou les Tsiganes, pourtant certains sont parfois simplement descriptifs, informatifs, voire teintés d'admiration, au moins pour la jeune Bohémienne à la tenue bariolée. Leur virulence, si c'est le cas, est à son maximum quand les Bohémiens sont associés aux « vagabonds, gens sans aveux et mendiants » (30 juin 1880), « chevaliers de la roulotte » (12 septembre 1894), « roulants » (21 juin 1887), « réfractaires de la société » (8 mai 1874), bref *ceux du trimard*, pour reprendre le titre du livre de Marc Stéphane, ceux qui font « profession de vagabonds ambulants » (6 mars 1888).

13. Marc Stéphane, *Ceux du trimard*, Paris, Grasset, 1928, p. 40.
14. Henriette Asséo, « La perception ds Tsiganes en France et en Allemagne (1870-1930) », dans Dominique Kalifa (dir.), *Les Exclus en Europe 1830-1930*, Paris, Les éditions de l'Ateliers/éditions ouvrières, 1999, p. 225.

Les vagabonds, fléau rural

La presse régionale participe largement à la construction de la peur dans les campagnes françaises à propos des vagabonds :

> La période des vendanges chaque année amènera dans les régions viticoles ces hordes de nomades qui mettent en coupe réglée la générosité de nos paysans (12 octobre 1898).

Frédéric Chauvaud, historien de la justice au XIXe siècle, distingue parmi les marginaux ceux du changement (l'instituteur, le curé ...), ceux de la communauté, et ceux de passage, qu'ils soient migrants temporaires, vagabonds ou Bohémiens :

> Dans nos régions, les attitudes convergent. L'administrateur du département de Seine-et-Oise, le juge de paix, le premier magistrat d'une commune rurale, le journalier anonyme sont unanimes pour dénoncer le fléau ; il faut toutefois noter que le consensus ne dépasse pas le stade de la récrimination. Pour le peuple des campagnes, le migrant représente l'autre, incarne celui dont on se méfie, inspire une crainte instinctive ; autant de composantes d'un réflexe xénophobe. Mais, paradoxalement, cette représentation de l'autre ne se traduit pas, dans les faits, par la mise au ban de l'étranger d'un jour. L'hospitalité, quelles que soient les motivations – peur d'une vengeance de la part de la personne éconduite, charité intégrée à la personnalité collective du village et exigée tacitement de chacun de ses membres – souffre rarement un manquement. [...]. Si le couvert n'est pas toujours offert, le gîte est, en revanche, toujours honoré : paillasse de la maisonnée, fion de la grange, litière de l'étable ou de la bergerie. Quant aux notables locaux et aux représentants de la société globale, ils ont la charge de la surveillance et de la répression[15].

La presse tend à aider ces notables locaux et les représentants de l'État à organiser la surveillance et la répression ; pour cela, elle stigmatise violemment les vagabonds, les « roulants », et tend à systématiser les regards portés sur les Bohémiens en les assimilant à ces personnages solitaires et inquiétants qu'ordinairement on accuse de mettre le feu aux meules ou aux étables. Petit à petit il faut assimiler Bohémiens (les fabricants et vendeurs de paniers) et les Tsiganes (chaudronniers et montreurs d'ours), et quali-

15. Frédéric Chauvaud, « Les îlots de marginalité rurale au XIXe siècle », dans F. Chauvaud (dir.) : *Les Marginaux et les autres, Mentalités, histoire des cultures et des sociétés*, Paris, Imago/ Auzas éditeurs, 1990, p. 122.

fier de vagabonds (solitaires) des membres de troupes (familiales) ; et la manière de le faire ne consiste plus à rendre compte d'un événement précis, le passage d'une troupe exotique de Tsiganes, la présence de Bohémiens à un pèlerinage ou à une foire, mais à écrire des articles généralisants dans lesquels on accole les clichés pour tenter de convaincre de l'unicité de ce monde en réalité composite et peuplé de personnes mobiles. L'année 1887 voit ce genre se développer : un premier article, en janvier, assimile à de « singuliers personnages » les « vagabonds », les « pillards bohémiens », et une « bande de chaudronniers bohémiens et tartares » (26 janvier 1887), puis, trois jours plus tard, comme pour battre le fer tant qu'il est chaud, on peut lire :

> Les Bohémiens parcourent nos campagnes par bandes nombreuses. Ils s'en vont à travers champs, sales à coup sûr, poétiques peut-être et menaçants la plupart du temps.
>
> Ils sont une quarantaine d'hommes, de femmes et d'enfants ; ils exercent des professions aussi nombreuses que quelconques et répandent la terreur dans les villages qu'ils traversent ; ils sont chaudronniers, raccommodeurs, ces flibustiers chaudronniers exotiques, « éternels voyageurs » (29 janvier 1887).

Pourtant, à ce moment, l'auteur de l'article termine en parlant du charme des Bohémiennes « au sein d'ébène », comme si la dangerosité de ces gens-là n'était pas si évidente pour le lecteur et qu'il faille lui faire voir les charmes possibles des *éternels voyageurs*, sous la « réalité » telle que la police essaye de la mettre en place. La campagne est encore, en cette fin de XIXe siècle, un « désert policier[16] », et l'imposition d'un nouveau regard sur les Bohémiens par l'intermédiaire de la presse est le moyen de faire pénétrer dans ce monde rural les catégories de la pensée administrative et policière ; cela permet de diffuser l'idée d'une nécessaire « surveillance du territoire », et donc d'apprendre à tout un chacun à discerner dans le flou des populations mouvantes des catégories qu'il faut *avoir à l'œil*. Commencer par les Bohémiens, que chacun sait reconnaître, même si personne n'est en mesure d'en donner une définition, peut être une bonne solution, puisqu'ils peuvent être français ou étrangers, hommes, femmes ou enfants, artisans, commerçants, saltimbanques, voire journaliers, pauvres ou riches (si on y agrège les Tsiganes), et qu'ils peuvent vivre sous tente, en roulotte

16. Jean-Marc Berlière, « Ordre et sécurité, les nouveaux corps de police de la Troisième République », dans *Vingtième siècle*, 1993, p. 23-38.

ou même se porter locataires temporaires de granges ou de maisons, parfois se loger à l'auberge.

Avant même la campagne de presse nationale (1907-1908)[17] qui prépare l'adoption de la loi de 1912 sur les nomades, la presse régionale systématise la stigmatisation des Bohémiens au cours des années 1888-1899. Tout au long de cette période vont fleurir les appels à l'intervention du législateur ou directement de la police ; le premier article de ce type date en fait de 1884 et résume le propos : « Quand une bonne loi nous débarrassera-t-elle de ces malandrins, des bohémiens et des repris de justice ? » (5 octobre 1884) ; puis, à partir de 1888, l'accent est mis sur le caractère « étranger » des troupes montrées du doigt : « On se demande pourquoi l'autorité tolère ces gens en France. Serions-nous par hasard obligés de nourrir les escarpes[18] des autres nations ? Qu'à la frontière on les empêche d'entrer sur notre territoire et nos campagnards n'auront plus à redouter leurs méfaits » (3 janvier 1888). Les récits d'escroqueries et d'utilisation d'enfants dressés pour mendier se multiplient, accompagnés d'avertissements généraux sans relations d'événements s'étant effectivement passés : « Méfiez-vous des voleurs au "rendez-vous" recrutés dans le monde peu recommandable des Romanitchels » (11 novembre 1896). Ce sont parfois les autorités qui sont la source de ce qui peut paraître comme de l'ordre de la rumeur plutôt que des faits établis, tant sont absents de la presse les comptes rendus de procès se rapportant à des affaires du type de celles que l'on annonce : « La Sûreté Générale invite les autorités à mettre en garde les cultivateurs et les marchands de chevaux contre les agissements frauduleux d'une bande de nomades de nationalité hongroise », par ailleurs qualifiés d'escrocs (17 novembre 1896). Les chroniqueurs sont pourtant les observateurs assidus des prétoires, mais apparemment rares sont les affaires mettant en cause des pratiques frauduleuses de Bohémiens qui arrivent jusqu'à l'audience ; dans l'ensemble des articles considérés, il y a un grand procès pour jeu d'argent et de hasard sur la voie publique (en fait un bonneteau) et qui concerne le monde des « marchands forains » tout autant que les « saltimbanques et bohémiens », selon le journaliste ; les autres affaires sont des poursuites pour rupture de ban, vagabondage, comme par exemple le dénommé Michelet (nom de famille de Manou-

17. Christophe Delclitte, « Tsigane en France au tournant du siècle : création d'une catégorie », dans *TUMULTES*, 1998, p. 57-83.
18. Escarpe : voleur, et en particulier celui qui ne recule pas devant l'assassinat (Littré).

ches depuis longtemps implantés en France), « saltimbanque de profession sorti le 30 avril de la maison d'arrêt de Rioms [et qui] s'assied sur le banc des prévenus sous la double inculpation de vagabondage et de mendicité. Michelet, qui a déjà 25 condamnations, est condamné à 15 jours » (15 mai 1892). On ne peut guère soupçonner la maréchaussée de ne pas avoir à l'œil cette population, ni la justice de ne pas « faire son travail ». Pourtant la presse insiste et trouve des arguments de poids pour que les autorités fassent le nécessaire afin de « débarrasser la ville de ces singuliers hôtes », à savoir des « femmes [qui] vendent les chansons boulangistes et des hommes [qui] vont à la maraude » (4 juin 1888) ! Quelques mois plus tard, le ton est encore plus radical, et un article titré *Les Bohémiens* et signé Jean de Champeneix, se termine sur ces phrases :

> Souffrons que cette race vienne s'installer chez nous, épouvante nos femmes, donne à nos enfants le spectacle d'horreurs sans nom, Pouha ! Reconduisez ces gens à la frontière, défendez-leur de remettre les pieds sur notre territoire. [...] Et cette race immonde de Bohémiens, nous la trouvons encore sur notre route. Les représentants de l'autorité arrêtent le malheureux vagabond qui meurt de faim, ils ne s'occupent pas des Moldo-Valaques qui infestent le pays. Les étrangers ont tous les droits chez nous. Il semble qu'on les craigne ... Quand donc cela finira-t-il ? » (2 octobre 1888).

En quelques lignes se trouve remis à l'ordre du jour la distinction traditionnelle entre bons et mauvais pauvres, se constitue l'amalgame entre Bohémiens et étrangers, est dénoncée la « faiblesse » des autorités et sont affirmés les « privilèges » dont bénéficieraient les personnes visées. La rhétorique du discours sécuritaire qui fait florès à la fin du XXe siècle et en ce début du XXIe siècle est déjà bien en place un siècle plus tôt.

L'alliance de la Presse et de l'État : « ces gens-là »

Il est difficile de savoir qui, de la presse ou des représentants de l'État, sont les principaux propagateurs d'une vision apocalyptique de ces populations, tant leurs discours se font échos, comme par exemple sur un thème cher à cette fin de XIXe siècle hygiéniste, gagné par la révolution pasteurienne :

> Le Préfet du Loiret vient d'adresser la circulaire suivante aux maires du département : « J'ai l'honneur d'appeler votre attention sur le danger qui peut résulter du passage et surtout du séjour dans les communes de voitures qui servent d'habitation à des familles nomades. Les voitures

en effet abritent parfois des malades atteints de maladies contagieuses » (5 février 1888).

Ceux qu'on appelle les roulottiers, les camps-volants, les roulants sont les meilleurs propagateurs des maladies contagieuses (18 janvier 1896).

Plus on s'approche de la fin du siècle, plus les propos s'enflamment ; aux titres habituels du style *Exploits des Bohémiens* ou *Exploits des nomades*, s'ajoutent des articles décrivant ou souhaitant l'intervention de la police : *Agression nocturne*, *La police des campagnes*..., qui serviront quelques années plus tard d'argumentaires aux parlementaires au cours des débats de la Chambre en 1907 et 1912 :

La police des campagnes

Les exodes vers la France de Bohémiens-Romanis sans patrie, les promenades à travers nos campagnes terrorisées de ces bandes d'hommes et de femmes aux types étranges, vêtus de haillons pittoresques, sans profession ni métier déterminés, menant en des roulottes étranges une existence de promiscuité toute particulière, les déambulations de vagabonds de toute catégorie, ainsi que les vols et déprédations qui en marquent les étapes, les rapts d'enfants comme celui d'Eugène Loup et les attentats de Vacher[19] et autres ont enfin ému l'autorité supérieure et une circulaire ministérielle vient d'être adressée aux autorités locales pour rappeler leurs devoirs au point de vue spécial du vagabondage et de la police des campagnes (13 novembre 1898).

Agression nocturne

Décidément nos routes sont peu sûres, surtout la nuit. Elles sont infestées de roulants, de chemineaux, d'ouvriers sans travail de tout genre et tout acabit. Tous ces chevaliers du trimard ainsi que les bandes nomades qui sillonnent nos régions ne laissent pas d'inspirer une légitime terreur aux paisibles populations des campagnes. Leur passage est du reste toujours signalé par quelque exploit : vols, agressions et viols. Il serait grand temps qu'on nous débarrasse une bonne fois pour toutes de ces gens-là (27 juillet 1900).

19. « Joseph Vacher avait égorgé entre 1895 et 1897, quatre garçons, six fillettes et une veuve de cinquante-huit ans, pratiquant sur leur corps toutes sortes de mutilations dont il vaut mieux ne pas parler », dans Alain Monestier, *Le Fait divers*, Paris, MNATP - Ministère de la Culture - Éditions de la Réunion des musées nationaux, 1982, p. 147, à propos des *Mémoires de Vacher, tueur de bergères*, Paris, La Librairie des publications populaires, 1897.

Lus ensemble ces deux textes permettent de saisir l'organisation de la mise à l'index d'une partie de la population française, car il ne faut pas perdre de vue qu'à l'époque, les *Bohémiens* français, nés en France et la plupart du temps de parents eux-mêmes français, sont quelques dizaines de milliers, alors que les *Tziganes*, c'est-à-dire les troupes exotiques – donc très visibles et récemment arrivées d'Europe centrale, comprennent quelques centaines d'individus ; tout comme aujourd'hui le nombre de *gens du Voyage* est estimé à quelques centaines de mille (entre trois et cinq), et les *Roms (roumains)*, si visibles aux feux rouges des grandes villes et au journal télévisé, à quelques milliers. Pour bien faire saisir aux lecteurs qu'il entend parler d'un seul et même ensemble de personnes à surveiller, *ces gens-là*, le journaliste du XIXe siècle est obligé d'utiliser un mot composé de deux termes accolés – *Bohémiens-Romanis* : c'est dire combien l'amalgame tant souhaité par l'appareil d'État n'est pas ancré dans les consciences.

Il faut à tout prix déconsidérer aux yeux du lecteur *ces gens-là*. Cela se fait sur plusieurs registres en même temps, le travail, les mœurs et la salubrité, la délinquance et l'origine étrangère. Celle-ci est posée comme une évidence n'appelant pas de commentaire, on a affaire à un *exode vers la France*, donc des gens venus de l'extérieur ; le « raisonnement » est simple : le lecteur ne peut qu'être d'accord avec le fait qu'ils ne sont pas d'*ici*, c'est-à-dire du lieu où il vit, ce sont ce qu'on appelle à cette époque des *forains*, littéralement des gens extérieurs à la commune ; il suffit de faire passer l'idée que « pas d'ici » est équivalent à « pas de France », donc étrangers et n'ayant pas de bonnes raisons d'être sur le territoire national, – du coup, il n'y pas lieu de savoir où ils sont nés ni qui sont leurs ancêtres.

Ces étrangers appartiennent à des *types étranges*, vivent dans des roulottes *étranges* ; mais tout aussi étrange est leur habit, et surtout la manière de le qualifier. Là encore l'accolage des deux mots *haillons* et *pittoresques* mérite attention. Dans le Littré paru en 1863, la définition de *haillon* est la suivante : « vieux lambeau de toile ou d'étoffe, de quoi couvrir de pauvres hères » ; voici maintenant le sens étymologique de *pittoresque* : « qui concerne la peinture. On dit d'une physionomie, d'un vêtement, d'un site qu'ils sont pittoresques, lorsque leur beauté ou leur caractère les rendent dignes ou du moins susceptibles d'être représentés en peinture. » Les *Romanis*, les *Tziganes*, sont des sujets de prédilection pour les peintres du

XIXe siècle[20]. C'est le cas de Bonnet, en 1864, avec sa toile du « campement des Hongrois à Carpentras », mais aussi c'est ce que les lecteurs du *Petit Journal* ont pu voir en couverture pleine page et couleur, avec la gravure de l'*Invasion de Hongrois à Carcassone*[21], effectivement très pittoresque, bien que les habits des personnages ne soient absolument pas des haillons : ce sont de riches vêtements, étonnants, étranges certes, exotiques sûrement, mais point ceux de gens démunis.

En amalgamant ainsi des gens en haillons et des porteurs de sequins et clinquants, des gens aux riches roulottes avec chambres à coucher et des chariots avec de la paille pour litière, il convient de leur assigner un point commun, ou du moins de trouver une manière de produire une invalidation sociale[22] efficace, de prouver leur marginalité irréductible, et cela se fait en mettant en cause leur rapport au travail, « le grand intégrateur[23] ». Pour cela, les auteurs ne vont pas hésiter à user de quelques tours de force stylistique. Tout d'abord on affirme que leur déplacement consiste en une *promenade* (« faire aller quelqu'un d'un point à un autre, comme amusement ou exercice », écrit Littré). On accole ensuite aux Tsiganes la formule *sans profession ni métier déterminé*. Dans les articles relevés, quand il ne s'agit pas de propos généraux, mais d'articles décrivant un groupe de passage, un fait-divers, bref des gens vus, à chaque fois est précisée la profession de la personne ou du groupe dont il est question. On l'a vu, la liste est longue : marchands de draps, fabricants et vendeurs de paniers, diseuses de bonne aventure, somnambules, réparateurs de parapluies, dégraisseurs de chapeaux, tondeurs de chiens, journaliers agricoles, chanteurs, montreurs d'animaux, chaudronniers, etc. Ils ont bien chacun leur métier ou profession, mais, en amalgamant le tout, on obtient l'indétermination souhaitée ; le flou n'est pas dans l'activité exercée, il consiste dans le regroupement opéré par l'observateur, et il faudra la perspective de la sociologie du travail pour caractériser les activités des « Tziganes » comme indépendantes, par opposition au salariat. À l'époque, pareil raisonnement n'est pas encore de mise. Si un enquêteur du XIXe siècle s'était intéressé aux fabricants et vendeurs de paniers, ou aux marchands de draps, ou aux chanteurs ambulants, etc., il aurait fait le constat que parmi l'ensemble des gens exerçant telle

20. Voir ici même l'article de Xavier du Crest.
21. *Supplément illustré du Petit Journal*, n°422, dimanche 18 décembre 1898, p. 408.
22. Robert Castel, *Les Métamorphoses de la question sociale*, *op. cit.* (voir *supra*, n. 6), p. 22.
23. Yves Barrel, « Le grand intégrateur », dans *Connexions*, n° 56, 1990.

ou telle de ces activités, certains (certainement peu nombreux) étaient nommés *Bohémiens* par leurs compatriotes. En retournant le questionnement, en se demandant « de quoi peuvent bien vivre tous *ces gens-là* ? », il ne reste que deux réponses possibles : soit d'une quantité de métiers différents, et alors il faut l'expliquer longuement, soit de tout et de rien : si on retient *rien*, il n'y plus de métier ni de profession déterminés, et si on retient *tout*, on pense à toutes les activités illégales : vol de poules sur les chemins, mendicité, charité forcée, maraudes et escroqueries diverses. Vivant sur les routes, ils croisent les *chevaliers du trimard*, ces réfractaires de la société qui refusent le travail, et c'est le troisième coup de force que l'on relève dans l'article *Agression nocturne* : en cette fin du XIXe siècle, la dangerosité sociale de ceux-là est acquise, l'auteur de l'article commence par les évoquer, et, par un *ainsi que*, assimile à l'évidence le vagabondage d'hommes le plus souvent seuls au nomadisme de familles entières. Du coup, l'ensemble des actes de délinquance sont potentiellement de leur fait, y compris l'enlèvement d'enfants, et, pour faire bonne mesure en confirmant la *légitime terreur* des populations de la campagne, on ajoute des viols et atteintes à la virginité des bergères (tel est le sens de l'allusion à « l'attentat de Vacher », cheminot violeur et meurtrier, qui sera exécuté en place publique en 1897).

L'attention portée aux archives de la gendarmerie par Henriette Asséo oblige de constater que « la grande pondération des rapports de gendarmerie est tout à fait surprenante[24] » ; suite aux plaintes des maires et aux propos de la presse, le préfet diligente des enquêtes de gendarmerie dont les conclusions sont souvent qu'il n'y a pas lieu de donner suite aux rumeurs alarmistes[25].

24. Henriette Asséo, « La gendarmerie et l'identification des "nomades" (1870-1814) », dans Jean-Noël Luc (dir.), *Gendarmerie, État et société au XIXe siècle*, Paris, Publications de la Sorbonne, 2002, p. 307.

25. « L'adjudant commandant les brigades de Tours constatait que "cette commune n'est pas plus infestée de vagabonds que les autres communes de la circonscription. Aucun vol de volailles ni de fruits n'est parvenu à la connaissance de l'autorité locale, ni à celle de la gendarmerie" ; or, l'entrefilet qui a motivé la lecture de Monsieur le préfet a dénaturé la vérité », dans *ibid.*, p. 307-308.

La police des campagnes

Ces populations de la campagne, soi-disant terrorisées, ont à subir un véritable fait nouveau et qu'elles ne voient pas toutes d'un si bon œil que le souhaiterait l'État : la mise en place de *la police des campagnes*, comme l'indique le titre d'un article. Depuis le début du XVIIIe siècle, et en particulier l'édition du *Traité de la police* de La Mare, dont le *Dictionnaire général de police administrative et judiciaire* est une actualisation à la fin du XIXe siècle, « la police ce n'est pas, ou pas seulement, l'institution policière ; c'est l'ensemble des mécanismes par lesquels sont assurés l'ordre, la croissance canalisée des richesses et les conditions de maintien de la santé "en général" », écrit Michel Foucault[26]. L'action systématique de la police dans les campagnes vise non seulement l'ordre (les campagnes ne sont plus le lieu des révoltes populaires : les classes dangereuses sont dans les faubourgs des grandes villes), mais aussi l'organisation de la circulation des marchandises, le contrôle de leur production, l'organisation des professions et la généralisation des pratiques hygiénistes. L'intervention étatique et policière dans ces deux derniers domaines n'a pas la légitimité « évidente » de la sécurité des biens et des personnes. Et même dans ce domaine, le monde rural savait comment procéder avec les vagabonds en leur assurant le couchage, dans la grange ou ailleurs, tout en se prémunissant contre les risques d'incendie tant redoutés. Par contre, si ces mêmes vagabonds, ou des gens qu'on leur assimile, sont déclarés porteurs de maladies contagieuses, voleurs d'enfants, propagandistes d'idées subversives par leurs chansons, voire responsables d'attentats à la pudeur ou à l'intégrité des jeunes filles, alors le monde rural se sait incompétent et trouve légitime l'intervention policière. Celle-ci n'a plus qu'à étendre petit à petit le champ de ses interventions, la disqualification systématique des « Bohémiens » a fonctionné comme le cheval de Troie de la police des campagnes. Ce souci de contrôler les populations s'est aussi traduit par une mesure exceptionnelle, un recensement des Bohémiens. Les enquêtes administratives diligentées pour mieux connaître les populations migrantes ont été nombreuses au XIXe siècle, mais la production de ces données statistiques ou descriptives sont confiées aux représentants locaux de l'État qui ne disposent pas d'un vrai corps de fonctionnaires spécialisés, type enquêteurs INSEE. Les Bohémiens vont être l'occasion pour l'État, une fois de plus, d'innover et de

26. Michel Foucault, *Dits et écrits II, 1976-1988*, vol. II, Paris, Gallimard, 2001, p. 17.

mobiliser des enquêteurs particulièrement compétents, les gendarmes, ce que la presse nationale ne manque pas de mettre à la une, image à l'appui :

> Les camps-volants
>
> Recensement des bohémiens en France
>
> On tient, n'est-ce pas à connaître les gens que l'on reçoit ? Or, de toute éternité, nous avons en France des hôtes sur le compte desquels on savait très peu de chose, si ce n'est rien.
>
> Appelez-les Gypsies, Tziganes, Bohémiens, Romanichels, Gitanes ; tous, issus de la même race, ne se soumettaient qu'à de bizarres lois qui leur étaient propres.
>
> Vous les avez vus cent fois installés aux portes des villages, faisant sur la route, en plein air, de la chaudronnerie, des paniers d'osier, ou disant la bonne aventure.
>
> S'ils se bornaient à cela, il n'y aurait pas grand mal, mais ce sont surtout d'effrontés maraudeurs et pillards qui ne distinguent pas assez entre leur bien et celui d'autrui.
>
> Les cultivateurs ont énormément à s'en plaindre et quelques fois de véritables batailles s'engagent entre eux et les camps-volants.
>
> Le ministre de l'intérieur a voulu régulariser, autant que possible, la situation de ces errants au milieu desquels peuvent se cacher nos pires ennemis.
>
> Il a ordonné leur recensement général.
>
> Le même jour à la même heure, partout en France, ils ont été cernés par la gendarmerie ; il leur a fallu dire leurs noms, prénoms et lieux d'origine, de sorte que maintenant il est possible de les soumettre aux lois qui régissent les étrangers en France.
>
> Mon Dieu ! Ce n'est pas tout, mais c'est déjà quelque chose ; c'est un grand pas de fait vers la tranquillité de nos paysans[27].

En cette fin du XIXe siècle, les efforts conjugués des pouvoirs publics, de la presse, de la science du moment – la criminologie, l'anthropologie phy-

27. Texte paru en explication de la gravure du même nom dans *Le Petit Journal, supplément illustré*, dimanche 5 mai 1895, n° 233, sixième année, page 143 pour le texte et 144 pour l'illustration signée H. Meyer.

sique –, et d'une partie de la littérature populaire, ont transformé le regard posé sur les Bohémiens. L'unité évidente des *troupes d'Égyptiens* a éclaté en une variété de groupes humains : Gitans, Romanitchels, Bohémiens, Vanniers, Tziganes, etc. En France, pour les désigner, on choisit le terme le plus récent et le plus exotique, emprunté au russe et importé par des gens de lettres, *Tzigane*, pour essayer d'imposer un regard, et un jugement unifiés sur des réalités dont on pressent qu'au delà des points communs les différences sont importantes. L'imposition d'un nom unique est une manière d'imposer ce que Pierre Bourdieu a appelé une *di-vision* du monde, et celle-ci se fonde dans l'affirmation du caractère irréductiblement *autre* d'une partie de la population, qu'elle soit française ou non, riche ou pauvre, ayant une seule activité professionnelle ou plusieurs métiers.

Bibliographie critique sélective

ASSÉO, Henriette, *Les Tsiganes, une destinée européenne*, Paris, Gallimard, 1994

AURAIX-JONCHIÈRE, Pascale et LOUBINOUX, Gérard (dirs), *La Bohémienne, figure poétique de l'errance aux XVIIIe et XIXe siècles*, Clermont-Ferrand, Publications de l'Université Blaise Pascal, 2005

BALDENSPERGER, Fernand, « L'Entrée pathétique des Tsiganes dans les lettres occidentales », dans *Revue de Littérature Comparée*, XVIII, 1938, p. 587-603

BANCROFT, Angus, *Roma and Gypsy-Travellers in Europe. Modernity, Race, Space and Exclusion*, Averbury (Grande-Bretagne), Asghate Press, 2005

BERGER, Claudia, *Ortlosigkeit des Fremden : « Zigeunerinnen » und « Zigeuner » in der deutschsprachigen Literatur um 1800*, Cologne, Böhlau, 1998

BRIEL, Petra-Gabriele, *« Lumpenkind und Traumprinzessin ». Zur Sozialgestalt der Zigeuner in der Kinder –und Jugendliteratur seit dem 19. Jahrhundert*, Giessen, Focus, 1989

BROWN, Marilyn R., *Gypsies and Other Bohemians. The Myth of the Artist en Nineteenth-Century France*, Ann Arbor (Michigan), UMI Research Press, 1985

CHARNON-DEUTSCH, Lou, *The Spanish Gypsy. The History of a European Obsession*, Pennsylvania State University Press, 2004

DJURIĆ, Rajko et COURTHIADE, Marcel, *Les Rroms dans les belles-lettres européennes*, Paris, L'Harmattan, 2004.

FILHOL, Emmanuel, « Le mot *Bohémien(s)* dans les dictionnaires français (XVIIe-XIXe siècles). À propos des formes de l'énoncé », dans *Revue Internationale de Lexicographie*, Tübingen, Niemeyer, n° 14, 1998, p. 177-204

FRASER, Angus, *The Gypsies*, Malden (MA, États-Unis), Oxford (Grande-Bretagne), etc., Blackwell Publishing, 1992

FÜGLISTER, Robert L., « Baudelaire et le thème des Bohémiens », dans *Études baudelairiennes*, II, 1971, p. 99-143

GEREMEK, Bronislaw, *Les Fils de Caïn. L'image des pauvres et des vagagonds dans la littérature européenne du XVe au XVIIe siècle*, Paris, Gallimard, 1991

GLUCK, Mary, *Popular Bohemia. Modernism and the Urban Culture in Nineteenth-Century Paris*, Cambridge (MA) et Londres, Harvard University Press, 2005

HÖLZ, Karl, *Zigeuner, Wilde und Exoten. Fremdbilder in der französischen Literatur des 19. Jahrhunderts*, Berlin, Erich Schmidt Verlag, 2002

KENRICK, Donald, et PUXON, Grattan, *Destins gitans. Des origines à la « Solution finale »*, trad.fr., Paris, Gallimard, 1995

LEBLON, Bernard, *Les Gitans d'Espagne. Le prix de la différence*, Paris, PUF, 1985

MAYALL, David, *Gypsy-Travellers in Nineteenth-Century Society*, Cambridge, Cambridge University Press, 1988

MENEMENCIOGLU, Melâhat, « Le thème des Bohémiens en voyage dans la peinture et la poésie, de Cervantès à Baudelaire », dans *Cahiers de l'Association Internationale des Études Françaises*, n° 18, mars 1966, p. 227-238

MOUREAU, François, « Égyptiens et Égyptiennes à la cour et à la ville : la trace gitane sous Louis XIV », dans *Le Théâtre des voyages. Une scénographie de l'Âge classique*, Paris, PUPS, 2005, p. 445-452

NORD, Deborah Epstein, « "Marks of Race" : Gypsy-Figures and Eccentric Feminity in Nineteenth-Century Women's Writing », dans *Victorian Studies*, vol. 41, Nr. 2, winter 1998, p. 189-210

ROUART, Marie-France, « Image du Tsigane à travers la littérature romantique », dans *Études tsiganes*, n° 3, 1982, p. 19-38

SAUL, Nicholas et SUSAN, Tebbutt (dirs), *The Role of the Romanies. Images and Counter-Images of "Gypsies" / Romanies in European Cultures*, Liverpool, Liverpool University Press, 2004

VAUX DE FOLETIER, François de, *Les Bohémiens en France au 19e siècle*, Paris, Lattès, 1981 ; *Mille ans d'histoire des Tsiganes*, Paris, Fayard, 1970 ; *Les Tsiganes dans l'ancienne France*, Paris, Connaissance du monde, 1961

WILLIAMS, Patrick, *Les Tsiganes de Hongrie et leurs musiques*, Paris / Arles, Cité de la musique / Actes Sud, 1996

Index des noms d'écrivains et d'artistes

V

W

Z

Liste des auteurs

AL-MATARY, Sarah (Univ. Lyon 2, UMR LIRE)
ASSÉO, Henriette (EHESS)
BARA, Olivier (Univ. Lyon 2, UMR LIRE)
BERCHTOLD, Jacques (Univ. Paris 3)
BORDIGONI, Marc (CNRS, Aix-en-Provence)
CREST, Xavier du (Univ. Strasbourg)
GLEIZES, Delphine (Univ. Lyon 2, UMR LIRE)
LAISNEY, Vincent (Univ. Paris 10)
MICHEL, Pierre (Univ. Lyon 2, UMR LIRE)
MOUSSA, Sarga (CNRS, UMR LIRE)
SAMINADAYAR-PERRIN, Corinne (Univ. Saint-Étienne, UMR LIRE)
SCHAPIRA, Marie-Claude (Univ. Lyon 2, UMR LIRE)
SERVANT, Catherine (INALCO)
TINGUELY, Frédéric (Univ. Genève)
TREPS, Marie (CNRS, Ivry)

Table des matières

Collection « Histoire des Sciences Humaines »
dirigée par Claude Blanckaert

Fortes désormais de plusieurs siècles d'histoire, les sciences humaines ont conquis une solide légitimité et s'imposent dans le monde intellectuel contemporain. Elles portent pourtant témoignage d'hétérogénéités profondes. Au plan institutionnel, la division toujours croissante du travail et la concurrence universitaire poussent à l'éclatement des paradigmes dans la plupart des disciplines. Au plan cognitif, les mutations intellectuelles des vingt dernières années ainsi que les transformations objectives des sociétés post-industrielles remettent parfois en cause des certitudes qui paraissaient inébranlables.

Du fait de ces évolutions qui les enrichissent et les épuisent en même temps, les sciences humaines ressentent et ressentiront de plus en plus un besoin de cohérence et de meilleure connaissance d'elles-mêmes. Et telle est la vertu de l'histoire que de permettre de mieux comprendre la logique de ces changements dans leurs composantes théoriques et pratiques.

S'appuyant sur un domaine de recherche historiographique en pleine expansion en France et à l'étranger, cette collection doit favoriser le développement de ce champ de connaissances. Face à des mémoires disciplinaires trop souvent orientées par des héritages inquestionnés et par les conflits du présent, elle fera prévaloir la rigueur documentaire et la réflexivité historique.

Ouvrages parus

L. Mucchielli (dir.), *Histoire de la criminologie française*, 1994.

J. Schlanger, *Les métaphores de l'organisme*, 1995.

A.-M. Drouin-Hans, *La communication non-verbale avant la lettre*, 1995.

S.-A. Leterrier, *L'institution des sciences morales, 1795-1850*, 1995.

M. Borlandi et L. Mucchielli (dir.), *La sociologie et sa méthode*, 1995.

C. Blanckaert (dir.), *Le terrain des sciences humaines. Instructions et enquêtes (xviiie-xxe siècle)*, 1996.

L. Marco (dir.), *Les revues d'économie politique en France. Genèse et actualité (1751-1994)*, 1996.

P. Riviale, *Un siècle d'archéologie française au Pérou (1821-1914)*, 1996.

M.-C. Robic, A.-M. B riend, M. Rössler (dir.), *Géographes face au monde. L'union géographique internationale et les congrès internationaux de géographie*, 1996.

P. Petitier, *La géographie de Michelet. Territoire et modèles naturels dans les premières œuvres de Michelet*, 1997.

O. Martin, *La mesure de l'esprit. Origines et développements de la psychométrie 1900-1950*, 1997.

N. Coye, *La préhistoire en parole et en acte. Méthodes et enjeux de la pratique archéologique (1830-1950)*, 1997.

J. Carroy, N. Richard (dir.), *La découverte et ses récits en sciences humaines*, 1998.

P. Rauchs, *Louis II de Bavière et ses psychiatres. Les garde-fous du roi*, 1998.

L. Baridon, M. Guédron, *Corps et arts. Physionomies et physiologies dans les arts visuels*, 1999.

C. Blanckaert *L. Blondiaux, L. Loty, M. Renneville, N. Richard* (dir.), *L' histoire des sciences de l'homme. Trajectoire, enjeux et questions vives*, 1999.

A. et J. Ducros (dir.), *L'homme préhistorique. Images et imaginaire*, 2000.

C. Blanckaert (dir.), *Les politiques de l'anthropologie. Discours et pratiques en France (1860-1940)*, 2001.

M. Huteau, *Psychologie, psychiatrie et société sous la Troisième République. La biocratie d'Édouard Toulouse (1865-1947)*, 2002.

J. Rabasa, *L'invention de l' Amérique. Historiographie espagnole et formation de l' eurocentrisme*, 2002.

S. Moussa (dir.), *L'idée de « race » dans les sciences humaines et la littérature (xviiie-xixe siècle)*, 2003.

F. Tinland, *L'homme sauvage.* Homo ferus et Homo sylvestris, *de l'animal à l'homme*, 2003.

M.-A. Kaeser, *L'univers du préhistorien. Science, foi et politique dans l'œuvre et la vie d' Édouard Desor (1811-1882)*, 2004.

C. Blanckaert, *La nature de la société. Organicisme et sciences sociales au xixe siècle*, 2004.

S. Collini et A. Vannoni (éd.), *Les instructions scientifiques pour les voyageurs (xviie-xixe siècle)*, 2005.

H. Blais et I. Laboulais (dir.), *Géographies plurielles. Les sciences géographiques au moment de l'émergence des sciences humaines (1750-1850)*, 2006.

Buffon, *De l'homme*, Présentation par M. Duchet, Postface par C. Blanckaert, 2006.

L'HARMATTAN, ITALIA
Via Degli Artisti 15 ; 10124 Torino

L'HARMATTAN HONGRIE
Könyvesbolt ; Kossuth L. u. 14-16
1053 Budapest

L'HARMATTAN BURKINA FASO
Rue 15.167 Route du Pô Patte d'oie
12 BP 226
Ouagadougou 12
(00226) 50 37 54 36

ESPACE L'HARMATTAN KINSHASA
Faculté des Sciences Sociales,
Politiques et Administratives
BP243, KIN XI ; Université de Kinshasa

L'HARMATTAN GUINÉE
Almamya Rue KA 028
En face du restaurant le cèdre
OKB agency BP 3470 Conakry
(00224) 60 20 85 08
harmattanguinee@yahoo.fr

L'HARMATTAN CÔTE D'IVOIRE
M. Etien N'dah Ahmon
Résidence Karl / cité des arts
Abidjan-Cocody 03 BP 1588 Abidjan 03
(00225) 05 77 87 31

L'HARMATTAN MAURITANIE
Espace El Kettab du livre francophone
N° 472 avenue Palais des Congrès
BP 316 Nouakchott
(00222) 63 25 980

L'HARMATTAN CAMEROUN
Immeuble Olympia face à la Camair
BP 11486 Yaoundé
(237) 458.67.00/976.61.66
harmattancam@yahoo.fr

613319 - Juillet 2015
Achevé d'imprimer par

1livre.com
du rêve à la réalité !